Stephen Fry · Geschichte machen

STEPHEN FRY

Geschichte machen

AUS DEM ENGLISCHEN
VON
ULRICH BLUMENBACH

HAFFMANS VERLAG

Die englische Originalausgabe
»Making History«
erschien 1996 bei Hutchinson, London

Das Umschlagfoto zeigt
Adolf Hitlers Geburtshaus
in Braunau

1. Auflage, Herbst 1997

Satz: Fotosatz Michel, Gießen
Herstellung: Ebner Ulm
ISBN 3 251 00365 8

Für Ben, William, George, Charlie, Bill und Rebecca
sowie die Gegenwart

Inhalt

Erstes Buch

Zweites Buch

Erstes Buch

Kaffee machen

Es beginnt mit einem Traum…

Alles beginnt mit einem Traum. Diese Geschichte kann wie ein Kreis überall und nirgends beginnen, aber für mich – und es ist schließlich meine Geschichte, nicht die eines anderen, und wird auch für alle Zeit meine Geschichte bleiben – beginnt sie mit dem Traum einer Mainacht.

Es war ein wüster Traum. Jane kam darin vor, steif und gestärkt wie eine Hotelserviette. Er war auch da, obwohl ich ihn natürlich nicht erkannte. Damals war er mir ja noch praktisch wildfremd, einfach ein alter Mann, den man auf der Straße grüßte oder dem man mit einem höflichen Lächeln die Bibliothekstür aufhielt. Der Traum verjüngte ihn, machte aus dem klapprigen alten Zottelbär mit Leberflecken den Barkeeper eines Mack-Sennett-Films, dem man einen herabhängenden, schwarzen Schnauzbart in das bleiche und hohlwangige Armesündergesicht geheftet hatte.

Ausgerechnet sein Gesicht. Nicht, daß ich es damals erkannt hätte.

Im Traum standen Jane und er im Labor; Janes Labor natürlich – die Prophezeiung des Traums reichte nicht soweit, die Abmessungen seines Labors vorherzusagen, die ich erst später kennenlernen sollte – falls der Traum überhaupt prophetisch war, was keineswegs zwingend notwendig ist. Können Sie mir soweit folgen?

Puh, das wird gar nicht so einfach.

Jedenfalls linste sie in ein Mikroskop, während er sie von hinten begrabschte und unter ihrem langen weißen Kittel zwischen den Beinen streichelte. Sie ignorierte ihn, aber ich war empört, einfach empört, denn als das weiche Kratzen seiner Hände auf dem Nylon aufhörte, wußte ich, daß seine Finger ganz oben an ihren langen Beinen angekommen waren, wo die Strümpfe endeten und das weiche heiße Fleisch begann – weiches heißes Fleisch, das mir gehörte.

»Laß sie in Ruhe!« rief ich von einem unsichtbaren Regiestuhl aus, der sich gleichsam hinter der Kamera des Traums befand.

Er sah mit seinen traurigen Augen zu mir herüber, und ich war wie immer gebannt von ihrem leuchtend blauen Strahlen. Oder ich sollte immer von ihnen gebannt sein, denn im wachen Leben hatte ich ja noch kein einziges Wort mit ihm gewechselt.

»*Wachet auf!*« sagt er auf deutsch.

Und ich gehorche.

Der sonnige Maimorgen hellt das schmutzige Beige der dreckigen Vorhänge auf, für die wir schon seit Ewigkeiten Ersatz kaufen wollen.

»Morgen, Schatz«, murmle ich. »Das war ein Double Gloucester... meine Mutter hat ihren Träumen immer Käsenamen gegeben.«

Aber sie ist nicht da. Ich meine Jane, nicht meine Mutter. Das heißt, meine Mutter ist auch nicht da. Bestimmt nicht. So eine Geschichte ist das erst recht nicht.

Janes Betthälfte ist kalt. Ich horche auf das Rauschen der Dusche oder das Klirren von Teetassen, die ungeschickt auf der Ablauffläche abgestellt werden. Außerhalb ihres Labors ist Jane die Ungeschicklichkeit in Person. Sie hat die Angewohnheit, den Kopf von dem abzuwenden, womit ihre Hände gerade beschäftigt sind, wie eine zartbesaitete Schwesternschülerin, die einen blutigen Blinddarm hochhält. Sie streckt beispielsweise die Hand mit einem Zigarettenstummel nach links zu einem Aschenbecher aus, sieht dabei jedoch nach rechts und drückt die Zigarette in einer Untertasse, einem Buch, auf dem Tischtuch oder einem Teller mit Essensresten aus. Unkoordinierte Frauen, kurzsichtige Frauen, hoch aufgeschossene, unbeholfene, linkische Frauen haben schon immer eine ungeheure Faszination auf mich ausgeübt.

So langsam werde ich wach. Die letzten Traumbläschen sprudeln davon, und ich stehe vor der allmorgendlichen Aufgabe, mein Selbst neu zu erfinden. Ich starre an die Decke und erinnere mich an alles Nötige.

Wir lassen mich im Bett liegen, bis ich mich wieder zusammengesetzt habe. Ich weiß nicht genau, ob ich diese Geschichte in der richtigen Reihenfolge erzähle. Sie ist, wie gesagt, von jedem Punkt aus zugänglich wie ein Kreis. Sie ist leider auch wie ein Kreis von jedem Punkt aus *un*zugänglich.

Geschichte ist mein Metier.

Schon der erste Fehlstart. Geschichte ist alles andere als mein *Metier.* Immerhin beschreibe ich die Geschichte inzwischen nicht mehr als meine »Branche«, wofür ich vielleicht ein paar Punkte verdient habe. Geschichte ist meine Leidenschaft, meine Berufung. Oder um mit der schmerzlichen Wahrheit nicht hinter dem Berg zu halten, sie ist das Gebiet meiner geringsten Unwissenheit. Sie ist die Beschäftigung, der ich im Moment nachgehe. Mit etwas mehr Geduld und Disziplin hätte ich Literatur studiert. Nun kann ich zwar so gut wie jeder andere *Middlemarch* oder die *Dunciad* lesen oder mich, was weiß ich, in Julian Barnes oder Jay McInerney vertiefen, aber mir fehlt diese kleine Gehirnpartie, jener zusätzliche Lobus, den jeder Student der Literaturwissenschaft von Natur aus mitbringt, der Lobus, der ihm die Distanz und die Traute gibt, über Bücher (in seiner Ausdrucksweise *Texte*) zu reden, so wie andere über Vertragsabschlüsse oder Zellstrukturen reden. Ich weiß noch, wie wir in der Schule eine Ode von John Keats, ein Sonett von Shakespeare oder ein Kapitel aus der *Farm der Tiere* gelesen haben. Ich wurde immer ganz kribbelig und hätte weinen können, nur über die Wörter, über nichts anderes als die Abfolge von Klängen. Aber sobald ich einen dieser gefürchteten Aufsätze schreiben sollte, zappelte und strampelte ich mir einen ab. Ich habe nie herausgefunden, wo man *anfangen* muß. Wie findet man die Distanz und wie bewahrt man ruhig Blut, um in einem akademisch akzeptablen Stil über etwas zu schreiben, das einen trudeln, eiern und flennen läßt?

Ich erinnere mich an ein Kind in einem Roman von Charles Dickens, *Schwere Zeiten,* glaube ich, ein Mädchen, das bei Schaustellern aufgewachsen war und ihre gesamte Zeit mit Pferden verbracht, sie gestriegelt, gefüttert, dressiert und geliebt hatte. In dem Roman gibt es eine Szene, wo Gradgrind (es ist *Schwere Zeiten,* ich habe eben nachgesehen) einem Besucher seine tolle Schule vorführt und das Mädchen auffordert, »Pferd« zu definieren. Das arme Ding verliert natürlich auf der Stelle die Fassung, stottert, ringt nach Worten und starrt verzweifelt auf den Boden wie ein Mongo.

»Mädchen Nummer Zwanzig nicht imstande auseinanderzusetzen, was ein Pferd ist«, sagt Gradgrind und wendet sich mit höhnischem Grinsen an Bitzer, einen Straßenjungen, der es faustdick hinter den Ohren hat. Dieser Schlawiner hat wahrscheinlich in seinem ganzen Leben noch nicht den Mumm aufgebracht, ein Pferd auch nur zu streicheln, ihm macht es wahrscheinlich eher Spaß, mit Steinen nach ihnen zu schmeißen. Der kleine Fiesling steht auf, lächelt süffisant und legt los: »Vierfüßig. Grasfressend. Vierzig Zähne...« und so weiter, wird bewundert und bekommt tosenden Applaus.

»Nun, Mädchen Nummer Zwanzig, weißt du, was ein Pferd ist«, sagt Gradgrind.

Jedesmal, wenn ich in der Schule einen Aufsatz zum Thema »In Wordsworths *Prelude* manifestiert sich der Egotismus ohne das Erhabene: Diskutieren Sie diese These« schreiben sollte und ihn kurz darauf mit einer Fünf oder Sechs zurückbekam, hatte ich das Gefühl, *ich* wäre dieser stotternde Pferdefan, und alle anderen in der Klasse mit ihren Einsen und Zweien wären die gemeinen Klugscheißer und Papageien, die schon längst keine Seele mehr hatten. Über Bücher, Gedichte und Theaterstücke konnte man nur dann erfolgreich schreiben, wenn sie einen im Grunde kaltließen. Hysterisches Schülergewäsch, keine Frage, eine Einstellung, die allein aus Egotismus, Eitelkeit und Feigheit bestand. Aber wie tief empfunden! Während der ganzen Oberstufe war ich der Überzeugung, »Literaturwissenschaft« sei eine einzige Abfolge von Autopsien, vorgenommen von herzlosen Technikern. Schlimmer noch: *Biopsien.* Vivisektionen. Sogar mit Filmen – und ich liebe Filme über alles, mehr als mein Leben –, sogar mit Filmen machen die das inzwischen. Wenn man heutzutage noch über Filme sprechen will, geht das nicht mehr ohne *Methodologie.* Sobald eine Sache zum Lehrstoff wird, ist sie eigentlich gestorben. Ich fand, daß ich in der Geschichte festeren Boden unter den Füßen hatte: Rasputin, Talleyrand, Karl den Fünften oder Kaiser Wilhelm *liebt* man schließlich nicht. Wie denn auch? Ein Historiker kann sich den angenehmen Luxus leisten, von seinem sicheren Schreibtisch aus darauf hinzuweisen, wo Napoleon Scheiße gebaut hat, wie diese Revolution hätte vermieden, jener Diktator gestürzt oder jene Schlachten hätten gewonnen werden können. Ich stellte fest, daß ich mit vollkommener Leidenschaftslosigkeit an die Geschichte herangehen konnte, wo per definitionem alle mausetot sind. Bis zu einem gewissen Grad. Und damit hätte sich der Kreis zu der Geschichte, um die es hier geht, wieder geschlossen.

Als Historiker sollte ich imstande sein, klipp und klar von den Begebenheiten zu berichten, die sich zutrugen, als … aber wann *trugen* sie sich denn zu? Da besteht doch Diskussionsbedarf. Wenn Sie sich mit meiner Geschichte eingehender befaßt haben, werden Sie verstehen, daß mir einige Probleme unüberwindbar vorkommen. Der Historiker, hat mal jemand gesagt – Burke, glaube ich, vielleicht aber auch Carlyle –, ist ein rückwärtsgekehrter Prophet. Aber das hilft mir bei meiner Geschichte auch nicht weiter. Das Rätsel, das mir im Nacken sitzt, läßt sich am besten mit den folgenden Thesen formulieren.

A: Das Folgende ist nie geschehen.
B: Alles Folgende ist die reine Wahrheit.

Das sollten Sie sich erst mal reinziehen. Es läuft darauf hinaus, daß ich Ihnen die wahre Geschichte von etwas Ungeschehenem erzählen soll. Vielleicht ist das die Definition aller Fiktion.

Diese Einleitung kommt wahrscheinlich nicht besonders gut an. Ich werde selber immer ungeduldig und kriege schlechte Laune, wenn Schriftsteller ihre Prosatechniken in den Mittelpunkt stellen. Dieser Satz verschwindet noch tiefer als die meisten anderen im dehnbaren Schmutz seines eigenen narrativen Rektums, aber dafür kann ich nichts.

Ich habe neulich ein Schauspiel gesehen (Stücke sind nichts im Vergleich mit Filmen, gar nichts. Das Theater ist tot, aber ab und zu schaue ich dem Leichnam gern beim Verwesen zu), in dem eine Figur dem Sinn nach sagte, manche Wahrheiten wären wie eine Schale voller Angelhaken; man wolle sich nur eine klitzekleine Wahrheit anschauen, und plötzlich hätte man den ganzen Posten als schwarzen, stachligen Klumpen in der Hand. Das muß ich unter allen Umständen vermeiden. Ich muß einiges entflechten und entwirren, und wenn schon alle Haken auf einmal kommen, dann sollen sie wenigstens schön aufgereiht sein wie eine Kette aus Büroklammern.

Ich glaube, nach dieser Vorbemerkung darf ich folgende Verknüpfungen vornehmen: Wenn ein kaputter Schnappverschluß, eine alphabetische Nachbarschaft und Alois' bekanntermaßen bösartige Kater mit ihrem Nachdurst nicht gewesen wären, dann hätte ich Ihnen nichts zu erzählen. Also können wir den Faden auch gleich an der Stelle wiederaufnehmen, die ich bereits als Anfang ausersehen (und wieder verstoßen) habe.

Ich liege also da wie Keats und frage mich: »War es ein Wachtraum oder ein Phantom? Entflohn die Weise – wache, schlafe ich?« Außerdem frage ich mich, warum zum Donnerwetter Jane nicht warm eingemummelt neben mir liegt.

Der Wecker verrät mir den Grund.

Es ist Viertel vor neun.

Das hat sie mir noch nie angetan. Noch nie.

Ich rase ins Badezimmer und wieder hinaus, in den Mundwinkeln klebt noch Zahnpasta.

»Jane!« rufe ich durch Pastabläschen. »Jane, was zum Geier ist denn los? Es ist ja schon halb zehn!«

In der Küche schalte ich den Wasserkessel ein, suche wie verrückt nach Kaffee und sauge dabei panisch an meinen Pfefferminzfluoridlippen. Eine leere Kencotüte und bergeweise Teeschachteln.

»Himbeerrendezvous«, Herrschaftszeiten. *Rendezvous?* »Orangenglanz«. »Banane- und Lakritztraum«. »Nächtliches Vergnügen«.

Herrgott, was ist denn in sie gefahren? Alle möglichen Teesorten, bloß kein stinknormaler Tee. Und weit und breit keine einzige Kaffeebohne.

Ganz hinten im Küchenschrank ... Triumph, hurra. Schmatz! Ein großer Aquafreshkuß für *dich,* mein Schatz.

»Safeway, kolumbianischer Kaffee, filterfertig gemahlen.«

Na *also!*

Zurück ins Schlafzimmer, mit einem Sprung in die kurze Jeans. Keine Zeit für Boxershorts, keine Zeit für Socken. Barfuß rein in die Segelschuhe, und um die Schnürsenkel kümmern wir uns später.

Wieder in die Küche, wo sich der Kessel gerade abschaltet. Ganz schön viel Brodeln für so wenig Wasser, aber für eine Tasse wird's reichen, aber locker.

Nein!

Verdammt noch mal, nein!

Nein, nein, nein, nein, *nein!*

Schnepfe. Blöde Sau. Dumme Kuh. Engel. Doppelschnepfe. Süße. Schlampe.

»Jane!«

»Safeway, kolumbianischer Kaffee, filterfertig gemahlen: *auf natürliche Weise entkoffeiniert!*«

»Zum Geier!«

Ruhig, Michael. Gaaanz ruhig. Bleib ruhig, mein Sohn.

Das kann mich doch nicht erschüttern. Ich bin Doktorand. Und bald Doktor. Von so was laß ich mich doch nicht unterkriegen. Nicht von solchem Pipifax.

Ha! Genau! Glühbirne über dem Kopf, fingerschnipsendes Heureka, wer hat hier was auf dem Kasten? *Yeah.*

Diese Pillen, diese Aufputschpillen. Pro-Doze? No-Doze? Irgendwas in der Richtung.

Bevor ich ins Badezimmer schlittere, fällt meinem Unbewußten noch etwas auf. Etwas Wichtiges. Da stimmt etwas nicht. Spielt vorläufig keine Rolle. Dafür ist nachher noch Zeit.

Wo sind sie hin? Wo sind sie bloß hin?

Da *seid* ihr ja, ihr kleinen Scheißer... ja, kommt zu Mama...

»No-Doze. Damit Sie wach bleiben. Ideal für Prüfungsvorbereitungen, lange Nächte, zum Autofahren usw. Jede Tablette enthält 50 mg Koffein.«

Auf dem Sideboard in der Küche mache ich mich kichernd wie eine Sniefnase auf einer Londoner Nachtclubtoilette ans Zerstoßen, Zerstampfen und Zermahlen.

Das weiße Pulver platzt und funkelt im Kaffeemehl, als ich es mit kochendem Wasser übergieße.

»Safeway, kolumbianischer Kaffee, filterfertig gemahlen: *auf unnatürliche Weise rekoffeiniert.*«

Das ist doch noch Kaffee. Vielleicht ein klitzekleines bißchen bitter, aber echter Kaffee und keine »Erdbeermilde« oder »Nessel- und Kamille-Ptisane«. Und du willst ernsthaft behaupten, ich wäre auf den Kopf gefallen, Jane? Ha! Na warte, bis ich dir *das* heute abend erzähle! Ich habe Paul Newman in *Ein Fall für Harper* übertroffen. Der hat bloß eine alte Filtertüte recycelt, hab ich recht?

Viertel vor zehn. Tutorium um elf. Keine Panik. Geruhsam

stakse ich mit dem Becher in der Hand ins Gästezimmer. Der hab ich's aber gezeigt, Mann!

Der Apple ist kalt. Die olle Meckerziege blökt nicht mehr. Wer weiß, wann ich mich wieder dazu herablasse, dich einzuschalten, Maccie Thatcher?

Und daneben, auf dem Schreibtisch, sauber aufgeschichtet in all seiner Pracht und obszönen Dicke: *Das Meisterwerk* höchstpersönlich.

Ich wahre gebührenden Abstand und verrenke mir nur von weitem den Hals; die glorreiche Titelseite darf von keinem noch so winzigen Kaffeefleck verunziert werden.

Von Braunau nach Wien:
Die Wurzeln der Macht.

Michael Young, MA MPhil

Platz da, jetzt komm ich! Vier Jahre. Vier Jahre und zweihunderttausend Worte. Da steht die blöde Tastatur, so plastifiziert stumm, so komisch nichtssagend.

QWERTZUIOPÜASDFGHJKLÖÄYXCVBNM1234567890!

Mehr stand mir nicht zur Verfügung. Nur diese zehn Ziffern, sechsundzwanzig Buchstaben (plus Umlaute für deutsche Zitate), die sich zu zweihunderttausend Worten permutieren ließen. Außerdem hier ein Komma und da ein Semikolon. Aber ein Sechstel meines Lebens, ein volles *Sechstel* meines Lebens lang, beim großen schönen Buddha, hat mich diese Tastatur wie ein Krake umklammert.

Dann woll'n wir mal! Einmal strecken, und die Morgengymnastik wäre auch geschafft.

Ich stöhne vor Behagen und gehe in die Küche zurück. Die 150 Milligramm Koffein sind abgezischt wie eine Rakete und mit voller Sprengkraft im Hirn detoniert. Jetzt bin ich wach. Putzmunter.

Jawohl, jetzt bin ich wach. Und auf alles gefaßt.

Gefaßt auf das irgendwie veränderte Badezimmer.

Gefaßt auf einen Zettel, der zwischen der übriggebliebenen Käserinde und der leeren Weinflasche von gestern abend auf dem Küchentisch liegt.

Gefaßt auf den Grund, warum ich nicht um Punkt acht Uhr wach war wie geplant.

Machen wir uns doch nichts vor, Pup. Wir passen nicht zueinander. Ich rufe im Lauf des Tages wegen meiner restlichen Sachen an. Dann können wir auch besprechen, wieviel ich Dir für das Auto schulde. Herzlichen Glückwunsch zur Dissertation. Wenn du etwas Abstand gewonnen hast, wirst du mir zustimmen. J.

Schon während der obligaten Phasen von Schock, Wut und Gebrüll fällt mir ein kleiner Stein vom Herzen, zumindest macht sich das Bewußtsein breit, daß diese elegante kleine Notiz definitiv auf einen kleineren und unbedeutenderen Gefühlsbereich zugreift als vorhin der fehlende Kaffee oder die Möglichkeit, sie habe mich absichtlich verschlafen lassen, oder am meisten jetzt ihre lässige, arrogante Annahme, sie würde *mein* Auto bekommen.

Der Zornausbruch soll dann nur noch die Form wahren und macht Jane nachgerade ein Kompliment. Das Zerschmeißen der Weinflasche – der Weinflasche zur Feier des Tages, die ich am Vorabend so sorgfältig bei Oddbins ausgesucht hatte, der Châteauneuf du Pape, auf den ich ein Sechstel meines Lebens hingearbeitet hatte – ist lediglich eine Geste, das erforderliche theatralische Einverständnis, daß das Ende von drei gemeinsamen Jahren wenigstens etwas Lärm und Spektakel verdient hat.

Wenn sie ihre »restlichen Sachen« abholt, wird sie die elegant geschwungene Spur roten Sediments an der Wand entdecken, ihre Plattfüße werden über die knirschenden Scherben laufen, und sie wird voller Genugtuung glauben müssen, es machte mir etwas aus, und damit hat's sich dann. Jane&Michael sind nicht mehr, und jetzt ist Jane hier und Michael ist dort, und Michael ist zu guter Letzt jemand geworden. Mit John Lennons Worten, jemand in seiner eigenen Schreibe.

Also.

Als ich im Arbeitszimmer stehe und nach dem *Meisterwerk* greife, es abwäge und behutsam in meine Aktentasche schieben will, bekomme ich plötzlich Stielaugen wie Roger Rabbit, schreie auf und glotze einen kleinen Fleck auf der Titelseite an. Er ist dort wie das Melanom eines alten Surfers aus heiterem Himmel aufgetaucht, während des kurzen Augenblicks, wo ich mich in der Küche mit Weinflaschenschmeißen vergnügt habe. Ein Kaffeefleck ist es ganz bestimmt nicht, vielleicht also bloß ein Papierfehler, der nur in der hellen Maisonne überhaupt sichtbar wird. Keine Zeit, den Computer booten zu lassen und die Seite noch einmal auszudrucken, also schnapp ich mir ein Fläschchen Tippex, betupfe die freche Sommersprosse mit der Pinselspitze und blase sie sanft trocken.

Ich nehme das Blatt zwischen die Fingerspitzen, trete vor die Haustür und halte es in die Sonne. Kaum was zu sehen. Alles in Butter.

Neben dem Telegrafenmast ist die Parklücke, wo der Renault stehen sollte.

»Blöde Schnepfe!«

O je. Schlechter Zug.

»'tschuldigung!«

Das kleine Zeitungsmädchen schert aus und rast davon, beugt sich über den Lenker und erinnert sich an jede einzelne Schreckensmeldung, die es je auf den Titelseiten der Zeitungen gesehen hat, die es allmorgendlich auf den Fußmatten verteilt. Das sag ich meiner Mami.

Ach du meine Güte. Laß ihr lieber einen Vorsprung, sonst glaubt sie noch, du wärst hinter ihr her, und dann bist du bei ihr erst recht unten durch. Ich weiß nicht, wofür wir überhaupt eine Tageszeitung brauchen. Jane ist ein Zeitungsjunkie, das ist es. Wir bekommen sogar die ›Cambridge Evening News‹ im Abonnement. Jeden Nachmittag. Also mal ehrlich: tut das not?

Ich gehe ums Haus und hole das Fahrrad aus dem Durchgang. Ich mag das Surren der Räder. Mann, ich bin jung. Ich bin frei. Ich habe frisch geputzte Zähne. In meinen guten alten Schulranzen schmiegt sich eine Zukunft. Schmiegt sich *die* Zukunft. Die Sonne scheint. Zur Hölle mit allem anderen.

Frühstück machen

Der Gestank der Ratten

Alois schwang sich in den Sattel, schob den Rucksack über den Schultern zurecht, trat rhythmisch in die Pedale und fuhr den Hügel hinauf. Die grünen Streifen seiner Uniformhose und der goldene Adler an seinem Helm blitzten in der Sonne. Klara sah ihm nach und fragte sich, warum er sich nie in den Pedalen aufstellte, um mehr Schwung zu bekommen, so wie Kinder das machen. Bei ihm war es stets derselbe, absolut mechanische, beängstigend regelmäßige und zielstrebig ruhige Vorgang.

Sie war um fünf aufgestanden, hatte den Ofen angeheizt und den Küchentisch gescheuert, bevor das Dienstmädchen erwachte. Sie hatte immer das Bedürfnis, die Glassplitter zusammenzuklauben und die Weinflecken und klebrigen Schnapslachen wegzuwischen. Als hoffte sie, der Anblick eines sauberen Tisches werde Alois vergessen lassen, wieviel er am Vorabend getrunken hatte. Außerdem sollten die Kinder die Überreste der »häuslichen Abende« des Vaters nicht zu Gesicht bekommen.

Als Anna, das Dienstmädchen, um sechs aufstand, rümpfte es wie immer die Nase, als es den sauberen Tisch sah, und hinter Alois' Rücken, der vor dem Ofen seine Stiefel wienerte, schien die gerümpfte Nase Klara sagen zu wollen: »Ich kenne dich. Wir sind uns gleich. Auch du hast als Dienstmädchen angefangen. Du warst nicht einmal Hausangestellte, sondern nur Küchenmagd. Und im Grunde deines Herzens bist du das heute noch und wirst es immer bleiben.«

Wie immer hatte Klara ihrem Gatten beim Polieren zugesehen und war eifersüchtig auf die Uniform, der er soviel Liebe, Hingabe und Stolz entgegenbrachte. Vom Hin und Her der Bürste auf dem Leder eingelullt, hatte sie sich wie immer nach Spital zurückgesehnt, nach ihrem Heimatdorf mit seinen Feldern, Milcheimern und dem Silagegeruch, nach ihren Brüdern und Schwestern und deren Kindern, weit weg von dem Ansehen, der Förmlichkeit und Brutalität von Onkel Alois, den Uniformen und Menschen, deren Gespräche und Umgangsformen sie nicht verstand.

Onkel Alois! Er hatte ihr doch verboten, ihn je wieder so zu nennen.

»Ich bin nicht dein Onkel, Mädchen. Allenfalls ein angeheirateter Vetter. Nenn mich ja nicht Onkel. Haben wir uns verstanden?« Aber in ihren Selbstgesprächen war die Gewohnheit stärker. Für sie war er seit frühester Kindheit Onkel Alois, und das würde er auch immer bleiben.

Er hatte am Vorabend nicht mehr getrunken als sonst und war auch nicht roher, ausfallender oder beleidigender geworden als sonst. Bei ihm war es stets derselbe absolut mechanische, beängstigend regelmäßige und zielstrebig ruhige Vorgang.

Wenn er ihr weh tat, unterdrückte sie jeden Laut, der Angela oder den kleinen Alois wecken konnte, denn sie konnte die Vorstellung nicht ertragen, daß sie erfuhren, was der Vater ihr antat. Klara war nicht sonderlich intelligent, aber sie war empfindlich und wußte genau, daß ihre Stiefkinder statt des Mitleids nur Verachtung für sie übrig hätten, sollten sie je erfahren, daß sie sich so gehorsam in die Prügel des Vaters schickte. Schließlich stand sie, so lächerlich das auch war, im Alter den Kindern näher als ihrem Mann. Wahrscheinlich war er deswegen auch so wild entschlossen, mit ihr Kinder zu zeugen. Er wollte, daß sie älter wurde, daß sie von einem einfältigen Mädchen vom Lande zur Mutter heranreifte. Sie sollte den Silagegeruch ablegen. Etwas Fett ansetzen, etwas Substanz und Ansehen gewinnen. O ja, Ansehen war sein ein und alles. Aber er war ja auch ein Bastard. Das war das einzige, was sie ihm voraus hatte. Sie war vielleicht ein einfältiges Mädchen vom Lande, aber sie wußte wenigstens, wer ihr Vater war. Onkel Alois der Bastard wußte nicht, wer sein Vater war. Aber auch sie wollte Kinder von ihm. Sie wünschte sie sich verzweifelt.

Vor drei Jahren war ihr Sohn Gustav nach nur einer Woche gestorben, und in dieser Woche hatte er mit blau angelaufenem Gesicht ununterbrochen gehustet. Im Jahr darauf hatte sie ein totes Mädchen zur Welt gebracht, und erst vor einem Jahr hatte ihr kleiner Josef, tapfer wie ein Kampfhahn, einen Monat lang gerungen, bevor auch er dahingerafft wurde. Danach begannen die Schläge. Onkel Bastard hatte eine Nilpferdpeitsche gekauft und mit schrecklichem Lächeln an die Wand gehängt.

»Das ist Pnina«, sagte er. »Pnina die Peitsche, unser neues Kind.«

Klara stand an der Tür und sah der uniformierten Gestalt nach, die kerzengerade die Hügelspitze erreichte. Nur Alois konnte einem so lächerlichen Gefährt wie dem Fahrrad Würde verleihen. Und wie er es liebte. Jede neue Entwicklung von Patentreifen, Pedalen und Ketten erregte ihn. Gestern hatte er dem kleinen Alois ganz ergriffen aus der Zeitung vorgelesen. In Mannheim hatte ein Ingenieur namens Benz ein dreirädriges Fahrzeug gebaut, das in einer Stunde ohne jedes menschliche Zutun fünfzehn Kilometer weit fuhr, ohne Pferde und ohne Dampf.

»Stell dir vor, mein Sohn! Wie ein kleiner Privatzug, der keine Gleise braucht! Eines Tages werden *wir* eine solche Maschine mit Selbstantrieb haben, und dann reisen wir zusammen wie die Fürsten nach Linz oder Wien.«

Klara kehrte ins Haus zurück und sah Anna zu, die Eier für die Kinder briet.

»Soll ich das nicht machen?« wollte sie erst sagen. Inzwischen konnte sie diesen Impuls jedoch unterdrücken, ging statt dessen mit aufkeimenden Schuldgefühlen zum leeren Eimer an der Hintertür und spürte mehr, als daß sie es sah, wie sich Anna beim Quietschen des Henkels zu ihr umdrehte.

»Soll *ich* das...«, setzte Anna an, aber Klara war schon aus dem Haus, und die Küchentür hatte sich geschlossen, noch bevor sie den etwas vorwurfsvollen Satz beendet hatte.

Mit leichter Belustigung stellte Klara fest, daß sie ihren Gang zum Brunnen wieder einmal so abgepaßt hatte, daß im selben Augenblick der Zug nach Innsbruck vorbeibrauste. Sie stellte sich vor, wie er durch Wiesen und an Gehöften vorbeischnaufte, und sah vor ihrem geistigen Auge ihre Neffen und Nichten in Spital auf und ab hüpfen und dem Lokomotivführer zuwinken. Sie pumpte den Schwengel schneller auf und ab, und das in den Eimer schießende Wasser fand zum Gleichtakt mit der mächtigen Dampflokomotive, die ihre kaiserlichen weißen Schnurrbärte hoch in den Himmel stieß.

Dann kam der Gestank. O Gott, welch ein *Gestank.*

Klara hielt sich die Hand vor Mund und Nase, aber vergebens. Erbrochenes tropfte ihr durch die Finger, als ihr Körper den Gestank, diese entsetzliche Luftverpestung mit Gewalt loswerden wollte. Tod und Verwesung erfüllten die Luft.

Seinen Weg machen

Parks

Es war dumm gewesen, keine Socken anzuziehen. Als ich an der Mill vorbeikam, hatte ich schon schmerzende Käsemauken. Und ich schwitzte am ganzen Körper.

Als ich lustlos über die Brücke an der Silver Street strampelte, laberten sich überall die fröhlichen Studienanfänger voll, hüpften zwischen den Autos über die Straße und stellten jene Melange aus Lebensmüdigkeit und aufgeblasenem Schwung zur Schau, die ihre Existenzberechtigung darstellt. Ich konnte mir das als Student nicht leisten. Ich mußte auf mein Image achten. Allein schon diese Angewohnheit von Studenten, ihre Namen über die Straße zu posaunen.

»Lucius! Biste doch noch zu der Fete gegangen?«

»Kate!«

»Dave!«

»Mark, man sieht sich, Mann!«

»Bridget, hi, Babe!«

Wenn ich nicht dazugehörte, müßte ich kotzen.

Ich erinnerte mich an ein riesiges Graffito in der Downing Street, das ungefähr zur Zeit des Zusammenbruchs des Kommunismus angebracht worden sein mußte und das am Backstein des Museums für Archäologie und Anthropologie immer noch trotzig und deutlich zu lesen war.

HIER KOMMT DIE MAUER NICHT WEG.
KILLAGRAD 85

Einem Kind, das in Cambridge aufgewachsen ist, kann man wohl kaum Vorwürfe machen, wenn es sich wieder als Klassenkämpfer aufführt. Stellen Sie sich vor, Sie sind Ihr ganzes Leben von langhaarigen Fabiern und neureichen Gymnaseweisen mit Baseballmützen umgeben, die Geld und Aussehen, Geld und Wuchs, Geld und Appeal, Geld und Bücher und Geld und Geld mitbringen. Wichser.

Wichser! schrieen die Klassenkämpfer einem in Stadionchören zu. Wich-ser! Von anschaulichen Gesten begleitet.

Killagrad 85. Das Museum für Archäologie und Anthropologie sollte die verblichenen Schriftzüge restaurieren lassen und als sein wertvollstes Exponat hegen und pflegen, ein Fresko mit mehr Aussagekraft als all die keltischen Amulette in Vitrinen, all die angestrahlten Gefäße der Inkas und Nasenknochen aus Borneo.

Ein Kollege aus Oxford (es ist einfach herrlich, sein Studium abgeschlossen zu haben, ein Junior Bye Fellow zu sein und Wörter wie »Kollege« benutzen zu können), ein Kollege also, ein Mithistoriker, hat mir von einem Foto erzählt, das dort in einer Galerie hing. Eigentlich waren es zwei Fotos, Seite an Seite, die zwei verschiedene Glascontainer zeigten. Der eine war am Stadtrand von Cowley aufgenommen worden, in der Nähe der Autowerke. Der Container war wie alle Altglascontainer in drei Abteilungen unterteilt, deren Anstrich den Glassorten entsprach, die für sie bestimmt waren. Es gab also eine weiße Abteilung für durchsichtiges Glas, eine grüne für Weinflaschen und schließlich noch – dreimal so breit wie die beiden anderen – eine braune Abteilung für Bierflaschen. Das zweite Foto schien auf den ersten Blick dasselbe Motiv zu zeigen, wieder ein Glascontainer, aber diesmal mitten in Oxford auf dem Campus aufgenommen. Nach der ersten Verwirrung war der Unterschied einfach umwerfend. Eine weiße Abteilung, eine braune Abteilung und, aufgepaßt, dreimal so breit wie die beiden anderen, eine *grüne* Abteilung. Was braucht man mehr über die Welt zu wissen? Das Foto dieser beiden Glascontainer sollte man zum Sendeschluß als Standbild ausstrahlen, untermalt von der Nationalhymne.

Nicht daß ich zu einer Generation gehörte, die angesichts sozialer Ungerechtigkeit Bambule machte, alle Welt weiß schließlich, daß Politik uns piepegal ist. Wir alle wollen nur einen Job, und verdammt noch mal, *Liebe* geht vielleicht durch den Magen, aber *Karriere* durch den Darm. Im übrigen bin ich Historiker. Ein Historiograph, wenn ich bitten darf.

Ich richtete mich im Sattel auf, kreuzte die Arme vor der Brust, radelte freihändig an der University Press vorbei und summte einen Song von Oily-Moily.

I'll never be a woman
I'll never be you

Ich habe irgendwann die Übersicht verloren, wie viele Fahrräder ich im Lauf der letzten sieben Jahre besessen habe. Mein jetziges Modell ist ausnahmsweise so gut ausbalanciert, daß ich freihändig fahren kann, was ich voll abgespacet finde.

Mit dem Fahrraddiebstahl in Cambridge sieht es ähnlich aus wie mit dem Autoradiodiebstahl in London oder dem Handtaschenraub in Florenz – er ist eine Landplage. Jeder Drahtesel trägt auf dem hinteren Schutzblech eine elegante und überflüssige Nummer. In längst vergangenen Zeiten, die für die Stadt schmachvoll hätten sein sollen, hat man sogar ein Projekt angeleiert. Gott bewahre uns vor Projekten, hab ich nicht recht? Die Stadtväter kauften Tausende von Fahrrädern, ließen sie grün lackieren und stellten sie über die ganze Stadt verteilt in kleinen Fahrradparks auf. Dahinter stand die Vorstellung, man könne sich einfach auf ein Rad schwingen, fahren, so weit man wolle, und es dann einfach für den nächsten Benutzer auf der Straße stehenlassen. Welch eine *süße* Idee, so William-Morris-mäßig, so utopisch, so idiotisch.

Leser, du wirst *erstaunt* sein, *verblüfft,* ja *wie vom Donner gerührt* wirst du sein, wenn du erfährst, daß innerhalb einer Woche all die grünen Fahrräder verschwunden waren. Spurlos. Aber das Projekt hatte etwas so Süßes, Gutgläubiges, Hoffnungsvolles, Edles und Huärgh, daß die Stadt am Ende stolz war und sich nicht etwa schämte. Wir lachten uns ins Fäustchen. Und als der Stadtrat ein neues, verbessertes Projekt vorstellte, wälzten wir uns brüllend vor Lachen am Boden und flehten sie an, ein Ende zu machen.

Das Blöde ist, daß man wegen der vielen Pflasterstraßen in Cambridge nicht Rollschuh laufen kann. Es gibt eine traurige kleine Inline Skating Society und eine Monoblades Society, die so tut, als wäre Midsummer Common der Central Park, aber das kauft euch doch keiner ab, Kids. Es müssen Fahrräder sein, und in der flachsten Landschaft Britanniens, wo schon ein Hundehaufen die Aufmerksamkeit der Mountaineering Society anzieht, sind Mountain Bikes auch nicht der Bringer.

Die Stadtväter von Cambridge lieben das Wort »Park«. Da man nirgends in der Stadt parken kann, benutzen sie das Wort so oft wie möglich in anderen Zusammenhängen. Cambridge muß so ungefähr die erste Stadt mit Park-and-Ride-Bussen gewesen sein. Die Stadt rühmt sich eines Wissenschaftsparks, eines Wirtschaftsparks und natürlich der eben beklagten Fahrradparks. Es sollte mich nicht wundern, wenn wir zur Jahrhundertwende Sexparks, Internetparks und Einkaufparks haben, denen Parkparks mit Schaukeln und Rutschen den letzten Schliff geben.

Es gibt viele Gründe, warum man in Cambridge nicht parken kann. Die Straßenbreite in dieser kleinen, mittelalterlichen Stadt wird von den Collegegebäuden vorgeschrieben, die sich wuchtig und unbeweglich wie Bergketten gegenüberstehen. In den Semesterferien platzt die Stadt vor Touristen, ausländischen Studenten und Tagungsteilnehmern aus allen Nähten. Darüber hinaus ist sie die Hauptstadt der Fens, das einzige ernstzunehmende Einkaufszentrum für Hunderttausende aus Cambridgeshire, Huntingdonshire, Hertfordshire, Suffolk und Norfolk, die armen Schweine. Im Mai hingegen, im Mai gehört Cambridge den Prüfungskandidaten, all den jungen Trendlümmeln mit ihren struppigen Ziegenbärten und gepflegten Koteletten. Die Colleges schließen ihre Tore, und ein einziges Wort erhebt sich über die Stadtmitte und schwillt an wie ein wassergefüllter Luftballon kurz vor dem Platzen.

Büffeln.

Cambridge im Mai ist ein Büffelpark. Die Flußufer und Rasen, Bibliotheken, Courts und Korridore erblühen mit bunten jungen Bregenknospen, die über Büchern aufbrechen sollen. Panik, echte Panik, von einer Sorte, die bis in die achtziger Jahre hinein völlig unbekannt war, überschwemmt die Studenten im dritten Jahr wie eine Sturmflut. Examina fallen plötzlich ins Gewicht. Abschlußnoten *zählen.*

Außer man hat – wie ich – schon vor einer halben Ewigkeit sein Examen gemacht, ist dem Ruf des Strebers gerecht geworden, hat eine Eins bekommen, seine Doktorarbeit geschrieben und ist jetzt frei.

Frei! schrie ich mir zu.

Freeii! antworteten das Fahrrad im Freilauf und die vorbeiwischenden Gebäude.

Junge, Junge, was habe ich mich an jenem Tage geliebt.

Sogar das Brennen und Drücken der Blasen an den Füßen. Zum Kuckuck, warum hätte ich mir denn auch Sorgen machen sollen? Wie viele Menschen können sich denn schon im Brustton der Überzeugung als frei bezeichnen?

Auch von Jane befreit. Weiß noch nicht genau, wie ich das finde. Schließlich muß ich fairerweise zugeben, daß sie meine erste echte Freundin war. Ich habe als Student nie zur Casanovafraktion gehört, weil ich – es läßt sich ja doch nicht verheimlichen – schüchtern bin. Es fällt mir schwer, den Leuten in die Augen zu sehen. Meine Mutter hat immer über mich gesagt (vor mir allerdings auch): »In Gesellschaft wird er leicht rot, wißt ihr.« Das hat natürlich unheimlich geholfen.

Ich war erst siebzehn, als ich an die Uni kam, und als schnell errötendes Milchgesicht, das besonders auf Mädchen nicht den geringsten Charme ausübte, bin ich nur alle Jubeljahre mal unter Leute gegangen. Schulkameraden traf ich sowieso nicht wieder, weil ich eine Staatsschule besucht habe, die vor mir noch niemanden nach Cambridge geschickt hat, und ich war scheiße in Sport, Journalismus, Schauspielen und allem anderen, was einen bekannt macht. War scheiße, *weil* es einen bekannt macht, nehm ich an. Nein, ich war scheiße, weil ich scheiße war, da beißt die Maus keinen Faden ab. Und Jane war dann eben… na ja, mein Leben.

Aber jetzt: Platz da, jetzt komm ich! Wenn ich in vier Jahren eine Doktorarbeit abschließen und eigenhändig Safeway's auf natürliche Weise entkoffeinierten Kaffee rekoffeinieren kann, dann stehe ich allein meinen Mann.

Jede Fiona und jede Frances, die über ihrem Flaubert die Stirn furchte, erschien dem neuen, freien Michael in neuem, freiem Licht, und freihändig fuhr ich vor den Toren von St. Matthew's vor, frei stieg ich ab, schob das frei surrende 4857M an der Pförtnerloge vorbei und fühlte mich frei.

Nachrichten machen

Wir Deutsche

Alois schob sein Fahrrad durch das Tor und an der Wachstube vorbei.

»Grüß Gott!«

Klingermanns Fröhlichkeit bei diesen Inspektionsvisiten ärgerte ihn jedesmal. Der Mann hatte gefälligst nervös zu sein.

»Gott«, murmelte er, halb zur Begrüßung und halb als Fluch.

»Heute morgen ist alles ruhig. Herr Sammer hat über das Telephonding eine Nachricht geschickt, daß er nicht kommen kann. Eine Sommergrippe.«

»Na, im Juli wird es wohl kaum eine Wintergrippe sein, was, mein Junge?«

»Nein, Herr Zollbeamter«, sagte Klingermann augenzwinkernd und faßte das als guten Witz auf, was Alois noch mehr aufbrachte. Und dann diese Angst vor dem Telephon, das er stets »das Telephonding« nannte, als handle es sich dabei nicht um die Zukunft, sondern um einen teuflischen Apparat, der die Welt ins Verderben stürzen würde. Ein bäurisches Weltbild. Es waren schon immer die bäurischen Weltbilder gewesen, die den Fortschritt in diesem Lande hemmten.

Betont kühl ging Alois an Klingermann vorbei, setzte sich an den Tisch, zog eine Zeitung und eine Flasche Schnaps aus dem Rucksack und machte sich an die Lektüre.

»Wie meinen, Herr Zollbeamter?« fragte Klingermann.

Alois beachtete ihn nicht und warf die Zeitung beiseite. Er hatte nur »Scheiße« geknurrt. Er trank einen anständigen Schluck Schnaps und starrte aus dem Fenster über die Grenzpfosten nach Bayern, ins *Deutsche Reich,* wie die Scheißer sich neuerdings nennen durften. Ins Deutsche Reich, wo man in Mannheim bereits an pferdelosen Beförderungsmitteln arbeitete. Wo man Telephonnetze baute, die das ganze Land überzogen, und wo dieses Schwein Bismarck schon noch sein Fett abkriegen würde.

»Wir Deutsche fürchten Gott, aber sonst nichts in der Welt«, hatte das alte Schwein im Reichstag gepoltert und wahrscheinlich erwartet, der Russe und der Franzose würden sich vor der Macht des Dreibunds, seinem Steckenpferd, in die Hose machen. »Wir Deutsche!« Was zum Teufel sollte das denn heißen? Dieser hinterhältige Schweinehund mit seinen Kriegen in Dänemark, der den Österreichern die Zunge rausstreckte: Ätschi-bätschi, ihr dürft nicht mitspielen. »Wir Deutsche« umfaßte nur, was das alte Schwein wollte. Preußen. Stockbesoffene Junker. *Die* bestimmten das. Westfalen konnten Deutsche werden, aber sicher. Hessen, Hamburger, Thüringer und Sachsen konnten Deutsche werden. Selbst die verdammten *Bayern* konnten Deutsche werden. Nur die Österreicher nicht. O nein. Die sollten mit den Tschechen, Slowaken, Ungarn und Serben in der Gosse bleiben. Mußte es denn nicht selbst für ein Arschloch wie Bismarck auf der Hand liegen, daß die Österreicher und die Deutschen von jeher... ach, es hatte ja doch keinen Zweck. Es war auch egal, das alte Schwein würde schon noch sein Fett abkriegen.

Wilhelm, diese Pißfresse, war seit einigen Wochen tot, die Trauerzeit war vorbei, und Friedrich Wilhelm hatte als Friedrich III. den Thron bestiegen. Friedrich und Bismarck haßten sich, ha-ha! Lebewohl, eiserner Kanzler! Verdammtes Glück, daß wir dich bald los sind, altes Schwein. Deine Tage sind gezählt.

Ein Karren kam auf sie zu. Alois erhob sich und strich den Uniformrock glatt. Er hoffte, daß es ein Bayer war und kein zurückkehrender Österreicher. Ein *Deutscher.* Bei seinen Inspektionen der Zollwachen machte es ihm immer einen Heidenspaß, *Deutsche* zu drangsalieren.

Fertig machen

Das Postfach

Bill der Pförtner sah an seinem Fenster hoch, als ich mein Fahrrad an ihm vorbeischob. Ich fürchtete schon lange, daß er mich auf dem Kieker hatte.

»Guten Morgen, Mr. Young.«

»Nicht mehr lange, Bill.«

Er sah mich verwirrt an. »Laut Wetterbericht schon.«

»Nicht mehr lange ›Mister‹«, sagte ich lächelnd, wurde rot und hielt die Tasche hoch, die das Meisterwerk beherbergte. »Ich habe meine Doktorarbeit abgeschlossen.«

»Aha«, sagte Bill und widmete sich wieder seinem Schreibtisch.

Wäre ja auch zuviel verlangt, daß er sich über meinen Triumph freuen sollte. Wer wird wohl je die peinliche Dialektik von Herr und Knecht im ausgehenden zwanzigsten Jahrhundert durchschauen? Es ist schon riskant, es eine Dialektik von *Herr* und *Knecht* zu nennen. Die Pförtner hatten ihre »Sirs«, »Ma'ams« und konnten ihre Melonen lüpfen, und wir hatten unser dümmliches, übertriebenes und katzbuckelndes Grinsen, um die Standesunterschiede zu kaschieren. Wir würden nie erfahren, wie sie uns hinter unseren Rücken nannten. Und sie würden vermutlich nie erfahren, was wir eigentlich den lieben langen Tag so trieben. Vielleicht malten auch die Pförtnersöhne und -töchter das *Killagrad '85* an die Wände. Bill wußte, daß die einen Studenten weitermachten, Dissertationen schrieben und als Fellows am College endeten, während die anderen durchfielen oder in die Welt hinauszogen, um reich, berühmt oder vergessen zu werden. Vielleicht machte er sich darüber Gedanken, vielleicht auch nicht. Nichtsdestoweniger wäre mir etwas mehr Denholm Elliott in *Trading Places* und etwas weniger Judith Anderson in *Rebecca* ganz lieb gewesen. Finden Sie nicht? Doch? Na also.

»Natürlich«, sagte ich mit hoffentlich reuiger Bescheidenheit und wog die Aktentasche in der Hand, »müssen die Gutachter sie sich jetzt erst einmal anschauen...«

Seine einzige Reaktion bestand in einem Grunzen, also wandte ich mich ab, um nachzusehen, was mir die Post beschert hatte. Ein dickes gelbes Päckchen ragte aus meinem Postfach. Cool! Sanft zog ich es heraus.

Auf dem Absender stand das Logo eines deutschen Verlages mit einem geschichtswissenschaftlichen Programmschwerpunkt. Seligmanns Verlag. Der Name war mir aus meinen Recherchen natürlich ein Begriff, aber verflixt, wie war man dort bloß auf *meinen* Namen gekommen? Ich hatte nie mit ihnen korrespondiert. Sehr merkwürdig. Und ich hatte bestimmt auch keine Bücher bei ihnen bestellt... aber vielleicht hatten sie ja irgendwie von mir gehört und fragten an, ob ich Interesse hätte, mein Meisterwerk bei ihnen zu veröffentlichen. Megacool!

Die Publikation meiner Doktorarbeit war natürlich mein größter, tiefster, liebster und innigster Herzenswunsch. Und dann auch noch beim Seligmanns Verlag, wow, das wäre wirklich ein roter Tag im Kalender.

Zukunftsträume, Visionen und Wolkenkuckucksheime schossen vor meinem inneren Auge in die Höhe wie der Neubau von Hochhäusern im Zeitraffer; Balken und Giebelsäulen, Stahlträger und Dachsparren flogen zu fröhlicher Xylophonmusik an Ort und Stelle. Ich war schon da, im vollständig eingerichteten und restlos vermieteten Michael Young Tower, nahm Auszeichnungen und Ehrendoktortitel entgegen und signierte liebevoll gestaltete Exemplare meiner beim Seligmanns Verlag erschienenen Dissertation (ich konnte sogar die Farbe des Buches erkennen, die Schrifttype, die Umschlagillustration und das Foto des Autors in würdevoller Pose über dem Klappentext), und all das in der gegen null gehenden Zeitspanne, nachdem ich den Briefkopf gelesen hatte und bevor ich mit quietschenden Bremsen, qualmenden Reifen und sich aufblähendem Airbag den tatsächlichen Adressaten entzifferte. Metaphorisch mittelprächtig verkorkst, aber Sie wissen schon, was ich meine.

»Professor L. H. Zuckermann«, stand da, »St. Matthew's College, GB – Cambridge CB3 9BX.«

Oh. Also nicht für Michael Young MA.

Ich warf einen Blick auf das Postfach unter meinem. Es war bis zum Platzen gefüllt mit Briefen, Flugblättern und Ankündigungen. Alphabetisch kam an letzter Stelle, noch unter »Young, Mr. Michael D.« »Zuckermann, Prof. Leo«. Ich konnte meine Enttäuschung nicht verbergen, als ich den Adreßaufkleber anstarrte.

»Mist«, sagte ich und versuchte, das Päckchen bei seinem rechtmäßigen Empfänger festzukeilen.

»Sir?«

»Ach, nichts. Da lag bloß eine Sendung für Professor Zuckermann in meinem Postfach, und sein Postfach ist voll.«

»Sie können es mir geben, Sir. Dann sorge ich dafür, daß er es bekommt.«

»Danke, nicht nötig, ich bring's ihm vorbei. Vielleicht kann er mir sogar helfen... mir ein Empfehlungsschreiben für Verleger mitgeben. Wo hängt er denn rum?«

»Hawthorn Tree Court, Sir. 2A.«

»Wer ist das überhaupt?« fragte ich, während ich das Päckchen in meine Tasche schob. »Ich seh seinen Namen zum erstenmal.«

»Das ist Professor Zuckermann«, lautete die korrekte Antwort.

Paragraphenreiter. Ts.

Ärger machen

Diabolo

»Aber ich bin Deutscher!«

»Nein, Sie sind nichts. Diesen Papieren zufolge sind Sie nichts. Nichts und niemand. Sie existieren nicht.«

»Ein Tag. Sie sind seit *einem Tag* abgelaufen, das ist alles.«

»Herr Zollbeamter, dieser Mann kommt in regelmäßigen Abständen hier vorbei.« Klingermann warf Alois einen unbehaglichen Blick zu. »Er ist mir ... ich kenne ihn gut. Ich kann mich für ihn verbürgen.«

»Soso, Sie können sich für ihn *verbürgen*, ja, Klingermann? Und warum, glauben Sie wohl, gibt die kaiserlich-königliche Regierung in Wien für Formulare, Briefmarken, Ausweise und Bescheinigungen allmonatlich ein Vermögen aus? Aus Spaß an der Freud? Was glauben Sie eigentlich, was ein Ausweis ist? Das ist ein gestempeltes Dokument, das man jederzeit bei sich haben muß, um sich ausweisen zu können. Oder glaubt dieser nicht existente Bürger des Landes Nirgendwo vielleicht, Sie würden sich als Ausweis in seine Brieftasche legen?«

»Aber als Deutscher habe ich das Recht auf unbehelligte Einreise nach Österreich!«

»Sie sind aber kein Deutscher. Wie aus diesen Papieren zu ersehen ist, mögen Sie gestern ein Deutscher gewesen sein. Heute sind Sie jedoch ein Niemand.«

»Ich muß meinen Lebensunterhalt verdienen und eine Familie ernähren!«

»Ich muß meinen Lebensunterhalt verdienen und eine Familie ernähren ...?«

»Ich muß meinen Lebensunterhalt verdienen und eine Familie ernähren, *Herr Zollbeamter.*«

»Österreichische Tischler müssen ebenfalls ihren Lebensunterhalt verdienen und Familien ernähren, mein Herr! Mit jedem der geschmacklosen deutschen Scheißdinger, die Sie hier verkaufen, rauben Sie einem österreichischen Tischler einen Bissen Brot.«

»Herr Zollbeamter, mit Verlaub gesagt, das ist kein Scheiß, das sind liebevoll und sorgsam von Hand gefertigte Spielzeuge, und meines Wissens gibt es in Österreich niemanden, der sie herstellt, also raube ich wohl kaum irgend jemandem einen Bissen Brot.«

»Aber das Geld, das arme, ehrbare österreichische Eltern für diesen verderbten deutschen Plunder aus dem Fenster werfen, würde sonst für gesunde, von österreichischen Bauern angebaute Lebensmittel verwendet. Ich sehe keinerlei Grund, warum ich als bevollmächtigter Vertreter Seiner Majestät des Kaisers solchen Verhältnissen Vorschub leisten sollte. Sie etwa?«

»Verderbt? Herr Zollbeamter, das sind doch nur unschuldige...«

»Wie nennen Sie sie? Hm? Verraten Sie mir das. Wie nennen Sie sie?«

»Wie meinen?«

»Wie *heißt* dieser Tand?«

»Diabolos, Herr Zollbeamter. Die haben Sie bestimmt schon einmal...«

»Diabolos, genau. *Diabolo* heißt auf italienisch der Teufel. Satan. Der Verderber. Und die nennen Sie unschuldig?«

»Aber Herr Zollbeamter, sie werden doch nur Diabolo genannt, weil sie höll- ...weil sie schrecklich schwierig zu spielen sind. Sie sind eine Herausforderung, ein Gedulds- und Geschicklichkeitsspiel. Ein Spaß eben!«

»*Spaß,* Herr Tischlermeister? Sie finden es spaßig, wenn Österreichs Jugend ihre Zeit, die sie sinnvoll auf Lernen oder Leibesertüchtigung verwenden könnte, mit teuflischem Spielzeug aus Deutschland vergeudet?«

»Herr Zollbeamter, vielleicht... möchten Sie vielleicht einmal eines davon ausprobieren? Hier... als Geschenk. Sie finden es bestimmt harmlos und kurzweilig.«

»Herrje«, Alois leckte sich die Lippen. »Da haben wir die Bescherung. Bestechung. Wie dumm von Ihnen. Ein Bestechungsversuch. Herrje. Klingermann! Formular K1 171, ordentlich Siegellack und eine Kaisermarke!«

Sich Freunde machen

Die Muse der Geschichte

Der erste teuflische Gedanke kam mir, als ich zu Zuckermann unterwegs war.

Ich hatte das Pförtnerhäuschen hinter mir gelassen und umrundete den Old Court, um durch den Torbogen zum Hawthorn Tree zu gelangen. Eventuell hatte ich das Recht, die Abkürzung *durch* den Court zu nehmen und mußte nicht um den Court herum, aber ich war mir nicht sicher, ob ich den Rasen betreten durfte. Auf dem Schild stand »Nur für Fellows«, und ich hatte mich nie getraut nachzufragen, ob damit auch Junior Bye Fellows gemeint waren. Die Frage klingt so mimosenhaft, finde ich. Als wäre man in der Schule gerade zum Präfekten ernannt worden und wollte wissen, ob man jetzt Turnschuhe tragen oder die Lehrer beim Vornamen anreden dürfe. Blöd, was?

Setz dich durch, Michael, das ist das A und O. Wann wirst du bloß endlich einsehen, daß du genausoviel Recht wie die übrige Menschheit hast, auf der Welt zu sein. Du brauchst ein neues Image: mehr Würde, mehr Gravitas, du mußt dein Auftreten mit deiner neuen Stellung in Einklang bringen...

Diese aufmunternden Gedanken wurden von Rumpeln, Poltern und Kreischen unterbrochen, als ich in der Ecke des Innenhofs am offenen, steinernen Torbogen zum Treppenhaus F vorbeikam. Ein quietschender Schatten schoß an mir vorbei und trampelte über den Rasen. Er schleppte einen Stapel CDs, eine Gipsbüste, drei Samtkissen und ein zusammengerolltes Poster. Ich kannte die Gestalt. Das war Edward Edwards, Double Eddie, jemand, der definitiv noch weniger Recht als ich hatte, den Rasen zu betreten. Er war der Mitbewohner und Lebenspartner eines weiteren Studenten im zweiten Jahr, James McDonell. Beide stellten mich gern bloß, indem sie mir hinterherpfiffen, »Potztausend!« oder »Scheiße mit Reiße«

oder sonst einen Blödsinn nachriefen. Ein wirklich süßes Pärchen, das aber zu hysterischen Szenen neigte und Gerüchte über die höhere Tugend ihrer Sexualität verbreitete.

Double Eddie verteilte Unmengen von CDs auf dem Rasen.

»He!« rief ich ihm nach. »Du hast was fallengelassen!«

Double Eddie drehte sich nicht um und verlangsamte auch nicht. Er kehrte mir seinen zornigen Rücken zu, sagte bloß »mir doch egal« und zog die Nase hoch.

Ach je, dachte ich. Schon wieder Beziehungskrach. Ich folgte ihm und betrat zaghaft den Rasen wie ein pflichtbewußter Vater, der prüft, ob die Eisdecke das Gewicht seiner Kinder trägt.

Hinter uns kreischte eine helle und klare Stimme los und hallte von Gemäuer und Fenstern des Courts wider. Ich sah mich um und erkannte James, der mit blitzenden Augen und in die Hüften gestemmten Armen in der Tür von Treppenhaus F stand.

»Mensch, komm doch zurück!« schrie er.

Double Eddie lief weiter. »Niemals!« rief er, ohne sich auch nur umzusehen. »Niemals, niemals, niemals, niemals, niemals!«

»Oi!«

Bill der Pförtner war mit grimmiger Miene aus seinem Kabuff getreten. »Meine Herren, seien Sie so gut und verlassen Sie den Rasen.«

Da Double Eddie bereits am gegenüberliegenden Rasenrand angekommen war und Bill sowieso unzweideutig im Plural gesprochen hatte, kannte ich nunmehr die Antwort auf meine Frage nach den Junior Bye Fellows und dem Rasen. Verboten.

Während Double Eddie an der Pförtnerloge vorbeistolzierte und erfolglos versuchte, unbeschwert vor sich hin zu pfeifen, sammelte ich die fallen gelassenen CDs auf und lief unter dem Blick des Pförtners knallrot an.

»Tut mir leid«, murmelte ich, »ich muß bloß eben...«

Bill nickte verbissen; ich war ihm zu hektisch und trotzdem nicht schnell genug. *»Festina lente. Eile mit Weile«*, brabbelte ich vor mich hin. Als Akademiker und unter Druck muß man mit lateinischen Phrasen und Fremdsprachen um sich werfen. Das stärkt das Ego. Oder auch nicht.

Ungeschickt sammelte ich Cabaret, Gypsy, Carousel, Sweeney Todd und den Rest ein und trippelte schnell zu James zurück, der mit Tränen in den Augen am Türrahmen lehnte.

»Ähm, hier, da hast du...«

Seine Hand wehrte ab. »*Ich* will mit dem Scheiß nichts zu tun haben. Von mir aus kannst du die alle verbrennen.«

Ich legte ihm eine Hand auf die bebende Schulter. »Ich bewahr sie erst mal für euch auf. Hey, tut mir leid«, sagte ich. »Das ist echt scheiße, wenn man den Laufpaß bekommt.« Er reagierte nicht, also ließ ich ihn in den geballten Genuß meiner Lebensweisheit kommen: »Ich weiß, wie das ist, Mann. Weißte, ich bin auch grade in die Wüste geschickt worden.«

Er starrte mich an wie einen Wahnsinnigen. Gleich würde er mir erklären, daß das mit seinem Fall überhaupt nicht zu vergleichen sei. Statt dessen jammerte er nur, das sei einfach nicht fair. Dann drehte er sich um, stapfte die Treppe hoch und ließ mich mit den CDs stehen.

Er hat recht, dachte ich, als ich meine Schnürsenkel trübselig durch den Torbogen schleifen ließ und auf den Parkplatz einbog, es ist wirklich nicht fair. Sitzengelassen zu werden, ist nun wirklich das Letzte. Die Hauptsache ist dann, die Demütigung vom Verlust zu trennen. Man weiß ja nie, was einen stärker quält: der Schmerz, ohne den geliebten Menschen weitermachen zu müssen, oder die Blamage, sich die Zurückweisung einzugestehen. Ich hatte schon mit dem Gedanken gespielt, Jane zurückzuerobern, damit *ich* dann Schluß machen konnte, einfach um quitt zu sein.

Und auf dem Parkplatz standen prachtvolle viertausend Pfund in Form eines Renault Clio. Mit *meiner* Killerbrille auf der Ablage. *Die* gönnte ich Jane gleich gar nicht. Ich stellte die Mappe neben dem Auto ab, wühlte meine Autoschlüssel aus der Tasche, öffnete den Wagen, nahm die Brille heraus und setzte sie auf. Verleiht eine Sonnenbrille einem mehr oder weniger Souveränität? Man verbirgt seine Augen, was gemeinhin als schüchtern und schwach gilt, andererseits wirkt man cool und unnahbar. Beim Autofahren sieht man natürlich schlechter. Vor dem Fahrersitz konnte ich eine Rolle Pfefferminzbonbons erkennen, die auf jeden Fall mir gehörte. Ich wußte noch genau, wie ich sie an einer Tankstelle gekauft hatte. Ach und apropos, die Hälfte der Kassetten gehörte auch mir. Ich nahm so viele, wie ich auf einmal packen konnte. Von allem etwas: ein bißchen Pulp, Portishead, Kinks, Verdi, Tschaik, Blur, den Morricone, die Alfred-Newman-Sammlungen und natürlich meine über alles geliebten Oily-Moily. Die Mariah Carey, k. d. lang, Wagner und Bach konnte sie meinetwegen behalten. Bei der Auflösung kinderloser Beziehungen dreht sich heutzutage alles darum, wer das Sorgerecht für die Plattensammlung bekommt. Man sollte seine Ansprüche also tunlichst als erster geltend machen.

Und in diesem Augenblick war der erste teuflische Gedanke ausgereift. Ich beugte mich noch einmal in den Wagen, riß die Parkerlaubnis fürs College von der Windschutzscheibe und zerriß sie in kleine Schnipsel. Ha-ha.

Meinen zweiten teuflischen Gedanken hatte ich, als sich die Kassetten zu Double Eddies CDs gesellten und mir das Fläschchen Tippex in die Finger kam.

Für einen Angehörigen der Tastatur-Generation darf ich mich einer exzellenten Handschrift rühmen. Als ich vierzehn war, hat mir meine Patentante zu Weihnachten ein Osmiroid Kalligraphieset geschenkt, und eine Zeitlang bin ich da voll drauf abgefahren. Man konnte die Buchstaben regelrecht ausgestalten, das »o« mit zwei Strichen schreiben, den Unterlängen und Oberlängen zierliche aufwärtsgerichtete Serifen verleihen, dick dünn, dick dünn, alles mit den richtigen Proportionen, das ganze Drum und Dran. Sie hätten in dem Jahr meine Dankesbriefe sehen sollen. Umwerfend.

Ich lehnte mich über die Kühlerhaube des Renault wie ein Verkehrssünder, der für einen Highway-Polizisten in den USA in Position geht, klemmte die Zunge in den Mundwinkel und machte mich an die Arbeit. Vielleicht würden die Lösungsmittel im Tippex den Lack ganz fabelhaft korrodieren, so daß meine kleine Liebesbotschaft sich nur mit einer langweiligen, zeitraubenden und kostspieligen Neulackierung entfernen ließe. Cool. Das war doch bestimmt der neue, souveräne Michael Young, auf den wir alle gewartet hatten. Mein Herz klopfte bis zum Hals, als ich einen Schritt zurücktrat, um den Gesamteindruck zu bewundern. So was hatte ich wirklich noch nie gemacht. Ich fühlte mich wie ein Ladendieb oder wie ein Kunde vor dem Sexshop.

Die Schrift war kleiner geraten, als ich mir gewünscht hätte, aber mit einem Fläschchen Tippex kommt man nicht weit, auch nicht auf der kompakten Kühlerhaube einer Clio. Trotzdem war das Weiß auf dem Dubonnetrot ziemlich eindrucksvoll, und der Wortlaut traf den Nagel auf den Kopf:

Ich bin von einer dummen Pute gestohlen worden.

Ich bewunderte mein Werk eine Zeitlang und überlegte, ob ich noch den albernen, einfach *albernen* Aufkleber an der Heckscheibe abreißen sollte: GENETIKER MACHEN ES IN VITRO, harhar-har, aber ich merkte, daß es schon fast elf war. Ich mußte Zuckermann noch sein blödes Päckchen vorbeibringen, das Meisterwerk bei Fraser-Stuart abliefern und mich mit einer Studienanfängerin zum Tutorium treffen. Soweit ich mich erinnern konnte, war ihr Aufsatz über Castlereagh und Canning überfällig, obwohl ich ihr in meiner Güte bereits zwei Verlängerungen gewährt hatte. Wenn sie ihn immer noch nicht fertig hatte, konnte sie sich auf was gefaßt machen. Schließlich hatte ich soeben eine zweihunderttausend Worte lange Dissertation säuberlich argumentierter, penibel recherchierter, innovativ präsentierter und elegant formulierter historischer Thesen vollendet, da konnten mir selbst in Bestlaune faule und träge Studenten gestohlen bleiben. Jetzt war Schluß mit Mr. Kumpel. Ab sofort hieß es Dr. Ekelpaket.

Ich bückte mich nach meiner Aktentasche, als ES geschah. Die Mutter aller GAUs passierte. An sich schon beschissen genug, aber so setzte es die beschissenste Ereigniskette (oder Nichtereigniskette) der ganzen Menschheitsgeschichte in Gang. Aber damals wußte ich das natürlich noch nicht. Damals war ich einfach nur am Boden zerstört. Es war an und für sich schon schlimm genug, auch ohne das Bewußtsein, daß das Schicksal von Millionen Menschenleben von diesem Ereignis abhing, auch ohne den blassesten Schimmer, daß ich die Explosion der ganzen mir bekannten Geschichte in Gang setzte.

Das Ganze lief folgendermaßen. Ausgerechnet in dem Augenblick, als ich meine Tasche am Griff anheben wollte, gab der Schnappverschluß, den jahrelanges Anfassen, Tragen, Ziehen, Drücken, Zerren, Treten, Werfen und Schleppen abgenutzt hatten, seinen Geist auf. Vielleicht lag es an der ungewohnten Belastung durch Double Eddies CDs, meine Kassetten, das Meisterwerk und das falsch zugestellte Päckchen vom Seligmanns Verlag. Wer weiß. Das dreilagige Messingplättchen, in dem die Lasche des Schnappverschlusses einrastete, löste sich aus seiner ausgeleierten, festgetackerten Verankerung, riß den verfallenen Schlund der Tasche auf und entließ vierhundert lose Seiten säuberlich argumentierter, penibel recherchierter, innovativ präsentierter und elegant formulierter historischer Thesen in die wirbelnden Tornados der Maibrise, die über den Parkplatz säuselte.

»O *nein!*« heulte ich auf.

»Bitte nicht! Nein, nein, nein, nein, nein, nein!« Ich sauste hin und her und führte mich im Blattgestöber auf wie ein Kätzchen, das nach Schneeflocken hascht.

Es gibt eine Fernsehsendung, in der Stars das mit Geld machen. Eintausend Scheine gültiger Währung werden von einem Gebläse in die Luft gewirbelt, und die Stars müssen möglichst viele davon einsammeln. *Schnapp den Schein* heißt die Sendung. Wird von diesem Typ moderiert, der wie Kenneth Branagh als bärtiger Shakespeare-Darsteller aussieht. Edmunds, Noel Edmunds. Vielleicht auch Edmonds.

Der größte Teil des Inhaltsverzeichnisses war in einem Packen unter den Rädern von meinem / Janes Renault gelandet. Der Rest, der dicke Stoß des edlen Werks einschließlich Anhängen, Tabellen, Bibliographie, Register und Danksagungen flatterte durch die Lüfte.

Mit krummem Rücken drückte ich die bereits geretteten Seiten an die Brust und stolperte von einem Papierwirbel zum nächsten, klammerte und krallte mich wie eine Silbermöwe daran fest. Ja ja, schon gut, ich kann nicht gleichzeitig ein nach Schneeflocken haschendes Kätzchen und eine Silbermöwe gewesen sein.

»Heiliger Scheißstrohsack, *nein!* Bleibt gefälligst liegen, ihr Arschlöcher«, kreischte ich. *»Bitte!«*

Aber ich war nicht allein.

»Ach du liebe Zeit. So ein Pech aber auch.« Ich wandte mich um und sah einen älteren Herrn, der langsam über den Parkplatz ging und ruhig eine Seite nach der anderen auflas.

In meinem Fieber, meiner Raserei und obwohl ich allen Grund hatte, ihm für seine Mithilfe dankbar zu sein, dachte ich, ›der hat gut reden‹, denn egal wohin er sich wandte, die Winde schienen besänftigt, die Blätter flatterten leblos zu Boden und warteten nur darauf, daß er sie aufsammelte. Das ging doch nicht mit rechten Dingen zu. Ich blieb stehen, starrte ihn an und sah, *daß* es ging. Es ging sogar sehr gut. Wohin er auch ging, vor ihm legten sich die

Winde. Wie der Hexenmeister, der in der Zauberlehrlingsszene von *Fantasia* die Besen und das Geschirr beschwichtigt. Wodurch ich natürlich als Micky Maus dastand.

Der alte Mann wandte sich mir zu. »Es veht veniger, venn Sie den Vind hinter sich haben«, sagte er mit deutschem Akzent, »dann liegt das Papier in Ihrem Vindschatten.«

»Aha«, sagte ich. »Danke. Stimmt. Vielen Dank.«

»Und vielleicht sollten Sie Ihre Schuhe zubinden.«

Die Klugscheißer sterben nicht aus, stimmt's? Irgend jemand stellt Sie immer auf eine Weise bloß, als wären Sie der letzte Depp. Mein Vater war genauso, bis er endlich einsah, daß es vergebliche Liebesmüh war, mir auch nur die Grundlagen des Tischlerns oder Segelns beibringen zu wollen. Er starb leider, bevor ich mich revanchieren und das geringste Interesse entwickeln konnte. Mein heutiger Klugscheißer trug einen Bart, zog dem Branagh-Shakespeare allerdings das Tolstoische Modell vor, lief weiterhin gelassen über den Parkplatz und sammelte lose Blätter ein, die sich auf sein Geheiß hinlegten und totstellten.

Seine »Vindschatten«-Methode zahlte sich auch bei mir einigermaßen aus, und wir pendelten zwischen den verstreuten Blättern und dem gestrandeten Fisch einer toten Aktentasche mit aufgesperrtem Rachen hin und her.

Als wir alle auf den ersten Blick sichtbaren Blätter eingesammelt hatten, schaute ich noch unter allen Autos nach und sah kurz darauf so einmalig dreckig, blutig und aufgeschürft aus, wie ich mich fühlte. Die letzte Seite lag mit der Schrift nach unten auf der Kühlerhaube der Clio und klebte am trocknenden Tippex. Ich pulte sie sorgfältig ab.

Diese Katastrophe warf mich natürlich nur um einen Tag zurück. Zu Hause in Newnham hatte ich schließlich den ganzen Text auf der Festplatte, aber plötzlich stand alles unter einem Unstern. Jetzt mußte ich noch einmal los und fünfhundert Blatt Papier für den Laserdrucker besorgen und ... na ja, ich fand einfach, daß dadurch der Lack irgendwie ab war. Der Umtrunk gestern abend, der Châteauneuf du Pape für 62 Pfund, das Freiheitsgefühl, als ich in die Stadt geradelt war ... alles verfrüht.

Eine Wolke verdunkelte die Sonne, und ich fröstelte. Der alte Mann stand reglos da und starrte eine Seite des Meisterwerks an.

»Ganz herzlichen Dank«, keuchte ich rot angelaufen. »Wirklich zu blöd. Brauch dringend 'ne neue Aktentasche.«

Er sah auf und betrachtete mich mit einem Blick, den ich schon damals einfach monumental fand. Etwas absolut Ewiges und Unaussprechliches lag darin.

Mit einer steifen Verbeugung reichte er mir die Seite, die er überflogen hatte. Es war Seite 49 aus Teil I, der den Zeitraum von Alois' Legitimation bis zu seiner Eheschließung mit Klara Pölzl abdeckte.

»Darf ich fragen, was das ist?« erkundigte er sich.

»Das ist, ähm, meine Dissertation«, sagte ich.

»Sie sind Doktorand?«

Diesem erstaunten Tonfall begegnete ich nicht zum erstenmal. Für einen Doktoranden sah ich einfach zu jung aus. Im Grunde genommen sehe ich sogar für einen *Studenten* zu jung aus. Vielleicht sollte ich mir doch wieder einen Bart stehen lassen. Falls ich diesmal genug Testosteron aufbrächte. Letztes Jahr hatte ich das versucht und mich dermaßen zum Gespött gemacht, daß ich am liebsten vor Scham im Erdboden versunken wäre. Ich wurde wieder rot und nickte.

»Warum?« fragte er mit einem Nicken in Richtung des Blatts in seiner Hand.

»Wie bitte?«

»Warum dieses Thema? Warum?«

»Warum?«

»Ja. Warum?«

»Ja, wissen Sie…«

Als ob nicht alle Welt wüßte, wie man sich als Historiker ein Dissertationsthema besorgt. Man sucht in den Bibliotheken fieberhaft nach einer Fragestellung, die noch niemand beackert hat, oder zumindest nach einem Thema, worüber in den letzten zwanzig Jahren nicht gearbeitet worden ist, und das schnappt man sich dann. Für dieses eine Flöz steckt man seinen Claim ab. Das weiß doch jeder. Aber der Blick des alten Mannes war von so undurchdringlichem Ernst, daß ich nicht wußte, wo ich bei meiner Antwort ansetzen sollte, also zuckte ich nur hilflos die Schultern und sah dümmlich lächelnd zu Boden. Jane machte mich wegen dieser albernen Angewohnheit regelmäßig zur Schnecke, aber ich konnte einfach nicht anders.

»Wie heißen Sie?« fragte er, nicht etwa barsch, als wolle er mich gleich anzeigen, sondern eher ein bißchen verwirrt, mit leichtem Heben der Stimme, als sei er überrascht und etwas erschrocken, meinen Namen nicht schon viel früher erfahren zu haben.

»Michael Young.«

»Michael Young«, wiederholte er, erneut leicht verwirrt. »Und Sie sind Doktorand an diesem College?« Ich nickte, und er sah in die Wolken hinauf, die hinter mir die Sonne verbargen. »Ich kann Ihr Gesicht nicht richtig erkennen«, sagte er.

»Oh«, sagte ich, »entschuldigen Sie bitte.« Ich trat zur Seite, so daß er nicht mehr geblendet wurde.

Völlig surreal. Was *war* er denn, ein Schönheitschirurg? Ein Porträtmaler? Was hatte denn mein Gesicht mit der ganzen Angelegenheit zu tun?

»Nein. Nein. Die Sonnenbrille.« Mit Betonung auf der dritten Silbe, eindeutig ein Deutscher, eventuell mit östlichem oder südlichem Einschlag.

Ich nahm die Killerbrille ab, wurde dadurch noch verlegener, und wir standen nur da und sahen uns an. Oder besser, er sah mich an, und ich warf ihm wie Lady Di verstohlene Blicke unter den Wimpern hervor zu.

Er war, wie gesagt, bärtig und alt. Ein furchiges Gesicht, das viel erlebt hatte, dessen genaues Alter sich jedoch nicht bestimmen ließ. Akademiker altern anders als der Rest der Welt. Die einen bleiben bis in ihre Siebziger unnatürlich glatt und jugendlich, knabenhafte, rotblonde Alan-Bennett-Typen, und auf diese Weise hoffte ich zu reifen. Die anderen kommen vorzeitig in die Jahre, starren, blinzeln und bewegen sich schon bucklig wie Bibliotheksmäuse, lange bevor sie die Vierzig erreicht haben. Dieser Mann erinnerte mich an das Foto von… war das nun Häuptling Joseph? Oder Geronimo? Irgendeiner von denen. Und W. H. Auden in seinen Sechzigern sowieso. Das wieder brachte mich auf David Hockney, der, als er den greisen Auden erstmals zu Gesicht bekam, gesagt haben soll: »Menschenskind, wenn das sein Gesicht ist, wie muß dann erst sein Skrotum aussehen?« Nach den Felsen und Schluchten auf der Stirn dieses Mannes zu urteilen, mußte er eine Art Wirsing in der Hose baumeln haben. Sein Bart war an den Wurzeln weiß und wurde zu den zotteligen Drahtsträhnen hin stufenweise mittelgrau.

Ich weiß nicht, was er im Gegenzug vor sich sah: einen Vierundzwanzigjährigen mit vollständiger Behaarung, aber keiner im Gesicht, und ja, gut, verflixt noch mal, mit einer Baseballmütze. Aber was er sah, genügte ihm jedenfalls, um mir seine rechte Hand hinzuhalten.

»Leo Zuckermann«, sagte er.

»*Professor* Zuckermann?« Mach die Biege. Der Mann höchstpersönlich.

»Ich bin Professor, ja.«

»Ach nein. Aha. Äh, dann hab ich nämlich etwas für Sie.« Das Päckchen vom Seligmanns Verlag lag mit der Adresse nach unten auf dem Parkplatz. Ich hob es auf, wischte etwas Dreck ab und reichte es ihm. »Das war in meinem Postfach, und das liegt genau über Ihrem. Ihrs war voll, deshalb hab ich ...«

»Ach richtig. Xenakis, Young, Zuckermann. X, Y, Z.« Er sagte »zee«, nicht »zed«, was seinem Akzent einen amerikanischen Einschlag gab. »Das tut mir sehr leid. Ich leere meine Postfächer mit sträflicher Nachlässigkeit.«

»Halb so wild. Schon in Ordnung.«

»Hoffentlich nicht Ihre einzige Kopie?« fragte er und deutete auf das Tohuwabohu in meiner Mappe. »Sie haben bestimmt noch eine Backup-Kopie auf Diskette.«

»Mhm. Trotzdem ärgerlich.«

»Kleine Sünden bestraft der liebe Gott sofort.«

»Wie bitte?«

»Sie zeigen wenig Gelassenheit, wenn Sie einen Korb bekommen.« Er zeigte lächelnd auf die Kühlerhaube der Clio und meine Liebesbotschaft.

»Stimmt«, sagte ich. »Kindisch.«

Er sah mich prüfend an. »Ich schätze, Sie sind ein Kaffeemensch.«

»Ein Kaffeemensch?«

»Sie können nicht stillsitzen, wenn Sie aufgeregt sind, sondern werden zappelig. Ein Kaffeemensch. Ich hingegen bin ein Schokoladenmensch. Darf ich Sie wohl baldmöglichst bei mir willkommen heißen? Zum Kaffee?«

»Kaffee? Klar. Mm. Yeah. Warum nicht? Nur zu gern. Danke. Jederzeit. Klasse.« Aus der Litanei britischer Höflichkeitsfloskeln hatte ich nur »wie nett« und »sehr liebenswürdig« ausgelassen.

»Wann paßt es Ihnen denn am besten? Um welche Uhrzeit? Ich habe heute den ganzen Nachmittag frei.«

»Ähm... ach, heute nachmittag? Heute? Aber sicher! Yeah. Sehr liebenswürdig. Das wäre großartig. Ich ... ich muß das hier nur noch einmal ausdrucken, aber danach...«

»Sagen wir gegen halb fünf?«

»Paßt mir prima, danke. Und vielen Dank für die Hilfe beim... Sie wissen schon. Dankeschön.«

»Ich glaube, Sie haben sich jetzt genug bedankt.«

»Bitte? Ach so. Ja. Tut mir leid.«

»Tschisch!« sagte er.

Jedenfalls hörte es sich an wie »tschisch« und brachte vermutlich die Belustigung des Ausländers über die englische Unfähigkeit zum Ausdruck, mit den Danksagungen und Entschuldigungen wieder aufzuhören, wenn man einmal richtig losgelegt hat.

Wir entfernten uns rückwärts voneinander, wie Akademiker das so machen.

»Bis um halb fünf dann«, sagte ich.

»Hawthorn Tree Court«, sagte er, »2A.«

»Genau«, sagte ich. »Danke. Ich meine, Entschuldigung. Sehr nett von Ihnen. Cool.«

Liebe machen

Federn, Pfoten und Pelz

Klara lag unter ihm und dachte an Gänseblümchen. Gänseblümchen, Kuhglocken, Milcheimer, Heu, den Mondseechor in der Ostermesse, egal was, Hauptsache es lenkte sie von dem Gestank, dem Gewicht und dem Grunzen des Bastards ab, der sich auf ihr herumwälzte.

Seine ersten beiden Frauen hatten sich offenbar mit ihm abgefunden, so wie sie es auch geschafft hatten, ihm Kinder zu schenken, die nicht gleich wieder gestorben waren. Vielleicht klappte es ja diesmal, dachte sie. Heute nacht. Anders als bei der armen Frieda Braun, die am Nachmittag eine Fehlgeburt gehabt hatte, als sie an der Zisterne Wasser holen wollte, der entsetzliche Gestank ihr in die Nase gestiegen war und sie gesehen hatte, wie sich ein Schwall Maden in ihren Eimer ergoß. Die arme Frieda. Und jetzt wurde die Zisterne leergepumpt, und sie mußten sich auf der anderen Straßenseite Wasser borgen wie die armen Schlucker. Die arme Frieda. Auch sie hatte sich so sehr ein Kind gewünscht.

Ein kleines Mädchen, flehte Klara. Ein süßes kleines Mädchen, Lilli, dem sie insgeheim beibringen konnte, die Berge und die Felder zu lieben und die stickigen Städte zu verabscheuen. Heute abend hatte der Bastard gesagt, daß die Familie bald nach Linz ziehen würde. Verglichen mit Braunau war Linz eine Großstadt. Bei Linz mußte Klara immer an Federn, Pfoten und Pelz denken. Die Federn an den Hüten der Frauen, die leuchtend blauen Straußenfedern, die in den farbig gefliesten Dielen in Vasen aufgestellt wurden, die aufgefächerten Federn in den Buntglasfenstern über den Haustüren und die Federn ausgestopfter Vögel in den Vitrinen auf den Eßzimmeranrichten aus schwarzem Eichenholz. Federn, Pfoten und Pelz. Hirschpfoten mit eingefaßten Edelsteinen, die man als Broschen trug. Fuchspelze, die sich die buckligen Witwen um die Hälse schlangen; nicht bloß die Pelze, sondern den ganzen Fuchs, das vollständige Tier: Pfoten, Kopf, Augen und Zähne, den grinsend gebleckten v-förmigen Kiefer, das ganze Biest platt und getrocknet wie gepökelter Dorsch, wie unzerreißbares Papier.

Sie bringen das Land in die Stadt, dachte sie. Sie bringen die Tiere um, damit sie sie tragen oder in Vitrinen ausstellen oder zu Lackschuhen und Lederkoffern verarbeiten können. Die Pferde müssen ein Leben lang Busse durch ihre Städte ziehen, und danach werden sie zu Leim verkocht, das Roßhaar dient als Sofafüllung, und mit den Schweifhaaren beziehen sie Geigenbögen. Die Bäume wandern in die Hochöfen und müssen Maschinen antreiben und die Häuser überheizen, oder sie werden zu Brettern zersägt, bekommen Eichenlaubmuster mit Eicheln, Nüssen und Ranken eingeschnitzt, werden dunkelgebeizt und wuchtig in die Stuben gestellt. Die Blumen werden getrocknet, gefärbt, zu Sträußen gebunden und auf Spitzendeckchen auf Klaviere gestellt. Und die großen, weiten Landschaften werden mit Öl auf Leinwände gemalt, dunkle, von Unwettern umbrauste Berge, nebelverhangene, steile Schluchten und sturmgepeitschte Wolkendecken. Dann hängt man sie an die Wände dunkler Flure, die von glanzlosen, zischenden Gasglühstrümpfen beleuchtet werden, und dort sollen sie den Kindern ewige Angst vor der Welt jenseits der Stadtmauern einjagen. Wie kann man bloß freiwillig in der Stadt wohnen? Blut, Eisen und Gas. Gänseblümchen. Denk an Gänseblümchen. Aber bei Gänseblümchen mußte Klara immer an Gänsehaut denken. Haut, die unter seinen verschwitzten Händen kribbelte und prickelte.

Sie hatte gewußt, daß ihr eine Liebesnacht bevorstand, wie er das nannte. Sie hatte es gewußt, weil er sie nicht geschlagen, ja nicht einmal drohend angefunkelt hatte, nicht einmal, nachdem sie ihm beim Abendessen den Schoß mit Suppe bekleckert hatte. Kein Blick auf Pnina an der Wand, bloß dieses schauderhafte Lächeln und ein spielerischer Klaps auf die Hand, begleitet von einem scherzhaften »Du Frechdachs« mit piepsiger Gouvernantenstimme. Ein abscheuliches Grinsen, als wüßte er, daß seine Liebe unendlich viel schrecklicher war als seine brutalen Fäuste.

Wie lange er wieder brauchte! Klara dachte an ihre Schwester, die sich immer über ihren Hermann, seine unmögliche und stets unbefriedigende Geschwindigkeit lustig machte.

»Der ist schon wieder raus, bevor er richtig drin ist!«

Aber Hermann war auch ein kerniger Naturbursche, der sich nur an Fest- und Feiertagen betrank und noch keine fünfzig war – ach du grüne Neune! *Ein*undfünfzig. Alois war letzten Monat einundfünfzig geworden – und witzelte immer, er trinke nur mittwochs und an Tagen mit »g«.

Klara drückte das Kreuz durch und schaute sehnsüchtig zum Bild der Jungfrau Maria über dem Kopfteil hoch. Nachdem Alois sieben- oder achtmal rausgeglitscht war und wie ein Bierkutscher geflucht hatte, schien er jetzt endlich zu kommen. Sie erkannte den hektischeren Rhythmus und wartete auf die letzten viehischen Stöße.

Himmel, dachte sie. Himmel, Seen, Wälder, Kaninchen und Adler. Genau, ein riesiger Adler, der von seinem Horst hoch oben in den Bergen herabstieß und das quiekende Schwein von ihr fortriß. Ein majestätischer Adler, der durch die Lüfte schwebte, allmächtig, allwissend, alles erobernd, mit durchdringenden Augen, mächtigen Schwingen und Klauen, von denen das Blut des Schweins herabtropfte.

Reinemachen

Kleine orangefarbene Pillen

Eine rote Lösung tropfte in eins von diesen wendelförmigen, schraubenähnlichen Dingsdas, die Biologen so lieben, und ich konnte mich von dem Anblick nicht losreißen. Janes Arbeit war für mich schon immer ein Buch mit sieben Siegeln gewesen, und das fand sie auch ganz gut so, aber dem ganzen Drumherum ließ sich eine gewisse Ästhetik nicht absprechen. Retortenständer, Kapillaren und durchsichtige Plastikschläuche standen oder liefen durch das ganze Labor, um und um, rauf und runter, rein und raus, im und gegen den Uhrzeigersinn, im Zick und im Zack. Und es gab Zentrifugen, betörender, als man sich träumen läßt. Ich hatte oft zugesehen, wie sie mit einer Pipettierpistole einen winzigen, gefärbten Klecks von irgendeinem Schmadder mit leisem Plipp in schmale Reagenzgläser füllte, die wie hungrige Nestlinge in einer runden Trommel angeordnet waren. Waren alle Glasschnäbel gefüllt, wurde die Trommel in Rotation versetzt. Die Chrompräzision und das tiefe Summen des Apparats fand ich total scharf. Das alles war viel solider gebaut als ein Geschirrspüler oder ein Wäschetrockner. Keinerlei Vibration, einfach nur solide, reibungslos und wissenschaftlich, genau wie Jane selbst. Auf einem benachbarten Labortisch gab es bunte Glasplättchen mit einem Gel zu sehen, das in der Mitte eine andersfarbige Marmorierung aufwies, wie in der Auslage einer Konditorei oder wie die gewellten Blutfäden, die man manchmal im Eidotter findet. Jane nannte ihr Labor »die Küche«; vor dem rostfreien Stahl und den Gläsern mit organischer Pampe und bunten Flüssigkeiten fühlte ich mich immer wie ein kleiner Junge, wie der hilfsbereite, ungeduldige Sohn, der zusieht, wie seine Mutter Kuchenteig knetet und ausrollt.

Das Genesammeln ist bekanntlich eine Wachstumsbranche. Man redet der Welt ein, man arbeite an einem Mammutprogramm namens Menschliches Genomprojekt, was lobenswert und nobel ist – im Idealfall sogar Nobel –, gute Wissenschaft, großer Schritt für die Menschheit, Grenzen des Wissens hinausschieben, der ganze Kram, aber in Wirklichkeit will man bloß ein neues Gen finden und schnurstracks patentieren lassen, bevor die Konkurrenz darüber stolpert. Allein in Cambridge gab es ein paar Dutzend kommerzielle »Biotechnik«-Firmen. Weiß Gott, was die so alles auskungelten. Nicht, daß Jane korrupt gewesen wäre. Jane doch nicht.

Manchmal versuchte ich, sie mit Fragen zu ihrem Beruf in die Enge zu treiben.

Was würde sie machen, wenn sie herausfände, daß es wirklich ein Schwulen-Gen gebe? Oder daß schwarze Menschen weniger sprachbegabt seien als weiße? Oder daß Asiaten sich besser auf Mathematik verstünden als Kaukasier? Oder daß Juden von Natur aus niederträchtig seien? Oder daß Frauen dümmer seien als Männer? Oder Männer dümmer als Frauen? Oder daß Religiosität auf Veranlagung beruhe? Oder daß dieses spezielle Gen kriminelle Eigenschaften fördere und jenes Alzheimer? Ob ihr eigentlich klar sei, was das für Versicherungsfragen mit sich brächte und daß sie den Rassisten damit jede Menge Munition liefere?

Sie sagte dann immer, diese Brücke würde sie überschreiten, wenn sie sie erreicht hätte, außerdem arbeite sie auf einem ganz anderen Gebiet. Und ansonsten: Wäre es vielleicht *mein* Problem, wenn ich entdeckte, daß Churchill den ganzen Krieg über die Queen gevögelt hätte? Ich berichtete doch auch nur, was geschehen sei, und die Interpretation der Begebenheiten sei Angelegenheit der ganzen Menschheit. In den Naturwissenschaften sei es dasselbe. Es sei schließlich nicht Darwins Problem gewesen, daß Adam und Eva nicht von Gott erschaffen worden seien, sondern das der Bischöfe. Meine Vorwürfe könne ich doch nicht dem Boten machen, ich solle lieber endlich erwachsen werden und mich an die eigene Nase fassen.

Ich schnippte mit dem Fingernagel an das tropfende Röhrchen. Janes linkischer Assistent Donald war vor zehn Minuten davongeschlurft, um sie zu suchen. Am Ende des Korridors hörte ich Türenschlagen und richtete mich auf. Jane konnte es nicht ausstehen, wenn ich bei ihren Versuchsaufbauten etwas anrührte.

»Na, ich freß doch 'n Besen. Es traut sich wirklich her. Es besitzt tatsächlich die Frechheit, hier aufzukreuzen und uns ins Gesicht zu sehen.«

»Hi, Babe...«

»Hast du etwas angefaßt? Sag Mutter lieber gleich, was du angefaßt und verbockt hast, damit wir nachher nicht groß suchen müssen.«

»Nichts! Ich hab gar nichts angefaßt... okay, ich hab das Röhrchen da angetippt. Die Lösung blieb stecken, da hab ich nachgeholfen. Mehr nicht.«

Jane starrte mich an wie vor den Kopf geschlagen. »Mehr nicht? Mehr *nicht?*« Sie kreischte zur Tür. »Donald! *Donald!* Komm sofort her! Wir können von vorne anfangen. Zehn Wochen Arbeit den Bach runter. Herrgott noch mal!«

Donald kam herbeigeeilt. »Was? Was ist los? Was hat er diesmal angestellt? Was hat er gemacht?«

»Jane, ich habe es nur ganz leicht angetippt, ich schwör's dir...«

»Der Hohlschwanzwichser hat das Methylorangereagens durch das Tartrierröhrchen gekippt.«

»Verdammte Scheiße, Jane«, schrie ich, »das kann doch keinen so großen Unterschied machen!«

Donald starrte das Röhrensystem an. »Mein Gott«, sagte er, »das darf doch einfach nicht wahr sein!« Er sackte auf einem Laborhocker zusammen und schlug die Hände vors Gesicht.

Ich atmete auf und drehte mich zu Jane. »Das war ein ganz schön fieser Streich. Wenn Donald nicht so ein erbärmlicher Lügner wäre, dann hätte ich mir jetzt echt Sorgen gemacht.«

Jane zog die Augenbrauen hoch. »Ach nein«, sagte sie, »das war ein fieser Streich, ja? Verstehe. Du hättest dir Sorgen gemacht.«

»Paß auf, ich weiß, was du sagen willst...«

»Mein Auto verschandeln und dafür sorgen, daß es wegen unerlaubten Parkens vom College geschleppt wird – das ist also nicht fies, nein? Das war der zärtliche Abglanz einer schönen Seele in Liebesqualen. Das waren romantische Spiele, die einem großen Geist entsprungen waren. Nicht infantil, sondern abgeklärt. Ein ironischer Kommentar auf Liebe und Partnerschaft. Ein wunderbares Kompliment. Ich sollte dir auf Knien danken.«

Ich *hasse* es einfach, wenn sie mir auf diese Tour kommt. Und Donald kicherte, als wäre er eingeweiht.

»Ja, ja, ja«, sagte ich und hob abwehrend die Hand. »Schon verstanden.«

»Geh mal raus, Donald«, sagte Jane und setzte sich auf einen Schemel. »Ich muß hier jemandem Bescheid stoßen.«

Donald, der genauso schnell rot wird wie ich, verschwand unbeholfen aus dem Labor. »Ähm. Ja. Klar, sicher. Ich werd dann mal... ja. Okay.«

Ich wartete, bis die Schwingtüren zum Stillstand gekommen waren, bevor ich mich ihrem spöttischen Blick stellte.

»Es tut mir leid«, sagte ich.

Die Wörter fielen mit dumpfem Dröhnen in eine schmerzhaft lange Stille.

Strenggenommen war es kein spöttischer Blick. Ich hätte ihm jede beliebige Eigenschaft zuschreiben können. Ich hätte ihn einen coolen oder ironischen Blick nennen können. Oder einen prüfenden Blick. Es war Janes Blick und für jeden anderen daher a) freundlich, b) lieb, c) belustigt, d) herausfordernd, e) sexy, f) streng, g) skeptisch, h) bewundernd, i) leidenschaftlich, j) verhurt, k) doof, l) intellektuell, m) verächtlich, n) beschämt, o) verängstigt, p) verlogen, q) verzweifelt, r) gelangweilt, s) zufrieden, t) zuversichtlich, u) forschend, v) stählern, w) wütend, x) enttäuscht, y) durchdringend oder z) erleichtert.

Ihr Blick konnte alles mögliche bedeuten. Ihre Augen waren schließlich Menschenaugen, ein Spiegel der Seele. Nicht ihrer, sondern meiner Seele. Ich sah ihr in die Augen und fühlte mich blamiert bis auf die Knochen, ergo wurde mir ein spöttischer Blick zuteil.

Ich traute meinen Augen nicht, als sie plötzlich lächelte, sich vorbeugte und mir über den Kopf strich.

»Ach, Pup«, sagte sie. »Was soll ich bloß mit dir machen?«

Zu dieser »Pup«-Sache muß ich noch etwas sagen.

Ich werde »Pup« genannt.

Das hat folgende Vorgeschichte.

Sie sollen in einer großen Universität antanzen und tragen Anzug und Krawatte, denn Ihre Mami hat Sie extra für diesen großen Tag neu eingekleidet. Sie heißen Michael. Sie sind zwei Jahre jünger als alle anderen, und Sie waren praktisch noch nie von zu Hause weg. Was machen Sie also? Auf der Fahrt von Winchester nach Cambridge müssen Sie in London mit der U-Bahn quer durch die

Stadt, um vom einen Bahnhof zum anderen zu kommen. Sie machen einen Abstecher ins West End und kommen mit einer anständigen Frisur, weiten Flatterhosen, einem T-Shirt mit dem Slogan »Suck my Soul«, einem Militärparka und dem Namen Puck zurück. Wiedergeboren und voll im Trend steigen Sie in den nächsten Zug nach Cambridge. Vor acht Jahren war die Wendung »voll im Trend« noch halbwegs okay. Heutzutage reden praktisch nur noch Journalisten und Werbefuzzis so. Wie das inzwischen auf der Straße heißt, wissen die Götter. Aus jener Rasse habe ich mich verabschiedet, nachdem ich zweimal Dresche bezogen und den Rat bekommen hatte, mich schleunigst zu verpissen.

Ich nannte mich Puck, weil ich den mal in einer Schultheaterinszenierung des *Sommernachtstraums* gespielt habe. Ich fand, der Name paßte irgendwie zu mir. Ich war die ganze Liste durchgegangen – Spike, Yash, Blast, Spit, Fizzer, Jog, Streak, Flick, Boiler, Zug, Klute, Growler. Puck erschien mir im Vergleich cool, ohne aggressiv zu wirken. Dummerweise war es gleich beim ersten Essen im Wohnheim zu einer Verwechslung gekommen.

»Hi«, sagte ein megamäßig uncooler Typ in Anzug und Krawatte und setzte sich an meinen Tisch. »Ich bin Mark Taylor. Du bist im ersten Semester, oder?«

Ich nannte ihm meinen coolen neuen Namen, hatte aber den Mund voll, und irgendwie ließ sich diese Pfeife ab sofort nicht mehr davon abbringen, ich hätte mich als Puppy Young vorgestellt.

»Puppy? Stimmt, du siehst auch wie ein Welpe aus. Puppy. Genau.«

Massive Dementis fruchteten nichts, und ich hatte den Spitznamen Puppy oder Pup weg. Da ich eher super, ätzend, abgespacet, verschärft, krass, saustark, korrekt, angesagt, shmoov cool sein wollte, habe ich mich von diesem Schicksalsschlag nie richtig erholt. Snoop Doggy Dog aus South Central, Los Angeles, Kalifornien, wäre als Snoop Puppy Pup vielleicht angekommen, aber Michael Young aus East Dene, Andover, Hampshire, hatte damit voll die Arschkarte gezogen.

Jane war natürlich *entzückt.* Sie nannte mich leidenschaftlich gern Pup, Pups und Puppy. Was zu dem kleinen Koller beigetragen haben mochte, in dem ich die Kühlerhaube ihres Renault mit Graffiti versehen hatte.

Ihr Renault? Ich meinte *unseren* Renault. Sehen Sie? Ihre Strategie zahlt sich schon aus.

Ich gebe zu, daß ich gern mit einer älteren Frau gegangen bin. Zwei Jahre Altersunterschied machen sie vielleicht noch nicht zur alten Frau, aber schon dieser kleine Unterschied törnt mich an. Ich laß mich gern ein bißchen bemuttern. Ich genieße die kleinen Sticheleien und ihren sanften Spott, aber deswegen bin ich noch lange kein Eunuch oder Masochist. Ab und zu bin ich gern ein echter Mann. Und ich hatte, ehrlich gesagt, das Gefühl...

»Ich weiß, wie du dich gestern abend gefühlt haben mußt«, sagte sie. »Du hast geglaubt, ich wäre eifersüchtig. Du hast gedacht, ich könnte die Vorstellung nicht verkraften, daß deine Doktorarbeit fertig ist. Weil wir dann beide promoviert und deswegen ebenbürtig wären. Du hast geglaubt, das würde mich wurmen.«

»Das ist doch gar nicht wahr!« beteuerte ich, was gar nicht wahr war.

»Und vielleicht hast du sogar gedacht, im Vergleich zu meiner eigenen Arbeit würde ich die Geschichtswissenschaft nicht für voll nehmen.«

»Absolut nicht!« log ich wieder wie gedruckt.

»Nein?« Jane zog, ehrlich verdutzt, die Augenbrauen hoch. »Ehrlich nicht? Das *habe* ich nämlich gedacht. Von A bis Z. Es *hat* mich genervt, daß du dich bald Doktor schimpfen darfst. Und mitansehen zu müssen, daß du wie ein aufgeblasener Mastgockel durchs Haus stolzierst. Machen wir uns doch nichts vor, Schatz, wenn ich nicht so über den Dingen stünde, hätt ich das Kotzen gekriegt.«

»Ich war *glücklich*, das ist alles.«

»Und ich hab mich gefragt, was ist an einem popligen Doktortitel der Geschichte denn groß dran? Jeder Holzkopf kann sich ein paar Monate lang in der Bibliothek mit Lesefrüchten vollstopfen und die dann als lange, glänzende Doktorarbeit wieder von sich geben. Dafür muß man nicht viel denken und braucht keine Berechnungen anzustellen oder Versuche durchzuführen. Das geht ohne echte Arbeit. Mit etwas Chuzpe schafft das der letzte Volltrottel.«

»O danke. Wie lieb von dir.«

»Ich weiß, Puppy, ich weiß. Ich hab's mir dann ja auch anders überlegt. Ich war einfach eifersüchtig und hab dir deinen Erfolg nicht gegönnt.«

»Ach so.«

»Es tut mir leid. Ich freue mich, daß du deine Doktorarbeit geschafft hast. Ich bin stolz auf dich.«

Jane ist ein absolutes Genie im Fintieren, Dribbeln und Antäuschen. Erst zählt sie selber sämtliche Kritikpunkte an ihrem Verhalten auf, bevor man selber auch nur »Pieps« sagen kann, und dann bittet sie lieb und brav um Verzeihung, so daß man nur noch gute Miene zum bösen Spiel machen kann.

»Was das Auto angeht«, sagte ich und wich ihrem Blick aus, »das war infantil.«

»Ach, scheiß auf den Wagen. Ein Auto juckt doch keine Sau. Ein Auto ist ein Gebrauchsgegenstand, kein Kätzchen oder die Erklärung der Menschenrechte. Das Auto kannst du in der Pfeife rauchen. Und auf die Gefahr hin, dich ein zweites Mal in mannhaften Harnisch zu bringen: Du mußt zugeben, daß es zu den wenigen mutigen, witzigen und selbständigen Dingen gehört, die du dir je geleistet hast. Außerdem war es gelogen, als ich behauptet habe, es wäre abgeschleppt worden. Und das Graffito war mit einem Spritzer Freon im Nu beseitigt, also Schwamm drüber.«

»Das heißt also... wir sind wieder zusammen?«

»Komm her, du«, sagte sie und zog mich an sich.

Wir küßten uns lange und hingebungsvoll, und als ich kurz auftauchte, um Luft zu holen, stotterte ich ein Dankeschön. Wie ich mich dabei fühlte... weiß ich nicht genau. Ich hatte mich schon daran gewöhnt, im Stich gelassen, verraten und verkauft worden zu sein. Die Schrammen von Verletzungen und Mißbrauch hatten etwas Tröstliches. Aber sehen Sie, ich liebte sie eben. Von ganzem Herzen. *I still get a thrill when you t-t-t-touch me.* Das stimmte. Oily-Moily hatten sich noch nie geirrt. Jedesmal, wenn ich ihre Haut spürte, begann mein Puls zu rasen. Also was sollte es, wir küßten uns, und ich sagte der Freiheit Lebewohl.

Sie ist größer als ich: Das will nicht viel heißen, die meisten Menschen sind größer als ich. Sie ist dunkel, und ich bin hell. Sie wird oft für eine Italienerin oder Spanierin gehalten. Ich nenne sie manchmal meine rabenschwarze Zigeunerbaronin, und dann stöhnt sie gutmütig. Sie ist sehr sauber. Das klingt komisch, aber ich mein das ernst. Nicht nur sauber, sondern rein, wie das damals in der Werbung hieß. Sie hat immer frischgewaschene Hände, und ihr Laborkittel ist nie zerknittert oder ausgebeult. Sie hat nur diese reizende, liebenswerte Unbeholfenheit, diesen leichten, merkwürdig steifen Koordinationsmangel; genau wie Ingrid Bergmans Andeutung eines Silberblicks ist es der winzige, kaum wahrnehmbare Makel, der ihre Schönheit noch hervorhebt.

»Weißt du was«, sagte ich, »ich fahr bei Sainsbury's vorbei, und heute abend koch ich uns was richtig Feines. Diesmal machen wir Nägel mit Köpfen. Was meinst du?«

Sie sah auf mich herab. »Ach, Pup«, sagte sie, »wenn du noch schnuckeliger wärst, müßte ich dich in Formaldehyd einlegen.«

»Pfui Spinne«, sagte ich, griff nach einer kleinen Acrylschale mit grell orangefarbenen Pillen auf dem Tisch und erzeugte peinlich berührt einen Latinorhythmus mit ihnen. »Hm«, sagte ich, nahm eine heraus und hielt sie zwischen Daumen und Zeigefinger. »Was haben die denn für einen Kick zu bieten?«

»Scheiße, leg die sofort hin!« Jane war plötzlich fuchsteufelswild, wollte nach der Schale greifen, griff prompt daneben, und die Tabletten flogen in hohem Bogen über die Arbeitsfläche und auf den Fußboden.

So hatte ich sie noch nie erlebt. Die reine Furie.

»Was soll denn das?« protestierte ich, als sie mich grob vom Tisch wegstieß.

»Wann begreifst du endlich, daß du hier nichts anzufassen hast?«

Sie fing an, auf allen vieren durchs Labor zu kriechen und die verstreuten Pillen aufzulesen. Dabei verfluchte sie Gott und die Welt im allgemeinen und sich und mich im besonderen.

Ich dachte, ich träume, gesellte mich aber zu ihr und spielte Trüffelschwein auf der Suche nach orangefarbenen Pillen.

»Hör mal, Schatz, ich wollte doch bloß...«

»Halt die Klappe und such weiter. Wir sprechen uns noch.«

Zum drittenmal in drei Stunden sammelte ich Sachen vom Boden auf. CDs, Manuskriptseiten und jetzt Pillen. Manche Tage haben ihre Leitmotive.

Als alle Pillen wieder in der Schale und vor Narrenhänden sicher waren, drehte sie sich zu mir, und ich darf vermelden, daß ihre Brüste entrüstet auf und ab wogten.

»Herrgott, Pup, was ist denn bloß mit dir los?«

»Mit *mir*? Mit *mir*? Verdammt noch mal, ich hab doch bloß eine Pille…«

»Weißt du, was das ist? Hast du die geringste Ahnung, wofür die da sind? Nein, natürlich nicht. Die könnten Milzbrand oder Kinderlähmung oder weiß der Geier was bewirken. Was wäre, wenn ihr Wirkstoff durch die Haut absorbiert würde? Was weißt denn du, ob da nicht Blausäure drin ist?«

»Und? Was *ist* nun drin?«

»Das ist ein Verhütungsmittel.«

»Ach ja?« Ich sah die Schale neugierig an.

»Für Männer.«

»Eine Pille für den Mann. Cool.«

»Nein, nicht *eine* Pille, sondern *die* Pille für den Mann.«

»Aber doch wohl ungefährlich.«

»Hängt ganz davon ab, was du unter ›gefährlich‹ verstehst, Schnullerbacke. Das Mittel ist beispielsweise noch nicht an Menschen erprobt worden.«

»Na prima, dann kann ich ja dein Versuchskaninchen spielen, oder?«

»Nein, du Blödmann, das kannst du eben nicht!« tobte sie. »Ihre Wirkung ist irreversibel.«

»Das meinst du doch nicht im Ernst!«

»O doch, und es wäre sogar der bittere Ernst für deinen kleinen Johannes. Sie sterilisieren auf Dauer.«

Ich mußte schlucken. »O.«

»Genau. O.«

»Das wäre also fast ins Auge gegangen.«

»Nicht daß einer vernünftigen Welt die Verbreitung deiner Erbmasse zu wünschen wäre.«

»Du solltest das Zeug im Giftschrank aufbewahren.«

»Ich sollte *dich* im Giftschrank aufbewahren. Wir brauchen eine klare Regel, Puppy. Du kommst meiner Arbeit nicht mehr in die Quere, und ich komme deiner Arbeit nicht mehr in die Quere. Auf die Weise lassen sich Katastrophen vielleicht vermeiden. Einverstanden?«

»Klar, von mir aus«, sagte ich und stand auf. »Tut mir leid. Paß auf, ich muß langsam die Flatter machen, okay?«

Sie sah mich an, und ein Lächeln überzog ihr Gesicht. »Besteht die Möglichkeit, daß du nach Abgabe deiner Dissertation endlich anfängst, anständiges Englisch zu sprechen?«

»Meinst'n das?«

»Dieses ganze ›cool‹ und ›abgespacet‹ und ›wow‹... was soll das bloß? In einem Jahr bist du wahrscheinlich Fellow an diesem College. Glaubst du vielleicht, Trevor-Roper hätte Bemerkungen wie ›yeah, man... echt *cool!*‹ von sich gegeben? Schatz, das ist einfach bizarr. Du spinnst einfach.«

»Weißt du«, sagte ich und setzte mich wieder. »Das Problem ist, daß wir Historiker ein Imageproblem haben.« Das war eine meiner fixen Ideen, von der ich ihr aber noch nie erzählt hatte. Ich glättete die Arbeitsfläche des Labortisches mit den Handkanten, als teilte ich ein Salzhäufchen in zwei. »Es gibt zwei Historikersorten, weißt du? Auf dieser Seite hast du Typ A, die früh Vergreisten à la Hayek, Peterhouse und Cowling; ›Spectator‹-Leser, ›Thatcher war eine Göttin, und ich will Privatsekretär für einen Tory-Abgeordneten werden‹, ja? Auf der anderen Seite hast du Typ B, die Theoriefreaks à la Christopher Hill, Althusser und E. P. Thompson, die Poststrukturalisten, für die alle Geschichte nur Text ist, und die Altlinken, für die der einzelne nichts und die Klasse alles ist.«

»Und zu welchem Typ gehörst du, Pup?«

»Zu keinem von beiden.«

»Zu keinem von beiden. So so. Dann läßt mich meine wissenschaftliche Vorbildung die Hypothese formulieren, daß es *mehr* als zwei Typen geben muß. Es gibt einen Typ C.«

»Genau, du Schlauberger. Ich will auf folgendes hinaus: Was machst du angesichts dieses Imageproblems? Der Junggreis stammt stilistisch aus den Vierzigern und Fünfzigern, der Theoriefreak aus den Sechzigern und Siebzigern. Beide sind also von gestern und locken in der Geschichtswissenschaft keinen Hund mehr hinterm Ofen vor. Ich finde, daß ein Historiker seiner eigenen Zeit stärker verhaftet sein sollte als irgendeiner anderen. Wie kann man eine vergangene Epoche historisieren, wenn man sich mit seiner eigenen nicht voll und ganz identifiziert, hm? Man muß in seiner Gegenwart wurzeln. Und ich gehöre ins Jetzt.«

»›Ich gehöre ins Jetzt?‹« wiederholte Jane. »*›Ich gehöre ins Jetzt‹?* Hast du das wirklich gerade gesagt? Und *›historisieren‹?*«

»Na ja, gut, der Jargon ist etwas gewöhnungsbedürftig.«

»Mm. Du hast also einen dritten Typ erfunden, Typ C, den Geschichtssurfer. Die Zehen um den Brettrand gekrümmt, rauscht er durch die Brecher des Gestern und die gefährliche Brandung der Vergangenheit. Dr. Keanu Young, Dr. Trendy.«

»Genau. Traurig, was?«

»Ein bißchen, Schatz, nur ein bißchen. Aber solange du dir dessen bewußt bist, sind vielleicht noch nicht Hopfen und Malz verloren. Es geistern schon so viele Althippies durch die Fakultäten und *Senior Common Rooms* dieser Welt, da dürfte ein Altsurfer gar nicht weiter auffallen.«

»Yo, muß 'n Abgang machen, Alte.«

Wir küßten uns noch einmal, und ich verzog mich aus dem Labor, bevor sie wieder sauer werden konnte.

Ich machte einen kleinen Umweg, als ich zu den Fahrradständern ging. Ja, da stand sie in all ihrer Pracht. Unsere kleine Clio. Auf der Kühlerhaube keine Spur mehr von meiner kalligraphischen Schweißarbeit. Blöde Biologen. Zum Teufel, was war dieses Freon überhaupt? Ich hockte mich hin, um meine Schnürsenkel zuzubinden. Sie waren schon den ganzen Tag offen, und – ich weiß nicht, ob Sie sich mit Segelschuhen auskennen – die sind ja so weich und schlapp, daß die Schnürsenkelenden einem ständig unter die Sohlen rutschen, und dann fühlt man sich auf Schritt und Tritt wie die Prinzessin auf der Erbse.

Aber – aber! Die rechten Schnürsenkel schleiften nach und hatten sich gar nicht im Schuh verfangen. Ich mußte mir einen Kieselstein eingetreten haben, denn irgendwas piekste mich.

Meine Fresse! Eine von Janes orangefarbenen kleinen Pillen. Germaines Rache. Ich sollte zurückgehen und...

Ach, war doch Jacke wie Hose. Ich legte die kleine Tablette in meine Brieftasche. Vielleicht konnte ich sie nebenan in den Kaninchenbau schieben. Kicher.

Mit zugebundenen Schuhen radelte ich die Madingley Road entlang und stellte im Kopf Listen auf. Lebensmittel, Wein, *echten Kaffee,* Papier für den Laserdrucker, zu Hause noch einmal das Meisterwerk ausdrucken, in die Stadt zurück, den frischen Ausdruck bei Fraser-Stuart abliefern und schließlich, ach ja, bei diesem Zuckermann vorbeischauen, dem alten Zuckermann...

Davonmachen

Der Adler ist gelandet

»Pressen Sie, gnä' Frau! Pressen! Ihr viertes, sagen Sie?«

Alois nickte und blickte angewidert hinab.

»Hör zu, Klara... hör mir *zu!*«

Klara konnte nicht zuhören.

»Klara!« Alois beugte sich über sie und herrschte sie an.

Aber sie war kilometerweit entfernt. Stieß von den Hügeln hinab, schwebte hoch droben über Seen und Dörfern, ließ sich auf Kirchturmspitzen nieder, umklammerte mit den Krallen die strahlend goldenen Zwiebeltürmchen, bevor sie sich wieder in die Lüfte schwang, höher und immer höher emporstieg.

Der Arzt trat neben Alois. »Wenn sie schon drei Kinder zur Welt gebracht hat, dürfte sie keine solchen Schmerzen haben, geschweige denn nach einer so immensen Dosis Laudanum.«

Die Bemerkung erreichte Klara durch den Opiumnebel. Schmerzen? Sie hatte keine Schmerzen, lachte sie bei sich. Sie empfand keine Schmerzen, sondern nur Rausch! Freude! Reine, freie, schwerelose Freude.

Die nächste große Wehe wirbelte sie weit über die höchsten Bergesspitzen hinaus. Unter ihr erstreckte sich ganz Europa. Ohne Zollwachen, Schlagbäume und Grenzen: Alle Tiere konnten sich frei bewegen. Obwohl sie hoch über allem schwebte, konnte sie die Bewegung der kleinsten Feldmaus und jedes Schmetterlings klar erkennen, sie hörte das Scharren in der Erde, als zwanzig Kilometer unter ihr ein Kaninchen seinen Bau verließ, sie konnte einen einzelnen Tautropfen erkennen, der zitternd an einem winzigen Grashalm hing. Herrin von Zeit und Raum, Gebieterin der Welt. Sie stieß einen hohen, gellenden Freudenschrei aus, während sie von Ost nach West und von Nord nach Süd schwebte und unter ihren weiten Schwingen die Länder in grenzenlos reiner Freiheit vorbeizogen.

»Mein Gott, Schenck, so viel Blut! So hat sie ja noch nie geblutet! Was stimmt denn da nicht?«

»Es ist nichts, mein Herr. Ich kann Ihnen versichern, daß alles seine Ordnung hat. Das Köpfchen ist groß und hat das Hymen eingerissen, das ist alles.«

Der Schnabel des Adlerkükens hackte mit unbezähmbarem Willen auf die Schale seines Eis ein. Sie wird leben! Ich kann ihre Stärke spüren. Ihren eisernen Willen. Meine Adlertochter, und ich werde sie dazu erziehen, mich zu befreien.

»Klara! Herr im Himmel! Dieses Gebrüll! Sind Sie sicher, daß Sie ihr genug gegeben haben?«

»Ich habe ihr bereits bei Einsetzen der Wehen eine sehr hohe Dosis verabreicht. Gäbe ich ihr mehr, so würde sie das Bewußtsein verlieren, mein Herr. Ah, da kommt es ja. Ja, da kommt es. Noch einmal pressen, gnä' Frau.«

Sie ist frei! Sie ist auf der Welt! Frei! Hört doch, wie mächtig sie schreit! Diese Kraft! Dieser Wille! Der Lebenswille und die Lebenslust. Sie wird stark werden, und ich werde sie mehr lieben, als je eine Tochter geliebt worden ist.

»Ha, ha!« Alois lachte. Er lachte sonst *nie,* aber jetzt lachte er. Selbst *er* spürte es. Erfaßte die Größe des Augenblicks.

Doktor Schencks Hand strich Klara ein paar schweißnasse Haarsträhnen aus der Stirn und hinterließ eine daumendicke Blutspur über ihren Augenbrauen.

»Herzlichen Glückwunsch, gnä' Frau. Ihr Kind. Gesund wie eine deutsche Eiche.«

»Liebling! Klara! Mein Schatz!«

»Sie schläft jetzt, mein Herr.«

»Sie schläft?«

»Es war wirklich eine sehr hohe Dosis. Sie hat geträumt. Wenn sie aufwacht, wird sie sich gestärkt fühlen. Sie wird sich an keine Schmerzen erinnern können. Das gehört zu den Gnaden von Mutter Natur.«

Alois beugte sich zu Klara hinab und küßte sie auf die blutbeschmierte Stirn. »Schau ihn dir an, mein kluges Mädchen. Schau ihn dir an! Da ist er! Mein Junge! Mein herrlicher Junge!«

Konversation machen

Kaffee und Schokolade

»Mein Junge! Und pünktlich auf die Minute! Der Kaffee läuft noch durch, müßte aber jeden Augenblick fertig sein. Nur hereinspaziert! Hier sieht's zwar aus wie bei Hempels unterm Sofa – Sie sprechen doch Deutsch, oder? natürlich! –, aber Sie finden schon irgendwo ein Sitzplätzchen. Wie wär's hier? Prima. Ich bin sofort wieder da, ich hole nur eben Tassen. Für Sie, Michael Young, Tassen.«

Ich setze mich, falte die Hände im Schoß und mustere meine Umgebung, während er in der Dienerkammer das Kaffeegeschirr zusammenstellt.

»Na ja, *sprechen* wäre zuviel gesagt«, rufe ich ihm nach. »Ich kann mit Müh' und Not meine deutschen Quellen *lesen.* Ich habe einen Freund, der mir bei den... wie soll ich sagen, bei den schwierigeren Redewendungen hilft.« Da er mit dem Geschirr klappert, weiß ich nicht genau, ob er mich versteht.

Eine schöne Wohnung hat er sich besorgt, das muß ihm der Neid lassen. Zwei Erkerfenster auf den Hawthorn Tree Court hinaus, mit Blick auf den Cam und ein Stück weiter die Sonnet Bridge. An zwei Wänden stehen Bücherregale, die bis unter die Decke reichen. Ich stehe auf, um sie mir besser anschauen zu können.

Mein lieber Herr Gesangverein!

Primo Levi, Ernst Klee, George Steiner, Baruch Fiedler, Lev Bronstein, Willi Dreßen, Marthe Wencke, Volker Rieß, Elie Wiesel, Gyorgy Konrad, Hannah Arendt, Daniel Jonah Goldhagen und so weiter und so fort. Ein Bord nach dem anderen, jedes Buch zum Thema, von dem ich je gehört habe, und etliche, Dutzende, *Hunderte,* von denen ich noch nie gehört habe.

Falls Zuckermann moderne Geschichte lehren sollte, warum ist er mir dann nie über den Weg gelaufen? Weiter unten stehen Bücher mit allgemeineren Themen. Das hier kenne ich gut, Snyders *Roots of German Nationalism,* Indiana University Press. Ich kann fast seine ISBN-Nummer zitieren – und habe es in der Bibliographie des Meisterwerks natürlich auch getan, die erst vorletzte Nacht fertig geworden ist. Ich nehme Snyder aus dem Regal und folge damit dem widersinnigen Impuls, der uns bei anderen Leuten immer als erstes die Sachen untersuchen läßt, die wir mit ihnen gemeinsam haben. Neulich habe ich irgendwo gelesen, Werbeagenturen für Autokonzerne hätten herausgefunden, daß die meisten Leute lieber Anzeigen für die Automarke lesen, die sie sich gerade gekauft haben, als für irgendeine andere. Hier handelt es sich vermutlich um dasselbe Syndrom. Vielleicht haben wir auch das Gefühl, die Privatsphäre anderer Leute weniger zu verletzen, wenn wir uns nur Objekte anschauen, die wir ebenfalls besitzen, als wenn wir unsere Nase in irgend etwas Unbekanntes stecken. Ist ja auch egal.

»›Der politische Nationalismus‹«, zitiert Zuckermann und tritt mit einem wackligen Tablett ins Zimmer, »›ist für den Europäer unserer Tage das Allerwichtigste auf der Welt geworden; weit wichtiger als Humanität, Takt, Anstand und Glaube, ja wichtiger als das Leben selbst.‹ Korrekt zitiert?«

»Wortwörtlich«, sage ich gebührend beeindruckt.

»Und wann hat Norman Angell das gesagt? Noch vor dem Ersten Weltkrieg, oder? Ein echter Prophet.«

»Moment, ich helf Ihnen.«

»Danke, nicht nötig. Ich stell's hier ab. So? Milch? Zucker?«

»Nur Milch, keinen Zucker, Mann.« Witz komm raus, du bist umzingelt.

»Zucker, Mann – Zuckermann! Köstlich!«

Vermutlich lacht er mehr, weil ich nach meinem gräßlichen Kalauer knallrot anlaufe, und weniger über den brillanten Witz.

»Ah, wie ich sehe, haben Sie Ihr Gepäck jetzt umgürtet. Sehr gute Idee.«

Ich werfe einen Blick auf die alte, von einem Riemen zusammengehaltene Tasche auf dem Fußboden neben mir. »Ja. Wahrscheinlich muß ich mir langsam eine neue Tasche gönnen. Den ollen Ranzen hier schlepp ich schon seit der Grundschule mit mir rum.«

»Hier. Wenn Sie mich bitte einen Augenblick entschuldigen würden.« Er reicht mir eine Tasse Kaffee und tritt mit einem dampfenden Becher, wahrscheinlich seiner heißen Schokolade, zu einem Laptop auf dem Schreibtisch. Er wirft einen Blick auf den Bildschirm und fährt mit dem Finger über das Trackpad: »Ich gönne mir gerade eine Partie mit einer Kollegin in den Staaten.«

Über seine Schulter kann ich erkennen, daß er eine e-mail geöffnet hat. Ich sehe einen Text, der nur aus drei oder vier Buchstaben zu bestehen scheint. Er nimmt ihn schmunzelnd zur Kenntnis und geht zu einem Tisch am Fenster, neben dem er ein Schachbrett aufgebaut hat.

»Man lernt doch nie aus!« ruft er und zieht einen schwarzen Bauern. »Das hab ich doch glatt übersehen. – Spielen Sie Schach, Michael?«

»Nein... ähm, ich spiele nicht. Also, ich kenne die Regeln, aber ich wäre für Sie kein ernstzunehmender Gegner, fürchte ich.«

»Ach, papperlapapp. Ich spiele fürchterlich schlecht. Einfach fürchterlich. Von meinen Freunden werde ich schon längst nicht mehr ernstgenommen. Gut. Das wäre erledigt.« Er kommt zurück und setzt sich mir gegenüber. »So. Schmeckt Ihnen der Kaffee?«

Ich proste ihm mit der Tasse zu. »Der ist cool. Danke.«

»Kühl? Ach so. Sie meinen, er ist in Ordnung. Cool. Dieses Wort bringt mich immer noch zum Lachen. Immer wieder in Mode und wieder aus der Mode, genauso wie Rollschuhe in den letzten ich weiß nicht wieviel Jahren. Ich kann mich noch an die Uraufführung der *West Side Story* in New York erinnern. ›Play it cool, Johnny, Johnny cool!‹ Wann war das? Muß ungefähr... genau, 1957 war das, knapp vierzig Jahre her, in meinem ersten Jahr an der Columbia University. Und die Jugend von heute sagt immer noch ›cool‹. Aber ›cool cats‹ gibt es nicht mehr, oder? Heute gibt es nur noch ›coole kids‹.«

Ich winde mich in meinem Sessel. »Da kenn ich mich nicht aus, Professor. Ich bin vierundzwanzig, da hab ich so was hinter mir.«

»Sagen Sie doch Leo. Ja, natürlich, Sie haben das hinter sich. Vierundzwanzig! Bald werden Sie sich Michael Old nennen müssen. Stimmt, Sie sind im April vierundzwanzig geworden, ich erinnere mich.«

Ich starre ihn an. »Woher wissen Sie denn das?«

»Ich habe selbstverständlich nachgeschlagen. Auf Ihrer Homepage im Vor-r-rld Vide Vep!« Er begleitet seinen grotesk übertriebenen Akzent mit der schwungvollen Handbewegung eines Zauberkünstlers. »Michael Duncan Young, geboren im April 1972 in Herford.«

Heutzutage hat jeder Universitätsangehörige eine Homepage im World Wide Web. Meine ist sterbenslangweilig. Jane hat sie für mich geschrieben, weil sie sich mit dem ganzen Computerkram auskennt, Frames, Hotjava, Applets, VRML – dem ganzen Pipapo. Meine Homepage besteht aus einem blutarmen Lebenslauf, einem Foto von uns beiden am Flußufer, das sie irgendwann eingescannt oder digitalisiert hat oder wie man so was eben in den Computer reinkriegt. Dann gibt es noch ein paar Links zum Historischen Seminar und zu ihrer eigenen Homepage, die viel spannender ist, mit dem Video einer rotierenden DNS-Doppelhelix, aber auch ihr ernsthaftes Zeug ist nicht von schlechten Eltern.

»Und an welchem Tag im April, wenn ich fragen darf?« fährt Zuckermann fort. »Oder darf ich raten?«

»Ich weiß nicht, inwiefern...«

»Wie wäre es... wie wäre es, sagen wir... mit dem *zwanzigsten?* Dem zwanzigsten April? Wie wäre das?«

Ich habe schweißnasse Hände und nicke.

»Wie finden Sie das? Volltreffer! Da stehen die Chancen eins zu neunundzwanzig, und ich lande beim ersten Versuch einen Volltreffer! Und Ihr Geburtsort? Zunächst hab ich das für einen Tippfehler gehalten und geglaubt, Sie wären in Wirklichkeit im englischen Hertford geboren. Aber nein, vielleicht war Ihr Vater ja beim Militär. Vielleicht ist Ihr Geburtsort wirklich das deutsche Herford. Da gab es schließlich bis vor wenigen Jahren einen britischen Truppenstandort.«

Ich nicke wieder.

»So so. Sie wurden also am 20. April 1972 im deutschen Herford geboren.«

Er sieht mich an und blinzelt. Eine Schrecksekunde lang erscheint er mir als Double des komischen alten Mannes mit Hosenträgern, der damals immer mit den Schlümpfen mitsang, wobei er das Kinn auf den Tisch legte und seine Augen hin und her gleiten ließ, wenn die Schlümpfe an ihm vorbeitanzten.

»Und Sie?« frage ich, um das Thema zu wechseln. »Sie sind doch kein Historiker. Was sind Sie eigentlich?«

Er folgt meinem Blick zu den Bücherregalen. »Ganz was Langweiliges, fürchte ich. Bloß Naturwissenschaftler. Ich bin Physiker, aber wie Sie sehen, habe ich... noch andere Interessen.«

»Die Shoah?«

»Oh, Sie wollen mir mit dem hebräischen Ausdruck schmeicheln. Ganz recht, am meisten interessiert mich die Shoah.« Er sieht mich wieder an. »Sagen Sie, Michael, sind Sie Jude?«

»Äh nein. Nein, bin ich zufällig nicht.«

»Zufällig. Und da sind Sie sicher?«

»Ähm, ja. Ich meine, es ist mir einigermaßen egal, aber ich bin kein... ich bin nicht jüdischen Glaubens.«

»Wissen Sie, Forster hat in den Dreißigern einen Aufsatz über jüdische Identität geschrieben. Darin warf er die Frage auf, woher wir eigentlich wissen wollen, daß wir keine Juden sind. Kann irgend jemand von uns seine acht Urgroßeltern aufzählen und sicher sein, daß sie allesamt Arier waren? Denn wenn sich unter ihnen nur eine einzige Jüdin befindet, dann hängt unser ganzes Leben vollständig von dieser einen Jüdin ab, so wie wir von der Patrilinearität abhängen, der wir unseren Nachnamen und unsere Identität verdanken. Das finde ich faszinierend. Ich möchte bezweifeln, daß selbst der Prince of Wales seine acht Urgroßeltern aufzählen könnte. Was meinen Sie?«

»Also, ich kann es jedenfalls nicht«, sage ich. »Wenn ich's mir recht überlege, kann ich wahrscheinlich nicht mal meine vier Großeltern aufzählen. Aber soweit ich weiß, habe ich keine jüdischen Vorfahren.«

»Und wenn, wäre es Ihnen auch egal.«

»Ja«, sage ich und unterdrücke einen Anflug von Aufsässigkeit. Die ganze Angelegenheit, dieses ganze Aushorchen hat etwas entschieden Gruseliges. Zuckermann sieht mich prüfend an, als müsse er eine Entscheidung fällen, aber ich weiß nicht, wie sie ausfallen wird.

Während der Arbeit an meiner Dissertation habe ich festgestellt, daß sich auf diesem Forschungsgebiet jede Menge schrullige Typen tummeln, die oft als selbstverständlich annehmen, man teile ihre Schrullen. Eine Londoner Arbeitsgruppe hatte irgendwie vom

Thema meiner Doktorarbeit Wind bekommen und schickte mir daraufhin ihre sogenannten »Forschungsergebnisse«, nach deren Durchsicht Jane und ich sofort die Polizei alarmierten.

Zuckermann sieht meinen Gesichtsausdruck und lacht. »Wie ich sehe, mögen Sie es nicht, so herumgeschubst zu werden.«

»Zumindest verstehe ich einfach nicht, wozu...«

»Gut. Schluß mit dem Katz-und-Maus-Spiel. Ich werde Sie nicht länger auf die Folter spannen.« Er beugt sich in seinem Sessel vor. »Michael Duncan Young, Sie werden über ein Thema promoviert, das mich sehr interessiert. Brennend interessiert. Ergo zweierlei. Alpha, ich möchte Ihre Arbeit lesen. Beta, ich möchte wissen, warum Sie sie geschrieben haben. Das ist alles.« Er lehnt sich zurück und wartet auf meine Antwort.

Ich muß schlucken. Wir geraten hier in Teufels Küche, Watson. Sehen Sie sich vor. Seien Sie äußerst vorsichtig. »Als erstes darf ich Ihnen versichern«, sage ich langsam und versuche erfolglos, dem durchdringenden Blick seiner blauen Augen standzuhalten, »daß ich kein ... verstehen Sie, also keiner von diesen ausgeflippten Typen bin, eine Art zweiter David Irving, falls Sie das befürchten sollten. Ich sammle weder Eiserne Kreuze noch Hakenkreuze, Luger-Pistolen oder SS-Uniformen, und ich behaupte auch nicht, im Holocaust wären nur zwanzigtausend Menschen ermordet worden oder irgendsoeinen Scheiß.«

Er nickt mit geschlossenen Augen, als lausche er einem Konzert, und bedeutet mir fortzufahren.

»Und Sie haben recht, ich bin zufällig am zwanzigsten April geboren worden. Ich glaube, seit ich erfahren habe, daß der zwanzigste April ein... ein inhaltsschweres Datum ist, war ich davon fasziniert oder habe mich schuldig gefühlt, könnte man auch sagen.« Ich trinke einen großen Schluck Kaffee, weil meine Kehle plötzlich ganz ausgetrocknet ist.

»Schuldig? Das ist interessant. Glauben Sie etwa an Astrologie?«

»Nein nein. So habe ich das nicht gemeint. Ich weiß es nicht. Wie gesagt. Sie wissen schon.«

»Mm. Außerdem streifen die Biographien diesen Zeitraum nur, also eignet er sich hervorragend für eine Doktorarbeit, wo man sein Zelt schließlich in jungfräulichen Gefilden aufschlagen soll, nicht wahr?«

»Das kommt noch hinzu, stimmt.«

Er öffnet die Augen. »Wir haben das Wort nicht ausgesprochen, oder?«

»Wie bitte?«

»Den Namen. Wir haben den Namen vermieden. Als wäre er ein Fluch.«

»Ach, Sie meinen, äh, Hitler? Na ja...«

»Genau, ich meine ›äh, Hitler‹. Adolf Hitler. Hitler, Hitler, Hitler«, sagt er und wird immer lauter. »Haben Sie Angst davor? Vor *Hitler?* Oder halten Sie es für unanständig, wenn in meiner Wohnung der Name *Hitler* fällt, als würde man im Boudoir einer Dame von Krebs sprechen?«

»Nein, aber ich...«

»Bitte.«

Wir verstummen, bis ich endlich merke, daß er mich immer noch erwartungsvoll ansieht.

»Ähm... also da Sie sie lesen wollen. Meine Arbeit, meine ich. Die liegt jetzt bei meinem Doktorvater, Dr. Fraser-Stuart, und der muß sie natürlich erst lesen und alles nachprüfen, Sie kennen das ja. Der reicht sie dann Professor Bishop weiter. Danach wird sie meines Wissens nach Bristol geschickt. Zu Frau Professor Ward. Emily Ward. Ich habe gesehen, daß Sie eines ihrer Bücher haben... jedenfalls habe ich heute mittag einen neuen Ausdruck für Dr. Fraser-Stuart angefertigt, nachdem... na, Sie waren bei meinem Mißgeschick auf dem Parkplatz ja dabei. Aber ich könnte Ihnen natürlich noch eine Kopie ziehen. Ähm. Na logo.«

»Ich wollte ja nicht mehr um den heißen Brei herumreden, Michael. Sie haben doch noch die alten Seiten von heute vormittag, oder?«

»Ja, aber die sind teilweise verdreckt, und die Reihenfolge stimmt auch nicht mehr.«

»Ich bin so gespannt auf Ihr Werk, daß ich gern alles nehme, was Sie dabeihaben, und es selber wieder ordne. Paginiert haben Sie den Text ja wohl?«

»Natürlich«, sage ich und greife nach der Aktentasche, »hier bitte.«

Er nimmt das dicke Bündel teilweise zerrissener und verknickter Seiten, etliche davon mit Reifenspuren und Splittabdrücken, legt sie sorgfältig auf seinen Schreibtisch und glättet beim Sprechen die oberste Seite. »So, Michael Young. Würden Sie von sich behaupten, daß Sie über den jungen Adolf Hitler mehr wissen als jeder andere Mensch?«

Verdutzt suche ich nach der ehrlichsten Antwort. »Ich glaube, das wäre etwas übertrieben«, bringe ich endlich heraus. »Ich war letztes Jahr in Österreich und habe sämtliche Dokumente eingesehen, die ich auftreiben konnte, aber ich fürchte, ich bin über nichts gestolpert, was vor mir wirklich noch niemand gesehen hätte. Sehen Sie, im Grunde interessiert mich ja nur eine ganz kurze Zeitspanne. Ich glaube, ich darf mit Fug und Recht sagen, daß ich über den Hintergrund seiner Mutter Klara Pölzl Dinge in Erfahrung gebracht habe, die bislang unbekannt waren, und dasselbe gilt vermutlich für sein Geburtshaus in Braunau, aber das alles dreht sich um seine früheste Kindheit, die seine Persönlichkeit kaum beeinflußt haben dürfte. Er war ja erst ein Jahr alt, als seine Familie nach Groß-Schönau umzog, ein paar Jahre später ging's dann schon nach Passau. Als er fünf war, zogen sie aus Fischlhalm in ein Dorf bei Linz, und über seine Schulzeit ist alles Wissenswerte längst bekannt, würde ich sagen. Die Historiker der späten vierziger und dann der fünfziger Jahre hatten den Vorteil, die Leute noch befragen zu können, die ihn als Jungen gekannt hatten. Ich konnte ja nur noch mit den schriftlichen Quellen arbeiten. Von daher...«

»Sie vermeiden immer noch den Namen.«

»Tatsächlich? Also bestimmt nicht mit Absicht, das kann ich Ihnen versichern«, sage ich und laufe Gefahr, mich zu verhaspeln. Für meine Verhältnisse habe ich gerade eine lange Rede gehalten. »Aber um Ihre Frage zu beantworten: Ja, ich weiß über ADOLF HITLERS Kindheit bestens Bescheid, und in manchen Bereichen kenne ich mich besser aus als jeder andere.«

»Aha.«

»Warum?«

»Wie bitte?«

»Warum wollen Sie das so genau wissen?«

»Wenn es Ihnen nichts ausmacht, lese ich zunächst Ihre Arbeit.« Mit diesen Worten geht er zur Tür und gibt mir zu verstehen, daß die Audienz beendet ist. »Vielleicht könnten Sie mich danach ein zweites Mal beehren?«

»Natürlich. Jederzeit. Klar.«

»Fein.«

»Schließlich sind Sie ja offensichtlich ein Experte«, sage ich und werfe einen letzten Blick auf seine Regale, »Ihr Urteil bedeutet mir daher ziemlich viel.«

»Es ist nett, daß Sie das sagen, aber ich bin alles andere als ein Experte«, sagt er mit einer genauso unglaubwürdigen Akademikerfloskel.

Ich stehe steif neben der Tür und weiß nicht, wie ich mich verabschieden soll.

»Meine Freundin ist übrigens Jüdin«, platze ich heraus.

Diesmal laufe ich dunkelrot an. Ich spüre, wie mir die Röte an Brust und Rücken hochsteigt, durch die Kehle, und dann schießt mir das Blut ins Gesicht, weil ich wieder einmal den Fettnapf im Schlußsprung genommen habe. Welch ein Schleimscheißer! Warum habe ich das gesagt? Warum habe ich das bloß gesagt?

Seine Reaktion überrascht mich: Er legt mir begütigend den Arm um die Schultern. »Danke, Michael«, sagt er.

»Sie ist Biochemikerin. Hier am College. Vielleicht kennen Sie sie sogar.«

»Kann sein. Und sie ist immer noch Ihre Freundin? Trotz des Anschlags auf ihr Auto?«

»Ach das. Hm. Sie ist keine Spur nachtragend. Sie fand es sogar komisch.«

»Ich übrigens auch. Offen gestanden, es war ein geradezu ritterliches Kompliment. Also, besuchen Sie mich wieder einmal? Und nächstes Mal vielleicht in meinem Labor? Wie wäre das?«

»Mm!« mache ich. »Das wäre bestimmt hochinteressant.«

Er wirft den Kopf in den Nacken und lacht. »Mein Junge, ich glaube, Sie fänden es zu Ihrer Überraschung wirklich hochinteressant.«

»Aha. Ach, danke für den Kaffee... auch wenn ich gar nicht ausgetrunken habe.«

»Macht nichts. Egal, was er vorher war, jetzt ist er definitiv cool.«

Die Hölle heißmachen

Schulzeugnis I

Widerwillig faßte Klara Alois flehend am Arm.

»Du wirst doch nicht grob werden? Nicht in Rage geraten?«

»Laß mich los, Weib! Schick ihn einfach rein.«

Traurig ließ sie den Kopf hängen und verließ das Zimmer. Als sie die Flügeltür schloß, sah sie Alois nach seiner Pfeife greifen. Betrübt biß sie sich auf die Lippe: Die Pfeife war strengen und väterlichen Ermahnungen vorbehalten.

In der Diele staubte Anna ein Aquarium ab, aus dem zwei Goldfische mit triumphierend gespreizten Flossen herausglotzten. Klara nickte ihr schüchtern zu und stieg die Treppe hinauf. Die schmalen, schwarzen und glänzenden Eichenstufen keckerten unter ihren Schuhen wie eine alte Vettel.

Er lag bäuchlings auf dem Bett, hielt sich die Ohren zu und las. Trotz der knarrenden Dielenbretter hatte er ihr Kommen nicht gehört, und sie betrachtete ihn eine Weile liebevoll. Er las unglaublich schnell, blätterte ständig weiter und führte die ganze Zeit Selbstgespräche; jeden Absatz kommentierte er, lachte leise, schnappte erstaunt nach Luft und schnaubte entrüstet. Wahrscheinlich schmökerte er wieder in einem Geschichtsbuch. Bei der Geburtstagsfeier eines Schulkameraden hatte er unlängst den Bibliothekar von Linz beeindruckt, weil er mit großer Sachkenntnis vom römischen Reich sprach, während die anderen Kinder zur Klaviermusik durchs Zimmer tollten und tanzten. »Gibbon liegt völlig falsch«, hatte sie ihn tadeln gehört, woraufhin der Bibliothekar gelacht und ihm auf die Schulter geklopft hatte. Er hatte sich unter dieser Behandlung gewunden, ihn finster angesehen und sich den ganzen Nachhauseweg über bitter beklagt. »Warum müssen mich alle wie ein Kind behandeln?«

»Nun, Schatz, in seinen Augen *bist* du ein Kind. Die meisten

Menschen sind der Ansicht, Kinder sollten sich wie Kinder benehmen und Erwachsene wie Erwachsene.«

»So ein Unsinn! Die Wahrheit ist doch dieselbe, egal ob sie ein zehnjähriger Junge vom Land sagt oder ein uralter Professor in Wien. Warum soll denn da mein Alter einen Unterschied machen?«

Er hatte eigentlich recht. Hatte nicht auch unser Herrgott im Tempel mit den Lehrern gestritten? Und hatte er nicht gesagt: »Lasset die Kinder und wehret ihnen nicht?« Das erwähnte sie aber nicht. Es würde ihn sonst nur ermutigen, Alois hochmütige Widerworte zu geben.

Während sie ihn noch betrachtete, unterbrach er plötzlich seine Lektüre und hob den Kopf.

»Mutti«, sagte er ganz selbstverständlich, ohne sich umzudrehen.

Sie lachte. »Woher wußtest du das?«

Er drehte sich um und sah sie an. »Veilchen«, sagte er. »Du reist durch die Luft zu mir, weißt du.« Er lachte sie an und setzte sich im Bett auf.

»Ach, Dolfi!« sagte sie vorwurfsvoll, als sie seine eingerissene Lederhose und die aufgeschürften Knie sah. »Du hast dich wieder geprügelt.«

»Es ist nichts passiert, Mutti. Außerdem habe ich gewonnen, dabei war der andere viel älter und größer.«

»Jetzt mußt du dich aber waschen. Dein Vater will dich sprechen.«

Während er im Badezimmer war, legte sie ihm einen Anzug zurecht, aus dem Alois Junior herausgewachsen war. Der war ihm zwar noch etwas zu groß, aber er sah darin so schmuck und ernsthaft aus. Sie griff nach dem Buch, das er gelesen hatte, und war überrascht, als es das Jugendbuch *Die Schatzinsel* war, voll von Piraten und Papageien und Rum.

Er kam aus dem Badezimmer zurück und hatte sich ein Handtuch um die Hüften geschlungen. Er runzelte die Stirn, als er das Buch in ihrer Hand sah. »Ich muß mich jetzt anziehen«, sagte er, ohne sich zu rühren. Seufzend verließ sie das Zimmer. Vor einem Jahr hatte sie ihn noch gebadet, und jetzt wollte er sich in ihrem Beisein nicht einmal mehr anziehen. Er kam in den Stimmbruch, und mit jedem Tag wurde er verschlossener und abweisender. Das war das Bedauerliche an Knaben, sie wurden einem so fremd. Langsam ging sie die Treppe hinab in die Küche. Dort kochte Anna gerade Tee für die kleine Paula. Klara ging ins Freie und machte sich im Garten zu schaffen. Günstigerweise lag direkt vor Alois' Arbeitszimmer ein Blumenbeet, in dem sie Unkraut jäten konnte.

»Herein bitte!« Alois hatte sich für die eisige Höflichkeit der Zollbeamtenstimme entschieden. Klara kniete unter dem offenen Fenster, rupfte eine Windenranke aus dem Boden und hörte, wie sich die Zimmertür öffnete und wieder schloß.

Lange Stille. Auf seine kindische Weise tat er wieder einmal so, als läse er, während der arme Dolfi ganz verloren vor ihm auf dem Teppich stand.

»Sind deine Schuhe schmutzig?«

»Nein, Vater.«

»Warum reibst du sie dann an deinen Hosenbeinen? Steh auf beiden Beinen, Junge! Du bist doch kein Storch, oder?«

»Nein, Vater, ich bin kein Storch.«

»Und diesen frechen Ton verbitte ich mir!«

Wieder Stille, nur unterbrochen von theatralischem Papiergeraschel und dem trockenen Räuspern, bevor Alois abzulesen begann.

»›Entschieden begabt, hat sich aber wenig in der Gewalt... widerborstig, eigenmächtig, rechthaberisch und jähzornig. Es fällt ihm sichtlich schwer, sich in den Rahmen einer Schule zu fügen. Er bringt unbestreitbare Anlagen mit, nur pflegt seine Arbeitslust sich immer rasch zu verflüchtigen. Belehrungen und Mahnungen werden nicht selten mit schlecht verhülltem Widerwillen entgegengenommen. Ein durch und durch unbefriedigendes Halbjahr.‹ Nun? Was hast du dazu zu sagen?«

»Doktor Hümer. Das ist Doktor Hümers Zeugnis, nicht wahr? Er haßt mich.«

»Es spielt überhaupt keine Rolle, wessen Zeugnis das ist! Hast du eigentlich die geringste Vorstellung davon, wieviel Geld mich die zweifelhafte Ehre kostet, dir auf der Staatsrealschule etwas beibringen zu lassen? Und das ist jetzt der Dank? ›Auch übt er auf seine Mitschüler einen keineswegs gesunden Einfluß aus. Er verlangt von ihnen unbedingte Unterordnung und gefällt sich in der Führerrolle.‹ Führer? Du könntest doch nicht einmal eine Schnitzeljagd im Kindergarten führen, Bürschchen.«

»Was ist mit Doktor Pötsch? Was hat der zu sagen?«

»Pötsch? Der schreibt, du hättest Talent und Leidenschaft.«

»Na bitte!«

»Er zeiht dich aber auch der Zuchtlosigkeit und der Faulheit.«

»Das glaube ich nicht! So etwas würde er nie sagen! Doktor Pötsch versteht mich. Das hast du dir ausgedacht!«

»Was unterstehst du dich? Komm her! Komm sofort her!«

Klara schossen Tränen in die Augen, als sie die Peitsche durch die Luft pfeifen und klatschend auf den strammen Hosenboden von Alois Juniors altem Anzug fallen hörte. Dolfi brüllte wie am Spieß: »Ich hasse dich, ich hasse dich, ich hasse dich!« Warum konnte er sich nicht einfach fügen, wie sie es tat? Begriff er denn nicht, daß es dem Bastard um so mehr Spaß machte, je mehr er aufbegehrte?

»Geh auf dein Zimmer und bleibe dort, bis du gelernt hast, dich zu entschuldigen!«

»Wie du willst«, Dolfis brüchige Stimme, noch halb Kind, schon halb Mann, zitterte nicht. Nur die trotzig hochgezogene Nase verriet seinen Zorn und seinen Schmerz. »Dann werde ich erst wieder herauskommen, wenn du tot bist!«

»Nein, tu das nicht, Schatz!« flüsterte Klara und schlang vor Kummer die Arme um den Körper, weil sie Angst hatte, Alois würde erneut zu Pnina greifen.

Statt dessen hörte sie erstaunt ein merkwürdiges kurzes Lachen.

»Deine Mutter mag dich verwöhnen und deiner widerwärtigen Eitelkeit schmeicheln, aber glaub mir, Adolf, das treibe ich dir schon noch aus. O ja. Und jetzt verschwinde.«

»Wehe, du...«, sie hörte das Zittern in Dolfis Stimme. Er konnte die Tränen nur noch mühsam zurückhalten. »Wehe, du rührst sie auch nur an. Dann töte ich dich! Ich *töte* dich!«

Unverhülltes Schluchzen.

Alois lachte wieder. »Scher dich raus, du Wicht, bevor dein Rotz auf den Teppich trieft.«

Fehler machen

Schulzeugnis II

Schweiß troff mir von der Nase auf den Fußboden. Als Regenpfeifer ist man besser dran, dachte ich.

Doktor Angus Alexander Hugh Fraser-Stuart pflegte seine lange weiße Mähne mit einem Haarnetz zu bändigen. Er trug am liebsten Seidenkimonos, Happis aus weißer Baumwolle und Pluderhosen aus schwarzem Satin. Seine Wohnung, weiträumige Gemächer in einer Ecke des Franklin-Gebäudes mit Blick auf den Cam, war lichtdurchflutet: Durch die Fenster schien die gleißende Sonne, vom Fluß reflektiertes Licht kräuselte sich an der Decke, und die weißen Spots moderner Halogenleuchten wurden auf die wohldurchdacht gehängten Gemälde und Kunstdrucke an den weißgetünchten Wänden gebündelt. Im ganzen Zimmer standen auf Simsen, Borden, Tischen und Kopramatten sauber ausgerichtete Kaktuspflanzen. Ein riesiges Exemplar aus Arizona, das an die Cartoons von Gary Larson erinnerte, beherrschte die eine Zimmerecke und reckte zwei asymmetrische Arme in die Luft wie ein deformierter Verkehrspolizist. Ein verwischtes Porträt von Francis Bacon grinste von seinem Platz über dem Kamin mit zügelloser Ausgelassenheit auf ein Paar gekreuzte türkische Kavalleriesäbel an der gegenüberliegenden Wand. Über dem Raum lastete eine Bullenhitze. Über der ganzen Stadt lag eine Dunstglocke, der Himmel strahlte in unheilverkündendem, wolkenlosem Science-Fiction-Blau, aber hier drinnen wehten Heizlüfter den Kakteen noch zusätzlich trockene, hitzeflirrende Luft zu. Der Schweiß rann mir aus den Achselhöhlen in die Lücke zwischen Shorts und Hüften. Plötzlich durchfuhr mich die entsetzte Erkenntnis, daß das noch längst nicht das Schlimmste war.

Fraser-Stuart saß im Schneidersitz auf dem Fußboden und streckte die Hand nach seiner Zigarrenkiste aus, ohne vom Meisterwerk in seinem Schoß aufzusehen. Als ich vor fünf Jahren zum erstenmal in diesem Zimmer saß, herrschte dieselbe sengende Hitze wie heute. Ich wäre damals fast in einem dicken Ozean aus Havannaqualm ertrunken und hatte gefragt, ob man nicht ein Fenster öffnen könne. Der alte Mann hatte traurig seine Kakteensammlung angesehen und unter dem enttäuschten Ausstoß einer Rauchwolke gefragt, ob ich denn immer nur an mich dächte. Ich hatte ihn damals für ein Arschloch gehalten, und daran hatte sich bis heute nichts geändert.

Während er weiterlas, verfolgte ich, wie sich der Rauch aus weichen, runden, blauen Schwaden in längliche gelbe Ellipsen wie Zedernspitzen verwandelte und hoch oben unter der Decke festsetzte.

»Muß nur meine Eindrücke auffrischen«, sagte er, als ich hereinkam. »Setzen Sie sich doch.«

Also setzte ich mich. Und schwitzte, hechelte, juckte und brannte.

Vermutlich kennen Sie den Ablauf eines Promotionsverfahrens. Sie reichen Ihre Dissertation bei Ihrem Doktorvater ein, dieser gibt sie an einen Gutachter weiter, der sie wiederum einem externen Prüfer schickt. Die beiden Gutachter beurteilen, ob die Arbeit allen formalen Anforderungen genügt, und in einer schlichten, aber ergreifenden Ernennungszeremonie im Senate House werden Sie vom Kanzler oder seinem sympathischen Stellvertreter zum Doktor geweiht. Nach einigem Speichellecken und Arschkriechen bei den richtigen Personen werden Sie Fellow an Ihrem College, Dozent an Ihrer Fakultät und Akademiker auf Lebenszeit. Ihre Doktorarbeit wird veröffentlicht und landauf, landab gepriesen; Sie lassen bei Rundfunkredakteuren und Fernsehjournalisten der englischsprachigen Welt durchsickern, Sie stünden für professionelle Stellungnahmen zu öffentlichkeitsrelevanten Knüllern zur Verfügung, sofern diese in Ihr Arbeitsgebiet fielen; eine gutkalkulierte Reihe von Einführungen, die sich ganz hervorragend für den lukrativen Schulbuchmarkt eignen, enthebt Sie aller finanziellen Sorgen; Sie heiraten Ihre Liebste in der mittelalterlichen Pracht Ihrer College-Kapelle; Ihre Kinder wachsen zu flachsblonden und witzigen Intelligenzbolzen und außergewöhnlich begabten Skiläufern heran, und Ihre ehemaligen Studenten werden Premierminister und erinnern sich Ihres guten alten Dons für Geschichte, wenn es um die Verteilung von Kommissionsvorsitzen, Ritterschlägen und Collegerektoraten innerhalb des königlichen Verleihungsrechtes geht. Kurz und gut, Sie leben wie Gott in Frankreich.

Ich konnte mit ansehen, wie das erste Glied dieser Kette geschmiedet wurde. Fraser-Stuart hätte das Meisterwerk schon vor einer Woche an Professor Bishop vom Trinity Hall weiterreichen sollen, aber er war einfach stinkfaul. Er war Soldat gewesen, besaß einen »brillanten Geist«, was immer das bedeuten mochte, und gehörte zu jenen schrägen Vögeln, die sich auf Militärgeschichte spezialisierten. Wie Patton, Orde Wingate und andere Militaristen mit einem Hauch von Selbstachtung gab er eine klasse Figur ab, wenn er seinen Waffenfetischismus und Hang zur Kriegskunst mit philosophischen Sentenzen und halbseidenen Arkana verbrämen konnte. Etwa eine Kreuzung aus Sterling Hayden als Colonel Jack Ripper und Marlon Brando als Mr. Kurtz. Ein General, der auf Mord und Totschlag steht, ist schon schlimm genug, aber einer, der sich mit seinen Kenntnissen des Taoismus, französischer Barockmusik sowie der Schriften von Duns Scotus brüstet, der ist eine echte Bedrohung der guten Weltordnung. Sollte ich je ins Feld ziehen müssen, so bitte ich flehentlich um einen Colonel Blimp, ein nettes und stolzes altes Ekel mit feschem Schnäuzer, das John Buchan liest und Kierkegaard für Schwedens größten Flughafen hält, aber um Himmels willen verschont mich mit einem solchen Armleuchter, der sich selbst in den Himmel hebt, splitternackt Polo spielt und in gestochenem Latein Kommentare zu Ezra Pounds *Pisan Cantos* verfaßt.

Zu guter Letzt, als ich schon fürchtete, er werde nie zu Potte kommen, sah er auf und spritzte einen Rauchstrahl in meine Richtung wie ein Schützenfisch, der seine Beute besprüht, ein scharfer kurzer Lippenfurz.

»Wie steht's, junger Young, haben Sie sich bereits um Beratung gekümmert?«

»Wie bitte?«

»Für den Kampf gegen Ihr Drogenproblem.«

»Mein was?«

»Sie sind doch bis obenhin mit Heroinjoints zugeknallt, Mann! Mich können Sie doch nicht hinters Licht führen. Bedröhnt mit Euphoria oder sonst einem Rauschgift, das gerade modern ist. Ich weiß, die meisten Menschen in Ihrem Alter haben dieses Problem.

Ich finde, Sie sollten etwas dagegen unternehmen. Und zwar so schnell wie möglich.«

»Ähm... könnte es sein, daß Sie mich mit jemandem verwechseln, Sir?«

»Nein, ich glaube nicht. Ganz und gar nicht. Haben Sie denn eine andere Erklärung?«

»Wofür?«

»*Hier*für, Junge. Hierfür!« stieß er wütend hervor und wedelte mit dem Meisterwerk.

Für mich brach eine Welt zusammen. »Soll das heißen... es *gefällt* Ihnen nicht?«

»Gefallen? *Gefallen?* Es ist Müll. Kehricht. Statt einer These bieten Sie Käse. Das ist Eiter, Moralschleim, Kot.«

»Aber... aber... Sie waren doch der Ansicht, mein Forschungsansatz zeige in die richtige Richtung?«

»Stimmt, solange ich wußte, *daß* Sie sich in die richtige Richtung bewegen. Aber da hatten Sie auch noch nicht angefangen, irgendein modisches Salz zu schniefen oder sich Skank zu spritzen oder worauf Sie gerade stehen. Das liegt alles an diesem Film *Trainspotting*, stimmt's? Glauben Sie vielleicht, ich hätte davon nichts mitbekommen? Herrgott, das kann einen regelrecht krank machen! Richtig schlecht wird einem davon. Eine ganze gottverlassene Generation von der Sense der Discodrogen und Freizeitpuder dahingemäht.«

»Hören Sie, ich kann Ihnen versichern, daß ich mit Drogen nichts am Hut habe. Ich kiffe nicht mal.«

»Was war's denn dann? Wie? Hm?« Er steigerte sich in einen wilden Reizhusten hinein. Ich sah ihn besorgt an, aber mit tränenden Augen bedeutete er mir wiederholt, es gehe schon wieder, und ich solle ihn ausreden lassen. »Als... als wir über Ihre Arbeit gesprochen haben«, nahm er den Faden keuchend und schnaufend wieder auf, »hatte ich den Eindruck, Sie kämen gut voran. Aber das hier... dieses *Spülicht*, das ist keine wissenschaftliche Argumentation, das ist ein *Roman* und noch dazu ein absolut widerlicher. Was soll das? Hm?«

»Sind Sie sicher, daß Sie die richtige Arbeit gelesen haben?« Ich beugte mich vor, obwohl ich die Hoffnung schon fast aufgegeben hatte. Nein, kein Zweifel, er umklammerte das Meisterwerk.

»Wofür halten Sie mich denn? Natürlich habe ich die richtige Arbeit gelesen! Wenn Sie also kein weggetretener Crackfreak sind, der infolge irgendwelcher Pilze halluziniert, woran leiden Sie dann? Obwohl... ha!... ich hab's!« Seine Miene hellte sich schlagartig auf, er bleckte seine gelben Zähne und grinste wie ein Honigkuchenpferd. »Es ist ein *Scherz,* stimmt's? Ihre echte Doktorarbeit haben Sie irgendwo versteckt! Das ist eine neue Art Maiwochenscherz. Skh! Also wirklich!«

»Aber ich verstehe überhaupt nicht, was daran falsch sein soll!« Ich greinte fast vor Verzweiflung. Ich hatte mich an den Strohhalm geklammert, daß *er* mich zum Narren hielt.

Er starrte mich bestimmt sechs Sekunden lang ungläubig an. Sechs Sekunden. Zählen Sie mit. Unter solchen Umständen eine unendlich lange Zeit. *Ein*undzwanzig-*zwei*undzwanzig-*drei*undzwanzig-*vier*undzwanzig-*fünf*undzwanzig-*sechs*undzwanzig. Ich glotzte ihn an wie ein Goldfisch und versuchte, nicht vor Frustration in Tränen auszubrechen.

»Ach du meine Güte!« flüsterte er. »Er meint das ernst. Er meint das wirklich und wahrhaftig ernst.«

Ich starrte ihn an und dachte genau dasselbe. »Ich gebe zu...«, sagte ich, »daß einige Passagen eher ... unkonventionell sind, aber...«

»Unkonventionell?« Er schlug die Arbeit auf und las vor: »›Ein großer Adler, der durch die Lüfte schwebte, allmächtig, allwissend, alles erobernd, mit durchdringenden Augen, mächtigen Schwingen und Klauen, von denen das Blut des Schweins herabtropfte!‹ Und Sie wollen behaupten, Sie hätten sich kein Cannabisharz injiziert? ›Die nächste große Wehe wirbelte sie weit über die höchsten Bergesspitzen hinaus. Unter ihr erstreckte sich ganz Europa. Ohne Zollwachen, Schlagbäume und Grenzen: Alle Tiere konnten sich frei bewegen.‹ Sie haben so umfangreiche Recherchen angestellt, daß Sie haarklein über die Wehen dieser... dieser Pölzl Bescheid wissen und welche Bilder sie dabei vor Augen hatte? Wahrscheinlich hat sie Tagebuch geführt, was? Ihre Gedanken während der Geburt auf Tonband gesprochen. Und wie ich sehe, vertreten Sie die Ansicht, ihr Gatte hätte ihr nach Art des ausgehenden 20. Jahrhunderts am Wochenbett die Hand gehalten. Falls dem so ist – faszinierend! Aber wo sind Ihre Belege? Auf welche Quellen stützen Sie sich?«

»Also, diese Passagen dienen natürlich nur als Überleitungen. Ich gebe zu, daß sie etwas unorthodox sind, aber ich dachte... wissen Sie ... sie würden dem Ganzen etwas Farbe und Leben einhauchen?«

»Farbe? Leben? In einer wissenschaftlichen Abhandlung? Suchen Sie Zuflucht in der nächstbesten Entziehungsanstalt, bevor es zu spät ist, Bursche!« Voller Staunen blätterte er in meinem Manuskript, seine Augenbrauen drohten bereits abzuheben. »Wie ich sehe, geruhen Sie auch nicht, dem überraschten Leser mitzuteilen, wie Sie auf die Schulzeugnisse des jungen Hitler gestoßen sind.«

»Gut, ich habe mir einige Freiheiten herausgenommen. Aber Adolfs Lehrer Eduard Hümer *hat* gesagt, daß Adolf undiszipliniert sei und sich gern als Führer aufspiele.«

»So so, Sie nennen ihn schon Adolf. Sind richtig dicke mit ihm, was?«

»Nun, wenn es sich um einen Zwölfjährigen handelt, kann man ihn schlecht die ganze Zeit beim Nachnamen nennen, oder?«

»Und Adolfs Mami am Pumpenschwengel, während der Zug vorbeischuckelt und ›kaiserliche weiße Schnurrbärte hoch in den Himmel stößt‹? Adolfs Mami, die Windenranken jätet? Adolfs Mami, die nach Veilchen duftet? Was ist damit?«

»Das sollte doch alles bloß die Lesbarkeit steigern, wissen Sie, für die Publikation...«

»Publikation?« In diesem Augenblick dachte ich ernsthaft, er würde explodieren. *»Publikation?* Verfluchte Scheiße, Kind, selbst Mills and Boon würden bei dem Angebot rot werden!«

»Denen habe ich es nicht angeboten«, sagte ich, bemüht, die Contenance zu wahren. »Allerdings hat der Seligmanns Verlag schon sein Interesse bekundet.«

»Wahrscheinlich für seine Psychopathologiereihe. Nein, nein, nein, nein, nein, nein, nein, nein, nein, *nein.* Das ist einfach unerträglich.«

»Ich könnte diese Passagen ja herausnehmen«, bot ich verzweifelt an. »Die machen schließlich nur ein Zwanzigstel des Gesamttextes aus. Höchstens.«

»Herausnehmen? Hm...« Er dachte darüber nach.

»Ich meine, wie finden Sie denn den Rest?«

»Den Rest? Och, anständig, würde ich sagen. Dröge, aber ganz anständig. Es will mir nur nicht in den Kopf, warum Sie diesen unerforschlichen Scheiß überhaupt erst geschrieben haben. Selbst wenn Sie das alles streichen, werde ich Ihre Arbeit nie wieder unvoreingenommen lesen können. Sie ist kontaminiert. Sie können Kacke aus einer Zisterne fischen, aber sobald jemand von der Kacke weiß, wird er das Wasser nicht mehr trinken, oder? Hm? Was? Stimmt doch! Oder? Hm?«

»Aber es *wird* doch niemand wissen!« Der Verzweiflung nah stellte ich mir vor, wie Fraser-Stuart aus übertriebener Korrektheit und fanatischem Eifer traurige Briefe an die beiden anderen Gutachter schrieb und sie vor dem vergifteten Meisterwerk warnte.

»Ich frage mich einfach, ob Sie sicher sind, daß Sie an der Universität glücklich werden. Wären Sie in einem anderen Ambiente nicht besser aufgehoben? Den Medien beispielsweise? Oder der Werbung? Der Presse? Der BBC?«

»Das hier ist mein Ambiente«, sagte ich mit allem Nachdruck. »Das weiß ich hundertprozentig.«

»Schon gut, schon gut. Dann setzen Sie sich eben auf den Hosenboden und tippen das noch mal ab, und lassen Sie diesmal die fiktiven und spekulativen Unverschämtheiten weg. Vielleicht läßt sich aus dem Wrack ja noch etwas bergen. Wie konnten Sie bloß glauben, ich würde jemals auch nur in Erwägung ziehen, solchen Kokolores an meine Kollegen weiterzuleiten?« Er rülpste plötzlich, schlug sich auf den Schenkel und schaukelte vor und zurück. »Also alles was recht ist, die müßten ja glauben, ich hätte nicht alle Tassen im Schrank.«

Ich stand auf, um zu gehen. »Gute Güte«, sagte ich und musterte ihn vom Haarnetz bis zu den Strohsandalen, »das müssen wir unter allen Umständen vermeiden.«

Nachdem ich der drückenden Hitze seiner Wohnung entronnen war, beugte ich mich über das Geländer der Sonnet Bridge und suchte in der viel zu schwachen Brise Linderung für Leib und Seele. Unter mir glitten Stocherkähne flußauf und flußab, erfüllt vom Jubel der Knalltüten, die den Klausursälen glücklich entkommen waren. Mist, dachte ich. Mist und Dreck und Schaufel und Handfeger. Manchmal hat einen das Leben echt am Arsch.

»Hu-hu!«

Am Flußufer kuschelten Jamie McDonell und Double Eddie in hautengen Lurexhosen, versöhnt und glücklich. Ich winkte ihnen schüchtern zu.

»Trau dich, Puppy. Spring schon, das willst du doch!«

»Ich, äh, ich hab noch eure CDs«, rief ich hinab. »Soll ich damit mal vorbeikommen?«

Sie lachten engumschlungen. »O ja! Komm doch. Bitte! Komm, komm, komm! Komm doch endlich!«

Eine Stimme hinter mir ließ mich zusammenfahren. »Der Anblick der Jeunesse dorée stimmt melancholisch, finden Sie nicht?« Unter einem unmöglichen Panamahut sah Leo Zuckermann auf Jamie und Double Eddie hinab, die sich ineinander verkeilten. »Wind, sag an, wenn Sommer kam, ob Herbst dann fern sein kann?« zitierte er.

»Die beiden haben gut reden«, sagte ich mürrisch, obwohl ich sie mochte. »Die sind im zweiten Jahr. Weder Examina noch Zwischenprüfungen. Nur Maiwoche und Wein.«

»Und es ist natürlich der letzte Schrei, schwul zu sein.«

»Ja, wahrscheinlich...«

»Der rosa Winkel ist ein Ehrenzeichen. Nebenbei bemerkt, Michael, wußten Sie, daß es in den Lagern auch rote Winkel gab?«

»Tatsächlich? Für wen?«

»Raten Sie mal.«

»Ein roter Winkel?«

»Genau.«

Ich überlegte einige Zeit. Solche Sachen sollte ich eigentlich wissen. »Der war nicht zufällig für die Zigeuner, oder?«

»Nein.«

»Ähm... Kriminelle?«

»Nein.«

»Lesben?«

»Nein.«

»Kommunisten?«

»Nein, nein.«

»Herrje. Das ist ja richtig schwierig...«

»Ja, nicht wahr? Ein merkwürdiges Spiel; man muß sich in die Gedankenwelt eines Nazis hineinversetzen und sich immer neue Menschengruppen ausdenken, die man hassen kann. Versuchen Sie's noch mal.«

»Innenarchitekten?«
»Nein.«
»Geisteskranke?«
»Nein.«
»Slawen?«
»Nein.«
»Polen?«
»Nein.«
»Äh... Mohammedaner?«
»Nein.«
»Kosaken?«
»Nein.«
»Anarchisten?«
»Nein.«
»Kriegsdienstverweigerer?«
»Nein.«
»Deserteure?«
»Nein.«
»Journalisten?«
»Nein.«
»Meine Güte, ich geb's auf.«
»Was denn, schon? Sonst fällt Ihnen niemand ein?«
»Ladendiebe? Nein, Sie hatten ja gesagt, keine Kriminellen. Ähm, eine Volksgruppe?«
»Der rote Winkel? Nein, für keine Volksgruppe.«
»Politisch?«
»Auch nicht für Politische.«
»Was denn dann?«
»Na gut. Ich werde Ihnen verraten, wem der rote Winkel galt. Ich verrate es Ihnen, wenn Sie meinem Laboratorium einen Besuch abstatten. Wann darf ich damit rechnen?«
»Ach ja. Nun, ich muß jetzt noch einiges nacharbeiten...«
»Paßt es Ihnen morgen früh? Ich würde mich sehr darüber freuen. Dann können wir uns auch über Ihre Doktorarbeit unterhalten.«
»Sie haben sie also gelesen?«
»Natürlich.«
Ich wartete auf sein Lob, aber mehr sagte er nicht. Ich hasse das

wie alle Schriftsteller. Wissen Sie, das war schließlich mein Baby, Herrgott noch mal. Stellen Sie sich vor, Sie liegen auf der Entbindungsstation, und Ihre Freunde geben sich die Klinke in die Hand, um das Neugeborene zu sehen.

»Das ist es also, ja?«

»Ja!« keuchen Sie, ganz die glückselige Mutter.

Schweigen.

Also wirklich ... so geht das ja nun nicht. Ich verlange ja gar nicht, daß man gleich niederkniet und Gold, Weihrauch und Myrrhe darbietet, aber *etwas,* nur ein kleines »aaaaaah!«... *irgend* etwas sollte schon drin sein.

»Gut«, sagte ich endlich, als überdeutlich war, daß hier keine spitzen Schreie des Entzückens und der Bewunderung zu erwarten waren. Ich errötete etwas bei der Vorstellung, auch er fände meine überbordende Phantasie unerträglich peinlich. »Dann komm ich also morgen früh bei Ihnen im Labor vorbei.«

»Zweiter Stock, New Rutherford. Ich hole Sie an der Rezeption ab.«

»Freimaurer!« sagte ich.

»Wie bitte?«

»War er für die Freimaurer? Der rote Winkel?«

»Nein, auch nicht. Ich sag's Ihnen morgen. Wiedersehen.«

Er ließ mich am Brückengeländer in der heißen Sonne stehen. Unter mir beugten sich Jamie und Double Eddie am Flußufer vor, holten eine Angelleine ein und zogen eine Flasche Weißwein aus dem Wasser. Egal, was die Zukunft für sie bereithielt, dachte ich, die Erinnerung an diese Tage konnte ihnen niemand nehmen. Sie mochten sich als alte Knacker mit Haarausfall in feuchtkalten Provinzbibliotheken über ihren Bechern Earl Grey zanken; in den Redaktionsstuben ihrer Lokalblättchen für Budgeterhöhungen fechten; sich in Klassenzimmern despektierlicher junger Schläger erwehren; in der Crush Bar in Covent Garden über die Stimmlage einer Diva zwitschern – egal, wo sie das Leben als Strandgut anschwemmen würde, sie hätten die Erinnerung an diese Sommertage, als sie mit neunzehn Jahren, flachen Bäuchen und blendend schönen Haarschöpfen flußgekühlten Sancerre getrunken hatten. Ihnen gehörte dieser Ort ungleich mehr als mir, dachte ich traurig, dabei würde ich für immer hier bleiben. Für sie würde er zu einem

Eiland im Ozean der Zeit werden, einer Oase in der Wüste ihrer Jahre, während er für mich bald nur noch ein bedrückender Arbeitsplatz voller Klatsch und Tratsch wie jeder andere sein würde.

Ach, halt doch den Rand, Michael. Oase in der Wüste ihrer Jahre! Fff! Also, manchmal rauscht dir aber auch ein Schrott durch die Birne. Wenn man im Leben schon leiden muß, dann ist es meiner Meinung nach viel besser, wenn man das Glück nie gekannt hat. Ich glaube, echter Schmerz ist für einen Menschen viel bitterer, wenn er in seiner Kindheit und Jugend nichts als Vertrauen, Liebe und Freude gekannt hat. Wenn ich schon von Wüsten und Oasen schwafle: Für einen Menschen, der im Verdant Valley von Vermont aufgewachsen ist, wäre es sehr viel schlimmer, plötzlich in der Sahara aufzuwachen, als für einen Tuareg, der sein Lebtag nichts anderes gekannt hat. Die Erinnerungen eines Verschmachtenden an zahllose nicht ausgetrunkene Gläser Eistee in glücklicheren Tagen sind nicht gerade ein Trost, oder was meinen Sie? Doch eher eine zerfressende Qual. Da ist es besser, man hatte eine Kindheit voller Elend, Hunger und Mißhandlungen. Dann lernt man die kleinen Dinge des Lebens wenigstens zu schätzen und weiß jeden einzelnen Tropfen Glück richtig auszukosten. Nein, Moment, so einfach ist das nicht: Das Problem ist das Trauma. Heutzutage redet man ja über nichts anderes mehr. Die erlittene Not traumatisiert einen und kapselt die Fähigkeit ein, etwas voll und ganz zu genießen. Sie betäubt einen, desensibilisiert und dissoziiert einen, oder wie die das nennen. Jamie und Double Eddie genossen das Leben jedenfalls in vollen Zügen, carpten den Diem, pflückten die Rose, lebten jeden Augenblick am Puls der Zeit, voll sensibilisiert und assoziiert. Freute mich für sie, denn die Zukunft würde sie noch früh genug am Schlafittchen kriegen.

Und *meine* Zukunft? Vielleicht hatte Fraser-Stuart recht, und ich hatte wirklich nicht das Zeug für eine akademische Karriere. Verdammt und zugenäht. Ich wußte doch, insgeheim wußte ich doch die ganze Zeit, daß es Wahnsinn gewesen war, diesen Mumpitz einzureichen. Mensch, das war mir doch klar! Trotzdem hatte irgendein innerer Dämon zugelassen, diese Passagen einzuarbeiten und mit dem Rest zusammen abzugeben. Vielleicht wollte ich ihn unbewußt provozieren, mich durchfallen zu lassen.

Kann man mit vierundzwanzig eine Midlife-crisis haben? Oder

gehört das zur ganz normalen Krise des Erwachsenwerdens, und ich würde mich daran gewöhnen müssen, bis ich dermaleinst dem Vergessen entgegentatterte? Das ganze letzte Jahr über hatte ich diese Schmerzen gehabt, ging mir auf, als ob mir heißes Blei in den Magen tropfte. Jeden Morgen, wenn ich aufwachte, an die Decke starrte und Janes leises Schnarchen neben mir hörte, durchflutete meine Gedärme der dunkle Schwall der Erkenntnis, daß mir ein weiterer Scheißtag bevorstand, den ich als ich durchstehen mußte. Woher weiß man, ob das verrückt oder normal ist? Sowas verrät einem ja kein Schwein. In den unaufhörlich wachsenden Bibellesekreisen an der Uni erzählen sie einem, das sei ein Zeichen, daß man in seinem Leben Platz für Jesus schaffen müsse. Daß dieser Schmerz das Symptom eines Vakuums in der Seele sei. Christen können mich mal kreuzweise. Diese Leere konnte man doch genausogut mit Drogen füllen. Ich hatte schon überlegt, ob bei mir vielleicht Jane diese Funktion hatte. Oder nicht sie persönlich, aber die LIEBE. Aber das bedeutete dann entweder, daß ich Jane nicht liebte oder daß schon wieder eine meiner Theorien den Bach runterging. Oder war diese Leere die Sehnsucht eines kreativen Geistes? Verzehrte sich meine Seele nach Ausdrucksmöglichkeiten in der Kunst? Problem: Ich konnte nicht zeichnen, nicht schreiben, nicht singen und nicht tanzen. Na toll. Was blieb mir denn dann? So 'ne Salierikiste vielleicht. Mit genug göttlichem Funken verflucht, um das Genie bei anderen zu erkennen, aber nicht genug, um selber etwas zu erschaffen. Ach, Dreck...

Vielleicht war es also einfach nur die Angst vor einer neuen Lebensphase. Dann klafft die Leere vor einem auf. Wenn man am Rand, an der Schwelle von etwas Neuem steht. Die Leere ist der Torweg, den man schon immer durchqueren wollte, aber je näher man ihm kommt, desto nostalgischer schaut man zurück und bekommt Angst vor der eigenen Courage.

Selbstbeobachtung, daran liegt es. Das war schon immer mein größtes Laster. Ich *sehe* mich ständig. Das bin ich. Ich laufe die Straße entlang und frage mich, was sehen andere Menschen? Das bin ich, Doktor Young in spe. Das bin ich, mit einem Mädchen am Arm. Das bin ich, mit der Mütze auf dem Kopf – Hänger oder Hipster? Dort laufe ich mit Büchern unter dem Arm, mache eine schneidige Figur als hipper Historiker, der coole Akademiker auf zwei nackten Beinen, ein toller Typ! Also ein Prufrock-Syndrom. Ob ich Pfirsiche verzehr? Lachen die hinter meinem Rücken? Oder nicht? *Glaube* ich vielleicht nur, daß die mich auslachen? Ich beobachte mich beim Beobachten anderer, die mich beobachten. Wie schüttelt man das ab? Wie geht dieser Trick? Rotwerden ist das äußere Zeichen. Wenn ich es schaffe, mir außen das Rotwerden abzugewöhnen, verschwindet innen vielleicht auch die ewige Selbstbeobachtung. Ich weiß ja nicht...

Dinge, die zu einer Krise gehören oder sie betreffen, nennt das Wörterbuch kritisch. Mein Leben befindet sich also in einer kritischen Phase. An einem Dreh- und Angelpunkt. Das Scharnier an der Tür zu meiner Zukunft ist die Dissertation. Wahrscheinlich habe ich dieses Scharnier absichtlich – obwohl unbewußt – nicht geölt, sondern laut quietschen lassen, damit ich notfalls zurückhuschen und eine andere Tür ausprobieren kann. Jetzt hat man mir befohlen, es zu ölen. Lautlos wird die Tür aufschwingen, und alles wird glattgehen. Will ich das eigentlich?

Jamie und Double Eddie haben schließlich ihren Wein ausgetrunken, packen ihre Sachen ein und brechen auf, winken mir noch einmal zu und laufen mit übervorsichtigen, ehrpusseligen Schritten die Uferböschung hoch wie Kinder um die Jahrhundertwende, die am Strand um die Pfützen herumhüpften. Eine Träne löst sich von meinem Kinn und gesellt sich zum Flußwasser auf seiner Reise zum Meer.

Wellen machen

Ein Fenster zur Welt

Physik ist ultrahip. Wenn Sie heutzutage hören, wie sich zwei Studenten der Literaturwissenschaft unterhalten, haben Sie gute Karten, daß es gerade um Schrödingers Katze oder Chaos- und Katastrophentheorie geht. Vor fünfundzwanzig Jahren waren auf dem Campus E. M. Forster und F. R. Leavis angesagt; dann kamen die Strukturalisten und schließlich Stephen Heath mit seinen Groupies und Abstaubern auf ihrer Differenz-und-Dekonstruktivismus-Tournee. Heute hängen die amerikanischen Touristen hier mit ihren Niels-Bohr-T-Shirts herum und hoffen, die Räder von Stephen Hawkings Rollstuhl berühren zu dürfen, womit sie wahrscheinlich gleich die letzten Geheimnisse des Universums einsacken wollen.

Zahlen sind das A & O der Naturwissenschaften. Will sagen, ohne sie bekommt man kein Bein an die Erde. Die Partie meines Gehirns, die sich mit Zahlen beschäftigt, ist unwesentlich größer als die, die für die Politik von Neuseeland zuständig ist oder die für das Ergebnis beim PGA Masters-Turnier. Ich verfüge über rudimentäres Schulfranzösisch und Schulrechnen. Es reicht, um in Geschäften und Restaurants klarzukommen. Wenn ich eine Zeitung, die dreißig Pence kostet, mit einem Pfundstück bezahle, bin ich pfiffig genug, siebzig Pence Wechselgeld zu erwarten. Wenn ich beim Derby fünf Pfund auf einen Drei-zu-eins-Gewinn setze, kann ich mich in den Bauch beißen, wenn ich hinterher nicht fünfzehn Pfund reicher bin. Aber schon wenn das Pferd mit sieben zu zwei startet, bricht mir der kalte Schweiß aus. Zahlen nerven.

Pflichtbewußt habe ich mich wie die meisten Menschen meiner Generation durch populärwissenschaftliche Darstellungen der Relativitätstheorie und der Quantenmechanik gequält, einheitliche Feldtheorien, die *Theories of Everything* und den ganzen Schamott.

Wahrscheinlich ist die Behauptung nicht übertrieben, man habe mir wohl zwanzigmal im Druck und in Person sehr geduldig erklärt, was ein Elektron ist, aber ich kann mir ums Verrecken nicht merken, ob das blöde Ding nun negativ oder positiv ist. Ich habe den vagen Verdacht, daß es negativ ist, weil Proton einfach positiver klingt (wenn auch nicht so positiv wie Positron, egal was das nun wieder für ein kleiner Scheißer ist), und worauf sich diese Negativität überhaupt bezieht, davon hab ich schon überhaupt keine Ahnung. Die ganzen Elementarteilchen, die am Ende ein Atom ergeben, müssen irgendwie zusammenpassen und sich verbinden, da bin ich mir ziemlich sicher. Aber wie ein Teilchen eine negative Eigenschaft oder eine Minusladung haben kann, ist mir ein absolutes Rätsel. Vielleicht muß es nur deshalb im Minus sein, damit der Saldo des Atoms ausgeglichen wird.

Ich habe Bücher gelesen, die, soweit ich das beurteilen kann, für pseudointellektuelle Nichtphysiker wie mich gedacht waren, die beim Essen über Teilchenbeschleuniger, die Starke Wechselwirkung und Charm-Bosonen große Töne spucken wollen. Sie waren leichtverständlich geschrieben, hatten große Diagramme, kurze Sätze und fast gar keine Formeln, trotzdem blieb, wenn ich das Buch zugeschlagen hatte, kein einziges Faktum hängen, geschweige denn die Prinzipien, die dahinterstanden. Aber sobald mir jemand mit leiser Stimme in einem lauten Café mitteilt, daß die Schlacht von Bannockburn im Jahre 1314 ausgefochten wurde, kann ich das bis an mein Lebensende nicht mehr vergessen. Und das verstehe ich eben nicht; 1314 ist doch schließlich auch bloß eine Zahl, oder?

Ich habe mal etwas über den Krach zwischen Robert Hooke und Isaac Newton gelesen. Hooke behauptete, Newton hätte ihm die Idee gestohlen, daß die Anziehungskraft zweier Körper aufeinander umgekehrt proportional dem Quadrat ihrer Entfernung sei. Das hat er ihm nie verziehen. Ich weiß noch genau, wie wir diesen Lehrsatz in der Schule durchgenommen haben, weil ich damals dachte, der würde sich in einem Aufsatz über das 17. Jahrhundert gut machen (en passant erweisen Historiker Naturwissenschaftlern ganz gern ihre Reverenz, Darwin, Newton und Konsorten; ein paar Bemerkungen über »mechanistische Universen« und den »Umsturz viktorianischer Gewißheiten« machen sich in einem Geschichtsessay genausogut wie die alte Standardfloskel vom »Aufstieg der Mittelklasse«. Jedes Kind weiß heutzutage, daß es keine einzige Geschichtsperiode gibt, über die sich nicht mit gutem Recht sagen ließe, daß es hier zum Aufstieg oder zur Genese einer neuen Mittelklasse kam; ebensowenig gibt es nach dem 16. Jahrhundert noch einen Geschichtsabschnitt, über den man nicht schreiben könnte, hier seien »alte Gewißheiten weggefegt worden«). Mopsfidel schreibe ich die Formel von Hooke-Newton also in meine Kladde, um sie auswendig zu lernen. Beim Schreiben schaue ich mir jedes Wort genau an. Sie sehen so einfach aus. »Die Anziehungskraft zweier Körper aufeinander« – alles paletti. Kann man ohne weiteres behalten, erst recht als Schüler, der sowieso Tag und Nacht von Körpern angezogen wird. Wir wissen, daß »Körper« für einen Physiker üblicherweise »Objekte im Raum« bezeichnen. »Die Anziehungskraft zweier Körper aufeinander ist umgekehrt...« Auch das ist keine große Hürde, im richtigen Leben läßt einen diese Anziehungskraft ja auch ständig umkehren. Der Mond wird also von der Sonne angezogen, aber nicht so sehr oder vielleicht etwas mehr als von der Erde. Damit hab ich kein Problem. »Die Anziehungskraft zweier Körper aufeinander ist umgekehrt *proportional...«* Oh-oh. »Proportional«, was? Da haben wir den Salat. Periskop einfahren. Alarm auslösen. »... umgekehrt proportional *dem Quadrat ihrer Entfernung.«* Tauchen, tauchen, tauchen! Gut, ich weiß, was ein Mathematiker unter einem Quadrat versteht. Zwei zum Quadrat ist vier. Vier zum Quadrat ist sechzehn und so weiter. Das hab ich noch einigermaßen kapiert. Aber *umgekehrt proportional?* Also jetzt mal ehrlich, Sie müssen zugeben, daß das eine ganz schön harte Nuß ist. Haben Sie etwa schon mal eine Frau mit umgekehrten Proportionen gesehen? Und jetzt auch noch die umgekehrte Proportionalität einer *Zahl?* Ist die Umkehrung eines Quadrats dasselbe wie eine Quadratwurzel? Ist das umgekehrt proportionale Quadrat von vier minus vier? Oder eher zwei? Oder ein Viertel? Oder minus sechzehn? Verstehen Sie mein Problem? Nein, wenn Sie ein Naturwissenschaftler sind, natürlich nicht. Dann sehen Sie bloß, daß Michael Young so stupid wie ein Stein ist.

Die Anziehungskraft zweier Körper aufeinander ist umgekehrt proportional dem Quadrat ihrer Entfernung ... Ich bin ziemlich sicher, daß ich diesen Satz bis zum Jüngsten Gericht anstarren könnte und trotzdem nicht weiterkäme. Ein guter Sachbuchautor, sagen wir jemand so stupid wie Einstein, könnte vielleicht eine Analogie aufbieten à la »Wenn Sie einen Stein in einen Eimer Wasser werfen, bewegt sich der Wellenschlag nach außen, stimmt's?« oder »Stellen Sie sich das Weltall als ein Doughnut vor, und jetzt...« Wenn er einen anschaulichen Stil hätte, bekäme ich das von ihm beschriebene Prinzip vielleicht in den Griff. Aber beim nächsten neuen Lehrsatz wäre ich sofort wieder aufgeschmissen. »Die Anziehungskraft zweier Körper aufeinander ist proportional dem Produkt ihrer Massen« oder so. Dann müßte er mit seiner Erklärung wieder ganz von vorne anfangen und ein neues Modell oder einen neuen Vergleich aus dem Hut zaubern. Genausogut können Sie einen lebenden Lachs packen – je fester Sie zupacken, desto mehr glitscht er Ihnen aus den Fingern. Zahlen nerven.

Nur die Anekdoten, die bleiben immer bei mir hängen. Einstein mochte Eiscreme, Segelboote und Violinen. Als er mal mit einem anderen Musiker ein Duett spielte, fragte dieser ihn: »Um Gottes willen, Albert, kannst du denn nicht zählen?« Einstein selber hatte Sprüche drauf wie »Gott würfelt nicht«. Er sagte, er wisse nicht, welche Waffen im nächsten Weltkrieg zur Anwendung kämen, wohl aber, welche im übernächsten: Pfeil und Bogen. Heisenberg wurde in einer SS-Zeitung als »weißer Jude« und »Statthalter des Einsteinschen Geistes« denunziert und konnte sich nur retten, weil seine Mutter Himmlers Mutter kannte. Eines Nachmittags saßen die beiden in Berlin unter der Trockenhaube, und Heisenbergs Mutter sagte: »Sag deinem Heinrich doch mal, er soll meinen Werner in Ruhe lassen«, und Frau Himmler antwortete: »Aber Heinrich findet, die Unschärferelation ist eine Judenlüge.« – »Das ist wieder mal typisch Werner«, sagte Frau Heisenberg, »der meint das nicht so. Der muß nur immer angeben und sich in den Vordergrund spielen.« Was weiß ich sonst noch über Physik? Ach ja, Max Planck, der Vater der Quantenmechanik, war auch der Vater von Erwin Planck, einem der Verschwörer, die nach dem gescheiterten Bombenattentat im Juli 1944 von der Gestapo hingerichtet wurden. Erwin war außerdem Rommels Vorname, aber Rommel durfte nach dem Attentatsversuch Gift nehmen. Schrödingers Katze war eine Siamkatze. Der Begriff »quark« stammt aus *Finnegans Wake.* Einer der Bohrs hat mal gesagt, wer von der Quantentheorie nicht schockiert wäre, hätte sie nicht verstanden. Als Crick und Watson ihr Modell der DNS in Form einer Nudelspirale bauten, half ihnen eine Frau, der von Rechts wegen ebenfalls der Nobelpreis zustünde. Nobel erfand übrigens das Dynamit, und Friedrich Flick, ein Unterstützer der Nazis, der im Zweiten Weltkrieg dank seiner Zwangsarbeiter Millionen scheffelte, besaß die Firma Dynamit Nobel. 1972 vererbte er seinem Sohn, einem Playboy, eine Milliarde, ohne sich bei den überlebenden Zwangsarbeitern auch nur mit einem Wort entschuldigt oder ihnen gar einen Pfennig Entschädigung gezahlt zu haben. Flicks Enkel wollte der Universität Oxford einen Lehrstuhl »Europäisches Denken« stiften, zog sein Angebot jedoch zurück, als die dortigen Moralphilosophen sein Geld »befleckt« nannten. Sehen Sie? Alles, was ich über Physik weiß, läuft auf Geschichte hinaus. Nein, ehrlich gesagt läuft alles, was ich über Physik weiß, auf Klatsch hinaus.

»Newton hatte fürchterlichen Krach mit Leibniz.«

»Was du nicht sagst!«

»So wahr ich hier stehe. Sagt, er hätte ihm die Infinitesimalrechnung geklaut.«

»Ist nicht wahr!«

»Wenn ich's dir doch sage. Ihm wär's egal, ob Leibniz das nun Differential oder sonstwie nennt, es wäre seine Infinitesimalrechnung mit einer ulkigen Perücke oben drauf, und er wäre als erster drauf gekommen.«

»Was ist Infinitesimalrechnung eigentlich? Und wenn wir schon dabei sind: Was ist ein Differential?«

»Spielt doch keine Rolle. Die Sache ist, die beiden reden kein Wort mehr miteinander.«

»Das muß man sich mal vorstellen!«

»Ich weiß... Wolfgang Pauli und Albert Einstein haben übrigens auch Zoff.«

»Und warum die nun wieder?«

»Irgendwas von wegen Neutrinos, hab ich gehört. Albert glaubt nicht dran, und Wolfgang ist auf hundertachtzig.«

»Neutrinos?«

»Irgendein Antazid für Verdauungsprobleme, soweit ich weiß. Seit Albert in Amerika ist, nimmt er wahrscheinlich Rolaids.«

»Ja ist denn das die Möglichkeit?«

Und so weiter...

Die Naturwissenschaft, behaupten die Naturwissenschaftler, beschreibt die *echte* Geschichte. Die genauen Zutaten, das Dünsten und Aufkochen auf dem Herd des Kosmos, das vor *x* Milliarden Jahren den Planeten Erde schuf, das wäre *echte* Geschichte; was sich vor *x* Millionen Jahren im Hypothalamus und in der Hirnrinde des Homo sapiens abspielte und uns das Bewußtsein brachte, das wäre *echte* Geschichte. Jedenfalls wollen die Technikpriester Ihnen das weismachen. Arschlöcher. Zahlen nerven. Die existieren doch nicht mal. Es gibt keine Sache namens Vier. Geschweige denn eine Sache namens Minus Vier. Da ist es doch kein Wunder, daß die Welt nach Gresham und Descartes in die Binsen gegangen ist. Wenn man auf dem Globus auch Minuszahlen frei herumlaufen läßt. Tausend Jahre war der Wucher zu Recht Anathema, und dann – Peng! – Dispositionskredite, Sollzinsen, Minuszahlen und die Existenzbehauptung von »minus hundert Tonnen Kaffee«. Negative Firmenwerte. Von der Leibrente zur Leibeigenschaft, von der Schuld in den Schuldturm, vom Kredit zur Knechtschaft. Zahlen nerven.

Diese bitteren Gedanken gingen mir durch den Kopf, nachdem Jane und ich uns erneut in die Wolle geraten waren. Ich war in Newnham aufgekreuzt und hatte mich nach dem Fraser-Stuart-Fiasko auf ein paar Streicheleinheiten gefreut.

»Ja, um alles in der Welt«, sagte Jane, »was hast du denn erwartet? Hattest du allen Ernstes vor, dieses sentimentale Gewäsch mit abzugeben? In einer Doktorarbeit?«

Gekränkt erklärte ich ihr, für mich wären diese Passagen Prosagedichte.

»Natürlich, Pup. Prosagedichte. So was muß ich in meinem nächsten *Paper* auch mal ausprobieren. ›Er bockte und krümmte sich auf ihr, seine Gedanken überschlugen sich ob der neugewonnenen Freiheit des Geschlechtsakts. Rein! Steril! Befreit zur folgenlosen Liebe! Plötzlich war er Herr über Zeit und Raum! Ihm war, als hätte...‹«

»Ich hab Hühnerbrustfilets von Sainsbury's mitgebracht«, fuhr ich ihr in die Parade. »Ich geh in die Küche und fang an zu kochen.«

Ich kaschierte meine Verlegenheit, indem ich ostentativ das Fleisch in siedendem Olivenöl anbriet, und sie öffnete eine edle Flasche Wein so provokativ, daß es sich nicht in Worte fassen läßt. Wir Historiker nennen so etwas einen *casus belli.*

»Für Naturwissenschaftler ist das ja auch ein Klacks. Ihr braucht bloß zu addieren. Ja nein, richtig falsch, schwarz weiß.«

»Dummes Zeug, Schatz.«

»Hast du doch selbst gesagt. Die Antworten liegen in Tütchen verpackt im ganzen Universum verstreut. Ihr braucht sie bloß aufzureißen. Hier ist das Gen, das einen Menschen zum Musiker macht, und dort das, was ihn zum Heiligen macht. Hier liegt ein Teilchen, das dir das Gewicht des Universums verrät, da drüben liegt eins, das dir erklärt, wie alles angefangen hat.«

»Natürlich, genau das habe ich gesagt. Es ist ja alles so einfach. Wenn wir seelenlosen Schwachköpfe bloß genauso intelligent wären wie ihr sensiblen Historiker, dann hätten wir sämtliche Fragen schon vor einigen Jahrhunderten beantwortet.«

»Das hab ich doch gar nicht gesagt!« Wütend knallte ich die Pfanne auf den Herd. »Das hab ich nicht gemeint, und das weißt du ganz genau. Du willst mich einfach nicht verstehen, stimmt's?«

»Ich geh fernsehen. Dein Wein steht auf dem Tisch.«

Während ich den grünen Thaicurry zubereitete und den Reis spülte, sprudelten, wogten und schäumten im Hinterkopf die Argumente. Diese *Arroganz,* sagte ich mir immer wieder, die Arroganz dieser Leute. Während ich sie im Kopf mit Argumenten schlug, knallte ich im Takt dazu Holzlöffel hin und warf scheppernd den Deckel auf den Wok. Als würden Naturwissenschaftler *absichtlich* all ihre Energie darauf verwenden, nach den größten Belanglosigkeiten der Welt zu suchen und die dann zu erklären. *Kunst* zählt. *Glück* zählt. *Liebe* zählt. *Gutes* zählt. *Böses* zählt. Ich schlage die Kühlschranktür zu. *Nur* diese Dinge zählen, aber die Naturwissenschaft hat nichts Besseres zu tun, als genau diese möglichst weiträumig zu umgehen. Ich glaube, das muß noch fünf Minuten lang Wasser und Brühe aufsaugen. Ihr behandelt die Kunst, als wäre sie eine *Seuche* – scheiße, ist das heiß – oder bloß eine Angelegenheit der Evolution, und die Lust, als wäre sie – Mist, jetzt hab ich's zerbrochen –... von euch hört man *nie* »ooh, wir haben herausgefunden, daß die Elektronen hier gut sind und die Protonen da vorne böse«, oder etwa doch? In eurem Universum ist alles wertneutral, dabei kann euch jeder Zweijährige sagen, daß nichts wertneutral ist. Arschlöcher. Schwanzlutscher. Selbstgefällige Wichser.

»Essen ist fertig!«

»Komm sofort.«

Ich wickelte das warme Brot in Papierservietten und schenkte mir Wein nach. Und mit welch einer Verachtung sie auf ihrem hohen Roß saßen und auf alle herabsahen, die im Sumpf und Morast echter, dreckiger menschlicher Motive und Leidenschaften wateten. Denn unsere Methode ist ja »unwissenschaftlich« – natürlich ist sie das, Zuckerschnute. Wirkliche Probleme sind nicht zahlenförmig, sondern haben Menschengestalt.

»Mm-*hm!* Das riecht aber lecker.«

»Ich weiß, was du sagen willst«, sage ich, weil ich annehme, daß sie sich vor dem Fernseher genauso Argumente zurechtgelegt hat wie ich in der Küche. »Du glaubst, nur Naturwissenschaftler könnten die Naturwissenschaft verstehen. Und jeder, der nicht zuerst diese Initiationsriten absolviert hat, darf von vornherein nicht mitreden. Aber über Napoleon oder Shakespeare darf jeder Naturwissenschaftler mit derselben Autorität rumsülzen wie jeder andere.«

»Autsch! Heiß!« Jane muß Zeit zum Nachdenken gewinnen, geht zum Waschbecken und läßt sich ein Glas Wasser einlaufen.

»Ich will doch bloß sagen«, nutze ich meinen Vorteil aus, »daß wir als Erdengäste nur siebzig oder achtzig Jahre Zeit haben. Was ist dann wohl wichtiger, daß wir die physikalischen Prinzipien der Atombombe verstehen oder daß wir die niederen Motive besser verstehen, um ihren Einsatz zu verhindern?«

»Warum nicht beides ausprobieren?«

»Ja. Natürlich. Klar. In einer idealen Welt jederzeit. Aber jetzt mal ehrlich. Um etwas so Kompliziertes wie die Funktionsweise einer Atombombe zu begreifen, muß man ein einziges Fach lange und angestrengt studieren...«

»Ich kann sie dir in weniger als vier Minuten erklären. Den Menschen möchte ich sehen, der mir in nur vier Minuten die Motive von Krieg und Zerstörung erklärt. Kannst du mir mal bitte die Flasche reichen?«

»Eben! Genau. *Haargenau!*« Ich stoße mit dem Finger auf den Tisch. »Die Einfachheit der Naturwissenschaft ist eure Religion. Sie scheint euch die Antworten zu geben, aber...«

»Pup, du hast gerade gesagt, etwas so Kompliziertes wie die Funktionsweise einer Atombombe zu begreifen, brauche Zeit und Mühe.«

»Hab ich gar nicht.«

»Oh, dann habe ich wohl Wahnvorstellungen. Entschuldige bitte.«

»Ich will dir mal was sagen!« Ich verliere allmählich die Beherrschung. »Ich will ja nicht behaupten, daß mit der Naturwissenschaft etwas faul ist...«

»Da bin ich aber froh.«

»...aber sie kümmert sich nie um die wirklich wichtigen Dinge.«

»Sie kümmert sich eben um die Dinge, die in den Naturwissenschaften wirklich wichtig sind. Deswegen haben wir doch wohl verschiedene Wissenschaften, oder?«

»Ja, aber andere Wissenschaften werden nicht so blind vergöttert, als würden sie die lautere Wahrheit enthalten.«

»Die Naturwissenschaften aber schon?«

»Ja, das weißt du ganz genau!«

»Ich vergöttere sie bestimmt nicht. Und du vergötterst sie allem Anschein nach auch nicht.« Sie wischt die Curryreste auf dem Teller mit Chapati auf. »Aber weißt du was, Pup? Hier in Cambridge gibt es Tausende von Naturwissenschaftlern. Du stellst mir alle vor, die ihre Wissenschaft blind vergöttern, weil sie die lautere Wahrheit verkündet, und ich laß sie wegen Hochstapelei und Inkompetenz achtkantig aus der Uni schmeißen. Was hältst du davon?«

»Natürlich gibt das keiner von euch zu! Ihr macht alle auf demütig, skeptisch, ehrfürchtig, ›Gottes Antlitz geschaut‹ und den ganzen Scheiß, aber letztendlich, ich meine, also mir machst du doch nichts vor!«

»Ah! Brillant formuliert. – Ist davon noch was da?«

»Auf dem Herd. Ich will bloß sagen, also, ich will auf folgendes hinaus... die Naturwissenschaft ist nicht allwissend.«

»Nein. Ganz deiner Meinung. Aber das heißt noch lange nicht, daß sie gar nichts weiß, oder? – Möchtest du auch noch?«

»Nein danke.«

»Pup, bloß weil wir nicht wissenschaftlich erklären können, warum Mozart ein genialer Komponist war, müssen wir doch nicht gleich aufhören, uns Gedanken über den Aufbau von Leberzellen zu machen, oder? Sollen wir das?«

»Mit dir kann man einfach nicht reden. Und das weißt du auch ganz genau, stimmt's?«

»Nein, das wußte ich nicht. Tut mir leid. Ich mach das nicht mit Absicht.«

Da haben Sie die ganze Jane in nuce. Da haben Sie alle Naturwissenschaftler in nuce. Winden sich aus allem heraus. Die nerven.

Sie las irgendeinen lateinamerikanischen Roman, als ich meine Nachttischlampe ausknipste. »Nacht«, murmelte sie.

Ich starrte an die Decke. »Erinnerst du dich an diesen Hamilton?« fragte ich. »Den in Dunblane. Geht mit vier Pistolen in die Turnhalle einer Vorschule rein, und nach drei Minuten sind fünfzehn Fünfjährige und eine Lehrerin tot. Ein Mensch richtet eine Schußwaffe auf ein Kind und sieht zu, wie die Kugel in den Schädel eindringt. Stell dir die Schreie vor, das Blut, das völlige Unverständnis in den Kinderaugen. Trotzdem macht er das wieder und wieder. Zielt und drückt ab.«

Sie ließ das Buch sinken. »Worauf willst du hinaus?«

»Weiß ich nicht. Ich weiß es ehrlich nicht. Aber müßten wir nicht versuchen, *das* zu verstehen?«

»Hoffentlich soll das jetzt nicht der geschmacklose Beweis dafür sein, daß du mehr Herz hast als ich oder daß dein Fach wichtiger ist als meins.«

»Nein, das mein ich nicht. Echt nicht. Absolut nicht.«

»Pup, du weinst ja.«

»Ach, laß doch.«

Als ich am nächsten Morgen die Queens Road entlangradelte, ging ich die ganze Sache noch einmal durch. Erniedrigung. Das war alles. Fraser-Stuart hatte mich stärker verletzt, als ich zugeben wollte. Das Ganze war ein großes, zorniges Rotwerden. Ich hatte mich wie ein verwöhntes Kind aufgeführt, weil ich Angst vor dem Ende meiner Studentenzeit und dem Beginn des Erwachsenenlebens hatte. Dagegen war auch nichts einzuwenden. Das war ein ganz normaler kleiner Koller. Ich stand eben vor der Tür und traute mich nicht über die Schwelle. Ich mußte der langen und glücklichen Zeit Lebewohl sagen, wo ich als lieber und schlauer Dreikäsehoch Aufsätze geschrieben und Lob eingeheimst und noch mehr Aufsätze geschrieben und noch mehr Lob eingeheimst hatte. Mit sieben war ich schlauer als die meisten Zehnjährigen, mit vierzehn schlauer als ein Siebzehnjähriger und mit siebzehn schlauer als ein Zwanzigjähriger. Jetzt, mit vierundzwanzig, war ich keinen Deut schlauer als all die anderen Vierundzwanzigjährigen auf dem Campus, außerdem war es kein Wettlauf mehr, und die Preise für Wunderkinder waren auch passé. Die anderen hatten aufgeholt, und ich wußte, richtig schmerzhaft durchzuckte mich die Erkenntnis, daß ich inzwischen Gefahr lief, neben all den großen Leuchten ein kleines Licht zu bleiben. Aber gegen einen selbstgerechten, puritanischen kleinen Wutanfall konnte doch niemand etwas einwenden, bevor es an die endlose Sisyphosarbeit von Einordnung und Eifer, Inbrunst und Integrität, Sorgfalt und Solidarität ging, oder? Konnte ich nicht wenigstens noch einmal strampeln und brüllen, bevor ich zusah, wie sich die blendende Brillanz der Jugend bewölkte?

Wie gesagt, manchmal rauscht mir purer Schrott durch die Birne.

Tief über den Lenker gebeugt, raste ich die Madingley Road entlang. Vor mir ragten die Cavendish-Laboratorien auf, keine Kathedrale des Antichrists, sondern ein unscheinbares Gebäude, eine Ansammlung von Baracken am Stadtrand. Die Menschen, die dort arbeiteten, hatten dieselben guten und schlechten Herzen wie überall auf der Welt. Sie waren nicht der Ansicht, den Generalschlüssel zum Wesen des Menschen in der Hand zu halten. Sie jagten lediglich ihre Elementarteilchen, Gene, Kräfte und Wellen, genauso wie Historiker nach Quellen jagten und Vogelsammler den Himmel nach roten Milanen absuchten. Jane hielt mich wahrscheinlich für durchgedreht. Am Rand eines Nervenzusammenbruchs. Nein, sie versteht mich, sie ist ein echter Schatz. Sie weiß genau, was ich im Moment durchmache, und hat Verständnis dafür. Für Mamis kleinen Schelm.

Die ursprünglichen Cavendish-Laboratorien, wo Rutherford die Axt schliff, die dann das erste Atom spaltete, lagen mitten in Cambridge, aber der Neubau liegt weiter draußen, noch hinter Churchill College, in der Richtung vom amerikanischen Friedhof und Madingley.

Ist's Abendrot noch gold'ne See
Von Haslingfield bis Madingley?

Nein, bester Rupert, leider nicht. Ich fürchte, heute besteht es eher aus Kohlenmonoxidabgasen. Und die Turmuhr steht auch nicht mehr auf zehn vor drei. Ob es zum Tee noch Honig gibt, da müßtest du Jeffrey Archer fragen, dem gehört das alte Pfarrhaus heute. Man müßte eigentlich mal ein neues »Grantchester« dichten.

Sag, steht man noch im Stoßverkehr,
Wenn heim fährt das Beamtenheer?
Steigt nachts die Kriminalität
Und sind Parkplätze dünngesät?

Gott segne unser Jahrhundert. Selbst das Hauptgebäude des Labors sieht wie ein ganz normaler Büroblock aus: an allen Ecken und Enden Glas, Schwingtüren und »Empfang – kann ich Ihnen weiterhelfen?« Privatisierte Schirmmützen, eingeschweißte Besucherausweise, die reinste Schikane.

Wenn man unser Zeitalter mit einem Wort beschreiben will, paßt »Sicherheit« wohl am besten – beziehungsweise eben Unsicherheit. Von der neurotischen Unsicherheit Freuds über die Unsicherheit des Kaisers, des Führers, Eisenhowers und Stalins bis hin zum Schrecken der Bürger der heutigen Welt –

SIE SIND HINTER EINEM HER!

Ihre Feinde. Sie knacken Ihren Wagen, brechen in Ihr Haus ein, mißbrauchen Ihre Kinder, übergeben Sie dem Höllenfeuer, ermorden Sie, um den nächsten Fix zu finanzieren, zwingen Sie zur Verneigung Richtung Mekka, infizieren Sie, verbieten Ihre sexuellen Neigungen, mindern Ihre Rente, verseuchen Ihre Strände, zensieren Ihre Gedanken, plagiieren Ihre Ideen, vergiften Ihre Atemluft, bedrohen Ihre Werte, benutzen in Ihrem Fernsehgerät Gossensprache und zerstören Ihre Sicherheit. Halten Sie sie fern! Sperren Sie sie aus! Schaffen Sie sich vom Hals! Vergraben Sie sie!

Die Hälfte meiner alten Klassenkameraden hat sich – im krassen Gegensatz zu meinem eigenen bereits dargelegten Versagen auf diesem Gebiet – erfolgreich Speeder, Bozzle, Volo, Turtle, Grip und Janga getauft, alle freien Hautlappen perforiert, mit Gold, Silber und Messing gepiercet und ist auf die Straße gegangen. Mit gehißten Totenkopffahnen und Atemmasken gegen die Luftverschmutzung ziehen sie durch die südenglischen Fußgängerzonen: Sie bekämpfen den Individualverkehr, die Strafrechtsnovellen, Autobahnerweiterungen, das Abholzen des Regenwalds, den Bau neuer Kraftwerke... alles. Sie *wollen* ausgesperrt werden; sie *wollen* als gefährlich gelten; sie *genießen* ihr Exil.

Und ich bin für sie ein Spießer.

Letztes Jahr hab ich Janga in Brighton besucht, wo sie sich manchmal mit ihren Freunden der Straße trifft, und es war nicht zu übersehen, o nein, es war buchstäblich mit Händen zu greifen, daß ich für diese Freigeister ein Vollspießer war. Wohlgemerkt, wenn ich ein *echter* Spießer und so ein richtiger alter Sack wäre, dann würde ich jetzt darauf hinweisen, daß sie nicht das geringste dagegen einzuwenden hatten, sich in den Pubs von mir freihalten zu lassen, daß es ihnen keinerlei moralische Probleme bereitete, mich morgens um acht in den Laden an der Ecke zu schicken, um ihnen Milch, Brot und Zeitungen zu kaufen. Dann würde ich jetzt auch sagen, daß es möglich sein sollte, ein ultracooler Ökokrieger zu sein, ohne zu stinken wie der letzte Penner. Ich könnte hinzufügen, daß es leicht ist, ein Held zu sein, wenn man von der Stütze lebt. Aber solche Argumente sind unter meinem Niveau, also hören Sie von mir kein Sterbenswörtchen.

Da stehe ich nun im Foyer im Sonnenlicht und ertrage artig das Stirnrunzeln jener, die an mir vorbeiflattern. Bitte, dann trage ich eben keinen Laborkittel. Bitte, dann bringt mich doch um. Ts! Also diese *Leute*...

»Michael, Michael, Michael! Tut mir unendlich leid, daß ich Sie habe warten lassen.« Leos Kittel ist klischeegerecht schmutzig und groteske drei Nummern zu klein für seine langen Arme. »Kommen Sie, kommen Sie.«

Ich folge ihm wie ein gehorsamer Welpe durch die Korridore und stelle mich gelegentlich auf Zehenspitzen, um durch die hohen Fenster in den Wänden in die Labors schauen zu können.

Wir bleiben vor einer Tür stehen. »NC 1.54 (D) Professor L. Zuckermann.« Leo zieht eine Plastikkarte durch einen Schlitz: Ein grünes Lämpchen leuchtet auf, ein Piepsen ertönt, ein Schloß klackt, und die Tür schwingt auf. Ich bleibe an der Schwelle stehen und murmle unglücklich wie Michael Hordern in *Agenten sterben ein-*

sam: »Geheimhaltung? Das Wort kann ich bald nicht mehr hören!« Leo dreht sich erschrocken um, daher flüstere ich übertrieben theatralisch in den Jackenaufschlag: »Wir werden in den nächsten dreißig Sekunden eindringen. Bitte Transportmittel bereithalten.«

Der Groschen fällt, und Leo belohnt mich mit einem kurzen Kichern, während die Neonröhren ins Leben flackern. Ich erkläre mir mein kindisches Herumalbern mit Leos argwöhnischer Spannung, fast schon Furcht, die mich ansteckt. Diese Spannung kommt und geht anscheinend. Sie war ihm anzumerken, als er in seiner Wohnung über meine Dissertation sprach, verwandelte sich dann jedoch in spöttische Leutseligkeit. Aber als er mich gegen Ende des Besuchs in das Labor hier einlud, war der gehetzte Blick wieder da.

Ich weiß nicht genau, was ich erwartet hatte. Irgend etwas muß ich doch erwartet haben. Warum sollte mir jemand sein Labor zeigen wollen, wenn es letztlich ein stinknormales Büro war?

Eine glänzende weiße Tafel ohne eine einzige angekritzelte Formel oder auch nur kopfstehende griechische Buchstaben. Keine Oszilloskope, keine Bandgeneratoren, keine langen Glasröhren, in denen rote Blüten ionisierten Plasmas pulsierten, keine tiefen Spülbecken mit Verätzungen durch höllische Verbindungen, keine Sicherheitsbehälter aus Bleiglas, in denen Robotergreifarme radioaktive Bröckchen aus einem Kanister in den anderen packten, kein Poster, auf dem Einstein dem Photographen die Zunge herausstreckte, keine herzliche Computerstimme, die uns mit exzentrisch gemeinter Freundlichkeit begrüßte: »Guten Morgen, Leo. Wieder ein Scheißtag, was?« Kurz gesagt, nichts, was man nicht auch im Verkaufsbüro seines örtlichen Toyotahändlers fände. Sogar weniger, denn der Toyotahändler hätte mindestens einen Tischrechner, einen Computer, eine Topfpflanze, einen elektronischen Terminkalender, ein Faxgerät, einen Wutball für Manager und schließlich einen Jahresplaner an der Wand. Nein, Moment. Einen Computer gibt es hier immerhin. Einen kleinen Laptop mit angeschlossener Maus. Und ich gebe zu, daß es auch Regale mit Büchern und Zeitschriften gibt, und statt des Jahresplaners hängt ein Periodensystem an der Wand.

Leo sieht mir die Enttäuschung an. »Es tut mir leid, aber die Dreckspatzen, wie wir unsere Laborkollegen nennen, haben hier nichts verloren.«

Ich trete vor das Periodensystem und betrachte es mit intelligentem Gesichtsausdruck, schließlich muß ich Interesse heucheln.

»Das hängt da noch von meinem Vorgänger«, sagt Leo.

Was sagt man dazu?

Ich sehe mich um. Nach alter Tradition müßte ich jetzt sagen: »Also hier spielt sich das alles ab«, aber damit käme ich mir ziemlich blöd vor, also nicke ich bloß aus Leibeskräften, als wüßte ich Geruch und Farbe des Raums zu schätzen.

»Wenn ich Apparate brauche, kann ich mir in den angrenzenden Räumlichkeiten Zeit an den großen Maschinen reservieren lassen.«

»Aha. Verstehe. Sie gehören also eher zu den theoretischen Physikern, ja?«

»Gibt es denn andere?« Aber er sagt das freundlich, nicht etwa ungeduldig.

Er geht zum Computer und klappt ihn auf. Mit den mir bekannten Laptops hat der hier nicht das geringste zu tun, und an Leos zitternden langen Fingern merke ich, daß dies für ihn ein großer Augenblick ist. Die obere Hälfte des Geräts wird ganz konventionell von einem rechteckigen Bildschirm ausgefüllt. Aber die Tastatur ist das eigentlich Spannende. Ganz oben, wo für gewöhnlich die Funktionstasten liegen, befindet sich hier eine Reihe viereckiger Tasten, die aber keine Beschriftung aufweisen. Mit einem dünnen gelben Eddingstift hat jemand unter jede Taste Zahlen, Buchstaben und Chiffren geschrieben. Den größten Teil, wo QWERT-Tasten und Trackball oder Trackpad liegen sollten, nehmen kleine schwarze Glasvierecke ein, in denen sich das Neonlicht der Deckenbeleuchtung spiegelt.

Unter dem Labortisch, auf dem dieser selbstgebastelte Kasten liegt, steht ein Schränkchen. Leo öffnet es, und jetzt bekomme ich doch noch echte Maschinen zu sehen. Zwei wuchtige Stahlboxen mit Starkstromschaltern, und an den Seiten quillt ein unbändiger Kabelsalat heraus. Jetzt erst fällt mir auf, daß aus der Rückseite des Laptops zwei bunte Flachbandkabel herauszüngeln und unten im Schrank verschwinden.

Leo legt die beiden Stromschalter an den Stahlboxen um. Ein tiefes, sattes Brummen ertönt, als die Gebläse anlaufen. Die schwarzen Glasplättchen auf der Tastatur stellen sich als Leuchtdioden heraus, denn eine Reihe grüner Achten beginnt zu blinken wie bei einem Videorekorder, dessen Uhr man nicht eingestellt hat. Leo läßt seine Fingerknöchel knacken. Seine Hand schwebt über der Tastatur, er wirft mir einen raschen Blick zu und drückt dann auf einige seiner Funktionstasten, etwas schuldbewußt, wie ein Kaufhauskunde, der es sich nicht verkneifen kann, auf dem ausgestellten Synthesizer den »Flohwalzer« zu klimpern. Die blinkenden Achten stabilisieren sich eine nach der anderen zu verschiedenen Zahlen, und der Bildschirm erwacht zum Leben.

Was hatte ich erwartet? Eine Computersimulation des Urknalls vielleicht. Eine rotierende DNS-Spirale. Fraktale Geometrie. Geheimakten der UNO über die Ausbreitung einer grauenerregenden neuen Seuche. Scrollende Zahlen. Von Spionagesatelliten aufgenommene Fotos. Ein Aktfoto von Teri Hatcher. Präsident Clintons private e-mailbox. Die Konstruktionspläne einer neuen Geheimwaffe. Close-ups auf einen Kriegsherrn der Cardassianer, der die bevorstehende Invasion der Erde bekanntgibt.

Was bekam ich zu sehen? Einen wolkengefüllten Bildschirm. Keine meteorologischen Wolken, sondern bunte Wolken, Gaswolken vielleicht. Aber auch keine gasförmigen Wolken. Bei näherer Betrachtung sahen sie eher wie Luftströmungen auf den Aufnahmen einer Thermokamera aus. Innerhalb dieser Luftformationen gab es primärfarbige Flächen, deren Ränder als changierende Koronen wirbelten und schäumten und die flirrend das ganze Spektrum durchwaberten. Hypnotisierend. Auch schön, sogar wunderschön. Inzwischen haben allerdings die meisten Bildschirmschoner auch schon einiges zu bieten.

»Was halten Sie davon, Michael?« Leo starrt auf den Bildschirm. Die Farbflächen spiegeln sich auf den Linsen seiner Brille. Sein Gesicht hat wieder diesen gehetzten, hungrigen Blick, der mir schon ein paarmal aufgefallen ist. Obsession. Nicht von Calvin Klein, sondern Obsession von Thomas Mann oder Vladimir Nabokov. Die schmerzerfüllte Gier, Wut und Verzweiflung eines alten Sittenstrolchs, der die junge Schönheit trotz seines schlechten Gewissens mit den Augen verschlingt. Dachte ich damals jedenfalls. Inzwischen sollte ich mich eigentlich daran gewöhnt haben, die Dinge in den falschen Hals zu bekommen.

»Das ist ja wunderschön«, hauche ich, als hätte ich Angst, meine Stimme könne das liebliche Weich der Farben zum Platzen bringen.

Ja, Platzen ist das richtige Wort, denn plötzlich merke ich, woran mich diese Formen erinnern. Sie sehen wie glatte Seifenblasen aus. Die träge rotierenden Membranen eines geölten Regenbogens beruhigen das Auge und gleiten tief in die Seele.

»Wunderschön?« Leo läßt den Schirm nicht aus den Augen. Seine rechte Hand umschließt die Maus, und die Formen gleiten weiter. Die Szenenverlagerung auf dem Bildschirm erinnert mich an die Kinobesuche meiner Kindheit. Ich saß allein im Dunkel und mußte noch zwanzig Minuten aushalten, bis endlich die Werbespots von Benson & Hedges oder Bacardi anfingen. Um einem die Zeit zu vertreiben, spielte die Leitung vom Odeon Musik und zeigte eine Light-Show aus psychedelischen Rosa-, Grün- und Orangetönen, die sich auf der Leinwand in einer Lösung tummelten. Ich gaffte mit offenem Mund, in den ganz automatisch eine Schokoladenrosine nach der anderen wanderte, während die Farben ineinander zerflossen und sich die in der Flüssigkeit eingeschlossenen Luftbläschen wie zuckende Amöben über die Leinwand arbeiteten.

»Ja, wunderschön«, bekräftige ich. »Finden Sie etwa nicht?«

»Was glauben Sie denn, was Sie da vor sich haben?«

»Weiß ich nicht genau.« Meine Stimme bleibt beim ehrfürchtigen Flüstern. »Eine Art Gas?«

Jetzt sieht mich Leo zum erstenmal an. »Gas?« Er lächelt freudlos. »Gas, sagt er!« Er schüttelt den Kopf und sieht wieder auf den Bildschirm.

»Was dann?«

»Dabei könnten Sie recht haben«, sagt er fast im Selbstgespräch, »welch ein grauenhafter Scherz. Es könnte wirklich Gas sein.« Ausdauernd und hektisch wie ein Nagetier knabbert er an seiner Unterlippe. Die Haut ist rissig und blutet schon, aber anscheinend merkt er das gar nicht. »Ich werde Ihnen sagen, was Sie da vor sich haben, Michael. Sie werden es nicht glauben, aber ich verrate es Ihnen trotzdem.«

»Nämlich?«

Er deutet mit dem Zeigefinger auf den Schirm und sagt: »Sehet da! Der *Anus mundi!* Das Arschloch der Welt!« Ich bin verwirrt und leicht schockiert, was ihn belustigt nicken läßt. »Das ist Auschwitz«, sagt er und deutet mit einer Kopfbewegung auf den Bildschirm.

Ich sehe zwischen Leo und dem Laptop hin und her. »Wie bitte?«

»Auschwitz. Davon müssen Sie doch gehört haben. Ein Ort in Polen. Berühmt und berüchtigt. Das Arschloch der Welt.«

»Aber wie meinen Sie das? Ist das ein Foto? Eine Infrarotaufnahme, eine Thermographie, etwas in der Art?«

»Nein, keine Thermographie. Temporal-Imagination käme der Sache schon näher. Ja, so würde ich das nennen.«

»Ich komme trotzdem nicht mit.«

Leo zeigt wieder auf den Bildschirm und sagt: »Das ist das Konzentrationslager von Auschwitz am 9. Oktober 1942.«

Ich runzle entgeistert die Stirn. Wenn ich bloß nicht so eine lange Leitung hätte.

»Wie meinen Sie das?«

»Ich meine das, wie ich es sage. Das ist Auschwitz am 9. Oktober. Drei Uhr nachmittags. Diesen Tag sehen Sie vor sich.«

Ich starre wieder auf die lieblichen bauschigen Formen in zart wogenden Farben.

»Sie meinen... ein Film?«

»Sie fragen immer noch, was ich meine, und ich meine immer noch, was ich sage, aber trotzdem verstehen Sie nicht, was ich meine. Ich *meine,* daß Sie hier gleichzeitig einen Ort und eine Zeit sehen.«

Ich starre ihn an.

»Wenn dieses Labor ein Fenster hätte«, sagt Leo, »und Sie hinausschauen würden, dann sähen Sie Cambridge am 5. Juni 1996, stimmt's?«

Ich nicke.

»Dieser Bildschirm funktioniert genauso wie ein Fenster. All diese Formen und Strömungen sind Bewegungen von Männern und Frauen in Auschwitz, Polen, am 9. Oktober 1942. Nennen Sie es meinetwegen Energiesignaturen oder Teilchenspuren.«

»Sie meinen... Entschuldigung... soll das heißen, daß diese Maschine eine Art Zeitfenster ist?«

»Eines dieser Gebilde«, fährt Leo fort, ohne von meiner Zwischenfrage Notiz zu nehmen, und seine Augen huschen im Zickzack über den Bildschirm, »eine dieser Farben«, seine Hand gibt der Maus einen Stups, »irgendeine. Eine beliebige, jede davon könnte er sein.«

»Jede davon könnte wer sein?«

Er sieht mich kurz an. »Irgendwo auf diesem Bild ist mein Vater.«

Ich verfolge, wie er hastig seine Suche fortsetzt. Anscheinend läßt sich die Maus wie eine Fernsehkamera bedienen und das Bild in dieser Welt von Farbumrissen schwenken, kippen und zoomen. Er schiebt die Maus ganz nach links, und die ganze Szene dreht sich im Uhrzeigersinn.

»Mein Vater ist am 8. Oktober in Auschwitz eingetroffen. Soviel weiß ich immerhin. Dort! Glauben Sie, daß er das ist?« Leo zeigt auf eine Form unten im Bild, deren federgleiche Arabesken in zartem Malvenrot schillern. »Vielleicht ist er das. Vielleicht ist es auch ein Hund oder ein Pferd. Ein Baum. Oder eine Leiche. Wahrscheinlich ist es eine Leiche.«

Leo hat Tränen in den zornigen Augen, Tränen, die ihm über das Gesicht laufen und sich mit den Blutströpfchen seiner aufgebissenen Lippe vereinen. »Ich werde es nie erfahren«, sagt er, bückt sich unter den Tisch und legt die Stromschalter um. »Niemals.«

Mit statischem Knistern geht der Bildschirm aus. Die Leuchtdiodenzahlen verlöschen. Das leise Summen der Gebläse verklingt nach einem erstickten Umpf. Ich starre stumm auf den leeren Schirm.

»So, Michael Young«, in einer graziösen Geste fängt Leo mit der gestärkten Hemdmanschette, die unter dem Laborkittel hervorsteht, eine Träne auf. »Jetzt haben Sie Auschwitz gesehen. Ich gratuliere.«

»Meinen Sie das ernst?«

»Todernst.« Leos hilfloser Zorn und seine Anspannung sind wie weggeblasen, und plötzlich ist er wieder der ruhige Vader Abraham. Er klappt den Laptop zu und streichelt zärtlich die Maus.

»Wir haben wirklich in die Zeit zurückgesehen?«

»Sie sehen jedesmal in die Zeit zurück, wenn Sie nachts den Sternenhimmel betrachten. Das ist doch nichts Besonderes.«

»Aber Sie konnten einen bestimmten Tag sehen.«

»Natürlich funktioniert dieses Teleskop etwas anders. Dummerweise ist es auch ziemlich nutzlos. Bloß eine Light-Show. Eine künstlich hergestellte Quantensingularität, die ungefähr so sinnvoll ist wie ein elektrischer Bleistiftspitzer. Nicht mal.«

»Sie können diese ganzen Farbwirbel nicht in erkennbare Gestalten übersetzen?«

»Ich nicht.«

»Aber es wäre möglich?«

»Eines Tages vielleicht, wenn ich längst unter der Erde bin. Ja. Grundsätzlich ist das möglich. Alles ist möglich.«

»Was haben Sie sich sonst noch angeschaut? Irgendwelche Schlachten oder Erdbeben? Was weiß ich, Hiroshima oder so?«

»Hiroshima habe ich gesehen, ja. Auch die Westfront im Ersten Weltkrieg habe ich mir angeschaut. Verschiedene Zeiten und Orte. Ich fürchte jedoch, ich bin immer nach Auschwitz zurückgekehrt. Nebenbei bemerkt, die Antwort lautet Zeugen Jehovas.«

»Äh... ich kann Ihnen nicht folgen. Die Antwort worauf lautet Zeugen Jehovas?«

»Der rote Winkel, wissen Sie noch? Sie sind nicht darauf gekommen, wer den tragen mußte. Es waren die Zeugen Jehovas.«

»Aha.« Mehr fiel mir dazu nicht ein. »Und Sie kehren immer nach Auschwitz an diesem einen Tag zurück?«

»Immer zum selben Tag.«

»Und Sie können nichts weiter machen, nicht einmal... Kontakt aufnehmen?«

»Nein. Es ist... wie soll ich das beschreiben? Es ist wie ein Radio. Sie können Sendungen empfangen, aber Sie selber können nicht senden.«

»Und Sie wissen nicht, was Sie da vor sich haben? Das läßt sich nicht interpretieren?«

»Die Farben weisen auf bestimmte Elemente hin. Sauerstoff ist blau, Wasserstoff rot, Stickstoff grün und so weiter. Aber das ist natürlich keine große Hilfe.«

»Wem haben Sie das sonst noch gezeigt?«

»Sie fragen einem ja richtige Löcher in den Bauch. Sie sind der erste Mensch, der dieses Gerät zu sehen bekommt.«

»Warum gerade ich?«

Er sieht mich an. »Ein Gefühl«, sagt er.

Krieg machen

Adi und Rudi

Um sechs Uhr früh war es noch stockfinster, und dazu kam dieser Nebel, in dem man die Hand nicht vor Augen sah. Ausgerechnet in einem solchen Augenblick mußte Stöwer, der Zugführer, eine seiner Ansprachen halten.

»Männer! Die englische Front verläuft zwischen Gheluvelt und Becelaere, und Ypern liegt nur acht Kilometer weiter östlich. Das Sechzehnte hat Befehl, die Linien der Tommys im Kern zu durchstoßen. Wir werden siegen. Oberst von List verläßt sich auf uns. Deutschland verläßt sich auf uns.«

Die Gemeinen Westenkirchner und Schmitt spähten durch die Dunkelheit in die Richtung, aus der Stöwers Stimme herüberdrang.

»Deutschland weiß doch nicht mal, daß es uns gibt«, sagte Ignaz Westenkirchner heiter.

»Red nicht so dummes Zeug«, knurrte eine Stimme zwischen ihnen.

Ignaz blickte überrascht in das fahle Gesicht zu seiner Rechten. Mit seinen eins zweiundsiebzig war Adi – so nannten ihn alle – etwas größer als der Durchschnitt, aber seine zarten, bleichen Gesichtszüge und die schmalen Schultern ließen ihn kleiner und schmächtiger erscheinen als die anderen.

»Entschuldigt, Herr.« Ignaz neigte den Kopf und ahmte einen preußischen Junker nach.

Noch fünfundvierzig Minuten. Von den englischen Linien knatterte Streufeuer herüber, das fette Klatschen der Schüsse klang jedoch eher komisch als gefährlich, wie das Furzen eines vollgefressenen Ochsen.

Ernst Schmitt bot stumm Zigaretten an. Adi warf einen Blick auf das Päckchen und sagte nichts, woraufhin sich Ignaz zwei nahm.

»Selbst jetzt nicht?« fragte er erstaunt. »Wo's doch gleich ins Gefecht geht?«

Adi schüttelte den Kopf und zog sein Gewehr näher an den Körper. Ignaz erinnerte sich, wie er ihn am zweiten Tag ihrer Ausbildung gesehen hatte. Sofort nach der Waffenausgabe war Adi mit seinem Gewehr so vertraut gewesen. Hatte es so erstaunt und entzückt betrachtet, wie eine Frau neue Seidenunterwäsche aus Paris anstarrt.

»Hast du noch nie geraucht?«

»Früher mal«, sagte Adi. »Gelegentlich. Aus Gründen der Geselligkeit.«

Ignaz sah Ernst an und zog eine Augenbraue hoch. Adi konnte man sich schwer bei etwas Geselligerem vorstellen als in der Essensschlange im Kasino oder unter den Gemeinschaftsduschen. Wie gewöhnlich machte Ernst keine Anstalten, auf den angebotenen Witz einzugehen.

Das hat mir gerade noch gefehlt, dachte Ignaz, ein Puritaner und ein humorloser Bauer.

Wie aufs Stichwort ertönte weiter westlich im Graben ein Pfiff, und Gloder gesellte sich zu ihnen. Trotz seiner neunzehn Jahre wirkte Rudi Gloder lebhafter und reifer als Adi und Ernst, die beide schon Mitte zwanzig waren. Der fröhliche, gutaussehende und blonde Rudi war mit seinen leuchtend blauen Augen und seiner Schlagfertigkeit bei allen Männern der Kompanie beliebt. Er hatte bereits den Rang eines Gefreiten, aber niemand mißgönnte ihm die Beförderung. Wenn man nur von ihm hörte, von seinen Schießkünsten, seinem Talent, sich Spottverse auszudenken, und seiner Anteilnahme am Schicksal anderer, konnte er einem zunächst unsympathisch werden. »Musikalisch, sportlich, gescheit, lustig, mutig, bescheiden und dann auch noch gutaussehend, sagst du? Den kann ich schon jetzt nicht ab.« Sobald man ihm jedoch begegnete, beugte man sich genauso bereitwillig seinem Charme wie alle anderen.

»Ich bin mitten unter euch und bringe Feigenkaffee«, sagte Rudi und hockte sich zu Adi, Ignaz und Ernst. »Fragt nicht, wie dieses Wunder ward vollbracht – genießt!«

Ignaz griff ohne Zögern nach der angebotenen Thermosflasche. Das schwere, süße Getränk rann ihm durch die Kehle, und wenn es auch keinen Alkohol enthielt, umnebelte es seine Sinne doch wie feinster Cognac. Er setzte die Thermosflasche ab, und sein Blick traf sich mit Rudis funkelnden Augen.

»Für meine Männer ist mir nichts zu schade«, sagte Rudi in vollkommener Nachahmung von Lists. »Ihr auch, guter Mann?« Gloder nahm Ignaz den Flachmann ab und hielt ihn Adi hin. Sie sahen sich kurz an. Rudis tief kätzchenblaue Augen begegneten Adis blassem Kobaltblitzen.

»Danke«, sagte Adi und meinte ›nein danke‹.

Rudi zuckte die Schultern und bot Ernst den Kaffee an.

»Adi trinkt nicht, raucht nicht, flucht nicht und hat nichts mit Weibern«, sagte Ignaz. »Man munkelt, daß er nicht mal scheißt.«

Rudi legte Adi eine Hand auf die Schulter. »Ich möchte aber wetten, daß Adi kämpft. Du kämpfst doch, was, Kamerad?«

Adis Augen leuchteten auf, als er »Kamerad« genannt wurde. Er nickte heftig und zwirbelte seinen buschigen Schnurrbart. »Natürlich kämpfe ich«, sagte er. »So schnell wird mich der Tommy nicht vergessen.«

Rudis Hand ruhte noch einen Augenblick auf Adis Schulter, bevor er sie fallen ließ.

»Ich muß weiter«, sagte er. »Eins wollte ich euch aber noch sagen. Mir ist nämlich etwas aufgefallen.« Er zeigte auf seinen Kopf. »Unsere Helme.«

»Was ist mit denen?« fragte Ernst und machte zum erstenmal an diesem Morgen den Mund auf.

»Euch ist es nicht aufgefallen?« fragte Rudi überrascht. »Na, vielleicht bild ich's mir bloß ein.«

Nachdem er gegangen war, warteten sie noch eine halbe Stunde.

Um sieben blies Stöwer mit seiner Trillerpfeife zur Attacke. Zu laut, zu schnell und zu chaotisch für Angst oder Zweifel. Ein schreiendes, fluchendes, kletterndes Gerangel, und schon stolperten sie auf die Linien der Tommys zu.

Deren Maschinengewehre eröffneten sofort das Feuer. Ernst und Adi hatten Ignaz gleich zu Beginn aus den Augen verloren. Zu zweit kämpften sie sich weiter auf den Ursprung der Salven zu, das Herz der britischen Schützengräben.

»Stöwer ist tot!« schrie jemand vor ihnen.

Plötzlich krachten hinter ihnen links und rechts neue Gewehre los, und auf beiden Seiten stürzten in den Rücken getroffene Männer.

»Schmitt! Mir nach!« rief Adi.

Ernst Schmitt hatte es die Sprache verschlagen. Das war ein Angriff, das sollte doch ein Angriff werden. Ein Sturmangriff gegen die Briten. Waren sie in eine Falle getappt? Waren sie eingekesselt worden? Oder waren sie im Nebel im Kreis gelaufen, so daß die Briten plötzlich hinter ihnen waren? Er fiel neben Adi hinter einen Busch, und sie drückten sich schweratmend in seine spärliche Deckung.

»Was ist denn hier los?« fragte Ernst.

»Schnauze!« sagte Adi.

Ernst war zu verwirrt, um einschätzen zu können, wie lange sie so dalagen, Sekunden, Minuten oder gar Stunden, bis plötzlich ein schreiender Mann auf sie fiel, was die Unwirklichkeit noch verstärkte und ihm vollends den Atem raubte. Sein Gesicht wurde in den Dreck gedrückt, seine Brille verbog sich, und die Gläser splitterten. Als Knöpfe und Uniformschnallen ihm Nase und Wangen aufrissen, erstickten seine Schmerzensschreie im Magen des Manns.

Ich sterbe unter einem Sterbenden, dachte er. »Frau Schmitt, wir haben die traurige Pflicht, Sie darüber in Kenntnis zu setzen, daß Ihr Sohn gefallen ist, indem er unter einer Leiche erstickte. Er starb, wie er gelebt hatte, völlig verwirrt.«

Das ist also der Krieg, die Toten töten die Toten.

Ernst hatte Zeit für all diese Gedanken. Zeit, über das Hirnverbrannte der Situation zu lachen. Zeit, sich vorzustellen, wie seine Eltern in München das Telegramm lasen. Zeit, seinen Bruder zu beneiden, der zur Marine gegangen war. Zeit, den Generalstab zu verfluchen, der unfähig war, ihnen Entsatztruppen zu schicken. Die mußten doch wissen, was hier vor sich ging. Ernst würde seine Vorgesetzten in gewichtigem Ton darauf hinweisen, daß der Krieg unmöglich bis Weihnachten vorüber sein würde, wenn man so etwas zuließ.

Einen Augenblick später schnappte er nach Luft, lockerte seinen Kragen und tastete nach den Resten seiner Brille.

Der Mann über ihnen war nicht tot. Er war Offizier eines sächsischen Regiments und quicklebendig. Er war abgerollt und hielt

Adi und Ernst grimmig mit einer Luger in Schach. Er starrte sie an, stöhnte überrascht und senkte die Pistole.

»Herrgott!« sagte er. »Deutsche!«

»16. Bayrisches Reserve-Infanterie-Regiment«, sagte Adi.

»Lists Regiment? Scheiße, ich dachte, ihr wärt Briten!«

Daraufhin riß sich Adi den Helm vom Kopf und warf ihn weg. Dann wiederholte er das mit Ernsts Helm. »Rudi hatte recht«, sagte er.

»Rudi?« fragte der Offizier.

»Ein Gefreiter in unserem Zug. Unsere Helme sind schuld. Sie sehen den Helmen der Tommys zu ähnlich.«

Der Offizier starrte ihn einen Augenblick an und wollte sich plötzlich ausschütten vor Lachen. »Schockschwerenot! Willkommen im Heer seiner Majestät des Kaisers, Jungs.«

Adi und Ernst glotzten den knapp vierzigjährigen Offizier an, nach seinem groben Auftreten und seiner Ausdrucksweise ein Berufssoldat, der sich auf die Schenkel klopfte und dröhnend lachte.

Adi schüttelte ihn an der Schulter. »Mein Herr! Was ist los! Was ist denn passiert? Sind wir eingekesselt?«

»Umzingelt seid ihr auf jeden Fall! Vor euch Tommys, links Sachsen und rechts Württemberger! Herrgott, wir haben euch vor uns gesehen und für einen britischen Gegenangriff gehalten. Wir halten euch seit zehn Minuten unter Beschuß.«

Adi und Ernst sahen sich entsetzt an. Ernst sah, daß Adi Tränen in die Augen traten.

»Hört mal«, der Offizier hatte sich wieder beruhigt. »Ich muß bei meinen Männern bleiben. Ich versuch, die Nachricht durchzugeben, aber unser verdammtes Fernmeldewesen ist zusammengebrochen. Meldet ihr euch freiwillig, um im Stabshauptquartier Bericht zu erstatten? Dieser Wahnsinn muß ein Ende haben.«

»Natürlich melden wir uns«, sagte Adi.

Der Offizier sah ihnen nach. »Viel Glück«, rief er noch und fügte leise hinzu, »und legt bei Petrus schon mal ein gutes Wort für mich ein.«

Musik machen

Kater

Ich sitze in der Clio auf dem Beifahrersitz, und Jane kutschiert uns zu einer Gartenfete im Magdalene. Der UKW-Klassiksender bringt das *Siegfried-Idyll,* und ich pfeife das kleine Oboenthema mit, das koboldartig von den Streichern fortspringt.

»Ich verstehe einfach nicht«, sagt Jane, »warum Wagner nicht selber darauf gekommen ist. Ein Gejaule ohne Melodie und Takt ist genau das, was an der Stelle fehlt.«

»'tschuldigung.« Ich verstumme und werde mit einem nachsichtigen Lächeln bedacht.

»Schon gut, Pup«, sagt sie und schlägt mir ein paarmal herzhaft auf die Schenkel. »Du meinst es ja nicht böse.«

»Komisch eigentlich«, sage ich nach einer Pause, »daß du Wagner magst.«

»Wieso?«

»Na ja, weißt du. Als Jüdin.«

»Was ist daran komisch?«

»Hitlers Lieblingskomponist und so.«

»Wohl kaum Wagners Schuld. Hitler mochte auch Hunde. Und Sahnetorten waren wahrscheinlich sein Leibgericht.«

»Hunde und Sahnetorten sind nicht antisemitisch«, versetze ich blitzschnell.

»Aber Wagner schon?«

»Natürlich. Das weiß doch jedes Kind.«

»Puppy, ich glaube nicht, daß er sich neben die Öfen gestellt und den Mördern zugejohlt hätte, du etwa? Er komponierte Opern über Liebe und Macht. Die beiden schließen sich aus. Liebe ist stärker, Liebe ist besser. Das hat er oft genug gesagt.«

»Trotzdem. Ich weiß ja nicht.«

»Ich ja auch nicht«, lenkt sie ein. »Und mein Vater haßte es, wenn ich den *Ring* in meinem Zimmer voll aufgedreht habe. Da ist er immer die Wände hochgegangen.«

Es ärgert mich nicht direkt, daß Janes Kunstgeschmack ein kleines bißchen ernster ist als meiner, aber es überrascht mich doch immer wieder. Wenn wir uns einen Film anschauen wollen, zieht sie dem naheliegenden Mainstream immer die »künstlerisch wertvollen« Filme vor. Ich könnte mir den ganzen Tag lang nach Lust und Laune Filme reinziehen und selbst völligem Blödsinn noch etwas abgewinnen. Aber ich habe es ihr ehrlich nicht abgekauft, als sie sagte, *Toy Story* hätte sie von A bis Z gelangweilt, genausowenig wie ich verstehen konnte, daß sie bei *Piano* nicht das kalte Kotzen gekriegt hat. *Schindlers Liste* hat sie sich gar nicht erst angetan, was man ihr kaum verübeln kann.

»Hast du«, frage ich mit belegter Stimme, denn darüber haben wir noch nie gesprochen, »hast du in den Lagern eigentlich viele Verwandte verloren?«

Sie sieht mich erstaunt an. »Etliche. Die meisten Geschwister meiner Großeltern. Also meine Großtanten und -onkel. Und Vettern, fast alle aus der Generation.«

»Wo? In welchem Lager, meine ich. Weißt du das?«

»Nein.« Sie scheint selbst überrascht von ihrer Antwort. »Nein, das weiß ich nicht. Meine Verwandten mütterlicherseits stammten aus der Ukraine, glaube ich. Die väterlicherseits aus Polen. Also irgendwo im Osten, nehme ich an.«

»Du hast deine Eltern nie gefragt?«

»Nein. Das läßt man lieber. Sie hätten eher *ihre* Eltern fragen müssen. Mein Vater wurde zwei Jahre nach Kriegsende geboren.«

»Stimmt natürlich.«

»Ich glaube, mein Opa hat irgend etwas geschrieben. Memoiren, Tagebuch oder so. Warum?«

»Och, nur so. Hab mich einfach so gefragt. Du hast nie darüber geredet.«

»Was soll ich groß erzählen?«

»Da hast du auch wieder recht.«

Vertrautes Schweigen.

Das *Siegfried-Idyll* klingt schließlich aus, und ich schalte auf UKW Eins um, wo Oasis echt gut drauf ist und aller Welt erzählt, man solle nicht im Zorn zurückblicken.

»Angenommen«, ich sehe sie zusammenzucken und drehe die Lautstärke ein kleines bißchen runter, »mal angenommen, du könntest in der Zeit zurückgehen ... was weiß ich, nach Dachau, Treblinka, Auschwitz, egal wohin. Was würdest du machen?«

»Was ich machen würde? Vergast werden, nehme ich an. Ich glaube nicht, daß man mir eine Wahl lassen würde.«

»Klar.«

Wieder Schweigen. Nicht mehr ganz so vertraut, aber noch freundlich.

»Glaubst du«, frage ich wieder, »daß wir jemals in die Vergangenheit reisen werden?«

»Nein.«

»Ist es wissenschaftlich unmöglich?«

»Nein, logisch.«

»Wie meinst du das?«

»Na ja«, sagt Jane und setzt in eine wissenschaftlich und logisch unmögliche Parklücke zurück, »*wenn* es möglich wäre, dann wäre irgendwann in der Zukunft bereits jemand zurückgegangen und hätte Dinge wie den Holocaust verhindert, oder nicht? Und sie hätten den Amokläufer in Dunblane daran gehindert, aus allen Rohren feuernd in die Turnhalle reinzumarschieren. Und sie hätten die Büroangestellten im FBI-Gebäude von Oklahoma vor der Bombe gewarnt. Sie hätten Erzherzog Ferdinand geraten, seinen Besuch in Sarajewo abzusagen, Kennedy nahegelegt, einen geschlossenen Wagen zu nehmen, und Martin Luther King empfohlen, an jenem Tag im Haus zu bleiben. Meinst du nicht auch? Und als allererstes«, sagt sie und macht mit einer energischen Handbewegung das Radio aus, »wären sie in das Manchester der Siebziger zurückgegangen, hätten die Brüder Gallagher nach der Geburt getrennt und die Bildung von Oasis verhindert.«

Ts! Manche Leute...

Double Eddie und James sind auf der Fete, ganz in Weiß und mit Lorbeerkränzen auf den Köpfen. Die Fete wird von Schnöseln geschmissen, und so sieht sie auch aus.

»Da ist ja Pupples!«

»Ähm... hi, ihr beiden. Kennt ihr Jane Greenwood schon?«

Nacheinander schütteln sie ihr feierlich die Hand.

»Hallo, Jane Greenwood. Mein Name ist Edward Edwards.«

»Und *ich,* ich bin James McDonnell. Nun weißt du's.«

»Bist du etwa Puppys *Freundin?*«

Jane nickt schicksalsergeben.

Double Eddie legt ihr einen Arm um die Schulter. »Sag mal, der ist bestimmt *super* im Bett, was?«

»Ich hab immer noch eure CDs«, sage ich. »Muß ich euch bei Gelegenheit zurückgeben.«

»Ist er doch, oder? Ist er bestimmt! Oder nicht? Ich wette, er ist super. Komm, sag schon.«

Ich verziehe mich puterrot zur großen Punschfontäne und schenke mir ein Glas ein.

Wir gehen nach ein paar Drinks. Feten sind was für die Jugend.

Wieder zu Hause in der Onion Row leistet Jane mir über der Kloschüssel Hilfestellung und sieht kühl und nicht besonders erheitert zu, wie ich geräuschvoll Würfel in Tunke huste.

»Ich fürchte«, sage ich und versuche, einen Speichelfaden auszuspucken, der wie ein Jo-Jo über der Brille tanzt, »ich brauche eine Schere, um das hier loszuwerden. Das muß irgendwer hinten in der Kehle festgeklebt haben.«

»Wenn du dich noch lange auf diese Weise räusperst, um es loszuwerden, dann wandere ich aus und komme nie wieder zurück«, sagt Jane. »Ich schick dir nicht mal 'ne Postkarte.«

»Das ist aber keine normale Kotze. Das ist ein Gummiband. Wie ein Bungee, weißt du. Kchkchkchja!«

Die Cappuccino-Maschinen-Imitation scheint zu helfen. Etwas Auswurf löst sich von meinem Zäpfchen, und der lange Faden verziert das Emaille. »Komisch«, sage ich und richte mich schwankend auf, »ich wußte gar nicht, daß ich Pflaumenschalen gegessen hatte.«

»Du bist ein schrecklicher Lausejunge«, sagt Jane. »Du bist hier kreidebleich reingekommen, und jetzt bist du rot wie...«

»Wie rote Kreide.«

»Deine Haare sind naß und kleben an der Stirn, deine Nase läuft, deine Augen tränen, du stinkst aus dem Mund, du hast Schweiß an deinem Oberlippenflaum...«

»Meinen Stoppeln«, berichtige ich, ziehe die Nase hoch, und die Kotzsäure schießt mir in die Nebenhöhlen.

»Flaum.«

»Ist ja auch egal«, sage ich mit brennenden Augen. »Mit dem Punsch war was nicht in Ordnung.«

»Natürlich nicht. Das war neunzigprozentiger Wodka. Wie jedes Jahr. Jedes Jahr säufst du dir damit die Hucke voll, und jedes Jahr muß ich dich regelrecht ins Bad schleifen und darf dir beim Reihern zusehen.«

»Dann hat das ja schon Tradition. Ist doch süß.«

»Und was hast du auf einmal im Schlafzimmer zu suchen?«

»Ich glaube, ich kipp gleich um.«

»Erst gehst du gefälligst duschen.«

»Klar. Ganz vergessen. Dassis 'ne total staake Idee, du. Duschen. Cool. Klar. Super.« Ich kneife funkelnd die Augen zusammen. »Dann werd ich wieder wach, und wir können vielleicht noch ...« Ich schnalze zweimal mit der Zunge, wie ein Reiter, der sein Pferd antreibt, und zwinkere anzüglich.

»Ach du Scheiße«, sagt Jane. »Denkst du etwa an Sex?«

»Worauf du einen lassen kannst, Alte.«

»Lieber putz ich das Klo mit der Zunge.«

Zitternd wachte ich im Bett auf, Jane lag leise schnarchend neben mir. Kein unattraktives Schnarchen, möchte ich betonen. Ein sanftes, elegantes Schnarchen. Ich lauschte und betrachtete sie eine Weile, bis ich den Wecker neben ihr sah.

Zehn Minuten nach vier.

Hm.

Wir waren nach der Fete ziemlich früh zu Hause gewesen, spätestens um halb neun. Was war dann passiert?

Ich hatte mich übergeben. Klar.

Und danach?

Wahrscheinlich hatte ich geduscht und mich in die Falle gehauen. Kein Wunder, daß ich wach war. Ich hatte fast acht Stunden geschlafen.

Ich merkte, daß meine Zunge am Gaumen klebte und daß ich dehydriert war wie eine Dörrpflaume. Vielleicht hatte mich mein Körper deswegen geweckt.

Ich glitt aus dem Bett und tappte nackt in die Küche. Meine Fußknöchel knackten auf dem Fußboden.

Durch das Küchenfenster über dem Spülbecken sah man auf Felder hinaus, aber der Morgen graute schon, daher zog ich schamhaft die Jalousie herab, bevor ich mich vorbeugte, festhielt und in den Abfluß pinkelte. Ungezogenheit kann herrlich sein, und zur Rechtfertigung sagte ich mir, daß das leise Pieseln in der Küche Jane weit weniger aufwecken konnte als ein rauschender Sturzbach in der Toilette. Außerdem hat W. H. Auden auch immer in die Spülen gepißt. Sogar, wenn Geschirr drinstand.

Ich drehte den Wasserhahn auf, bis das Wasser eiskalt war, hielt den Mund unter die Mischbatterie und trank. Ich soff und soff und soff. Noch nie hatte mir Wasser so gut geschmeckt.

Brauch kein Aspirin. Null Kopfschmerzen, das ist das Schöne am Wodka.

Weniger als null Kopfschmerzen. Ich fühlte mich herrlich und hätte Bäume ausreißen können. Ich strotzte nur so vor Gesundheit.

Ich stand da und keuchte, das Wasser tropfte mir vom Kinn auf die nackte Brust.

Ich hatte mich seit Ewigkeiten nicht mehr so allein auf weiter Flur gefühlt. Wenn die ganze Welt um einen herum schläft, dann erst ist man wirklich allein. Dafür muß man natürlich früh aufstehen. Während der Arbeit an meiner Dissertation war ich um diese Zeit oft *noch* wach gewesen und hatte mich als einsames Häufchen Elend gefühlt, aber wenn man in aller Herrgottsfrühe *aufsteht*, dann fühlt man sich herrlich, im positiven Sinn allein, und das ist der große Unterschied. Viel besser. Mmm.

Ich pirschte zum Brotkasten und freute mich am Klatschen meiner Sohlen auf den Fliesen. Nicht zu warm und nicht zu kalt. Ganz einfach nur genau richtig. Ich riß einen Brocken Brot ab und warf einen Blick in den Kühlschrank.

Ich weiß nicht, warum ich es ungeheuer erotisch finde, nackt vor einem offenen Kühlschrank zu stehen, aber ich kann mir nicht helfen. Vielleicht liegt es an der Erwartung, mich gleich satt essen zu können, vielleicht fühle ich mich mit dem Licht des Kühlschranks auf meinem Körper auch wie ein professioneller Stripper. Vielleicht liegt es an einem traumatischen Erlebnis in meiner Kindheit. Es ist übrigens ein beunruhigendes Gefühl, denn so viele Lebensmittel auf einem Haufen bringen einen auf komische Ideen, und man bekommt einen Ständer. Ideen, was man mit ungesalzener Butter, reifen Melonen oder roher Leber alles anfangen kann, bestürmen einen, während sich die Schwellkörper schon mal an die Arbeit machen.

Ich erspähte eine dicke Scheibe Red Leicester und brach mir ein Stück ab. Ich stand eine Weile da, kaute und brummte vor schierem Glück.

Und in diesem Augenblick kam mir eine voll ausgereifte Idee.

Sie kam mit solcher Wucht, daß ich den Mund nicht mehr zubekam und ein zerkautes Brotkügelchen zu Boden fiel. Das Blut stieg mir zu Kopf, wo es auch mehr gebraucht wurde, und die zuckende Erregung da unten konnte nur noch wie eine verschreckte Schnecke einschrumpeln.

Ich schloß den Kühlschrank mit der Schulter und drehte mich glucksend um. Mein Schädel pochte, als ich auf Zehenspitzen in mein Arbeitszimmer ging. All meine Notizen und Exzerpte lagen im Regal über dem Computer. Ich wußte, wonach ich suchte, und ich wußte, wo es zu finden war.

Ich erwähne meine sexuelle Erregung, die der Geburt meiner Idee voranging, weil ich im Rückblick die These aufstellen möchte, daß mein Unbewußtes, das noch Vorstellungen von sexueller Entladung nachhing – ob nun mit oder ohne Unterstützung durch ungesalzene Butter, Olivenöl oder Leber –, zu Gedanken an Samen weitergeschritten war. Die Gedanken an Samen hatten zu Assoziationen geführt (die vielleicht damit zusammenhingen, daß ich beim Wassertrinken über die fehlenden Kopfschmerzen nachgedacht hatte), zu einer Verkettung im Gedächtnis, die im nächsten Schritt dazu führte, daß meine Synapsen blindlings in alle Himmelsrichtungen feuerten, bis die Idee im Bewußtsein aufschrie. Es ist nur eine Theorie. Urteilen Sie selbst.

Filme machen

T. I. M.

AUFBLENDE:

<u>AUSSEN ST. MATTHEW'S COLLEGE – MORGEN</u>

EIN GÄRTNER mäht im Innenhof von Hawthorn Tree Court den Rasen. Eine Glocke schlägt die Stunde.

SCHNITT AUF:

<u>INNEN ST. MATTHEW'S COLLEGE, VOR LEOS WOHNUNG – MORGEN</u>

MICHAEL steht vor der Tür des Professors und klopft am Eichenholz Sturm. Er schleppt zwei große Plastiktüten von Safeways.

LEO (OFF)

Herein!

MICHAEL stellt umständlich die Tüten ab, stößt die Tür weit auf, nimmt die Tüten wieder auf, tritt ins Zimmer und schließt die Tür mit dem Fuß.

LEO sieht überrascht von seinem Computer hoch.

LEO

Michael!

MICHAEL

(nervös)

Professor, ich muß dringend mit Ihnen reden.

LEO

Natürlich, natürlich. Nur hereinspaziert.

INNEN ST. MATTHEW'S COLLEGE, LEOS WOHNUNG – MORGEN

MICHAEL ist knallrot im Gesicht, nervös und außer Atem. Er kommt in die Mitte des Zimmers, weiß aber nicht, wo er anfangen soll. LEO starrt ihn durchdringend an.

LEO

(fortgesetzt)

Setzen Sie sich, ich koch Ihnen einen Kaffee.

LEO verschwindet in der Dienerkammer. SCHWENK auf MICHAEL.

Aus dem OFF hört man wie gehabt, daß ein Wasserkessel gefüllt und mit Kaffeetassen geklappert wird.

MICHAEL tritt einmal mehr vor die Bücherregale und mustert sie. Er ist unruhig, trommelt mit den Fingern auf den Tisch und rafft sich endlich auf.

MICHAEL

(hebt die Stimme)

Professor...

LEO

(tritt ins Bild)

Wie oft soll ich Ihnen das noch sagen, Junge? Ich heiße Leo.

MICHAEL

Leo, also, ich bin ja kein Physiker, wissen Sie, aber würden Sie nicht auch sagen, daß Marconi als erstes gesendet hat, nachdem er das Radio erfunden hatte?

LEO

Wie meinen Sie das?

MICHAEL

Na ja, er konnte nicht nur empfangen, oder? Schließlich gab es ja noch keine Signale, die er empfangen konnte. Also mußte er doch senden *und* empfangen.

LEO nickt bedächtig.

LEO

Klingt logisch.

MICHAEL

Cool. Das heißt also, die Erfindung der... wie nannte man das damals... drahtlose Telegrafie?

LEO

Drahtlose Telegrafie, ganz recht.

MICHAEL

Die Entdeckung der drahtlosen Telegrafie lief darauf hinaus, daß man empfangen *und* senden konnte. Sonst wäre sie ja sinnlos gewesen, oder?

LEO

Ziemlich sinnlos.

MICHAEL

Und Sie haben gesagt, Ihre Maschine... das Gerät, das Sie mir da gestern gezeigt haben...

(stockt, als ihm etwas einfällt)

...wie heißt das eigentlich?

LEO

Wie das heißt? Wie meinen Sie das?

MICHAEL

Na, der Name. Wie nennen Sie Ihre Maschine?

LEO
(verwirrt)
Ein Name? Sie hat keinen Namen.

MICHAEL
Echt nicht? Vielleicht sollten wir sie...
(überlegt)
...vielleicht sollten wir sie Tim nennen.

LEO
Tim?

MICHAEL
Ja, wie in »Timing«. Oder... hey, ich hab's! Genau, es könnte für... wie hatten Sie das beschrieben? »Temporale Imagination...« Genau, Tim steht für Temporale Imaginationsmaschine. Cool! Tim. Tim. Find ich gut.

LEO
Tim. Bitte, dann nennen wir sie eben Tim.

MICHAEL
Wo war ich stehengeblieben?

LEO
(achselzuckend)
Irgendwo bei Marconi, glaube ich.

MICHAEL
Ach ja, genau. Sie hatten gesagt, Tim wäre wie ein Radio, wo man nur zuhören, mit dem man aber nicht senden kann.

LEO
Stimmt, das hab ich gesagt.

MICHAEL

Okay, aber sagen Sie, jeder Ingenieur, der nicht gerade auf den Kopf gefallen ist und dem man ein normales Radio in die Hand drückt, kann doch wohl mit ein bißchen Herumfummeln ein Sende- *und* Empfangsgerät daraus machen, oder?

LEO

Aus einem normalen Radio schon. Aber wer hat denn behauptet, daß es sich hierbei um ein normales Radio handelt?

Im Hintergrund ertönt das schrille PFEIFEN des Wasserkessels.

MICHAEL

Aber das ist doch dasselbe! Dasselbe Prinzip.

(Pause)

Sie können das doch, oder? Sie wissen, wie man das macht!

LEO erwidert MICHAELs gespannten Blick.

LEO

Ich werd mich mal um den Kaffee kümmern.

MICHAEL

(ruft ihm nach)

Sie können das! Sie können es umbauen!

MICHAEL folgt LEO in die Dienerkammer. LEO brüht den Kaffee mit kochendem Wasser auf. MICHAEL sieht ihm mit mühsam unterdrückter Erregung zu.

MICHAEL

(fortgesetzt)

Stimmt doch, oder nicht? Sie können es umbauen.

LEO gebietet ihm mit der Hand Schweigen und stellt mit bedächtigen Bewegungen ein Milchkännchen, eine Zuckerschale und einen Becher mit seiner heißen Schokolade auf ein Tablett. Er trägt das Tablett nach nebenan; MICHAEL bleibt ihm auf den Fersen, immer noch in heller Aufregung.

LEO stellt das Tablett ab und verfolgt aus dem Augenwinkel MICHAELs hektische Schritte.

LEO

Jetzt verstehe ich, warum man Sie Puppy nennt. Sie laufen wie ein Welpe hinter einem her, Sie hecheln und fiepen. Wahrscheinlich pinkeln Sie auch noch auf den Fußboden.

MICHAEL

Ich wollte doch bloß wissen...

LEO

(unterbricht)

Passen Sie auf. Setzen Sie sich auf Ihre vier Buchstaben und hören Sie zu.

MICHAEL plumpst eingeschnappt auf einen Stuhl.

LEO

(fortgesetzt)

Ich schenke Ihnen Kaffee ein, und Sie hören zu. Sie wissen nichts über meine Konstruktion, diesen Tim. Sie kennen weder die physikalischen Prinzipien noch die Technologien, die dahinterstecken. Ich habe es mit einem Radio verglichen, weil ich... weil ich ein Modell brauchte, eine Analogie... die Sie verstehen würden.

(reicht ihm eine Tasse Kaffee)

Aber das heißt noch lange nicht, daß dieses Gerät, daß Tim wirklich wie ein Radio funktioniert. Der Vergleich hinkt in jeder Beziehung.

MICHAEL

(trotzig)

Aber Sie können es umbauen, oder etwa nicht? Sie können das doch!

LEO greift nach seiner heißen Schokolade und lehnt sich zurück. Er schließt die Augen.

LEO

Ja. Theoretisch ist das möglich.

MICHAEL

(triumphierend)

Wußt ich's doch! Was hab ich gesagt? Wir können zurückreisen! In die Vergangenheit.

LEO

Nicht zurückreisen. Ich kann senden, wie Sie das ausdrücken. Das heißt, ich kann das eventuell. Es ist möglich. Im Prinzip ist es möglich.

MICHAEL

Dann löschen wir ihn aus! Wenn wir wollen, können wir Hitler liquidieren.

LEO

(hitzig)

Nein! Auf gar keinen Fall!

MICHAEL

Aber...

LEO

Glauben Sie vielleicht, mir wäre dieser Gedanke noch nicht gekommen? Glauben Sie vielleicht, der Gedanke, die Menschheit vom Fluch Adolf Hitler zu befreien, würde mich nicht Tag und Nacht verfolgen? Aber hören Sie, Michael, hören Sie mir ganz genau zu. Als ich erfuhr, was mit meinem Vater passiert ist, was dort in Auschwitz geschehen ist, an diesem Tag habe ich ein Gelübde abgelegt. Ich habe vor Gott und der Welt geschworen, daß ich mich nie und nimmer zu Krieg, Mord oder etwas anderem hergeben würde, wodurch einem Menschen auch nur ein Haar gekrümmt wird. Verstehen Sie?

MICHAEL

Respekt.

LEO

Also erwähnen Sie in meiner Gegenwart nie wieder das Wort »Töten«.

MICHAEL

Cool. Schon verstanden. Aber wenn das alles stimmt, dann verraten Sie mir doch mal, warum Sie so scharf darauf waren, meine Doktorarbeit zu lesen? Und warum haben Sie mich in Ihr Labor eingeladen und die Nummer mit Tim abgezogen? Als ich Sie gestern gefragt habe, »warum gerade mich?«, wissen Sie noch, was Sie da gesagt haben? »Ein Gefühl«, haben Sie gesagt. Erinnern Sie sich? Ein Gefühl. Was haben Sie damit gemeint?

LEO

Da bin ich überfragt. Ich – ich weiß es nicht genau.

MICHAEL

O doch, das wissen Sie, Leo. Sie hofften, ich könnte Ihnen helfen, und das kann ich auch. Ich kann Ihnen helfen, die Erinnerung an Hitler vom Antlitz der Erde zu löschen.

LEO sieht gequält drein.

LEO

Ich hab's Ihnen doch gerade erklärt, Michael, und ich wiederhole es noch einmal: Ich kann nicht töten. Ich habe es geschworen.

Aber das kann MICHAEL nicht erschüttern. Er antwortet mit einem selbstzufriedenen Lächeln.

MICHAEL

Wer hat denn was von Töten gesagt?

LEO starrt ihn an. MICHAEL strahlt triumphierend und holt seine Brieftasche heraus. Er durchsucht sie und hält zwischen Daumen und Zeigefinger eine KLEINE ORANGEFARBENE PILLE hoch.

NAHAUFNAHME der orangefarbenen Pille.

MICHAEL

(fortgesetzt unverschämtes Grinsen)

Wir müssen bloß dafür sorgen, daß der Wichser nie geboren wird. Verstehen Sie, worauf ich hinauswill?

SCHNITT AUF:

AUSSEN ST. MATTHEW'S COLLEGE – TAG

KRAN auf das Fenster von LEOs Wohnung. Man sieht LEOs Silhouette die Vorhänge zuziehen.

MUSIK: SAINT-SAËNS' ORGELKONZERT

SCHNITT AUF:

MONTAGESEQUENZ von Einstellungen diverser Handlungsorte zu verschiedenen Tageszeiten.

INNEN LEOS WOHNUNG – TAG

LEO und MICHAEL brüten über einem alten Stadtplan von Braunau am Inn in Oberösterreich. MICHAEL zeigt auf eine bestimmte Straße. LEO nickt und notiert sich etwas.

SCHNITT AUF:

AUSSEN NEW-CAVENDISH-LABORATORIEN – NACHMITTAG

EINFÜHRUNGSTOTALE von der Königlichen Sternwarte über die Straße auf den Tankwagen mit Flüssigstickstoff, den Wald von Satellitenschüsseln und das Physik-Laboratorium.

SCHNITT AUF:

INNEN LEOS LABOR – NACHMITTAG

MICHAEL trinkt aus einer Literflasche Cola. Er sitzt auf einem Hocker und sieht LEO zu, der an TIM herumbastelt. Das Gehäuse von TIM ist entfernt, und an seinen Schaltkreisen sind verschiedene Kontaktklemmen befestigt.

SCHNITT AUF:

INNEN MICHAELS HAUS IN NEWNHAM – MORGEN

JANE wacht auf und sieht MICHAEL vollbekleidet neben sich auf dem Bett liegen. Sie gibt ihm einen Stups. Er dreht sich um und schläft mit dem Rücken zu ihr weiter.

JANE runzelt verwirrt die Stirn.

SCHNITT AUF:

INNEN ST. MATTHEW'S COLLEGE, PFÖRTNERLOGE – MORGEN

MICHAEL kontrolliert gähnend sein Postfach und zieht ein gelbes Päckchen heraus. Er dreht es um und erblickt eine österreichische Briefmarke. Fieberhaft reißt er das Päckchen auf, und man sieht einen Stoß Baupläne, faksimilierte Blaupausen oder Entwürfe irgendwelcher Art. MICHAEL ist ganz aufgeregt.

Tief in seine Lektüre versunken, verläßt MICHAEL die Pförtnerloge. Er rempelt DOKTOR FRASER-STUART an, der einen bezaubernden Kimono trägt. MICHAEL entschuldigt sich hastig und vertieft sich sofort wieder in die Pläne.

FRASER-STUART sieht ihm entgeistert nach.

SCHNITT AUF:

INNEN ST. MATTHEW'S COLLEGE, LEOS WOHNUNG – MORGEN

Die Möbel sind an die Wand geschoben worden, und der Fußboden ist mit den Blaupausen bedeckt, die MICHAEL aus ÖSTERREICH angefordert hatte.

LEO betrachtet ihn von seinem Stuhl aus, die Hände erwartungsvoll über den Tasten seines COMPUTERS, während MICHAEL vor ihm auf dem Bauch liegt und mit einem Textmarker auf einer Blaupause sorgfältig einige Kanalisationsrohre nachfährt. Dann greift er nach einem Stechzirkel, mißt eine Entfernung ab und hält den Zirkel an die Skala am Rand des Plans. Er ruft LEO etwas zu, der daraufhin eine Zahl in den Computer eingibt.

SCHNITT AUF:

AUSSEN NEW-CAVENDISH-LABORATORIEN – ABEND

EINFÜHRUNGSTOTALE auf das abendliche Physiklabor. NAHAUFNAHME eines Fensters im ersten Stock, hinter dem Licht brennt.

SCHNITT AUF:

INNEN SATELLITENZENTRALE – ABEND

Ein High-Tech-Palast. Reihenweise Bildschirme mit Aufschriften wie »Met. Sat. IV«, »Geo. Sat. II« usw. Die Schirme zeigen Thermographieaufnahmen, Wetterfronten, spektrographische Analysen und Ähnliches. Darunter Tische mit Knöpfen, Lämpchen und Tastaturen. Hinreißend und astronomisch teuer.

MICHAEL hockt auf einer Bank und zieht ein Stück Pizza aus einer Pappschachtel. Am T-Shirt trägt er eine Dienstmarke des Wachschutzes.

LEO, ebenfalls mit einer Dienstmarke versehen, hat TIM auf einem Schemel vor den Satellitenkonsolen aufgebaut. Kabel verbinden TIM mit dem Computer-Array.

MICHAEL verfolgt LEOs Tun leicht gelangweilt. Der Bildschirm über TIM zeigt einen Teil von Mitteleuropa in der Abenddämmerung. Unten wird die Uhrzeit eingeblendet.

MICHAEL zuckt plötzlich zusammen und sieht auf die Uhr. LEO schaut bestürzt hoch.

SCHNITT AUF:

INNEN DAS HAUS IN NEWNHAM – ABEND

JANE sitzt in einem eleganten schwarzen Abendkleid am Küchentisch. Neben ihr steht eine halbleere Flasche Wein.

Die Tür fliegt auf, und ein keuchender MICHAEL erscheint auf der Schwelle. JANE sieht ihn an. Wenn Blicke töten könnten...

SCHNITT AUF:

INNEN ST. MATTHEW'S SENIOR COMBINATION ROOM – ABEND

JANE und MICHAEL betreten den S.C.R. in Abendgarderobe. MICHAELs Kragen sitzt schief, er ist rot angelaufen, schwitzt und keucht. JANE ist blaß und aufgebracht.

Der S.C.R. wimmelt von plaudernden FELLOWS und GÄSTEN, ebenfalls alle in Abendgarderobe. JANE beißt die Zähne zusammen und entschuldigt sich mit einem Lächeln beim COLLEGE-REKTOR, der nicht gerade begeistert aussieht.

MICHAEL starrt den picobello gekleideten LEO am anderen Ende des Saals an. LEO schüttelt den Kopf und sieht mißbilligend auf seine Taschenuhr.

SCHNITT AUF:

INNEN ST. MATTHEW'S ALTER SPEISESAAL – ABEND

An der Table d'hôte findet ein feierliches Bankett statt. COLLEGE-KÄMMERER mit weißen Handschuhen schenken Wein ein und servieren Suppe. JANE und MICHAEL sitzen nebeneinander. JANE zeigt MICHAEL ostentativ die kalte Schulter.

Ein ALTER PROFESSOR starrt MICHAELs schlampig gebundene Krawatte an. MICHAEL versucht, Abhilfe zu schaffen, indem er die Krawatte vor dem Spiegelbild in einem großen silbernen Tafelaufsatz in der Tischmitte zurechtrückt, verschlimmert das Ganze jedoch nur.

MICHAEL lehnt sich frustriert und gelangweilt zurück. Er wirft LEO einen Blick zu, der die Augenbrauen hebt. MICHAEL sieht ihn fragend an.

LEO zwinkert ihm zu. MICHAEL lächelt, als sich LEO erhebt, von seinen Tischnachbarn verabschiedet und die Hände an die Schläfen preßt, als plage ihn entsetzlicher Kopfschmerz.

MICHAEL wartet, bis LEO verschwunden ist, und ahmt ihn nach: erhebt sich, preßt die Hände an die Schläfen und grinst spitzbübisch und entschuldigend in die Runde.

JANE verpaßt ihm eine schallende Ohrfeige.

Löffel sinken, Augen glotzen. MICHAEL verläßt den Saal.

SCHNITT AUF:

INNEN SATELLITENZENTRALE – NACHT

LEO, in Hemdsärmeln und mit gelockerter Krawatte, lächelt MICHAEL zu, der ebenfalls sein Jackett abgelegt hat und sich die Wange hält.

LEO dreht sich zu TIM, reibt sich die Hände und legt einige Schalter um.

ÜBERBLENDUNG:

INNEN SATELLITENZENTRALE – NACHT

NAHAUFNAHME MICHAEL, der aus dem Schlaf hochfährt. LEO sieht auf ihn hinab und rüttelt ihn an der Schulter.

MICHAEL

Wie spät ist es?

LEO

Sechs. Wir sollten verschwinden.

MICHAEL setzt sich auf. Er hat mit der zusammengeknüllten Smokingjacke als Kissen unter dem Kopf auf einer Bank gelegen und schnellt jetzt hoch.

LEO

Diese Jugend. Wenn ich so geschlafen hätte, bräuchte ich zehn Minuten, um aufzustehen. Kommen Sie. Gehen wir frühstücken.

SCHNITT AUF:

AUSSEN KING'S PARADE – MORGEN

KRAN vom King's College herab, an Kapelle und Pförtnerloge vorbei auf die Fassade des Copper Kettle, einer Teestube. Durch das Fenster sieht man die Profile von MICHAEL und LEO an einem Tisch. Ihre Stimmen kommen aus dem OFF.

MICHAEL

(OFF)

Und?

LEO
(OFF)
Ich bevorzuge stärker gestockte Spiegeleier.

MICHAEL
(OFF)
Sie wissen genau, was ich meine. Wie lange brauchen Sie noch?

SCHNITT AUF:

INNEN THE COPPER KETTLE – MORGEN

LEO trinkt einen Schluck heiße Schokolade. Über den Becher hinweg sieht er MICHAEL eindringlich an.

MICHAEL
(fortgesetzt)
Eine Woche? Zehn Tage? Wie lange noch?

LEO
Noch ein paar Tests.

MICHAEL
Was für Tests?

LEO
Das ist das Problem. Wie die Aufreißer bei Coladosen.

MICHAEL
Wie bitte?

LEO
Aufreißer kann man nur testen, indem man sie benutzt. Aber danach funktionieren sie nicht mehr. Verstehen Sie das Problem? Das ist wie bei zusammengelegten Fallschirmen. Oder Leitplanken. Die kann man nicht testen.

MICHAEL

Was wollen Sie damit sagen?

LEO

Ich will damit sagen, daß wir die Formeln überprüfen können, so oft wir wollen. Auch das Programm kann ich beliebig oft durchgehen. Aber den letzten Beweis liefert immer erst die Anwendung.

MICHAEL

(beugt sich vor und flüstert eindringlich)

WANN?

LEO

Nächste Woche, schätze ich. Donnerstag. Aber, Michael...

LEO legt seine Hand auf MICHAELs Arm.

LEO

(fortgesetzt)

...Sie sollten sich darüber im klaren sein, was wir dabei aufs Spiel setzen.

MICHAEL

Darüber bin ich mir im klaren.

LEO

Nein, ich glaube nicht. Alles wird anders sein. Alles.

MICHAEL

Aber darum geht es doch gerade!

(aufgeregt)

Alles wird besser sein. Wir werden eine bessere Welt erschaffen!

LEO nickt und sticht mit der Gabel auf ein Spiegelei ein. Das Eigelb spritzt über den ganzen Teller.

LEO

Vielleicht.

SCHNITT AUF:

AUSSEN NEWNHAM – MORGEN

MICHAEL kommt mit dem Fahrrad nach Hause. Er kommt am ZEITUNGSMÄDCHEN vorbei, das in großem Bogen um ihn herumfährt, sich richtig in die Kurve legt, um ihn zu vermeiden. MICHAEL lächelt in sich hinein. Er schließt die Haustür auf, geht hinein und zieht die Tür hinter sich zu.

SCHNITT AUF:

INNEN MICHAELS HAUS – MORGEN

MICHAEL schiebt leise sein Fahrrad in die Diele und geht auf Zehenspitzen ins Schlafzimmer.

Das Bett ist unberührt. MICHAEL ist sprachlos. Er tritt an einen Schrank und öffnet ihn. Leer.

Er geht ins Arbeitszimmer. JANEs Schreibtisch ist leer. An der Wand stehen aufeinandergetürmte Umzugskisten. Er starrt die Aufschriften an.

BITTE STEHENLASSEN: WIRD ABGEHOLT

MICHAEL rennt in die Küche. Auf dem Tisch lehnt ein ZETTEL an der Teekanne. NAHAUFNAHME des Zettels, auf dem in energischer Frauenschrift steht:

DIESMAL MEIN ICH'S ERNST

AUSBLENDE

Züge machen

Leo schlägt einen Bauern

Ich saß am Küchentisch und war erst mal fertig mit der Welt.

Ich blende das Hollywood-Drehbuch aus und fahre in dröger alter Prosa fort, weil sie meinem damaligen Gefühlszustand näherkommt. Am Ende fühlt man sich immer ziemlich prosaisch.

Ich hab's schon mal gesagt und kann's nur wiederholen: Die Literatur ist tot, das Theater ist tot, die Lyrik ist tot – es gibt nur noch Filme. Die Musik röchelt noch, weil man sie für den Soundtrack braucht. Vor zehn, fünfzehn Jahren wollte jeder Student der Geisteswissenschaften Romancier oder Dramatiker werden. Es sollte mich wundern, wenn Sie heute noch einen einzigen finden, dessen Ehrgeiz in diese Sackgasse weist. Heute wollen die doch alle Filme machen. Nicht etwa Filme schreiben. Filme schreibt man nicht. Man macht sie. Aber bei Filmen liegt die Meßlatte ganz schön hoch.

Wenn man die Straße langläuft, ist man in einem Film; wenn man Zoff hat, ist man in einem Film; wenn man vögelt, ist man in einem Film. Wenn man Kieselsteine über den Fluß flitschen läßt, eine Zeitung kauft, den Wagen parkt, bei McDonald's ansteht, von einem Dach hinabschaut, einen Freund trifft, in der Kneipe herumflachst, mitten in der Nacht aufwacht oder sturzbetrunken ins Bett fällt – immer ist man in einem Film.

Aber wenn man allein ist, mutterseelenallein, ohne Requisiten oder Co-Stars, dann liegt man im Schneideraum auf dem Boden. Oder schlimmer noch, man ist in einem Roman; man steht auf der Bühne und steckt in einem Monolog fest; man ist in einem Gedicht gefangen. GESCHNITTEN worden.

Filme sind Action. In Filmen passiert etwas. Man ist, was man tut. Was in einem vorgeht, wird erst wichtig, wenn es in Handlung umgesetzt wird. Gestik, Mimik, Action. Man denkt nicht, man agiert und reagiert. Auf Dinge. Ereignisse. Man *bewirkt* Ereignisse. Man erschafft seine Vergangenheit und seine Zukunft. Man durchtrennt die Kabel und entschärft die Bombe, man schlägt den Bösen k.o., man rettet das Gemeinwesen, man wirft seine Dienstmarke in den Dreck und schreitet von dannen, man schließt sein Mädchen in die Arme, und dann wird ausgeblendet. Man muß nie nachdenken. Wenn einem der rettende Einfall kommt, schießen die Augen vielleicht zwischen dem Alien und den fauchenden Starkstromkabeln hin und her, aber nachdenken muß man nie.

Der vollkommene Bühnenheld ist Hamlet. Der vollkommene Filmheld ist Lassie.

Ihre Vergangenheit – oder *backstory,* wie das in Hollywood heißt – spielt nur insofern eine Rolle, als sie Einfluß auf die Gegenwart hat, das Jetzt, die Action Ihres Lebensfilms. Und wir alle leben heutzutage so. In kurzen Einstellungen. Gott ist nicht der Schöpfer des Himmels und der Erde, sondern der Drehbuchautor Ihres Biopics.

Sätze, die man immer in Filmen hört:

Halt die Klappe und tu, was ich dir sage.

Ich hab kein gutes Gefühl bei der Sache.

Gentlemen, wir haben da ein Problem.

Für Grundsatzdiskussionen hab ich keine Zeit.

Wird's bald, Mister?

Sätze, die man immer in Büchern liest:

Ich fragte mich, was er wohl meinte.

Tief in seinem Herzen wußte er, daß etwas nicht stimmte.

Am meisten liebte sie es, wie sich seine Haare aufrichteten, wenn er aufgewühlt oder erregt war.

Nichts ergab mehr einen Sinn.

Ich saß also da, in einer Krise, in einem Roman, in einer Küche, raufte mir das Haar und starrte mit leblosen Augen auf den leblosen Zettel. Keine Action möglich, nur innere Einkehr.

Diesmal mein ich's ernst.

Die Ironie war, daß ich vorgehabt hatte, Jane genau an diesem Morgen in alles einzuweihen. Na ja, nicht in *alles.* Ihre kleine Pille wollte ich wieder unter den Tisch fallen lassen. Ich wollte die Sache als Experiment ausgeben, das Leo und ich gewissermaßen *in vitro* durchführen würden. Eine Erforschung der Zeit und der historischen Alternativen. Ein Projekt, das spaßeshalber stattfand und doch der Wissenschaft diente. Das hätte meinen ungewöhnlichen Tagesrhythmus erklärt, meine Zerstreutheit, meine Anflüge kaum zu unterdrückender Erregung und meine Absencen, ohne daß es gefährlich oder leichtsinnig geklungen hätte.

Komischerweise hatte mich Jane in der vergangenen Woche kein einzigesmal gefragt, wo ich mich eigentlich die ganze Zeit herumtrieb. Nie hatte sie mit verschränkten Armen an der Küchentür gelehnt und in ihrer »Was glaubst du eigentlich, wie spät es ist?«-Manier mit dem Fuß im Pantoffel auf den Boden getippt. Weder hatte sie mich mit einem furchterregenden »Nun?« in Grund und Boden gestarrt noch die Nasenlöcher gebläht oder so getan, als wäre ich Luft für sie, und unbeschwert vor sich hin gesummt, wie man das manchmal macht, um seinen Partner auf die Palme zu bringen.

Nichts. Nur leise seufzende Gleichgültigkeit und traurige Entfremdung.

Und jetzt war sie fort. Für immer. Oder schlimmer.

Vielleicht macht das Schicksal mein Schiff gefechtsklar, dachte ich. Kappt in meinem jetzigen Leben die Ankertaue, damit ich in dem neuen Leben, das Leo und ich bald erschaffen werden, in See stechen kann.

Es war natürlich heller Wahnsinn. Das war mir klar. Es konnte eigentlich nur schiefgehen. Man kann die Vergangenheit nicht verändern. Man kann die Gegenwart nicht generalüberholen. Mensch, und die Zukunft erst recht nicht. Hitler war geboren worden, das ließ sich nicht rückgängig machen. Völlig verrückt. Aber mein Wissen wurde auf eine herrliche Probe gestellt. Ich wußte mehr als jeder andere über Passau, Braunau, Linz und Spital sowie die ganzen öden Einzelheiten aus Klein-Adolfs erbärmlicher Kindheit, und jetzt wurde dieses Wissen mehr als je ein anderes auf die Probe gestellt. Nicht nur ist jede Epoche unmittelbar zu Gott, wie Ranke sagte, sondern der Historiker *wird* Gott. Ich weiß soviel über Sie, Mr. Hitler in spe, daß ich Ihre Geburt verhindern kann. Da hilft Ihnen keine Propaganda, da helfen keine Protzuniformen, Fackelzüge, todspeienden Panzer und Mordöfen, und wenn Sie noch so große Töne spucken. Trotz alledem sind Sie auf Biegen oder Brechen einem Doktoranden ausgeliefert, der Ihre Kindheit und Jugend gepaukt hat, bis sie ihm zu den Ohren rauskamen. Dumm gelaufen, Bürschchen.

Im Gegensatz zu mir hatte Leo bei der Angelegenheit eine Mission zu erfüllen. Aber erst zwei Tage, nachdem mich Jane verlassen hatte, kam die ganze Wahrheit schockartig ans Licht.

Ich hatte Jane natürlich gesucht. War zum zweitenmal in ihr Labor marschiert, um sie wieder zu versöhnen. Ich würde Jane mit meinen Kaspereien bezirzen, sie würde mich tätscheln und verhätscheln, und alles wäre gebongt. Fast alles.

Der Rotschopf Donald war da. Sein aberwitziger Adamsapfel hüpfte im bleichen Hals auf und ab, als er seine Betretenheit zu verbergen suchte.

»Jane ist... ähm... wie soll ich sagen... abgefahren.«

»Der Zug ist abgefahren, ich höre abgefahrene Musik, und manchmal nehme ich die Abfahrt nach London. Also was meinst du?«

»Princeton. Ein Forschungsstipendium. Hat sie dir denn nichts davon erzählt?«

»Princeton?«

»New Jersey.«

Toll. Na großartig.

»Ohne Telefonnummer, nehm ich an.«

Donald zuckte ein paarmal die hageren Schultern.

Ich sah ihn abfällig an. »Was wird das, wenn's fertig ist? Ihre Vorwahl in Zeichensprache?«

Er rückte mit dem Daumen seine Brille zurecht. »Sie hat mich ausdrücklich darum gebeten...«

Ich ging auf ihn los. Er bekam vor Schreck Stielaugen und hielt sich einen Arm vors Gesicht. Aber die Sorte kenn ich. Ich laß mich doch nicht für dumm verkaufen. Dünn, schmächtig, schwach, aber ausgekocht – reine Geistesringer. Bei denen muß man auf dem Quivive sein. Die störrische Verbissenheit der Schwachen ist standhafter als die Entschlossenheit der Starken.

»Bullshit!« schrie ich ihn an. »Sag ihr das, Bullshit. Wenn sie nach mir fragt, sag ihr das. Bullshit!«

Er nickte, das kalte Elfenbein seiner blutleeren Wangen bekam schmutzige, orangerosige Flecken.

Ich legte eine Hand auf eine Reihe säuberlich beschrifteter Reagenzgläser.

Erschreckt gab er einen erstickten Laut von sich.

Plötzlich sah ich alles in Zeitlupe. Ich sah, wie Donalds blaue Halsschlagader zuckte und er mich mit offenem Mund anstierte. Ich spürte, wie sich meine Armmuskeln für die Geste anspannten, mit der ich die Reagenzgläser auf den Laborboden fegen würde. Mein Blut rauschte in den Ohren, als es vom brodelnden Zorn in der Brust zum Gehirn hochgepumpt wurde.

Ich zog den Arm abrupt zurück, als hätte ich mich verbrannt. Donald schluckte trocken und rasselnd.

Im Kern war ich vielleicht ein knallharter Wichser, aber ich hatte eine weiche Schale. Ich brachte es einfach nicht übers Herz.

Pfeifend verließ ich das Labor.

Leo tat, als hätte er nichts anderes erwartet.

»Sie wird Ihnen schreiben«, sagte er. »Darauf geh ich jede Wette ein.«

Er war in sein Fernschach vertieft, strich sich den Bart und runzelte die Stirn angesichts der vor ihm auf dem Brett aufgebauten Stellung. Nur noch die Könige, die Türme und ein paar Bauern.

»Immer noch dieselbe Partie?« fragte ich und zupfte am Roßhaar, das aus der Sessellehne quoll.

»Es kommt zur Krise. Endspiel. Das nennt man die Kammermusik des Schachs. Bei mir ist es eher Katzenmusik. Die richtigen Züge fallen mir schwer.«

Bleib bei deiner Physik, dachte ich und registrierte angewidert sein selbstgefälliges Lachen, und überlaß die Witze anderen.

»Gegen wen spielen Sie denn?« fragte ich.

»Sie heißt Kathleen Evans.«

»Physikerin?«

»Ja. Ohne ihre Arbeit hätte ich Tim nicht bauen können.«

»Sie weiß von Tim?«

»Nein, aber ich könnte mir vorstellen, daß sie mit ihren Kollegen in Princeton an einem ähnlichen Projekt arbeitet.«

»Princeton?«

»Am Institute for Advanced Studies. Hat nichts mit der Universität zu tun.«

»Egal. Ist doch gehupft wie gesprungen. Wenn ich von dem Ort bloß höre, kommt mir schon die Galle hoch.«

»Einstein ist nach Princeton gegangen. Und viele andere Emigranten auch.«

»Jane ist nicht emigriert«, sagte ich kalt, »sie ist desertiert.«

»Wissen Sie, Hitler hat da einen schweren Fehler gemacht«, sagte Leo und ließ sich von meinen Ressentiments nicht aus dem Konzept bringen. »An der Berliner Universität und am Göttinger Institut arbeiteten die meisten der Männer, die die moderne Physik aus der Taufe gehoben haben. Viele von ihnen sind nach Amerika geflohen. Deutschland hätte 1939 die Atombombe haben können. Vielleicht sogar früher.«

Ich erhob mich ungeduldig und überflog wieder einmal die Bücherwand. »Woran liegt es bloß, daß Juden so gute Naturwissenschaftler sind?« fragte ich.

»Die Hälfte der Naturwissenschaftler in Cambridge kommt heutzutage aus Asien. Inder, Pakistanis, Chinesen, Koreaner. Vielleicht hängt es mit der eigenen Unbehaustheit zusammen. Man hat keine kulturellen Wurzeln und keinen festen Platz in der Gesellschaft. Zahlen sind dagegen eine Weltsprache.«

»Was ist mit dieser Tussi in Princeton, mit der Sie Schach spielen, dieser Kathleen Evans? Der Name hört sich nicht besonders ausländisch an.«

»Sie ist Britin, also gilt sie in den Staaten fast schon als Alien.«

»Noch ein Deserteur.«

Das würdigte Leo keiner Antwort.

»Na ja«, meinte ich. »Zumindest sollten Sie sie im Schach schlagen.«

»Inwiefern?«

»Na, Sie Juden sind doch so toll im Schach. Weiß doch jedes Kind. Fischer, Kasparov *e tutti quanti.*«

»Sie Juden?« Leo sah überrascht vom Schachbrett hoch.

»Ach, kommen Sie. *Menschen jüdischen Glaubens,* wenn Ihnen das lieber ist.«

»Ach so«, sagte er leise. »Da liegt ein Mißverständnis vor. Aber das ist einzig und allein meine Schuld.« Er stand auf, trat zu mir vor das Bücherregal und legte mir eine Hand auf die Schulter. »Michael«, sagte er. »Ich bin weder Jude noch jüdischen Glaubens.«

Ich starrte ihn an. »Aber Sie haben doch gesagt...«

»Ich habe nie behauptet, ich sei Jude, Michael. Wann hätte ich das je gesagt?«

»Aber Ihr Vater. Auschwitz! Sie haben gesagt…«

»Ich weiß, was ich gesagt habe, Michael. Mein Vater war in Auschwitz. Er war bei der SS. Das ist die Last, mit der ich zu leben habe.«

Rauch machen

Der Franzose und der Helm des Obersten I

»Du bist einfach unverbesserlich, Adi«, lachte Hans Mend, zuckte die Schultern und gab sofort klein bei. »Ab sofort kauf ich dir alles ab. Schwarz ist weiß. Die Sonne geht im Westen auf. Äpfel wachsen an Telegraphenstangen. Dänemark ist die Hauptstadt von Griechenland. Ich schwöre, daß ich dir nie mehr widersprechen werde.«

»Was wahr ist, muß wahr bleiben«, sagte Adi selbstbewußt, steckte das Buch ein und machte einen Ausweichschritt, um neben Hans den Lattenrost entlanggehen zu können.

Sobald man mit seinen Ansichten nicht einverstanden ist, dachte Hans, holt er seinen blöden Schopenhauer raus. *Die Welt als Wille und Vorstellung.* Für Adi war das Buch der Weisheit letzter Schluß. Vor allen Dingen enthielt es Adis Lieblingswort »Weltanschauung«.

»Weißt du was?« sagte Adi. »Ich habe die Propagandabroschüren gelesen, die die Briten an ihre Truppen verteilen.«

»Aber du kannst doch gar kein Englisch!«

Adi tat das mit einer ungeduldigen Handbewegung ab. Er wurde nur ungern an seine Bildungslücken erinnert. »Rudi hat sie mir übersetzt«, knurrte er.

»Ach so!« Rudolf Gloders Englisch war, wie alles an ihm, absolut makellos.

»Jedenfalls stellen die Briten uns Deutsche in ihren Pamphleten als Barbaren und Hunnen dar.«

»Uns Deutsche«. Wenn »Weltanschauung« Adis Lieblingswort war, dann war »wir Deutsche« seine Lieblingswendung. »Wir Deutsche glauben ...« »Wir Deutsche werden uns niemals darauf einlassen...« Dabei war er selbst ein Wiener Schnitzel. Aber so seid ihr eben, dachte Hans, »ihr Österreicher«.

»Natürlich sagen sie das«, meinte er. »Das nennt man Propaganda. Was hast du denn erwartet? Daß sie uns mit Komplimenten überschütten?«

»Darum geht es überhaupt nicht. Natürlich ist alles gelogen, aber es ist psychologisch stichhaltig gelogen. Sie bereiten den britischen Soldaten auf die Schrecken des Krieges vor und helfen somit, ihn vor Enttäuschungen zu bewahren. Wenn er an die Front kommt, sieht er, daß der Feind wirklich brutal und der Krieg wirklich die reine Hölle ist. Das stärkt einerseits den Glauben an die Richtigkeit der Behauptungen seiner Regierung und steigert andererseits Wut und Haß gegen den verruchten Feind. Also verdoppeln die Tommys ihre Anstrengungen. Was erzählt dagegen unsere Propaganda dem siegesgewissen deutschen Grünschnabel, der gerade erst eingerückt ist? Daß die Briten Hasenfüße sind, die man ohne weiteres zertreten kann. Daß die Franzosen keinerlei Disziplin kennen und ständig nur an Rebellion denken. Daß Foch, Pétain und Haig Schwachköpfe sind. Das ist genauso gelogen, aber psychologisch nicht stichhaltig. Wenn unsere Männer an die Front kommen, finden sie im Handumdrehen heraus, daß in der französischen Armee in Wirklichkeit sehr straffe Disziplin herrscht und daß die Tommys keineswegs Hasenfüße sind. Also ziehen sie den Schluß, daß Ludendorff ein Lügner ist und daß im Generalstab nur Gauner und Bauernfänger sitzen. Über kurz oder lang mißtrauen sie sogar der großen Phrase an allen Berliner Litfaßsäulen: ›Der Sieg wird unser sein.‹ Sie lehnen auch das als Schwindel und Krampf ab. Sie argwöhnen, daß der Sieg vielleicht nicht unser sein wird. Und schon kommt es zur Untergrabung des Willens und der Kampfmoral. Zum Defaitismus.«

»Kann schon sein«, sagte Hans verunsichert. »Aber du glaubst doch trotzdem, daß wir siegen werden.«

»Genau! Und *Glaube* ist gerade der springende Punkt!« Adi schlug sich mit der geballten Faust in die Hand, und seine Augen glänzten vor Begeisterung. »Der Wille führt zum Sieg! Der Defaitismus redet die Niederlage doch herbei! Den Kampfwillen stärkt man nicht, indem man schlechte Lügen erzählt, die jeder sofort durchschaut. Wir *werden* siegen, wenn wir siegen *wollen.* Wir Deutsche können alles, wenn wir nur daran glauben. Aber wir können auch ins Bodenlose fallen, wenn wir unseren Glauben verlieren. Es darf keinen Fußbreit Zweifel geben. Wir brauchen eine unerschütterliche Mauer des Glaubens, die stark genug ist, unser Deutschland sowohl gegen das feindliche Ausland als auch gegen die feigen Vorstöße der Pazifisten und Drückeberger in der Heimat zu verteidigen. Einheit ist alles, was wir brauchen. Wenn man selber nicht an die eigene Propaganda glaubt, warum sollte es dann der Feind tun?«

»Hast du den Obergefreiten deswegen zusammengeschlagen?«

Kürzlich hatte Adi alle überrascht, als er sich mit einem grobschlächtigen Obergefreiten aus Nürnberg angelegt hatte. »Der Krieg ist doch von vorn bis hinten ein einziger Beschiß«, hatte der gegrollt. »Das ist nicht unser Krieg, sondern einer der Hohenzollern. Ein Krieg der Aristokraten und Kapitalisten.«

»Wie kannst du es wagen, so zu reden!« hatte Adi geschrien und sich auf ihn gestürzt. »Lügner! Verräter! Bolschewik!«

Adi war Gefreiter, kannte aber keinen Respekt vor Dienstgraden an und für sich. Man hatte ihm schon vor Jahren eine Beförderung in Aussicht gestellt, aber es gab keine Bestimmung, derzufolge ein einfacher Meldegänger des Regiments weiter als bis zum Gefreiten aufsteigen konnte, und so war er Gefreiter geblieben.

Der Nürnberger Obergefreite hatte seine Gorillafäuste wieder und wieder in Adis Gesicht getrieben, aber vergebens. Vielleicht fehlte ihm der Wille. Oder die richtige Weltanschauung. Schließlich blieb er jedenfalls im Schlamm liegen, Blut rann ihm aus Mund und Nase, und Adi stand über ihm, keuchte und hatte Spuckebläschen auf den Lippen.

Mit den neuen Männern hatte er es sich damit verscherzt, trotz seines Eisernen Kreuzes II. Klasse und trotz seines Rufs als unermüdlicher Organisierer von Nachschub und Lebensmitteln I. Klasse. Die alten Frontschweine, Ignaz Westenkirchner, Ernst Schmitt, Rudi Gloder und Hans selber hatten dem blutrünstigen Österreicher auch weiterhin die Stange gehalten. Aber er war über einen Kameraden hergefallen, daran gab es nichts zu rütteln. Ohne ihn wäre das Leben angenehmer gewesen. Angenehmer, aber vielleicht auch gefährlicher, denn er kannte keine Furcht.

Sie näherten sich dem Hauptverbindungsgraben, der den Spitznamen Kurfürstendamm trug. Adi ging langsamer.

»Ich muß gerade an meine erste Entlausung denken«, sagte er unvermittelt.

»Im Oktober sind's vier Jahre«, sagte Hans prompt. Er sah über den Kudamm hinweg auf die vorderen Gräben und ins Niemandsland Richtung Ypern. »Vier Jahre her und vier Kilometer weit weg. Wir sind zum Ausgangspunkt zurückgekehrt, Adi. Ein Kilometer pro Jahr. Tolle Leistung. Toller Krieg.« Erschrocken schlug er die Hand vor den Mund. »Das ist kein Bolschewismus, ich schwör's dir. Das sollte ein Witz sein.«

Zu seiner Überraschung lächelte Adi mit echter Zuneigung. »Keine Angst, ich schlage keine Kameraden.« Kamerad – auch so ein Lieblingswort.

»Gott sei Dank. Ich mag mein Gesicht nämlich.«

»Möchte wissen warum.«

Himmel, dachte Hans. Das war ja fast ein Witz.

»Nein, stimmt nicht, das war nicht das erste Mal«, nahm Adi den Faden wieder auf. »Zum erstenmal bin ich in Wien vor fast zehn Jahren entlaust worden. Das nannte sich Obdachlosenheim, aber in Wirklichkeit war es ein ekelhaftes und schmachvolles Gefängnis. Die Zahlung meiner Waisenrente war eingestellt worden, und niemand wollte meine Aquarelle kaufen. Ich war der Mildtätigkeit des Staates auf Gedeih und Verderb ausgeliefert.«

Hans verdrehte die Augen. Adi sprach so gut wie nie von seinem Zuhause oder seiner Kindheit. Wenn doch, verwickelte er sich meist in Widersprüche, und seiner Melodramatik wegen wurde er oft für einen Wirrkopf oder Lügner gehalten. ›Ich war der Mildtätigkeit des Staates auf Gedeih und Verderb ausgeliefert‹, also wirklich! ›Mußte mich bei den Pennern anstellen‹, das meinte er doch. Der hatte vielleicht Nerven.

»Ach, du Armer.«

Von Mitleid wollte Adi nichts wissen. »Ich beschwere mich nicht. Damals nicht und heute nicht. Aber das sag ich dir, Hans. Nie wieder. Nie wieder!«

»Nie wieder? Nie wieder?« erklang hinter ihnen eine gutgelaunte Stimme. »So kenn ich unseren geliebten Adolf ja gar nicht.«

Rudi Gloder trat zwischen sie und legte jedem eine Hand auf die Schulter.

»Herr Hauptmannn!« Zackig nahmen Adi und Hans Haltung an. Gloder war im Felde schnell und unaufhaltsam vom Gefreiten über den Obergefreiten und Stabsgefreiten zum Unteroffizier befördert worden. Daß er den großen Abgrund überwunden und es bis zum Leutnant, Oberleutnant und jetzt eben Hauptmann gebracht hatte, konnte nur Männer überraschen, die nie mit ihm zusammengelebt und neben ihm gekämpft hatten. Manchen Leuten war der Aufstieg angeboren.

»Laßt den Unsinn«, meinte Rudi betreten. »Salutiert nur, wenn andere Offiziere dabei sind. Also raus mit der Sprache: Was meintest du mit deinem ›nie wieder‹?«

»Ach, nichts Besonderes«, sagte Adi. »Hans und ich haben uns gerade über den Franzosen und den Helm des Obersten unterhalten.«

Hans war überrascht, wie glatt Adi die Lüge über die Lippen ging. So schnell und geschmeidig. Es lag auf der Hand, daß Adi mit niemandem über seine alles andere als glorreiche Vergangenheit in Wien sprechen wollte. Und daß er vor Gloder noch zurückhaltender war als vor anderen, war auch verständlich. Adi ließ sich von Rudis Charme nicht so schnell einwickeln wie andere. Hugo Gutmann, ihr alter Adjutant, hatte Gloder richtiggehend gehaßt, aber Gutmann war ja auch Jude gewesen, und Rudi hatte mit seiner Verachtung nie hinterm Berg gehalten. Im Gegenteil, einmal hatte er ihn sogar in aller Öffentlichkeit eine aufgeblasene Puffmutter genannt. Adi hatte auch nichts für Gutmann übriggehabt, obwohl er ihm die nachdrückliche Empfehlung für die Verleihung des Eisernen Kreuzes zu verdanken hatte. Loyalität Gutmann gegenüber war es also bestimmt nicht, was Adi so unempfänglich für Rudis einnehmende Persönlichkeit machte. Aber woher diese Unempfänglichkeit auch stammen mochte, es war merkwürdig, einen Kameraden so leicht und unbekümmert anzulügen ... merkwürdig und etwas beunruhigend.

»Der Franzose und der Helm des Obersten?« fragte Rudi. »Hört sich ja an wie der Titel einer billigen Farce.«

»Haben Sie denn nichts davon gehört?« Adi klang verwundert. »Einer der Wachposten hat heute morgen gesehen, wie Oberst Baligands beste Pickelhaube triumphierend auf einem Gewehrlauf herumgeschwenkt wurde. Sie müssen sie letzte Nacht beim Angriff auf Flecks Unterstand erbeutet haben.«

»Diese beschissenen Froschfresser«, sagte Rudi. »Elende Kinderschänder.«

»Und deswegen meinte ich gerade zu Mend, daß wir sie zurückholen müssen.«

»Natürlich müssen wir das! Alles andere wäre eine Schande für das Regiment. Wir müssen sie zurückerobern und noch eine eigene Trophäe mitbringen. Wir müssen diesen naiven Pißgesichtern vom Sechsten endlich einmal zeigen, wie echte Männer kämpfen.«

Die alten Haudegen des Regiments List hatte es ziemlich verdrossen, daß man ihren nach vier Kriegsjahren arg gelichteten Reihen das 6. Fränkische Infanterie-Regiment aufgehalst hatte, für sie so überflüssig wie ein Kropf. Die bayrischen Veteranen hielten diese Milchbärte für weiche und empfindliche Jammerlappen, denen man erst noch zeigen mußte, was eine Harke war.

»Ich habe den Major um Erlaubnis gebeten, heute nacht ganz allein einen Vorstoß zu unternehmen«, sagte Adi. »Es handelt sich um Abschnitt K im Norden der neuen französischen Batterie. Ich kenne den Abschnitt in- und auswendig, schließlich waren das vor kurzem noch unsere Gräben, und ich habe regelmäßig Meldungen hingebracht. Aber der Major hat gesagt...« – Adi ahmte den gegenwärtigen Regimentsadjutanten (der Jude Gutmann war Anfang des Jahres bei einem Sturmangriff gefallen) täuschend ähnlich nach – »... er hat gesagt, ›ich kann unmöglich das Leben eines meiner Männer aufs Spiel setzen, der lediglich leichtsinniger Abenteuerlust frönt‹, und jetzt weiß ich eben nicht mehr weiter.« Er sah Gloder erwartungsvoll an, und Hans hätte schwören können, daß Herausforderung in seiner Stimme mitschwang.

»Nun ist Major Eckert ein Franke«, sagte Gloder. »Da müssen wir uns etwas einfallen lassen.«

Hans beobachtete Adi unauffällig. Die blaßblauen Augen starrten Rudi gespannt und erwartungsvoll an. Hans war verwirrt. War er darauf aus, doch noch die Erlaubnis zu einem Vorstoß zu bekommen? Ihm mußte doch klar sein, daß sich ein Hauptmann nicht über die Befehle eines Majors hinwegsetzen konnte. Aber was das anging, so hätte Hans auch nicht sagen können, *wann* Adi mit seiner Bitte an Eckert herangetreten sein wollte. Sie waren praktisch den ganzen Tag zusammengewesen. Vielleicht als Hans zur Morgenwäsche in den Waschräumen gewesen war. Trotzdem war hier etwas faul.

»Wenn ich's nun doch versuche«, sagte Adi versonnen, »glauben

Sie, Eckert würde mir aus der Befehlsverweigerung einen Strick drehen? Ich würde ja zu gern...«

»Du kannst einen direkten Befehl nicht mißachten«, sagte Rudi. »Laß das mal den Vater machen. Mir fällt schon was ein.«

Am nächsten Morgen trank Mend gerade den ersten Schluck übelriechenden Ersatzkaffee, als Ernst Schmitt in für ihn ungewöhnlicher Hektik auftauchte.

»Hans! Hast du schon gehört? O Gott, es ist einfach furchtbar.«

»Was gehört? Mensch, ich bin gerade erst aufgestanden.«

»Dann schau's dir an. Hier, wirf mal einen Blick durch!«

Mit zitternden Händen hielt Ernst ihm einen Feldstecher unter die Nase.

Hans setzte seinen Helm auf, stieg murrend die nächste Grabenleiter hoch und schob den Kopf vorsichtig über die Brustwehr des Walls. Ernst Schmitt, der sonst kein Mann vieler Worte war, mußte kurz vor dem Frontkoller stehen, sagte er sich.

»Auf drei Uhr. Links von dem vollgelaufenen Granattrichter. Siehst du?«

»Runter, du Idiot! Oder willst du vielleicht, daß wir beide abgeknallt werden?«

»Da! Siehst du ihn? Mein Gott, jetzt ist alles aus...«

Plötzlich sah Hans, was Ernst meinte.

Gloder lag auf dem Rücken, seine blicklosen Augen starrten in den Sonnenaufgang, seine Elfenbeinkehle klaffte auf, und auf seiner Uniform standen dunkelrote Lachen geronnenen Bluts wie erstarrte Lavaströme. Einen guten Meter neben seiner vorgestreckten Faust stand Oberst Maximilian Baligands Galapickelhaube mit erhobener Spitze, als säße sie noch auf dem Kopf des unter ihr begrabenen Obersten. Über die Schulter hatte er sich nach lässiger Husarenmanier die mit Goldtressen besetzte Ausgehjacke eines französischen Stabsoffiziers geworfen.

Eine Bewegung im Vordergrund stach Hans ins Auge. Zentimeterweise kroch ein Mann aus Richtung der deutschen Gräben bäuchlings auf den Gefallenen zu.

»Mein Gott«, flüsterte Hans. »Das ist Adi!«

»Wo?«

Hans reichte Ernst das Glas. »Scheiße, wenn wir die Franzosen jetzt mit Sperrfeuer bestreichen, entdecken sie ihn auf jeden Fall. Runter, wir nehmen das Periskop. Das ist nicht so riskant.«

Zwanzig Minuten lang schickten sie stille Stoßgebete gen Himmel, während Adi auf den Drahtverhau zu robbte.

»Paß auf, Adi!« wisperte Hans. »Zoll für Zoll, mein Kamerad.«

Adi schob sich an der großen Stacheldrahtrolle zwischen Rudi und ihm entlang, bis er einen mit kleinen Stoffetzen markierten Abschnitt erreichte, eine von den Mineuren gekennzeichnete Öffnung. Nachdem er den Durchlaß hinter sich hatte, kroch er wieder auf die Leiche zu.

Als er sie erreicht hatte –

»Und jetzt?« fragte Ernst.

»Rauch!« antwortete Hans. »Jetzt, wo er da ist, können wir Rauch zwischen ihn und die feindlichen Stellungen legen. Schnell!«

Ernst brüllte nach Rauchpistolen, und Hans beobachtete weiter. Adi drückte den Kopf in den Dreck und schien blindlings nach der Wunde in Rudis Rücken zu tasten.

»Was macht er denn da?«

»Kann ich mir auch nicht erklären.«

»Vielleicht ist Rudi gar nicht tot!«

»Natürlich ist er tot, hast du seine Augen denn nicht gesehen?«

»Und was soll das dann?«

Hans konnte nichts erkennen, weil sich Adi plötzlich auf alle viere aufrichtete und den Blick auf die Leiche versperrte.

»Herrje, runter, Mann, bist du denn des Wahnsinns?« flüsterte Hans.

Als hätte er ihn gehört, ließ Adi sich wieder fallen und lag reglos neben dem toten Gloder.

»Mein Gott! Ist er getroffen?«

»Das hätten wir gehört.«

»Dann spielt er den toten Mann.«

Hans merkte, daß sich hinter ihm im Graben etwas zusammenballte. Er ließ das Periskop fahren und sah sich um. Ernsts Erregung hatte Dutzende von Männern aufgescheucht. Nein, keine Männer. Die meisten waren noch Knaben. Ein paar von ihnen hatten sich ebenfalls Periskope besorgt und mußten jetzt zu jeder Einzelheit des Geschehens ihren Senf dazugeben. Die anderen sahen Hans mit großen, verängstigten Augen an.

»Warum bewegt er sich nicht? Er rührt sich nicht vom Fleck. Hat er plötzlich kalte Füße bekommen?«

Einen Mann, der regungslos mitten im Niemandsland lag, sah man hier alle Tage. In der einen Sekunde rannte man noch und schlug Haken, in der nächsten lag man stocksteif da und stellte sich tot.

»Adi doch nicht«, sagte Hans, so zuversichtlich er konnte. »Der sammelt bloß seine Kräfte für den Rückweg.« Er konzentrierte sich wieder auf das Periskop. Noch immer keine Bewegung. »Alle Männer mit Rauchpistolen in Position«, kommandierte er.

Wie die Cowboys stiegen sechs Männer mit angelegter Waffe die Leitern hoch.

Hans leckte einen Finger an und prüfte die Windrichtung, bevor er sich wieder hinter das Periskop klemmte. Ohne jede Vorwarnung stand Adi plötzlich auf und wandte sich den feindlichen Linien zu. Er verschränkte seine Arme unter Rudis Leiche, zerrte sie rücklings in Richtung der deutschen Stellungen und hüpfte mit gebeugten Knien wie ein Kosakentänzer.

»Los!« rief Hans. »Feuer frei! Feuert hoch und fünf Minuten nach links!«

Die Rauchpistolen klatschten verhaltenen Beifall. Hans beobachtete Adi, hinter dem die Rauchgranaten detonierten. Ein dichter Rauchvorhang stieg auf und breitete sich im Wind zwischen ihm und den französischen Gräben aus. Ohne Pause oder einen Blick zurück taumelte Adi weiter auf die eigenen Linien zu. Ob er mit dem Rauch gerechnet hat? fragte sich Hans. Hat er sich einfach darauf verlassen, daß wir richtig reagieren? Vielleicht hätte er es in jedem Fall riskiert. Hans wußte zwar, daß Adi jede Menge Mut mitbrachte, aber die schiere Körperkraft hätte er ihm nicht zugetraut.

»Was zum Teufel ist denn hier los?« Major Eckert kam mit zitternden Schnurrbartenden in den Graben marschiert. »Wer hat den Befehl gegeben, Rauchgranaten abzufeuern?«

Ein junger Franke salutierte forsch. »Gefreiter Hitler, Herr Major.«

»Hitler? Wer hat den befugt, einen solchen Befehl zu erteilen?«

»Nein, Herr Major. Er hat nicht den Befehl erteilt. Er ist da draußen, Herr Major. Im Niemandsland. Er birgt die Leiche von Hauptmann Gloder.«

»Gloder? Hauptmann Gloder ist tot? Wie? Was?«

»Er hat letzte Nacht versucht, den Helm von Oberst Baligand zurückzuholen.«

»Den Helm von Oberst Baligand? Mann, sind Sie betrunken?«

»Nein, Herr Major. Die Franzosen müssen ihn am Donnerstag beim Angriff auf unsere Stellungen mitgenommen haben. Hauptmann Gloder wollte ihn zurückerobern. Das hat er auch geschafft, und er hat sogar noch die Galajacke eines Stabsoffiziers mitgehen lassen. Aber dann muß ihn ein Scharfschütze erwischt haben.«

»Grundgütiger Himmel!«

»Jawohl, Herr Major. Und jetzt ist Gefreiter Hitler unterwegs, um die Leiche zu retten. Stabsgefreiter Mend hat uns befohlen, ihm mit Rauchgranaten Deckung zu geben.«

»Stimmt das, Mend?«

Mend nahm Haltung an. »Zu Befehl, ja, Herr Major. Ich hielt das für die beste Lösung.«

»Aber verdammt noch mal, die Franzosen könnten ja glauben, wir wollten angreifen.«

Mend war so benommen und entsetzt, daß er nicht mehr klar denken konnte, brachte aber noch eine Antwort heraus. »Entschuldigen Herr Major, das kann nicht schaden. Der Franzmann verschwendet allenfalls ein paar tausend Schuß wertvolle Munition.«

»Das alles läuft dem Reglement auf höchst ärgerliche Weise zuwider.«

Als ob du dem Reglement entsprechen würdest, du brabbelnder Schulmeister, dachte Mend, bevor er sich wieder trüberen Gedanken zuwandte.

»Wo ist Hitler jetzt?«

Schmitt ließ die Augen nicht vom Feldstecher und bellte die Antwort heraus. »Er ist wieder am Draht, Herr Major! Er hat keinen Kratzer abbekommen, Herr Major! Er hat den Durchlaß gefunden. Er hat die Leiche. Und die Pickelhaube, Herr Major! Er hat sogar die Pickelhaube!«

Unter den Männern brach tosender Jubel los, und sogar Major Eckert gestattete sich ein Lächeln.

Völlig verwirrt sagte sich Hans immer und immer wieder, bis zu diesem Augenblick wußte Eckert von nichts. Eckert wußte *nichts!* Adi hatte ihm gestern gar nichts vom Helm des Obersten erzählt.

Er hatte ihn nicht um die Erlaubnis zu einem Ausfall gebeten, obwohl er das vor Rudi und mir behauptet hatte. Warum hatte Adi bloß gelogen?

Hans verließ den Graben, als Rudis Leiche gerade hineinrollte. Adi folgte mit der Pickelhaube des Obersten in der hocherhobenen rechten Hand. Der aufgeprägte Goldadler blitzte und funkelte in der Morgensonne.

Während Hans ging, wuchs und schwoll in ihm der Jubel der Männer, bis er sich in einer Flut heißer Zornestränen Bahn brach.

Wiedergutmachen

Axel Bauers Geschichte

Mit dem Handrücken wischte sich Leo die Tränen von den Wangen. Ich saß mucksmäuschenstill im Sessel, zupfte Roßhaar und beobachtete ihn nervös. Das war das erste Mal, daß ich einen erwachsenen Mann weinen sah. Außer im Kino. Im Kino weinen erwachsene Männer ja rund um die Uhr. Aber da weinen sie lautlos. Leo dagegen weinte mit lauten Schluchzern und krampfhaftem Atemholen. Ich wartete, bis sich dieser furchtbare Sturm ausgetobt hatte.

Nach zwei oder drei Minuten nahm er seine Brille ab und putzte sie mit dem breiten Ende seiner Krawatte. Er blinzelte mir mit nassen roten Augen zu.

»Ja, ich weiß. Warum habe ich es Ihnen auch nicht früher gesagt? Warum habe ich Sie in dem Irrglauben gelassen, ich sei Jude?«

Ich gab ein Geräusch von mir, das irgendwo zwischen Grunzen und Jaulen lag und Zustimmung ausdrücken sollte, Aufgeschlossenheit, Verständnis... ich weiß nicht, irgendwas in der Art. Aber es kam heraus, als spielte ich Leo den Ball zu, forderte ihn auf zu erzählen, und als hielte ich mich mit meinem Urteil zurück.

So verstand er es auch. »Sie können sich denken, daß so etwas nicht gerade zur Konversation taugt. Ich habe noch nie darüber gesprochen. Außer zu mir selbst.«

Ich suchte verzweifelt nach einem konstruktiven Gesprächsbeitrag. »Aber Zuckermann...«, sagte ich, »das *ist* doch ein jüdischer Name, oder nicht? Gab es da nicht einen Dirigenten oder Musiker, irgendwas auf der Schiene?«

»Pinchas Zukerman. Er ist Geiger und Dirigent. Bratsche spielt er auch. Jedesmal, wenn ich auf einem Plattencover oder in der Zeitung auf seinen Namen stoße, frage ich mich...«

Leo setzte die Brille wieder auf und sank in den Sessel mir gegenüber. Wir saßen da und sahen uns an wie bei unserer ersten Begegnung. Aber diesmal gab es keinen Kaffee und keine heiße Schokolade. Nur den Raum zwischen uns.

»Mein Vater hieß in Wirklichkeit Bauer«, sagte Leo. »Dietrich Josef Bauer. Geboren in Hannover im Juli 1904. In den zwanziger Jahren studierte er Histologie und Radiologie und erhielt eine Forschungsstelle am Institut für Anatomie an der Westfälischen Wilhelms-Universität in Münster unter Professor Johann Paul Kremer, von dem Sie gleich noch hören werden. 1932 wurde mein Vater Mitglied der NSDAP und arbeitete zwei Jahre lang als Sturmarzt in der 8. SS-Reiterstandarte.«

»Sturmarzt?«

»Arzt. In der SS fing fast alles mit ›Sturm-‹ an. Die Bezeichnung ›Sturmärzte‹ für Mediziner verrät einem gleich, wes Ungeistes Kind sie waren. *Sturmärzte!*« Wieder traten ihm Tränen in die Augen, und er schüttelte den Kopf. »Die Natur schreit auf.«

Zum erstenmal in meinem Leben hätte ich gern geraucht. Ich merkte, daß mein linkes Bein unkontrollierbar auf dem Fußballen auf und ab wippte, dabei hatte ich geglaubt, diese Angewohnheit schon als hochpubertierender Sechzehnjähriger abgelegt zu haben.

»Wie dem auch sei«, sagte Leo, nahm die Brille wieder ab und wischte sich noch einmal die Augen. »1941 wurde mein Vater zur Reserve der Waffen-SS eingezogen. Er bekam den Rang eines SS-Hauptscharführers, was etwas mehr als ein Feldwebel gewesen sein muß, wahrscheinlich ein Oberfeldwebel, aber ohne Ausbildungspflichten. Ein Pro-forma-Rang. Soviel habe ich bei meinen Nachforschungen herausgefunden.«

»Kannten Sie ihn denn damals nicht? Ihren eigenen Vater?«

»Dazu kommen wir gleich. Im September 1942 praktizierte er im Prager SS-Krankenhaus und erhielt eines Tages einen Brief seines alten Lehrers, Professor Kremer, der ihn überhaupt erst auf die Idee gebracht hatte, der SS beizutreten. Kremer war inzwischen zum Untersturmführer befördert worden und arbeitete mit einem Zeitvertrag in einem polnischen Städtchen namens Auschwitz, das damals noch völlig unbekannt war. Kremer wollte an die Universität zurück und schlug meinen Vater als geeigneten Nachfolger vor. Ich war damals vier Jahre alt, und meine Mutter und ich wohnten noch in Münster. Mein Vorname war Axel. Ich kann mich an jene Zeit kaum erinnern. Im Oktober 1942 wurden wir aufgefordert, zu Papa nach Polen zu reisen, und da blieben wir dann zweieinhalb Jahre lang.«

»Allen Ernstes mitten in Auschwitz?«

»Gott behüte, nein! In der Stadt. Ja, in der Stadt. Immer in der Stadt.«

Ich nickte.

»Sie haben mich gefragt, ob ich mich an meinen Vater erinnern kann. Ich erzähle Ihnen, woran ich mich heute erinnern kann, nachdem ich es jahrelang verdrängt hatte. Aber im Alter wird das Langzeitgedächtnis bekanntlich immer besser. Heute erinnere ich mich an einen Mann, der mir permanent Injektionen verabreichte. Gegen Diphtherie, Typhus, Cholera. In Auschwitz-Stadt brachen immerzu Infektionskrankheiten aus, und die bekämpfte er bei mir mit allen Mitteln. Und ich erinnere mich an einen Mann, der abends immer Päckchen mit nach Hause brachte. Flaschen mit kroatischem Zwetschgenschnaps, frischgeschlachtete Kaninchen und Rebhühner, duftende Seifenriegel, Gläser mit gemahlenem Kaffee und für mich Buntpapier und Buntstifte. Sie dürfen nicht vergessen, daß das alles damals ein ungeheurer Luxus war. Einmal brachte er sogar eine Ananas mit. Eine Ananas! Er sprach nie von seiner Arbeit oder sagte nur, daß er nie von seiner Arbeit spräche. Deswegen nenne ich es ›Arbeit‹. Das war seine Bezeichnung. Er war gütig und fröhlich, und wahrscheinlich liebte ich ihn damals von ganzem Herzen.«

»Und woraus genau... bestand seine Arbeit?«

»Er mußte die kranken Offiziere und Mannschaften der SS behandeln und war medizinischer Beobachter der Sonderaktionen, für die die Todeslager gebaut worden waren. Die Vergasungen. Außerdem...« Leo stockte und sah einen Augenblick an mir vorbei aus dem Fenster. »Außerdem führte mein Vater medizinische Experimente fort, die Kremer begonnen hatte. Die Entfernung innerer Organe zu Studienzwecken. Die beiden erforschten die zunehmende Dystrophie bei Unterernährung und allgemeiner Entkräftung. Insbesondere bei Kindern und Jugendlichen. 1943 schrieb Kremer meinem Vater aus Münster und bat ihn, die von ihm begonnene Arbeit weiterzuführen und ihn über die Untersuchungsergebnisse ständig auf dem laufenden zu halten.«

Leo stand auf und ging zum Bücherregal. Er griff nach einem grauen Band mit roter Schrift und blätterte darin.

»Kremer hat Tagebuch geführt, wissen Sie. Das sollte ihm zum Verhängnis werden. Er war nur drei Monate in Auschwitz, aber das reichte. Das Tagebuch wurde von den Briten beschlagnahmt, die ihn daraufhin an Polen auslieferten. Dieses Buch ist 1988 in Deutschland veröffentlicht worden und enthält Auszüge aus dem Tagebuch. Ich zitiere: ›10. Oktober 1942 Lebendfrisches Material von Leber, Milz und Pankreas entnommen und fixiert. Faksimilestempel von Häftlingen anfertigen lassen. Zum 1. Male das Zimmer eingeheizt. Noch immer Fälle von Flecktyphus und Typhus abdominalis. Lagersperre geht weiter.‹ Am Tag darauf: ›Heute Sonntag gab's zu Mittag Hasenbraten – eine ganze dicke Keule – mit Mehlklößen und Rotkohl. 17. Oktober 1942 Bei einem Strafvollzug und 11 Exekutionen zugegen. Lebendfrisches Material von Leber, Milz und Pankreas nach Pilocarpininjektion entnommen. Bei naßkaltem Wetter heute Sonntagmorgen bei der *11.* Sonderaktion zugegen. Gräßliche Szenen bei drei Frauen, die ums nackte Leben flehen.‹ Und so geht das endlos weiter. Das waren Kremers drei Monate. Sein gesamter Beitrag zur Endlösung der Judenfrage in Europa. Mein Vater wird ein ähnliches Leben geführt haben, nur schrieb er kein Tagebuch. Aus diesen zweieinhalb Jahren gibt es weder Tagebuch noch Briefe.« Leo betonte jede einzelne Silbe: »Zwei-ein-halb Jah-re.«

Ich mußte schlucken. »Wurde Ihr Vater ebenfalls verhaftet? Nach Kriegsende?«

»Ich weiß nicht warum, aber Kremers einer Eintrag geht mir nicht aus dem Kopf«, sagte Leo und nahm keine Notiz von meiner Zwischenfrage, »›Faksimilestempel von Häftlingen anfertigen lassen.‹ Warum denkt man in der Geschichtswissenschaft nie über solche Einzelheiten nach? Man hat die Gaskammern vor Augen, die Verbrennungsöfen, die Hunde, die Brutalität der Wachen, die Krankheiten, die entsetzten Kinder, die gequälten Mütter, die unberechenbare Grausamkeit, die unsäglichen Schrecken, aber nie ›Faksimilestempel von Häftlingen anfertigen lassen‹. Da wird ein brillanter Professor, der Ordinarius eines Anatomie-Instituts, in ein Konzentrationslager berufen. Nach einer Woche, sagen wir, hat er es satt, am laufenden Band Formulare zu signieren. Können wir uns vorstellen, was für Formulare? Bestellformulare für Phenol und Aspirin? Gutachten, dieser oder jener kranke Häftling sei arbeitsunfähig und daher der Sonderaktion zu überstellen? Befehle zur Entfernung innerer Organe? Wer weiß? Alle möglichen Formulare. Also meint er eines Morgens zu einem Kollegen: ›Verflixt und zugenäht, ich kann den Quartiermeister einfach nicht dazu bringen, mir einen Faksimilestempel zuzuteilen. Er meint, ich hätte ja bloß eine Zeitstelle, und ein Stempel aus Berlin wäre frühestens in zwei Monaten hier.‹

›Immer mit der Ruhe‹, sagt der Kollege, ›laß dir doch einen von den Häftlingen anfertigen.‹

Und wie stellt er das an, unser brillanter Professor mit seinen zwei Doktortiteln, der ganze Generationen ausgebildeter Heiler und Chirurgen in die Welt hinausgeschickt hat? Wie setzt er diese einfache, auf der Hand liegende Idee in die Tat um? Läßt er einen Häftling rufen, einen jüdischen Kapo vielleicht, und ihn alles Nötige arrangieren? Marschiert er mir nichts, dir nichts in eine Baracke, läßt die Häftlinge strammstehen und sagt: ›Alle mal herhören: Weiß einer von euch, wie man Büromaterialien herstellt? Ich brauche einen Stempelschneider. Freiwillige vor.‹ Wer weiß? Egal, wie es abgelaufen ist, alles wird zu seiner Zufriedenheit geregelt. Kremer schreibt seinen vollen Namen ›Johann Paul Kremer‹ auf ein Blatt Papier und reicht es dem auserwählten Häftling. Wie geht der wohl vor, was meinen Sie? Wahrscheinlich drückt er einen unbeschnittenen Gummistempel auf das Blatt, solange die Tinte noch feucht ist. Die Unterschrift überträgt sich spiegelbildlich auf den Stempelblock. Der Häftling schneidet sorgfältig das überflüssige Gummi weg. Das macht er vielleicht im Büro, vielleicht auch in einer Werkstatt, jedenfalls irgendwo, wo er Zugang zu Messern hat. Sagen wir, er braucht eine Stunde, vielleicht auch länger, um einen hervorragenden Stempel abzuliefern und dem Herrn Professor Obersturmführer Kremer eine Freude zu machen, denn es lohnt sich, diesem eine Freude zu machen. Professor Kremer ist jetzt also stolzer Besitzer eines Stempels mit dem vollkommenen Abbild seiner Signatur, dem Pendant des 20. Jahrhunderts zu Siegelringen oder Petschaften früherer Jahrhunderte. Die beschwerlichen Zeiten gehören der Vergangenheit an, als er noch auf jedem Blatt persönlich unterzeichnen mußte. Jetzt muß er nur noch stempeln. *Rums, rums!*« Mit einer Vehemenz und Lautstärke, die mich hochfahren ließen, schlug sich Leo mit der rechten Faust in die linke Handfläche. »Und was wird aus dem Häftling, der den Stempel zugeschnitten hat? Taucht sein Name eines Tages über der so sorgfältig geschnittenen Signatur auf? *Rums, rums!* Und mein Vater? Hat sich der nach seiner Ankunft ebenfalls von einem Häftling einen Stempel machen lassen? Oder hat er gewartet, bis Berlin ihm etwas Offizielleres, so was richtig Schniekes geschickt hat? *Rums, rums!*« Er verstummte und rang nach Luft. »Ich mach mir jetzt eine Schokolade. Und Ihnen koch ich einen Kaffee. Vielleicht finde ich etwas zu knabbern.«

Ich nickte benommen.

»Sie denken jetzt, wie kann er nach so einer Erzählung bloß an Schokolade, Kaffee und Kekse denken?« sagte Leo, nachdem er nebenan Wasser aufgesetzt hatte. »Sie haben recht. Derselbe bodenlose Gedanke überfällt einen, wenn man die Schriften der Lagerleiter liest. ›Am Morgen ein lächerlicher Rebellionsversuch in den Duschräumen. Ein rundes Dutzend nackter Muselmänner‹ – die schwächsten Häftlinge wurden Muselmänner genannt, wußten Sie das? – ›Ein rundes Dutzend nackter Muselmänner versuchte zu fliehen. Kretschmer schoß jeden ins Bein und ließ sie zehn Minuten auf der Stelle hüpfen, bevor er sie liquidierte. Herrlich komischer Anblick. Zum Mittagessen köstliches Bier, das man uns aus Böhmen geschickt hat. Danach exquisites Kalbfleisch und Kaffee aus echten Bohnen. Weiterhin scheußliches Wetter.‹ Solche Sachen liest man immer wieder. Dasselbe in den Briefen an die Familie. ›Liebste Trudi, mein Gott, ist dieser Ort schrecklich. Die Unerschütterlichkeit, mit der die Männer ihre Arbeit verrichten, ist einfach heldenhaft. Jeden Tag kommen neue Juden an, und immer ist so viel zu tun. Du wärest stolz auf uns, wenn du sehen könntest, wie wenig sich die Wachen und Offiziere beschweren, während sie ihren Aufgaben im Lager nachgehen. Die Judenaffen können einen mit ihrem Gestank wahrhaftig bis aufs Blut reizen. Gib Mutti einen Kuß von mir, und sag Erich, daß ich in Zukunft bessere Leistungen in der Schule erwarte!‹ So waren sie nun einmal.«

»Die Banalität des Bösen«, murmelte ich.

Leo runzelte die Stirn. »Mag sein. Mir ist diese Wendung von jeher suspekt. Moment, der Kessel pfeift.«

Vor den Fenstern war ein Rasenmäher angesprungen. Im Stockwerk unter uns klingelte ein Telefon, aber niemand hob ab. Mit derselben femininen Sorgfalt wie beim ersten Mal setzte Leo das Tablett auf dem niedrigen Tischchen zwischen uns ab und goß mir Kaffee ein.

»Weiter. Eines Tages Anfang 1945 ruft mich meine Mutter. Papa steht in Uniform neben ihr. In der schwarzen Uniform eines SS-Sturmbannführers, der er inzwischen ist. In der Uniform, die heute noch Millionen in Angst und Schrecken versetzt und bei ein paar Wahnsinnigen perversen Respekt und Kitzel auslöst. Die schwarze Mütze mit dem Totenkopfemblem über dem Schirm, am Kragen das SS-Abzeichen in Blitzrunen – allein diese Meisterleistung des Designs! Heutzutage würde man das ein ›Logo‹ nennen, nicht wahr? –, ausgestellte Reithose, blankgewienerte Stiefel, eine Jagdpeitsche, die so männlich am Schenkel entlangstreicht, Manschetten, Krawatte, gestärktes Hemd. Diese Genialität der Nazis. Eine solche Uniform verwandelt den lächerlichsten Tölpel in einen Übermenschen. Die Macht des Totems reicht bis in die Rangbezeichnungen. Sturmbannführer. Man richtet vor dem Spiegel den Mützenschirm aus, salutiert mit der rechten Hand, schlägt die Hacken zusammen und bellt, ›Ich bin Sturmbannführer, Heil Hitler!‹ Kleine Kinder spielen das heute auf der ganzen Welt. Die Uniform, die Sprache, der Stil. Für die vernünftige Welt sind sie der Inbegriff von pfauenhafter Arroganz, Grausamkeit und viehischer Barbarei. Der Inbegriff der Infamie. Für mich sind sie das Symbol meines Papas.«

»Aber das ist doch nicht Ihre Schuld.«

»Michael, um die Schuldfrage kümmern wir uns bitte später.«

Ich machte eine entschuldigende Geste. Hey, das war sein Spiel. Er war im Ballbesitz, und er legte die Regeln fest.

»Eines Tages ruft mich, wie gesagt, meine Mutter, und ich gehe zu ihr. Papa hockt sich vor mich und streicht mir über den Kopf wie immer, wenn er prüfen will, ob ich Fieber habe.

›Axi‹, sagt er. ›Du mußt eine Weile auf Mutti achthaben. Ob du das wohl schon kannst?‹

Ich verstehe nicht, worauf er hinauswill, aber ich schaue meine weinende Mutter an und nicke.

Immer noch in der Hocke dreht sich mein Vater zu seinem Arztkoffer. ›Mein wackerer Soldat! Leider muß ich dir jetzt etwas weh tun. Aber das dient nur deinem Besten. Das weißt du doch, oder?‹

Ich nicke wieder. Die Injektionen kenne ich ja.

Aber diese Injektion ist schmerzhafter als alle früheren. Sie nimmt überhaupt kein Ende, und ich brülle wie am Spieß. Der Schmerz verstört und verängstigt mich, aber Mutti ist da und streichelt und besänftigt mich. Unbewußt spüre ich, daß sie das mit mir machen, weil sie mich lieb haben. Schließlich gibt Papa mir einen Kuß, steht auf und küßt Mutti. Resolut zieht er seine Uniform glatt, packt den Arztkoffer zusammen und verläßt das Haus. Ich habe ihn nie wiedergesehen.« Leo verstummt, pustet auf seine heiße Schokolade und trinkt vorsichtig einen Schluck.

»Wie alt waren Sie damals?«

»Ich war sechs. Alles, was ich Ihnen gerade erzählt habe, weiß ich, aber erinnern kann ich mich daran nicht unbedingt. Einiges steht mir noch deutlich vor Augen, aber das meiste hatte ich vergessen. Manchmal blitzt etwas auf, dann bilden sich kleine Gedächtnisinseln. Ich kann mich nicht erinnern, daß meine Mutter mir erklärt hat, wir hätten einen neuen Namen. Ich kann mich nicht daran erinnern, daß ich jemals Axel Bauer war, ich kann mich nicht daran erinnern, daß ich jemals einen anderen Namen als Leo Zuckermann hatte. Ich weiß es, aber ich kann mich nicht erinnern.«

»Wie haben Sie das alles dann herausgefunden?«

»1967 war ich in Amerika an der Columbia University in New York City. Alles war nach Wunsch verlaufen. Ich war ein junger Professor, unwesentlich älter als Sie heute, und hatte eine große Zukunft vor mir. Ein jüdischer Junge, der die Shoah überlebt hatte und an einer Hochschule der Ivy League lehrte. Ein vollkommeneres Beispiel konnte es gar nicht geben, wie jemand dem europäischen Albtraum entronnen und im amerikanischen Traum aufgewacht war. Aber eines Tages bekam ich einen Anruf und wurde in den Albtraum zurückbeordert. Und diesmal wird es kein Erwachen geben. Leo, deine Mutter hat einen Zusammenbruch erlitten, komm sofort her. Wie ein Wahnsinniger fuhr ich über die Brücke nach Queen's. Als ich die Wohnung meiner Mutter erreichte, unterhielten sich vor ihrem Zimmer mehrere Männer und Frauen in gedämpftem Ton. Ein Rabbiner, ein Arzt, weinende Freunde. Man hatte die alte Frau auf dem Küchenboden gefunden. Sie liegt im Sterben, sagte der Arzt. Ich ging allein ins Schlafzimmer. Meine

Mutter bedeutete mir, die Tür zu schließen und mich zu ihr ans Bett zu setzen. Sie war sehr geschwächt, erzählte mir jedoch unter Aufbietung all ihrer Kräfte ihre Geschichte. Meine Geschichte.

Sie erzählte mir, was ich Ihnen gerade erzählt habe, daß ich in Wirklichkeit Axel Bauer hieße und daß mein Vater SS-Arzt in Auschwitz war. Sie erzählte mir, daß mein Vater Ende 1944 fest mit dem Eintreffen der Russen rechnete, die für das Geschehene Abrechnung und Vergeltung fordern würden. Er war der Überzeugung, sie würden sich nicht nur an ihm, sondern an seiner ganzen Familie rächen. Mein Vater glaubte, das jüdische Volk, dessen Moral Auge um Auge, Zahn um Zahn lautete, würde sich nicht mit seinem Tod zufriedengeben. Das hatte er vorausgesehen. Deswegen leitete er äußerst umsichtig das Überleben seiner Familie in die Wege. In der Chirurgie assistierte ihm damals ein jüdischer Häftling. Ein ausgezeichneter Arzt namens Abel Zuckermann, der aus Krakau stammte. Zuckermanns Frau Hannah, eine deutsche Jüdin aus Berlin, und ihr kleiner Sohn Leo waren sofort vergast worden, da sie nicht zur Arbeit herangezogen werden konnten, aber Zuckermanns Erfahrung mit hepatischen Leiden konnte den Nazis gute Dienste leisten, und so erhielt er Arbeit in der Chirurgie. Anscheinend hatte mein Vater ein gewisses Mitgefühl, steckte ihm heimlich Lebensmittel zu und ließ ihn aus seinem Leben erzählen. Im Verlauf weniger Wochen erfuhr er eine ganze Menge über Zuckermanns Familie, seine Vergangenheit, seinen Bruder in New York, der ihm im Lauf der Zeit fremd geworden war, seine Erziehung, seinen Werdegang, wie er seine Frau kennengelernt hatte – alles, was es zu wissen gab.

Aber dann kam der Tag, an dem von Amts wegen entschieden wurde, der Judenarzt habe seine Schuldigkeit getan, und nun sei es sein Judenschicksal, sich zu seiner Judenfamilie in die Judenhölle zu begeben. Vielleicht hat mein Vater bei dieser Entscheidung mitgewirkt. Es steht zu befürchten. Ob mein Vater ihn nun ins Gas schickte oder nicht, Abel Zuckermann starb jedenfalls an jenem Tag. An jenem Tag konnte Sturmbannführer Bauer den Plan zur Rettung seiner Frau und seines Sohns in die Tat umsetzen. An jenem Tag kam er nach Hause und schärfte mir ein, ich müsse stark sein und wie ein guter Soldat meine Mutter beschützen. An jenem Tag hockte er sich neben mich und tätowierte mir eine Lagernummer auf den Arm, den besten Paß, den ein Kind in den damals bevorstehenden Zeiten haben konnte. An jenem Tag wurde ich zu Leo Zuckermann. An jenem Tag reiste meine Mutter, nun nicht mehr Marthe Bauer, sondern Hannah Zuckermann, mit mir zusammen aus Auschwitz nach Westen. Immer auf der Flucht vor den Russen, die meine Mutter mehr fürchtete als der Teufel das Weihwasser. Wir wollten sichergehen, daß wir den Amerikanern oder Briten in die Hände fielen. Papa hatte meiner Mutter versprochen, er würde nachkommen, sobald über die Sache Gras gewachsen wäre. Irgendwie würde er uns finden, und dann wären wir wieder eine Familie. Meine Mutter meinte aber, in Wirklichkeit hätte er die ganze Zeit gewußt, daß er uns nie wiedersehen würde.

All das hörte ich mir an, während draußen der Rabbiner und die Freunde warteten. Während meine Mutter sprach, stiegen Erinnerungen in mir auf und berührten mich wie Musik in weiter Ferne. Die Erinnerung an die Schmerzen der Tätowiernadel. Die Erinnerung an eine Ananas. Die Erinnerung an die Uniform meines Vaters. Und dann die Erinnerung an die nächtlichen Märsche, kilometerweite Märsche, und wie ich diese Nächte hindurch weinte. Die Erinnerung daran, daß ich nichts zu essen bekam. Die Erinnerung an meine Mutter, die immer wieder sagte, ›du mußt dünn sein, Leo! Du mußt dünn sein!‹

Ich erzählte ihr von dieser Erinnerung und fragte, ob sie damit etwas anfangen könne.

›Armer Junge‹, sagte sie. ›Es tat mir in der Seele weh, dich hungern zu lassen, aber wie hätte ich einem Beamten erklären sollen, daß wir aus einem Konzentrationslager geflohen waren, wenn du ein gutgenährtes Pummelchen gewesen wärst?‹

Sie erzählte, nachdem wir eine Woche lang nach Süden und Westen gewandert waren, hätten wir uns einer Gruppe jüdischer Flüchtlinge angeschlossen, die aus einem der Todesmärsche geflohen waren.«

Leo stockte und sah mich forschend an. »Sie wissen doch von den Todesmärschen, oder?«

»Äh... nicht viel«, druckste ich herum.

»O Michael! Wenn schon Sie als Historiker darüber nichts mehr wissen, muß man wirklich alle Hoffnung fahren lassen.«

»Na ja, das ist einfach nicht mein Gebiet, wissen Sie.«

Leo ließ verzweifelt den Kopf hängen. »Na gut, ich erklär's Ihnen. Als der Zusammenbruch nahte, war die SS fest entschlossen, daß kein einziger Jude durch den Vormarsch der Alliierten die Freiheit wiedersehen sollte. Ihnen war sonnenklar, daß der Krieg verloren war, aber kein Jude sollte die Niederlage überleben oder hinterher Bericht erstatten können. Als die Amerikaner und Briten von Westen und die Sowjets von Osten näherrückten, wurden die Lager geräumt, und riesige Häftlingskolonnen marschierten ins Zentrum Deutschlands. Die Häftlinge wurden zusammengeschlagen, gefoltert, ausgehungert und bedenkenlos ermordet. Sie mußten täglich kilometerweit laufen und erhielten als Tagesration nur eine Steckrübe, wenn's hochkam. Hunderttausende starben unterwegs. Das waren die Todesmärsche. Jetzt wissen Sie es.«

»Jetzt weiß ich es«, bestätigte ich.

»Eines Tages, vielleicht eine Woche nach unserem Aufbruch aus Auschwitz, stießen meine Mutter und ich auf eine kleine Gruppe, der es irgendwie gelungen war, aus einer dieser Kolonnen zu fliehen. Drei Kinder und zwei Männer. Am Anfang war die Gruppe größer gewesen, aber die anderen waren unterwegs gestorben. Sie kamen aus derselben Gegend wie wir, aus dem Lager Birkenau, das manchmal auch Auschwitz Zwei genannt wurde. In jämmerlicher Verfassung kämpften wir uns über die tschechoslowakische Grenze nach Westen vor, wanderten nur nachts, ließen uns tagsüber nicht auf den Straßen sehen, sondern schliefen in Gräben oder im Gebüsch. Einer der Männer humpelte, er hatte ein ödematöses Bein, das bald nach Wundbrand stank. Eines der Kinder starb, während es neben mir herlief. Fiel ohne einen Mucks einfach tot um. Nach einer Woche wurden wir von tschechoslowakischen Kommunisten aufgelesen. Meine Mutter und ich wurden aus einem Flüchtlingscamp ins nächste weitergeleitet, eins immer größer als das andere. Nachdem meine Mutter unaufhörlich von ihrem Schwager in New York City erzählt hatte, wurde man schließlich weich, und wir wurden weiter nach Westen geschickt, damit sich die Amerikaner unserer annähmen. Ein Sergeant zerstrubbelte mir das Haar und schenkte mir einen Kaugummi, ganz wie im Film. Er befragte uns, notierte sich die Nummern unserer Tätowierungen und versorgte uns mit Visa und Personalausweisen. 1946 bekamen wir endlich die Genehmigung, den Atlantik zu überqueren und uns bei meinem

Onkel Robert und seiner Familie im Bezirk Queen's niederzulassen.

Die Rechnung meines Vaters war also aufgegangen. Ich wuchs als amerikanischer Jude zusammen mit meinen amerikanischen jüdischen Vettern auf und kannte von meiner Vergangenheit nur die Geschichten, die man mir erzählte, von meinem ermordeten Vater, dem großartigen und gütigen Arzt Abel Zuckermann aus Krakau. Jetzt wundern Sie sich wahrscheinlich, daß ich diese Geschichte so vorbehaltlos glaubte, nicht wahr? Weil ich ja gewußt haben müßte, daß das alles erstunken und erlogen war.«

»Das kann ich nicht beurteilen«, sagte ich. »Ich könnte mir aber vorstellen, daß Sie sich an Einzelheiten Ihres früheren Lebens erinnert haben.«

»Ich weiß es nicht. Vielleicht habe ich mich erinnert und es sofort verdrängt. Ich weiß heute nicht, woran ich mich damals erinnert habe, wenn Sie das nachvollziehen können. An wie viele Einzelheiten vor Ihrem siebten Lebensjahr können *Sie* sich denn noch erinnern? Sind das mehr als Schatten mit merkwürdigen Lichtflecken? Ich habe alles geglaubt, was meine Mutter erzählte. Alle Kinder tun das. Und vergessen Sie nicht die traumatischen Tage der Wanderungen, des Hungers und der Verstecke, die Verwirrung, als wir monatelang von einem Ort zum nächsten geschickt wurden, und dann die Langeweile und die Seekrankheit der Atlantiküberquerung. Das alles war eine ungeheure Arbeitserleichterung für meine Mutter. Erst anderthalb Jahre nach unserer Ankunft in New York war ich wieder imstande, ein halbwegs vernünftiges Gespräch zu führen. Als ich aus dem Schweigen auftauchte, ging ich ganz selbstverständlich davon aus, ich sei Leo Zuckermann. Alles andere wäre ja sinnlos gewesen.«

»Und Ihr Onkel? Wie konnte Ihre Mutter ihn glauben machen, sie wäre wirklich und wahrhaftig seine Schwägerin?«

»Robert hatte seinen Bruder zehn Jahre lang nicht gesehen. Die echte Hannah Zuckermann hatte er nie kennengelernt. Warum sollte er den Worten meiner Mutter keinen Glauben schenken? Oh, sie hatte für alles eine Erklärung, meine Mutter. Sie konnte sogar...« Leo stockt wieder und bekommt einen gequälten und peinlich berührten Gesichtsausdruck. »Sie konnte sogar meinen Penis erklären.«

»Wie bitte?«

»Sie erzählte Onkel Robert, das Kesseltreiben der Nazis in Krakau hätte stattgefunden, noch bevor meine Beschneidung durchgeführt werden konnte. In der ersten Woche nach unserer Ankunft in New York wurde sie nachgeholt. *Das* werde ich nie vergessen. Die Beschneidung. Den Hebräischunterricht, die Bar-Mizwa, an all das kann ich mich lebhaft erinnern. Erst als sie vor meinen Augen im Sterben lag, beschloß meine Mutter, mir zu erzählen, daß das alles Lug und Trug war, daß mein ganzes Leben eine einzige Lüge war. Ich bin kein Jude. Ich bin Deutscher.«

»Wow.«

»›Wow‹ trifft die Sache so gut wie jedes andere Wort. ›Wow‹ bringt es auf den Punkt. Ich sah auf diese Frau hinab, diese Marthe Bauer aus Münster. Ihr Gesicht war so bleich wie ihr Kopfkissen, und in ihren Augen leuchtete ein mir unbegreiflicher Stolz.

›Jetzt weißt du es, Axi‹, sagte sie.

Der Name haute mich um wie ein Stein. Er wühlte Gedächtnispfützen auf. *Axi*... da klingelte etwas, wie man so sagt.

›Und mein echter Vater?‹ fragte ich sie. ›Sturmbannführer Bauer? Was ist aus ihm geworden?‹

Sie schüttelte den Kopf. ›Die Polen haben ihn gefangengenommen und gehängt. Das habe ich immerhin herausgefunden. Nach langer Zeit. Es hat Jahre gedauert. Weißt du, ich mußte ja ständig auf der Hut sein. Endlich kam mir der Gedanke, mich mit dem Wiener Simon-Wiesenthal-Zentrum in Verbindung zu setzen und zu behaupten, ich hätte ihn in New York auf der Straße gesehen. Ich bekam zu hören, ich müsse mich geirrt haben, denn Dietrich Bauer sei 1949 definitiv verurteilt und hingerichtet worden. Da wußte ich Bescheid. Aber keine Angst, Axi‹, fügte sie hastig hinzu, ›ich bin sicher, daß er glücklich starb. Er wußte, daß wir in Sicherheit waren.‹

›Warum hast du mir das alles nie erzählt, Mutti?‹ fragte ich und versuchte, nicht allzu entsetzt zu klingen. Die Frau lag im Sterben. Einem Menschen auf dem Sterbebett macht man keine Vorhaltungen.

›Weil alles andere keine Rolle spielte. Nur deine Sicherheit zählte. In dieser Welt ist ein Jude besser dran als ein Deutscher. Aber ich habe mich immer danach gesehnt, dir eines Tages deinen wahren Namen verraten zu können. Ich bin dir eine gute Mutter gewesen. Ich habe dich beschützt.‹

Michael, ich kann Ihnen sagen, der Ingrimm in ihrer Stimme jagte mir echte Angst ein.

›Du solltest dich nicht für deinen Vater schämen. Er war ein guter Mensch. Ein wunderbarer Arzt. Ein gütiger Mann. Er hat getan, was er konnte. Das versteht heutzutage niemand mehr. Die Juden waren eine Bedrohung. Eine echte Bedrohung. Es mußte einfach etwas geschehen, da waren sich alle einig. Vielleicht sind ein paar Leute zu weit gegangen. Aber so, wie man heutzutage über uns redet, könnte man glauben, wir wären die reinen Tiere gewesen. Wir waren keine Tiere. Wir waren Menschen mit Familien, mit Idealen und Gefühlen. Ich will nicht, daß du dich schämst, Axi. Ich will, daß du stolz bist.‹

Das hat sie wortwörtlich gesagt. Ich saß noch einige Zeit bei ihr am Bett und hielt ihre Hand. Ich spürte, wie ihr Griff schwächer wurde. Schließlich sagte sie: ›Du kannst jetzt die anderen hereinbitten. Ich bin bereit.‹

An der Tür drehte ich mich noch einmal um und sah, daß sie nach einem hebräischen Gebetbuch gegriffen hatte. Ich stand da und sah sie an, während ihre Freunde an mir vorbeidefilierten und sich um das Bett herum aufstellten, wie es der jüdische Brauch vorschreibt. Und das, Michael, war das Letzte, was ich von meinem zweiten Elternteil gesehen habe. Jetzt wissen Sie es.«

Mein Kaffee war längst kalt. Ich betrachtete das Regal mit seinen unzähligen Büchern. Alle zum selben Thema.

Leo folgte meinem Blick. »Primo Levi hat seinem Buch *Das periodische System* ein jiddisches Sprichwort vorangestellt«, sagte er. »›*Ibergekumene zoress is gut zu derzajln.* – Überstandene Leiden lassen sich gut erzählen.‹ Vielleicht hatte er und vielleicht haben andere ihre Leiden überstanden. Ich werde meine niemals überstanden haben. Und sie haben sich auch nicht gut erzählen lassen. Ich bin mit einem Blut befleckt, das sich in dieser Welt nicht abwaschen läßt. Vielleicht in einer anderen. Wohlan, Michael, lassen Sie uns jene andere Welt erschaffen.«

Geschichte machen

47° 13' N, 10° 52' O

AUFBLENDE:

<u>AUSSEN MICHAELS HAUS – NACHT</u>

EINFÜHRUNGSTOTALE auf das Haus in Newnham. In allen Zimmern brennt Licht. Ein Käuzchen schreit. Drinnen hört man Scharren und dumpfes Krachen.

SCHNITT AUF:

<u>INNEN MICHAELS HAUS, SCHLAFZIMMER – NACHT</u>

MICHAEL ist im Schlafzimmer und sucht unter dem Bett. Er führt Selbstgespräche.

MICHAEL

Komm schon, Baby... ich weiß doch, daß du dich hier irgendwo versteckt hast...

Er geht zum Kleiderschrank und öffnet ihn. Er ist leer. Er sucht auf dem Schrankboden.

MICHAEL

Komm schon!

Er steht auf und schlägt sich frustriert auf den Schenkel. Er sieht oben auf dem Schrank nach. Nichts.

Er geht ins Badezimmer.

SCHNITT AUF:

INNEN MICHAELS HAUS, BADEZIMMER – NACHT

MICHAEL reißt das Badezimmerschränkchen über dem Waschbecken auf.

Die Geste war zu heftig. Der gesamte Inhalt des Schränkchens stürzt ihm entgegen. Rasierschaum, Zahnpasta, Zahnbürsten, Salbentuben, Tablettenschachteln.

MICHAEL
(schreit aufgebracht)
Mist! Zum Geier! Zum Aasgeier!

Er sammelt die Sachen wieder ein und versucht, sie zurückzustopfen. Ohne viel Erfolg.

MICHAEL
Zum Aasgeiermist!

Er greift nach einem Rasiermesser und schneidet sich. Er saugt an der Wunde und wird noch wütender.

MICHAEL
Scheibenkleistergeiermist!

Vor sich hin fluchend stapft er in die Küche.

MICHAEL
Aasgeierbockmist.

SCHNITT AUF:

INNEN MICHAELS HAUS, KÜCHE – NACHT

MICHAEL hält die blutende Hand unter fließendes Wasser und geht dann verdrossen zum Eßtisch.

Auf dem Tisch liegt seine offene Brieftasche. Ihr Inhalt

liegt auf der Tischplatte verstreut. Geld, Kreditkarten, Führerschein, Notizzettel.

MICHAEL sitzt trübsinnig am Tisch und geht die Gegenstände noch einmal durch. Er stochert mit dem Finger in den Ecken hinter sämtlichen Laschen der Brieftasche.

MICHAEL
(murmelnd)
Sicher aufbewahren! Selten so gelacht!

Er stützt den Kopf in die Hände und wiegt ihn unglücklich hin und her.

MICHAEL
(als Laurence Olivier im *Marathonmann*)
Sind sie außer Gefahr? Sind sie außer Gefahr?
(als Dustin Hoffman im selben Film)
Ja, sie sind außer Gefahr, sie sind vollkommen außer Gefahr.

Er schreit wütend auf.

MICHAEL
Du Schwachkopf. Du Arschloch. Man könnte dir einen Reisekoffer anvertrauen, und sogar den würdest du noch verschusseln, stimmt's? WARUM? Warum zum Teufel hab ich nicht einfach...

PLÖTZLICH hebt er den Kopf...

MICHAEL
Hey!

Er lächelt.

MICHAEL
Genau...

Das Lächeln wird zum Strahlen.

MICHAEL

Warum bin ich da nicht früher draufgekommen?

Er steht auf und läuft ins Arbeitszimmer.

SCHNITT AUF:

INNEN MICHAELS HAUS, ARBEITSZIMMER – NACHT

MICHAEL geht nicht in seine Hälfte des Arbeitszimmers, sondern in Janes. Die säuberlich beschrifteten Umzugskisten sind immer noch nicht abgeholt worden.

MICHAEL

Sie hat garantiert nicht dran gedacht. Sie kann gar nicht dran gedacht haben. Sie darf nicht dran gedacht haben...

Er zieht die unterste Schublade von Janes Schreibtisch auf und tastet darin herum.

MICHAEL

(äfft Jane nach)

»Immer eine in Reserve... immer eine in Reserve.«

Seine Hand stößt auf etwas.

MICHAEL

Genau!

Er zieht die Hand zurück und hält...

Eine staubige KREDITKARTE.

MICHAEL pustet sie sauber.

NAHAUFNAHME der Karte.

Keine Kreditkarte, sondern eine Art Ausweis mit dem Foto einer ernst dreinschauenden Jane.

MICHAEL gibt der Karte einen Kuß und fährt mit dem Finger den Magnetstreifen entlang.

MICHAEL

Schlampe. Blöde Sau. Dumme Kuh. Schatz. *Schmatz!*

SCHNITT AUF:

AUSSEN GENETIKBLOCK – NACHT

Vor dem Gebäude hüpft MICHAEL im schwarzen Rollkragenpulli, schwarzer Hose und schwarzen Handschuhen wenig überzeugend von Busch zu Busch.

Er mustert das Gebäude. Im Foyer brennt Licht, alles andere liegt im Dunkeln.

MICHAEL sieht auf seine Armbanduhr.

MICHAEL

Zum Geier.

Er springt hinter einem Busch hervor und geht mehr oder weniger zuversichtlich auf die Glastüren zu.

Neben dem Haupteingang sieht man ein Sicherheitsschloß mit einem Schlitz für Magnetkarten.

MICHAEL holt Janes Karte heraus, schluckt zweimal und zieht sie durch den Schlitz.

Ein rotes Lämpchen springt auf grün, und man hört das ersehnte KLACKEN.

MICHAEL drückt die Tür auf und betritt das Genetikgebäude.

SCHNITT AUF:

INNEN GENETIKBLOCK, FOYER – NACHT

MICHAEL tapst leise durchs Foyer auf die Fahrstühle zu. Er wirft einen verstohlenen Blick auf die Rezeption. Sie ist unbesetzt. Alles ist gespenstisch ruhig.

MICHAEL drückt auf einen Fahrstuhlknopf, und die Türen gleiten auf.

Er schluckt nervös, betritt den Fahrstuhl, und die Türen schließen sich hinter ihm.

SCHNITT AUF:

INNEN GENETIKBLOCK, DRITTER STOCK – NACHT

Ein stiller, kaum erleuchteter Korridor.

PING!

Licht fällt in den Korridor, als die Fahrstuhltüren aufgleiten, MICHAEL heraustritt und sich nervös nach allen Seiten umschaut.

Er tastet sich durch den dunklen Korridor, bis er eine ihm bekannte Tür erreicht.

Er untersucht das Sicherheitsschloß und zieht erneut seine Karte durch den Schlitz.

Wieder ertönt das entsprechende Klacken.

Er geht hinein und schaltet das Licht ein.

MICHAEL

Los geht's!

SCHNITT AUF:

INNEN GENETIKBLOCK, JANES LABOR – NACHT

An der Decke flackern Neonröhren auf, und MICHAEL kommt herein.

Hier kennt er sich aus. Er schaut sich kurz um, seine Augen müssen sich erst an das grelle Kunstlicht gewöhnen.

Er geht auf die Arbeitstische zu.

MICHAEL

So. Wo seid ihr, meine Hübschen? Nicht verraten!

Er starrt eine leere Ecke des Arbeitstischs an und streicht mit der Hand über die glatte Oberfläche.

MICHAEL

Au Backe. Nein, das wäre... bleib ruhig, mein Sohn. Ruhig Blut.

Er tritt zurück und unterdrückt seine aufsteigende Panik. Ebenso wie der Zuschauer mustert er den Arbeitstisch...

Tiefe Spülbecken, Wasserhähne mit Gummiverlängerungen, Elektrogeräte, Zentrifugen, Reagenzglasgestelle. Über und unter den Tischen sind Schränke wie in einer Einbauküche.

MICHAEL holt tief Luft, geht zu einem Schrank und öffnet ihn.

NAHAUFNAHME von MICHAELs Gesicht.

Man sieht den Schrank...

LEER

MICHAEL

Mist.

Er öffnet den nächsten Schrank...

LEER

MICHAEL

Zum Geier.

Und den nächsten...

LEER

MICHAEL

Bockmist.

Den nächsten...

LEER

MICHAEL

Zum Aasgeier.

Und noch einen...

VOLL.

Was war denn das? MICHAELs Augenbrauen schießen in die Höhe.

Genau! VOLL!

Der Schrank ist randvoll mit großen Einmachgläsern. Eins davon enthält orangefarbene Pillen, die dem Zuschauer bekannt vorkommen. MICHAEL wagt kaum zu atmen, falls das alles bloß Einbildung sein sollte, er beugt sich vor und hebt das Glas herab.

Er setzt es vorsichtig auf dem Arbeitstisch ab, öffnet es und nimmt eine Handvoll Pillen heraus.

Er starrt sie an, atmet erleichtert auf und füllt sich die Hosentaschen.

SCHNITT AUF:

INNEN GENETIKBLOCK, FOYER IM ERDGESCHOSS – NACHT

Die Fahrstuhltüren gleiten auf, und MICHAEL tritt heraus. Er durchquert das Foyer, will gerade die Tür öffnen und verschwinden, als...

EIN GERÄUSCH ertönt.

MICHAEL spitzt die Ohren.

Man HÖRT ein eigenartiges, erstícktes JAULEN. MICHAEL dreht sich um, sieht den Korridor hinab und runzelt unschlüssig die Stirn.

Neugierig geworden, tappt er den Korridor zurück. Das JAULEN wird lauter.

MICHAEL bleibt vor einer Holztür stehen und drückt die Stirn an die eingelassene Glasscheibe.

Man sieht aus MICHAELs Subjektive in den Raum.

Im Zwielicht sind KÄFIGE zu erkennen.

In den Käfigen werden HUNDE gehalten. Die süßesten Welpen, die man sich vorstellen kann, beschnüffeln sanft und traurig die Stahlgitterstäbe.

MICHAEL
(im Flüsterton)

Hi, Welpen!

Das JAULEN wird lauter, die Käfige erzittern.

MICHAEL

Pst! He, Jungs... pssst, okay?

MICHAEL holt seine Magnetkarte heraus, zieht sie durch den Schlitz und geht hinein.

SCHNITT AUF:

INNEN GENETIKBLOCK, TIERVERSUCHSLABOR – NACHT

MICHAEL schaltet das Licht ein und sieht sich im Raum um. Überall stehen Käfige voller Welpen.

Das Winseln, Scharren und Jaulen ist ohrenbetäubend laut geworden.

MICHAEL

(nervös)

Hey, Burschen... pst, seid doch leise.

Der Lärm wird noch lauter.

MICHAEL

Ihr Welpen... ich Michael. Sehr angenehm.

Noch mehr Winseln und Jaulen.

MICHAEL

Paßt auf, ich kann euch nicht freilassen. Ihr seid zu jung. Ihr würdet draußen nicht überleben. Bestimmt nicht. Das wäre grausam. Tut mir echt leid.

VERSCHIEDENE KAMERAWINKEL auf die Welpen. Jetzt sehen sie fast unheimlich aus. Riesig und bösartig. Der Lärm schwillt weiter an, die Käfige erbeben.

Es sieht aus, als würden die Verriegelungen nachgeben.

MICHAEL weicht erschrocken zurück. Er verläßt das Labor und zieht die Tür hinter sich zu.

SCHNITT AUF:

AUSSEN GENETIKBLOCK – NACHT

MICHAEL kommt aus dem Gebäude gerannt, das Jaulen liegt ihm noch in den Ohren.

SCHNITT AUF:

AUSSEN MADINGLEY ROAD – NACHT

Musik:

MICHAEL tritt aus Leibeskräften in die Pedale. Er legt sich in eine Kurve und biegt in die Auffahrt zu den Cavendish-Laboratorien ein.

Er rast volle Pulle durch den Parkplatz auf das Gebäude zu. LEO erwartet ihn schon ungeduldig, in der Hand ein Laptop-Köfferchen. MICHAEL steigt ab und läßt sein Fahrrad an Ort und Stelle umkippen.

LEO

Wird aber auch Zeit. Wir hätten fast den Satelliten verpaßt.

MICHAEL

(außer Atem)

Tut mir leid... mußte erst noch...

LEO

Schon gut. Hat ja noch geklappt. Gehen wir.

LEO wendet sich zum Eingang. MICHAEL holt seine Aktentasche vom Gepäckträger des umgestürzten Fahrrads und folgt ihm.

MICHAEL
(verhalten murmelnd)
Jawohl, Herr Hauptmann! Schnell, schnell!

SCHNITT AUF:

<u>INNEN SATELLITENZENTRALE – NACHT</u>

LEO hat die Geräte aufgebaut. TIM ist angeschlossen. Von seinen Buchsen laufen Leitungen und Flachbandkabel in alle möglichen Richtungen.

Man erkennt ein Post-it-Etikett mit der Aufschrift »T.I.M.« über dem Bildschirm.

MICHAEL
Ich hatte die Pille verloren. Können Sie sich das vorstellen? Ich bin todsicher, daß ich sie gut versteckt hatte, aber ich hab das Scheißding verloren. Mußte erst los und Nachschub besorgen. Deswegen bin ich so spät dran.

LEO
(in seine Vorbereitungen vertieft)
Sie haben sie verloren?

MICHAEL leert seine Taschen. Er hat mindestens dreißig Tabletten mitgebracht.

MICHAEL
Keine Angst, die sollten reichen. Vielleicht ist das sogar ganz gut so. Vielleicht hätte eine einzige gar nicht gereicht. Im Grunde wissen wir ja kaum was über die Scheißdinger, oder?

LEO betrachtet die Pillen.

LEO
Stimmt.

MICHAEL

Was meinen Sie, wie viele brauchen wir?

LEO

Man wird sehen. Wir wissen ja nicht einmal, ob Alois überhaupt Wasser trinkt.

MICHAEL

Aber hundert pro. Denken Sie bloß an die Kater, die er morgens immer haben muß. Der wird literweise Wasser trinken.

LEO

Hoffen wir's. Wenn Sie mir jetzt bitte die Koordinaten geben könnten...?

MICHAEL öffnet die Aktentasche und zieht seine Unterlagen zu Rate. Er ruft LEO die Koordinaten zu.

MICHAEL

Siebenundvierzig Grad, dreizehn Minuten, achtundzwanzig Sekunden Nord, zehn Grad, zweiundfünfzig Minuten, einunddreißig Sekunden Ost.

LEO ist vor eine Satellitenkonsole getreten und gibt die Angaben ein, die ihm zugerufen werden.

Man sieht einen Bildschirm Lage und Winkel seines Erdausschnitts ändern. Eingeblendet wird: »47° 13′ 28′′ N – 10° 52′ 31′′ O«.

LEO

Erledigt.

LEO geht zu TIM, ergreift ein Kabel und stöpselt es in eine Buchse an der Satellitenkonsole ein.

LEO geht zu TIM zurück und schaltet ihn ein. Der Bildschirm flackert kurz auf, zeigt aber kein Bild.

LEO

So. Jetzt das Datum.

MICHAEL

Wir hatten uns auf Juni 1888 geeinigt.

LEO

Gut. Sagen wir, den ersten Juni 1888.

MICHAEL

Frühmorgens.

LEO

Null sechs null null Uhr.

LEO drückt die entsprechenden Tasten von TIM. Er legt einen Schalter um. Summend erwacht TIMs Bildschirm zum Leben.

NAHAUFNAHME des Bildschirms. Wieder das schon bekannte chaotische Farbenflirren. Ein geäderter dunkelroter Streifen zieht sich mitten durchs Bild.

MICHAEL

Das ist es?

LEO

Das ist es. Braunau am Inn, Oberösterreich, 1. Juni 1888.

MICHAEL

Wow.

LEO und MICHAEL sehen sich an.

LEO nimmt vier Pillen und geht zu einem anderen Tisch, auf dem ein seltsamer GRAUER METALLKANISTER mit Glasdeckel steht. Er öffnet den Kanister und legt die Pillen hinein. Er nimmt ein Kabel, das aus dem Kanister herausläuft, und schließt es an TIM an.

MICHAEL schluckt.

MICHAEL

Sind Sie sicher, daß wir auf dem richtigen Weg sind?

LEO starrt MICHAEL an.

LEO

Für Grundsatzdiskussionen haben wir keine Zeit mehr. In zehn Minuten verlieren wir die Verbindung zum Satelliten.

MICHAEL

Ich frage mich bloß, ob...

LEO

Was wollen Sie auf einmal? Wir sind das schon hundertmal durchgegangen. Das Ganze war Ihre Idee, Herrgott noch mal!

MICHAEL

Ich weiß, ich weiß. Aber was ist, wenn es nun schiefgeht?

LEO

Wenn es schiefgeht? *Wenn* es schiefgeht? Michael, es *ist* längst schiefgegangen. Das ist doch gerade das Problem.

Er zeigt auf den Bildschirm.

LEO

(fortgesetzt)

Schauen Sie! Da! Schauen Sie es sich an! Der schlimmste Verbrecher aller Zeiten wird in nur zehn Monaten von der

Leine gelassen. Elend, Qual, Folter, Tod, Verzweiflung, Ruin, Zerstörung und was sonst noch alles. Uns fehlen die Worte für seine Taten. Und das alles können wir verhindern.

ZOOM auf den Bildschirm. Man sieht die bunten Lichtstrudel, während LEO weiterspricht.

LEO
(aus dem OFF fortgesetzt)
Im Vergleich zu diesem stillen Gäßchen ist die Büchse der Pandora so harmlos wie Barbies Schmuckkästchen. Und wir können etwas dagegen tun! Wir müssen niemanden erschießen oder erstechen. Wir brauchen keine Bomben, kein Gift, keinen Schmerz. Bloß vier kleine Pillen, und das Böse ist nie passiert.

MICHAEL
Und Sie werden nachts wieder schlafen können.

LEO
Glauben Sie vielleicht, das wäre alles, worum es mir geht? Um mein ruhiges Gewissen?

MICHAEL
Na ja... geht es etwa nicht darum?

LEO
Am Anfang... als Sie noch glaubten, ich wäre Jude, da hatten Sie also keine Einwände, nein? Da durfte ich nach Rache dürsten. Aber jetzt, wo Sie wissen, daß ich Deutscher bin, daß mein Vater eines der Schweine von Auschwitz war, da sieht das plötzlich ganz anders aus, ja? Rachsucht ist edel, aber der Wunsch nach Wiedergutmachung nicht?

MICHAEL
Nein, das meine ich überhaupt nicht. Ich wollte bloß...

LEO ergreift MICHAELs Hand.

LEO

Pup, passen Sie mal auf. In diesem Leben sind Sie entweder eine Ratte oder eine Maus. Dazwischen gibt es nichts. Aber...

MICHAEL

Na und? Wer ist schon gern eine Ratte?

LEO

Lassen Sie mich ausreden. Der Unterschied liegt darin, daß eine Ratte Gutes oder Böses tut, indem sie den Lauf der Welt verändert. Sie *handelt*. Die Maus dagegen tut Gutes oder Böses durch Nichtstun. Sie weigert sich einzugreifen. Welche von beiden möchten Sie sein?

MICHAEL sieht auf den Bildschirm. Auf LEOs Gesicht. Auf die Pillen auf dem Tisch.

MICHAEL

(atmet tief durch)

In Gottes Namen.

LEO lächelt.

MICHAEL erwidert sein Lächeln.

MICHAEL

(fortgesetzt)

Seien Sie eine Ratte und schnappen Sie sich die Maus da.

LEO greift nach der mit TIM verbundenen Maus, und das Bild auf dem Schirm verändert sich.

LEO

Da! Das Rote ist das Wasser. Das ist Ihre Zisterne, soviel steht fest.

Man sieht das rote Band, das sich durchs Bild zieht. Im Hintergrund entsteht plötzlich eine Bewegung.

MICHAEL

Ach du dickes Ei! Was war das? Was meinen Sie?

LEO

Wer weiß? Vielleicht ein Tier. Ich fahre jetzt näher an die Zisterne ran.

Nach und nach füllt sich der ganze Bildschirm mit Rot.

MICHAEL

Es ist einfach unglaublich...

LEO läßt die Maus los.

LEO

Sie wissen, was Sie zu tun haben, wenn ich Bescheid gebe.

Die Musik wird lauter.

MICHAEL geht zum Kanister mit den Pillen, an dessen Seite sich ein roter Knopf befindet.

MICHAEL leckt sich die Lippen und legt den Daumen an den Knopf.

LEO legt einen Finger an einen kleinen Hebel auf TIMs Tastatur.

Die beiden sehen sich an.

Die MUSIK wird lauter.

NAHAUFNAHME MICHAEL.

NAHAUFNAHME der Pillen im Kanister.

NAHAUFNAHME LEO.

NAHAUFNAHME von LEOs Finger über der Tastatur.

NAHAUFNAHME von MICHAELs Daumen.

LEO nickt zweimal und...

LEO

Jetzt!

MICHAELs Daumen drückt auf den Knopf.

Man sieht die vier Pillen im Kanister leuchtend hell aufglühen. Dann verblassen sie langsam, denn...

LEOs Finger legt den kleinen Hebel um.

In der roten Fläche auf TIMs Bildschirm tauchen verschwommen die glühenden Geister von vier Pillen auf.

Die Pillen sind aus dem Kanister verschwunden.

Sie sind in der Zisterne von Braunau eingetroffen.

Vor MICHAELs Augen findet im Raum plötzlich ein wirbelndes Morphing statt.

Die Satellitenbildschirme, die Tastatur, sogar LEO selbst – alles ändert seine Gestalt, verflüssigt sich und bildet einen Strudel.

Als die MUSIK ihren Höhepunkt erreicht, wird offensichtlich, daß alles um MICHAEL herum in einen Wirbel gezogen wird. Materie, Licht, Energie – alles wird Teil eines großen Tornados aus Licht und Farbe.

Das Epizentrum des Tornados ist TIMs Bildschirm. Beginnend mit kleinen Objekten wird nach dem Morphing Stück für Stück die gesamte Materie eingesogen.

MICHAEL verfolgt, wie LEO vor seinen Augen verschwindet, in den Bildschirm gesogen wird, als wäre er bloß ein Blatt, das man in den Abfluß spült.

Eine riesige, gleißende Implosion aus Licht und Farbe, und jetzt reißt es auch MICHAEL von den Beinen. Er fliegt durch den Bildschirm, als machte er einen Hechtsprung in ein Meer aus glühendem Quecksilber.

Alles andere, anscheinend das ganze Universum wird im Handumdrehen von TIM aufgesogen, der am Ende umgestülpt wird und sich selbst verschluckt. Danach bleibt nur noch...

BLACKOUT

Zweites Buch

Regionalgeschichte

Henry Hall

»Meine Damen und Herren, herzlich willkommen in Reiherstadt…«

»Au…«

»Hey, ich hab gesagt, ›lehn deinen Kopf an die Wand‹, nicht ›knall deinen Schädel mit Karacho dagegen‹, du Pfeife.«

»Ekelhaft, wirklich eklig.«

»O Mann, da kommen noch Stücke…«

»Mist, ich hab was auf die Schuhe gekriegt…«

»Mit seinem Kopf alles klar?«

»Er blutet nicht, aber morgen hat er garantiert 'ne tierische Beule.«

»Greif ihm mal jemand unter die Arme.«

»Den anfassen? Ich kann mich beherrschen!«

»Warum macht er das bloß *jedes beschissene Mal?* Mein lieber Scholli…«

»Du hättest ihn bei der letzten Abschlußfeier sehen sollen…«

»Wenn wir uns nicht beeilen, verpassen wir den Shuttle.«

»Ich glaub, er ist fertig.«

»Oh…«

»Habt ihr gehört? Es kann sprechen!«

»Wo zum Henker bin ich?«

»Es spricht allerdings komisch…«

»Laß die Faxen, Mikey. Wir müssen los.«

»Wie wär's, wenn wir uns noch 'n Burger einpfeifen?«

»Oh…«

»Todd. Keine gute Idee…«

»Scheiße, Mann… er ist schon wieder weggesackt.«

»Meine Beine funkssionieren irndwie nich'.«

»Messerscharf kombiniert, Sherlock.«

»Was ist denn los mit dir, Mikey? Echt, Mann, du hast doch auch nicht mehr gepichelt als wir...«

*

Durch schwindelerregende Alkoholnebel bekomme ich gerade noch mit, daß wir an einem Burger King vorbeilaufen. Komischer Burger King. Und an einem Buchladen. Komischer Buchladen. Kenn ich beide nicht.

Auf der anderen Straßenseite ein College-Eingang. Trinity? Nee, Trinity ist das nicht. St. John's? Nee, auch nicht.

Wo bin ich dann?

Mit den Autos stimmt irgendwas nicht. Nicht nur, daß sie so quallenartig schwimmen und schwabbeln. Nicht nur, daß ihre Scheinwerfer mir in die Augen stechen. Da ist noch was...

Darum kümmern wir uns später. Vorläufig konzentrier dich aufs Gehen.

Siehst du? Ist doch ganz einfach.

Und jetzt versuch's mal mit dem aufrechten Gang.

Mein Gott, ist das *schwül* hier...

Wer sind diese Leute eigentlich?

Wer *sind* diese Typen?

Du hast doch das Köpfchen, Butch.

Genau, überleg mal, was du alles weißt. Kontrollieren, wie weggetreten du bist.

Butch Cassidy and the Sundance Kid, 1969, George Roy Hill.

Vier mal vier ist sechzehn.

Die Schlacht von Agincourt, 1415.

Die Hauptstadt von Korsika heißt Ajaccio.

Frage: Können Sie mir Napoleons Nationalität nennen?

Antwort: 'türlich kann ich das!

Die Entfernung der Sonne von der Erde beträgt hundertneunundvierzig Millionen Kilometer. Im Durchschnitt.

L. P. Hartleys zweiter Vorname war Poles.

Die Vergangenheit ist ein fremdes Land, dort gelten andere Gesetze.

Okay, also kein Hirnschaden.

Aber betrunken. Strack wie Harry. Da gibt's nichts dran zu rütteln. Und benommen von dem Schlag auf den Kopf.

Den Ball immer schön flach halten, Kumpel.
Irgendwer hält mich so fest, daß es am Unterarm ziept.
Hey! Das ist ja mal ein süßer kleiner Bus!
Aber was zum Teufel hat der Fahrer denn *da drüben* zu suchen?
Vielleicht schlaf ich einfach mal 'ne Runde.
Mm...

»Aufwachen, du Wodkawicht.«

»Henry Hall...«

»Henry Hall? Wer ist denn Henry Hall?«

»Am besten laden wir ihn einfach im Foyer ab, was meint ihr?«

»Werd doch mal erwachsen, Williams.«

»Kein Problem, ich bring ihn in sein Zimmer...«

»Du bist ein Held, Steve.«

»Mal im Ernst, wo bin ich?«

»Junge, Junge. Mir nach, ich folge, Mann. Nacht, Jungs.«

»Nacht, Steve.«

»Meinst du, er schafft's?«

»Dafür werd ich schon sorgen.«

»Is'n das hier?«

»Dein trautes Heim, Mikey. Hier geht's lang ... hübsch einen Schritt nach dem anderen.«

»Sind'n die annern hin?«

»Die andern sind ins Bett gegangen. Und du gehst jetzt in deins, damit ich dann in meins kann. Darauf freu ich mich nämlich schon. Schlüssel, bitte...«

»Häh? Schlüssel?«

»Mm-hm. Schlüssel.«

»Was'n für'n Schlüssel?«

»Laß die Faxen, Mikey, ich brauch deinen Schlüssel.«

»Meinen Schlüssel? Ich brauch eher 'ne Schüssel. Wo ist meine Schüssel? Und wer ist mein Schlüssel?«

»Wo ist er?«

»Schlüssel? Ich hab kein'n Schlüssel.«

»Klar hast du...«

»Nix Schlüssel.«

»Wohl Schlüssel. Mikey, wenn du so weitermachst, wecken wir noch das ganze Haus auf.«

»He! Was machst du denn da?«

»Nimm's nicht persönlich, Mikey. Ich muß bloß deinen...«

»Nimm deine Pfoten aus meinen Taschen, ja? Ich sag doch, ich hab keinen...«

»Ach nee, und was ist das hier? Dein Talisman vielleicht?«

»Den seh ich zum erstenmal im Leben.«

»Du bist ganz schön durch den Wind, Mikey, weißt du das? Bist du sicher, daß du klarkommst? Na gut. *Rein geht's... aufs* Bett, wo dich das Sandmännchen schon erwartet. Das nimmt dich mit ins Land der Träume, wo alle glücklich sind und Kirschkuchen futtern.«

»Wessen Zimmer ist das?«

»Hinlegen, Klappe halten. Wird ja alles gut. Ausziehen kannst du dich alleine.«

»Mensch, was is'n hier los?«

»Ich muß nur noch dafür sorgen, daß du nicht an deinem Erbrochenen erstickst. Sieh mich an, Mikey. Du mußt dich doch nicht mehr übergeben, oder?«

»Wer bist du?«

»Beantworte meine Frage. Mußt du noch mal kotzen?«

»Nein. Muß nicht mehr kotzen...«

»Gut. Prima. Deine Schlüssel und dein Geld leg ich hier auf den Tisch...«

»So heiß...«

»Puh, möchte nicht wissen, wie sich morgen früh dein Kopf anfühlt.«

»Klasse Bett. So weich.«

»Natürlich ist es weich. Schön weich. Ich mach jetzt das Licht aus.«

»Gut Nacht... wer bist du eigentlich? Wie heißt du?«

»Geht das schon wieder los...«

»Bist du zufällig Amerikaner?«

»Schsch... schlaf gut, Mikey. Träum was Süßes.«

Ach du liebes Lottchen. Und ich dachte, ich krieg nie einen Kater. Das ist ja ein Hammer. Ich glaube, ich bleib erstmal ganz ruhig liegen. Bis die Zunge nicht mehr so am Gaumen pappt.

Tp-tp-tp. Tp-tp-tp.

Mit Geduld und Spucke…
Oily-Moilys obszönster Song.

A little spittle
It'll
Do the trick

Hm.

Wasser.

Versuch mal, die Augen aufzumachen. Nur ein bißchen. Du schaffst das schon.

Mannomann.

Erinnert mich daran, wie ich mir als Kind immer die Zellophanverpackung von den Quality-Street-Bonbons vor die Augen gehalten habe, und dann habe ich kichernd mit meiner safrangelben Mutter in der Küche Fangen gespielt. »Iiieh… du bist ja ganz *gelb,* Mami!«

Nicht nur, daß alles so geschmacklos gelb ist, da ist noch ein Problem. Das Zimmer ist…

Moment mal, das kann nicht sein. Das kann einfach nicht sein. Mach eine Liste. Stell zusammen, was du weißt. Ein Verzeichnis. Eine Gehirnhälfte sollte reichen.

Ein Zimmer mit:
einem Tisch mit:
- einem Schlüsselbund
- einer Packung Lucky-Strike-Zigaretten
- einer Zugfahrkarte mit dem Aufdruck
  - New Jersey Transit Co.
- einer Brieftasche
- einem Handy
- einer Flasche mit
  - Mineralwasser (nehme ich an)
- einem Wecker mit der Uhrzeit
  - 09:12

einem Bett mit:
- meinem Körper mit
  - seltsamer Kleidung
  - einer Beule an der Stirn
- meinem Geist voller

    - Übelkeit
    - Befremden
    - Verwirrung
    - Bangigkeit

Fenstern mit:

- Jalousien (herabgezogen)

einem Schreibtisch mit:

- einem Computer
    - ausgeschaltet
- Büchern
- einem Telefon
- Papierstößen

einer Tür (halb offen) zum:

- Badezimmer

Wänden mit:

- Postern von
    - mir unbekannten Bands
    - einer Baseballmannschaft
    - niedlichen Popstars (Männlein und Weiblein)
- einer orangeschwarzen Fahne

einem Wandschrank mit:

- (halb verborgener) Kleidung von:
    - ??

einer weiteren Tür (verschlossen) zu:

- ???????

Hübsche Aufstellung. Was lernen wir daraus? Wir lernen daraus, daß wir einen Kater haben. Wir lernen daraus, daß wir an einen uns unbekannten Ort verschlagen worden sind. Wir lernen daraus, daß Seltsames im Gange ist.

Aber wir bleiben auf dem Teppich. Wir spornen unseren Geist an, sich zu öffnen, so wie man bei Verstopfung seinem widerspenstigen Schließmuskel zuredet. Mm, leckerer Vergleich, Mikey.

Mikey?

Reg dich ab. Gewöhn dich an das Licht.

Wasser. *Das* tut gut.

Ein Gedächtnisblümelein erblüht im Hirn.

Wie ich in einen Garten kotze.

Nein, das ist kein Garten, eher ein Platz. Ein kleiner Marktplatz.

Ein Burger King, der nicht wie ein Burger King aussah.

Autos mit merkwürdiger Fahrweise. Merkwürdig? Inwiefern? Darum kümmern wir uns später.

Noch mehr Wasser.

Ein Bus. Ein niedlicher kleiner Bus.

Jemand ruft »Henry Hall«.

Ja, genau, Henry Hall.

Laß dir Zeit, Junge. Setz die Erinnerungen wie ein Puzzle zusammen. Zu einem Gesamtbild. Einen Schritt nach dem anderen.

Einen Schritt nach dem anderen... das hab ich doch neulich erst gehört. Genau, gestern abend – falls es gestern abend war – hat jemand gesagt »Einen Schritt nach dem anderen«. Klar doch.

Steve... mir geistert ständig der Name Steve durch den Kopf. Es ist schwer, den Schleier zu durchdringen, Teuerste. Aber ein Wesen namens Steve übt einen starken Sog auf meine Aura aus. Gibt es in Ihrem Leben womöglich einen vor kurzer Zeit Dahingeschiedenen dieses Namens? Er läßt Ihnen sagen, daß er jetzt sehr glücklich ist und Frieden gefunden hat.

Aber der andere Name geistert genauso herum. *Mikey.*

Sie haben mich die ganze Zeit Mikey genannt. Warum? Niemand nennt mich Mikey. War noch nie mein Spitzname.

Ich betaste die Beule an der Stirn und –

Herrgott...

Das ist doch wohl der Gipfel! Da hat mir doch tatsächlich irgendein Arschloch die Haare geschnitten!

Meine schönen Haare... also, es war vielleicht keine echte Hippiematte, aber meine Haare *wallten,* verstehen Sie? Sie waren unheimlich *präsent.* Und jetzt sind sie zerdrückt und tot.

Scheiße, ich steh wohl besser auf.

Genau, ich steh auf und...

...*und dann?*

Wir lassen mich im Bett liegen, bis ich mich wieder zusammengesetzt habe. Ich weiß nicht genau, ob ich diese Geschichte in der richtigen Reihenfolge erzähle. Sie ist, wie gesagt, von jedem Punkt aus zugänglich wie ein Kreis. Sie ist leider auch wie ein Kreis von jedem Punkt aus *un*zugänglich.

Dieselben Worte habe ich am Anfang des Kreises gebraucht. Falls ein Kreis Anfang und Ende hat. Jetzt kann ich sie nur wiederholen.

Als Historiker sollte ich, wie gesagt, imstande sein, klipp und klar von den Begebenheiten zu berichten, die sich zutrugen, als... aber wann *trugen* sie sich denn zu? Da besteht doch Diskussionsbedarf. Das Rätsel, das mir im Nacken sitzt, läßt sich am besten mit den folgenden Thesen formulieren.

A: Das Folgende ist nie geschehen.
B: Alles Folgende ist die reine Wahrheit.

Ich liege also da wie Keats und frage mich: »War es ein Wachtraum oder ein Phantom? Entflohn die Weise – wache, schlafe ich?« Außerdem frage ich mich, warum zum Donnerwetter Jane nicht warm eingemummelt neben mir liegt. Halt, stop, das frage ich mich nicht. Das weiß ich. Sie hat mich verlassen. Ich habe vielleicht eine lange Leitung, aber soviel weiß ich noch. Sie ist dort draußen. Sie ist Geschichte. Gut, dann frage ich mich eben, wo zum Teufel ich bin.

Inmitten meines Geistes befindet sich ein finsterer Brunnenschacht. Ich lasse Eimer hinab und schöpfe nach Wörtern, Bildern und Erinnerungsfetzen, die etwas Bekanntes ans Licht bringen, klare und kühle Gedächtnisspritzer. Wenn ich kräftig vorpumpe, sprudelt vielleicht in einer großen Fontäne alles auf einmal an die Oberfläche.

Schauen Sie, ich weiß, daß ich mehr wissen müßte, und das ärgert mich maßlos. Ich muß mich an etwas erinnern. Etwas von großer Tragweite. Aber was? Das Gedächtnis ist ein Lachs. Je fester Sie zupacken, desto mehr glitscht er Ihnen aus den Fingern. Noch so ein abgedroschener Vergleich.

Ich muß aufstehen. Alles wird mir wieder einfallen, wenn ich erst einmal stehe.

Klappt doch wie am Schnürchen. Der Kopf schmerzt vielleicht, die Eingeweide kollern, die Beine zittern, die Kehle kratzt, aber wir befinden uns alles in allem in der Vertikale. Ich habe mich seit Jahren nicht mehr übergeben und finde das Gefühl abscheulich.

Nein. Stimmt nicht. Ich *habe* mich kürzlich übergeben. Über einer Toilettenschüssel, und ein langer Speichelfaden hing hinab, der hinten im Hals festgeklebt war... war das gestern abend? Es ist noch nicht lange her. Na, wird mir schon noch einfallen.

Als nächstes... schaue ich an mir hinab und frage mich, was outfitmäßig angesagt ist. Ich erkenne weder Shorts noch T-Shirt wieder. Tut mir leid, nie gesehen. Ich würde so was nie im Leben freiwillig tragen, das ist mir ... wie soll ich sagen, viel zu *sauber.* Chino-Shorts aus Baumwolle? Ich könnte schwören, daß sie sogar gebügelt waren, trotz der eingetrockneten Kotzespuren. Und dann ein *Polohemd*... zu allem Überfluß auch noch ein Polohemd aus *Sea-Island-Baumwolle.* Mit einem aufgestickten Goldlogo auf der linken Brust. Ich zerre den Stoff vor, um das Motiv besser erkennen zu können. Ein Elefant, glaube ich, obwohl das auf dem Kopf schwer zu sagen ist, ein Elefant in einer Art Schlinge. Eine von diesen Schlingen, mit denen Hafenkräne große Tiere aus dem Schiffsbauch an Land heben. Also echt, was muß das für ein Blindgänger sein, der gebügelte Chino-Shorts aus Baumwolle und dazu ein Polohemd aus Sea-Island-Baumwolle mit aufgestickten Elefanten trägt?

Mit den Schuhen kann ich leben. Stinknormale abgelatschte Timberland-Turnschuhe. Nicht ganz mein Fall, aber ich fühle mich wohl darin, fit wie ein... Sie wissen schon. Aber ich bin nun mal kein Timberland-Mann. Ich bin mit Sebago groß geworden. Ohne besonderen Grund, ich trage die einfach schon seit Ewigkeiten. Glaube ich jedenfalls.

Zeit, zum Fenster zu gehen, die Jalousie hochzuziehen und mich daran zu erinnern, wie ich hierhergekommen bin und warum.

Mit Jalousien konnte ich noch nie umgehen. Ich vergesse immer, ob ich nun an der Schnur ziehen oder am Griff drehen muß. Diesmal probiere ich beides auf einmal, die rechte untere Hälfte steigt halb hoch und verklemmt sich dann, die Lamellen natürlich undurchsichtig. Ich bücke mich und schaue durch das freie Dreieck nach draußen.

Puh...

Das krieg ich nun schon gar nicht auf die Reihe.

Ein langer Flachbau direkt vor meiner Nase. Um die längs unterteilten Fenster rankt Efeu empor. Vielleicht St. John's College? Hab ich etwa in St. John's übernachtet?

Ich drehe mich ins Zimmer zurück und muß unwillkürlich lachen. Daß ich den Braten nicht früher gerochen habe...

Moment mal... *Braten* ...

Da fällt mir ein Witz ein.

MANN: Kellner, bei meinem Fleisch eben...
KELLNER: War damit etwas nicht in Ordnung, mein Herr?
MANN: Nun ja, auf der Speisekarte stand »Bœuf à l'Oasis«. Aber ich fand, das schmeckte wie ganz normaler Rollbraten.
KELLNER: Ganz recht, mein Herr. Es war normaler Rollbraten.
MANN: Warum nennen Sie das dann »Bœuf à l'Oasis«?
KELLNER: Ganz einfach: *(singt) »You've gotta roll with it...«*

Tätää, tätää... Tusch!

Moment mal! Oasis erinnert mich an etwas Wichtiges. Was mit Jane zu tun hatte...

Aber Jane ist fort...

Ich überlege.

Nein, sie muß etwas über Oasis gesagt haben. Etwas... ach, sei's drum. Ich will bloß noch nach Hause und ausschlafen.

»Ich will nach Hause« – ein schlichterer, schönerer Satz ward nie geschrieben. *Die Odyssee, Die unglaubliche Reise, Star Trek: Raumschiff Voyager.* Am Ende läuft es immer auf dasselbe hinaus: Man sucht den Heimweg.

Ich ging duschen – eine herrliche Dusche, das muß ich sagen, eine wunderbare Dusche; wenn ich's mir recht überlegte, hatte das Duschen in meinem ganzen Leben noch nicht so viel Spaß gemacht wie dieser heiße, brausende, weitgefächerte Wolkenbruch, der mir wie glühendheißer Regen auf die Schultern prasselte. Ich wäre unter der Dusche fast umgekippt.

Klar, mit dem Kater und der angeschlagenen Birne hing ich ziemlich in den Seilen. Aber wissen Sie, irgendwie fühlte ich mich gleichzeitig richtig fit. Mein Äußeres gefiel mir. Ich betastete meine Brustmuskulatur und dachte, vielleicht wird ja doch noch ein richtiger Mann aus mir. Ich sah auf meine Beine hinunter, und in dem

Augenblick wäre ich fast umgekippt. Wäre Ihnen nicht anders gegangen.

Statt der Chino-Shorts und des Polohemds zog ich – frische Chino-Shorts und ein anderes Polohemd an, denn ich schwitzte trotz der frühen Tageszeit und der kochendheißen Dusche, und ein dünneres T-Shirt war nicht aufzutreiben. Ich sah mich ein letztes Mal verwirrt und ängstlich um und öffnete dann die Tür.

Ich trat nicht etwa wie erwartet in einen Flur, sondern ins nächste Zimmer. Volle Bücherregale, ein fremdartiger Computer, noch mehr Poster mit wildfremden Models, Musikern und Sportstars, ein kleiner Kühlschrank, ein Fensterbrett neben einem pseudogotischen Fenster... alles kam mir völlig fremd vor. Ich blieb nur kurz stehen und ging dann auf die nächste Tür zu.

Endlich ein Flur, der mich an Hotelkorridore erinnerte, obwohl er heller und breiter war; verwahrloster, aber zugleich prachtvoller. Nicht so zwanghaft gesaugt, gewachst und gebohnert; dabei feudaler und massiver gebaut – er glänzte regelrecht. Als ich in diesen Flur trat, stand ich vor einer Tür mit der Zahl 300, und unter der Zahl war ein Messingschild und eine Visitenkarte mit dem kalligraphierten Namen »Don Costello«. Ich drehte mich zu der Tür um, die ich gerade hinter mir geschlossen hatte.

303
Michael D. Young

Ich lief davon, unter den Armen brach mir Schweiß aus und rann am Körper hinab. Ich kam an weiteren Zimmern vorbei, einige mit weit offenen Türen, und ihre Bewohner saßen auf den Betten und zogen sich dicke weiße Socken an oder tapsten in um die Hüften geschlungenen Handtüchern hin und her. Am Ende des Korridors erreichte ich eine Glastür, drückte sie auf und stürzte auf eine breite Treppe aus blankgebohnerten Kieferndielen zu.

Die Hitze, die ungewohnten Gerüche, die hohen Glasfenster, die knarrenden Dielen, das alles vermengte sich in meinem Kopf und wurde herausgequetscht wie Ton zwischen zusammengepreßten Fingern. Wie am ersten Tag in einer neuen Schule überlief mich eine klamme Gänsehaut wie in einem Albtraum. Das bestürzende Gefühl allumfassender Furcht. Dabei weiß man nur zu gut, daß die

Proportionen und Dimensionen der neuen Umgebung einem in Windeseile geläufig und die Perspektiven, Winkel und Blickfelder bald schrumpfen werden. Dann wird man im Flur stehen und das Bild heraufbeschwören, wie dieser Korridor wirkte, bevor er wohlbekannt und vertraut wurde, und man wundert sich, daß er einen je so ins Bockshorn jagen konnte. Trotzdem verläßt einen nie die bleierne Gewißheit, daß diese Gewöhnung in Wirklichkeit eine Verfälschung und ein Verlust ist.

Nur an diese Schwüle würde ich mich nie gewöhnen. Sie hatte einen metallischen Beigeschmack von Stürmen, die in weiter Ferne über den Horizont tobten.

Als ich die halbe Treppe hinabgelaufen war, hörte ich Turnschuhe auf dem Holz quietschen und Hände gegen das Geländer klatschen, als jemand die Treppe hochsprintete.

Egal, wer das ist, sagte ich mir, der wird jetzt gnadenlos gelöchert.

Ich sah nach unten und bemerkte einen Blondschopf, der mir entgegensprang.

»Entschuldigung«, sagte ich, »kannst du mir…«

»Hey! Es lebt!«

»Ähm…«

»Und? Wie geht's, wie steht's?«

»Ich…«

Er schlug mir auf die Schulter, und unruhige blaue Augen sahen mich an. »Hi, Mann. Du siehst immer noch fix und fertig aus. Alter Schwede, du warst gestern abend vielleicht breit. Ich, äh, ich wollte nur kontrollieren, ob du von den Toten auferstanden bist.«

»Äh… wo genau bin ich eigentlich?«

»Klar! Haargenau! Ich schlage vor, wir gehen in den Tower und trinken 'n Kaffee.«

Wir liefen die Treppe hinunter. Er war der Bursche von gestern abend, soviel hatte ich geschnallt.

»Du bist Steve, oder?«

»Ach, komm schon, Mikey, laß den Scheiß, okay? Das fällt immer noch unter Sparscherz. Eieiei! Ich hab heute morgen aber auch 'n dicken Kopf.«

»Wo willst du hin?«

»Sag ich doch, in'n Tower... obwohl, nee, so wie du aussiehst, gehen wir lieber zu PJs. Dann kommst du 'n bißchen an die frische Luft.«

Ich folgte ihm zu einer Tür am Fuß der Treppe. Er lehnte sich kurz dagegen, sah mich unter gesenkten Lidern an und schüttelte traurig den Kopf wie ein Lehrer angesichts eines Schülers, der ein schlimmes Ende nehmen wird. Steves Blick spiegelte auch Verwirrung – Verwirrung und einen Anflug von Hoffnung, was ich nicht verstand. Diesen Blick sollte ich erst später – viel später – verstehen.

»Ay-yi-yi...«

Er seufzte und drückte die Tür auf. Tropisch schwüle Schwaden schlugen mir ins Gesicht. Noch weit umwerfender war das Panorama, das sich uns bot, so umwerfend, daß es mir den Atem und fast den Verstand raubte. Vor uns lag ein riesiger Hof, oder besser eine Reihe von Höfen. In alle Richtungen erstreckten sich Collegetürme, Pförtnerhäuschen, Rasenflächen, Kreuzgänge und Innenhöfe mit Statuen. Als hätte St. Matthew's Krebs bekommen und überspannte, mutierte, üppige und verrückte Variationen auf das Thema Cambridge hervorgebracht.

Ich rührte mich nicht vom Fleck, die Beine durchgedrückt wie ein Kind.

»Was ist denn los?«

»Ich... ich...«

»Mann, dir geht irgendwas schwer auf die Eier, stimmt's?«

Ich nickte wie betäubt.

»Komm mal her«, sagte Steve. »Sieh mich an. Du sollst mich *ansehen*...« Er sah mir besorgt in die Augen. Ich erwiderte seinen Blick und schwitzte Blut und Wasser.

»Vielleicht hast du eine Gehirnerschütterung. Deine Pupillen sind normal, find ich. Ich hab allerdings keine Ahnung, wie Pupillen nach einer Gehirnerschütterung aussehen. Komm.«

Wie im Traum lief ich neben ihm her. Um uns herum ragten nachgeahmte frühklassizistische Glockentürme und unechte mittelalterliche Zinnen in die Höhe. Widersinnig schöne Wasserspeier sahen auf uns herab; unter meinen Füßen führten gepflasterte, von rötlichem Asphalt eingefaßte Pfade ins Herz dieses riesigen Prachtdorfes.

Das Ganze erinnerte mich an *Nummer Sechs* und daran, wie Patrick McGoohan in seinem kleinen Zimmer im Dorf aufwacht. Die Kamera ist ganz vernarrt in die Ausstattung und zoomt von Zimmerspringbrunnen über oxidierte Kupferkuppeln zu gewölbten Palazzi und höhnisch grinsenden Cherubim aus Stein.

– Wo bin ich?
– Im Dorf.
– Wer bist du?
– Ich bin Nummer Zwei.
– Wer ist Nummer Eins?
– *DU* bist Nummer Sechs.
– Ich bin keine Nummer, ich bin ein FREIER MANN.

Steve hatte mich untergehakt, wir liefen an einem Pförtnerhäuschen vorbei, in altem Stil, aber massiv, sauber und neu, und traten auf eine starkbefahrene Straße.

Es dauerte einen Augenblick, bis der Groschen fiel.

»Mein Gott«, sagte ich. »Die Autos…«

»He, Mikey, nun krieg dich mal wieder ein, ja? Kein Grund zur Aufregung. Wir gehen da vorn über die Straße.«

»Aber *wo sind wir?* Das hier ist nicht England!«

»O Gott, Mike.«

Ich sah ihn an, schlotterte vor Angst, und meine Furcht spiegelte sich in seinem Gesicht.

Mir traten Tränen in die Augen. »Es tut mir leid… ehrlich! Aber ich habe keine Ahnung, was hier eigentlich los ist. Warum kennst du mich, während ich keine Ahnung habe, wer du bist? Und dann der Verkehr. Die fahren ja alle auf der rechten Straßenseite. Wo sind wir? Bitte sag mir, wo wir sind.«

Er blieb vor mir stehen, legte mir beide Hände auf die Schultern, und ich spürte, wie er seine aufsteigende Panik bekämpfte und sich wünschte, er wäre kilometerweit weg von diesem Riesenschlamassel. Er sprach langsam und deutlich, wie man mit Schwerhörigen, Ausländern und Geisteskranken spricht.

»Mike, es ist alles in Ordnung. Ich glaube, du hast dir gestern abend den Kopf verletzt, und seitdem ist dein Gedächtnis gestört. Du redest auch ein bißchen komisch, aber das macht nichts. Sieh mich an. Ich hab gesagt, du sollst mich ansehen, Mikey!«

Meine greinende Fistelstimme vibrierte. »Aber wo bin ich? Bitte! Ich will endlich wissen, wo ich bin!«

»Ich bring dich jetzt zum Arzt, Mikey. Komm einfach mit, ja? Du kommst schon wieder auf die Beine. Du bist in Princeton, wo du hingehörst, und es gibt keinen Grund durchzudrehen, okay?«

Militärgeschichte

Der Franzose und der Helm des Obersten II

»Es ist heiß. Wir haben diese Bullenhitze, und trotzdem bestehen die darauf, daß wir noch Uniformröcke tragen.«

Schlurfend stiefelte Hans Mend über den Lattenrost auf die vorderen Gräben zu und zog laut und forsch über die Generäle her. Ernst Schmitt neben ihm blieb so wortkarg wie immer. Sein Kommentar beschränkte sich auf gelegentliches Rasseln seiner gasgeschädigten Lunge.

»Allerdings könnte denen auch ein Haubitzentreffer unterm Hintern einschlagen«, fuhr Hans fort, »selbst das würden sie wahrscheinlich noch als taktischen Sieg verbuchen.« Er machte eine höfliche Pause, aber sein Gesprächspartner ging darauf so wenig ein wie sonst auch. »Und dann der Franzmann und dieser vermaledeite Helm. Da muß doch etwas geschehen. Damit sich unsere fränkischen Welpen daran ein Beispiel nehmen. Denen muß man mal zeigen, daß wir Bayern uns eine solche Beleidigung nicht bieten lassen. Das schreit doch geradezu nach Rache.«

»Du hast gut reden«, sagte Schmitt.

Hans boxte Ernst freundschaftlich in die Rippen. »Probier's doch auch mal! Hm? Haha!«

»Führt zu nichts.«

»Im Gegenteil, man vertreibt sich die Zeit, die Lunge bleibt in Form und der Geist in Übung.«

»Das ewige Phrasendreschen ist schuld, daß wir den Krieg verlieren.«

»Um Himmels willen, Ernst!« Hans fiel aus allen Wolken. »Wir verlieren den Krieg doch gar nicht. Militärisch schlagen wir uns hervorragend, wir sind klar im Vorteil, das weiß doch jeder. Nur an der Heimatfront verlieren wir. Die Moral wird von Bolschewisten, Pazifisten und Kulturschwuchteln durchlöchert.«

»Wer wird von Kulturschwuchteln durchlöchert?« erklang hinter ihnen eine gutgelaunte Stimme. »Hab ich einen preußischen Skandal verpaßt? Der hat uns gerade noch gefehlt.« Rudi Gloder trat zwischen sie und legte jedem eine Hand auf die Schulter.

Zackig nahmen Hans und Ernst Haltung an. »Herr Hauptmann!«

»Laßt den Unsinn«, meinte Rudi betreten. »Salutiert nur, wenn andere Offiziere dabei sind. Also raus mit der Sprache: Wen meintest du mit den ›Künstlerschwuchteln‹?«

»Es ging um die Kampfmoral, Herr Hauptmann«, sagte Hans. »Schmitt und ich haben uns darüber unterhalten, wie die Moral in der Heimat unterminiert wird.«

»Hm. Gut gesagt. Der Feind in der Heimat wendet dieselben Methoden an wie der Feind in Frankreich. Untergraben und Unterminieren sind die einzigen Techniken, die auf dieser Walstatt Anwendung finden. Die Schlachtenkunst des zwanzigsten Jahrhunderts ist unseren geliebten Führern leider unbekannt. Unserem Erbfeind glücklicherweise ebenso.«

Walstatt! Hans mochte den knabenhaften Ernst, mit dem Rudi in einem Gespräch über moderne Kriegführung so ein altmodisches Wagnerwort benutzte.

»Der beschissene Franzmann versteht sich viel zu gut darauf«, sagte Ernst düster.

Rudi zog eine Braue hoch. »Wie meinst du das?«

»Ich glaube, er bezieht sich auf den Franzosen und den Helm des Obersten.«

»Der Franzose und der Helm des Obersten?« fragte Rudi. »Hört sich ja an wie der Titel einer billigen Farce.«

»Wahrscheinlich haben Sie noch nichts davon gehört, Herr Hauptmann«, sagte Hans.

»Ihr Meldegänger seid nun einmal die ersten, die das Neuste erfahren. Wir kleinen Grabenratten dürfen sie verdauen, nachdem sie an der ganzen Front durchgekaut und ausgespuckt worden sind.«

»Es geht um folgendes, Herr Hauptmann. Einer der Wachposten hat heute morgen gesehen, wie Oberst Baligands beste Pickelhaube triumphierend auf einem Gewehrlauf herumgeschwenkt wurde. Sie müssen sie beim Angriff am Donnerstag erbeutet haben.«

»Diese beschissenen Froschfresser«, sagte Rudi. »Blasierte Schweine!«

»Glauben Sie, es gibt eine Möglichkeit, sie zurückzuholen, Herr Hauptmann? Wegen der Moral?«

»Wir müssen eine finden! Alles andere wäre eine Schande für das Regiment. Wir müssen sie zurückerobern und noch eine eigene Trophäe mitbringen. Wir müssen diesen naiven Pißgesichtern vom Sechsten endlich einmal zeigen, wie echte Männer kämpfen.«

»Jawohl, Herr Hauptmann. Aber Major Eckert würde einen direkten Vorstoß zu diesem Zweck niemals genehmigen.«

Rudi rieb sich das Kinn. »Da könntest du recht haben. Alles in allem ist Major Eckert eben doch ein Franke. Da müssen wir uns etwas einfallen lassen. Wo war dieser anmaßende Monsieur?«

»Im Norden der neuen französischen Batterie«, sagte Hans und zeigte hinüber. »Abschnitt K.«

»Abschnitt K? Das waren doch mal unsere Gräben, oder? Vor vier Jahren haben wir die Scheißdinger doch selber ausgehoben. Ich hätte nicht übel Lust... Schmitt, was fällt Ihnen denn ein?«

Ungläubig sah Hans zu, wie Ernst Rudi am Arm zerrte.

»Herr Hauptmann, ich weiß, was Sie vorhaben, und das kommt überhaupt nicht in Frage!« sagte Ernst.

»Was unterstehst du dich!«

»Das dürfen Sie nicht, Herr Hauptmann. Das dürfen Sie einfach nicht tun!«

In aller Ruhe entfernte Rudi Ernsts Hand von seinem Arm. Hans hatte den Eindruck, als kräuselte eine Mischung aus Ärger und Belustigung seine sonst so glatte Stirn. »Ernst«, sagte Rudi, »wie gut dein Name doch zu dir paßt!«

»Mag sein, Herr Hauptmann«, sagte Ernst hartnäckig. »Und ich darf Ihnen versichern... ich meine es bitter ernst.«

Rudi lächelte und sagte in leisem Singsang: »Ernst, Ernst, mein Ernst! Immer so ernsthaft ernst!«

»Um Vergebung, Herr Hauptmann, aber ich ahne, was Sie vorhaben. Und es hat keinen Sinn, es hat überhaupt keinen Sinn.«

»Woher willst du das wissen?«

»Ich weiß es, ich weiß es einfach. Ich kenne Ihren Mut, Herr Hauptmann. Aber es ist zu gefährlich. Wir können es uns jederzeit leisten, den Helm eines Obersten zu verlieren, zwanzig Helme...

selbst zwanzig Obersten, aber...« Ernst lief puterrot an, und Hans sah, wie ihm Tränen in die Augen schossen, »... aber Sie können wir niemals entbehren.«

Hans konnte sich nicht erinnern, jemals so nackte, unverhüllte Heldenverehrung gesehen zu haben. Oder um nicht um den heißen Brei herumzureden, solche Liebe. Kameradschaft war das Kaminfeuer der Schützengräben; ohne die Wärme der Kameradschaft hätten die Männer den Seelenwinter des Krieges nicht überstanden. Das war das qualvoll Paradoxe am Leben hier in Flandern: Ohne Kameradschaft ging man vor die Hunde, aber fortwährend gingen Kameraden drauf. Kaum hatte das eigene Leben eine Krücke gefunden, wurde sie einem schon wieder weggeschossen, und man war schwächer als je zuvor. Daher blieb die Zuneigung unausgesprochen, und der Tod von Freunden wurde mit schwarzem Humor quittiert. Hans war baß erstaunt, daß Ernst, ausgerechnet Ernst Schmitt – mit einem anderen Bild – sich die Maske vom Gesicht zu reißen und der unverminderten Wirkung des Gases auszusetzen wagte.

Herrgott, sie alle liebten Rudi. Sein Tod wäre der einzige, den sie nicht schulterzuckend wegstecken konnten.

Rudi hingegen konnte alles wegstecken. Er hatte den Arm um Ernst gelegt und lächelte voller Zuneigung auf ihn hinab.

»Mein guter alter Freund«, sagte er, »möchtest du vielleicht, daß ich drei Kilometer hinter der Front bei den Generälen hocke? Im Sessel sitze und mein Pfeifchen schmauche? Ich bin ein Krieger. Du solltest doch inzwischen gelernt haben, daß mir nichts widerfahren kann. Ich habe im Blute des Drachen gebadet.« Hans fand, daß diese Ausdrucksweise bei Rudi weniger lächerlich als bei anderen klang. Wenn ich so daherreden würde, käme sofort ein Stück Seife angeflogen, und man würde mich bis ans Ende meiner Tage damit aufziehen. Aber Rudi, der gehört in strahlender Silberrüstung ins Buntglasfenster, flankiert von heiligen Rittern und glänzenden Helden. Mein Gott, wie sich das anhört! Hans bohrte seine Fingernägel tief in die Handflächen, um nicht laut aufzulachen.

Ernst war von einem Hustenanfall übermannt worden, aber trotzdem blieb er... ernst.

»Versprechen Sie es, Herr Hauptmann. Sie müssen es mir versprechen!« sagte er und maunzte dabei wie ein Seehund.

»Ich verspreche nichts, was ich vielleicht nicht halten kann!« sagte Rudi. »Aber hab keine Angst. Morgen früh werde ich wieder gesund und munter bei euch sein. Das schwöre ich dir, o du mein Getreuer. Und du darfst dich nicht so aufregen! Du hättest länger im Lazarett bleiben sollen, weißt du. Deine Lungen haben sich noch nicht wieder erholt.«

»Ich bin genauso gesund wie alle anderen hier«, protestierte Ernst.

»Ich glaube, ich sollte dich noch einmal krankschreiben lassen.«

»Nein, Herr Hauptmann! Bitte tun Sie das nicht!«

»Na gut, dann eben zu leichterem Dienst abkommandieren ...«

»Ich bin bloß erkältet, das ist alles! Ich bin kampfbereit.«

»Gewiß, alter Freund«, beruhigte ihn Rudi. »Natürlich bist du das. Zu allem bereit.«

Noch nie war Hans der himmelweite Unterschied zwischen den beiden Männern so kraß vorgekommen. Der strahlende Rudi, der vor Gesundheit strotzte, und der einen Kopf kleinere, hustende und rasselnde Ernst mit seinen derben Gesichtszügen.

Rudi wandte sich an Hans. »Paß auf ihn auf, ja? Sorg dafür, daß er sich nicht in Gefahr begibt.« Er spazierte davon und sang Wagner. Ernst starrte ihm kläglich nach und keuchte wie ein altersschwacher Hund.

Der helle Klang von Rudis angeborenem Heldentenor kletterte die klaren Intervalle des *Siegfried*-Motivs hoch wie ein Hirsch im Gebirge und erfüllte Hans' Ohr und Herz mit der Musik von Schwertern und Speeren und Streitrossen, die den vulgären Kanonendonner in der Ferne mühelos übertrumpfte.

Diesen Augenblick werde ich mein Lebtag nicht vergessen, dachte er. Dann schlug er sich unwillig aufs Bein. Hans Mend, du wirst langsam sentimental, du hängst zu sehr an dem Menschen. Genau wie der olle Ernst. Wer weiß, vielleicht ist Rudi in fünf Minuten tot. Klammer dich nicht an einen Strohhalm.

Ach komm, sagte er sich, etwas Gefühl, ein bißchen echtes deutsches Gefühl wird schon nicht schaden. Aber Rudi hätte Ernst nicht so veräppeln dürfen. Wie ich Ernst kenne, läßt er sich glatt zu irgendwelchen Dummheiten hinreißen ...

Hans schüttelte den Kopf und dachte nicht mehr daran.

Am nächsten Morgen schüttete er gerade den übelriechenden Bodensatz seines ersten Bechers Ersatzkaffee weg, als Ignaz Westenkirchner hereinkam und mißmutig den Kopf schüttelte.

»Schlimm, Mend, wirklich schlimm.«

»Was denn?«

»Sag bloß, du hast noch nichts davon gehört?«

Hans verkniff sich ein ungeduldiges Schnauben. Er haßte es, wenn die Leute mit Neuigkeiten nicht sofort herausrückten. Informationen waren an der Front kostbarer als Schokolade. Die meisten Männer gaben sie nur Stück für Stück preis, aber Westenkirchner war der schlimmste. Wie ein boshaftes kleines Revuegirl streckte er seinen Klatsch und Tratsch, als handle es sich um seine Rougeration.

Hans starrte auf seine Knie. »Nein, ich habe nichts gehört«, sagte er. »Und ich bin auch nicht besonders wild darauf. Wahrscheinlich erfahre ich es sowieso früher, als mir lieb ist.«

Westenkirchner legte ihm die Hand auf die Schulter. »Es tut mir leid, Hans. Ich war einfach sicher, man hätte es dir...«

Hans stand auf, plötzlich drehte sich ihm vor Furcht der Magen um. »Was ist passiert?«

Ignaz drückte ihm kommentarlos einen Feldstecher in die Hand und zeigte aufs Niemandsland. »Schau's dir an, alter Knabe«, sagte er.

Hans stieg die nächste Grabenleiter hoch und schob den Kopf vorsichtig über die Brustwehr des Walls. Wenn Ignaz mich auf die Schippe nimmt, sagte er sich, dann reiße ich ihm die Eier ab und stopfe sie ins nächste MG.

»Auf neun Uhr! Rechts von dem Granattrichter. Siehst du?«

»Wo?«

»*Na da!* Bist du denn blind?«

Plötzlich sah Hans, was er meinte.

Ernst lag auf dem Bauch, sein Rücken klaffte auf und glänzte brombeerrot, seine vorgestreckte Faust umklammerte noch den Riemen von Oberst Maximilian Baligands Galapickelhaube. Knapp außerhalb seiner Reichweite, als hätte er ihn noch in seinen letzten Zügen in Richtung der eigenen Stellungen geworfen, lag der Säbel eines französischen Offiziers in einer silbernen Scheide.

Hans bebte vor Zorn und Grauen, aber er konnte die Augen

nicht abwenden. Als wenn er's nicht gewußt hätte. Er hatte doch geahnt, daß Ernst Dummheiten machen würde.

»Du Idiot!« schrie er. »Du beschissener Idiot. War es das wert? *Warum?*«

»Ist ja gut«, sagte Ignaz unter ihm. »Du kannst es nicht mehr ändern.«

Eine Bewegung im Vordergrund erregte Hans' Aufmerksamkeit. Zentimeterweise kroch ein Mann aus Richtung der deutschen Gräben bäuchlings auf den Gefallenen zu.

»Mein Gott, das ist Rudi!« flüsterte Hans.

»Wo?« Ignaz schnappte sich das Glas. »Heilige Jungfrau Maria! Er ist wahnsinnig geworden. Die werden ihn umbringen. Was sollen wir denn bloß tun?«

»Tun? Gar nichts können wir tun, du Blödmann. Sobald wir auch nur einen Muckser machen, entdecken sie ihn. Zieh den verdammten Schädel ein, wir nehmen das Periskop.«

Zwanzig Minuten lang schickten sie stille Stoßgebete gen Himmel, während Rudi auf den Drahtverhau zu robbte.

»Paß auf, Rudi«, wisperte Hans. »Du schaffst das schon.«

Rudi schob sich an der großen Stacheldrahtrolle zwischen Ernst und ihm entlang, bis er einen mit kleinen Stoffetzen markierten Abschnitt erreichte. Nachdem er den Durchlaß hinter sich hatte, kroch er wieder auf die Leiche zu.

Als er sie erreicht hatte –

»Was zum Teufel soll *das* denn?« stöhnte Ignaz. »Ich meine, Herrgott, jetzt kommt doch der *leichte* Teil.«

»Rauch!« sagte Hans. »Jetzt, wo er da ist, können wir Rauch zwischen ihn und die feindlichen Stellungen legen. Schnell!«

Ignaz sprang die Leiter hinab, stürzte in den nächsten Unterstand und brüllte nach Rauchpistolen, während Hans weiter beobachtete.

Rudi lag genauso reglos da wie die Leiche neben ihm.

»Was macht er denn da? Er stellt sich tot!«

Hans bemerkte, daß sich hinter ihm im Graben etwas zusammenballte. Er ließ das Periskop fahren und sah sich um. Ignaz' Kopflosigkeit hatte Dutzende von Männern aufgescheucht. Nein, keine Männer. Die meisten waren noch Knaben. Ein paar von ihnen hatten sich ebenfalls Periskope besorgt und mußten jetzt zu jeder

Einzelheit des Geschehens ihren Senf dazugeben. Die anderen sahen Hans mit großen, verängstigten Augen an.

»Warum bewegt er sich nicht? Er rührt sich nicht vom Fleck. Hat er plötzlich kalte Füße bekommen?«

Einen Mann, der regungslos mitten im Niemandsland lag, sah man hier alle Tage. In der einen Sekunde rannte man noch und schlug Haken, in der nächsten lag man stocksteif da und stellte sich tot.

»Rudi doch nicht«, sagte Hans so zuversichtlich er konnte. »Der sammelt bloß Kräfte für den Rückweg.« Er konzentrierte sich wieder auf das Periskop. Noch immer keine Bewegung. »Alle Männer mit Rauchpistolen in Position«, kommandierte er.

Wie die Cowboys stiegen sechs Männer mit angelegter Waffe die Leitern hoch.

Hans leckte einen Finger an und prüfte die Windrichtung, bevor er sich wieder hinter das Periskop klemmte. Ohne jede Vorwarnung stand Rudi plötzlich auf und wandte sich den feindlichen Linien zu. Er verschränkte seine Arme unter Ernsts Leiche, zerrte sie rücklings in Richtung der deutschen Stellungen und hüpfte mit gebeugten Knien wie ein Kosakentänzer.

»Los!« rief Hans. »Feuer frei! Feuert hoch und fünf Minuten nach links!«

Die Rauchpistolen klatschten verhaltenen Beifall. Hans beobachtete Rudi, hinter dem die Rauchgranaten detonierten. Ein dichter Rauchvorhang stieg auf und breitete sich im Wind zwischen ihm und den französischen Gräben aus. Rudi drehte sich kurz um und salutierte den eigenen Linien. Ob er mit dem Rauch gerechnet hat? fragte sich Hans. Hat er sich einfach darauf verlassen, daß wir richtig reagieren? Nein, er hätte es in jedem Fall riskiert. Rudi fühlte sich für Ernsts Tod verantwortlich und war bereit, sein Leben in die Waagschale zu werfen. Welch eine überwältigende Idiotie.

»Was zum Teufel ist denn hier los?« Major Eckert kam mit zitternden Schnurrbartenden in den Graben marschiert. »Wer hat den Befehl gegeben, Rauchgranaten abzufeuern?«

Ein junger Franke salutierte forsch. »Hauptmann Gloder, Herr Major.«

»Hauptmann Gloder? Warum sollte der einen solchen Befehl erteilen?«

»Nein, Herr Major. Er hat nicht den Befehl erteilt. Er ist da draußen, Herr Major. Im Niemandsland. Er birgt die Leiche des Stabsgefreiten Schmitt.«

»Schmitt? Stabsgefreiter Schmitt ist tot? Wie? Was?«

»Er hat letzte Nacht versucht, den Helm von Oberst Baligand zurückzuholen.«

»Den Helm von Oberst Baligand? Mann, sind Sie betrunken?«

»Nein, Herr Major. Die Franzosen müssen ihn am Donnerstag beim Angriff auf unsere Stellungen mitgenommen haben. Schmitt wollte ihn zurückerobern. Das hat er auch geschafft, und er hat sogar noch ein Schwert mitgehen lassen. Aber dann muß ihn ein Granatsplitter erwischt haben, Herr Major. Oder eine Mine.«

»Gütiger Himmel!«

»Jawohl, Herr Major. Und jetzt ist Hauptmann Gloder unterwegs, um die Leiche zu retten. Stabsgefreiter Mend hat uns befohlen, ihm mit Rauchgranaten Deckung zu geben.«

»Stimmt das, Mend?«

Mend nahm Haltung an. »Zu Befehl, ja, Herr Major. Ich hielt das für die beste Lösung.«

»Aber verdammt noch mal, die Franzosen könnten ja glauben, wir wollten angreifen?«

»Entschuldigen Herr Major, das kann nicht schaden. Der Franzmann verschwendet allenfalls ein paar tausend Schuß wertvolle Munition.«

»Das alles läuft dem Reglement auf höchst ärgerliche Weise zuwider.«

Als ob du dem Reglement entsprechen würdest, du brabbelnder Schulmeister, dachte Mend.

»Wo ist der Hauptmann jetzt?«

Westenkirchner ließ die Augen nicht vom Feldstecher und bellte die Antwort heraus. »Er ist wieder am Draht, Herr Major! Er hat keinen Kratzer abbekommen, Herr Major! Er hat den Durchlaß gefunden. Er hat die Leiche. Und die Pickelhaube, Herr Major! Er hat die Pickelhaube und das Schwert!«

Unter den Männern brach tosender Jubel los, und sogar Major Eckert gestattete sich ein Lächeln.

Hans verfolgte, wie Rudi Ernsts Leiche den ausgestreckten Armen der Männer unten im Graben übergab. Dann sprang er ihr nach, wehrte den Jubel und die Glückwünsche der Männer jedoch ab. Sie verstummten, von seiner tiefen Trauer überwältigt. Er nahte sich der Leiche, als wäre er mit ihr allein in einer kleinen Kapelle weitab der Front. Er kniete nieder, und Pickelhaube und Schwert, Tarnhelm und Nothung in seinen Händen steigerten das prachtvolle wagnersche Pathos der Szene. Heftiger Artilleriedonner in der Ferne übernahm die Aufgabe des gedämpften Trommelwirbels, und die über ihren Graben hinwegziehenden Rauchschwaden umkräuselten sie wie Weihrauch bei einem Begräbnis. Rudi legte Ernst mit tränenüberströmtem Gesicht Säbel und Helm auf die Brust. Auch Hans weinte, heiße Tränen der Trauer, des Stolzes und der Liebe rannen ihm über das Gesicht.

Rudi bekreuzigte sich, nahm Haltung an, salutierte der Leiche, bahnte sich seinen Weg durch die Reihen kalkbleicher Jungen und schritt davon.

Plötzlich stand Hans eine unabweisbare Erkenntnis klar vor Augen. Es ist unmöglich, erkannte er und platzte fast vor Stolz, daß Deutschland diesen Krieg verliert. Wenn der Feind sehen könnte, was ich gerade gesehen habe, dann würde er morgen kapitulieren. Bald ist alles vorbei. Frieden und Sieg werden unser sein.

Medizingeschichte

Der Äskulapstab

»Ist gleich vorbei, junger Mann. Sie sollen bloß mit den Augen meinem Finger folgen, das ist alles. Nicht den Kopf bewegen. Nur die Augen.«

Doktor Ballinger notierte sich etwas und ließ den Stift mit einem Plopp auf die Schreibunterlage fallen. Dann verschränkte er die Arme und strahlte mich an wie ein gütiger Onkel.

»Und?« fragte ich.

»Körperlich brauchen Sie sich keine Sorgen zu machen. Ich kann keine Anzeichen einer Gehirnerschütterung erkennen. Blutdruck normal, Puls normal. Sie müssen ein sehr sportlicher junger Mann sein.«

Meine Fußballen wippten mit einem Wahnsinnstempo auf und ab. »Aber was ist mit meinem Gedächtnis, Herr Doktor? Warum kann ich mich an nichts erinnern?«

»Ach, wissen Sie, ich glaube, da darf ich Sie beruhigen. So was kommt vor.«

Ich nickte resigniert und merkte, daß ich vom Zug der Klimaanlage eine Gänsehaut an den Beinen bekam.

»Ich habe eine Bitte, Mike. Ich möchte, daß Sie sich diese Brieftasche anschauen.«

Auf dem Tisch zwischen uns lag eine Brieftasche aus schwarzem Leder. Ich sah sie beklommen an. Steve hatte sie aus dem mir unbekannten Zimmer geholt, wo ich heute morgen aufgewacht war.

»Na los, die beißt schon nicht. Greifen Sie zu! Schauen Sie sich an, was drinsteckt. Sagen Sie mir, was Sie sehen.«

Ich zog eine Kreditkarte von American Express heraus, sah den Namen *Michael D. Young* und fuhr mit dem Daumennagel über die Prägeschrift. *Mitglied seit 1992. Gültig bis 08/98.*

»Reden Sie schon, Mike.«

»Das ist eine American-Express-Karte.«

»Aha. Und wem gehört sie?«

»Na... mir, nehm ich an. Aber ich hab sie noch nie gesehen.«

»Sind Sie sicher?«

»Todsicher. Da steht *Michael D. Young.* Ich kürze meinen zweiten Vornamen nie so ab. Nie. Also kann das nicht meine Karte sein.«

»Ganz wie Sie meinen. Was sehen Sie in der Brieftasche sonst noch?«

»Eine Art Personalausweis und einen Führerschein.«

»Aha, einen Führerschein. Hat er ein Photo?«

»Meins. Das bin ich, aber ich schwöre Ihnen, auch das hab ich noch nie gesehen.«

»Verstehe. Lassen Sie sich Zeit, und sehen Sie ihn sich genau an. Welcher Staat hat ihn ausgestellt?«

Ich betrachtete verwirrt den Führerschein. »Da steht *State of Connecticut.* Meinen Sie das?«

»Und woran denken Sie, wenn Sie ›Connecticut‹ sagen, Mike? Was fällt Ihnen dabei ein?«

»Ähm... Paul Revere?«

»Paul Revere. Gut. Erzählen Sie mir alles, was Sie über Paul Revere wissen.«

»Der Mitternachtsritt?«

»Mitternachtsritt, klasse. Weiter.«

»Er ist von Lexington nach Concord geritten. Oder von Concord nach Lexington, das kann ich mir nie merken. Er hat geschrien ›die Briten kommen, die Briten kommen!‹ Mehr weiß ich nicht. Das ist einfach nicht mein Gebiet, wissen Sie.«

Das ist einfach nicht mein Gebiet!

In meinem Gedächtnis rührte sich etwas, eine Erinnerung raschelte, huschte aber davon wie eine verschreckte Feldmaus, als ich darauf zuging.

»Prima. Sie machen sich prima. Und? Was sehen Sie sonst noch?«

»Hier steckt noch eine Karte. Da steht ebenfalls mein Name drauf. Und dieses griechische Symbol, na, der Stab mit den verschlungenen Schlangen... wie heißt der noch mal?«

Ballinger zuckte die Schultern. »Das möchte ich von Ihnen hören, Mike.«

»Kaduzeus! Das ist der Kaduzeus, der Äskulapstab. Sehen Sie? Warum kenne ich ein Wort wie ›Kaduzeus‹, aber kann mich nicht erinnern, wer ich bin?«

»Nun mal langsam, nichts übers Knie brechen. Was glauben Sie, wofür die Karte da ist?«

»Keine Ahnung. Der Kaduzeus ist ein medizinisches Symbol, oder? Ist das eine Karte vom National Health Service?«

»Was ist der National Health Service, Michael?«

Ich starrte ihn an. »Woher soll ich denn das wissen? Das ist mir eben so eingefallen. Wissen *Sie* es denn nicht?«

»Das ist Ihre Krankenversicherungskarte, Michael.«

»Aber ich bin nicht privatversichert.«

»Wie bitte?«

»Ich ... ich habe keine Zusatzversicherung. Ich bin über den NHS versichert, ganz bestimmt.«

Ballinger sah mich ausdruckslos an. »Wollen Sie mir womöglich vorspielen, Sie hätten eine Schraube locker, Michael? Das frage ich mich langsam. Probleme zu Hause? Oder mit einem Mädchen? Wächst Ihnen die Arbeit über den Kopf, haben Sie Prüfungsangst?«

»Vorspielen? Um Himmels willen, warum sollte ich Ihnen etwas vorspielen?«

»Ich frage ja nur, Mike. Und jetzt verraten Sie mir mal, was es mit diesem ›National Health Service‹ auf sich hat.«

Ich breitete verzweifelt die Arme aus. »Ich weiß es nicht. Ich weiß es wirklich nicht. Aber es bedeutet *irgend* etwas, da gehe ich jede Wette ein.«

»Verstehe. Und können Sie sich denken, wem diese Karte gehört?«

Ich sah sie niedergeschlagen an. »Mir, nehm ich an. Sie muß ja mir gehören.« Ich kniff die Augen zusammen. »Wenn ich mich bloß erinnern könnte...«

»Nicht mit Gewalt. Sie können Ihre Brieftasche jetzt hinlegen. Vielleicht kommen wir ja weiter, wenn Sie mir etwas erzählen, *woran* Sie sich erinnern.«

Seiner Stimme war anzumerken, daß er improvisierte. Er hatte zum erstenmal mit einem solchen Fall zu tun, tappte im dunkeln und stellte seine Fragen aufs Geratewohl. Er war genauso verwirrt wie ich. Außerdem war er offensichtlich ungehalten, weil keiner seiner Versuche, meinem Gedächtnis auf die Sprünge zu helfen, mich aus meiner Phantasiewelt zurückzuholen oder als Simulant zu überführen, von Erfolg gekrönt war.

»Was ist mit mir los, Doktor?«

»Brrr, immer eins nach dem anderen. Beantworten Sie mir erst meine Frage. Woran können Sie sich definitiv erinnern?«

»Also, ich weiß, daß mir gestern abend schlecht geworden ist. Ich hab mir den Kopf an einer Mauer gestoßen. Ich hatte den Kanal voll, glaub ich...«

»Warum?«

»Wie bitte?«

»Warum hatten Sie den Kanal voll?«

»Na, weil ich getrunken hatte.«

»Und darüber ärgerten Sie sich?«

»Ärgern?« wiederholte ich verwirrt. »Eigentlich nicht...«

»Und warum hatten Sie den Kanal dann voll?«

»Ach so«, sagte ich, als ich endlich kapierte. »So meinen Sie das. Ich meinte ›Kanal voll‹ wie in ›betrunken‹, nicht wie in ›sich ärgern‹. Wissen Sie, wenn wir in England sagen, wir hätten den Kanal voll, dann... ach, ist ja auch egal.« Ballinger sah mich wieder ausdruckslos an, und langsam ging mir seine Tour auf den Wecker. »Ich weiß jedenfalls noch, daß ich mir den Kopf gestoßen habe. Und in einen Bus gestiegen bin. Und mich heute morgen beim Aufstehen komisch gefühlt hab.«

»Und vorher? Woran können Sie sich sonst noch erinnern?«

»Nicht viel, an fast gar nichts. Cambridge natürlich. Ich erinnere mich an Cambridge. Da gehör ich schließlich hin.«

»Wollen Sie zufällig Kommilitonen in Harvard besuchen?«

»Harvard? Wie meinen Sie das?«

»Harvard liegt in Cambridge, Massachusetts, vielleicht hatten Sie sich dort mit Freunden verabredet.«

»Nein! Ich meine Cambridge. Wissen Sie, *das* Cambridge. St. Matthews.«

»Cambridge, England?«

»Ja. Ich muß zurück. Ich muß unbedingt zurück. Es war dringend. Ich hatte dort etwas Dringendes vor, oder etwas Wichtiges war schon passiert. Wenn ich mich doch bloß *erinnern* könnte...«

»Ganz ruhig! Setzen Sie sich wieder hin, Michael. Machen Sie nicht die Pferde scheu. Nur die Ruhe.«

Ich setzte mich wieder. »Warum mußte mir das bloß passieren?« sagte ich. »Was ist bloß los?«

»Das wollen wir ja gerade herausfinden. Sie erinnern sich also an das Cambridge in England?«

»Ich glaube ja.«

»Sympathisieren Sie vielleicht mit England?«

»Wie meinen Sie das?«

Er zuckte die Schultern. »Wo stehen Sie zum Beispiel politisch?«

»Politisch? Nirgends.«

»Sie stehen politisch nirgends, soso. Aber Ihre Eltern stammen doch aus England, oder, Mike? Sind die nicht in den Sechzigern emigriert?«

»Meine Eltern?«

»Ihre Mutter und Ihr Vater.«

»Ich weiß, was Eltern sind!« giftete ich. Ballingers Benehmen ärgerte mich immer mehr, obwohl mir nicht entging, daß auch meine Verwirrung ihn zunehmend aufbrachte.

Er antwortete nicht, sondern notierte sich etwas, was mich nur noch mehr ärgerte. Er wollte sich sein Mißfallen bloß nicht anmerken lassen.

»Ich weiß«, sagte ich. »Mein Vater ist tot, und meine Mutter lebt in Hampshire.«

»Sie glauben, daß Ihre Mutter in New Hampshire lebt?«

»Nein, nicht New Hampshire. Nur Hampshire. Meinetwegen Old Hampshire. Das Hampshire in England.«

»Waren Sie mal in England, Michael?«

»*Mal?* Das ist meine Heimat. Da bin ich aufgewachsen, und da wohne ich. Und jetzt muß ich da dringend hin.«

»Sehen Sie gern englische Filme?«

»Ich geh grundsätzlich gern ins Kino. Nicht nur in englische Filme. Davon gibt's ja auch nicht genug.«

»Vielleicht sind sie Ihnen zu politisch.«

»Was soll denn das wieder heißen?«

Er antwortete nicht, zog mit einem Lineal einen Strich über seinen Notizblock, ließ den Stift erneut fallen und stützte das Kinn in die Hände.

»Oder liegt es daran, daß Sie gerne Schauspieler wären? Vielleicht sehen Sie sich ja als einen großen Hollywoodstar.«

»Schauspieler? Ich war noch nie auf einer Bühne. Nicht mal in einem Weihnachtsmärchen.«

»Schauen Sie, ich suche doch bloß nach einer Erklärung für Ihren aufgesetzten Akzent, Michael.«

»Der ist nicht aufgesetzt! So rede ich nun mal. Das bin ich!«

Ballinger griff nach einem dicken Adreßbuch auf dem Schreibtisch, blätterte darin und ließ die Stiftspitze die Spalten hinabgleiten.

»Studenten im Senior Year«, murmelte er. »Mal sehen, Wagner... Williams... Wood... Yelling... Treffer!« Er kreiste etwas ein und schob mir das offene Buch zu. »Ich möchte Sie um einen Gefallen bitten, Mike. Ich möchte, daß Sie sich diesen Namen und diese Telefonnummer anschauen und mir beide vorlesen.«

»Äh... Young, Michael D., 303 Henry Hall. 342 12 21.«

»Gut. Und jetzt schauen Sie bitte zu, während ich diese Nummer wähle, ja?«

Er drückte auf einen Knopf seines Telefons, und aus dem eingebauten Lautsprecher drang das Freizeichen. »Lesen Sie bitte noch einmal die Nummer vor, Mike.«

»Drei-vier-zwo. Eins-zwo, zwo-eins.«

»Drei-vier-zwei«, wiederholte Ballinger beim Wählen, »zwölf einundzwanzig.«

Konfus lauschte ich dem Klingelton. »Aber wenn das meine Nummer ist, warum rufen Sie...?«

Ballinger hob eine Hand. »Pst! Hören Sie zu.«

Das Klingeln verstummte, und nach einem Klicken ertönte eine fröhliche Stimme. »Hi, hier ist Mikey. Du hast angerufen und ich bin nicht da. Mensch, das ist doch kein Weltuntergang. Sprich mir nach dem Signal einfach was aufs Band, und wenn du Schwein hast, ruf ich vielleicht zurück.«

Ballinger drückte wieder auf den Knopf fürs Freisprechen, verschränkte die Arme und sah mich an. »Waren Sie das etwa nicht, Mike? War das etwa nicht Ihre Stimme?«

Ich starrte das Telefon an. »Aber das kann doch nicht sein...«

»Doch, und das wissen Sie ganz genau.«

»Aber das war ein Amerikaner!«

»Sag ich doch, Mikey. Sie *sind* Amerikaner. Ich habe Ihre Geburtsurkunde gesehen. Sie wurden am 20. April 1972 in Hertford, Connecticut, geboren.«

»Das stimmt nicht! Ich weiß, daß Sie mir nicht glauben, aber ich schwöre Ihnen, es ist einfach nicht wahr. Das heißt, das Geburtsdatum stimmt, aber ich wurde in England geboren, oder zumindest bin ich in England aufgewachsen.«

»Und was haben Sie dort gemacht?«

»Das *weiß* ich doch nicht! Ich war in Cambridge. Hab ... irgendwas studiert. Was, weiß ich nicht mehr. Herrgott, das ist ein Traum, das muß einfach ein Traum sein. Alles ist falsch, alles hat sich verändert. Mein Gott, sogar meine Zähne sind falsch.«

»Ihre Zähne?«

»Sie sind gerader als früher. Und strahlen mehr. Mein Haar ist kürzer. Und ...« Ich stockte und wurde rot, als ich mich an die Szene unter der Dusche erinnerte.

»Und was?«

»Mein Penis«, flüsterte ich mit der Hand vor dem Mund.

Ballinger schloß die Augen.

»Entschuldigung, sagten Sie gerade Penis?«

Schon vor meiner Antwort hörte ich in Gedanken das homerische Gelächter seiner Kollegen und sah, wie er sich für seine Fallstudie Notizen machte und für die erotische Hysterie der heutigen Jugend nur ein Kopfschütteln übrig hatte.

»Ja«, sagte ich. »Wegen meiner Vorhaut. Sie ist weg. Futsch.«

Er starrte mich mit großen Augen an, und ich vergrub mein Gesicht in den Händen und weinte.

Lebensgeschichte

Rudis Kriegstagebuch

Josef vergrub das Gesicht in den Händen und lachte, bis Hans glaubte, er würde gleich platzen.

»Ausgezeichnet! Der ist herrlich! Einfach herrlich. Den erzähl ich heute mittag dem Oberst. Den muß er einfach hören. Aber ich weiß auch noch einen. Ludendorff und der Kaiser springen gleichzeitig von einem hohen Turm runter. Wer kommt als erster unten an?«

Hans Mend runzelte die Stirn und sah an die Decke. »Hm... nee, muß ich passen«, sagte er.

Josef zuckte die Schultern und breitete die Arme aus. »Ist doch egal.« Er boxte Hans in die Seite und lachte wieder schallend. »Verstehste? Ist doch scheißegal!«

Mend stimmte pflichtschuldig ein und trank zwischen zwei Rippenstößen vorsichtig einen Schluck Schnaps. »Haha!« machte er. »Ist doch scheißegal. Der ist gut!«

Das Leben eines Meldegängers hatte seine Vorteile. Es war zwar lebensgefährlich, zwischen den Reservestellungen, dem Hauptquartier und der Front hin und her zu rasen, wo man gelangweilten feindlichen Scharfschützen ein leichtes Ziel bot und oft genug auch der eigenen Seite ins Trommelfeuer geriet. Manchmal, so wie heute, ließen Wetter und Gelände ein Motorrad zu, aber weit häufiger mußte man zu Fuß durch den aufgeweichten Schlamm stiefeln. Und jedesmal machte man den Überbringer schlechter Nachrichten zum Sündenbock... wie oft hatte Mend nicht schon seine Botentasche geöffnet, Befehle ihm unbekannten Inhalts überreicht und dann die Schimpfkanonade eines jungen Parvenus im Offiziersrang über sich ergehen lassen müssen, der auf den Generalstab schlecht zu sprechen war. Trotzdem hätte Hans für das Privileg, die Schützen- und Verbindungsgräben an vorderster Front gelegentlich hinter sich zu lassen (und sei es nur für eine Stunde), auch die doppelte Gefahr auf sich genommen. Schließlich lebte er noch. Vier Jahre lang hatte er im dichtesten Kampfgetümmel gesteckt, seit dem allerersten Kriegsmonat, und in all den Jahren war er nur zweimal leicht verwundet worden, hatte nur zwei kleine Narben davongetragen, die er in fernen Friedenszeiten seinen Enkelkindern zeigen konnte. Wenn man die ersten beiden Monate überlebte, hieß es, dann überlebte man den ganzen Krieg.

Und die Gefahren wurden von den kleinen Extrawürsten aufgewogen. Ein Gläschen Schnaps und eine Pfeife mit exquisitem Tabak im Stabsquartier waren ein seltener Luxus, selbst wenn man beides nur mit einem Idioten wie Josef Kreiß genießen konnte.

Hans seufzte, stellte sein Glas ab und erhob sich.

»Schon wieder los?«

»Dienst ist Dienst. Westenkirchner hat Heimaturlaub, und ich hab keine Vertretung zugeteilt bekommen. Viel zu tun.«

Josef hinkte an seinen Schreibtisch und suchte wichtigtuerisch in den Dokumentenstapeln. Als hätte er bei ihrer Zusammenstellung ein Wörtchen mitzureden, dachte Hans. Herrgott noch mal, der Mann ist ein Buchhalter. Warum kann er mir nicht einfach in die Hand drücken, was ich weiterleiten soll, und damit basta? Warum muß er jedesmal dieses Schmierentheater aufführen?

»Ach«, sagte Josef und hielt einen Umschlag hoch, bevor er ihn in Hans' Tasche schob. »Das könnte dich interessieren. Geht, glaub ich, um einen Freund von dir.«

»Wen denn?«

»Gloder oder so ähnlich. Habt ihr einen Hauptmann Rudolf Gloder?«

»Rudi? Was ist mit dem?«

»Ach, für dich Rudi, ja? Wir reden unsere Vorgesetzten also beim Vornamen an. Vielleicht sollte ich General Buchner ein diesbezügliches Memorandum schicken. Er ist auf den Bolschewismus unter niederen Diensträngen gar nicht gut zu sprechen.«

Hans schloß die Augen. »Was ist mit Hauptmann Gloder, Josef?«

»Ja, das möchtest du gerne wissen, was?«

Ohne die Augen zu öffnen, holte Mend tief Luft. »Ja, Josef«, sagte er und riß sich zusammen, »das möchte ich gern wissen.« Herrgott, waren diese Leute kindisch.

»Nun, rein zufällig ist eine Empfehlung berücksichtigt worden. Auszeichnung mit dem Eisernen Kreuz I. Klasse.«

Hans mußte seiner Begeisterung Luft machen. »Herrlich«, rief er. »Wurde auch Zeit. Das hätte er schon längst kriegen müssen.«

»Na, da freut sich aber einer.«

»Das ist eine gute Nachricht, Kreiß, das ist alles. Ru-... Hauptmann Gloder hat diese Auszeichnung *verdient.* Ohne ihn wäre unser Regiment schon vor Monaten, ach was: vor Jahren auseinandergebrochen. Es sollte mich nicht wundern, wenn er noch vor Kriegsende zum Major befördert wird. Weißt du, er hat genau wie ich als stinknormaler Landser angefangen.«

»Tja, so was gibt's auch nur im Krieg. Da schwimmt der Abschaum oben.«

»*Sahne* schwimmt oben«, sagte Hans. »Er stammt aus einer vornehmen Familie, er hätte als Offizier in den Krieg ziehen können, aber das hat er ausgeschlagen.«

»Viele Leute haben Freunde an den richtigen Stellen«, sagte Kreiß. »Ist doch 'n alter Hut.«

»Er hat überall Freunde«, versetzte Hans. »Was man von anderen nicht gerade behaupten kann.«

»Wie ich sehe, muß dieser Gloder ein wahrer Ausbund an Tugend sein. Du frißt ihm ja schon aus der Hand.«

Hans beugte sich tief über den Lenker, und während ihm der Dreck gegen die Schutzbrille flog, überlegte er, welche Folgen die frohe Botschaft wohl hätte. Rudi würde anläßlich seiner Auszeichnung garantiert ein großes Fest geben. Vielleicht ein Essen in irgendeinem erstklassigen Restaurant hinter der Front, vielleicht sogar im *Coq d'Or.* Er stellte sich die Kapelle vor, die exzellenten Weine, die Fröhlichkeit und echte deutsche Kameradschaft. Für Gloder war es nicht unter seiner Würde, Offiziere und Gemeine an denselben Tisch zu bitten. Und später würde es Mädchen geben, Edelhuren ohne Syphilis.

Hans hielt beim *Fermier,* lehnte sein Motorrad gegen die Mauer der Stallungen und eilte ins Haus.

Momentan war Gloder der Adjutant Major Eckerts vom Sechsten Fränkischen und hatte Hans erzählt, daß diese Versetzung ihm überhaupt nicht in den Kram paßte.

»Ich laß mir nicht gern den Spaß entgehen«, hatte er gesagt, als er sich plötzlich in Oberst Baligands Hauptquartier, einem kleinen Bauernhof einen Kilometer hinter der Front, wiederfand. »Eckerts Vorstellung vom Krieg beschränkt sich darauf, dem Generalstab in den Arsch zu kriechen und den Frieden herbeizuflehen. Ich tue, was ich kann, um ihm Beine zu machen, aber ich bin Soldat. Ich gehöre an die Front.«

Hans gab dem Adjutanten des Obersten ein Depeschenbündel, wartete ungeduldig auf die Papiere, die er mitnehmen sollte, und lief dann aufgeregt wie ein Kind am Heiligabend die Treppe zum ersten Stock hoch, wo Major Eckerts Stab Büros und Quartiere bezogen hatte.

Oben angelangt, blieb er stehen und strich seine Uniform glatt. Er würde ganz gleichmütig bleiben. »Guten Tag, Hauptmann Gloder«, würde er lässig sagen, »nichts Interessantes dabei, fürchte ich. Bloß ein Wisch aus dem Hauptquartier. Wahrscheinlich dürfen wir den Eseleintopf ab sofort nicht mehr mit Paprika würzen oder sollen uns zu Ehren des Geburtstags der Kaiserin doppelt so sorgfältig den Hintern abwischen.«

Daraufhin würde Rudi lächeln, den Brief nehmen und öffnen. Er würde ihn durchlesen, zu Hans aufsehen, der wie ein Breitmaulfrosch grinste, laut auflachen und seinen ältesten Cognac holen.

Hans ließ die Tür zu Major Eckerts Büro hinter sich und drückte die Tasche an die Brust, bis er das Ende des Flurs erreichte und vor einer Tür aus gebleichter französischer Eiche stand. In vollkommener Fraktur hatte jemand die Worte eingeschnitzt:

Schloß Gloder

Hans schmunzelte und klopfte leise.

Keine Antwort.

Er klopfte etwas lauter.

Noch immer kein fröhliches »Herein!«

Enttäuscht drückte Hans die schwarze Eisenklinke nieder und öffnete die Tür. Ohne klare Absichten betrat er den Raum und sah sich um.

Er stand in einem großen, rechteckigen Zimmer mit einer zweiten Tür, die in die angrenzende Schlafkammer führte. Es wollte

Hans nicht in den Kopf, wie jemand diese fürstlichen Gemächer freiwillig für ein Feldbett im Unterstand hergeben konnte, aber Gloder war eben etwas Besonderes.

Er ging zum Schreibtisch, zog den Brief aus der Tasche und legte ihn mitten auf die schwere Schreibunterlage mit Lederecken. Dann trat er zurück und begutachtete sein Werk.

Das reichte nicht.

Er lächelte über sein kindisches Verhalten, griff nach einem silbernen Brieföffner und einem Füllfederhalter und arrangierte sie so, daß sie von links und rechts oben auf den Umschlag zeigten und riefen: ›Sieh mich an! Sieh mich an!‹

Es entsprach noch immer nicht seinen Vorstellungen.

Ein Bleistift von unten half, machte aber die Symmetrie kaputt.

Hans zog eine Schublade auf und suchte nach besseren Zeigegeräten. Er fand noch zwei Stifte, eine englische Handgranate, die sie Mills-Bombe nannten, wahrscheinlich eine Trophäe von Rudis waghalsigen Einsätzen, und eine geladene Luger. Vielleicht sollte er den Brief mit einem Kreis aus Patronen einfassen, mit den Spitzen zur Mitte. Das wäre doch eindrucksvoll.

Während er die künstlerischen Vorzüge dieser Lösung erwog, zog er die nächste Schublade auf. Sie enthielt ausschließlich Papiere und dahinter ein dickes Buch mit kostbarem Kalbsledereinband. Hans nahm es heraus. Er konnte sich nicht erinnern, je ein so schönes Buch gesehen zu haben. Schon dieses Gewicht und der Glanz, und dann der funkelnde Goldschnitt.

Das Buch wurde von einem goldenen Schnappverschluß zusammengehalten, in dem sich ein kleines Schlüsselloch befand. Mit rasendem Herzklopfen probierte Hans den Verschluß aus und fand ihn zu seiner Überraschung nicht abgeschlossen. Vielleicht ließ er sich auch gar nicht abschließen.

Behutsam blätterte Hans die Titelseite auf, als öffne er eine Gutenbergbibel.

Das Kriegstagebuch von Rudolf Gloder

Rudi schrieb Tagebuch! Gespannt blätterte Hans um. Oben auf die Seite hatte jemand zwei Musiktakte kopiert, und darunter standen die Worte:

Wagner, vermutete Hans. Ihr teutonischer Rudi, wie er leibte und lebte.

Er schlug eine Seite am Anfang des Buches auf. In kindlichem Überschwang hoffte er natürlich, selbst erwähnt zu werden, und sei es noch so kurz.

14. Januar 1917
Ich finde den Übergang vom Leutnant zum Oberleutnant nahezu bedeutungslos. Die wichtigste Hürde ist immer die nächste. »Hauptmann Gloder«. Das klingt doch gleich ganz anders. Immer noch neiden mir einige Offiziere meinen Aufstieg. Sollen sie doch. Gutmann, ist mir aufgefallen, ist der einzige, der mich als seinesgleichen ansieht, aber seine Motive liegen klar genug zutage. Der Jude schreckt vor nichts zurück, um sich in reinrassige Gesellschaft einzuschmeicheln. Auch betrachtet er mich auf beleidigende Weise als intellektuellen Mitstreiter. Seine Vorstellungen von Intellektualität unterscheiden sich indes gravierend von den meinen. Aber er kommt mir zupaß. Er hat sich eingehend mit Militärgeschichte beschäftigt, und ich bestärke ihn in dem Glauben, mich als seinen Freund ansehen zu dürfen.

Gestern sind vier Mitglieder eines Schanztrupps von Scharfschützen erschossen worden. Ich habe ihren Angehörigen in der Heimat Beileidsbriefe geschrieben, eine Pflicht, die mir zum ersten Mal oblag. Eckert zeigte mir den Standardbrief für solche Fälle, aber den fand ich allzu nichtssagend. Ich schrieb vier verschiedene und wunderschöne Briefe und erfand allen möglichen Blödsinn über die Heldentaten der vier toten Krieger. »Darf ich persönlich noch hinzufügen, daß Wolfgangs Verlust auch uns schwer erschüttert hat? Er war hier sehr beliebt. Sein Gottvertrauen, seine Tapferkeit, seine Lebenslust und seinen Charme kann uns niemand ersetzen, und sein Andenken ist uns heilig.« Abschließend Zitate von Goethe und Hölderlin. All das für ein paar Bauerntrampel, die zu dämlich waren, einer Kugel auszuweichen. Jeder dieser Briefe wird zweifellos goldgerahmt an irgendeine Wand gehängt. Wie Puck so trefflich sagt:

Lord, what fools these mortals be!

Sonst ein ereignisloser, bitterkalter Tag.

Hans sah von dem Buch hoch und runzelte die Stirn. Das englische Zitat verstand er nicht, obwohl er auf Shakespeare tippte, aber die Bemerkung über Bauerntrampel gefiel ihm ganz und gar nicht. Aber gut, es war damals wirklich bitterkalt gewesen, und jeder hatte mal einen schlechten Tag. Er blätterte zur Mitte des Buchs weiter.

22. April 1918
Endlich Frühling!

Winterstürme wichen dem Wonnemond
In mildem Lichte leuchtet der Lenz;
Auf linden Lüften leicht und lieblich
Wunder webend er sich wiegt;
Durch Wald und Auen weht sein Atem,
Weit geöffnet lacht sein Aug.

In der Theorie schon. Die Winterstürme mögen gewichen sein, aber die Artilleriestürme sind uns geblieben. Und das milde Licht des Lenzes mag zwar auf linden Lüften leicht und lieblich leuchten, aber der Atem, der durch Wald und Auen weht, lacht nicht weit geöffneten Augs, sondern dräut finster, und seine entsetzlichen Gasschwaden ziehen über uns hinweg.

Genau, wieder ein Gasangriff der Tommys. Zwei Gefallene heute vormittag, und Ernst Schmitt wurde verwundet. Mend und ich hechteten als erste nach Gasmasken, aber Schmitt mußte ja unbedingt noch oben bleiben und Alarm schlagen. Diese Unvernunft hätte ihn fast das Leben gekostet. Als ich sah, was er im Sinn hatte, sprang ich mit einer Maske für ihn wieder hinaus, rannte wie ein Tiger hierhin und dorthin, munterte die Mannschaften auf und sah nach den Verwundeten. Trotzdem heimste Schmitt die ganzen Lorbeeren ein, und ich war natürlich der erste, der ihn wie den treudoofen Dackel tätschelte, der er nun einmal ist. Außerdem versprach ich, seine »selbstlose Beherztheit« höheren Orts zur Sprache zu bringen. Sehr ärgerlich.

Beim Weiterlesen wurde Hans das Herz schwer.

Lief die Front entlang und gab die neuen Befehle über den Gebrauch von Grammophonen im Unterstand weiter. Unsere weisen Herren und

Meister haben wahrlich einen Sinn fürs Wesentliche! Schmitts Tapferkeit ist überall das Hauptgesprächsthema. Und niemand preist ihn lauter als ich. Ich machte einen Witz über »Tommy's ›Gift‹ of poison gas«, aber kaum jemand spricht genug Englisch, um das Wortspiel zu goutieren.

Gute und schlechte Nachrichten. Die gute: Die Gerüchte verdichten sich, daß wir Armentières und die Hügelkette von Messines halten. Falls uns der Vorstoß gelingt, bevor sich die Amerikaner an der Westfront richtig eingenistet haben, könnte diese letzte Offensive glücken. Die schlechte Nachricht – leider kein Gerücht, sondern eine bestätigte Tatsache: Rittmeister von Richthofen ist gestern von einem kanadischen Milchgesicht abgeschossen und getötet worden. Wird sehr düster aufgenommen. Zwei Jahre lang habe ich den roten Freiherrn um die Verehrung beneidet, die man ihm entgegenbrachte, aber insgeheim habe ich es immer für falsch gehalten, daß Berlin den Mythos um seine Person noch kultiviert hat. Die Briten wollen ihn mit allen militärischen Ehren bestatten. Anscheinend wird angezweifelt, ob er wirklich von dem kanadischen Kampfflieger oder aber von australischen Maschinengewehren am Boden abgeschossen wurde. Er befand sich im Tiefflug.

Im Kasino nach dem Essen Streit. Gutmann stellt sich als Wagner-Verehrer heraus, was ich schlechthin aberwitzig finde. Er postuliert abstruse und nach meinem Dafürhalten böswillig verzerrte Theorien über die Kompositionen. Er entdeckt in ihnen »psychische und politische Bedeutungsebenen«. Wie seine ganze Rasse weigert er sich anzuerkennen, daß ein Ding ein Ding ist. Daß ein Kunstwerk das bedeutet, was es sagt, und nicht mehr. Aber nein, er muß in jede Melodie seine überspannten Ideen hineinlesen. Ich wurde gereizt, und da ich die Langeweile des Obersten spürte, gönnte ich mir einen Streich auf Hugos Kosten. Ich sagte, er dürfe Mime und Siegfried nicht vergessen. Mime, der verwachsene kleine Nibelunge, der Siegfried lehrt, das Schwert zu schmieden, und die ganze Zeit seinen Verrat plant. (Gutmann war keineswegs entgangen, daß ich »Nibelunge« sagte, aber »Jude« meinte.) Der Jude Mime schmiedet Ränke, um Siegfrieds Furchtlosigkeit und Reinheit auszunützen und so an den Ring und die Weltherrschaft zu gelangen. Und was wird aus Mime? Na, Siegfried erschlägt den Drachen, nimmt den Ring an sich und wendet das Schwert gegen Mime. Ha, ha! Es hat schon seinen Grund, daß der Name »Mime« fast wie »Memme« klingt, und man hat nie größere Feiglinge als die Nibelungen gesehen. Natürlich nehmen sie feige Rache und erstechen Siegfried hinterrücks. Aber den Ring bekommen sie nicht in die Finger, nie und nimmer.

»Dabei hatten sie ihn geschmiedet«, stellte Gutmann süffisant fest.

»Ja, aus gestohlenem Gold!« versetzte ich. »Sie werden ihn niemals besitzen. Niemals!«

»Nein, natürlich nicht«, bestätigte Gutmann in seiner begütigenden »Ich bin ja so weise und demütig«-Rabbinerart. »Die Weltherrschaft kann nur jenen gehören, die der Liebe abzuschwören gewillt sind.«

»Jedenfalls steht fest, daß sie niemals einer aufgeblasenen Puffmutter wie Ihnen gehören wird«, sagte ich, weil mir nun doch der Kragen platzte. Die ganze Tafel brach in schallendes Gelächter aus. Alle wissen, daß seinem affektierten Heidelberger Witz und großkotzigen Intellekt zum Trotz Gutmanns unverschämter Reichtum aus den über ganz Deutschland verteilten Tingeltangelbühnen seines Vaters herrührt. An diesen verwahrlosten Stätten will man nicht etwa Schiller oder Shakespeare, dort will man Mädchen sehen. (Ich weiß, wovon ich rede!!!)

Gutmann wurde knallrot und verließ das Kasino mit den steifen Bücklingen eines Zwergjunkers. Die rangniederen Offiziere wiederholten unterdessen die Stichelei »aufgeblasene Puffmutter! aufgeblasene Puffmutter!«

Später meinte ich im Gespräch zum Oberst, im Grunde sei Gutmann kein schlechter Kerl. Sein einziger Fehler sei die lange Abwesenheit vom Kampfgeschehen, wodurch er den Kontakt zur Wirklichkeit eingebüßt habe. Andererseits, fügte ich bescheiden hinzu, sei meine eigene Theorie, daß die mittleren Offiziersränge ab und zu angespornt werden sollten, neben den Gemeinen zu kämpfen, wahrscheinlich hoffnungslos veraltet und sentimental...

»Durchaus nicht!« sagte der Oberst. »Durchaus nicht...«, und ich merkte, daß ich ihn auf eine Idee gebracht hatte. Ha! Es sollte mich nicht wundern, wenn sich Hugo Gutmann in ein paar Tagen an vorderster Front wiederfindet, und mit etwas Glück und Hilfestellung meinerseits soll die Welt schon bald um einen Juden ärmer sein.

Betrunken zu Bett. Der Oberst hielt mich auf und ließ durchblicken, daß mir eine Beförderung bevorstehen könnte.

Das Leben ist schön.

Mit bebenden Fingern blätterte Hans zu einem neueren Eintrag weiter.

24. Mai 1918
Traf heute morgen Mend und Schmitt. Sie erzählten die aberwitzige Geschichte, ein französischer Stoßtrupp hätte heute nacht Baligands Galapickelhaube erbeutet, die sein Trottel von Adjutant (Gutmann, der Satan hab ihn selig, war im Vergleich dazu wenigstens zuverlässig) bei der Inspektion gestern nachmittag in Oberleutnant Flecks Unterstand vergessen hatte. Die Welschen waren durch dreieinhalb verfluchte Jahre alte Schützengräben (ich kann mich an das Buddeln noch verdammt gut erinnern!) in Flecks Graben gekrochen, hatten den Wachtposten erstochen und sämtlichen schlafenden Soldaten, darunter auch Fleck, die Kehlen durchgeschnitten. Sie ergatterten einige Papiere (militärisch so lohnend wie die Filzläuse, die mir den Schwanz abfressen), fünf Sturmgewehre, eine Kiste mit Blindgängern sowie, stellt sich jetzt heraus, Oberst Baligands lächerliche Galapickelhaube.

Ich veranstaltete lautes Säbelrasseln über diesen Frevel (als wäre mir das nicht scheißegal) und konnte mich kaum beherrschen, als mich plötzlich Schmitts Schmuddelpfoten am Ärmel zerrten. Durch seine gasgeschädigte Gurgel faselte er irgendeinen Schwachsinn von wegen, er wisse, was ich vorhätte, und ich wollte ihm schon brüderlich den Kopf tätscheln und gehen, als mir aufging, daß er mich anflehte, nichts zu überstürzen und den Helm etwa auf eigene Faust zurückzuholen! Nichts könnte mir ferner liegen als eine solche Idiotie! Meinetwegen kann der Franzmann von heute bis zum Jüngsten Tag jede Nacht da reinscheißen.

Wenn es um eine Mutprobe ginge, würde ich selbstverständlich losziehen, solche Husarenstücke sind gut fürs Renommee, aber Ernst, dieser Narr, bat mich ja inständig, *nichts* zu tun. Der Mann *verehrt* mich förmlich, leicht abartig, aber es hat auch etwas Berauschendes. Ich ließ ihn in dem Glauben, der heroische Rudolf sei ein Heißsporn und wild entschlossen, im Alleingang gegen die ganze französische Armee anzutreten, um einen Blechnachttopf zu entführen, aber dann kam mir plötzlich eine Erleuchtung. Verflixt noch mal, dachte ich, garantiert kann ich *ihn* dazu bringen loszuziehen!
Ich mokierte mich über seine Verwundung, gab zu verstehen, ich mache mir wegen seiner körperlichen Verfassung Sorgen und ob er nicht hinter der Front besser aufgehoben wäre. Der sture Bauernschädel war tief gekränkt. Ich weiß, daß er sich bewähren will, und ich bin sicher, daß er auf den Köder so angebissen hat, wie es sich für einen Wurzelsepp gehört. Mend stand noch dabei, deswegen wagte ich nicht, deutlicher zu werden. Aber später fing ich Schmitt ab und bearbeitete ihn

subtil eine weitere halbe Stunde. Ich bin ziemlich sicher, daß er Dummheiten anstellen wird.

Bin gespannt, ob's klappt.

Mitternacht ist schon vorbei. In einer guten Stunde gehe ich zum Beobachten raus. An der nördlichen Splitterschutzwand habe ich ein ideales Blickfeld vom Kudamm ins Niemandsland. Wenn Schmitt seinen Weg zum Ruhm antritt, werde ich es sehen.

Was ist, wenn er in Begleitung geht? Hm. Nein, wird er nicht. Sein einziger Freund ist Hans Mend, und der ist ein viel zu großer Schißhase, um bei solchem Wahnwitz mitzumachen. Schmitt wird auf eigene Faust gehen, und falls er Erfolg hat, krieche ich ihm zum Drahtverhau entgegen, als hätte ich dieselbe Idee gehabt, und wir kehren im gemeinsamen Triumph zurück.

Laut Kalender haben wir heute nacht Neumond. Ausgezeichnet! Das wird sich Schmitt nicht entgehen lassen.

25. Mai 1918

Gott meint es gut mit mir. Eine Stunde lang habe ich gewartet, in den Himmel gestarrt und mir die Zeit damit vertrieben, so viele Sternbilder wie möglich zu finden. Dreiundzwanzig, ich bin's zufrieden. Ich hatte beschlossen, mich in die Falle zu hauen, falls Schmitt nicht bis zwei Uhr auftauchen würde. Er würde mindestens zwei Stunden Dunkelheit brauchen, um durch den Drahtverhau zu den französischen Stellungen zu gelangen, ohne Aufsehen zu erregen.

Prompt sah ich ihn um Punkt zwei Uhr, wie er sich nur zwei Meter unter mir aus dem vorderen Graben hochzog und zur nächsten Lücke im Drahtverhau aufmachte. Es war zu dunkel, um ihn eindeutig zu erkennen, aber bei dem schweinischen Grunzen und rasselnden Keuchen kam niemand anders in Frage. Es mußte Schmitt sein, die ehrliche alte Haut.

Zehn Minuten lang wußte ich nicht, was los war, aber der Draht zitterte auf ganzer Länge, und das leise Doing verriet mir, daß er zumindest vorankam.

Er war ein Meister der geräuschlosen Fortbewegung. Außer dem leisen Drahtsingen hörte ich keinen Muckser. Eine Stunde lang harrte ich aus und beobachtete mit dem Feldstecher Abschnitt K, wohin er unterwegs sein mußte. Halb und halb beneidete ich ihn. Ich hätte nur zu gern getan, was er vorhatte, und ich schätze, ich hätte es auch getan, falls mich jemand herausgefordert oder es mir nicht zugetraut hätte. Ich bin weiß Gott kein Feigling, aber Tapferkeit muß sich lohnen. Einen Ruf verschaffen, ein Ziel erreichen. Schmitts Tapferkeit war bar jeder Phantasie, war nur die bedingungslose Courage allen Kanonenfutters.

Ich sah die erste Morgenröte den Himmel hinter unseren Stellungen hinaufkriechen. Noch immer kein Zeichen von Schmitt. Ich träumte wieder vor mich hin, sagte mir Goethegedichte auf und übersetzte sie zum Spaß ins Französische.

Eine Viertelstunde später sah ich ihn endlich, wie er im Zwielicht hakenschlagend auf mich zukam. Die eine Hand hielt den Helm des Obersten am Lederriemen, unter dem anderen Arm glaubte ich eine Art Schwert zu erkennen. Ein wackerer Mann.

Ich sprang auf den Lattenrost hinab und machte mich auf den Weg zur nächsten Grabenleiter. Ich kletterte hinauf und robbte durch den trockenen Schlamm auf den Drahtverhau zu. Als ich dort angekommen war, hob ich den Kopf und sah, wie Schmitt ganz außer Atem stehenblieb und sich in einen Granattrichter fallen ließ. Der Gedanke ging mir durch den Kopf, daß ich zu ihm schleichen, ihn erschießen, alleine zurückkehren und den ganzen Ruhm absahnen konnte.

Ich entschied mich gegen ein solches Vorgehen, solange ich es nicht gründlich durchdacht hatte. In moralischer Hinsicht hatte ich natürlich keine Skrupel. Vom eigenen Vorankommen abgesehen, sollte man sein Leben von moralischen Kriterien freihalten, aber ich wußte nur zu gut, daß man mit übereilten Handlungen stets schlecht beraten ist. Wenn man einen Plan ausgearbeitet hat, muß man sich daran halten. Kleine Geister mögen aus einer spontanen Laune heraus handeln und glauben, sie hätten für ihre Initiative und ihren Unternehmungsgeist Lob verdient. In Wirklichkeit geben sie nur zu erkennen, daß ihr Plan nicht ausgereift war, daß sie nicht sämtliche Möglichkeiten erwogen, alle Züge durchdacht und sich auf jede Eventualität vorbereitet haben. Natürlich ist es lebenswichtig, auf unerwartete Zwischenfälle flexibel reagieren zu können; gewiß sind Phantasie und Tatkraft nützliche Waffen im Arsenal eines jeden großen Strategen, aber man darf *nur im Notfall* zu ihnen greifen – der tödliche Fehler besteht im unbegründeten Handeln und in der vorschnellen Umsetzung unzureichend analysierter Einfälle. Das lehrt uns die Betrachtung verschiedener Gestalten der Weltgeschichte. Die meisten Menschen wären überrascht, wenn sie erführen, wie minutiös große Feldherren planten. Vorige Woche habe ich beispielsweise eine Darstellung des englischen Admirals Horatio Nelson und seiner Strategiesitzungen vor der großen Seeschlacht bei Trafalgar gelesen. Seine Offiziere, die ihn abgöttisch liebten, trieb er fast zum Wahnsinn, weil er darauf bestand, seine Pläne ein ums andere Mal durchzugehen. Er rührte sich nicht vom Fleck, solange er nicht sicher war, daß jeder einzelne Offizier der Flotte das große Ziel und die eigentliche Bedeutung seiner Strategie nachvollziehen konnte und beherzigen würde. Dann erst begann er mit der mühsamen Erklärung aller taktischen Variationen. »Wenn dies, dann das« und so weiter, verzweigte sich in ein Dutzend weitere Wenns und Danns, bis Hunderte von Szenarien von vorn bis hinten durchgekaut worden waren. Als die Schlacht begann, war Nelson die Ruhe selbst und überraschte seine Untergebenen durch die scheinbare Gleichgültigkeit, mit der er jede Kanonade und jede Breitseite aufnahm. Kein Wunder! Jede Kanonade und jede Breitseite war ja erwartet und im voraus berechnet worden. Selbst als Nelson seine tödliche Verwundung erlitt, verlor er nicht die Ruhe. Auch diese Eventualität war ja in Erwägung gezogen worden, und Alternativpläne konnten unverzüglich in Aktion treten. Er starb in dem Wissen, daß seine Seite siegen würde. Natürlich gebrach es ihm an Stolz, Zuversicht und Souveränität auf dem spiegelglatten Parkett der Politik, und er hätte es nie weiter als bis zum Admiral gebracht, aber den wenigsten Männern ist es vergönnt, sämtliche Eigenschaften in sich zu vereinen, deren es bedarf, um in Kriegs- wie in Friedenszeiten die Menschen zu führen.

Ich folgte also nicht meinem Instinkt – obwohl es mich in den Fingern juckte –, bevor ich nicht alle Einwände entkräftet hatte. Ich zweifelte nicht an der Möglichkeit, Schmitt zu erreichen, ihn mitten im Niemandsland zu erledigen und mit den beiden Trophäen unversehrt zurückzukehren. Aber bei näherer Betrachtung merkte ich, wie dumm das gewesen wäre. Es war sicherer, ihn zu erledigen, im Schutz der letzten Dunkelheit mit leeren Händen zurückzukehren und mich erst, wenn es taghell war, erneut zu ihm zu begeben und alles vor den Augen meiner Kameraden zurückzubringen. Sie konnten mir Deckung geben, und schlimmstenfalls konnte ich die verräterische deutsche Kugel aus seinem Rücken entfernen, bevor andere die Leiche zu Gesicht bekamen.

An diesen Plan hätte ich mich wohl auch gehalten, wenn Schmitt bei der ganzen Angelegenheit eine halbe Stunde schneller gewesen wäre. Aber inzwischen war es schon zu hell, um den Vorstoß noch zu riskieren, sowohl was meine eigene Sicherheit anging als auch die Gefahr, aus den eigenen Schützengräben beobachtet zu werden. Ich verfluchte sein schwerfälliges Vorankommen. Warum war er so spät aufgebrochen? Ich weiß, wenn ich mich auf eine solche Expedition begeben hätte, dann hätte ich nicht so lange getrödelt. Ich wäre längst wieder sicher daheim gewesen.

Auch Schmitt mußte aufgegangen sein, daß die Zeit knapp wurde. Plötzlich schob er nämlich den Kopf über den Trichterrand, griff nach Schwert und Helm und lief geduckt los. Er war vielleicht zehn Meter weit gekommen, als ich leises Gewehrfeuer hörte und genau in Abschnitt K Mündungsfeuer aufblitzen sah. Monsieur war aufgewacht und hatte seinen Verlust entdeckt. Und Monsieur war ein guter Schütze. Schmitt warf die Arme hoch, fiel in den Dreck und streckte alle viere von sich.

Ich konnte mein Glück kaum fassen. Manchmal ist die Vorsehung wirklich gütig.

Jetzt mußte ich nur noch den Sonnenaufgang abwarten.

Eine Stunde später vernahm ich die ersten Regungen in unseren Schützengräben. Das übliche Furzen, Grummeln und Stöhnen, dann das Pfeifen der Offiziersburschen und Putzer, die ihren Vorgesetzten Kaffee und Wasser zum Rasieren brachten. Bald mußte Schmitts Leiche entdeckt werden, dann würden sie mich erkennen und annehmen, daß ich bereit war, mein Leben in die Schanze zu schlagen, um den Leichnam eines gefallenen Kameraden zu bergen.

Ich rechnete damit, daß ich es bis zum Schützenloch schaffen konnte, wenn ich mich nur immer flach an den Boden preßte. Meine eigene Seite würde ja wohl den Grips aufbringen, für einen Rauchvorhang zu sorgen. Und dann ein Sprint zurück zum Drahtverhau, gefolgt von einer tränenreichen Wagnerszene, in der ich alles Lob von mir weisen und hocherhobenen Hauptes davonschreiten würde, um mich ganz meiner Trauer hinzugeben.

Sogar für eine Selbstverständlichkeit wie den Rauchvorhang brauchten sie eine halbe Ewigkeit. Später erfuhr ich, daß der Trottel Hans Mend schließlich drauf gekommen war. Meine Güte, wenn ich mir vorstelle, daß mein Leben von diesen Schwachsinnigen abhing!

Aber endlich bekam ich meinen Rauch, was den zusätzlichen Vorteil hatte, das tränenfeuchte Finale glaubwürdiger zu gestalten. Als ich sicher war, daß ich ausreichende –

»Ich hoffe, du unterhältst dich bei deiner Lektüre.«

In dem plötzlichen Schock, Rudis Stimme zu hören, ließ Hans das Tagebuch auf den Schreibtisch fallen und sprang auf.

Rudi Gloder stand in der Tür und beobachtete ihn amüsiert.

»Hat man dir nie beigebracht, daß es unhöflich ist, das Tagebuch eines Menschen zu lesen, ohne ihn vorher um Erlaubnis zu fragen?«

Hans merkte, daß ihm die Stimme versagte. Er wollte sprechen, aber es kamen keine Worte heraus. Nur Tränen. Tränen und wütende Rachgier.

Kalendergeschichte

PJs berühmte Pfannkuchen

»Hunger, Mike?«

»Tierisch.«

»Ich hab dir PJ versprochen, also nichts wie hin.«

Ich lief neben Steve den Bürgersteig entlang – den Fußweg oder wie das bei denen hieß – und sah mich um.

»Das ist die Nassau«, sagte Steve, der meinen Blick bemerkt hatte. »Main Street, Princeton. Benannt nach dem Prinzen Wilhelm von Nassau-Oranien, so hat man's mir jedenfalls erklärt. Links liegt der Campus, rechts die Bars, Cafés, Buchläden und so.«

»Sieht irgendwie süß aus«, sagte ich.

»Stimmt, fast schon zu süß. Da drüben liegt der Palmer Square, aber vorher kommt noch die Witherspoon, an der A and B liegt.« Er legte den Kopf auf die Seite und sah mich prüfend an, als wartete er auf eine Reaktion.

»Äh... A and B?«

»The Alchemist and Barrister. Das ist ein Pub?« fügte er mit der ansteigenden Intonation hinzu, die man bei Amerikanern und Australiern oft findet.

»Pub? Ich dachte, das Wort wäre in Amerika ungebräuchlich.«

»Nö, wieso? Das benutzen wir schon. Besonders in Princeton. Und erst recht, wenn's um einen Irish Pub wie den A and B geht. Da waren wir übrigens gestern abend und haben Sam Adams und Absoluts weggekippt, als würde die Produktion eingestellt.«

»Sam Adams?«

»Das ist ein Bier, ein Dunkelbier. 'ne Art Ale? Wir haben es quartweise getrunken, und dazu Wodka pur, aber immer gib ihm.«

»Und da waren wir gestern abend drin? Du und ich?«

»Du, ich und noch 'n paar Jungs.«

Ich nickte zögernd. »Ich weiß noch, wie ich umgekippt bin. Daran konnte ich mich nach dem Aufwachen erinnern. Oder so.«

»Genau, das war am Palmer Square. Du hast die Wand vollgereihert und bist dann ratzfatz dagegengeknallt. Doc Ballinger meint, daß es dabei passiert sein könnte. Beim Schlag auf den Kopf.«

»Daß *was* passiert sein könnte, Steve?« fragte ich, sah ihn an und versuchte, nicht durchzudrehen. »Was glaubst du? Hab ich ein Rad ab? Sind das normale Amnesiesymptome? Daß man plötzlich einen britischen Akzent hat und glaubt, man lebt in ›Cambridge, England‹ und nicht in ›Hertford, Connecticut‹? Ist das normal? Was hat der Arzt dir gesagt? Du warst lange genug bei ihm drin. Er hat doch bestimmt so seine Vermutungen.«

Er schlug die Augen nieder. »Doc Ballinger hat gesagt, du sollst es ruhig angehen lassen, Mike. Am besten unbekümmert in den Tag reinleben. Nichts erzwingen. Wir laufen einfach durch die Stadt und über den Campus, und ich zeig dir überall, wo's langgeht. Nach und nach wird dir alles wieder einfallen, darauf kannst du Gift nehmen. Und heute nachmittag gehen wir bei diesem Taylor vorbei.«

»Wer ist das?«

»Irgendein Professor.«

»Ein Psychiater?«

»Ja, irgendwas in der Richtung. Spielt auch keine Geige. Wetten, der gibt dir bloß mit seinem Reflexhämmerchen 'n paar hinter die Löffel, und schon bist du wieder der Alte.«

»Und du paßt solange auf mich auf, ja? Zeigst mir, was Sache ist? Erinnerst mich daran, wo alles liegt, und hilfst meinem Gedächtnis auf die Sprünge?«

Er zuckte die Schultern. »Sieht ganz danach aus.«

»Sind wir…«, ich schluckte. »Heißt das, daß wir gute Freunde sind? Du und ich? Tut mir leid, das klingt beknackt, aber ich kann mich an nichts erinnern, an *gar* nichts. Deswegen muß ich mir die banalsten Dinge erklären lassen … nicht daß Freundschaft eine Banalität wäre«, fügte ich hastig hinzu. »Ich meine *grundlegende* Dinge… ich muß mir die grundlegendsten Dinge erklären lassen. Ich nehme an, daß wir Freunde sind… *Buddies* heißen die bei euch, oder?«

Ich quackelte drauflos, weil Steve rot geworden war, und ich mußte ihn bei Laune halten. Schließlich hätte jeder Mensch diese Frage albern gefunden.

»Ja, kann man so sagen, schätz ich«, brachte er schließlich heraus. »Ich schätze, man könnte uns als Buddies bezeichnen.«

»Heißt das ... ’tschuldigung, das klingt total albern, aber heißt das, du bist mein bester Freund, oder gibt es irgendwen, der mich besser kennt?«

»Na ja ...«

»Das soll nicht heißen«, unterbrach ich ihn schnell wieder, »das soll nicht heißen, daß ich’s nicht *nett* finde, daß du dich um mich kümmerst. Ich bin dir wirklich dankbar. Ich hab mich ... weißt du ... ich wollt’s bloß wissen ... mehr nicht.«

Der arme Steve wußte gar nicht, wo ihm der Kopf stand. Ich brachte ihn ungern derart aus der Fassung, aber Herrgott, an irgend etwas mußte ich mich doch orientieren.

»Menschenskind, Mike. Ich weiß nicht, wie ich das sagen soll. Ich kenn dich wahrscheinlich so gut wie jeder andere, aber ...«

»Ich hab was von einem Eigenbrötler«, half ich ihm auf die Sprünge, »das weiß ich. Habe ... hab ich zufällig«, mir war Jane eingefallen, wie sie sich über mich beugte, »... eine Freundin?«

Er blieb stehen und haspelte merkwürdig heiser und kaum vernehmlich seine Antwort heraus. »Keine Freundin. Oder zumindest ... jedenfalls ... keine, von der ich weiß. Also.«

»Gut. Danke.«

Steve nickte, konnte mir aber noch immer nicht in die Augen sehen. Als er endlich hochblickte, war er froh, das Thema wechseln zu können, und sagte aufgeräumt: »So, da wären wir!«

Er zeigte auf einen Diner mit großen Fenstern auf der anderen Straßenseite. An der rotweiß gestreiften Markise über dem Eingang stand in fetten schattierten Buchstaben »PJs«.

»PJs!« erklärte Steve unnötigerweise und fügte im Fanfarenton hinzu: »Wo es PJs berü-ü-ühmte Pfannkuchen gibt.«

Ich muß einen Gang runterschalten, sagte ich mir, als wir über die Straße gingen. Ich war auf die Hilfe dieses Burschen angewiesen, um mich wieder aufzurappeln, und es war äußerst unklug, wenn ich’s mir mit ihm verscherzte oder ihn in Verlegenheit brachte. Vielleicht hielt er mich für einen Vollidioten, war nie mit mir befreundet gewesen und behandelte mich bloß höflich, weil er mich gestern abend ins Bett gesteckt und mir heute morgen dummerweise als erster über den Weg gelaufen war. Wahrscheinlich wünschte er mich dahin, wo der Pfeffer wächst.

Mein empirisches Wissen über Amerikaner kam mir zwar ziemlich dürftig vor, aber trotzdem war ich überrascht, daß mein Nachfragen bei den Themen Buddies und Freundinnen Steve so offenkundig unangenehm war. Wir Briten machten uns ständig Vorwürfe, weil wir nicht über Beziehungen und Gefühle sprechen konnten, und den Amerikanern machten wir ständig Vorwürfe, weil sie über nichts anderes sprechen konnten. Vielleicht war es in Wirklichkeit genau umgekehrt. Ich dachte »wir Briten«, weil ich mich allen Indizien und Zeugenaussagen zum Trotz immer noch entschieden für einen Engländer hielt, der in Hampshire aufgewachsen war, und daß irgendwem ein furchtbarer Irrtum unterlaufen war – oder daß mir jemand eins auswischen wollte.

Mensch, Pup, sagte ich mir, du kannst dir doch deinen Akzent, deinen Wortschatz, deine blassen Erinnerungen an ein Mädchen namens Jane und ein College namens St. Matthew's nicht aus den Fingern gesaugt haben. Ebensowenig hast du dir den instinktiven Blick nach rechts eingebildet, als wir eben über die Straße... Moment mal! Während ich einem wütend hupenden Auto auswich, fiel mir etwas auf.

Pup! Ich hatte mich gerade Pup genannt. Wie kam ich darauf?

Wir erreichten die andere Straßenseite. »Sag mal, Steve, werde ich manchmal Pup genannt?« fragte ich ihn. »Ist das mein Spitzname? Pup oder Puppy?«

Er hielt mir die Tür zu PJs auf, und sein Mund verzog sich zu einem breiten Grinsen. »Nee, hör ich zum erstenmal. Ich kenn dich nur als Mike oder Mikey. Aber Puppy hat was. Süß. Doch, das gefällt mir...«

»Komisch«, ich folgte ihm, »mir überhaupt nicht, glaub ich.«

Wir setzten uns an einen Tisch am Fenster mit Blick auf die Nassau Street. Nein, wahrscheinlich hieß das ›mit Blick auf die Nassau‹. Auf dem Tisch standen Pfeffer- und Salzstreuer, Serviettenständer und Sahnekännchen aus Chrom, eine Flasche Heinz-Ketchup, ein Glas Gulden's Senf und ein Aschenbecher.

Kaum hatte er sich gesetzt, zog Steve ein Päckchen Strands aus der Tasche und bot mir eine an.

»*You're never alone with a Strand*«, sagte ich und lehnte ab.

»Wie bitte?«

»Du weißt schon, die Plakatkampagne in ganz Amerika. Oder Poster, wie ihr die wohl nennt. Aus den Fünfzigern, glaub ich. ›*You're never alone with a Strand.*‹ Einer der größten Fehlschläge der ganzen Werbungsgeschichte. Ein rauchender Mann, allein auf weiter Flur. Die Leute haben millionenfach die Marke gewechselt, weil sie Strand mit ewigen Versagern assoziierten.«

»Echt? Hab ich nie von gehört. Willst du wirklich keine?«

»Nein danke.« Dann fiel mir ein, daß beim Aufwachen ein Päckchen auf dem Nachttisch gelegen hatte. Plötzlich verstand ich, worauf er hinauswollte. »Ach du Scheiße, sag bloß, ich *rauche?*«

»Luckys. Gestern jedenfalls noch. Zwei Päckchen im Lauf des Abends. Aber wenn du keine willst... Mann, ist doch *die* Gelegenheit aufzuhören.«

»Komisch«, sagte ich. »*Irgendwas* fehlt mir tatsächlich. Als wenn da 'n Loch wäre. Erst hab ich gedacht, das hätte vielleicht... na ja, mit dem Gedächtnisverlust zu tun... aber vielleicht... ach, was soll's... ich probier's mal.«

Ich nahm mir eine Zigarette. Steve gab mir mit einem Messing-Zippo Feuer und hielt dabei meine Hand fest.

»Genau!« sagte ich nach dem ersten tiefen Zug. »Das war's! Das hat mir die ganze Zeit gefehlt. *Mann,* tut das gut! Warum bin ich da nicht früher draufgekommen? Ach so, bin ich ja anscheinend...« Ich war plötzlich richtig gut gelaunt, und mir fielen im Raum jede Menge Raucher auf. »Komisch«, sagte ich, »ich dachte, Raucher wären in Amerika so gut wie ausgestorben.«

Steve lachte und wollte gerade antworten, als eine Kellnerin mit zwei Speisekarten und zwei Gläsern Eiswasser auftauchte: »Hi, Mikey, hi, Steve.«

Ich sah das Namensschild an ihrer Bluse und sagte: »Hallo... Jo-Beth.«

»Was wollt ihr beiden Hübschen denn heute?« fragte sie, reichte jedem von uns eine Karte und zog zwei Servietten aus dem Chromständer. Sie hatte die Servietten als Untersetzer auf den Tisch gelegt, die Gläser darauf abgestellt und ihren Bestellblock gezückt, bevor ich mir auch nur das erste Gericht auf der unglaublich umfangreichen und komplizierten Speisekarte angeschaut hatte.

»Ähm…«, sagte ich und sah nervös ihren Stift über dem Block schweben. »Steve, fang du mal an.«

»Ich nehm das Gleiche wie immer, Jo-B, und Mikey auch.«

»Meine Güte, Männer sind *so was* von einfallslos…« Sie seufzte mit gespielter Verachtung, kritzelte etwas auf ihren Block, sammelte die Karten wieder ein und zischte ab.

»Wir werden dich schon noch überraschen«, rief Steve ihr nach.

»Ähm, du kannst dir meine Frage denken«, flüsterte ich und beugte mich vor, »was nehm ich denn immer?«

Steve blinzelte mir zu. »Laß dich überraschen…«

»Weißt du«, sagte ich und betrachtete zärtlich das glühende Ende meiner Zigarette. »Langsam gefällt mir die Geschichte. Es ist einfach *nur* verrückt und *nur* verwirrend.«

»So ist's recht«, meinte Steve, »einfach die Seele baumeln lassen.«

»Die Szene könnte glatt aus *Total Recall* stammen.«

»*Total Recall*? Den muß ich verpaßt haben.«

»Ehrlich? Arnie, Sharon Stone… nach der Geschichte von Philip K. Dick.«

Er schüttelte den Kopf. »Nie gesehen. Und, kommt dir hier was bekannt vor? Fällt dir irgendwas wieder ein? Der Pfannkuchengeruch, die beschlagenen Scheiben, das Tapetenmuster?«

Ich schüttelte lächelnd den Kopf. »Ja und nein. PJs kenn ich nicht, aber diese Diner-Atmosphäre hab ich natürlich schon tausendmal im Kino gesehen.«

»Das paßt übrigens nicht zusammen, Mike. Dein britischer Akzent ist wirklich fast perfekt, weißt du das? Aber dann benutzt du wieder Ausdrücke wie ›Diner‹ oder ›süß‹, was kein Tommy je sagen würde. Engländer sagen ›Restaurant‹ und ›bezaubernd‹ und ›ist dem so?‹ und all so 'n Kram.«

»Also, ich sag ständig ›Diner‹. Machen doch viele Engländer. Und ›süß‹ auch. Es ist schließlich nicht so, als wären wir völlig unbeleckt von amerikanischer Kultur, oder? Jane findet sogar, ich rede schon…« Ich brach ab und runzelte die Stirn.

»Jane? Wer ist denn das?«

Ich rieb mir die Nase wie ein echter Raucher. »Das weiß ich nicht genau. Sie trägt einen weißen Kittel und hat mich verlassen. Soviel weiß ich noch. Und sie hat den Renault Clio mitgenommen.«

»Den *was*?«

»Das ist eine Automarke. Ein französischer Wagen. Renault Clio.«

»Wie Kleopatra?«

»Nein, C-L-I-O.«

»Whig-Clio!« Steve schlug aufgeregt auf den Tisch.

»Wie bitte?«

»Whig-Clio sind zwei Campus-Gebäude. Hunderte von Jahren alt. Da waren wir gestern abend, bei der Cliosophischen Gesellschaft.«

»Der Cliosophischen Gesellschaft?«

»Klar, schon vergessen? Es gab eine Diskussion über die politischen Beziehungen zwischen Amerika und Europa. Sterbenslangweilig, deswegen sind wir früher weg. Und jetzt hab ich grad gedacht, du bist mit dem Kopf gegen die Wand geknallt, bist eingeschlafen, so breit, daß dich jede Flunder als Bruder begrüßt hätte, und hast geträumt! Und der Traum hat dich so gefesselt, daß du noch immer nicht richtig wach bist. Verstehst du? Du hast geträumt, du wärst in England, und da ist dieser Wagen aufgetaucht, diese französische Clio, weil du das ganze Zeug noch im Kopf hattest. Klar! Daran liegt das!«

Ich starrte ihn an und hätte ihm nur zu gern geglaubt, hatte aber doch so meine Zweifel. »Möglich wär's, glaub ich...«

»So *muß* es gewesen sein!«

»Was ist denn eine Cliosophische Gesellschaft?«

»Ach weißt du, die veranstaltet Podiumsdiskussionen. Hat sich nach Clio benannt, der Muse der Geschichte oder so.«

»Geschichte! Natürlich... Geschichte«, das Bächlein der Erinnerung plätscherte in meinem Hinterkopf. »Ich höre Geschichte, oder?«

»Ach Gott, du hörst alles mögliche, woher soll ich das wissen?«

»Nein, ich meine, ich studiere Geschichte. Geschichte ist mein... mein Hauptfach.«

Er sah mich an, als wollte ich ihn auf den Arm nehmen.

»Komm mal auf'n Boden, Mike. Philosophie. Dein Hauptfach ist Philosophie.«

Ich starrte ihn an. »*Philosophie*? Hast du Philosophie gesagt? *Autsch!*«

Steve nahm die Zigarette, die ich fallen gelassen hatte, und drückte sie im Aschenbecher aus.

»Hey, aufgepaßt, Kumpel.«

»Aber ich hab doch gar keine Ahnung von Philosophie!«

»Prämisse eins: Fahrlässig gerauchte Zigaretten können Verbrennungen hervorrufen. Prämisse zwei: Verbrennungen verursachen Schmerz, und Schmerz ist schlimm. Conclusio: Rauchen gefährdet die Gesundheit.«

Jo-Beth trat an den Tisch. »Zweimal das Frühstück Spezial. Haut rein, Jungs.«

Ich traute meinen Augen nicht, als ich den Pfannkuchenturm sah, den sie mir hinstellte. Oben auf dem Stapel schmolz ein weißer Butterklecks. Unten, im Erdgeschoß des Tellers, waren dünne, knusprig gebratene Schinkenstreifen um zwei Spiegeleier drapiert worden. Ich lutschte an meiner Brandblase und starrte fassungslos das monströse Stilleben an.

»Das soll ich alles essen?«

»Wird sich kaum vermeiden lassen«, sagte Steve und stützte die Ellenbogen auf den Tisch.

»Und das hier?« fragte ich und zeigte auf vier Tütchen Ahornsirup. »Wozu soll das gut sein?«

Statt einer Antwort riß er zwei seiner Tütchen auf und drückte sie über seinem Schinken aus.

»Schinken mit Ahornsirup?« fragte ich ungläubig. »Dann muß ich wirklich träumen.«

Aber als ich probierte, schmeckte es vorzüglich. Einfach goldrichtig, als hätte mein Körper nichts anderes erwartet.

»Kaum zu fassen«, sagte ich, als ich aufgegessen hatte, mir die nächste Zigarette ansteckte und den Rauch genüßlich inhalierte, »daß ich das alles geschafft habe.«

»Vielleicht war's genau das, was du brauchtest«, meinte Steve und goß mir Kaffee aus einer Kanne nach, die Jo-Beth im Vorbeigehen flink auf den Tisch gestellt hatte.

»Und so ein Frühstück putz ich regelmäßig weg?«

»Klar doch. Praktisch jeden Morgen.«

»Und warum wieg ich dann keine fünfzehn Stones?«

»Wie bitte?«

»Na ja, warum ...« Ich sah an die Decke und versuchte mich

im Kopfrechnen. »Warum wieg ich keine hundert Kilo oder so? Warum bin ich kein Fettwanst?«

Steve grinste. »Da mußt du schon Trainer Heywood fragen.«

Mir sank das Herz in die Hose. »Nein!« sagte ich. »Bitte nicht! Du willst mir doch nicht im Ernst erzählen, daß ich Sport treibe, oder? Das hat mir gerade noch gefehlt.«

»Willst du mich verarschen oder was? Mikeys Slider trifft keiner.«

»Slider?«

»Komm schon. Laß mal sieben Kröten rüberwachsen; wir machen halbe-halbe.«

Ich holte mein Portemonnaie aus den Shorts und zog ein paar Scheine heraus.

»Sieben Kröten?« sagte ich und fächerte die Scheine vor mir aus. »Die sehen doch alle gleich aus.«

»Was du nicht sagst«, meinte Steve und schnappte sich ein paar. »Stimmt so, okay?«

Als wir wieder auf der Nassau Street standen, das neugotische Disneyland der Universität direkt vor der Nase, schlug Steve einen Spaziergang über den Campus vor.

Er erklärte mir, Studenten fingen als *Erstsemester* an, würden dann *Sophomores, Juniors* und im vierten und letzten Jahr *Seniors.* Wir beide hätten das *Junior Year* fast hinter uns und gehörten also zum »Abschlußjahr« 1997, dem Jahr unseres Examens. Steve studierte Physik, wollte aber kein Naturwissenschaftler bleiben. Manchmal dachte er daran, Schriftsteller zu werden. Er hatte Seminare über Geschichte und Lyrik belegt und die ganz nett gefunden.

Während des Spaziergangs bekam ich jede Menge Stadtgeschichte eingetrichtert.

Steve zeigte auf ein elegantes, efeubewachsenes Gebäude vor uns. »Ein früher Gouverneur von New Jersey, Jonathan Belcher, hat Entscheidendes zur Gründung von Princeton College beigetragen. Zum Glück war er ein sehr bescheidener Mann, sonst hieße die Nassau Hall, die dieses Jahr ihren 250. Geburtstag feiert, wahrscheinlich Belcher Hall, und eine ›Rülpserhalle‹ wäre doch etwas peinlich. 1777 hat George Washington die Briten an der Nassau Hall zurückgeschlagen, und fünf Jahre später wurde Princeton vorübergehend Hauptstadt der Vereinigten Staaten. Bis auf den heutigen Tag haben wir das Privileg, nachts das Sternenbanner hissen zu dürfen. Washington kehrte hierher zurück, um den Dank des Kontinentalkongresses für seine Kriegsführung entgegenzunehmen, und am 31. Oktober 1783 traf genau hier, wo wir jetzt stehen, die Nachricht ein, der Friede von Paris sei unterzeichnet worden, womit die amerikanische Revolution offiziell beendet war. Besucher werden gebeten, den Rasen nicht zu betreten. Benutzen Sie bitte kein Blitzlicht beim Fotografieren im Inneren der Gebäude. Vielen Dank für Ihre Aufmerksamkeit.«

»Sag mal, woher weißt du denn den ganzen Quark?« fragte ich.

»Als Sophomore habe ich Touristen herumgeführt. Hier finden dauernd Besichtigungen statt. Du warst übrigens auch Stadtführer.«

»Ehrlich?«

»Na klar. Das machen viele Studenten. Leicht verdientes Geld. Das da drüben ist Stanhope Gate. Da geht man bei den Abschlußfeierlichkeiten durch, deswegen soll es Unglück bringen, wenn man es vorher durchquert. Das ist ein richtiger Aberglaube geworden; außer an seinem letzten Tag geht da niemand lang.«

Ich fragte, ob wir uns nicht lieber die Gebäude anschauen könnten, die mir seiner Meinung nach am ehesten bekannt vorkommen müßten.

»Gern«, sagte Steve, »wir gucken mal, wer am Chancellor Green rumhängt, da verbringst du ziemlich viel Zeit. Vielleicht fällt mir unterwegs noch was ein. Genau, eins solltest du noch wissen: In grauer Vorzeit wurde das Land um eine Universität herum *Yard* oder *Green* genannt. Aber Ende des 18. Jahrhunderts beschloß der damalige Rektor von Princeton, Jonathan Witherspoon, ein Altphilologe von echtem Schrot und Korn, die Felder um Nassau Hall ›Campus‹ zu nennen, weil ›Feld‹ auf lateinisch ›campus‹ heißt, und deswegen liegen Hochschulen heute immer auf einem ›Campus‹. Toll, was?«

Ich bestätigte, daß das toll sei. Er schien sich über meine Fortschritte zu freuen.

»Noch was«, sagte er. »Es gibt zwei Theorien, warum die besten Unis der USA ›Ivy League‹ genannt werden. Der ersten zufolge pflanzte früher jeder Abschlußjahrgang in Princeton Efeu an der

Fassade von Nassau Hall. Dieser Brauch wurde vor einigen Jahrzehnten abgeschafft, so um 1941 rum, als der ganze Bau zugewuchert war. Deswegen pflanzen die Graduierten ihren Efeu heutzutage unter die Plakette ihres Jahrgangs an der Rückwand. Aber daher soll der Name Ivy League stammen. Vom Efeu.«

»Klingt plausibel«, meinte ich. »Und die zweite Theorie?«

»Bei der zweiten muß man vorausschicken, daß es um die Mitte des 18. Jahrhunderts nur Harvard, Yale, Princeton und... noch eine gab, Cornell oder Dartmouth, das weiß ich nicht genau. Jedenfalls nur vier Universitäten. Und das römische Zahlwort IV besteht aus den Buchstaben I und V. *Eye-vee* – Ivy – Efeu.«

»Die zweite Theorie gefällt mir besser«, sagte ich nach kurzem Überlegen. »Und wo bin ich heute morgen aufgewacht? Wie heißt das?«

»Ach, das ist Henry Hall, ein Wohnheim auf der Westseite des Campus, die allgemein Slum genannt wird.«

»Slum?«

»Ja, dabei ist es dort ganz malerisch. Die Gegend heißt Slum, weil man vom Campuszentrum mit den Verbindungshäusern so weit laufen muß. Aber als Wohnheim liegt es ganz nett, gleich um die Ecke vom University Place, wo der Princeton University Store ist, das Macartney Theater und der Wawa Minimart – das ist ein ganz ordentlicher Supermarkt. Und das hier« – Steve deutete auf ein kleines verziertes Gebäude vor uns – »ist das Chancellor Green Student Center. Das ist ein beliebter Treffpunkt. In der Rotunde gibt's Cafés, 'ne Spielhölle und all so'n Kram. Erkennst du's zufällig wieder?«

Ich hörte ihm kaum noch zu, weil gerade etwas oder eher jemand herauskam, den ich definitiv wiedererkannte. Beim bloßen Anblick rauschte eine Flutwelle von Erinnerungen über mich hinweg wie in *Johnny Mnemonic,* wenn er ganze Festplatten runterlädt. *Johnny Mnemonic*... Keanu Reeves... Keanu Young, Dr. Trendy... Jane... kleine orangefarbene Pillen ... auf einen Schlag kehrte so vieles zurück, daß ich Angst vor einer Speicherüberlastung bekam.

»Double Eddie!« schrie ich. »Menschenskind, Double Eddie!«

Er sah kurz herüber, und dann über seine Schulter, als suchte er nach dem Angesprochenen.

Ich ließ Steve stehen und lief zu ihm. »Mein lieber Mann«, sagte ich außer Atem, »bin ich vielleicht froh, dich zu sehen! Wie geht's dir? Hast du irgendeine Ahnung, was hier los ist?«

Er starrte mich ausdruckslos an. »Kennen wir uns irgendwoher?«

Ich legte ihm eine Hand auf die Schulter. »Mensch, laß den Scheiß, Eddie. Du bist doch Eddie. Dich würd ich überall wiedererkennen.«

Eddie sah Steve an, der mir nachgelaufen kam.

»Ich glaube, wir gehen lieber, Mikey«, sagte Steve.

»Ich *kenne* diesen Mann«, sagte ich. »Du heißt doch Double Eddie, oder etwa nicht?«

Double Eddie schüttelte den Kopf. »Nee, tut mir leid, Mann. Ich heiße Tom.«

Sein amerikanischer Akzent machte mich wahnsinnig. »Nein!« Ich rüttelte ihn an der Schulter. »Das kannst du mir doch nicht antun. Du bist Edward Edwards, ich kenne dich doch.«

»Hey, reg dich ab, klar? Ich heiße allerdings Edward Edwards. Edward Thomas Edwards, aber ich kenne dich nicht.«

Steve zog mich sanft von Double Eddie weg. Ich konnte es zwar nicht sehen, aber spüren, daß er Eddie hinter meinem Rücken ein Zeichen gab. Wahrscheinlich tippte er sich an die Stirn. Tut mir leid, mein Freund hat einen Dachschaden.

»Aber als du noch in Cambridge warst«, sagte ich verzweifelt, »da wurdest du doch Double Eddie genannt. Du warst mit James McDonell zusammen. Ihr habt euch eine Szene geliefert, und ich hab deine CDs aufgesammelt. Schon vergessen?«

Double Eddie wurde knallrot und wich zurück. »Was soll der Scheiß? Ich kenne dich nicht. Verpiß dich, aber dalli!«

»Tut mir leid...«, sagte ich und fuhr mir durchs kurze Haar. »Ich wollte nicht... aber weißt du das denn nicht mehr? St. Matthew's? Deine CD-Sammlung? James und du, ihr habt in F4 im Old Court gewohnt. Ihr hattet Zoff, aber dann habt ihr euch wieder versöhnt, und alles war Friede, Freude, Eierkuchen.«

»Scheiße, Mann, du behauptest, ich wär 'ne Schwuchtel?« Double Eddie war puterrot angelaufen und knallte mir die Faust auf die Rippen. Ich taumelte gegen Steve.

»Hey, hey, hey«, sagte der. »Vergessen wir's, okay? Mikey hatte einen Unfall. Er ist mit dem Kopf wogegen geknallt, und seitdem spinnt sein Gedächtnis irgendwie. Er hat das nicht so gemeint. Immer mit der Ruhe, okay?«

»Ach ja?« sagte Double Eddie. »Dann mach ihm schleunigst klar, er soll sich diese widerliche Schwulenscheiße abschminken, oder ich knöpf mir seinen Schädel erst richtig vor.«

»Puuh!« sagte Steve, nachdem Eddie verschwunden war. »Du mußt dich zusammenreißen, Junge. Du kannst doch nicht durch die Gegend ziehen und den Leuten solche Sachen an den Kopf schmeißen!«

»Er *ist* es!« sagte ich, sah Eddies Rücken nach und erinnerte mich nur zu gut daran, wie er durch den Old Court stolziert war und bockig seine CDs über den Rasen verstreut hatte. »Da bin ich todsicher. Außerdem: Was sollte denn diese Homophobie eben?«

»Die *was?*«

»Ich meine, was ist denn so schlimm daran, wenn man schwul ist?«

Steve starrte mich an und flüsterte: »Du bist wahnsinnig!«

»Wieso, ich denk, das hier ist Amerika? Da ist das doch der letzte Schrei, wollte sagen, da liegt das doch voll im Trend. Aber der Typ klang ja richtig nach Machokompanie.«

Steve glotzte mich angsterfüllt an. »Ich glaube, wir sollten dich nach Henry Hall zurückbringen. Hau dich 'n bißchen aufs Ohr, bevor du zu diesem Professor Taylor gehst. Dann kannst du dich wenigstens nicht mehr in die Nesseln setzen.«

»Gut«, sagte ich. Die neuen Erinnerungen, die Double Eddies Anblick ausgelöst hatte, durchschwappten mich so ungestüm, daß sie mir fast über die Lippen sprudelten. »Du hast recht. Ich muß allein sein.«

Revidierte Geschichte

Sir William Mills (1856–1932)

Gloder saß allein am Schreibtisch und wartete auf die Dämmerung.

Vor ihm lag ein Brief, der ihn offiziell über die Auszeichnung mit dem Eisernen Kreuz I. Klasse in Kenntnis setzte. Er lächelte ihn an und schob den Briefbogen in die Mitte des Schreibtischs. Alles lief nicht nur nach Plan, sondern weit besser, als er mit schierer Willenskraft je erreicht hätte. Gloder war alles andere als ein Phantast, er glaubte weder an eine Vorsehung ohne menschliches Nachhelfen noch an ein unausweichliches, gottgewolltes Schicksal des einzelnen. Er war ein ausgeglichener Mensch. Seiner Meinung nach gab es zwischen dem Willen und dem Schicksal eine Sphäre, in der man seine Zukunft aus den Materialien erschaffen konnte, die man dem Schicksal verdankte.

Rudi hielt sich außerdem für einen großzügigen Mann. Seit er seine angeborenen Gaben kannte, wußte er auch instinktiv, daß sie nicht nur für ihn gedacht waren und nicht auf billige Vergnügungen oder skrupelloses Vorankommen verschwendet werden durften. Von klein auf hatte er gewußt, daß er diese Gaben einsetzen mußte, um seine Mitmenschen zu führen, deren überwältigende Mehrheit weder über seinen Verstand und seine Bildung noch auch nur über ein Zehntel seiner Ausdauer, seines Konzentrationsvermögens und seines Scharfsinns verfügte.

Bei jedem anderen mochte diese Selbstsicherheit als Arroganz oder fixe Idee gelten. Bei Rudi nahm sie eine Form von Demut an. Es gab wenige Männer – und im Inferno des Krieges schon gar keine –, denen er das darlegen konnte. Einmal hatte er es schriftlich versucht.

»Stell dir einen Mann vor«, hatte er geschrieben, »der ein so scharfes Gehör hat, daß ihm nicht das geringste Geräusch entgeht. Ein Flüstern vernimmt er ebenso deutlich wie fernes Donnergrollen. Infolge der Geräuschüberflutung, der sich dieser Mann unaufhörlich ausgesetzt sieht, muß er entweder den Verstand verlieren oder Hörmethoden und Verfahren entwickeln, um dieses akustische Sperrfeuer verständlichen Mustern zuzuordnen. Allen Außenklängen muß er kohärente Form geben und eine Art Musik daraus komponieren.

Ich bin ein solcher Mann: Ich sehe, höre, spüre und weiß so viel mehr als die Mehrheit meiner Mitmenschen, daß ich mir ein System erarbeiten mußte, eine allgemeine Weltmusik, die jedem anderen unverständlich bliebe, allem von meinem Verstand Durchdrungenen jedoch Struktur und Gestalt gibt. Diese Musik wird ununterbrochen um neue Eindrücke und Erkenntnisse bereichert, und auf diese Weise wächst sie.«

Für Rudi war es weder Hybris noch Weltfremdheit, sich in seinem Selbstverständnis himmelweit über all den Krethi und Plethi anzusiedeln. Natürlich waren ihm Männer begegnet, deren akademisch geschultem Geist er nicht das Wasser reichen konnte. Hugo Gutmann zum Beispiel hatte weit mehr gelesen und sich besser auf abstraktes Philosophieren verstanden. Aber Gutmann hatte nicht mit Menschen umgehen können, er war außerstande gewesen, sich (um die Metapher beizubehalten) in die einfacheren Weisen der Menschheit hineinzuhören, in die Bierzeltlieder zum Mitschunkeln der gemeinen Soldaten ebensowenig wie in die sentimentalen Kunstlieder der Bildungsbürger. Außerdem war Gutmann tot. Gloder hatte auch Mathematiker und Naturwissenschaftler kennengelernt, denen er niemals ebenbürtig sein würde, aber diese Männer wiederum waren bar jeden Geschichtssinns, jeder Phantasie und jeden Mitgefühls gewesen. Auch Lyriker hatten seinen Weg gekreuzt, aber die hatten keinen Gefallen an Zahlen, Daten oder der logischen Verknüpfung reiner Ideen gefunden. Er hatte Philosophen getroffen oder gelesen, die sich meisterhaft auf die reine Vernunft verstanden, aber dafür ging ihnen jegliches praktische Wissen um Hirschjagd oder Ackerbau ab. Welchen Nutzen hatte es denn, wenn man Pi bis auf die vierhundertste Stelle hinter dem Komma bestimmen oder die Phänomenologie des Geistes reflektieren konnte, aber außerstande war, sich mit einem Landwirt auf die beste Zeit zu verständigen, zu der das Vieh von den Hochalmen ins Tal getrieben werden mußte, oder mit einem Freund in unbeschwerter Runde zwei Huren auszuwählen? Und welchen Nutzen hatte die Fähigkeit, sich Zugang zum Sinnen und Trachten der Massen zu verschaffen, wenn man andererseits nicht von Isoldes Tod zu Tränen gerührt werden konnte, wo sich menschliche Liebe auf den höchsten Gipfel reiner Kunst emporschwang und sich dann in reinen Geist und transzendentales Nichts verwandelte? Solche Fragen beschäftigten Gloder.

Er erhob sich, ging zur Tür und sah in die angrenzende Schlafkammer. Hans Mend lag ausgestreckt auf dem Bett, seine blicklosen Augen starrten an die Decke, als versuche er, sich eine Kindheitserinnerung zu vergegenwärtigen oder eine schwierige Addition im Kopf durchzuführen.

Gloder machte sich keine Vorwürfe, weil er so leichtsinnig gewesen war, sein Tagebuch in einer unverschlossenen Schublade aufzubewahren. Die Zeit, die für Selbstvorwürfe draufging, verwendete man besser darauf, den eigenen Wissensdurst zu löschen. Sein Fehler hatte keine fatalen Folgen gehabt, und er würde ihn nicht noch einmal machen. Er konnte ihn sogar zu seinem Vorteil ummünzen. Sein neues Tagebuch (die Reste des alten schwelten im Kamin) sollte regelrecht entdeckt werden.

Mends Schock, sich in ihm getäuscht zu haben, war so immens, daß Rudi eine gewisse Befriedigung nicht verhehlen konnte. Dieser Mann hatte nur darum eine so tiefe Kränkung erfahren können, weil er zuvor mit Leib und Seele an Hauptmann Rudolf Gloder und seine Rechtschaffenheit geglaubt hatte. Mend war keineswegs ein dummer Soldat gewesen, und wenn er sich bereits so hemmungslos der Verehrung hingeben konnte, wie mußte es dann erst um die Neandertaler unter den Mannschaften stehen?

Der entscheidende Augenblick war nicht frei von Komik gewesen.

»Ich hoffe, du unterhältst dich bei deiner Lektüre«, hatte Rudi von der Tür aus gesagt und sorgfältig den besten Moment für seine Bemerkung abgepaßt, wie ein Komödiant, der seine Pointe weder zu früh noch zu spät anbringen darf.

Entsetzt war Hans aufgesprungen wie ein Schulbub, den man über den schlüpfrigen Stellen der Anakreontiker ertappt hat.

»Hat man dir nie beigebracht, daß es unhöflich ist, das Tagebuch eines Menschen zu lesen, ohne ihn vorher um Erlaubnis zu fragen?«

Er hatte den Eindruck, der arme Hans müsse eine volle Minute vor ihm gestanden haben, mit bebenden Lippen und kalkweißem, von Zorn und Furcht verzerrtem Gesicht. Rudi wußte, daß sie sich in Wirklichkeit kaum drei Sekunden so angesehen hatten, aber in solchen Situationen war die Zeit immer ungezogen. Selbst in dieser angespannten Lage hatte Rudi noch an die Philosophie Henri Bergsons und seinen Zeitbegriff der Dauer denken müssen.

In diesem kurzen Augenblick war er zu Hans hinübergegangen und hatte seelenruhig nach dem Tagebuch gegriffen.

»Ich muß mich dafür entschuldigen, daß dieses Werk jegliche ästhetische Durchformung vermissen läßt, lieber Mend«, hatte er wie ein müder Altmeister der Wissenschaft gesagt. »Die Zwänge des Krieges, verstehst du? Im Angesicht der Kanonen fällt höchste literarische Eleganz schwer. Wie ich sehe, bist du mitnichten beeindruckt.«

Er hatte das Tagebuch mit seinem geprägten Kalbsledereinband an sich genommen, Mend den Rücken gekehrt, war zum Kamin gegangen und hatte es hineingeworfen. Dann hatte er es mit Paraffin übergossen und ein brennendes Streichholz darangehalten. »Ein hartes Urteil«, hatte er geseufzt, Mend noch immer keines Blickes würdigend, obwohl er seinen schweren Atem hinter sich hörte, »aber zweifellos gerechtfertigt.«

Er schürte die brennenden Seiten mit der Spitze seines spiegelblank polierten Stiefels, drehte sich um und sah Mend mit der Luger in der Hand auf sich zukommen.

»Teufel!«

Mend brachte nur ein heiseres Flüstern heraus.

»Ich befleißige mich hoffentlich keiner übertriebenen Beachtung der pedantischen Regeln und Bräuche, die uns hier an der Front das Leben schwermachen«, sagte Rudi, »aber ich kann mir die Bemerkung nicht verkneifen, daß der Gebrauch von Handfeuerwaffen den höheren Diensträngen vorbehalten ist. Gewehre für die Mannschaften, Pistolen für die Offiziere. Ohne Frage ein lachhafter Brauch, aber so bedauerlich er auch sein mag, nach meinem Dafürhalten sollte man auf solchen Traditionen beharren, ehe sich um uns herum Disziplinlosigkeit ausbreitet wie Typhus.«

»Keine Angst, Hauptmann«, zischte Mend, »diese Pistole ist für dich.«

Sein ratloser Gesichtsausdruck beim Durchziehen des Abzugs war komisch und – auch wenn Rudi kein Unmensch sein wollte – ziemlich jämmerlich.

»Kaputt«, sagte er und klopfte auf den Holster, in dem seine intakte Luger steckte.

Wie vor den Kopf geschlagen stand Mend mitten im Zimmer. Der Abzug klickte immer wieder ins Leere, so oft er auch abdrückte. Schließlich ließ er die Pistole fallen und starrte Rudi an, als träume er. Aller Zorn war aus seinem Gesicht verschwunden.

Rudi ging ohne ein Wort auf ihn zu und streckte die Arme aus wie ein Schlafwandler oder wie ein französischer *Maréchal,* der sich zu einer formvollendeten Umarmung auf dem Exerzierplatz anschickt. Mend leistete keinen Widerstand, als Rudi ihm die Hände um den Hals legte und seine Daumen den Kehlkopf eindrückten.

Mend sagte nichts und machte keine Anstalten, sich zu wehren. Ihm fehlte die Geistesgegenwart, Gloder lautstark zu verfluchen oder um Hilfe zu brüllen. Seine Augen standen voller Tränen und waren unverwandt auf Gloder gerichtet. Ihr Ausdruck hätte beunruhigend oder beschämend sein können, hätte in ihnen nicht auch Gleichgültigkeit – nein, mehr noch: ein Verlangen, eine Begrüßung des Endes gelegen. Die Ganglien und Sehnen seiner Kehle waren weich und nachgiebig wie die Brüste einer Frau. Als er starb, traten seine Augen weit hervor, aber mit dem letzten Keucher schrumpften sie wieder wie Blasen im Schlamm, deren Sumpfgas nicht zum Platzen reicht.

Rudi hatte den Toten auf sein Bett gelegt, die Zwischentür abgeschlossen, war mit dem Umschlag in der Hand aus seinem Büro und durch die Flure gestürzt und hatte laut gejohlt und gelacht.

»Sehen Sie nur, was Stabsgefreiter Mend mir hingelegt hat!« hatte er gerufen, als er in Eckerts Büro platzte. »Wo ist er? Wann war er hier? Dem Boten gebührt der erste Schluck Branntwein!«

Eckert hatte sich erinnert, daß Mend zwei Stunden zuvor die Nachmittagsdepeschen abgeliefert hatte.

»Aber kümmern Sie sich doch nicht um ihn«, sagte der Major. »Ich gratuliere Ihnen, Hauptmann Gloder! Darf ich hinzufügen, daß ich mein Privileg, Empfehlungen auszusprechen, noch nie so genossen habe? Und ich weiß, daß ich in dieser Hinsicht auch für den Herrn Oberst sprechen darf.«

Rudi hatte verlegen gegrinst. »Herr Major, Sie sind zu gütig. Sie alle bringen mir viel zu viel Wohlwollen entgegen. Hoffentlich sprechen keine strategischen Gründe dagegen, am Wochenende die Offiziere und Mannschaften, die gefahrlos von der Front abgezogen werden können, zu einer kleinen Feier einzuladen. *Chez Le Coq d'Or?* Diese Auszeichnung gebührt dem Regiment, und das Regiment sollte auch belohnt werden. Offiziere und Mannschaften gleichermaßen.«

»Sie sind ein guter Kerl«, sagte Eckert, »und Ihre Leutseligkeit den unteren Diensträngen gegenüber in allen Ehren, aber einem Adjutanten geziemt keine übertriebene Kameradschaftlichkeit.« Lächelnd fügte er hinzu: »Geschweige denn einem Adjutanten, der kurz vor der Beförderung steht.«

»Herr Major!« Rudi holte überrascht Luft.

»Schon gut! Es ist kein Geheimnis, daß man Sie im Stabshauptquartier schon seit geraumer Zeit im Auge hat. Ich weiß, was Sie jetzt sagen wollen ...«, Eckert schnitt Rudi mit einer Handbewegung das Wort ab, »... Sie wollen an vorderster Front bleiben und mit den Männern zusammen kämpfen. Das verdient Respekt, aber intelligente Männer mit einem gerüttelt Maß an Erfahrung werden hinter der Front oft dringender gebraucht.«

Als der Tag zur Neige ging, war Gloder zu seinen Zimmern hochgegangen. Er hatte sich vorne in den Schützengräben nach Mend erkundigt, aber nur zu hören bekommen, er sei nicht da und versähe wohl irgendwo anders seinen Dienst. Meldegänger waren zwangsläufig immer unterwegs. Rudi war daher am Spätnachmittag zurückgekommen, der Rücken tat ihm weh vom Schulterklopfen der Gratulanten, und den Männern in der Wachstube hatte er zwei Flaschen Schnaps spendiert, bevor er sich zur Ruhe begeben hatte.

Jetzt saß er am Schreibtisch, die Tür zur Kammer stand offen, und Mends erstarrende Leiche sah immer noch voller Konzentration an die Decke.

»Mein guter, getreuer Hans«, sagte Rudi. »Da du deine Nase in fremde Angelegenheiten stecken mußtest, kannst du leider nicht an der Stunde meines größten Triumphs teilhaben. In wenigen Wochen werde ich Major Gloder sein und mich beim Generalstab lieb Kind machen. Ich werde meine Tage in einem hochherrschaftlichen

Château verleben, Pralinen futtern und am grünen Tisch Zinnsoldaten verschieben, bis dieser idiotische Krieg endlich vorbei ist. Und jetzt laß mich in Ruhe. Ich muß mein neues Tagebuch schreiben.«

Morgens um drei erhob er sich mit schmerzenden Gliedern von seiner Arbeit und ging in die Küche hinab. Alles war totenstill, als er durch die Hintertür auf den Hof schlich.

Er fand eine Schubkarre und stellte sie an der Wand unter seinem Fenster ab. Der nächste Wachposten mußte auf der anderen Seite des *Fermier* sein, und wenn Rudis Schnapsgeschenk zur Feier des Tages nicht versagt hatte, schlief er irgendwo seinen Rausch aus.

Als Rudi wieder in seinem Zimmer war, öffnete er die Schreibtischschublade und wühlte darin herum. Dann ging er in die Kammer, schlang Mend seine Botentasche um die Schultern, hob die Leiche an und trug sie ohne größere Schwierigkeiten zum offenen Fenster. Er ließ sie genau neben die Schubkarre fallen. Als der Körper unten aufschlug, brachen einige Knochen wie trockene Äste, da inzwischen die Leichenstarre eingesetzt hatte.

Als Rudi seine steife Fracht durch die Nacht auf den Lattenrost des Kurfürstendamms zuschob, sah er sich als Müller, wie er weiland in einem Dorf auf dem Lande Mehl verkaufte. Leise pfiff er die plätschernde Melodie von Schuberts Arrangement der »Schönen Müllerin« vor sich hin.

Er erreichte Mends Unterstand, wuchtete die Leiche hoch und ging hinein.

»Wer da?« fragte eine schlaftrunkene Stimme in der Dunkelheit.

»Ich bin's«, sagte Rudi leise. »Bring euern betrunkenen Hans ins Bett.«

»Gott sei Dank, Herr Hauptmann. Ich hatte schon Angst, es wäre die Reveille.«

»Erst in zwei Stunden. Schlaf ruhig weiter. Ich bring ihn ins Bett und verschwinde wieder.«

Ein gebrochenes Bein stand heraus, aber nach einigem Schieben und Zerren lag die Leiche schließlich in halbwegs natürlicher Stellung auf dem Bett.

Rudi verließ den Unterstand, hob die schwere Holzschubkarre hoch und schob sie über die Rückenwehr des Grabens. Er stieg ihr nach, indem er die Stiefel zwischen den Sandsäcken verkantete. Als er oben war, drehte er sich um und betrachtete den Eingang des Unterstands.

Welch eine Verschwendung, dachte er. Andererseits war jeder Krieg eine einzige Verschwendung. Das war schließlich nichts Neues. Er zog die Mills-Bombe aus der Tasche und nahm sich vor, allen Angehörigen wunderschöne, lyrische Beileidsbriefe zu schreiben.

Bevor er zum *Fermier* zurückrannte, stieß er die Schubkarre von sich, die in die Dunkelheit hineinsegelte.

Als sie in ein Gebüsch krachte, detonierte hinter ihm der hochexplosive Sprengstoff.

Alte Geschichte

Konsequenzen

Beim Anblick Double Eddies war mein Gedächtnis detoniert wie ein Unterwasservulkan, und ich mußte dringend allein sein, um das Magma geschmolzener Eindrücke zu verarbeiten, das vor meinem inneren Auge aufstieg und erstarrte. Das mag ein übertriebenes Bild sein, entsprach aber meinem Gefühlszustand. Es war meschugge, aber tröstlich, mir Metaphern auszudenken. Wenn das Leben unendlich leer erscheint, klammert man sich an jedes in der Wirklichkeit wurzelnde Bild, um nicht völlig ins Schwimmen zu geraten.

Steve hatte mich über den Campus nach Henry Hall zurückgebracht. Nach dem Zusammenstoß mit Double Eddie war er wahrscheinlich ziemlich von den Socken und daher froh, mich hier abliefern und in die Normalität seines eigenen Lebens zurückkehren zu können. Er hatte bestimmt noch zu tun oder wollte seiner Freundin von diesem verrückten Vormittag erzählen. Womöglich mußte er auch Doc Ballinger Rapport erstatten.

»Hör mal«, sagte ich, als das viktorianische, neugotische Mauerwerk von Henry Hall mit seinem Efeu vor uns emporwuchs, ein vertrauter Anblick, der in dieser fremden Welt heimatliche Gefühle weckte. »Das war unheimlich nett von dir. Ich hab dir bestimmt tierisch zu schaffen gemacht, und du hast dich prima geschlagen. Ich geh dann hoch und hau mich hin.«

»Hast du deinen Schlüssel?«

Ich suchte in der Tasche meiner Shorts und zog ihn heraus. »Alles da«, sagte ich.

Mit unbeholfener Zuneigung legte er mir eine Hand auf die Schulter. »Eines Tages werden wir uns über die ganze Angelegenheit kaputtlachen«, meinte er.

»Auf jeden Fall«, sagte ich, »nur über dein Verständnis und deine

Unterstützung werde ich hoffentlich nie lachen. Soviel Geduld konnte nur ein wahrer Freund aufbringen.«

»Hast du's nicht 'ne Nummer kleiner?« fragte er, wurde rot und verschwand.

Rührend, das Ganze. Ich fragte mich, wo er wohl hinwollte und was er seinen Bekannten erzählen würde.

Als ich wieder im Zimmer war, Zimmer 303, *meinem* Zimmer, legte ich mich auf das Bett, in dem ich morgens aufgewacht war, starrte an die Decke und versuchte, meine Gedanken zu ordnen und die neuen Erinnerungen zu sortieren.

Ich wußte jetzt hundertprozentig, daß ich Michael Young war, Doktorand der Geschichte in Cambridge. Ich wußte auch, daß ich gestern abend – aber was bedeutete »gestern abend«? – in einem Labor in Cambridge gewesen war, genau, in New Cavendish, und in diesem Labor arbeitete ein Physiker, ein Physiker namens ... ach, würde mir schon wieder einfallen.

Wir hatten an einer Maschine herumgebastelt...

Tim! Die Maschine hieß Tim. T.I.M. Temporale Imaginationsmaschine. Nur hatten wir die Bedeutung der Abkürzung verändert, als Leo...

Leo! Siehst du, Puppy? So peu à peu fällt dir alles wieder ein. Leo hieß er. Leo Zuckermann. Während der Weiterentwicklung des Prototyps hatten wir die Bedeutung der Abkürzung verändert, die schließlich für Temporale Interface-Maschine stand, weil wir Pillen verschicken mußten...

Pillen! Da war eine Handvoll orangefarbener Pillen gewesen, die Jane...

Jane! Janes Pillen. Die Unfruchtbarkeitspille für den Mann. Die auf Dauer sterilisierte. Die Frischwasserzisterne hinter dem Haus im österreichischen Braunau. Dort hatten wir die Pillen hingeschickt. Nach Braunau am Inn.

Braunau!

Jetzt brach ein solcher Erinnerungsschwall über mich herein, daß ich Angst vor dem Ertrinken bekam.

Alois. Klara. Das Meisterwerk. Abgeschlossen bis zum letzten Komma. Ein Päckchen, das aus meinem Postfach ragte und an Leo Zuckermann adressiert war. Der Parkplatz. Die verschandelte Clio. Die aufgeplatzte Aktentasche. Durch die Luft flatternde Dissertationsseiten. Leo, der mir beim Aufsammeln half. Die Versöhnung mit Jane. Die verstreuten Pillen. Das Kaffeetrinken bei Leo. Die heiße, verschwitzte Sprechstunde bei Fraser-Stuart, der meine Doktorarbeit haßte. Leo, der mir Tim zeigte. Auschwitz.

Auschwitz. Leos Vater. Nichts von wegen Zuckermann. Bauer.

Ich stellte mir vor, wie Leos Vater den kleinen Leo und seine Mutter tätowiert hatte. Ich dachte an Jane, an ihre Tätowierung auf dem Arm, und wie sie mich auf meinen untätowierten Arm geschlagen hatte, weil ich die Pillen verstreut hatte.

Jane mit einer Tätowierung auf dem Arm? Da stimmte doch was nicht!

Wenn die Zeitreise möglich wäre, dann würde jemand zurückgehen und dafür sorgen, daß man die Brüder Gallagher nach der Geburt trennt und die Bildung von Oasis verhindert. Das hatte Jane doch gesagt, oder nicht?

Liam und Noel Gallagher waren jetzt in Princeton. Mitglieder der Cliosophischen Gesellschaft, wo Steve und Double Eddie, untermalt von Wagnermusik, den ganzen Tag am Zocken waren.

Steve und Double Eddie, die efeubewachsen am Flußufer schmusten. Aber Steve war mein Schlüssel aus der Tasche gefallen. Er war in den Cam gefallen und trudelte auf den Kies im Flußbett hinab. Ich sah, wie sich sein Silber um die eigene Achse drehte wie ein Pfannkuchen, der von Sirupströmen mitgerissen wird, und auf dem Maikies liegenblieb. Maikies?

»*Mikey! Mikey!* Wach auf. Wir müssen los.«

Ich fuhr abrupt hoch, durch den Schweiß des Mittagsschlafs klebte mir das Polohemd am Rücken.

Steve stand vor mir. »Alles klar, Buddy?«

»Ja... ja. Alles klar, danke.« Ich sah mich im Schlafzimmer um und starrte Steve an.

»Bestimmt? Du mußt einen tierischen Albtraum gehabt haben. Tiefe REM-Phase, weißt du? Dein Pony klebt an der Stirn.«

»Häh?«

»Du schwitzt kolossal. Ich hätte dich ja gern weiterschlafen lassen, aber wir müssen um drei bei diesem Taylor sein.«

»Nein, ehrlich, mir geht's gut. Viel besser.« Ich setzte mich auf den Bettrand, schlüpfte in die Timberlands und zitterte vor Erregung.

»Na, ist doch klasse.«

Ich packte Steve am Arm. »Ich hab allerdings eine Bitte«, sagte ich. »Kannst du mir eine Frage beantworten, auch wenn sie verrückt klingt?«

»Klar, schieß los.«

Ich sah ihm in die Augen. »Erzähl mir alles, was du über Adolf Hitler weißt«, sagte ich.

»Adolf Hitler?«

»Ja, was fällt dir bei dem Namen ein?«

»Adolf Hitler«, wiederholte er langsam. »Kennst du den irgendwoher?«

»Scheißegal, ob *ich* den kenne«, meine Stimme überschlug sich fast, »was weißt *du* über ihn?«

Steve überlegte, schloß einen Augenblick die dunkelblauen Augen, so daß sich die langen Wimpern trafen, dann öffnete er sie wieder, als hätte er eine Entscheidung getroffen. »Nein. Hab noch nie von dem Typen gehört. Studiert der an deinem Fachbereich? Mußt du ihn sprechen?«

»Ach du Scheiße!« keuchte ich. »Heilige Scheiße!«

Ich rannte zum Fenster und riß es weit auf.

»Leo!« schrie ich über den Campus. »Leo, egal wo du bist, wir haben es geschafft! Großer Gott, wir haben es geschafft, verdammt noch mal!«

Ich schwebte fast durch den Campus. Jedes Bild und jeder Klang kamen mir neu und makellos vor. Diese neue Welt blitzte und funkelte vor Unschuld, Hoffnung und Vollkommenheit.

Wenn ich bloß in Europa sein könnte! London, Berlin und Dresden sehen könnte, wo die Bausubstanz heil, unversehrt und unzerbombt sein mußte. Das alles war mir zu verdanken. Mein Gott, ich hatte der Menschheit einen größeren Dienst erwiesen als Churchill, Roosevelt, Gandhi, Mutter Teresa und Albert Schweitzer zusammen.

Vielleicht konnte ich Leo ausfindig machen. Ich war gespannt, was aus ihm geworden war.

Aber dieser Leo würde nicht mein Leo sein. Er war nur Leo gewesen, weil sein Vater ihn in einem anderen Leben, in einem explodierten Paralleluniversum dazu gemacht hatte. Jetzt war er … wie mußte er noch gleich heißen? Bauer! Er war Axel Bauer, Dietrich

Bauers Sohn, und führte garantiert irgendwo in Deutschland ein schuldloses und sorgenfreies Leben, während der echte Zuckermann, der *nicht* mit fünf Jahren in Auschwitz vergast worden war, ebenfalls irgendwo da draußen war. Vielleicht praktizierte er in Polen als Arzt, vielleicht war er auch Musiker, Bauer, Lehrer oder – wer weiß? – ein wohlhabender Industrieller, der Tausende in Lohn und Brot hielt.

Ich fragte mich, wie ich wohl in Amerika gelandet war. Mein Vater war anscheinend nicht zur Army gegangen, sondern vor meiner Geburt mit meiner Mutter in die Vereinigten Staaten emigriert. Nun, ich würde sie besuchen und das in Erfahrung bringen. Ich durfte in dieser neuen Realität auf keinen Fall anecken. Ich war schließlich erst seit einem Tag hier und mußte noch wahnsinnig viel lernen, mich nach und nach dem Lauf dieser Welt anpassen. Die alte Welt war nur noch ein verworrenes Hirngespinst, *mein* Hirngespinst, eine nie verwirklichte Möglichkeit, ein Weg, der nie eingeschlagen worden war. Stoff für einen Horrorroman.

Auschwitz, Birkenau, Treblinka, Bergen-Belsen, Ravensbrück, Buchenwald, Sobibór. Was war da heute? Polnische und deutsche Kleinstädte. Verträumte Kaffs, deren Namen mit keinerlei Schuld oder Verbrechen in Verbindung gebracht wurden.

»Haben Sie schon das zauberhafte Dorf Dachau besucht? Das sollte sich kein Deutschland-Tourist entgehen lassen. In nächster Nähe der schönen alten Stadt München. Besonders das Hotel Adler kann ich Ihnen sehr empfehlen. Und wenn Sie durch Niedersachsen oder überhaupt nach Norddeutschland reisen, dann müssen Sie außer Hannover auf jeden Fall dem Weiler Bergen-Belsen einen Besuch abstatten. Dort verbindet sich auf reizende Weise der Charme der Alten Welt mit dem Luxus der Moderne.«

Ich kicherte in mich hinein.

Mein eigenes Schicksal, mein Stranden in einer neuen Geschichte, spielte im Vergleich dazu überhaupt keine Rolle. Niemand würde mir meine angebliche Tat oder meinen teuflischen historischen Ursprung jemals abkaufen. Wie sollten sie auch?

Die Ärzte würden sich um mich scharen und über den einzigartigen Fall meiner Amnesie die Köpfe schütteln. Ein Gedächtnisverlust in Form einer *Akzentveränderung,* potz Blitz. Ein oder zwei Aufsätze in der neurologischen Fachpresse, bestenfalls ein

Essay von Oliver Sacks in seiner nächsten Anekdotensammlung aus der Psychiatrie: *Der Tag, an dem der Amerikaner als Engländer aufwachte* oder *Ein Tommy aus der Alten Welt an eines Yankee Hof.*

Im Lauf der Zeit würde ich mir einen amerikanischen Akzent aneignen und meine hiesige Biographie erforschen. Meine Tat mußte verkannt und ruhmlos bleiben.

Ich stellte mir die Szene in Cambridge vor, in der schlechten alten Zeit.

Ein Mann quatscht mich an und sagt: »Verehren Sie mich. Ich habe die Geburt Peter Poppers verhindert.«

»Peter Popper«, sage ich. »Und wer zum Teufel ist das?«

»Ha!« macht der Mann. »Sehen Sie? Er wurde im Jahre 1900 geboren und sorgte für Tod, Zerstörung, Grausamkeit und Entsetzen. Er hat unserem Jahrhundert eine Abfolge mörderischer Vernichtungskriege und namenloser Greueltaten eingebrockt.«

»Ist nicht wahr!«

»Doch, doch, und ich habe soeben seine Geburt verhindert. Mir ist es zu verdanken, daß London noch existiert. Peter Popper hatte die Stadt 1950 mit einer Bombe dem Erdboden gleichgemacht. Ich bin der Erlöser des Jahrhunderts.«

Was meinen Sie? Wie würden Sie auf einen solchen Mann reagieren? Ihm den Kopf tätscheln, etwas Kleingeld in die Hand drücken und schnell weitergehen. Nein, ich durfte niemandem auch nur ein Sterbenswörtchen von meiner Heldentat verraten.

Steve führte mich von neuem über den Campus und weidete sich an meinem Überschwang.

»Na, der Mittagsschlaf muß dir ja echt bekommen sein.«

»Das kannst du laut sagen. Mein Gott, ist das schön hier.«

Wir gingen schweigend weiter, umrundeten Rasenflächen und durchquerten Courts, bis wir einen großen Steinbau am Rand des Campus erreichten.

Vor dem Eingang lungerten drei junge Männer herum und verfolgten unser Näherkommen.

»Mist«, sagte Steve halblaut.

»Was ist denn?«

»Die Jungs da.«

»Was ist mit denen?«

»Das sind Scott, Todd und Ronnie. Die waren gestern abend dabei.«

Der größte der drei stieß sich von der Wand ab, kam auf mich zu und hielt mir die Hand hin. »Wen haben wir denn da?« fragte er mit einem britischen Akzent zum Weglaufen. »Wie geht's dir, Sportsfreund, altes Haus?«

»Laß den Scheiß, Todd«, sagte Steve.

»Äh, hi«, sagte ich. »Du bist also Todd, ja?«

»Ganz recht, alter Knabe. Ich bin T-O-dd«, er äffte mein kurzes britisches »o« nach. »Und das hier sind Sc-O-tt und R-O-nnie.«

»Na dann«, sagte ich und probierte auf amerikanisch: »Hi, Tahdd, Scahtt... Rahnnie.«

Sie waren verunsichert, lachten aber.

»Du willst uns doch bloß durch den Kakao ziehen, stimmt's, Mikey?« fragte Scott.

»Ich fürchte nein«, sagte ich. »Steve hat euch doch bestimmt alles erzählt. Ich bin heute morgen aufgewacht und halte mich seitdem für einen Engländer. Ich kann mich kaum an mich selbst erinnern. Abgedreht, ich weiß, aber wahr.«

»Echt?«

»Mm-hm.«

»Ohne Scheiß?« sagte Ronnie. »Soll das heißen, du weißt nicht mehr, daß ich dir letzte Woche 'n Hunni geliehen hab?«

Ich fühlte mich nicht wohl in meiner Haut, und die drei lachten.

»Arschloch«, sagte Steve. »Kommt schon, Jungs, ihr habt versprochen, ihr würdet ihn in Ruhe lassen.«

»Hey«, sagte Scott. »Wir haben ein volles Jahr mit dieser Knalltüte zusammengewohnt. Da dürfen wir jetzt, wo er plemplem ist, doch wohl genauso mit ihm rumhängen wie du.«

»Auch wenn wir uns vielleicht nicht so sehr danach *sehnen,* wenn du verstehst, was ich meine, Burns.«

»Hört mal«, sagte ich, erschrocken über Steves Verlegenheit. »Ich weiß, daß es sich verrückt anhört. Wahrscheinlich liegt es bloß daran, daß ich mit dem Kopf gegen die Wand geknallt bin. Meine Eltern stammen aus England, vielleicht hängt es damit zusammen.«

Scott klopfte mir auf die Schulter. »Wir halten zu dir, Buddy. Aber glaub ja nicht, daß ich dir noch mal 'n Wodka ausgebe. Die Zeiten sind vorbei, kapiert?«

»Laß dir nichts gefallen, Mikey.«

Steve schob mich an ihnen vorbei zur Tür.

»Hauptsache, du verlernst nicht, wie man einen anständigen Slider wirft«, rief Ronnie uns nach.

Meine Güte, dachte ich. Ausgerechnet Baseball! Ich habe keinen blassen Schimmer von Baseball. Und dann sollte ich auch noch Philosophie studieren! Das konnte ja heiter werden.

»Und laß dir keine Elektroden anlegen, klar?«

Ich konnte mir das Lachen kaum verbeißen, als ich Simon Taylor von Angesicht zu Angesicht gegenüberstand.

An seiner Tür stand »Professor S. R. St. C. Taylor«, und nach dem hellen Vorzimmer zu urteilen, wo seine Sekretärin am Computer saß, hatte ich die ungezwungene High-Tech-Atmosphäre der Klimaanlagen, der Chino-Shorts und des »Hi, Leute«-Umgangstons erwartet, die auf dem ganzen Campus zu dominieren schienen.

»Professor Taylor wird Sie gleich empfangen«, hatte die Sekretärin gesagt und Steve und mir Sitzplätze angeboten. »Möchten Sie ein Glas Wasser?«

»Ja, gerne«, sagte ich.

Die Sekretärin nickte und widmete sich wieder ihrem Computer. Ich sah sie verdutzt an, bis mich Steve in die Seite stieß und auf einen großen gläsernen Wassertank in der Ecke deutete.

»Ach so«, sagte ich und stand auf. »Klar. Natürlich.«

Neben dem Wasserspender hing eine Röhre mit kegelförmigen Pappbechern.

»Cool!« sagte ich. »Die hab ich total oft im Kino gesehen. Edward G. Robinson und so. Man läßt den Becher vollaufen, im Tank gluckern die Luftblasen hoch, man muß das Wasser in einem Zug austrinken, den Pappbecher zusammenknüllen und in den Papierkorb feuern. Geht ja auch nicht anders, man kann diese Becher schließlich schlecht auf den Tisch stellen, was?«

Die Sekretärin starrte mich an, und Steve rutschte unbehaglich auf dem Sofa hin und her.

»Trink dein Wasser und halt die Klappe, Mikey«, sagte er.

»Ach, klar. Ja. Möchtest du auch?«

Er schüttelte den Kopf und starrte wieder die gegenüberliegende

Wand an. Ich genoß das eiskalte Wasser, setzte mich zu ihm aufs Sofa, und zusammen betrachteten wir ein gerahmtes Poster von Vermeers »Mandolinenspielerin«.

Nach schätzungsweise zehn Minuten öffnete sich die Tür zu Taylors Büro, und der Professor tauchte auf.

Und da wäre ich fast herausgeplatzt.

Er mußte über eins neunzig groß sein, trug einen dreiteiligen Leinenanzug und eine gestreifte College-Krawatte, und seine Miene imitierte einen höchst erstaunten Alastair Sim. Er hatte sich eine Bruyèrepfeife zwischen die gelben Zähne geklemmt und stellte darüber den dünnen Streifen eines Ronald-Colman-Schnurrbarts zur Schau. Sein Auftritt stank nach einem britischen Club in Kuala Lumpur, wo der Gin in Strömen floß, oder nach dem Außenposten einer afrikanischen Kolonie in einem Ehebruchsroman von Graham Greene.

»Willkommen, Gentlemen! Wer von Ihnen ist denn Michael Young?«

Ich unterdrückte ein Grinsen, hob zaghaft die Hand und stand auf. Er sah mich an und nickte forsch.

»Dann müssen Sie Steven Burns sein, junger Mann.«

»Stimmt, Sir«, sagte Steve.

»Ausgezeichnet, ganz ausgezeichnet. Ob Sie wohl so gut sein mögen, sich hier noch ein Weilchen zu gedulden? Ich halte es für denkbar, daß wir uns nachher noch zu dritt unterhalten wollen.«

»Kein Problem, Sir.«

»Virginia, wären Sie eventuell so freundlich, unserem Gast eine Tasse Kaffee oder ein Sodawasser zu besorgen? Und bitte bedienen Sie sich bei den Zeitschriften. Ausgezeichnet. Nun, Mr. Young, wenn Sie dann hereinkommen wollen, können wir ein wenig plaudern.«

Taylor hielt mir am oberen Rand die Tür auf, also schlüpfte ich unter seinem Arm ins Büro und warf Steve über die Schulter einen bedauernden Blick zu.

»Was halten Sie davon, es sich dort drüben bequem zu machen, alter Knabe?«

Die Bürowände waren mit dunklem Holz vertäfelt, und vor dem großen Fenster stand ein Schreibtisch. Taylor zeigte auf ein eingebeultes Chesterfieldsofa mit Lederbezug.

»Rauchen Sie ruhig. Sie haben hoffentlich nichts dagegen, wenn ich mein Pfeifchen schmauche?«

Ich schüttelte den Kopf und tastete nach dem Päckchen in meinen Shorts. Als er sich vorbeugte, um meiner zerdrückten Lucky Feuer zu geben, konnte ich einen überraschten Ausruf nicht unterdrücken:

»St. Matthew's!«

»Wie meinen?«

»Ihre Krawatte. Sie waren in St. Matthew's.«

Er nickte gelassen und löschte das Streichholz. »Ich habe in der Tat diese Ehre.« Er zog einen Stuhl vom Schreibtisch ans Sofa und setzte sich. »Hierzulande kennt kaum jemand dieses Krawattenmuster. Erzählen Sie mir, was Sie alles über St. Matthew's wissen.«

Während ich mir meine Antwort zurechtlegte, nahm er mit langem Arm einen gelbbraunen Aktendeckel vom Schreibtisch und öffnete ihn.

Ich saß in der Zwickmühle. Es hatte keinen Sinn, ihm alles zu erzählen, was ich über Cambridge und England wußte. In seinen Unterlagen stand schwarz auf weiß, daß ich in den Vereinigten Staaten geboren und aufgewachsen war. Wenn ich auf einmal sämtliche Details eines europäischen College kannte, war das für einen Amerikaner, der noch nichts von der Welt gesehen hatte, sehr auffällig. Da ich jedoch durch und durch ein Angeber war, wollte ich ihm natürlich mit meinen intimen Kenntnissen der britischen Kultur imponieren. Schon weil ihm das unerklärlich sein mußte. Vielleicht konnte ich ihn dazu bringen, an astrale Projektion, außerkörperliche Erfahrungen und anderen esoterischen Schnickschnack zu glauben. Langsam wurde mir klar, daß ich in dieser neuen Welt Spaß haben und Macht ausüben konnte.

»Na ja«, sagte ich, »das ist ein College in Cambridge, stimmt's?«

»Waren Sie schon mal in Cambridge, Michael?«

»Äh, nicht direkt, aber wissen Sie ... mich interessiert einfach alles, was mit England zu tun hat. Wegen meiner Eltern ... deswegen hab ich mich ein bißchen in die Materie eingelesen.«

»Aha. Ich gehe aber richtig in der Annahme, daß Sie Doktor Ballinger erzählt hatten, Sie *wohnten* in Cambridge, oder? Im englischen Cambridge wohlgemerkt. Und ihm gegenüber hatten Sie auch das College St. Matthew's erwähnt.«

»Ach...« Ich zog eine Grimasse. »Wissen Sie, als ich heute morgen aufgewacht bin, war ich völlig durcheinander. Ich konnte mich an nichts erinnern, an rein gar nichts.«

»Das Sprechen hatten Sie nicht verlernt.«

»Nein... natürlich nicht.«

»*Natürlich* nicht?«

»Ich dachte, das kommt bei Amnesie nie vor.«

Er zuckte die Schultern: »Sie müssen's ja wissen, junger Mann.«

Wir schwiegen. Es war eine reine Willensfrage, wer länger durchhielt. Taylor verlor. »Dann erzählen Sie mir doch mal, was Sie über Cambridge im allgemeinen wissen«, sagte er. »Was Ihnen frisch von der Leber weg so einfällt.«

»Also, es ist nach Oxford die zweitälteste Universität Englands. Die Uni besteht aus einzelnen Colleges. Dazu gehören Trinity, King's, St. John's, St. Catharine's, St. Matthew's, Christ's, Queens', Magdalene, Caius, Jesus und noch 'ne ganze Reihe.«

»Buchstabieren Sie ›Magdalene‹.«

Ich hätte mich in den Bauch beißen können, aber ich spurte.

»Gut. Und jetzt ›Caius‹.«

Was soll's, dachte ich. Wer A sagt...

Taylor notierte sich etwas auf einem Notizblock. »Woher wußten Sie, daß diese Namen ›maudlin‹ und ›keys‹ ausgesprochen werden?«

»Wie gesagt, ich habe viel darüber gelesen.«

»Ich frage mich, was Sie gelesen haben. Könnten Sie mir einzelne Buchtitel nennen?«

»Äh, nein, ehrlich gesagt. Alle möglichen Bücher.«

»So so. Und wie steht es mit Princeton? Was wissen Sie über Princeton?«

Ich zerbrach mir den Kopf auf der Suche nach all den Wissensbröckchen, die Steve mir im Lauf des Vormittags zugeworfen hatte, als wir über den Campus gestromert waren. »Nassau Hall«, sagte ich. »Benannt nach dem Prinzen Wilhelm von Nassau-Oranien, obwohl sie um ein Haar nach Belcher benannt worden wäre, aber der war zu bescheiden. Washington hat dort die Unabhängigkeitserklärung unterzeichnet. Nein, Blödsinn, das war in Philadelphia, stimmt's? Jedenfalls kam Washington her, und Princeton wurde vorübergehend Hauptstadt der Vereinigten Staaten. Wir dürfen nachts die Fahne hissen, oder irgend so was. Es gibt ein Tor, das man erst nach dem Abschluß durchqueren sollte. Der Westen des Campus wird Slum genannt. Ach, wissen Sie, all so 'n Zeugs. Wawa Minimart. *Sophomores.* Was wollen Sie sonst noch wissen ...« Ich machte eine unbestimmte Geste.

»Wo liegt Rockefeller College?«

»Ähm ...«

»Dickinson Hall? Der Tower?«

Ich schluckte. »Wie bitte?«

»Und warum haben Sie gesagt, Nassau Hall sei nach Prinz Wilhelm von Nassau-Oranien benannt worden, hätte aber auch nach Jonathan Belcher benannt werden können?«

»Stimmt das vielleicht nicht?«

»Doch, aber Sie sind doch Amerikaner, oder?«

»Ja«, sagte ich. »Klar. Bloß krieg ich im Moment diesen blöden Akzent nicht aus dem Kopf. Aber er verschwindet langsam, das spüre ich ganz deutlich.«

»Gut, aber schauen Sie, ein Amerikaner würde niemals sagen, etwas sei ›named *after*‹, verstehen Sie? Er würde entschieden sagen, es sei ›named *for*‹.«

»Ach ja?«

»Das gehört zu den unauffälligen Unterschieden. *Sidewalk* und *pavement, flashlight* und *torch, drape* und *curtain* – solche Unterschiede im Wortschatz pfeifen die Spatzen von den Dächern. Aber *named after* und *named for*... es ist wirklich auffällig, daß Ihr Akzentwechsel mit so subtilen idiomatischen Differenzierungen einhergeht. Finden Sie nicht auch?«

Ich breitete die Arme aus. »Liegt schätzungsweise an meinen Eltern«, sagte ich. »Ich meine, die stammen ja aus England. Wahrscheinlich hab ich's bei denen aufgeschnappt, wäre das nicht möglich?«

»Scho-on«, sagte er zögernd. »Nur sind die beiden schon sehr lange in den Staaten, und Sie haben amerikanische High Schools und Prep Schools besucht, oder nicht?«

Ich war mit meiner Weisheit am Ende.

»Na gut, unterhalten wir uns über Ihre Eltern, einverstanden?«

Ich sah zu Boden. »Klar«, sagte ich. »Was wollen Sie denn wissen?«

Taylor erhob sich, lief im Zimmer auf und ab und versuchte vergeblich, beim Sprechen seine Pfeife wiederanzuzünden. »Wissen Sie, es ist wirklich merkwürdig, alter Knabe. Am Anfang haben Sie in Ihre Sätze Amerikanismen eingestreut, und jetzt kommen Sie mir mit einem unzweideutig amerikanisch gerollten ›r‹. Einerseits haben Sie sich unglaublich ins Zeug gelegt, um Doktor Ballinger weiszumachen, Sie wären ein waschechter Brite, so englisch wie die weißen Klippen von Dover, in Hampshire aufgewachsen, andererseits versuchen Sie jetzt, mir einzureden, Sie wären Amerikaner bis ins Mark, und Ihr echter Akzent kehre auf ebenso mysteriöse Weise zurück, wie er verschwunden war.«

»Wollen Sie damit sagen, Sie glauben mir nicht?«

»Vorläufig versuche ich nur, Sie zu verstehen, alter Knabe. Das alles wirkt eine Spur widersprüchlich, finden Sie nicht auch? Mit der Wahrheit wäre uns doch allen gedient, stimmen Sie mir zu?«

»Was soll das? Wollen Sie mich verhören? Verdammt noch mal, ich hab hier Leute getroffen, die mich *kennen!* Ich hab meinen Führerschein gesehen, meine Zimmer in Henry Hall, Kreditkarten – das volle Programm. Ich bin heute morgen mit einer tierischen Beule und einem abgefahrenen Akzent aufgewacht, und damit hat's sich. Ich hatte gehofft, *Sie* oder sonstwer würden *mir* sagen, was hier los ist. Schließlich ist *mein* Gedächtnis hier im Eimer. Ich will doch bloß mein normales Leben weiterführen.«

»Das ist alles? Sie wollen vergessen, daß das alles geschehen ist, Ihr normales Leben weiterführen und Ihren Tripos zum Abschluß bringen?«

»Ja! Genau! Deswegen bin ich doch schließlich hier, oder?«

»Und was hören Sie?«

»Philosophie.«

»Sehen Sie, jetzt haben Sie mich wieder verunsichert. Außer Cambridge benutzt keine Universität auf der ganzen Welt den Begriff ›Tripos‹ zur Beschreibung eines spezifischen Studiengangs. Und in Princeton sagt man garantiert nicht ›hören‹, wenn man ›studieren‹ meint. Das alles ist äußerst schwer unter einen Hut zu bringen.«

»Na toll, gratuliere, ist doch ein gefundenes Fressen: eine Fallstudie, mit der Sie groß rauskommen können. Was kratzt Sie dann eigentlich?«

»Mich stört, daß das alles vorn und hinten nicht zusammenpaßt, mein Bester.«

»Sie halten mich also für einen Lügner. Sie glauben, ich flunkere Ihnen etwas vor. Na großartig! Übrigens haben Sie natürlich recht. Ich belüge Sie nach Strich und Faden. Das alles ist Hokuspokus, fauler Zauber, Lug und Trug. Was weiß ich, wie Sie das nennen? Es ging um eine Wette. Ha! Jetzt geht's mir gleich viel besser. Ich bin Amerikaner bis ins Marrrk. WoraufSe ein'n lassen können, Pardner, ich bin ein cooler mahtherfucking Ami, und wenn's Ihnen recht ist, mach ich jetzt die Biege, danke für Ihre Zeit, bis die Tage.«

»Gute Güte!« sagte Taylor und zog wieder die Augenbrauen hoch wie ein Alastair-Sim-Klon.

»Und wenn wir schon bei unverwechselbaren Kennzeichen sind«, fuhr ich fort, »wo zum Teufel haben Sie denn Ihr ›alter Knabe‹ und ›gute Güte‹ her und Ihr Näseln, als hätten Sie einen Dreikilopolypen in den Stirnhöhlen, hä? So redet doch seit dreißig Jahren kein Engländer mehr! Sie klingen wie eine strangulierte Version von Peter Sellers in *Dr. Seltsam.*«

»Wie wer bitte?«

»Scheißegal«, sagte ich. »Sie haben doch eh keinen blassen Dunst, wovon ich rede. Wahrscheinlich haben Sie noch nie von Peter Sellers gehört, oder?«

Sein leerer Gesichtsausdruck verriet, daß ich ins Schwarze getroffen hatte.

Plötzlich kam mir der Gedanke, daß es massenhaft Filme gab, die hier nie existiert hatten, Filmschauspieler, die hier unbekannt waren, weil die Wirren des Zweiten Weltkriegs sie nur in meiner Welt zur Berühmtheit hochkatapultiert hatten. *Dr. Seltsam*, *Der längste Tag* ... mein Gott, *Casablanca!* Es gab kein *Casablanca!*

Und dann... dann erst all die neuen Filme dieser Welt, die in den letzten fünfzig Jahren gedreht worden waren und die ich mir im Lauf der Zeit reinziehen konnte.

Heiliger Bimbam, ich konnte ein Vermögen scheffeln. Ich konnte das Drehbuch von *Casablanca* schreiben! Verdammt, ich konnte die Dialoge praktisch mitsprechen und kannte jede Einstellung in- und auswendig. *Der dritte Mann!* Auch den konnte ich schreiben ... *Stalag 17, Gesprengte Ketten, Der Spion, der aus der Kälte kam.* Mein Gott...

Taylor hatte seine Wanderungen durchs Zimmer beendet und sich breitbeinig wieder gesetzt, so daß ich den zerknitterten, verschwitzten Schritt seiner Leinenhose sehen konnte.

»Passen Sie auf, Michael. Ich werde offen und ehrlich mit Ihnen sein. Abgemacht?«

Ich stellte die Träume vom Drehbuchruhm erst einmal zurück und nickte zögernd.

»Ich bin mir noch nicht darüber im klaren, was Sie im Schilde führen. Natürlich könnte die Ursache Hypnose sein, aber auch Autohypnose käme in Frage.«

»Wollen Sie damit sagen, daß ich...«

»Ich stelle lediglich Vermutungen an, alter Knabe. Sie könnten hypnotisiert worden sein, ob nun aus Spaß oder aus weniger erquicklichen Motiven. Sie könnten es aber auch selber getan haben, versehentlich oder mit Bedacht, das kann ich noch nicht sagen. Vielleicht sind Sie gar nicht der, für den Sie sich halten.«

»Was?«

»Wir könnten Sie natürlich einer Reihe von Tests unterziehen.«

»Aber das liegt doch bestimmt nur daran, daß ich mir den Kopf gestoßen habe. Das kommt doch sicher öfter vor, oder nicht?«

»Nein, Michael, meines Wissens nicht. Ich glaube, es ist am besten, wenn wir Sie eine Zeitlang im Auge behalten.«

»Aber es geht mir ausgezeichnet. Mein Gedächtnis kehrt Stück für Stück zurück, das merk ich doch.«

»Sie sollen auch nicht um jeden Preis das Bett hüten. Falls Sie bereit sind, im Lauf der nächsten Tage einige Untersuchungen über sich ergehen zu lassen, brauchen Sie Ihre Bewegungsfreiheit nicht einzuschränken. Allerdings wäre es ratsam, mir Ihren Führerschein zu geben. Wir wollen schließlich nicht, daß Sie uns plötzlich abhanden kommen. Sie sind sich sicherlich über die... Tragweite des Ganzen im klaren.«

»Tragweite?« fragte ich perplex. »Welche Tragweite denn?«

»Es ist vermutlich das beste, wenn wir uns mit Ihren Eltern in Verbindung setzen. Oder haben Sie das schon getan?«

»Ich weiß doch nicht mal, wo...« Ich konnte mich gerade noch bremsen. »Ich meine, ich weiß nicht mal, ob die im Moment zu Hause sind«, sagte ich. »Wahrscheinlich sind sie noch zur Arbeit. Ich wollte sie nicht beunruhigen.«

»Trotzdem wird man sie wohl verständigen. Wenn Sie dann bitte draußen warten könnten; ich möchte mich noch kurz mit Mr. Burns unterhalten.«

Bevor ich fragen konnte, was denn nun wieder diese gequirlte Kacke von wegen Mr. Burns sollte, begriff ich, daß er Steve meinte, und ging benommen zur Tür, Taylors Gibbonarm auf meiner Schulter und mein Führerschein in seiner Hand.

Wir vereinbarten, daß ich mich am nächsten Morgen im Institut für Psychologie melden sollte, wo man einige Tests mit mir durchführen würde. Bis dahin wurde ich wieder Steve aufgehalst.

Als wir über den Campus zurückliefen, wirkte er niedergeschlagen.

»Was wollte er denn von dir?« fragte ich.

»Ach, nichts Besonderes«, antwortete er, »hatte bloß ein paar Fragen. Wie lange ich dich schon kenne und so.«

»Das muß dir ja langsam schwer auf den Keks gehen, oder?« sagte ich. »Weißt du, meinetwegen kannst du ruhig abschwirren, ich komm schon zurecht.«

»Kommt gar nicht in die Tüte, Mikey. Am Ende verläufst du dich, und ich krieg das dann aufs Butterbrot geschmiert. Außerdem wär's nicht fair«, fügte er taktvoll hinzu. »Du brauchst jetzt Unterstützung.«

Ich überlegte. »Danke«, sagte ich dann, »ich weiß, daß ich mich ständig bedanke, aber trotzdem: danke.«

Er zuckte die Achseln.

»Was hat Taylor eigentlich gemeint«, fragte ich, »als er sagte, ich solle mir der Tragweite des Ganzen bewußt sein?«

Steve schüttelte energisch den Kopf. »Können wir nicht mal das Thema wechseln?«

Ich wollte ihn ungeheuer viel fragen. Ich wollte wissen, wie die Geschichte verlaufen war. Ich wollte alles Wissenswerte über die Geschichte der letzten sechzig Jahre erfahren. Dreiundsechzig Jahre, um genau zu sein. Europäische Geschichte seit 1933. Ich wollte wissen, welche Filmstars und Rockmusiker man hier verehrte, und wie der verdammte *Präsident* hieß. Der amerikanische Präsident, der britische Premierminister – alles. Leider hätten ihm solche Fragen eine Heidenangst eingejagt, also mußte ich den

Schnabel halten. Ich würde später auf eigene Faust eine Bibliothek suchen.

Aber ich war ihm noch etwas schuldig.

»Hey, ich mach dir 'n Vorschlag«, sagte ich. »Wie wär's, wenn wir im Barrister and Alchemist vorbeigucken und was trinken?«

»Alchemist and Barrister«, verbesserte er mechanisch.

»Ja ja, meinetwegen. Wir müssen uns ja nicht gleich die Birne zulöten. Einfach gepflegt ein paar Bier glattziehen. Vielleicht macht's plötzlich klick, und ich bin wieder normal.«

»Meinetwegen«, sagte er. »Aber halt dich vom Wodka fern.«

»Großes Pfadfinderehrenwort«, sagte ich und dachte an Jane und Maiwochenfeten.

The Alchemist and Barrister hatte eine niedrige Decke und war dunkel und anheimelnd. Der Barkeeper kannte mich anscheinend und zwinkerte mir mit der reservierten Freundlichkeit vieler Menschen zu, die in Universitätsstädten arbeiten. Ihr Studenten seid alle Wichser, bedeutet dieses Zwinkern, aber ihr laßt Geld hier, also tun wir so, als würden wir euch für cool und interessant halten.

Steve und ich setzten uns draußen unter eine Markise, tranken erfrischend kühles, englisch gezapftes Bier und beobachteten die Passanten. Am Nebentisch saßen zwei Männer in kurzärmligen karierten Hemden, studierten einen Stadtplan und stritten sich über die beste Route.

»Hier kommen bestimmt Unmengen von Touristen her, was?«

Steve zuckte die Achseln. »Für New Jersey schon, schätz ich.«

»Ohne Sonnenbrillen könnten die beiden mit dem Stadtplan garantiert mehr anfangen«, sagte ich und stieß selbstzufrieden eine Rauchwolke aus. »Aber Touristen sind wahrscheinlich überall gleich.«

Steve nickte geistesabwesend und trank einen Schluck Bier.

»Ich weiß, du wirst mich für wahnsinnig halten«, sagte ich, »aber im Moment bin ich richtig glücklich.«

»Ach ja?« Steve klang überrascht. »Wieso denn das?«

»Das würdest du doch nicht verstehen.«

»Kommt auf den Versuch an.«

»Ich bin glücklich, weil du vorhin gesagt hast, du hättest noch nie von Adolf Hitler gehört.«

»Und das macht dich gleich glücklich?«

»Du kannst dir nicht vorstellen, was das für mich bedeutet. Du hast noch nie die Namen Hitler oder Schicklgruber oder Pölzl gehört. Du hast noch nie von Braunau gehört, du hast noch nie…«

»Braunau?«

»Braunau am Inn in Oberösterreich. Das sagt dir nichts, und deswegen bin ich der glücklichste Mensch der Welt.«

»Freut mich für dich.«

»Du hast noch nie von Auschwitz oder Dachau gehört«, quasselte ich weiter. »Du hast noch nie von den Nazis gehört. Du hast noch nie von…«

»Hey, hey, hey, jetzt mach aber mal 'n Punkt«, sagte Steve. »Ich bin vielleicht nicht Mr. Allwissend, aber was soll denn der Scheiß, ich hätte noch nie von den Nazis gehört?«

»Wieso? Hast du doch nicht, oder?«

»Sag mal, hast du einen an der *Waffel?*«

Ich starrte ihn an. »Aber du kannst nichts von ihnen gehört haben. Das ist ausgeschlossen.«

»Verstehe«, sagte Steve und wischte sich Bierschaum von den Lippen, »und von Gloder und Goebbels und Himmler und Frick hab ich auch noch nie gehört, was? Hey, paß doch auf!«

Steve packte mich am Arm und fing meine Bierflasche auf. Trotzdem breitete sich zwischen uns auf dem Tisch eine Lache aus, und dunkles, kaltes Bier tropfte auf den Boden.

Politische Geschichte

Parteigänger

»Im Sterneckerbräu?« wiederholte Rudi und konnte seine angewiderte Skepsis nicht verbergen.

Mayr lächelte. »Wir sind hier in München, Rudi. Wenn in München etwas passiert, hat es immer mit Bier zu tun, das sollte Ihnen doch bekannt sein. Hoffmanns dreitausend Republikaner versammelten sich im Löwenbräu. Lévinés Aprilrevolution begann in einer Bierhalle, das arbeitslose Gesocks von Augsburg traf sich im Kindlkeller, die letzten jüdischen Bolschewisten wurden in einer Bierhalle abgeknallt. Das alles ist doch nur logisch: In dieser Stadt wird Politik mit Bier gemacht, wie man den Krieg mit Benzin geführt hat.«

»Und warum sollte ich mir schon wieder einen schönen Sommerabend bei einer Versammlung verdrehter Professoren und verrückter Thulisten um die Ohren schlagen?«

»Rudi, meine Abteilung hat zuwenig Männer, auf die ich mich verlassen kann. Ich brauche bewährte Vertrauensmänner, Redner, Beobachter und Organisatoren, die diesen Splittergruppen Verstand einbleuen und die gefährlichen unter ihnen aussieben können. Ich habe neulich erst das Nachsehen gehabt, und das bei einem Stabsunteroffizier a. D., für den ich meine Hand ins Feuer gelegt hätte – Karl Lenz, EK-Träger mit Eichenlaub, tadellose Referenzen seines Majors. Ich mußte jemanden nach Lechfeld schicken, wo wir bolschewistische und spartakistische Infiltrationen befürchteten... schauen Sie mich nicht so vorwurfsvoll an, so nennt man das heutzutage, dafür kann ich nichts... ich schickte Lenz also mit einem Aufklärungskommando hin, um die Lage zu sondieren und den Standpunkt der Reichswehr hinsichtlich politischer Gruppierungen darzulegen. Hinterher stellte sich heraus, daß er selber ein heimlicher Roter war. Lauterbach ließ mich wissen, Lenz hätte die

Hälfte der Versammlung überzeugt, daß sie mit Lenin besser fahren würden als mit Weimar. Da sehen Sie, womit ich es täglich zu tun habe.«

Gloder hob beschwichtigend die Hand. »Schon gut, schon gut, ich geh ja schon. Ein Vergnügen wird es nicht gerade, aber ich gehe.«

»Bringen Sie in Erfahrung, wer diese Leute sind, aber ziehen Sie sie nicht ins Gespräch. Vermeiden Sie den Eindruck, man wolle sie ausspionieren. Sie sollen nur herausbekommen, was in ihnen vorgeht, und mir hinterher Bericht erstatten, ja?«

Und so spazierte Rudi am frühen Abend die Promenadestraße entlang und pfiff vor sich hin. Leicht belustigt, musterte er im Vorbeigehen die Parolen und Schmierereien an den Wänden.

»Rache!«

Aber ja doch, dachte Rudi. Rache. Welch ein politischer Scharfsinn. Welche Reife.

»Vergeßt niemals Graf von Arco-Valley, den deutschen Helden!«

Rudi warf einen Blick auf die andere Straßenseite, und ihm fiel wieder ein, daß Graf von Arco-Valley genau an dieser Stelle die Pistole gezogen und den jüdischen Kommunisten Kurt Eisner mit zwei Kopfschüssen aufs Pflaster gestreckt hatte. Es war ein kalter Februartag mit mehr Schnee gewesen, als München seit einigen Jahrzehnten gesehen hatte. Rudi hatte ganz in der Nähe gestanden, und fast hätte ihn eine der drei Vergeltungskugeln getroffen, die Eisners Leibwache auf Arco-Valley abgegeben hatte. Kurz darauf fand sich Rudi in der paradoxen Situation, mit Eisners jüdischem Sekretär Seite an Seite eine Rotte von Spartakisten und anderem rotem Gesindel in Schach halten zu müssen, die den verwundeten Arco-Valley auf der Stelle totschlagen wollten. In einem verbeulten Polizeiwagen hatte Rudi den blutenden Grafen zu einem (ebenfalls jüdischen) Arzt begleitet, der seinen Patienten so lange bei Bewußtsein halten konnte, bis dieser seine gestammelte Rechtfertigungsrede vorgebracht hatte. »Eisner war der Totengräber Deutschlands. Ich haßte und verabscheute ihn von ganzem Herzen«, hatte Arco-Valley gekrächzt. »Kämpfen Sie weiter für das deutsche Volk, Gloder. Das Vaterland braucht Männer wie uns.«

Rudi hatte dem Phantasierenden die Hand gedrückt und allerlei markiges teutonisches Blabla von sich gegeben, um ihm Mut zuzusprechen. Er kannte den Mann nur flüchtig, sie waren beide hochdekorierte Kriegshelden, und die prächtigen Schleifen am Revers ihrer verschlissenen Paletots sorgten in den bayrischen Bierkellern, deren Zahl ständig abnahm, immerhin noch für Freibier. Der Graf hatte seine glorreichen Taten an der Ostfront vollbracht, Rudi seine in Flandern. Rudi hatte ihn nie besonders gemocht; er gehörte zu jenen Österreichern, die deutscher als die Deutschen waren. Sie trieften förmlich vor krankhaftem mystischem Pangermanismus, den Rudi genauso widerlich fand wie das dritte Stück Sachertorte in einem Wiener Café. Arco-Valley hatte die bittere Schmach nie verwunden, von der Thule-Gesellschaft abgelehnt worden zu sein, weil er eine jüdische Mutter hatte. Rudi fand diesen Umstand brüllend komisch.

Praktischerweise hatten die Thulisten diese Tatsache jedoch vergessen, und seither schmückte sich Arco-Valley bei den Rechtsreaktionären, Antisemiten und Nationalisten mit einem immer mehr verblassenden Märtyrerkrönchen. Jede einzelne dieser völkischen Gruppen – Thule-Gesellschaft, Germanenorden und weitere drei Dutzend Vereine von Wirrköpfen – behauptete steif und fest, die eigenen hauchdünnen Abweichungen von der Orthodoxie machten einen himmelweiten Unterschied und die eigentliche Heilslehre aus. Zum Kuckuck, im Vergleich dazu wirkte der Turmbau zu Babel wie eine Konferenz in Esperanto.

Rudi kam an der nächsten Parole vorbei, die in knallroten, zwei Meter großen Lettern an die Wand gepinselt worden war.

»Judentod beseitigt Deutschlands Not!«

Na ja, vielleicht. Wirklich nur vielleicht. Rudi hatte eher den Eindruck, der Tod einer Handvoll Juden würde nicht ganz ausreichen, um Deutschlands Not zu beseitigen. Deutschland mußte endlich erwachsen werden.

Unter der Parole sah er das ungelenk hingeschmierte heilige germanische Feuerrad, von dessen Haken die blutrote Farbe herabgetropft war, das Hakenkreuz, das sich die Soldaten in Kapitän Ehrhardts Freikorpsbrigade auf den Helm malen mußten, bevor sie in der ersten Maiwoche auf München marschiert waren, um die schwachen, selbsternannten bayrischen Räte zu zerquetschen. Jede rechte Gruppe in Deutschland trug dieses Symbol. Was Hammer und Sichel dem Marxisten waren, war das Hakenkreuz dem Nationalisten. Es hatte den Adler von seinem angestammten Platz als Totemzeichen verdrängt.

Rudi schwitzte in der Wärme der letzten Septembertage, bog in das Labyrinth der engen mittelalterlichen Gassen ein und ging nach Osten in die Altstadt.

Das Treffen wurde in Sterneckers enger kleiner Brauerei abgehalten, in der es ein Hinterzimmer mit Bierausschank gab. Rudis Stimmung sank. Soweit er sich erinnern konnte, faßte der Raum höchstens hundert Leute. Der Abend würde ihn zu Tode langweilen. Und das im heißen süßlichen Dunst von Malz und Bierhefe.

Neben der Tür zum Sitzungszimmer lag ein aufgeschlagenes Buch auf einem Tischchen.

»Was ist das denn?« fragte Gloder und rümpfte verächtlich die Nase.

»Das Gästebuch, mein Herr«, sagte ein einarmiger junger Rotschopf, der am Tisch saß und nervös die blinkenden Auszeichnungen an Rudis Mantel musterte.

Rudi trug sich ins Buch ein und unterstrich seinen Namen mit einem Schnörkel. »Helfen Sie mir doch bitte mal auf die Sprünge, *welche* Partei diese Sitzung hier abhält«, sagte er schleppend. »Alldeutsche Volkspartei? Nationale Arbeiterpartei? Deutsche Nationalpartei? Nationale Volkspartei? Deutsch-Deutsche Alldeutsche Deutschenpartei?«

Der junge Mann wurde rot. »Die Deutsche Arbeiterpartei, mein Herr!«

»Ach ja, natürlich«, murmelte Rudi. »Wie konnte ich das nur vergessen?«

Der junge Mann las den Namenszug und sprang auf. »Um Vergebung, Herr Major!« sagte er. »Oberst Mayr hatte Sie für sieben Uhr angekündigt. Ich hatte kaum noch mit Ihnen gerechnet.«

Rudi seufzte, zog den Mantel zurecht – der Abend war zwar warm, aber ihm gefiel die arrogante Preußenart, sich einen Paletot um die Schultern zu legen – und folgte dem jungen Mann langsam ins sogenannte »Leiberzimmer«.

»Der Sprecher ist Herr Gottfried Feder«, flüsterte der junge Mann ihm zu, verbeugte sich und verließ den Saal.

Rudi nickte, staubte die Sitzfläche eines Holzstuhls flüchtig mit dem Handschuh ab, nahm Platz und sah sich gleichmütig um.

Vierzig, höchstens fünfzig Männer hatten sich versammelt. Und eine Frau, fiel ihm auf. Sie kam ihm bekannt vor. War das nicht die Tochter eines Bezirksrichters? Feste runde Brüste, aber von unschöner Kurzsichtigkeit, die ihrem Blick etwas Stechendes gab.

Die Versammlung ließ Feder mehr Aufmerksamkeit zukommen, als er verdient hatte. Rudi kannte ihn schon seit geraumer Zeit, in Wirtschaftsfragen war er ein Fanatiker. Er versuchte, einen bizarren, mit dem üblichen Haß auf Juden und Gewerkschaften gewürzten Eintopf aus aufgewärmtem Marxismus an den Mann zu bringen. Die politischen Vorträge dieser Tage glichen mehr und mehr einer billigen Monstrositätenschau im Zirkus. Bewundern Sie die Leoparden-Ziegen-Frau! Glotzen Sie den Affen-Katzen-Jungen an! Bestaunen Sie die Zweideutigkeiten des marxistischen Antikommunisten! Begaffen Sie die Verrenkungen des Sezessionisten, der auf Weimar schwört!

Auf dem Boden lag ein billig gedruckter gelber Handzettel. Gloder hob ihn auf und las ihn durch. Dem Flugblatt zufolge drohte ihm ein Vortrag über das Thema »Wie und mit welchen Mitteln können wir den Kapitalismus abschaffen?«

Rudi ging die Frage durch den Kopf, ob das nationalistische Brimborium und die reaktionäre Rhetorik letztlich nicht auf eine Verbrämung der Marxerei hinausliefen. Es war ein offenes Geheimnis, daß sich Moskau brennend für die deutsche Innenpolitik interessierte. Dort war man sich nicht zu schade, noch die kleinste und unbedeutendste politische Splittergruppe zu unterwandern. Man brauchte sich doch bloß anzuschauen, wie Béla Kun mit einem Kader von Kommissaren, einem Sack voll Geld sowie der Anweisung, Lenin persönlich über Funk Rapport zu erstatten, nach Budapest geschickt worden war. Praktisch über Nacht war Károlyis Regierung gestürzt worden, und Ungarn hatte sich in den Schoß des Bolschewismus begeben. Europa war ein verwesender Leichnam, der auf die kommunistischen Aasgeier wartete.

Nach außen hin gab sich Feder als Sozialist aus, aber als ein nationalistischer, antikommunistischer und antisemitischer Sozialist. War das ein Schachzug der Bolschewisten, oder steckte mehr dahinter? Er sprach treuherzig, zwar ohne jeden politischen Sachverstand, aber das Kuddelmuddel seiner Ideen war Rudi nicht durchweg unsympathisch. Feder unterschied einen »guten Kapitalismus« – den Kapitalismus der Kohlezechen, Eisenbahnen, Stahlwerke und Rüstungsbetriebe – von einem »schlechten Kapitalismus« – dem Kapitalismus der Finanzbörsen, Banken und Kreditinstitute; kurz gesagt, er unterschied zwischen dem Kapitalismus des deutschen Arbeiters und dem des jüdischen Blutsaugers.

Mit einem Bleistift in einem Silberröhrchen machte sich Rudi Notizen in seinem schwarzen Heft: »Informationen über Gottfried Feder einholen. Ist er nicht der Schwager des Historikers Karl Alexander von Müller? Stammt er aus der Familie Feder, die für Prinz Otto von Bayern, den nachmaligen König von Griechenland, die Kastanien aus dem Feuer holte? Gibt es irgendwelche Verbindungen? Einen Einfluß Dietrich Eckarts?«

Er klappte das Notizheft zu und lauschte amüsiert dem Kommentar eines Professors Baumann, der nach einigen sentimentalen Lobesworten an Feders Adresse der jungen Partei auf das angelegentlichste empfahl, als besonders wichtigen Programmpunkt den Kampf um die »Lostrennung« Bayerns von »Preußen« aufzunehmen und eine judenfreie Heilige Katholische Allianz mit Österreich anzustreben.

Rudi hatte Mayr zwar versprochen, sich nicht an der Diskussion zu beteiligen, aber hier konnte er nicht anders, als sich ebenfalls zu Wort zu melden und dem gelehrten Herrn seine Meinung zu sagen.

Er stand auf und räusperte sich.

»Meine Herren: Dürfte ich wohl ein paar Worte sagen?« fragte er und nahm erleichtert zur Kenntnis, daß sofort Ruhe einkehrte. Er wandte sich an die Tochter des Richters, deutete eine Verbeugung an und knallte mit einem galanten »Gnädiges Fräulein!« die Hacken zusammen. Er sah erfreut, daß ein Anflug von Röte die blassen Wangen der jungen Frau überzog. Als er in die Raummitte schritt, fiel ihm wieder ein, daß sie Rosa hieß, Rosa Dernesch, und er gratulierte sich zu seinem reibungslos funktionierenden Verstand, der solche Kleinigkeiten selbst dann noch beachtete, wenn er eine öffentliche Ansprache vorbereitete.

»Erlauben Sie, daß ich mich vorstelle«, sagte er und lächelte höflich, während sich Professor Baumann verwirrt hinsetzte, weil er zum Thema Bayern offensichtlich noch allerlei hatte sagen wollen. »Mein Name ist Rudolf Gloder. Sie mögen an meinem Mantel erkennen, daß ich Major der Reichswehr bin. Oberst Mayr vom Bayrischen Reichswehrgruppenkommando IV hat mich hergeschickt, um Sie zu observieren. Ich wende mich jedoch nicht in dieser Funktion an Sie« – er ließ den Mantel von den Schultern gleiten und nahm die Offiziersmütze ab –, »ich spreche nicht als Soldat zu Ihnen, sondern als Deutscher. Auch als Bayer, aber in erster Linie als Deutscher.«

Rudi machte eine Pause, ließ seinen Blick durch den Saal schweifen und sah seinen Zuhörern in die Augen. Die einen betrachteten ihn argwöhnisch, die anderen verächtlich, einige wenige wohlwollend, und ein oder zwei nickten zustimmend.

Er holte tief Luft und brüllte aus Leibeskräften: »WACHT AUF! Wacht auf, ihr selbstgefälligen Narren! Wie könnt ihr hier herumsitzen und mit eurem Geschwätz Deutschlands Zukunft verspielen? WACHT AUF!«

Seine dröhnende Stimme rüttelte alle Anwesenden auf, ihn selbst nicht ausgenommen. Ein alter Mann in der Ecke nahm seine Aufforderung wörtlich, erwachte mit einem speichelsprühenden Hustenanfall und starrte wild um sich, als befürchte er eine Feuersbrunst.

Rudi strich sein Hemd glatt und räusperte sich. Energie, Erregung und Ekstase durchfluteten ihn, als hätte er eine große Prise Kokain geschnupft wie früher die habsburgischen Kavallerieoffiziere vor einer Attacke ihres Regiments. Beim Sprechen war ihm jedes Detail jedes Gesichts vor ihm bewußt, und ein Machtrausch beflügelte ihn.

»Herr Feder spricht über die Juden in den Banken und die Juden im bolschewistischen Rußland«, sagte er leiser, flüsternd fast, wußte jedoch, daß keinem Ohr im ganzen Saal auch nur eine Silbe entging. »Voller Beredsamkeit und Bildung gießt er Hohn und Spott über sie aus. Aber ich frage Sie: Wie reagieren die Juden darauf? Zittern sie vor Furcht? Packen sie ihre Koffer und wandern aus? Fallen sie vor uns auf die Knie, erflehen sie unsere Verzeihung, und versprechen sie uns demütig, sich zu bessern? Nein, meine Freunde, sie LACHEN. Sie lachen sich ins manikürte Fäustchen.

Und was hat Professor Baumann – bei allem schuldigen Respekt vor der Gelehrsamkeit dieses Herrn –, was hat der Professor darauf vorzubringen? Er sagt, Bayern solle sich von Deutschland lösen und eine Allianz mit Österreich eingehen. Brauchen Sie wirklich noch Nachhilfestunden in Geschichte? Muß ich Sie wirklich daran erinnern, was wir alle am 7. Mai zu hören bekamen? Ist das wirklich noch nötig? Jede deutsche Kolonie in Afrika und im Pazifik muß abgetreten werden. Ohne Diskussion, ohne Einspruch. Dreizehn Prozent des deutschen Territoriums in Europa werden von anderen Nationen geschluckt. Ohne Verhandlungsmöglichkeit. Preußen wird durch einen Korridor an die Ostsee zweigeteilt, und Danzig fällt an Polen. Einspruch abgelehnt. Schiffe mit einer Gesamttonnage von 200.000 Bruttoregistertonnen müssen jährlich auf deutschen Werften gebaut und den Eroberern geschenkt, *geschenkt* werden. Und Geld? Wieviel Geld? Ein Blankoscheck. Reparationszahlungen in steigender Höhe. Je mehr unsere Wirtschaft floriert, desto mehr müssen wir zahlen. Die Schweißtropfen, die Deutschlands Arbeitern von den erschöpften Brauen rinnen, vereinigen sich zu einem reißenden Strom ins feindliche Ausland, während wir uns in unserer ausgedörrten Wüste Asche aufs Haupt streuen sollen. Alle Schuld und alle Verantwortung für den Krieg werden uns, werden der deutschen Nation aufgebürdet. Das hat man den Dolchstoß genannt, und die Hagens von Berlin haben diesen Dolch dem stolzen Siegfried in den Rücken gestoßen, mit Hilfe von Legien, Léviné, Hoffmann, Egelhofer, Luxemburg, Liebknecht und all den anderen Juden, Kommunisten und Verrätern.

Welche Lösung sieht Herr Baumann angesichts dieser Katastrophe? Der größten Katastrophe, der sich je eine Nation auf Erden gegenübersah? Daß Bayern, unser stolzes Bayern katzbuckelnd unter Deutschlands Rockschößen hervorkriecht und mit der vertrockneten, unfruchtbaren Hure Österreich ins Bett steigt? Und der Heilige Vater, diese aufgeblasene Puffmutter, soll sogar noch schadenfroh zusehen und einem solchen Bankert aus Hurerei und feiger Blutschande seinen Segen erteilen?

Das soll die Lösung sein? Das soll Realpolitik sein?

WERDET ERWACHSEN! WERDET ENDLICH ERWACHSEN UND WACHT AUF! Unsere Feinde lachen und führen Freudentänze auf, während wir in unseren kindischen Wutanfällen flennen und um uns schlagen.

Doch es gibt eine Medizin für all unsere Übel. Es ist eine bittere Medizin, aber sie liegt zum Greifen nah. Es gibt eine Lösung, eine

Hoffnung, einen Weg für Deutschlands Stolz und Deutschlands Gedeihen. Sie kennen diese Medizin, Sie alle kennen sie.

Diese Medizin ist die Auflösung von Parteien wie dieser. Warten Sie! Bevor Sie mich in Stücke reißen, bevor Sie mich als Infiltrant, Saboteur, *Agent provocateur* und Verräter niederbrüllen, lassen Sie mich nur eines sagen. Ein Wort. Ein einziges Wort. Dieses *eine* Wort lautet –

Einheit!

Gewiß, wir können uns in verbohrte Kleingruppen wie diese Ihre Deutsche Arbeiterpartei aufspalten, wir können unsere politischen Theorien und ökonomischen Theorien und Rassentheorien und nationalen Theorien bis in alle Ewigkeit verfeinern und verbessern und uns dabei Schlaumeier und Patrioten schimpfen. Wir können unsere Ideen zuspitzen, bis die Rasierklinge unserer Vernunft abgestumpft ist. Aber je länger wir uns an Strohhalme klammern, je länger wir den Mond anheulen, desto gehässiger grinsen und gackern unsere Gegner.

Allein in München gibt es über fünfzig verschiedene Parteien, die meisten davon weit größer als diese. Stellen Sie sich das vor. Ist das nicht todtraurig?

Schauen Sie nach Weimar. In der charakterlosen Absicht, Woodrow Wilson in den Arsch zu kriechen, hat man dort ein Parlament von so liberaler Güte und solchem Großmut ernannt, daß es sich ebenfalls aus einigen Dutzend verschiedenen Parteien zusammensetzt, und jede einzelne darf zu Deutschlands Außenpolitik ihren Senf dazugeben. Ist das nicht todtraurig?

Und nun denken Sie sich im Gegenzug *eine* deutsche Partei. Stellen Sie sich das vor. Eine einzige deutsche Partei für den deutschen Arbeiter, den Bauern, die Hausfrau, den Veteranen und das Kind. Eine einzige deutsche Partei, die mit einer einzigen deutschen Stimme spricht. Stellen Sie sich das vor. Ist das nicht herrlich? Denn ich sage Ihnen mit der Macht der Prophetie und der Liebe zu meinem Vaterland, ich sage Ihnen: Eine solche Partei kann nicht nur Deutschland beherrschen, sondern die ganze Welt.

Soll ich Ihnen verraten, woher ich weiß, daß ich recht habe? Es gibt eine uralte Regel im Krieg, in der Politik, im Schach, beim Kartenspiel und in der Staatskunst – bei allen möglichen Unternehmungen.

Machen Sie nie, was Sie wollen, sondern machen Sie, was Ihr Feind am wenigsten von Ihnen will.

Wir kennen unsere Feinde: die bolschewistischen Juden, die Finanzjuden, die Sozialdemokraten und die liberalen Intellektuellen.

Was wollen diese Feinde von uns?

Sie wollen, daß wir uns darüber zerstreiten, wer von uns der beste Deutsche ist, wer das beste Wirtschaftsprogramm hat, wer die besten Ideen hat und wer dem Mann auf der Straße am besten aus der Seele spricht.

Befolgen wir ihre Wünsche, dann machen wir unsere Feinde glücklich. Der mißvergnügte Arbeiter findet bei seinen Politikern ausschließlich Zank und Hader, also schließt er sich den moskaugetreuen Gewerkschaften an. Die Zinszahlungen bereichern weiterhin die jüdischen Banken, und Deutschland windet sich weiterhin in ihrem Würgegriff.

Aber was wollen unsere Feinde am *wenigsten* von uns?

Daß wir mit einer Stimme sprechen. Daß wir uns als ein deutsches Volk in einer Partei erheben, um unser Schicksal selbst in die Hand zu nehmen. Daß wir selber unsere Arbeiter versorgen. Daß wir unsere Ingenieure, unsere Wissenschaftler und die Genies unseres Volkes auf ein einziges Ziel ansetzen: das Erstarken Deutschlands als eines machtvollen modernen Staates, der in alle Zukunft stark sein wird, wenn nur das Volk hinter ihm steht.

Man wird dem bolschewistischen Juden die Einflußnahme versagen und dem Finanzjuden die Tür weisen. Der liberale Intellektuelle und der Sozialdemokrat werden vor Scham im Erdboden versinken.

Dazu brauchen wir einzig und allein Einheit. Einheit, Einheit, Einheit.

Aber wir werden sie nie bekommen, oder? Niemals, weil jeder von uns auf seinem eigenen kümmerlichen Misthaufen den Gockel spielen will. Wir werden an der einen Aufgabe scheitern, von deren Lösung alles andere abhängt.

Weil sie schwer ist. Sehr schwer. Diese Arbeit erfordert Geduld und Arbeit, Kalkül und Opfer. Wir brauchen Einheit im Inneren, wenn wir Einheit nach außen beweisen wollen. Wir brauchen ungeheure Organisationsanstrengungen.

Ich weiß, zu welcher Einheit der Deutsche fähig ist. Ich habe sie in Flanderns Schützengräben erlebt und ihre heilige Kraft am eigenen Leibe erfahren. Und ich weiß, zu welcher Zwietracht der Deutsche fähig ist. Ich erfahre sie jetzt gerade in einem muffigen Hinterzimmer in München.

Das steht zur Wahl. Zwietracht und Tränen, oder Einheit und Jubel.

Ich bin Bayer. Ich lache gern.

So! Mehr habe ich nicht zu sagen. Vergeben Sie mir. Als Entschädigung würde ich jedem von Ihnen gern ein Bier spendieren.«

Rudi bückte sich, hob seinen Paletot auf, legte ihn um und kehrte an seinen Platz zurück.

Die Pause vor dem Applaus erinnerte ihn an die atemlose Stille nach den letzten Takten der *Götterdämmerung* bei den Bayreuther Festspielen, zu denen sein Vater ihn damals mitgenommen hatte. Eine Schrecksekunde lang hatte er befürchtet, die Oper hätte dem Publikum nicht gefallen, und es würde in dieser Totenstille das Festspielhaus verlassen. Aber dann hatte der Beifall eingesetzt.

Heute war es nicht anders.

Ein Mann, der vielleicht zehn Jahre älter war als Rudi, drängelte sich an den anderen vorbei und drückte ihm eine Broschüre mit rötlichem Einband in die Hand.

»Herr Gloder«, überschrie er die Rufe nach »Einheit! Einheit!« und das Füßetrampeln. »Mein Name ist Anton Drexler. Ich habe diese Partei gegründet. Wir brauchen Sie.«

Zeitgeschichte

Firestone

»Ich brauche dich, Steve. Du mußt mir helfen, eine Bibliothek zu finden.«

Steve ließ ein paar Dollarscheine neben die Bierlache auf den Tisch fallen und eilte mir nach.

»Herrgott, was ist denn plötzlich in dich gefahren?«

»Wo ist die nächste?«

»Bibliothek? Um Himmels willen, wir sind hier in Princeton!«

»Aber sie muß bestens ausgestattet sein. Bitte!«

»Schon gut, schon gut. Auf dem Campus liegt die Firestone, die ist bloß ein paar Straßen weg.«

»Dann komm endlich!«

Wir rannten an einer Post vorbei, am Palmer Square hoch und bogen in die Nassau ein, wo ich über die Straße stürzte, ohne mich erst umzusehen.

»Hey, Mikey. Schon mal was von verkehrswidrigem Verhalten gehört?«

»Tut mir leid, ich hab's eilig.«

Firestone Library war eine unheimliche Steinkathedrale mit einem riesigen Turm und flossenartig spitzen Strebepfeilern, die wie Raketen vom Dach wegstanden. Vor dem Eingang blieb ich stehen und drehte mich zu Steve um. »Hier ist alles zu finden, ja?«

Steve schüttelte den Kopf und schien langsam zu verzweifeln. »Mikey«, sagte er. »Auf dem Campus gibt es über elf Millionen Bücher, und die meisten davon stehen hier.«

»Und ich hab einen Leseausweis, ja?«

Er nickte düster und resigniert und drückte die Tür auf.

»Geschichte«, zischte ich ihm zu, als wir auf den wuchtigen Informationstisch zusteuerten. »Wo steht die europäische Zeitgeschichte?«

»Wahrscheinlich ist es das beste, wir buchen eine Lesenische«, lautete seine Antwort.

»Eine was?«

»Na, du weißt schon, eine Lesenische...«

Ich schüttelte verständnislos den Kopf.

»Eine Kabine«, sagte Steve gereizt und nahm sich einen Papierstreifen vom Tisch. »Ein Privatzimmer zum Arbeiten. Eine Lesenische. Wie zum Teufel würdest du das denn nennen?«

Nachdem wir eine Stunde lang von Bürohengsten aufgehalten worden waren und flüsternd die Regale durchstöbert hatten, fanden wir uns endlich in einer solchen Lesenische wieder: einem kleinen Kabuff mit Tisch, Stuhl und geschmackvollen Stichen von Princeton im 18. Jahrhundert an den Wänden. Vor mir auf dem Tisch lag unser Hort von zwölf Büchern. Ich setzte mich, griff nach einer *Chronik der Weltgeschichte,* holte tief Luft und schlug unter H wie »Hitler« nach.

Nichts.

»Du kannst ruhig gehen«, meinte ich über die Schulter zu Steve.

»Schon in Ordnung«, meinte er, setzte sich im Lotussitz in eine Ecke und legte sich eine illustrierte Militärgeschichte über die Knie. »Mensch, vielleicht lern ich noch was.«

Ich weiß nicht, ob er etwas lernte. Ich war zu sehr in Gedanken, um darauf zu achten.

Ich schlug N wie »Nationalsozialismus« auf, starrte einige Zeit diesen fremdartigen neuen Namen an und schlug dann unter G wie »Gloder« nach. Meine Finger tasteten das Papier ab und blätterten vor, um zu sehen, wieviel Raum man diesem einen Mann gewidmet hatte. Siebzig Seiten unter verschiedenen Stichworten, jedes von einem anderen Historiker verfaßt. Der erste Artikel firmierte als chronologisches Biogramm.

Gloder, Rudolf. (1894–1966) Mitglied und später Vorsitzender der → **NSDAP,** Reichskanzler und graue Eminenz des Großdeutschen Reichs von 1928 bis zu seinem Sturz im Jahre 1963. Staatsoberhaupt und Oberbefehlshaber der deutschen Streitkräfte, Führer des Deutschen Volkes. Geboren in Bayreuth (Bayern) am 17. August 1894 als einziger Sohn des Konzertoboisten und Musiklehrers → **Heinrich Glo-**

der und seiner zweiten Frau → **Paula von Meißner und Groth**. Rudolfs Mutter, die der Überzeugung war, unter ihrem Stande geheiratet zu haben, bestärkte den Jungen in dem Glauben, aristokratische Vorfahren zu haben. Über Paulas Beziehungen zur deutschen und österreichischen Aristokratie ist viel geschrieben worden (vgl. A. L. Parlange, *Gloder der Aristokrat*, Louisiana State University Press, 1972; Mouton / Grover, *Prinz Rudolf?*, Toulane, 1982), aber nur wenige Indizien stützen die These, daß seine Herkunft mehr als eine für jene Zeit typische bayrische Mittelstandsfamilie war. Während seines Aufstiegs zur Macht trug Gloder große Sorge, die Durchschnittlichkeit der Jahre hervorzuheben, die ihn geprägt hatten, und erwähnte gelegentlich Zeiten der Armut und Entbehrung, aber derlei Anspielungen sind mutmaßlich ebenso ins Reich der Fama zu verweisen wie seine spätere Behauptung, einer Nebenlinie des Habsburgergeschlechts anzugehören.

Rudolf legte zweifellos schon sehr früh Züge eines Wunderkindes an den Tag und entpuppte sich als begabter Musiker, Reiter, Künstler, Sportler und Fechter. Neben den für einen Gymnasiasten seiner Zeit obligatorischen Latein- und Griechischkenntnissen beherrschte er bereits mit vierzehn Jahren vier weitere Fremdsprachen. Die authentischen Berichte seiner Zeitgenossen schildern seine Beliebtheit bei Mitschülern und Lehrern, und die Zulassungspapiere der Münchner Militärakademie aus dem Jahre 1910 legen ein beredtes Zeugnis des hohen Ansehens ab, in dem der Sechzehnjährige bei all seinen Bekannten stand.

Bei Ausbruch des Großen Krieges 1914 trat Gloder als gemeiner Soldat dem 16. Bayrischen Reserve-Infanterie-Regiment bei – eine Entscheidung, die seine Mutter sehr bekümmerte und bei vielen seiner Freunde auf Unverständnis stieß.

Ich ließ das Buch sinken und starrte die Wand an. Das 16. Bayrische Reserve-Infanterie-Regiment. Lists Regiment. Hitler hatte dort gedient.

Seine eigene Darstellung der Jahre an der Front (*Kampfparolen*, München 1923, übs. Hugo Übermayer, London 1924), ein Meisterwerk der falschen Bescheidenheit bei gleichzeitiger schwülstiger Selbstbeweihräucherung, stellt die Behauptung auf, er habe Seite an Seite mit gewöhnlichen Deutschen kämpfen wollen. Es steht indes außer Frage, daß er als Offizier in einem angeseheneren Regiment, das einen Kadetten mit so beeindruckenden Qualifikationen jederzeit willkommen geheißen hätte, niemals eine solche Blitzkarriere vom Rang eines Gefreiten bis zum Stabsmajor hätte machen können, wobei ihm im Verlauf dieses kometenhaften Aufstiegs neben anderen Auszeichnungen das Eiserne Kreuz I. Klasse mit Eichenlaub verliehen wurde.

Im Deutschland, das Gloder nach der Unterzeichnung des Waffenstillstands vom 11. November 1918 wiedersah, gärte es. Oberst Karl Mayr vom Bayrischen Reichswehrgruppenkommando IV machte ihn zum Vertrauensmann mit der Aufgabe, die wie Pilze aus dem Boden schießenden rechts- und linksradikalen Organisationen zu überwachen, die nach der gescheiterten Revolution vom April 1919 das politische Vakuum Münchens zu füllen versuchten. Diese Funktion führte Gloder im September des Jahres in eine Sitzung der Deutschen Arbeiterpartei, einer ultrarechten Splittergruppe unter Leitung ihres Gründers → **Anton Drexler**, eines 36-jährigen Werkzeugschlossers im Eisenbahnbau. Obwohl die DAP damals noch keine fünfzig Mitglieder zählte, erkannte Gloder in ihrer auf den ersten Blick widersprüchlichen Mischung aus antimarxistischem Sozialismus und antikapitalistischem Nationalismus genau die richtigen Zutaten, die eine Partei der nationalen Einheit brauchte. Sechs Monate später hatte Gloder alle offiziellen Kontakte zur Reichswehr gekappt, war aus Mayrs Propagandaeinheit ausgeschieden und der DAP beigetreten. Nach kurzer Zeit hatte er den Ersten Vorsitzenden, einen Agitator der Thule-Gesellschaft namens → **Karl Harrer** ausgebootet, Drexler kaltgestellt und sich selbst zum »Führer« der Partei ernannt.

1921 stellte er der offiziellen Bezeichnung der DAP das Präfix »Nationalsozialistisch« voran. Obwohl er für den Sozialismus und die Gewerkschaften nur Verachtung übrig hatte, begriff Gloder, daß seine Partei den einfachen Arbeiter für sich gewinnen mußte, der sonst vom Marxismus und Bolschewismus verführt würde. Nach kürzester Zeit sprach man von den Mitgliedern der NSDAP nur noch als den »Nazis«. Diese machten das Hakenkreuz zu ihrem Markenzeichen – sehr zum Mißfallen anderer rechtskonservativer Gruppierungen, die das Symbol schon im 19. Jahrhundert in ihren Schriften und auf ihren Spruchbändern verwendet hatten.

In der Frühzeit der Partei entwickelte Gloder außergewöhnliches Talent in den Bereichen Organisation und Demagogie. Frühe Rivalen, die um seinen schnellen, beißenden Witz wußten, versuchten ihn als Komiker abzutun, aber er verstand es, die pejorativen Spitznamen »Gloder, der ulkige Vogel« oder »Rudi der Clown« als rhetorischen Bumerang gegen seine Feinde zu wenden. Es ist unbestritten, daß sein

Charme ihm die meisten Freunde gewann, und in den frühen Zwanzigern war der stete Zufluß neuer Parteimitglieder aus allen Gesellschaftsschichten zu einem reißenden Strom angeschwollen. Von Natur aus gutaussehend, athletisch gebaut und mit dem Lächeln eines Filmstars ausgestattet, bewies Gloder legendäres Geschick, den Respekt und das Vertrauen seiner politischen Feinde zu erwerben. In industriellen und militärischen Kreisen glaubte man an ihn, der Mann auf der Straße bewunderte und beneidete ihn, und in ganz Deutschland (und darüber hinaus) lagen ihm die Frauen zu Füßen.

Als Organisator untergliederte er die Partei in Abteilungen mit separaten Funktionsbereichen. Dazu zählten bereits Ressorts, die dem Wachstum der eben erst etablierten Partei und der späteren Ausdehnung des Großdeutschen Reiches dienen sollten.

Propaganda war von größter Bedeutung, und → **Joseph Goebbels,** ein rheinländischer Akademiker aus erzkatholischem Hause, der infolge eines durch Kinderlähmung verkrüppelten Beins kriegsuntauglich gewesen war, hätte zu keinem besseren Zeitpunkt zur Partei stoßen können. Aus Angst vor dem Vorwurf »bürgerlicher Intellektualität« und aus einem körperlichen Minderwertigkeitsgefühl heraus hatte Goebbels eine sentimentale Mythologie blonder nordischer Reinheit und spartanischer Männlichkeitstugenden ausgearbeitet. In seinen Augen war Rudolf Gloder der körperliche, geistige und intellektuelle Inbegriff dieser arischen Ideale, und vom ersten Augenblick ihrer Bekanntschaft an stellte Goebbels seine fulminante Rednergabe und seinen instinktiv modernen Umgang mit Wochenschau und Radio vorbehaltlos in den Dienst seines Führers.

Propaganda war für Gloder das wichtigste Mittel, um politische Macht zu konzentrieren und zu konsolidieren, aber im Lauf der Zeit erkannte er, daß dem Potential von Naturwissenschaft und technologischen Innovationen mindestens ebensoviel Bedeutung beizumessen war. Er unterdrückte seinen eingefleischten Antisemitismus und bemühte sich, die Physiker der Göttinger Universität und andere Naturwissenschaftler für sich zu gewinnen, deren Forschungen in den Bereichen der Atom- und Quantenphysik denen ihrer Kollegen außerhalb Deutschlands weit voraus waren. Gloder glaubte unerschütterlich daran – und der Lauf der Geschichte sollte ihm recht geben –, daß das Vertrauen der Naturwissenschaftler für Deutschlands Zukunft unerläßlich war. Diese felsenfeste Überzeugung lief dem Instinkt von Ideologen wie → **Dietrich Eckart,** → **Alfred Rosenberg** und → **Julius Streicher** diametral entgegen, und selbst sein enger Freund Goebbels glaubte wie viele andere, daß die »Judenphysik« ein neues Deutschland nur vergiften werde. Dietrich Eckart, der den Nazis mit dem Titel seines Gedichts »Deutschland erwache!« die erste Kampfparole geliefert und die Übernahme des *Völkischen Beobachters*, der Parteizeitung der NSDAP, finanziert hatte, überwarf sich mit Gloder, dessen »Liebedienerei« bei den Juden er ablehnte. Bis zu Eckarts Tod im Jahre 1923 sprachen die beiden kein Wort mehr miteinander. Bei Eckarts Beerdigung beklagte sich Gloder bei Goebbels, der Verstorbene habe zeitlebens nicht einsehen können, daß es ein taktischer Fehler gewesen wäre, die Juden zu früh zu vergraulen (vgl. Rudolf Gloder, *Am Anfang*, Berlin 1932, übs. Gottlob Blumenbach, New York 1933). Gloder instrumentalisierte den Antisemitismus in seinen Reden vor Arbeiterversammlungen, um eine Einheitsfront zu schaffen, war aber stets darauf bedacht, es sich mit den unentbehrlichen Ressourcen jüdischer Wissenschaftler und Finanziers nicht zu verscherzen. In regelmäßigen Zusammenkünften mit Sprechern jüdischer Organisationen – Treffen, von denen selbst seine engsten Vertrauten und Verbündeten nichts wußten – konnte Gloder die jüdische Prominenz davon überzeugen, daß der Antisemitismus seiner Partei bloße Pose sei und daß Deutschlands Juden von ihm weniger zu befürchten hätten als von anderen rechten Parteien oder den Marxisten.

Gloders dritter Programmschwerpunkt während dieser Anfangsphase lag im Aufbau einer Parteikampftruppe unter der schonungslosen Führung von → **Ernst Röhm**, die brutalen Straßenkampf und Terror einsetzte, um politische Gegner auszuschalten und Zwischenrufe und Gegendemonstrationen im Keim zu ersticken. Obwohl diese Rotten ehemaliger Soldaten und erwerbsloser Arbeiter außerhalb der Legalität operierten und von den liberalen Intellektuellen der Zeit einerseits gefürchtet, andererseits verachtet wurden, gelang es Gloder auch bei den Wortführern der letzteren, die rohen Methoden seiner eigenen Partei in Mißkredit zu bringen. Mit zahlreichen Schriftstellern, Wissenschaftlern, Intellektuellen, Industriellen und Juristen, für die die Nazis Anathema waren, schloß Gloder dennoch Freundschaft, weil er sie überzeugen konnte, die Taktiken Röhms, des Parteivizes und von Gloder persönlich ernannten Stellvertreters, seien nur eine Zwischenlösung, ein notwendiges Übel beim Kampf gegen den Kommunismus.

Zugleich machte Gloder zahlreiche und ausgedehnte Reisen, stattete Frankreich, Großbritannien, Rußland und den Vereinigten Staaten Besuche ab, bei denen er von seinen Sprachkenntnissen und seinem Charme profitierte. Obwohl sich die NSDAP in diesem Zeitraum

(1922–1925) noch kein einziges Mal zur Wahl gestellt hatte, war sie in nur vier Jahren zur nach den → **Sozialdemokraten** und den Kommunisten drittgrößten Partei Deutschlands und damit zu einem respektablen Machtfaktor angewachsen. Gloders Auslandsflüge in seiner berühmten roten Fokker (die wenig subtil auf den weltweit verehrten Baron von Richthofen anspielte, mit dem Gloder angeblich ebenfalls verwandt war) sollten außen- und innenpolitisch demonstrieren, daß er ein vernünftiger, kultivierter Mensch war, ein Gentleman und Staatsmann, der auf dem Parkett der Weltpolitik eine glaubwürdige Figur abgab. Den ausländischen Politikern, die ihn empfingen (und das waren nicht wenige), erklärte er unumwunden, er könne mit seiner Partei erst dann zur Wahl antreten, wenn er dem deutschen Volk eine Lockerung der Bedingungen des → **Versailler Vertrags** in Aussicht stellen könne. Auf diese Weise überholte er die Sozialdemokraten, knüpfte Verbindungen zu Staatsmännern in Europa und Amerika und machte sich auf der internationalen Bühne zu einer Zeit einen Namen, als Deutschland noch Nabelschau betrieb, sich die Wunden der militärischen Niederlage leckte und die Schmach des aufgezwungenen Friedensvertrags zu verarbeiten suchte. Während dieser Jahre des Reisens trat Gloder in einem Hollywood-Stummfilm auf und machte sich über seinen eigenen Ruf als Redner und Causeur lustig (*The Public Speaker,* Hal Roach, 1924), spielte Golf mit dem → **Prince of Wales,** tanzte mit → **Josephine Baker,** bestieg das Matterhorn und ging zahlreiche Freundschaften und Verbindungen ein, die sich in späteren Jahren als nützlich erweisen sollten.

1923 wies Gloder die Avancen → **Erich Ludendorffs** zurück, dessen Machtstreben auch die Demontage der → **Weimarer Republik** einschloß, an deren Stelle er das Regime einer Militärjunta setzen wollte. Ludendorff hatte schon 1920 in Berlin beim gescheiterten Kapp-Putsch nach der Macht gegriffen, und Gloder mißtraute dem politischen Urteilsvermögen des alten Generals. Außerdem war ihm die krankhafte Paranoia zuwider, die Ludendorff auf Schritt und Tritt Freimaurer, Jesuiten und Juden wittern ließ, deren »internationale Verschwörung« das Attentat auf → **Erzherzog Ferdinand** in Sarajewo ebenso vorbereitet haben sollte wie Deutschlands Niederlage 1918. Der General hatte sich sogar zu der Aussage verstiegen, sowohl Mozart als auch Schiller wären von »der Tscheka dieses weltumspannenden Geheimbunds« ermordet worden. Gloder verbot seinen Parteigenossen, Ludendorff bei seinem neuen Versuch der Machtergreifung zu unterstützen. Es ist nicht ausgeschlossen, daß er den General bei den Münchner Behörden denunzierte, denn als Ludendorff im November mit nur zweihundert Mann hinter sich vom Bürgerbräukeller zur Feldherrnhalle zog, wurde er ohne viel Federlesens festgenommen und wegen Hochverrats verurteilt.

Gloders Fähigkeit, den richtigen Augenblick abzuwarten, wurde fünf Jahre später erneut auf die Probe gestellt, als er sich auch 1928 weigerte, die NSDAP bei allgemeinen Wahlen antreten zu lassen. Er überzeugte die höheren Ränge seiner Partei davon, daß eine Kandidatur zu diesem Zeitpunkt nicht opportun sei, und selbst wenn sie wider Erwarten gewählt würden, wäre ihnen die Gesamtwirtschaftslage nicht günstig. Deutschland erlebte damals einen leichten Aufschwung, und die Sozialdemokraten standen in der öffentlichen Meinung unangefochten da. Es war besser, sich in Geduld zu üben und abzuwarten.

Nur wenige Monate darauf zeigten der → **Schwarze Freitag** und der Beginn der → **Weltwirtschaftskrise,** wie scharfsinnig diese Analyse gewesen war. → **Hjalmar Schacht,** → **Friedrich Thyssen,** → **Gustav Krupp,** → **Friedrich Flick** und andere deutsche Industriemagnaten erkannten umgehend die Ratlosigkeit der Sozialdemokraten angesichts dieser beispiellosen Baisse und füllten die Kassen der NSDAP, da sie inzwischen überzeugt waren, allein Gloder besäße die erforderliche Kombination aus staatsmännischem Geschick und Rückhalt in der Bevölkerung, um Deutschlands wirtschaftliche Talfahrt zu beenden.

Im Herbst 1929 war die Hyperinflation unkontrollierbar geworden, die Arbeitslosigkeit hatte epidemische Ausmaße angenommen, und es war offensichtlich, daß...

»Meine Güte, Mikey, wie lange willst du denn noch büffeln?«

Ich schreckte hoch: »Wieso? Wie spät ist es denn?«

»Gleich sechs, Mann.«

»Scheiße, ich hab doch grad erst angefangen. Kann ich die Bücher hier ausleihen?«

Steve schüttelte den Kopf. »Die Nachschlagewerke und Enzyklopädien nicht. Die sind nur für den Lesesaal und die Nischen. Aber die beiden hier kannst du mitnehmen, denk ich mal.«

Er kam zum Tisch und griff nach zwei kleinen Handbüchern der europäischen Geschichte.

»Gut, dann eben nur die«, sagte ich, stand auf und streckte mich. »Ey, tut mir leid. Du mußt ja die ganze Zeit Däumchen gedreht haben. Warum bist du nicht abgehauen? Henry Hall find ich inzwischen auch alleine, ist doch kein Thema.«

Steve klemmte sich die Bücher unter den Arm. »Ich komm mit«, sagte er.

»Ehrlich, brauchst du nicht.«

Er schlug verlegen die Augen nieder. »Um ehrlich zu sein, Mikey...«

»Spuck's aus.«

»Na ja, Professor Taylor hat mich gebeten, dich nicht aus den Augen zu lassen.«

»Oh«, machte ich. »Ach so. Verstehe. Hält mich für gefährlich, was?«

»Vielleicht hat er Angst, daß du dich verläufst. Verstehst du, am Ende sitzt du irgendwo in der Tinte, und dein Zustand verschlimmert sich.«

Ich nickte. »Na, da haste ja echt tief ins Klo gegriffen. Tut mir leid für dich.«

»Hey, tu mir 'n Gefallen, ja? Hör endlich auf, dich für jeden Dreck zu entschuldigen.«

»Alte englische Angewohnheit«, sagte ich. »Wir fühlen uns ständig schuldig.«

»Ja ja, schon gut.«

Als ich die Tür zum Gang öffnete, blieb Steve plötzlich stehen. »Hey! Mir fällt grad was ein! Müssen es unbedingt Bücher sein?«

»Wie bitte?«

»Wie wär's mit Kassen?«

»Kassen?«

»Ja, wenn du Geschichte lernen willst, kannst du doch Kassen mitnehmen.«

»Es klingt garantiert wieder völlig bescheuert«, sagte ich, »aber was, bitte schön, meinst du jetzt mit Kassen?«

Zehn Minuten später kamen wir aus dem Firestone-Gebäude. Ich hatte zwei Bücher ausgeliehen und einen Stapel Kassen unter dem Arm.

»Wie sieht's aus?« fragte Steve. »Verklickerst du mir irgendwann, was hier läuft? Warum du plötzlich so erpicht darauf bist, alles mögliche über die Nazis zu erfahren?«

»Nichts lieber als das«, sagte ich. »Aber du wirst mich sofort für geisteskrank erklären.«

Steve blieb stehen und dachte einen Augenblick nach. »Hey, Vorschlag zur Güte: Siehst du den Bau da drüben? Das ist das Chancellor Green Student Centre. Da gehen wir jetzt vorbei und decken uns mit Pizza, Doughnuts und Cola ein und was wir sonst noch so brauchen. Dann gehen wir zu dir, und du erzählst mir alles, was dir auf den Nägeln brennt. Abgemacht?«

»Abgemacht.«

Ich war heilfroh, als wir wieder in Henry Hall waren. Der Anblick der vielen Studenten in der Rotunde vom Student Center hatte mich nervös gemacht und daran erinnert, wie fremd ich hier war und wie ziellos ich durch die Gegend irrte. Fremdes Essen, fremder Service, fremdes Geld, fremde Rufe und Schreie, fremdes Lachen, fremde Gerüche und Gesichter... das alles hatte mich dermaßen von allen Seiten bestürmt, daß ich fast durchgedreht wäre. Mein Zimmer in Henry Hall, das mir am Morgen so fremd gewesen war, kam mir jetzt so bekannt und vertraut vor wie ein altes Paar Turnschuhe.

Wir stellten die braunen Packpapiertüten auf den Tisch am Fenster. Es war noch hell, aber ich kämpfte mit der Jalousiestange, bis sich die Lamellen schlossen, und schaltete Licht an. Ich fühlte mich irgendwie verfolgt und sehnte mich nach einem Schlupfwinkel.

Während wir uns den Bauch mit Pizza vollschlugen, sah ich mir die Poster an den Wänden an.

»Die Leute hier«, sagte ich und zeigte auf eins davon. »Wer zum Geier sind die?«

»Willst du mich verkohlen?«

»Nein, ehrlich nicht. Sag schon.«

»Das sind die New York Yankees, Mike. Wenn die spielen, fährst du praktisch jedesmal mit dem Zug nach Penn Station.«

»Aha. Und die da?«

»Mandrax.«

»Mandrax«, wiederholte ich. »'ne Band, ja?«

»Ja, das ist 'ne Band.«

»Und ich mag die, ja?«

Steve nickte lächelnd.

»Das sind doch die traurigsten Dumpfdrosseln, die ich je gesehen habe«, sagte ich. »Bist du *sicher,* daß ich die mag?«

»Todsicher«, sagte er. »Die sind nett.«

»Nett, so so. Na, wenn sie *nett* sind, muß ich natürlich verrückt nach ihnen sein. Ich mag nette Gruppen. Was ist mit den Beatles? Mag ich die auch? Die Rolling Stones? Led Zeppelin? Elton John? Blur? Oily-Moily? Oasis?«

Ich lachte fröhlich, als er mich nur fragend ansah. »Mensch, ich werd mich dumm und dämlich verdienen«, kicherte ich. »Hey, hör dir das mal an. Ä hem! *Yesterday, all my troubles seemed so far away! Now it looks as though they're here to stay. Oh I believe in yesterday.* Was hältst du davon?«

»Aua«, sagte Steve und hielt sich die Ohren zu.

»Hm, wahrscheinlich muß man die Instrumentalbegleitung mithören... und was ist hiermit? *Imagine there's no heaven...* Schon gut, schon gut, ich hör ja schon auf. Ich muß noch einige Zeit mit'm Synthesizer üben.«

Ich stand auf und ging an den Wänden entlang. »Und wer ist das hier?«

»Luke White.«

»Auch Sänger?«

»Das könnte dir so passen. Nee, White ist ein Filmstar.«

»Aha. Süßer Kerl, findest du nicht? Warum hab ich mir den an die Wand gepinnt?«

»Das wüßt ich auch gern«, sagte Steve und wurde knallrot.

Er versuchte, seine Verwirrung zu überspielen, indem er sich auf das Innenleben eines Doughnuts konzentrierte, und mir wurde klar, daß mir schon seit einiger Zeit eine Frage durch den Kopf ging.

»Ähm, Steve. Das ist wieder eine pottsdämliche Frage, aber ich bin nicht zufällig von der anderen Fakultät, oder?«

Steve runzelte die Stirn. »Wie meinst du das? Du studierst Philosophie, das haben wir doch schon geklärt.«

»Nein, das meine ich nicht. Bin ich... du weißt schon, also... ähm... na ja?«

»Was denn nun?«

»*Das weißt du ganz genau!* Bin ich... ein warmer Bruder? Bin ich schwul?«

Steve wurde leichenblaß. »Um Gottes willen, Mike!«

»Man wird doch noch fragen dürfen. Also echt. Du hast gesagt, ich hätte keine Freundin. Und dann dachte ich, also, bei all den Postern hier... na ja... da hab ich mir halt so meine Gedanken gemacht...«

»Herrgott, Mike! Bist du denn vollkommen übergeschnappt?«

»...*früher* war ich's nicht, als ich noch in Camb... also soweit ich mich erinnern kann. Glaub ich jedenfalls nicht. Oder nicht sehr. Nicht mehr als... na ja, irgendwie jeder Mann. Ich hatte eine Freundin, aber mal im Vertrauen, die Beziehung war ziemlich im Arsch. Sie war älter als ich, und wir waren nur noch aus Bequemlichkeit zusammen, weil wir halt zusammenwohnten und so. Nicht, daß ich sie nicht geliebt hätte, aber manchmal hab ich James und Double Eddie doch beneidet. Vielleicht war ich die ganze Zeit... ist ja auch Jacke wie Hose, ich hab mich halt gefragt, und damit basta. Ist wahrscheinlich normal, und man muß das nicht an die große Glocke hängen.«

Steve starrte seine Coladose an, als enthielte sie die Antwort auf die letzten Fragen des Universums. »Das muß man nicht an die große Glocke hängen?« fragte er mit belegter Stimme. »So was solltest du nicht so laut sagen, Mikey. Du redest dich noch um Kopf und Kragen.«

»Um Kopf und Kragen? Meine Güte, du redest ja, als wäre das ein Verbrechen. Ich hab dich doch bloß gefragt, bin ich oder war ich jemals... o mein Gott!« Ich brach mitten im Satz ab. Beim Rhythmus des alten McCarthy-Mantras dämmerte mir plötzlich die furchtbare Wahrheit. »Es ist eins, stimmt's? Homosexualität ist ein Verbrechen!«

Er sah mich an und hatte Tränen in den Augen, glaubte ich. »Natürlich ist sie ein Verbrechen, du Vollidiot! Lebst du denn hinterm Mond?«

»Das ist der springende Punkt, Steve«, sagte ich. »Genau darum geht's. Ich lebe zwar nicht hinterm Mond, aber da, wo ich herkomme, war sie eben kein Verbrechen.«

»Nein, natürlich nicht. Wahrscheinlich kommst du vom Mars, aus dem Tal am Fuß des großen Kandiszuckerberges, wo an Zuckerstangenbäumen Marshmallows wachsen, wo man wildfremden Leuten einen Kirschkuchen backt und wo den ganzen Tag lang eitel Sonnenschein herrscht.«

Dazu fiel mir nichts mehr ein.

Steve trank seine Cola aus, drückte die Dose zusammen und tastete nach einer Zigarette.

Ich zündete mir ebenfalls eine an und räusperte mich. Ich haßte dieses Schweigen. »Dann waren wir also nie... ich meine... wir beide...«

Er funkelte mich fuchsteufelswild an.

»Aha. Das soll wahrscheinlich nein heißen.«

Er beugte sich vor und sah zwischen seinen Beinen auf den Teppich, so daß ihm die Haare vors Gesicht fielen.

Wieder trat dieses beklommene Schweigen ein.

»Hör mal, Steve«, sagte ich. »Wenn ich jetzt behaupten würde, ich käme wirklich vom Mars, würdest du mich doch für verrückt halten, oder? Aber angenommen, nur mal angenommen, ich käme aus... aus einer anderen Welt, die mit dir und deiner Kultur so gut wie nichts mehr gemeinsam hätte...«

Er sagte nichts, sondern konzentrierte sich weiterhin auf das Teppichmuster.

»Du bist ein vernünftiger Mensch«, fuhr ich fort. »Und du mußt doch zugeben, daß das, was mir zugestoßen ist, nicht so einfach zu erklären ist. Meine komische Redeweise ist keine Masche, das weißt du ganz genau. Professor Taylor ist das auch aufgefallen, und der ist schließlich Engländer. Na ja, ehrlich gesagt, ist er englischer als die meisten Engländer. Von einer Nanosekunde auf die andere war ich wie ausgewechselt – an der Mauer am Palmer Square; eben noch dein Freund, ein durch und durch amerikanischer Sonnyboy, Philosophiestudent, Baseballpitcher, dein guter alter Zahnseiden-Mikey Young – und plötzlich nicht mehr wiederzuerkennen. Äußerlich habe ich mich nicht verändert, wohl aber innerlich. Das kannst du nicht abstreiten. Das ist so offensichtlich wie die Haare auf deinem Kopf, die aus unerfindlichen Gründen das einzige sind, was ich im Moment von dir zu sehen kriege. Ich weiß unzählige Dinge, die ich noch nie wußte, aber von unzähligen Dingen, die ich wissen sollte, habe ich noch nie was läuten hören. Ich weiß nicht, wie der Präsident der Vereinigten Staaten heißt. Ich weiß nicht, wo Hertford, Connecticut, liegt. Im Grunde weiß ich nicht mal so genau, wo Connecticut liegt – eher rechts, glaub ich, aber festlegen würd ich mich nicht. Heute vormittag habe ich diesen Campus zum erstenmal in meinem Leben zu Gesicht bekommen, und du *weißt,* daß ich dich da nicht verschaukelt habe. Aber aus der europäischen Geschichte bis 1920 kann ich dir Daten und Fakten herbeten, die nur ein studierter Historiker parat hat. Hier, ich beweis es dir.

Schlag das Buch hier auf und frag mich ab. Egal was; das überlaß ich dir.«

Steve griff zögernd nach dem Buch, das ich ihm hinhielt. »Dann kennst du dich eben in Europa aus. Was beweist das schon?«

»Du kennst mich doch gut... jedenfalls *glaubst* du das. Schau dir die Bücherregale an. Steht da ein einziges Geschichtsbuch rum? Hab ich im Grundstudium Geschichte studiert? Seminare belegt?«

»Soweit ich weiß nicht...«

»Na also. Dann frag mich ab. Sagen wir, alles bis 1930.«

Steve blätterte flüchtig in dem Buch und machte irgendwo Halt. »Also gut, was war die Heilige Allianz?«

Ich lächelte. »Herr Lehrer, Herr Lehrer, ich weiß was!« sagte ich und meldete mich mit einem Fingerschnippen. »Herr Lehrer, die Heilige Allianz nannte man eine Vereinbarung, die zunächst nur von einer äußerst unheiligen Dreifaltigkeit unterzeichnet wurde, nämlich... dem Zaren von Rußland – das müßte Alexander I. gewesen sein –, von Friedrich Wilhelm III. von Preußen und vom Kaiser des Heiligen Römischen Reichs, Franz II., obwohl der zu diesem Zeitpunkt schon nur noch der olle Franz I. von Österreich war, richtig? Napoleon war schließlich bei Waterloo baden gegangen.«

»Wer hat später noch unterzeichnet?« Steve studierte das Buch gründlich.

»Herr Lehrer, Herr Lehrer, Neapel, Herr Lehrer. Und Sardinien. Und dann noch Frankreich und Spanien. Später wurde sie auch von Großbritannien unterzeichnet und ratifiziert – vom Prinzregenten, der dann George IV. wurde, weil sein Vater ballaballa war. Großbritannien gehörte dann auch zur Quadrupelallianz, aber das steht auf einem anderen Blatt. Ach, der Sultan des Osmanischen Reichs hat auch unterzeichnet. Ich fürchte allerdings, dessen Namen hab ich vergessen, falls ich ihn überhaupt je wußte. Der Papst gab der ganzen Angelegenheit natürlich eine Extraportion Segen. Die Vereinbarung wurde 1815 unterzeichnet. Für die zehn Zusatzpunkte und den Urlaub auf den Barbados würde ich sagen, am 26. September. Stimmt's?«

»Ja ja, schon gut...« Steve blätterte weiter. »Und was weißt du über... Benjamin Disraeli?«

»Benjamin Disraeli? Was weiß ich *nicht* über den?« Ich kam zunehmend in Fahrt, war voll in meinem Element und flitzte elegant über dickes Eis. »Geboren 1804, am 21. Dezember, glaube ich. Übertrug den Begriff ›eingefettete Kletterstange‹ aus dem Sport auf seinen Aufstieg aus dem jüdischen Kleinbürgertum zum Premierminister des viktorianischen Weltreichs. Sohn eines sephardischen Kunstliebhabers, Schriftstellers, Antiquars und Schmachtlappens namens Isaac, der seine Familie 1817 geschlossen zum Christentum übertreten ließ. Ben schlug die juristische Laufbahn ein, stieß bündelweise schlechte Kapitalanlagen ab und wurde Schriftsteller und Aphoristiker, um seine politischen Aspirationen und den Lebensstil eines Dandys zu finanzieren. Schrieb einige Bücher, die als Junges-England-Trilogie Literaturgeschichte machten, darunter *Coningsby oder Die neue Generation* und *Sybil oder Die beiden Nationen.* Ein paar Jahre vorher, das muß ungefähr 1837 gewesen sein, wurde er beim fünften Anlauf endlich ins Unterhaus gewählt. Als Gegner der Whigs und der Utilitaristen machte er sich einen Namen, weil er seine eigene Regierung attackierte. Ihm verdankt sich der Ausdruck ›organisierte Heuchelei‹, auf Robert Peel gemünzt, als der die Korngesetze aufheben wollte. Vertändelte ein paar Jahre als Parteivorsitzender und Schatzkanzler unter Lord Derby und formulierte das Zweite Reformgesetz von 1867, das das Wahlrecht auf kleine Grundeigentümer und Pächter ausdehnte. War 1868 kurze Zeit Premierminister. Gewann 1874 endlich eine Wahl gegen seinen Erzrivalen William Ewart Gladstone, was zum ersten konservativen Kabinett seit 1841 führte. Setzte haufenweise Gewerkschafts- und Sozialreformen durch und nahm einen Vier-Millionen-Kredit auf, um Queen Victoria die Mehrheit der Suezkanalaktien zu verschaffen. Die war nämlich verrückt nach ihm, erst recht, nachdem er ihr den offiziellen Zusatztitel ›Kaiserin von Indien‹ verschafft hatte. Vom Berliner Kongreß 1878 kam er zurück und behauptete, man sei in ›gütlichem Einvernehmen‹ voneinander geschieden, was Chamberlain nach München dann wiederholt hat – nee, laß gut sein, das steht nicht in deinem Buch. 1876 wurde er zum ersten Earl of Beaconsfield geadelt, nachdem er schon eine Herzogswürde abgelehnt hatte, und starb 1881, ein Jahr, nachdem er achtkantig gefeuert worden war. Er starb am 19. April, acht Jahre und einen Tag vor der Geburt Adolf Hitlers, von dem du auch noch nie gehört hast. Seine Anhänger gründeten den Primelnbund und schwadronieren heute noch vom ›Konservatismus in einem Land‹. Seine Frau nannte ihn ›Dizzy‹ und war berühmt für ihre Hingabe, ihre Taktlosigkeit und ihre umfassende Blödheit. Einmal saß sie mit ihm zusammen in einer Kutsche zum Parlament, hatte sich beim Einsteigen den Finger in der Tür eingeklemmt und ließ sich trotz ihrer Schmerzen nichts anmerken, weil Dizzy sich auf eine wichtige Rede vorbereiten mußte. Ein andermal war sie mit ein paar viktorianischen Ladies im Park, und sie kicherten errötend wie Backfische über das Prachtexemplar, das eine nackte Männerstatue zwischen den Beinen baumeln hatte. ›Das ist noch gar nichts‹, sagte sie, ›da solltet ihr mal meinen Dizzy in der Badewanne sehen.‹ Er pflegte seine letzten Jahre als seine ›Bonmottenkiste‹ zu bezeichnen. Womit kann ich sonst noch dienen?«

Steve sah nicht vom Buch hoch. »Kannst du noch ein paar Romantitel aufzählen?«

»Aber hallo; eine meiner leichtesten Übungen. Der erste hieß so ähnlich wie *Dorian Gray.* Natürlich nicht genauso, aber eben so ähnlich. *Vivian Grey?* Ja? Dann gab es noch einen namens *Der junge Herzog,* und der letzte hieß *Endymion,* das weiß ich wieder genau. Der ist von 1880. Und ich glaube, es gab noch einen mit einem Frauennamen im Titel ... Henrietta, glaub ich. *Henrietta Tempest,* kann das sein?«

»*Henrietta Temple,* um genau zu sein«, sagte Steve und klappte das Buch zu. »Gut, dann kennst du dich also in Geschichte aus. Und was beweist das jetzt?«

»Das will ich gerade von dir hören«, sagte ich. »Paßt das zu deinem alten Freund Michael? Wie wär's mit den amerikanischen Präsidenten dieses Jahrhunderts?«

»Ach komm, das ist doch kinderleicht. Die rappelt dir jeder Sechstkläßler runter.«

»Wart's ab«, sagte ich. »William McKinley (1901 ermordet), Teddy Roosevelt, William Howard Taft, Woodrow Wilson, Warren G. Harding, Calvin Coolidge, Herbert C. Hoover, Franklin D. Roosevelt, FDR, FDR, Harry S. Truman, Dwight D. Eisenhower, noch mal Eisenhower, John F. Kennedy ('63 ermordet), Lyndon B. Johnson, Richard M. Nixon, noch mal Nixon ('74 zurückgetreten), Gerald Ford, Jimmy Carter, Ronald Reagan, noch mal Reagan, George Bush und zu guter Letzt, meine Damen und Herren, bitte einen Applaus für den 42. Präsidenten der Vereinigten Staaten von Amerika, Bill Clinton aus Little Rock, Arkansas. Was hältst du davon?«

Steve sah verwirrt aus. »In der Mitte muß ich irgendwo den Faden verloren haben.«

»Klar, nach FDR, stimmt's?«

»Genau. Da kam eine ganze Latte von Namen, die ich noch nie gehört hab. Und hast du gesagt, Nixon wär zurückgetreten?«

»Ach, von Nixon hast du also gehört?«

»Och Mensch, Mikey. Komm doch mal auf'n Boden.«

»Richard Milhouse Nixon, Tricky Dicky. Trat 1974 zurück, um der Strafverfolgung wegen Amtsmißbrauchs zu entgehen.«

»Nur zu deiner Information: Richard Nixon war von 1960 bis 1972 dreimal Präsident.«

»Verstehe. Aber Kennedy, Carter, Bush, LBJ, Clinton ... die sagen dir nichts?«

»Mein kleiner Bruder heißt Clinton, aber es sollte mich wundern, wenn der über Nacht Präsident geworden wäre.«

»Na bitte! Verstehst du's jetzt?« Ich zündete mir noch eine Zigarette an und begann, im Zimmer hin und herzulaufen. »Dein Wissen und mein Wissen haben ab einem bestimmten Punkt kaum noch Überschneidungen. Das geht nicht mit rechten Dingen zu.«

»Dein Akzent ist anders als gestern. Und in mancher Hinsicht bist du nicht mehr du selbst, das seh ich ein. Aber das liegt an deinem *Kopf*, Mikey. Das findet alles nur in deinem Kopf statt.«

»Ach nein, und diesem Sprung in der Schüssel hab ich auch mein Spezialistenwissen über europäische Geschichte zu verdanken, ja? Dadurch weiß ich Einzelheiten aus dem Leben amerikanischer Präsidenten, von denen du noch nie gehört hast und von denen ich neben einem Lügendetektor stundenlang erzählen könnte, ohne die Nadel ein einziges Mal zum Ausschlagen zu bringen. Dadurch ist mein Schädel zum Bersten voll mit Filmen, Songs und Romanen, von denen du noch nie gehört hast, ja? Spiel's noch einmal, Sam. Ich mache ihm ein Angebot, das er nicht ablehnen kann. ›She loves you, yeah, yeah, yeah.‹ Die Macht ist mit dir, junger Skywalker, aber noch bist du kein Jedi. Ich liebe den Geruch von Napalm am Morgen. Die Wahrheit ist irgendwo da draußen. Hasta la vista, Baby. *Catch 22.* Es wird im Weißen Haus kein Weißwaschen geben. *Die*

Blechtrommel. What's the Story, Morning Glory? Schindlers Liste. Mein Name ist Bond, James Bond. Ich bin ein Berliner. *Der Fänger im Roggen.* ›You may say that I'm a dreamer, but I'm not the only one. Perhaps some day you'll join me, and the wo-o-o-rld will live as one.‹ Beam mich rauf, Scotty. Ich komme wieder. ›Sing if you're glad to be gay, sing if you're happy that way.‹ *Dame, König, As, Spion.* In keinem Kriege sind jemals so viele so vieles so wenigen schuldig geworden. Ein kleiner Schritt für einen Menschen, aber ein Riesensprung für die Menschheit. *Verdammt in alle Ewigkeit.* ›Never mind the Bollocks, here's the Sex Pistols.‹ *Die Brücke am Kwai.* Marlene Dietrich. ET – nach Hause telephonieren. ›What good is sitting, alone in a room, come hear the music play, life is a cabaret, old friend, it's only a cabaret.‹ Der Zapruda-Film und das Schußfeld in Dallas. *Das dreckige Dutzend.* Sie glauben, es wäre vorbei… es ist vorbei. *Agenten sterben einsam.* Ich hab geraucht, aber nicht inhaliert. Nicht immer, aber immer öfter. Lest meine Lippen: keine neuen Steuern. Scooby Dooby Doo, Where Are You? Wir haben Arbeit für dich. So, da hast du's!«

Ich holte tief Luft und schwitzte vor Anstrengung, Begeisterung und zuviel Peperoni. In Steves Gesichtsausdruck balgten sich Bewunderung, Erstaunen, Belustigung, Skepsis und Angst um den ersten Platz. Erstaunen lag mit einer halben Länge vorn, aber die anderen folgten dichtauf.

»Du wirst dich damit abfinden müssen, Steve: Du hast da ein Problem, das sich nicht so mir nichts, dir nichts als Kopfverletzung oder Amnesie abtun läßt. Ich stamme nicht von hier.« Ich fuhr mir durchs verschwitzte Haar. »Keine Angst, ich weiß genau, wie verrückt ich mich anhöre. Meine Güte, ich hab genug Filme gesehen, um zu wissen, wie schwer es dem fremden Zeitreisenden wird, seine neue Umwelt von seiner Herkunft zu überzeugen. Normalerweise landet er am Ende in einer Gummizelle.«

»Zeitreise?« Steve schloß verzweifelt die Augen. »O mein Gott, Mikey, du brauchst Hilfe. Das kann doch nicht dein…«

»Das hab ich auch gar nicht gemeint.«

»Ich ruf jetzt Doc Ballinger an, bitte«, flehte er. »Mikey, ich habe keinen blassen Schimmer, was hier los ist, aber… du bedeutest mir etwas, ich meine, es bedeutet mir etwas, wenn dir was passiert, und ich will nicht, daß sie dich in eine Klapsmühle stecken.«

»Ich weiß, was du meinst, Steve, aber hör mir einfach zu. Das hab ich doch auch gar nicht behauptet. Ich bin kein Zeitreisender. Das heißt nicht ganz. Aber die Zeit ist... irgendwie in mir gereist. Nein, das ist auch falsch. Hör mir bloß zu, okay? Einfach nur zuhören. Ich erzähle dir eine Geschichte. Stell dir vor, ich hätte sie mir ausgedacht, okay? Meinetwegen für ein Drehbuch. Hör sie dir einfach nur an... wie heißt die Floskel? Vorurteilsfrei. Hör sie dir vorurteilsfrei an, und unterbrich mich nur, wenn dir etwas unklar ist. Wenn ich fertig bin, darfst du über den nächsten Schritt entscheiden, abgemacht?«

»Wenn's sein muß...«

Ich schob die Bücher und Kassen beiseite, setzte mich auf die Tischplatte und ließ die Beine baumeln. Steve setzte sich im Schneidersitz vor mir auf den Boden und sah zu mir hoch wie ein kleines Kind bei der Märchenstunde im Kindergarten.

»Los geht's«, sagte ich. »Stell dir einen Mann vor, einen jungen Mann. Engländer. Ungefähr in meinem Alter. Er arbeitet in einem englischen Universitätsstädtchen an einer Dissertation in Geschichte. Nennen wir die Stadt Cambridge...«

Die Zeit vergeht. Im Westen sinkt die Sonne hinter den Horizont. Von draußen dringen Geräusche ins Zimmer. Basketbälle prallen auf den Korridorboden. Schlitternde, quietschende Turnschuhe. Bluegrass-Musik im oberen Stockwerk. Türenknallen. Rufe. Klatschen von Waschlappen im Gesicht. Eine verstimmte Gitarre auf der anderen Seite von Henry Hall. In der Ferne schlagen Glocken die unbemerkt verstreichenden Stunden.

»...eine Pizza, ein paar Dosen Cola und einen Haufen ungenießbarer Doughnuts mit Marmeladenfüllung und kam in dieses Wohnheim zurück, nach Henry Hall. Dort beschloß er, die ganze Geschichte seinem neuen Freund Steve zu erzählen, und schwor sich, die Wahrheit zu sagen, die Wahrheit und nichts als die Wahrheit, so wahr ihm Gott helfe. Ende.«

Ich sprang vom Tisch und reckte und streckte mich. Draußen war die Nacht hereingebrochen, und in Henry Hall herrschte Stille.

Steve blieb auf dem Fußboden sitzen. Seine Bewegungen hatten sich darauf beschränkt, ab und zu den Arm auszustrecken und seine Zigaretten gegen die Coladose zu schnippen, die inzwischen soviele Stummel und Matsch enthielt, daß sie längst nicht mehr aufzischte, wenn er die Asche abstreifte.

»Nur eins verstehe ich nicht«, sagte er schließlich, »falls das alles stimmt, wie kommt es dann, daß du dich daran erinnern kannst?«

»Genau da liegt der Hase im Pfeffer«, sagte ich. »An dem Punkt bin ich echt überfragt. Wenn mein Körper in diesem Universum ist, warum ist mein Geist dann noch Teil meiner alten Welt?«

»Vielleicht liegt es an folgendem«, sagte Steve bedächtig, »ich nehme mal an, wenn dein Typ da, dieser Zuckermann, wenn der eine künstliche Quantensingularität herstellt und du in den Ereignishorizont gerätst, dann... nee, ich geb's auf...« Er zuckte hilflos die Schultern. »Scheiße, Mikey, ich versteh kein Wort von dem ganzen Krempel.«

»Aber du glaubst mir doch, oder? Das ist erstmal das wichtigste.«

Er breitete die Arme aus. »Was bleibt mir andres übrig, solange mir keine bessere Erklärung für dein komisches Verhalten einfällt? Theoretisch könnte das übrigens immerzu passieren, ist dir das klar? Vielleicht ist das auch schon oft passiert; wir würden es ja nie merken. Vielleicht gibt es tausend 20. Jahrhunderte. Eine Million. Jedes mit einem anderen Ergebnis. Du hast dir ein neues erschaffen, und jetzt sitzt du darin fest.«

»Genau«, sagte ich. »Und ich war so arrogant, daß ich geglaubt habe, ich würde eine bessere Welt erschaffen. Ich dachte, ohne einen Hitler bräuchte sich dieses Jahrhundert nicht so zu schämen. Wahrscheinlich hätte ich es besser wissen müssen. Die Ausgangslage in Europa änderte sich ja nicht. In Deutschland gab es trotzdem ein Vakuum, das irgendwie gefüllt werden mußte. Es gab trotzdem schon fünfzig Jahre Antisemitismus und Nationalismus, die nur auf ein Ausschlachten warteten. Es gab trotzdem noch den Vertrag von Versailles und den Schwarzen Freitag und die Weltwirtschaftskrise. Aber eins war doch anders...«

»Und das wäre?«

»Na, dieser Rudolf Gloder, euer Führer. Der war doch zumindest nicht so schlimm wie unser Hitler. Nach dem bißchen, was ich vorhin gelesen habe, war er doch wenigstens ein Mensch und zurechnungsfähig. Es gab keine Todeslager, kein Zyklon B, keinen

Holocaust, keine amoklaufenden Geisteskranken und keinen Völkermord.«

Steve stand langsam auf und vertrat sich die eingeschlafenen Beine. »Ach, Mikey«, sagte er traurig. »Ach, Mikey, wenn du wüßtest…«

Ich starrte ihn an. »Was soll das heißen?«

»Was ist aus deinem Hitler geworden?«

»Er hat Selbstmord begangen, als die Russen von der einen und die Amerikaner und Engländer von der anderen Seite Berlin einkesselten. Hat sich erschossen und wurde im Garten der Reichskanzlei mit Benzin übergossen und verbrannt. Am 30. April 1945.«

»Ich glaube«, sagte Steve und ging zum Computer, »das ist genau der richtige Zeitpunkt, um dir ein paar Kassen vorzuspielen.«

Er nahm die oberste Kass von dem ausgeliehenen Stapel, eine flache Schachtel, vielleicht 7,5 x 10 Zentimeter groß und 1,5 Zentimeter dick. Er klappte die Hülle auf und nahm ein kleineres schwarzes Plastikviereck heraus.

»Warum sagst du mir nicht einfach, was ich wissen will?«

»Weil ich im Gegensatz zu dir kein Historiker bin«, sagte Steve und schob die schwarze Scheibe in einen Schlitz unter dem Computerbildschirm.

»Und was ist das da? Eine Art Video? Oder eine CD-ROM?«

»Das ist weder noch«, sagte Steve. »Das ist eine Kass. Eine ganz normale Kass.«

Ich sah mich hilflos um. »Und wo ist die Tastatur?«

Steve schüttelte den Kopf. »Mensch, Mikey, was glaubst du denn, was du vor dir hast? Ein Klavier oder was?« Er drückte auf einen Kippschalter am Bildschirm, der daraufhin schwarz und orange aufleuchtete. »Möchtest du vorne anfangen?«

Er warf mir die Hülle der Kass zu. Ich las den Titel in fetter schwarzer Fraktur über einem riesigen lodernden Hakenkreuz:

Der Untergang Europas

»Ach du Scheiße«, sagte ich, und der Arsch sackte mir auf Grundeis. »Ja. Ganz vorne bitte.«

Steve berührte den Bildschirm mit dem Zeigefinger, und ein Menü leuchtete auf, blaue Buchstaben in großen Vierecken. Er tippte auf das erste Viereck. Ein leises Surren drang aus dem Computergehäuse, und fast gleichzeitig ertönten aus den Lautsprecherboxen in den Zimmerecken schmetternde Fanfarenstöße. Steves Hand schnellte zum Lautstärkeregler und drehte das Gerät leiser, aber da hatte schon jemand an die Wand gebummert, und eine schlaftrunkene Stimme rief, wir sollten sofort den verdammten Krach abstellen.

Steve gab mir einen Kopfhörer und erklärte mir die Lautstärkeregelung.

»Donaldson und Webb präsentieren die Weltgeschichte!« verkündete eine Stimme, als ginge es um einen Titelkampf im Schwergewicht. »Der Untergang Europas«. Das Menü wich dem Vorspann, ebenfalls in Fraktur.

Ich fiel auf den Stuhl vor dem Bildschirm.

Es war tatsächlich eine Art Film – geringfügig interaktiv, und durch Berührung von Sensorfeldern auf dem Bildschirm konnte ich ihn anhalten und kleine Informationsfenster am Rand aufklappen –, er war zwar eher für Schulen gedacht als für Hauptfachstudenten einer Ivy-League-Universität, aber für mich war er genau das Richtige.

Oder genau das Falsche.

»Hier«, sagte Steve, »das gehört noch dazu.« In der durchsichtigen Plastikhülle der Kass steckte ein Hochglanzcover, genau wie bei einer CD. Steve zog es heraus, gab es mir, und ich zog es gelegentlich zu Rate, während ich mir den Film ansah.

DONALDSON UND WEBBS MEDIENKASSETTEN
FÜR DEN UNTERRICHT

Folge 3. Weltgeschichte
Teil V: Der Untergang Europas

Suchindex

Spur 1

Mai 1932 Die NSDAP wird in den Reichstag gewählt. Die Bedingungen des Vertrags von Versailles werden mit Großbritannien, Frankreich und Amerika neu verhandelt. Stalinpakt.

Spur 2

1933–34 Produktionsbeginn des Deutschwagens mit Drehmotor. Die Entwicklung miniaturisierter Vakuumröhren führt Deutschlands Elektronikindustrie zu neuer Blüte.

Spur 3

1935–36 Das Abkommen von Edinburgh garantiert bilaterale Handelsbeziehungen zwischen dem Britischen Empire und dem Neuen Reich. Großbritannien stellt deutsche Hochtechnologieprodukte in Lizenz her, dafür werden Deutschland Kautschukkonzessionen und die Nutzung fernöstlicher Handelsrouten überlassen. Präsident Roosevelt und King George V. besuchen die Olympischen Spiele in Berlin.

Spur 4

1937 Landesweite Einführung von Wohlfahrtspflege und Sozialversicherung in Deutschland. Vereinigung von Österreich und Deutschland. Gloder erhält den Friedensnobelpreis und hält vor dem Völkerbund seine Ansprache »Der moderne Staat«.

Spur 5

1938 T.1 Vierter Kongreß der NSDAP: Gloder schockiert die Weltöffentlichkeit mit der Bekanntgabe, am Göttinger Institut sei die militärische Nutzung der Kernenergie zur Serienreife gediehen. Deutschland boykottiert die Pariser Konferenz. Atombombenabwürfe verwüsten Moskau und Leningrad und töten Stalin sowie das gesamte Politbüro. Deutsche Invasion der Sowjetunion. Annexion Polens, der Tschechoslowakei, Jugoslawiens, Ungarns, Griechenlands, der Türkei sowie des Baltikums.

Spur 6

1938 T.2 Kapitulation Skandinaviens, der Benelux-Staaten, Frankreichs und des Vereinigten Königreichs. King Edward VIII. von Großbritannien, Marschall Pétain, Benito Mussolini, Generalissimo Franco und andere Staatsoberhäupter nehmen an der Ersten Großdeutschen Reichskonferenz in Berlin teil. Kooperationsvertrag mit den Vereinigten Staaten von Amerika. Unter Deutschlands Vorsitz wird die Kontrolle über den Pazifischen Raum zwischen Amerika und dem Japanischen Kaiserreich aufgeteilt. Britische Kolonien in Indien, Australien und Afrika fallen faktisch unter deutsche Kontrolle. Kanada wahrt seine Neutralität.

Spur 7

1939 Alle Juden aus Ländern unter der Kontrolle des Großdeutschen Reichs werden zur Emigration in den durch Gebietsabtrennung von Montenegro und der Herzegowina neugegründeten »Jüdischen Freistaat« unter Kontrolle von Reichsminister Heydrich gezwungen. Amerikas Proteste verhallen ungehört. Der britische Putschversuch wird vereitelt, und fünftausend Putschisten, darunter führende Politiker wie der Duke of York, der Bruder des britischen Königs, werden hingerichtet.

Spur 8

1940–41 Die Vereinigten Staaten verkünden die eigenständige Entwicklung der Atombombe. Kalter Krieg zwischen Großdeutschland und Amerika. Abbruch aller diplomatischen Beziehungen.

Spur 9

1942 Nach hartnäckigen Gerüchten, im Jüdischen Freistaat auf dem Balkan komme es zu fortgesetzten Mißhandlungen und Massenmorden, geraten Amerika und Großdeutschland an den Rand des nuklearen Schlagabtausches. Nach Bekanntwerden von technologischen Innovationen in Deutschlands Raketenbau und elektronischer Telemetrie lenkt die US-amerikanische Regierung ein. Die russische Rebellion wird blutig niedergeschlagen.

Spur 10

1943 In ganz Neueuropa wird ein einheitliches Bildungssystem eingeführt. Deutsch wird erste Fremdsprache aller Europäer. Die Berliner Regierung entdeckt Amerikas geheime Nachschublieferungen an die portugiesische Widerstandsbewegung, und erneut droht der Kriegsausbruch zwischen den USA und Deutschland.

Spur 11

Abspann. Copyright-Angaben. Quellenmaterial. Weiterführende Lektüre.

Hinterher erzählte Steve, ich hätte mir die gesamte Kass mit offenem Mund angeschaut. Anscheinend rührte ich mich nicht vom Fleck, bewegte keinen Finger, schlug kein Bein über das andere und rollte nicht mit den Schultern. Er meinte, man hätte es fast für Katalepsie halten können. Nur meine Augen, die zwischen dem

Schirm und dem Index hin und her huschten, verrieten noch Zeichen von Leben und Bewußtsein.

Als die Kass zu Ende war, beugte sich Steve vor, schaltete den Computer aus und legte mir eine Hand auf die Schulter. Noch nachdem die Kass aus dem Laufwerk geglitten war, starrte ich weiter auf den leeren grauen Schirm.

»O mein Gott«, sagte ich fast wimmernd. »Was habe ich getan? Was habe ich bloß getan?«

»Hey, mach dir nicht ins Hemd«, sagte Steve und massierte mir die verspannten Schultern. »Das ist Geschichte. Das ist alles Geschichte.«

»Steve, wie ist es den Juden ergangen? Dieser Jüdische Freistaat, gibt's den noch?«

»Paß auf, das ist alles ewig her. Die Dinge haben sich geändert. Amerika und Europa kommen gut miteinander klar. Es gibt in Europa sogar freie Wahlen. Na ja, weitgehend frei.«

»Das ist keine Antwort auf meine Frage. Was ist aus den Juden geworden?«

»Es gibt keine mehr. Nicht in Europa.«

»Heißt das, sie wurden umgesiedelt? Nach Israel? Was ist passiert?«

Plötzlich klopfte jemand laut an die Tür. Steve riß die Hände von meiner Schulter und hechtete in die Zimmermitte. Als ich ihn fragend ansah, schüttelte er den Kopf. Offenbar war er genauso ratlos wie ich, wer zum Teufel nachts um eins bei mir klopfen konnte.

Wieder wurde geklopft, diesmal lauter.

»Herein!« sagte ich.

Zwei Männer traten ins Zimmer. Beide trugen dieselben kurzärmligen karierten Hemden, die ich heute schon mal gesehen hatte, als Steve und ich vor dem Alchemist and Barrister gesessen und sie am Nebentisch über einem Stadtplan gestritten hatten.

Naturgeschichte

Stille Wasser sind tief

»Besorgen Sie mir einen Stadtplan«, sagte Kremer. »Eine geologische Karte. Auf dem allerneusten Stand.«

Bauer schrieb den Wunsch auf ein Bestellformular und steckte es in einen kleinen Messingzylinder. Er ging zur Wand und fragte Kremer, wie lange sie heute abend wohl noch arbeiten würden.

Kremer stand über sein Mikroskop gebeugt da und reagierte nicht.

Bauer schob die Büchse in die Kommunikationsröhre, schloß den Deckel und lauschte, wie der Zylinder fortgesaugt wurde und auf seiner Reise zur Schreibzentrale im ersten Stock durch die Rohrpostanlage klapperte. Er sah auf die Uhr: vier Minuten nach halb sechs. Hartmann, der Archivleiter, brüstete sich damit, jedes beliebige Dokument der Universität eine Viertelstunde nach der Bestellung aushändigen zu können. Er hatte versprochen, Bauer eine Maß Berliner Weiße auszugeben, falls er diese stolze Frist auch nur um eine Sekunde überschreiten würde. Jetzt konnte Bauer ihn beim Wort nehmen, und an einem schwülen Augusttag wie heute gab es nichts Schöneres als ein großes kühles Bier mit einem Schuß Himbeersirup.

»Ruth, haben Sie einen Augenblick Zeit?« fragte er und winkte seine Assistentin zu sich. »Wären Sie wohl so gut, meine Frau anzurufen und ihr zu sagen, daß ich heute abend wieder später nach Hause komme?«

Ruth nickte und ging eingeschnappt zum Telephon. Sie haßte es, wenn er sie als einfache Tippse behandelte.

Bauer ging zu seinem Labortisch zurück und blätterte müßig in den Papieren, die sich dort häuften. Kremer sah vom Mikroskop hoch und schnippte mit den Fingern.

»Was ist los? Wo bleibt die Karte?« fragte er.

»Die Karte? Meine Güte, Johann, nun lassen Sie denen doch etwas Zeit. Sie haben mich erst vor einer Minute darum gebeten.«

»Ach, wirklich? Oh, tut mir leid.« Kremer lächelte verlegen wie ein auf frischer Tat ertappter Schuljunge. »Trotzdem wäre es mir lieb, wenn sie sich beeilen würden.«

»Haben Sie etwas entdeckt?«

Kremer schloß die Augen und rieb sich erschöpft die Nasenwurzel. »Nein. Nichts.«

»Sie hatten die Zink- und Natriumwerte analysiert, nicht wahr?«

»Ja, aber auch das war für die Katz. Höher als der erwartbare Durchschnittswert, aber niedriger als in unseren eigenen Proben. Dahinter verbirgt sich etwas Größeres, etwas viel Größeres.«

»Was halten Sie von den Methylorangespuren?«

»Verunreinigungen, anders kann ich mir das nicht erklären. Wahrscheinlich auf den damaligen Arzt zurückzuführen. Wie hieß der noch mal?«

»Schenck. Horst Schenck.«

»Genau. Den meine ich. Die ganze Sache ist heller Wahnsinn, Dietrich. Hätte ich nicht mit eigenen Augen gesehen, daß es bei unseren Mäusen wirkt, dann würde ich es für einen schlechten Scherz halten.«

Seufzend wandte sich Kremer wieder seinem Mikroskop zu.

»Doktor Bauer?« Ruth hielt ihm den Telephonhörer hin, als wäre er mit Milzbranderregern verseucht. »Ihre Frau möchte, daß Sie Ihrem Sohn noch gute Nacht sagen.«

Bauer nahm den Hörer entgegen und lauschte vergnügt und liebevoll den schnellen Atemstößen seines Sohnes.

»Axi?« fragte er dann.

»Papa?«

»Bist du heute auch schön brav gewesen?«

»Papa!«

»Morgen bin ich wieder bei dir.«

»Milch.«

»Hast du ›Milch‹ gesagt? Möchtest du noch etwas Milch?«

»Milch.«

»Mutti gibt dir sicher noch ein Glas Milch. Weißt du, durch ein Telephon kann ich dir keine Milch geben. Sag Mutti, daß du noch Milch möchtest.«

Dem folgte wieder schnelles Atmen und dann nichts mehr.

»Axel? Bist du noch dran?«

»Fuchs.«

»Fuchs?«

»Fuchs. Fuchs, Fuchs, Fuchs.«

»Aha. Das ist ja schön.«

Bauer hörte ein Klappern, als der Telephonhörer am anderen Ende zu Boden fiel. Nach kurzem Schweigen drang Marthes Stimme an sein Ohr. »Hallo, Schatz. Wir haben heute einen Fuchs gesehen. Im Garten. Der ist jetzt sein Lieblingstier.«

»Aha. Deswegen.«

»Ich glaube, er hat wieder Ohrenschmerzen. Er sagt immerzu ›böses Ohr‹ und schlägt sich mit der flachen Hand an den Kopf.«

»Das ist bestimmt nichts Ernstes. Ich schaue es mir morgen früh an.«

»Wie spät wird es denn diesmal? Deine Judenstudentin konnte oder wollte mir nichts sagen.«

»Tut mir leid, Liebste. Aber ich arbeite an einem sehr wichtigen Projekt. Höchste Priorität.«

»Verstehe. Doch, ehrlich. Aber vergiß nicht wieder das Essen, versprichst du mir das?«

»Ja, versprochen. Du weißt doch, wir werden hier bestens versorgt.«

»Ich weiß. Die Protegés des Führers.«

»Gute Nacht, Liebste.«

Bauer legte auf. Ruth stand verlegen ein paar Meter weg, starrte angestrengt auf ihr Klemmbrett und tat so, als hätte sie nichts gehört.

»Ich glaube, Sie können Feierabend machen, Fräulein Goldmann. Den Rest des Tages kommen Professor Kremer und ich alleine klar.«

»Ich bleibe gerne, Herr Doktor.«

»Nein danke. Ist wirklich nicht nötig.«

An der Tür stieß Ruth fast mit einem atemlosen Boten aus der Bestellabteilung zusammen. Bauer sah auf die Uhr und stellte fest, daß er sein Bier wieder einmal selbst bezahlen mußte.

»Nichts«, sagte Kremer entnervt. »Absolut gar nichts. Auf der ganzen Welt gibt es kein zweites Fleckchen, das topographisch so trostlos, geologisch so einförmig und mineralisch so unergiebig ist.«

»Nicht mal landschaftlich reizvoll«, stimmte Bauer zu. »Jedenfalls nicht für Österreich.«

»Aber woher kommt es dann bloß? Woher, in Dreiteufelsnamen, kommt das bloß?« Kremer tippte mit seinem Pfeifenhals auf die Karte. »Es ergibt keinen Sinn. Es paßt hinten und vorne nicht zusammen.«

»Vielleicht ...« Bauer zögerte. »Vielleicht sehen wir den Wald vor lauter Bäumen nicht. Sie haben immer gesagt, jeder Zentimeter, den man einer falschen Ausgangsthese folgt, führt einen kilometerweit von der Wahrheit weg. Vielleicht suchen wir in der völlig falschen Richtung.«

Kremer schaute von der Karte hoch. »Ich kann Ihnen nicht ganz folgen.«

»Wir suchen verzweifelt nach der Ursache einer Wirkung, die wir nicht verstehen. Vielleicht sollten wir lieber die Wirkung untersuchen.«

Kremer sah ihn lange an. »Vielleicht«, sagte er langsam und dehnte das Wort widerwillig. »Aber wir haben nur noch dreißig Zentiliter, Dietrich. Es steht verflixt viel auf dem Spiel, und der Druck aus Berlin ist enorm. Den Luxus einer Sackgasse können wir uns nicht leisten.«

»Sie nehmen mir das Wort von der Zunge, Johann. Wir stecken in einer Sackgasse. Vielleicht sollten wir noch einmal ganz von vorne anfangen.«

Bauer griff in das Regal über den Labortischen und zog den Ordner mit der Aufschrift »Braunau« heraus.

Amerikanische Geschichte

Die Ansprache von Gettysburg

»Dann erzählen Sie mal, Mike: Was wissen Sie über Braunau?«

Die Stimme klang herzlich, interessiert und beeindruckt, als bäte mich der Sprecher, seinem Freund ein Zauberkunststück vorzuführen.

Ich fragte mich, was aus Steve geworden war. Die Behendigkeit und Unbeirrbarkeit der beiden Männer, die sich als Hubbard und Brown vorstellten, hatten für Fragen oder Beschwerden keine Zeit gelassen. Ob wir ihnen bitte zu ihrem Wagen folgen würden. Er stünde direkt vor der Tür. Es gäbe da ein paar Fragen, die ich ihnen vielleicht beantworten könne. Das wäre ihnen eine große Hilfe. Wir bräuchten nichts mitzunehmen, und selbstredend bräuchten wir uns keinerlei Sorgen zu machen.

Vor dem Portal von Henry Hall parkten zwei lange schwarze Sedans, und ich hatte mich zwischen Hubbard und Brown auf den Rücksitz des vorderen setzen müssen. Erst bei der Abfahrt fiel mir auf, daß Steve nirgends zu entdecken war. Ich drehte mich um und wollte durch die Heckscheibe nachsehen, ob er in den zweiten Wagen stieg, doch wie ein Schulmeister vor hundert Jahren drehte mir Brown sanft, aber bestimmt den Kopf wieder in Fahrtrichtung.

Nach etwa zwanzig Minuten bogen wir von der Straße ab und glitten die Auffahrt einer herrschaftlichen Villa hinauf. Als wir aus dem Wagen stiegen, konnte ich die Schindeln der Giebel in Klinkerbauweise sehen, wie der Hintergrund auf dem Gemälde »American Gothic«. Es war eine laue Sommernacht, und Kiefernduft lag in der Luft.

Im Haus wurde ich in den Speisesaal geführt, und man bot mir einen Platz an einer großen, blitzblank polierten Tafel aus Ahornholz an. Hubbard setzte sich mir gegenüber, Brown blieb am Ende der Tafel stehen und hantierte mit einer Thermoskanne, deren Dekkel sich anscheinend nicht abschrauben ließ.

»Tausend heulende Höllenhunde«, sagte er und schlug indigniert mit der Faust auf den Deckel.

»Captain Haddock!« rief ich erstaunt und wünschte sofort, ich hätte die Klappe gehalten.

Hubbard beugte sich neugierig vor. »Wie bitte?«

»Ach nichts«, sagte ich. »Ich hab bloß laut gedacht.«

»Nein, nein. Bitte...« Hubbard bedeutete mir, ihn einzuweihen.

»Ich mußte an den *Tim und Struppi* denken. Da gibt's diese Figur Captain Haddock, der sagt auch immer ›Tausend heulende Höllenhunde‹. Das ist mir gerade eingefallen.«

Hubbard sah Brown an, der den Kopf schüttelte und die Schultern zuckte.

»Das ist ein Comic«, erklärte ich ihnen. »Zumindest war es mal einer. Aber wahrscheinlich haben Sie noch nie davon gehört.«

Ich sah, wie sich Hubbard die Begriffe »Tim und Struppi« und »Captain Haddog« notierte, jeweils mit einem großen Fragezeichen. Ich korrigierte seine Orthographie lieber nicht und starrte auf die nagelneu glänzende Tischplatte. Irgend etwas an ihr sagte mir, daß sie nicht neu war, sondern nur sehr, sehr selten benutzt wurde.

»Sie haben meine erste Frage noch nicht beantwortet, Mike. Braunau. Was wissen Sie alles über Braunau?«

»Wie kommen Sie darauf, daß ich überhaupt etwas darüber weiß?«

»Sollte ich mich irren?«

»Ich hab noch nie von dem Ort gehört«, sagte ich.

»Das ist doch schon was, Mikey. Sie wissen, daß es ein Ort ist und keine Person oder Rosaschattierung. Das ist doch ein Anfang.«

Zum Geier. Reingefallen, was?

»Wahrscheinlich hab ich ihn irgendwo gehört. Vielleicht in der Schule im Erdkundeunterricht...« Ich versuchte tolpatschig, den Satz auf amerikanisch zu wiederholen. »Ich meine, ich hab den garantiert in der Geographieklasse aufgeschnappt, okay? Irgendwann in der Schule. Garantiert, ey.« Beim letzten Satz zuckte ich innerlich zusammen. Warum mußte ich bloß immer so übertreiben?

Hubbard merkte anscheinend gar nicht, daß etwas faul war, sondern wollte mir nur auf den Zahn fühlen. »Ach ja? Und wissen Sie auch noch, wo dieses Braunau lag?«

»In Deutschland?«

»Prima. Sie machen sich, Mike.«

»Hey! Wollen Sie Ihren Kaffee schwarz oder mit Sahne?«

»Sahne bitte«, sagte ich und sah zum erstenmal vom Tisch hoch. Brown hatte den Kannendeckel irgendwie besiegt und goß behutsam dicken schwarzen Kaffee in winzig kleine Tassen.

Es entstand eine kleine Pause, während wir uns gegenseitig Zucker und Teelöffel reichten, was einen immer aus dem Konzept bringt.

»Wo ist Steve?« ich sah mich um. »Ist er mitgekommen?«

»Er ist nicht weit weg«, sagte Hubbard und trank vorsichtig einen Schluck Kaffee.

»Kann ich ihn sprechen?«

»Klasse Kaffee, Don.«

Brown nickte gleichmütig, als sei er die Komplimente für seine Kaffeekünste gewöhnt.

»Ich habe keine Lust, Ihnen Rede und Antwort zu stehen, bevor ich ihn gesehen habe. Ich will endlich wissen, was hier gespielt wird.«

»Mr. Brown, Sie und ich spielen Kriegsrat, Mikey. Das ist alles. Kein Grund zur Sorge. Sie meinen also, Braunau könne in Deutschland liegen, ja?«

»Zumindest hört es sich wie ein deutscher Name an.«

»Dann versuchen wir's doch mal mit dem Namen Hitler. Sagt Ihnen der Name Hitler etwas?«

Vielleicht erweiterten sich meine Pupillen, vielleicht schrumpften sie auch. Vielleicht stockte mir kurz der Atem. Vielleicht wechselte ich die Farbe. Ich weiß, daß ich unbefangen sein wollte, und ich weiß, daß es mir nicht gelang.

»Hitler?« fragte ich und schluckte. »Wo liegt denn das?«

Hubbard sah wieder zu Brown hinüber, der nickte und ein Chromkästchen aus der Brusttasche zog. Er stellte es behutsam zwischen Hubbard und mir auf den Tisch, ging wieder ans Tischende und verschränkte die Hände auf dem Rücken wie ein Ministrant, der gerade ein sehr bedeutsames Zeremoniell zufriedenstellend absolviert hat.

Ich starrte das Kästchen an, als erwartete ich, daß es mich anspreche. Eine durchaus clevere Erwartung, denn genau das tat es, nachdem Hubbard auf einen Knopf an der Seite gedrückt hatte.

Hintergrundgeräusche ertönten, Zellophanknistern, Gläserklirren, das Anratschen eines Streichholzes, weiter weg Verkehrslärm und andere Laute, die man im Freien zu hören bekommt, aber vor allem sprach das Kästchen. Es sagte folgendes, in zwei Stimmen. Steves und meiner:

Ich: *Ich weiß, du wirst mich für wahnsinnig halten. Aber im Moment bin ich richtig glücklich.*

Steve: *Ach ja? Wieso denn das?*

Ich: *Das würdest du doch nicht verstehen.*

Steve: *Kommt auf den Versuch an.*

Ich: *Ich bin glücklich, weil du vorhin gesagt hast, du hättest noch nie von Adolf Hitler gehört.*

Steve: *Und das macht dich gleich glücklich?*

Ich: *Du kannst dir nicht vorstellen, was das für mich bedeutet. Du hast noch nie die Namen Hitler oder Schicklgruber oder Pölzl gehört. Du hast noch nie von Braunau gehört, du hast noch nie...*

Steve: *Braunau?*

Ich: *Braunau am Inn in Oberösterreich. Das sagt dir nichts, und deswegen bin ich der glücklichste Mensch der Welt.*

Steve: *Freut mich für dich.*

Ich: *Du hast noch nie von Auschwitz oder Dachau gehört. Du hast noch nie von den Nazis gehört. Du hast noch nie von...*

Hubbard schaltete das Kästchen ab.

»Langsam kommen wir der Sache näher. Braunau liegt also nicht in Deutschland selbst, sondern in einer seiner Provinzen. Es liegt in Österreich, noch genauer in *Ober*österreich. Das hilft uns doch ein großes Stück weiter, finden Sie nicht auch?«

»Wenn Sie die ganze Zeit wußten, wo Braunau liegt«, sagte ich, »warum wollten Sie mich dann verladen?«

»Ich glaube, die Frage darf ich mit Fug und Recht umdrehen, Mikey: Wenn *Sie* die ganze Zeit wußten, wo Braunau liegt, warum wollten Sie *uns* dann verladen?«

»Das nennt man Patt, was?« sagte ich.

Hubbard sah mir unverwandt in die Augen. Ich erwiderte seinen Blick und versuchte, in dem sanften Schokoladenbraun Motive und Absichten zu erkennen.

»Und was Hitler angeht«, sagte er, »so wissen Sie, daß Hitler kein Ort ist. Sie wissen, daß es ein Männername ist. ›Adolf Hitler‹, sagten Sie. Wer mag dieser Adolf Hitler wohl sein?«

Ich schüttelte den Kopf.

»Und wie steht's mit Auschwitz? Was ist das? Ein Ort, ein Name oder eine Biermarke?«

Ich zuckte die Achseln. »Da fragen Sie mich zuviel.«

Hubbards trauriger Dackelblick verdüsterte sich noch mehr.

»Das ist keine gute Antwort, Mikey«, sagte er. »Das ist eine schreckliche Antwort. Wir möchten, daß Sie uns helfen. Wir möchten, daß Sie uns erzählen, was Sie alles wissen. Darum geht es. Sie müssen uns nicht beweisen, was für ein toller Hecht Sie sind.«

»Außerdem wollen wir wissen, wer zum Teufel Sie eigentlich sind«, fügte Browns schroffe Stimme vom Tischende hinzu.

Mein Herz schlug plötzlich bis zum Hals. »Aber das wissen Sie doch. Ich bin Michael Young. Das wissen Sie doch.«

»Wissen wir das wirklich, Mikey?« Hubbard klang wie ein versonnener Philosophieprofessor, der der Bedeutung von Bedeutung nachgrübelt. »Wissen wir das? Wir wissen, daß Sie wie Michael Young *aussehen,* aber wir wissen auch, daß Sie sich klar wie Kloßbrühe anders anhören. Wir wissen klar wie Kloßbrühe, daß Sie sich anders benehmen. Was wissen wir also? Was wissen wir *wirklich?*«

»Warum untersuchen Sie nicht meine Fingerabdrücke? Würde das nicht alles klären?«

»Das haben wir bereits getan«, sagte Hubbard.

»Und?«

»Das können Sie sich doch denken«, sagte Hubbard freundlich, »sonst hätten Sie das Thema kaum angeschnitten, oder?«

»Was dann? Soll ich eine Hauttransplantation hinter mir haben? Halten Sie mich für geklont? Oder was?«

Hubbard antwortete nicht, sondern schlug ein Notizbuch auf und las sorgfältig einige Seiten.

»Wie sind Sie mit Professor Taylor klargekommen?« fragte er endlich.

»Klargekommen? Ich verstehe nicht, worauf Sie hinauswollen. Er hat mir haufenweise Fragen gestellt, genau wie Sie. Er meinte, ich solle mir keine Sorgen machen. Und ich sollte ein paar Untersuchungen über mich ergehen lassen.«

»Können Sie sich denken, warum Professor Taylor hier ist?«

»Wie bitte?«

»Ein Engländer in Amerika ist doch auf den ersten Blick komisch. Haben Sie eine Vorstellung davon, was er hier macht?«

Ich überlegte eine Weile.

»Vielleicht ist er eine Art Überläufer«, vermutete ich. »Ein europäischer Dissident, irgendwas in der Richtung.«

»Ein Überläufer.« Hubbard probierte das Wort aus. »Und Sie? Sind Sie ebenfalls ein europäischer Überläufer?«

»Ich bin kein Europäer.«

»Sie reden aber wie einer. Und Ihre Eltern sind Europäer.«

Ich ließ frustriert den Kopf hängen. »Worauf wollen Sie hinaus? Daß ich ein Spion bin?«

»Das möchten wir von Ihnen erfahren.«

Ich sah die beiden überrascht an. »Das meinen Sie doch nicht im Ernst! Welcher Spion wäre denn so dämlich, sich erst als amerikanischer Durchschnittsstudent zu verkleiden, getarnt bis in die Fingerabdrücke, um dann lauthals mit einem englischen Akzent durch die Gegend zu laufen?«

»Vielleicht ein Spion, der nicht weiß, daß er ein Spion ist«, sagte Brown.

»Was soll denn das wieder heißen?«

»Das soll gar nichts heißen«, sagte Hubbard und warf Brown einen ungehaltenen Blick zu.

»Hören Sie«, sagte ich. »Sie haben sich doch mit Steve und Professor Taylor und Dr. Ballinger und was weiß ich wem noch alles unterhalten. Dann müssen Sie doch wissen, daß ich gestern abend mit dem Kopf gegen eine Mauer geknallt und seitdem etwas durch den Wind bin. Und damit hat sich's. Ein kleiner Gedächtnisverlust und ein schräger Akzent. Das ist komisch, aber doch kein Weltuntergang. Nur komisch.«

»Woher stammen dann diese ganzen Namen, Mike?« fragte Hubbard. »Hitler und Auschwitz und Pölzl und Braunau am Inn? Woher stammen die?«

»Die hab ich wahrscheinlich irgendwo aufgeschnappt. Unbewußt. Und durch die Erschütterung sind sie mir wieder eingefallen. Was ist an denen bloß so verdammt wichtig? Sie *bedeuten* doch nichts, oder? Die haben doch keinerlei Tragweite! Außer mir scheint niemand sie je gehört zu haben.«

»Stimmt, Mikey. Von uns dreien mal abgesehen, gibt es in den gesamten Vereinigten Staaten von Amerika wahrscheinlich höchstens zwölf Leute, die diese Namen je gehört haben. Ich selber hatte sie auch noch nie gehört, bevor Sie sie heute nachmittag Steve gegenüber im Biergarten dieser schnuckligen kleinen Bar an der Witherspoon Street aufzählten. Aber wissen Sie was? Als wir unsere Aufnahme einigen Freunden in Washington vorgespielt haben, da haben die sich vor Schreck fast in die Hosen gemacht. Können Sie sich das vorstellen? Die haben sich vor Schreck fast in die Hosen gemacht.«

»Aber warum?« Ich fuhr mir verwirrt durchs Haar. »Ich verstehe nicht, was die Namen überhaupt bedeuten könnten.«

Beim Geräusch eines Autos in der Auffahrt spitzte Hubbard die Ohren. »Entschuldigen Sie, Mike. Ich bin sofort wieder da«, sagte er und stand auf. Er nickte Brown zu, verließ den Speisesaal und zog die Tür hinter sich zu. Kurz darauf hörte ich das Auf- und Zuschlagen der großen Eingangstür und gedämpfte Stimmen im Vestibül.

Allein mit Brown, dem nicht nach Reden zumute zu sein schien, versuchte ich, mir auf das Gehörte einen Reim zu machen.

Professor Taylor. Es mußte mit ihm zu tun haben. Wenn Europa und die Vereinigten Staaten im Kalten Krieg lagen – und nach allem, was ich bislang erfahren hatte, mußte das der Fall sein –, dann konnte Taylor ohne weiteres ein pro-amerikanischer Dissident sein. Das hiesige Gegenstück zu Solženicyn oder Gordievsky, dem es eines Tages gelungen war, sich in die Vereinigten Staaten abzusetzen. Vielleicht spielte er von Zeit zu Zeit der CIA oder sonst einer Organisation, für die Hubbard und Brown arbeiteten, Leckerbissen zu. Taylor war vielleicht zu Ohren gekommen, daß da ein Student Knall auf Fall angefangen hatte, wie ein Engländer zu sprechen. Er hatte ihn sich vorgeknöpft, Lunte gerochen und seinen Herren in Washington empfohlen, diesen Michael Young zu observieren und aufzugreifen.

Aber warum interessierten sie sich bloß für den Namen Hitler? Ich preßte die Hände an die Schläfen und drückte meinen Kopf zusammen, als könnte ich mein Gehirn damit auf Trab bringen. Das hatte doch alles keinen Sinn.

»Kopfschmerzen?« fragte Brown mitfühlend.

»Ja, irgendwie«, sagte ich und blickte hoch. »Wie man sich halt fühlt, wenn man nirgends mehr durchblickt.«

»Sie brauchen uns nur alles zu erzählen, was Sie wissen. Für den mangelnden Durchblick sorgen wir dann schon... ist doch schließlich unser Job.«

»Komisch«, sagte ich, von seiner Freundlichkeit überrascht. »Ich dachte, Sie wären hier der Böse.«

»Wie bitte?«

»Na, Sie wissen schon, die alte Verhörtechnik. Guter Bulle, böser Bulle. Ich war überzeugt, Sie würden den Bösen spielen.«

Brown grinste verlegen. »Da brat mir doch einer 'n Storch, Söhnchen«, sagte er in übertriebenem Westernakzent, »ich hatte gedacht, wir wären beide ganz nett.«

Die Tür des Speisesaals öffnete sich, und Hubbard erschien auf der Schwelle. »Sie haben Besuch«, sagte er und trat beiseite.

Eine Frau mittleren Alters erschien, zwinkerte einen Augenblick im hellen Licht und stürzte dann mit ausgebreiteten Armen los.

»Mikey! O Mikey, mein armer Kleiner!«

Ich gaffte sie mit offenem Mund an. »Mutter?«

Sie kam mit klingelnden Armbändern auf mich zu. »Bübchen, wir haben uns zu Tode geängstigt, seit wir das gehört haben. Warum hast du uns denn nicht angerufen?«

Sie umarmte mich, ich spürte ihre weiche gepuderte Wange und ließ ihre Liebkosungen über mich ergehen. Sie hatte leuchtend goldgefärbtes Haar und roch nach einem mir unbekannten, schweren und fruchtigen Parfum, aber es war eindeutig meine Mutter, daran gab es gar keinen Zweifel. Ich blickte ihr über die Schulter und sah einen Mann langsam in den Saal hinken.

»Mein Gott«, flüsterte ich, »Vater, bist du das?«

Als ich meinen Vater das letzte Mal gesehen hatte, war ich zehn Jahre alt gewesen. Er war weder kahl noch gebrechlich oder gebeugt. Er war stark, aufrecht und gutaussehend, ganz so, wie sich ein Kind sein Leben lang an den früh verstorbenen Vater erinnert.

Er warf mir einen flüchtigen Blick zu. »Hallo, Sohn«, sagte er, sah Hubbard an und nickte.

»Sind Sie sicher, Sir?« fragte Hubbard. »Absolut sicher?«

»Ich werde doch wohl meinen eigenen Sohn erkennen!«

»Natürlich ist das Mike«, sagte meine Mutter und strich mir übers Haar. »Was ist passiert, Bübchen? Sie haben uns erzählt, du hättest einen Unfall gehabt. Warum hast du bloß nicht angerufen?«

Beide klangen waschecht amerikanisch. Ich wollte nicht sprechen und sie mit meiner britischen Aussprache in Angst und Schrecken versetzen. Ich suchte nach akzentneutralen Worten. Worten ohne allzuviele »r«s und »a«s.

»Mein Kopf«, flüsterte ich. »Gestoßen.«

»Mein armer Kleiner! Warst du beim Arzt?«

Ich nickte tapfer.

»Mr. Hubbard«, schaltete sich mein Vater ein. »Wären Sie wohl so gut, mir zu erklären, wie Sie auf die absurde Idee verfallen konnten, dies sei nicht mein Sohn? Und warum Sie uns mitten in der Nacht mit einem Regierungswagen hierher chauffieren lassen? In ein Haus, das mir den Anschein macht, als...«

»Warum setzen wir uns nicht und besprechen alles der Reihe nach?« schlug Hubbard vor, und ich glaubte aus seiner Stimme einen ehrerbietigen Unterton herauszuhören.

Meine Mutter sah mich zärtlich an und strich mir immer noch übers Haar. Vielleicht suchte sie nach der Beule.

»Hi, Mom«, sagte ich in meinem besten Amerikanisch. Mom war wahrscheinlich besser als Mutter, Mutti oder Mummy. Sie lächelte, legte einen Finger an die Lippen und führte mich wie einen gebrechlichen Greis an den Tisch.

Brown war mit einer größeren Kaffeekanne und einer großen Platte Keksen aus der angrenzenden Küche zurückgekommen.

Mein Vater setzte eine strenge Miene auf und sah sich mißtrauisch um: »Ich darf annehmen, daß dieser Saal über eine Abhöranlage verfügt. Ich bin zwar in den Ruhestand versetzt worden, aber Sie werden meiner Akte entnommen haben, daß ich in Washington immer noch über einigen Einfluß verfüge. In *Ihrer* Abteilung in Washington, Mr. Hubbard. Ich möchte hiermit auf Ihrem verborgenen Aufnahmegerät zu Protokoll geben, daß mich die unerhörte Behandlung, die meiner Familie und mir widerfährt, aufs tiefste verstimmt. Ich kann mir nicht im geringsten denken, was Sie sich von meinem Sohn eigentlich versprechen.«

»Darf ich das einen Augenblick zurückstellen, Oberst Young?« fragte Hubbard und fuhr sich nervös über die Lippen.

Oberst Young... ich betrachtete meinen Vater eingehender. Mir war gleich so gewesen, als hätte ich einen leicht britischen Tonfall gehört, aber nicht mehr als jenen englischen Hauch, der sich auch in den Stimmen Cary Grants und Ray Millands bis zuletzt hielt. Dasselbe schleppende, rauchige Knarzen fand man bei gebürtigen Neuengländern. Mein Vater sah krank und alt aus, und von den Fotos, mit denen ich bei meiner Mutter in Hampshire aufgewachsen war, oder dem Schmalspurfilm, den sie zu Weihnachten immer zeigte, oder wenn sie sich einsam und verlassen fühlte, hätte ich ihn wahrscheinlich nicht wiedererkannt.

»Zunächst einmal«, setzte Hubbard wieder an, »möchte ich Sie, Sir, und Sie, Ma'am, fragen, ob Ihnen die Worte ›Braunau‹ oder ›Pölzl‹ oder ›Hitler‹ oder ›Auschwitz‹ etwas sagen?«

Mein Vater verdrehte kurz die Augen. »Nein, noch nie gehört«, sagte er dann mit fester Stimme. »Du, Mary?«

Meine Mutter schüttelte bedauernd den Kopf.

Hubbard ließ nicht locker. »Bitte denken Sie scharf nach, Oberst Young. Vielleicht, als Sie noch in England waren? Haben Sie diese Namen dort vielleicht gehört? Oder gelesen? Hier, so werden Sie geschrieben.«

Er schlug sein Notizbuch auf und reichte es meinem Vater, der die Einträge studierte.

»Süddeutsche und österreichische Ortsnamen enden oft auf ›-au‹«, sagte er mit dem nachdenklichen Stirnrunzeln eines Sherlock Holmes, »Thalgau, Thurgau, Passau und so weiter. Aber Braunau habe ich noch nie gehört. Hitler sagt mir überhaupt nichts. ›Pölzl‹ ebensowenig, fürchte ich. ›Auschwitz‹ könnte aus dem nordostdeutschen Sprachraum stammen oder aus dem Polnischen eingedeutscht worden sein. Mary?« Er schob das Notizbuch an mir vorbei meiner Mutter zu. Mir war nicht entgangen, daß die deutsche Aussprache meines Vaters akzentfrei war.

Meine Mutter starrte die Begriffe an, als wolle sie ihnen meinetwegen Bedeutung verleihen. »Nein, tut mir leid«, sagte sie. »Ich habe diese Wörter noch nie gelesen oder gehört.«

Hubbard nahm das Notizbuch seufzend wieder an sich.

»Ihnen ist zweifellos bekannt«, sagte mein Vater, »daß man mich langwierigen Vernehmungen unterzogen hat, als ich 1958 in diesem Land um Asyl ersuchte. Das Entlastungsverfahren zog sich über anderthalb Jahre hin. Seitdem hat mir meine Arbeit für die amerikanische Regierung höchstes Lob eingetragen. Sie wollen hoffentlich nicht meine Loyalität in Frage stellen?«

»Nein, Sir«, sagte Hubbard fast flehentlich. »Keineswegs. Nichts läge mir ferner. Bitte glauben Sie mir.«

»Vielleicht könnten Sie dann endlich so gut sein, mich aufzuklären, worum es hier geht.«

»Mikey«, sagte Hubbard, »können Sie mir einen Gefallen tun?«

»Kommt drauf an.«

»Einen ganz kleinen. Könnten Sie die Ansprache von Gettysburg aufsagen?«

Ich schluckte. »Wie bitte?«

»Sind Sie wahnsinnig?« stieß mein Vater hervor.

»Die Ansprache von Gettysburg, Mikey«, sagte Hubbard und überhörte seinen Einwurf.

»Ähm ...« Ich suchte fieberhaft nach einem Ausweg. Die Ansprache von Gettysburg? Irgendwas mit »87 Jahren« fiel mir ein, und ich wußte noch, daß sie das berühmte Wortspiel der »Regierung des Volkes durch das Volk und für das Volk« enthielt, aber das war auch schon alles. Mir war schleierhaft, wie die verschiedenen Teile zusammengehörten. Ich hatte das dumpfe Gefühl, daß die Ansprache von Gettysburg zu den Dingen gehörte, die jeder Amerikaner im Schlaf aufsagen konnte. Genauso wie den Text des »Star-Spangled Banner« und die Bedeutung des Begriffs »Notendurchschnitt«.

»Mach schon, Bübchen«, sagte meine Mutter aufmunternd, »die hast du doch früher so schön gekonnt. Michael hat eine herrliche Stimme«, erläuterte sie den anderen.

»Mein Gedächtnis ist nicht besonders gut ...«, sagte ich heiser. »Wissen Sie, seit ...«

»Das macht nichts, Mike«, sagte Hubbard. »Sie können sie ablesen, wenn Ihnen das lieber ist. Sie steht hinter mir an der Wand. Sehen Sie?«

Tatsächlich, über seinem Kopf stand in einem hellen Holzrahmen ein langer Text, auf dickes Büttenpapier aufgezogen und mit verschnörkelten Anfangsbuchstaben. Mir war klar, daß Hubbard nicht wissen wollte, ob ich mich an den Text der Rede erinnerte, sondern mit welchem Akzent ich lesen und wie das von meinen Eltern aufgenommen würde.

Ach, was soll's, dachte ich und legte los. Ich deklamierte ohne Verstellung, bemühte mich weder um amerikanische Vokale noch um amerikanische Satzmelodie. Nachdem ich einen Tag lang nur Amerikaner gehört hatte, klang ich sogar für meine eigenen Ohren mehr nach Hugh Grant als alles andere, aber inzwischen war mir das egal.

»Vor 87 Jahren«, las ich vor, »brachten unsere Väter auf diesem Kontinent eine neue Nation zustande, empfangen in Freiheit und der Maxime geweiht, daß alle Menschen gleich erschaffen sind. Jetzt sind wir in einen großen Bürgerkrieg verwickelt, eine Prüfung, ob diese Nation, oder irgendeine dergestalt empfangene und geweihte Nation, für lange dauern kann. Wir treffen uns auf einem großen Schlachtfeld dieses Krieges. Wir sind gekommen, einen Teil dieses Feldes zur letzten Ruhestatt für jene zu weihen, die hier ihr Leben gaben, auf daß diese Nation lebe. Es ist durchaus passend und angemessen, daß wir das tun. Aber in einem weiteren Sinne können wir diesen Boden nicht weihen – können wir ihn nicht einsegnen –, können wir ihn nicht heiligen. Die tapferen Männer, lebende und tote, die hier gestritten haben, haben ihn weit über unsere schwache Kraft dazuzutun oder wegzunehmen geweiht...«

»Danke«, sagte Hubbard, »das genügt, Mike. Vielen Dank.«

Er sah meine Mutter an, die Stielaugen machte, als hätte sie ein Gespenst gesehen. »Mike... Junge!« sagte sie und schlug die Hand vor den Mund. »Lies doch anständig! Wie früher immer. Bei den Paraden am 4. Juli. Lies doch anständig, Bübchen.«

»Es tut mir leid, Mutter«, sagte ich. »So höre ich mich neuerdings an. Das ist meine Stimme. Das bin ich.«

Auch mein Vater starrte mich an. »Michael«, sagte er, »wenn du das für witzig hältst, dann laß dir gefälligst gesagt sein...«

»Nein, Sir«, sagte ich. »Das halte ich nicht für witzig.«

Hubbard wirkte erleichtert, schaltete das Aufnahmegerät ein und spielte noch einmal Steves und mein Gespräch im Alchemist and Barrister ab.

Während das Gerät lief, runzelte mein Vater die Stirn. Meine Mutter sah verständnislos zwischen uns hin und her.

»Hitler, Pölzl, Braunau...« Hubbard schaltete den Rekorder ab und wiederholte eindringlich die Begriffe. »Oberst Young, Mrs. Young, Sie sagten, diese Namen hätten für Sie keine Bedeutung. Nach dieser Aufnahme zu urteilen, bedeuten sie Ihrem Sohn eine ganze Menge, finden Sie nicht auch?«

Mein Vater zeigte auf den Rekorder. »Wer war der andere?«

»Das war die Stimme eines Studenten namens Steven Burns. Er studiert im Junior Year Wissenschaftsgeschichte. Gegen ihn liegt nichts weiter vor. Allerdings steht er unter Homosexualitätsverdacht.«

»Ein Homosexueller?« Die Augen meiner Mutter weiteten sich vor Entsetzen. »Steckt *das* in Wirklichkeit dahinter? Dann kann ich Ihnen versichern, Mr. Hubert –«

»Ich heiße Hubbard, Ma'am.«

»Das ist mir gleichgültig. Ich kann Ihnen versichern, daß mein Sohn kein Homosexueller ist. Absolut nicht.«

»Natürlich nicht, Mrs. Young. Davon sind wir auch nie ausgegangen, glauben Sie mir. Uns interessiert vielmehr, was Ihr Sohn gesagt hat. Hitler, Pölzl, Braunau...«

»Sie wiederholen immerzu dieselben Namen«, schnauzte mein Vater ihn an. »Was ist denn so verflixt wichtig an denen? Ist es denn nicht unverkennbar, daß mein Sohn krank ist? Er braucht ärztliche Betreuung, aber kein... kein Verhör, nicht diesen infantilen Mantel-und-Degen-Blödsinn.«

»Sie sind also immer noch überzeugt davon, *daß* Sie Ihren Sohn vor sich haben?«

»Natürlich sind wir sicher! Wie oft soll ich das denn noch sagen?«

»Trotz seines Akzents?«

»Machen Sie sich doch nicht lächerlich. Das sagen wir Ihnen doch die ganze Zeit. Ich würde Michael selbst dann wiedererkennen, wenn er sich den Schädel kahlrasieren, einen Vollbart stehen lassen und nur noch Suaheli sprechen würde.«

Hubbard hob die Hände. »Ja, wissen Sie, das ist das Befremdliche an dieser ganzen Affaire.«

»Affaire? Sagten Sie *Affaire?* Was soll das sein, der Fall Lissabon?

Ein Junge stößt sich den Kopf, verliert das Gedächtnis und spricht fortan mit einem merkwürdigen Akzent. Das ist ein Fall für die Medizin, aber kein Grund, sich mit paranoiden Verhören die Nacht um die Ohren zu schlagen. Wenn das alles ist«, und mein Vater schickte sich an aufzustehen, »würden wir Michael jetzt gerne mit nach Hause nehmen.«

Brown war hinter Hubbard auf und ab gelaufen, blieb jetzt stehen, beugte sich vor und flüsterte ihm etwas ins Ohr. Hubbard hörte zu, stellte flüsternd eine kurze Gegenfrage und nickte dann. Ihre Körpersprache machte mir unvermittelt klar, daß in Wirklichkeit Brown der Ranghöhere der beiden war.

»Oberst Young«, sagte Hubbard. »Ich fürchte, das wird sich noch nicht machen lassen, Sir. Bitte setzen Sie sich und hören Sie mich an.«

»Ich glaube, ich habe schon genug gehört...«

»Es dauert nicht lange, Sir. Mrs. Young, dürften wir Sie wohl darum bitten, eine Weile nebenan zu warten?«

»Ich rühre mich nicht von der Stelle!« sagte meine Mutter, vor Entrüstung rot angelaufen.

»Es geht um eine Verschlußsache, Ma'am. Ich fürchte, ich kann Ihrem Wunsch nicht nachkommen.«

»Und was ist mit Mike?«

»Wir haben Grund zu der Annahme, daß Ihr Sohn bereits im Besitz dieser Informationen ist. Nur deswegen haben wir uns heute abend hier versammelt.«

»Heute morgen, meinen Sie wohl«, versetzte meine Mutter schnippisch, stand wohl oder übel auf und ging zur Tür. Dort sah sie sich noch einmal um. Mein Vater nickte ihr beruhigend zu, und sie rauschte naserümpfend aus dem Saal. Bevor sich die Tür hinter ihr schloß, hörte ich eine Frauenstimme fragen, ob sie hungrig sei.

»Oberst Young, Ich möchte mich in aller Form entschuldigen, Sir. Wenn wir hier fertig sind, werden Sie verstehen, daß diese Vorsichtsmaßnahmen unumgänglich waren.«

»Ja, ja, schon gut«, winkte mein Vater ab.

»Obwohl Sie nicht mehr Ihre alte Position bekleiden, Sir, wissen Sie sicher noch, was wir unter ›Sicherheitsstufe eins‹ verstehen. Der Begriff ist Ihnen doch geläufig, oder?«

»Mein Sohn«, sagte mein Vater und schlug sich ein paarmal an die herausgedrückte Brust. »Hier ruhen Staatsgeheimnisse, bei denen Sie das Knochenkotzen kriegen würden.«

»Daran zweifle ich nicht, Sir.« Hubbard wandte sich mit entrücktem Blick an mich, als wiederhole er ein in der Schule auswendig gelerntes Mantra. »Und Sie, Michael. Ist Ihnen klar, daß nichts von dem, was Sie gleich erfahren werden, außerhalb dieses Raums je wiederholt werden darf?«

Ich nickte und wischte mir nervös die Hände an den Baumwollshorts ab.

»Sind Sie bereit, darauf einen Eid abzulegen?«

»Jederzeit«, sagte ich.

Hubbard bückte sich wie ein Mann im Restaurant, der seine Serviette fallengelassen hat, und kam mit einer kleinen schwarzen Bibel wieder hoch. Er reichte sie mir feierlich.

Ich sah zu meinem Vater hinüber, weil ich den Aberwitz der Situation mit jemandem teilen wollte, aber er verzog keine Miene.

»Nehmen Sie das Buch bitte in die rechte Hand, Michael.«

Ich folgte der Anweisung. Das Cover des schwarzgekörnten Lederbandes trug in Goldprägung das Siegel des Präsidenten der Vereinigten Staaten. Ich schlug das Buch unauffällig auf und sah, daß es keineswegs eine Bibel war.

»Sprechen Sie mir nach: Ich, Michael Young...«

»Ich, Michael Young...«

»Schwöre feierlich...«

»Schwöre feierlich...«

»Auf die Verfassung der Vereinigten Staaten von Amerika...«

»Auf die Verfassung der Vereinigten Staaten von Amerika...«

»Daß ich sämtliche mir anvertrauten Informationen...«

»Daß ich sämtliche mir anvertrauten Informationen...«

»Die die Sicherheit meines Vaterlandes betreffen...«

»Die die Sicherheit meines Vaterlandes betreffen...«

»Für mich behalten werde...«

»Für mich behalten werde...«

»Und in Wort, Tat oder anderer Form nichts preisgeben werde...«

»Und in Wort, Tat oder anderer Form nichts preisgeben werde...«

»Was mir von Beamten der Regierung der Vereinigten Staaten mitgeteilt wird…«

»Was mir von Beamten der Regierung der Vereinigten Staaten mitgeteilt wird…«

»So wahr mir Gott helfe.«

»So wahr mir Gott helfe.«

»Gut«, sagte Hubbard und nahm das Buch wieder an sich. »Verstehen Sie die Reichweite Ihres soeben abgelegten Eides?«

»Ich glaube schon.«

»Sollte sich je der Verdacht erhärten, daß Sie etwas von dem, was Sie gleich hören werden, außerhalb dieses Raums weitererzählt haben, können wir gegen Sie Anklage erheben. Ihr Vergehen hieße Landesverrat, und die Höchststrafe für Landesverrat ist der Tod.«

»Keine weiteren Fragen«, sagte ich.

»Dann kann's ja losgehen.« Hubbard sah Brown an. »Don, möchten Sie übernehmen?«

Brown stand immer noch, nickte, goß Kaffee ein und legte auf jede Untertasse einen Keks, einen von diesen großen Keksen mit Schokoladesplittern, die sommersprossige Kinder mit Bürstenschnitt in amerikanischen Filmen aus den Fünfzigern zusammen mit ihrem Glas Milch bekommen.

»Die Geschichte, die ich Ihnen erzählen möchte«, sagte er und reichte die Kaffeetassen herum, »beginnt vor langer, langer Zeit in einer österreichischen Kleinstadt namens Braunau am Inn im Jahre 1889. Braunau ist heute ein verschlafenes Provinznest und war damals ein verschlafenes Provinznest, in dem nie etwas los war. Das Leben ging seinen gewohnten Gang. Geburt, Ehe, Tod, Geburt, Ehe, Tod. Alles spielte sich auf dem Markt, im Wirtshaus, in der Kirche und natürlich im Klatsch ab.«

Familiengeschichte

Die Wasser des Todes

»Klatsch«, sagte Winship und setzte klirrend seine Kaffeetasse ab, »mehr hat diese Uni nicht zu bieten. Ein einziger Großmarkt für Klatsch und Tratsch.«

»Was haben Sie denn anderes erwartet?« fragte Axel und tupfte sich mit einer Collegeserviette den Schokoladenschaum vom Schnurrbart.

»Gute Frage, aber Klatsch ist nicht gleich Klatsch. Ich brauche bloß einem Studenten gegenüber eine unvorsichtige Bemerkung zu machen, und im Handumdrehen macht mir der Institutsleiter die Hölle heiß und prophezeit eine Etatkatastrophe. Ich habe nie behauptet, die Sorbonne hätte es vor uns geschafft. Ich habe lediglich gesagt, Patrice Duroc könne uns zuvorkommen.«

»Haben Sie davor wirklich Angst?«

»Es ist jedenfalls nicht ausgeschlossen«, sagte Winship. »Aber Hand aufs Herz, wen juckt das? Es gibt schließlich immer noch die wissenschaftliche Forschungsgemeinschaft.«

Axel mußte lachen. »Das glauben Sie doch nicht im Ernst, oder?«

»Also zumindest was Berlin angeht, spielt es doch überhaupt keine Rolle, wer das Ergebnis nun als erster vorlegt. Hauptsache, es ist ein Europäer und kein Amerikaner. Aber der Rechnungshof, mein Gott, dieser Rechnungshof. Die führen sich auf, als stünde das Ende der Menschheit bevor.«

»Wollen Sie damit etwa sagen, Sie glauben nicht an Konkurrenz innerhalb der Universität?« fragte Axel in gespieltem Entsetzen.

»Machen Sie sich ruhig lustig, Sie haben ja auch gut reden. Ihre Arbeit ist schließlich so ›wichtig‹, daß Ihnen sämtliche beantragten Gelder bewilligt werden. Wie kommen Sie im übrigen voran? Haben Sie inzwischen erste Ergebnisse, oder heißt es immer noch Pi r Quadrat bis zum Sankt-Nimmerleins-Tag, wie man so hört?«

»Sie wissen doch, daß ich nicht darüber reden darf, Jeremy«, sagte Axel beschwichtigend.

»Warum unterhält man sich dann überhaupt noch?« Winship erhob sich schwerfällig. »Dann woll'n wir mal zurück in die Tretmühle. Fahren Sie zufällig zum Labor? Ich hab keine Lust zu laufen.«

»Tut mir leid, aber mir steht ein ruhiger Nachmittag Lehrveranstaltungen bevor.«

»Dann können Sie mich mal«, sagte Winship auf englisch.

»Soviel versteh ich schon«, sagte Axel lächelnd.

Sie trennten sich vor der Tür des Senior Combination Room.

Axel stand eine Weile da und genoß die milde Frühlingsluft, dann schritt er gemächlich zur Pförtnerloge.

»Tag, Bill.«

»Tag, Herr Professor Bauer.«

»Der Sommer ist im Anmarsch.«

»Alles zu seiner Zeit, Sir. Alles zu seiner Zeit.«

Axel warf einen abwesenden Blick auf sein Postfach. Wie immer vollgestopft mit unnützen Flugblättern und Veranstaltungsankündigungen. Ein andermal, das würde er alles ein andermal ausmisten.

»Haben Sie Ihre Nachricht schon bekommen, Sir?«

Axel drehte sich um. »Nachricht? Welche Nachricht denn?«

»Sie haben ein Teleform bekommen. Dringend, hieß es. Der junge Henry wollte es Ihnen vorbeibringen, hat Sie aber nicht angetroffen.«

»Ich war zu Tisch.«

»Vermutlich hat Henry es Ihnen unter der Tür durchgeschoben, Sir, aber ich gebe Ihnen vorsichtshalber das Original mit.«

»Das ist nett von Ihnen.«

»Sehen Sie? Es kommt aus Deutschland«, sagte Bill und gab ihm einen gelben Umschlag. »Aus Berlin«, fügte er mit einer sehnsüchtigen Mischung aus Respekt und Neugier hinzu.

Axel tastete nach seiner Lesebrille und riß den Umschlag auf.

Professor Axel Bauer
St. Matthew's College
Cambridge
ENGLAND

Sehr geehrter Herr Professor Bauer,
zu unserem Bedauern müssen wir Ihnen mitteilen, daß Ihr Vater, Freiherr Dietrich Bauer, schwerkrank ist. Wir tun alles, was in unserer Macht steht, aber es ist meine Pflicht, Sie darüber in Kenntnis zu setzen, daß sein Ableben nurmehr eine Frage der Zeit ist. Er hat wiederholt den Wunsch geäußert, Sie noch einmal zu sehen, und falls es sich terminlich machen ließe, möchte ich Sie bitten, so schnell wie möglich herzukommen.

Mit freundlichen Grüßen,

Rosa Mendel
(Direktor)

Als Axel auf dem Flughafen Speer landete, war er erschöpft. Sein Flugzeug, eine Messerschmitt Pfeil 6, war voller Geschäftsleute gewesen, und angesichts ihrer todschicken Anzüge und der wunderlichen Andacht, die sie ihren tragbaren Elektronenhirnen entgegenbrachten, kam er sich schäbig und deplaciert vor. Er hatte den Eindruck, daß ihn nicht einmal die Flugbetreuerinnen für voll genommen hatten. Ach ja, die Tage des Respekts für Akademiker und Naturwissenschaftler gehörten endgültig der Vergangenheit an. Das Geld regierte heutzutage die Welt, und die Geschäftsleute, die die Leistungen der Akademiker und Naturwissenschaftler ausgebeutet hatten, ernteten die Früchte der Arbeit anderer und schmückten sich mit fremden Lorbeeren.

Lorbeeren! Erst als er schon den halben Flug hinter sich hatte und über die laute, aufdringliche Welt um sich her nachdachte, fiel Axel plötzlich ein, daß er ja die Baronie seines Vaters erben würde. Freiherr Axel Bauer. Lächerlich.

Vielleicht war hier die Erklärung für das auffällige Entgegenkommen und die Hilfsbereitschaft der Universitätsverwaltung zu suchen, als er eine Woche Urlaub aus familiären Gründen beantragt hatte. Wahrscheinlich führte man ihn in irgendwelchen Akten als

Sohn eines großdeutschen Reichshelden. Heutzutage konnten diese chevaleresken Albernheiten aus Gloders Zeit den meisten Menschen zwar gestohlen bleiben, aber es gab immer noch genug Nostalgiker und Snobs, um zu gewährleisten, daß einem leibhaftigen Baron des Reichs die gebührende Aufmerksamkeit entgegengebracht wurde. Und wenn es nur ein guter Tisch im Restaurant war. Er brauchte also nur seine Ausweise und Kreditkarten auf den neusten Stand zu bringen, und schon würden Diensteifer und Respekt dieser Flugbegleiterinnen...

Angesichts des streng geheimen Projekts, an dem seine Kollegen und er in Cambridge arbeiteten, hatten sich auch die Behörden in London und Berlin erstaunlich kooperativ gezeigt. Die Reiselust von Junggesellen, selbst wenn sie sich auf Europa beschränkten, war höheren Orts nicht gern gesehen, wenn diese Männer streng vertrauliche Forschungen betrieben. Ehemännern, die Frauen und Kinder zurückließen, warf man dagegen nie Knüppel zwischen die Beine. In diesem Fall hatte man seinem Antrag jedoch schnell und unbürokratisch stattgegeben.

Die Taxifahrt vom Hotel Adlon Unter den Linden in einem brandneuen DW Elektrik – Deutschland bekam die neuen Modelle also immer noch als erstes, obwohl das offiziell dementiert wurde – war sehr komfortabel. Er sah voller Bewunderung aus dem Fenster, als sie im Tiergarten an all den Statuen, Pavillons und Türmen zum höheren Ruhm Gloders vorbeisausten, aber in Gedanken war er bei dem Sterbenden, dem er bald gegenüberstehen würde. Seinem Vater, der ihm so fremd geworden war. Nach dem Tod seiner Mutter in den sechziger Jahren hatte Axel noch zwei Briefe mit ihm gewechselt, danach nichts mehr. Nicht einmal Weihnachtskarten.

Die Direktorin des Wannsee-Krankenhauses war eine beherrschte, tüchtig wirkende junge Frau. Als er sie im Foyer unter einem Ölportrait Gloders stehen sah, erinnerte sie Axel an jene Urbilder deutscher Weiblichkeit in Singspielen und Filmen der fünfziger Jahre.

»Ich werde Sie nicht lange aufhalten, Herr Professor«, sagte sie. »Als Wissenschaftler wird es Ihnen kaum recht sein, wenn ich Ihnen falsche Hoffnungen mache. Ihr Vater hat Leberkrebs. Ich fürchte, er ist zu alt, als daß eine Transplantation noch sinnvoll wäre.«

Bauer nickte. Wie alt war der alte Mann eigentlich? Neunundachtzig? Neunzig? Wie peinlich, daß er das vergessen hatte.

»Wie steht es um seinen Verstand, Frau Direktorin?«

»Er ist völlig klar. Ganz ausgezeichnet. Seit er erfahren hat, daß Sie kommen, hat sich sein Zustand sehr gebessert. Wenn Sie mir bitte folgen würden?«

Ihre Absätze hallten durch den Korridor, als sie über den spiegelblanken Marmorboden schritten. Sie durchquerten einen auf der einen Seite verglasten Kreuzgang, der den Blick auf eine sanft geschwungene Rasenfläche freigab, die sich bis an den See erstreckte. Axel konnte alte Männer und Frauen sehen, die in der Sonne spazierengefahren wurden, jeder von seinem eigenen Pfleger in gestärktem Weiß.

»Ihr Haus scheint hervorragend bezuschußt zu werden«, sagte er und machte eine ausladende Geste.

»Es ist ausschließlich Reichshelden vorbehalten«, sagte Frau Mendel stolz. »Allerdings gehört diese Generation zunehmend der Geschichte an. Ich weiß nicht, was aus uns wird, wenn der letzte von ihnen stirbt. Sie wissen vermutlich, daß Ihnen aus der Beerdigung Ihres Vaters keinerlei Unkosten entstehen?«

»Er bekommt also ein Staatsbegräbnis?«

Sie wiegte den Kopf hin und her. »Im Prinzip ja. Offiziell ist es ein Staatsbegräbnis. Natürlich. Aber heutzutage ...« Sie breitete bedauernd die Arme aus.

»Oh, das macht überhaupt nichts«, versicherte Axel ihr. »Mir ist eine Feier im kleinen Kreis lieber. Ehrlich.«

»Da wären wir«, sagte Frau Mendel und blieb vor einer großen, nilgrün gestrichenen Tür mit Ziergiebel stehen. »Die Zimmer des Freiherrn.«

Mit dem Mittelfingerknöchel klopfte sie dreimal laut an und trat ein, ohne ein »Herein!« abzuwarten.

Axels Vater saß zusammengesunken in einem Rollstuhl. Sein Kopf ruhte auf der Brust, und er schlief tief und fest.

Axel hätte ihn nicht wiedererkannt; nicht in tausend Jahren. Aus dem lebhaften, weißbekittelten Vater seiner Kindheitserinnerungen war der Inbegriff eines alten Mannes geworden. Er hatte die gelbe Haut eines alten Mannes, die knochigen Beine, den sabbernden Mund, das rasselnde Luftholen und die Haarbüschel eines alten

Mannes, und alles zusammen erfüllte das Zimmer mit dem unverkennbaren Geruch eines alten Mannes. Auf unbestimmte Weise war sogar das Sonnenlicht, das durch die Fenster hereinfiel, von jener hellen, stechenden Wärme, die es nur in Altenheimen gibt.

Frau Mendel gab seiner Schulter einen leichten Stups. »Herr Freiherr! Ihr Sohn ist angekommen. Ihr Sohn Axel ist da.«

Langsam hob sich der Schädel des alten Mannes, und Axel sah seinem Vater in die wäßrigen Augen. Doch, in diesen Augen lag etwas, das er vielleicht wiedererkannt hätte. Unter den Pupillen lagen zwar dicke gelbe Tränensäcke, die die Iris schrumpfen ließen, aber in den bewölkten kobaltblauen Ringen lag eine Persönlichkeit, die Axel als die seines Vaters erkannte.

»Hallo, Papa!« sagte er und merkte überrascht, daß ihm Tränen in die Augen schossen.

»Milch.«

»Milch?«

»Milch!«

»Milch? Möchtest du Milch trinken?« Axel wandte sich ratlos an Frau Mendel.

»Er ist noch etwas schlaftrunken. Wenn er aus seinem Mittagsschlaf aufwacht, trinkt er gewöhnlich ein Glas warme Milch.«

»Papa, ich bin's, Axel. Dein Sohn Axel.«

Axel verfolgte, wie sich die Wolken vor den Augen langsam verzogen.

»Axel. Du bist gekommen.« Die Stimme klang brüchig und wie beschlagen, aber Axel kannte sie und fühlte sich schlagartig in seine Kindheit in Westfalen zurückversetzt. Plötzlich überwältigte ihn die Liebe zu diesem Mann, überwältigte ihn mit aller Macht und überwältigte ihn vor allen Dingen, weil er sie sich nicht zugetraut hätte.

Eine kalte Hand tätschelte ihn. »Danke, daß du gekommen bist«, sagte sein Vater. »Das war sehr höflich.«

»Höflich, red doch nicht. Ich bin gern gekommen.«

»Blödsinn. Es war höflich. Ich möchte, daß du mich nach draußen schiebst. In den Garten.«

Frau Mendel nickte zustimmend und hielt ihnen die Tür auf, während Axel den Rollstuhl auf den Flur manövrierte.

»Fahren Sie den Gang hinunter bis ans Ende. Dort biegen Sie

links ab und fahren durch die Tür die Zufahrt hinab in den Garten. Falls Sie Hilfe brauchen, drücken Sie auf den Knopf an der Armstütze.«

Axel versuchte, die Konversation zu eröffnen, indem er eine Bemerkung über die Schönheit der Landschaft und des Sees machte, aber sein Vater schnitt ihm das Wort ab.

»Da lang, Axel. Schieb mich da lang. An der Libanonzeder vorbei zum See runter, da ist ein Weg, der nie benutzt wird.«

Wie gewünscht, schob Axel seinen Vater über den Rasen und an der Zeder vorbei. Er nickte Pflegern und treusorgenden Familienangehörigen zu, die sich überall genau wie er um Heimbewohner kümmerten. Auf einer Bank saß ein alter Mann im Schlafanzug und führte Selbstgespräche. Axel sah amüsiert, daß er ein gutes Dutzend Orden an der Schlafanzugjacke befestigt hatte.

»Hier. Hier entlang. Da sind wir ungestört«, sagte sein Vater und beugte sich im Rollstuhl vor, damit sie schneller vorankamen.

Axel folgte seinen Anweisungen und schob ihn den Weg entlang auf eine Öffnung in der buntscheckigen, streng geschnittenen Hecke zu. Sie gelangten in einen kleinen, hufeisenförmigen Blumengarten.

»Dreh den Rollstuhl so herum, daß wir den Eingang im Auge haben«, sagte sein Vater. »So, und jetzt setzt du dich auf die Bank. Dann merken wir rechtzeitig, wenn jemand kommt.«

»Brennt dir die Sonne auch nicht zu sehr? Vielleicht sollte ich dir lieber einen Hut holen.«

»Die Sonne ist mir schnurz. Ich liege im Sterben. Das haben sie dir doch wohl gesagt. Was soll ein Sterbender denn noch mit einem Hut?«

Axel nickte. Das war einleuchtend.

»Nach meinem Tod erbst du meinen Titel, das ist dir doch klar?«

»Damit habe ich mich noch nicht weiter beschäftigt, Papa.«

»Lügner! Ich könnte wetten, daß du jahrelang an nichts anderes gedacht hast. Ich möchte dir erklären, was dieser Titel bedeutet.«

»Er ist eine Auszeichnung für die Dienste, die du dem Reich erwiesen hast.«

»Ja, ja. Aber das meine ich nicht. Du hast keine Ahnung, warum der Führer mich damit ausgezeichnet hat, oder?«

»Nein, Papa.«

»Niemand weiß das, und wenn es jemand wußte, dann ist er

längst tot und hat das Geheimnis mit ins Grab genommen. Aber wenn ich dir diesen Titel hinterlasse, dann ist es nur recht und billig, daß du auch erfährst, wie er erworben wurde, nicht wahr? Du erbst schließlich kein Land, sondern nur eine Geschichte. Also sitz still und hör zu. Hast du gelernt stillzusitzen?«

»Ich glaube ja, Papa.«

»Gut. Kannst du mir eine Zigarette geben?«

»Ich rauche nur Pfeife, Papa, und die liegt in meiner Tasche im Hotel.«

»Schade, ich hatte mich so auf eine Zigarette gefreut.«

»Soll ich dir eine Schachtel besorgen?«

»Nein, nein. Bleib sitzen. Das spielt keine Rolle mehr. In meinem Alter verschafft die Vorstellung mehr Vergnügen als die Wirklichkeit. Aber im Tisch hinten an meinem Rollstuhl findest du eine Flasche Schnaps.«

»In der Tasche, meinst du.«

»Ja, ja. In der Tasche, das sag ich doch.«

Ist ja auch egal, dachte Axel. »Tasche« und »Tisch« waren schließlich recht ähnliche Wörter. Wenn die Senilität nicht schlimmer wurde, war das Altern wohl zu verkraften.

Er fand die Flasche, schraubte den Deckel ab und reichte sie seinem Vater, der einen kräftigen Schluck trank und sie mit tränenden Augen zurückgab. »Sitz still und hör zu. Red nicht dazwischen, sondern hör einfach zu. Die Geschichte, die ich dir erzählen werde, kennen nur sehr wenige Menschen auf der Welt. Sie ist ein Geheimnis. Ein sehr großes Geheimnis. Hast du das verstanden?«

Axel nickte.

»Alles beginnt vor genau hundert Jahren in einer österreichischen Kleinstadt namens Braunau am Inn. Hast du schon mal von Braunau gehört?«

Axel schüttelte den Kopf.

»Ha! Hätte mich auch gewundert. Das ist bestimmt immer noch dasselbe verschnarchte Kaff wie damals, als es sich kaum von anderen Kleinstädten in jenem Teil des Habsburgerreichs unterschied. Braunau war damals ein verschlafenes Provinznest, und das ist es garantiert heute noch. Dort war nie etwas los. Das Leben ging seinen gewohnten Gang. Geburt, Ehe, Tod, Geburt, Ehe, Tod. Die Geschichte ging daran vorbei.

Bis vor hundert Jahren ein Arzt in dieser Kleinstadt eine Entdeckung machte, eine beispiellose Entdeckung, die die Welt verändern sollte. Dieser Arzt hatte davon natürlich keine Ahnung. Sein Name war Horst Schenck, aber das nur am Rande. Weißt du, er war kein angesehener Wissenschaftler, er war ein Nullachtfünfzehn-Mediziner, der sich gerade mit all den Hoffnungen und Idealen der Jugend in einer Kleinstadt niedergelassen hatte, aber akademisch hatte er sich keine Meriten erworben, da kannst du sicher sein. Wenn's hochkam, war er ein zweitklassiger Denker. Wie viele Angehörige seines Standes und seiner Generation führte er gewissenhaft Tagebuch, eine über weite Strecken sehr ermüdende Lektüre. Wir haben es also mit einem faden Arzt in einer faden Stadt in einem faden Weltwinkel zu tun. Nur seine Entdeckung war nicht fade, sie war sogar alles andere als das.

Eines Tages im Jahre 1889 wird dieser junge Arzt von einer jungen Frau aufgesucht, die vor Kummer und Sorgen in Tränen aufgelöst ist. Sie heißt, laß mich mal überlegen... meine Güte, jahrelang kannte ich Schencks Tagebuch so gut wie auswendig, ich hätte es aus dem Kopf... Hitler! Genau, Klara Hitler, geborene Plotsl oder so ähnlich. Diese Frau Hitler kommt also zu Herrn Doktor Schenck, weil ihr Mann und sie kein Kind zeugen können. Zunächst findet der Arzt das nicht weiter bemerkenswert. Ihr Mann Alois, ein kleiner Zollbeamter, ist vierundfünfzig, fast doppelt so alt wie Klara. Sie hat bereits drei Schwangerschaften hinter sich, aber kein Kind hat das Säuglingsalter überlebt. Alois hat bei etlichen Seitensprüngen Kinder gezeugt, aber jetzt hat er vielleicht einfach das Ende seiner Fruchtbarkeit erreicht, verstehst du? Oder aber der Unterleib der Frau ist von ihren drei unglücklichen Schwangerschaften übel zugerichtet. Schenck notiert, vielleicht sei auch etwas an dem Gerücht dran, daß die beiden Onkel und Nichte seien – in diesen Kleinkleckersdörfern kommt so etwas oft vor –, und die mit engen Blutsverwandtschaften einhergehenden Risiken kennt man ja. Frau Hitler sehnt sich jedoch verzweifelt nach einem Kind und fleht den Arzt um Hilfe an. Er untersucht sie, kann keine Anomalien diagnostizieren, abgesehen von Hinweisen darauf, daß sie von ihrem Mann geschlagen wird – auch das war damals keine Seltenheit –, also rät er ihr, es weiterhin zu versuchen, notiert sich die näheren Umstände und geht zur Tagesordnung über.

Der gute Mann ist jedoch überrascht, als nur zwei Tage später wieder eine junge Frau, eine Leona Hartmann, zu ihm kommt und ihm ein ähnlich gelagertes Problem vorträgt. Sie ist Mutter zweier gesunder kleiner Mädchen, aber seit einem Jahr haben ihr Mann und sie erfolglos versucht, ein drittes Kind zu zeugen. Nun wohnen die Hartmanns zufällig in der gleichen Straße wie die Hitlers. Schenck vermerkt diesen Zufall in seinem Tagebuch, mißt ihm aber weiter keine Bedeutung bei. Binnen einer Woche suchen ihn jedoch noch zwei Frauen auf, eine Maria Steinitz und eine Claudia Mann, und auch diese beiden klagen über Empfängnisunfähigkeit. Auch sie wohnen in derselben Straße.

Ein Zufall, denkt sich Schenck, das alles kann nur ein großer Zufall sein, denn schon am Tag darauf assistiert er in genau derselben Straße bei einer Geburt, und die Mutter wird ohne jede Komplikation von einem gesunden Jungen entbunden. Und auch zwei Häuser weiter ist die Frau hochschwanger. Du darfst nicht vergessen, daß Österreich damals erzkatholisch war, und von dem Begriff ›Familienplanung‹ hatte noch kein Mensch gehört. So etwas gehörte einfach zu den merkwürdigen Zufällen, über die ein Landarzt bei seinen Hausbesuchen oft stolperte. Ohne tiefere Bedeutung. Die kinderlosen Frauen hatten eben Pech gehabt.

Schenck will gerade aufbrechen, als er einen Blick auf die Häuser gegenüber wirft, und da geht ihm auf, daß all die Frauen, die seinen Rat gesucht haben, *auf der anderen Straßenseite* wohnen.

Er hat diese Frauen natürlich untersucht, soweit es ihm möglich war, und auf den ersten Blick nichts Ungewöhnliches feststellen können, was einen räumlich so merkwürdig beschränkten Ausbruch von Unfruchtbarkeit erklären könnte.

Schon bald stellt sich jedoch heraus, daß er die Frauen nicht weiter zu untersuchen braucht. Nachdem er einen Tag lang hin und her überlegt hat, kann er Otto Steinitz, einen der betroffenen Ehemänner, der zufällig sein Vetter ist, überreden, ihm eine Samenprobe zu bringen. Er untersucht sie unter dem Mikroskop und stellt fest, daß sie überhaupt keine Spermatozoen enthält. Er bittet weitere Männer auf derselben, westlichen Straßenseite um Proben. Einige weigern sich indigniert, aber bei denen, die sich dazu bereit finden, findet er ausnahmslos dieselbe sterile Samenflüssigkeit. Bei der Kontrolluntersuchung der Männer auf der Ostseite stellt sich heraus, daß deren Spermienzahl völlig normal ist. Was sagst du dazu?«

Axel war leicht angewidert von der hämischen Schadenfreude und dem zotigen Vergnügen, die die Erzählung seines Vaters begleiteten, und zuckte die Schultern. »Wird am Boden gelegen haben. Oder an der Wasserversorgung. Irgendein Spermizid...«

»Genau! Das sieht doch ein Blinder mit Krückstock. Auch unser Held, der fade Doktor Schenck, begreift sofort, daß die Antwort in einer dieser Richtungen zu suchen sein muß. Die Erklärung, die als erstes ins Auge springt und die sich auch als die richtige herausstellen wird, ist die Wasserversorgung. Schenck entdeckt, daß sich ein Hauptrohr am Ende der Straße teilt und eine Zisterne auf der Ostseite und eine auf der Westseite speist. In den Gärten hinter ihren Häusern pumpen die Einwohner das Wasser dann von Hand hoch.

Schenck entnimmt sofort auf beiden Straßenseiten Wasserproben, testet sie an Schweinen und benachrichtigt daraufhin unverzüglich und äußerst beunruhigt das Gesundheitsamt in Innsbruck. Es gibt einen sehr amüsanten Tagebucheintrag, der nur aus den fahrigen Beschönigungen des 19. Jahrhunderts besteht und in dem Schenck beschreibt, wie schwierig es war, die Eber dazu zu bringen, Samen für die Untersuchung herauszurücken. Der arme Kerl war schließlich kein Tierarzt, nich'? Gib mir noch mal den Schnaps.«

Axel gab ihm die Flasche und wunderte sich wieder einmal über die Vulgarität der älteren Generation. Die »Gründergeneration« hatte sie sich selber genannt. Sie hatten keine Zeit für die euphemistische Prüderie der heutigen Jugend gehabt. »Die Sprache eines echten Nazi braucht keine Seide«, hatte Gloder immer gesagt. Außer natürlich in Anwesenheit von Damen... da waren Takt und Feingefühl das Nonplusultra.

»So«, sagte der alte Mann und leckte sich den Schnaps von den Lippen, »da hast du's. Von dem Tag an holten sich die Haushalte auf der westlichen Straßenseite ihr Wasser bei den gesunden Nachbarn im Osten. Wenige Jahre später wurden alle Haushalte an eine direkte Wasserversorgung angeschlossen, und ab sofort war Ruhe im Karton. Ein neuer Ausbruch männlicher Sterilität ist nie aktenkundig geworden. Schenck hielt in seinem Tagebuch jedoch fest, daß keiner der Infizierten seine Zeugungsfähigkeit zurückgewann. Sie alle blieben bis an ihr Lebensende steril.

Die Innsbrucker Behörden meldeten die Angelegenheit nach Wien. Die führenden Wissenschaftler Wiens – Epidemiologen, Pathologen, Histologen, Chemiker, Biologen, Geologen, Mineralogen und Botaniker –, sie alle untersuchten Wasserproben, aber niemand konnte herausfinden, was damit nicht stimmte oder welche Substanz der auslösende Faktor gewesen war. Man testete winzige Wassermengen an Tieren, und bei männlichen Säugetieren hatte es unweigerlich denselben dauerhaft sterilisierenden Effekt.«

»Das ist ja unglaublich!« sagte Axel, dessen wissenschaftliche Neugier längst geweckt war.

»Unglaublich, ganz recht. Unglaublich und noch nie dagewesen. Auf der ganzen Welt ist nie zuvor oder nachher ein ähnlicher Fall bekanntgeworden.«

»Ich habe noch nie davon gehört oder gelesen. Jemand muß doch...«

»Wie solltest du auch? Das geschah im kaiserlich-königlichen Österreich-Ungarn, und um eine Panik zu verhindern und keine Skandalreporter anzulocken, wurde die Sache nie publik gemacht. Schenck wurde verboten, einen Artikel über die Epidemie zu schreiben, ein Verbot, das ihn wahnsinnig fuchste und all seine Träume frustrierte, in der Medizin zu Ruhm und Ehre zu gelangen. Er beklagt sich in seinem Tagebuch immer wieder bitter darüber.

Also ein medizinisches Mysterium. Keineswegs das merkwürdigste in der Wissenschaftsgeschichte, aber doch ungewöhnlich und fesselnd. Viele Jahre lang hörte man nichts mehr von der seltsamen Wasserkontamination in Braunau. Der Große Krieg kam und ging, gefolgt vom Zusammenbruch der habsburgischen Doppelmonarchie. 1937 endlich, über fünfzig Jahre nach Klara Hitlers erstem tränenreichen Besuch stirbt Horst Schenck. Er hatte drei Korbflaschen mit je fünfzig Litern Braunauwasser aufbewahrt, mehr war vom ursprünglichen Bestand nicht übriggeblieben. Diese vermachte er mitsamt seinem Tagebuch seiner alten medizinischen Fakultät in Innsbruck. Ich brauche dich wohl kaum darauf hinzuweisen, daß Österreich im selben Jahr ins Großdeutsche Reich heimfand.

Das neugeschaffene Reichswissenschaftsministerium beschlagnahmt unverzüglich das Tagebuch und die Wasserproben und verdonnert alle Beteiligten zu strikter Geheimhaltung. Die Wissenschaftler fallen über die Wasserflaschen her wie Löwen über Antilopen. Sie analysieren es, testen es, bombardieren es mit Strahlen, zentrifugieren es, bringen es in Vibratoren zum Vibrieren, verdampfen es in Evaporatoren und verdichten es wieder in Kondensatoren, mischen es, kochen es, trocknen es, frieren es ein, kurz, sie tun alles, um sein quälendes Geheimnis zu lüften.

Weißt du, der Führer wußte genau, welche Bedeutung das Braunauwasser für die Sicherheit des Reichs bekommen konnte. Die ruhmreichen Männer im Göttinger Institut erträumten ihm zwar eine Bombe, aber wer wußte denn, ob die funktionieren würde? Er brauchte eine Rückversicherung. Wenn man den Bolschewismus nicht auf die eine Art ausrotten konnte, dann vielleicht auf die andere. Das war die Mentalität, die dahintersteckte.

Nun, bekanntlich produzierte Göttingen letztendlich das Gewünschte, die Bombe ward geboren, und tschau Moskau, bis die Tage Leningrad. Die Freiheit nicht nur des Reichs war gesichert, sondern die ganz Europas. Das alles steht in den Geschichtsbüchern.

Aber unterdessen setzten zwei überragende Männer in Münster die Arbeit an dem vermaledeiten Braunauwasser fort. Du kannst dir denken, daß die beiden dein Patenonkel Johann Kremer und dein alter Herr waren. Wir hatten Zugang zu allen früheren Forschungsergebnissen bekommen, von Schencks altem Tagebuch bis hin zu den letzten Analysen dieser deprimierenden Brühe. Das Tagebuch steckt hinten im Tisch meines Rollstuhls. In der *Tasche*, der *Tasche* meines Rollstuhls. Nimm es heraus.«

Axel holte das Tagebuch heraus, einen alten Lederband mit Stockflecken und Eselsohren, der von einer Messingschnalle zusammengehalten wurde.

»Dieser Band enthält die Aufzeichnungen der Jahre 1886 bis 1901. Das meiste davon ist zähe Lektüre. Aber nimm es ruhig mit. Niemand weiß, daß ich es die ganze Zeit bei mir hatte. Nimm es. Du kannst es behalten.«

»Ich werde es behalten«, versprach Axel ihm. Sein Vater hörte sich plötzlich fast hysterisch an, und das gefiel ihm ganz und gar nicht.

»Ich war es, nicht Kremer, der dem Braunauwasser sein Geheimnis entriß. Wir waren Kollegen, ich arbeitete natürlich unter seiner

Regie, aber ich war es, der die spermizide Komponente schließlich isolierte und synthetisierte. In der organischen Materie der Zisterne mußte es auf unerklärliche Weise zu dem gekommen sein, was wir heute eine spontane genetische Mutation nennen – nur steckte die Genetik damals noch in den Kinderschuhen. Die Substanz veränderte das Genom auf so komplexe Weise, daß es kein Wunder war, wenn ganze Ärztegenerationen daran verzweifelt waren, seine Funktion zu begreifen. Was dabei im einzelnen geschah, habe auch ich erst sehr viel später verstanden. Aber ich konnte die Wirksubstanz synthetisieren, und das war das wichtigste. Es war brillante Arbeit, einfach brillant. Und ihrer Zeit um Jahre voraus.«

Axel starrte seinen Vater an, dessen wäßrige Augen strahlten. Seine Hände verkrampften sich im Schoß, jeder Fingerknöchel trat hervor und schimmerte durch die gelbliche Haut.

»Der Führer war entzückt! Geradezu berauscht! Ich hatte ihn freilich schon früher kennengelernt. Er hatte das Institut für medizinische Grundlagenforschung an der Universität Münster höchstpersönlich eröffnet und eine seiner berühmten Reden über Wissenschaft und Natur gehalten. Aber da hatte er mir nur in einer langen Schlange die Hand gedrückt. Diesmal... oh, dieses Mal! Da wurde uns ein Auto zur Verfügung gestellt, eine von den schwarzen DW2-Limousinen, weißt du noch? Wir wurden nach Berlin chauffiert, direkt in die Reichskanzlei und verbrachten dort vier Stunden ganz allein mit dem Führer, Reichsminister Himmler und Reichsminister Heydrich. Nur diese drei, Kremer und ich. Stell dir das mal vor! Danach gab es ein Bankett mit Tanz und Musik. Welch ein Tag! Kannst du dich noch daran erinnern? Ich habe dir damals Geschenke und ein Photo des Führers mit Widmung mitgebracht.«

Und ob sich Axel erinnerte.

Für Axel Bauer – mögest Du ein ebenso großer Mann wie Dein Vater werden! Rudolf Gloder.

Das mußte er noch irgendwo haben. Wahrscheinlich in einem Koffer in Cambridge.

Axel konnte sich auch noch erinnern, wie er auf der Sofalehne gestanden, das Gesicht an die Scheibe des Eßzimmerfensters gedrückt und auf die Rückkehr seines Vaters gewartet hatte. Er erinnerte sich, wie die schwarze Limousine mit Standarten an beiden vorderen Kotflügeln in ihre Straße eingebogen war. Er erinnerte sich, wie die Kinder auf der anderen Straßenseite plötzlich nicht mehr weiterspielten. Sie ließen ihre Fußbälle fortrollen oder stellten sich bei ihren Fahrrädern in den Pedalen auf, um herüberzusehen. Er erinnerte sich, wie der Chauffeur herausgesprungen war und Papa den Schlag aufgerissen hatte. Er erinnerte sich an das Lachen, die Umarmungen und die Glückseligkeit, die noch wochenlang das ganze Haus erfüllten, bis sie dann für immer aus Münster fortgezogen waren.

»Der Führer hatte Großes mit uns im Sinn, Axi. Er wollte, daß Kremer und ich im Großmaßstab Braunauwasser herstellten. Irgendwo im Verborgenen sollten wir die entsprechenden Produktionsanlagen errichten. Wir entschieden uns für ein abgelegenes polnisches Kleinstädtchen namens Auschwitz. Das Braunauwasser mußte natürlich unter allerhöchster Geheimhaltung und mit übermenschlicher Sorgfalt hergestellt werden. Jeder einzelne Glaskolben wurde numeriert, mit Wachs versiegelt und in ein Verzeichnis eingetragen. Sie waren Teil eines großangelegten Plans, unseres damals größten Plans, nachdem Rußland besiegt und ins Reich eingegliedert worden war. Europa hatte Frieden und war den Bolschewismus ein für allemal los. Nach den Worten des Führers sollte das Braunauwasser dazu dienen, ›das Reich zu reinigen, wie Herkules die Ställe des Augias gereinigt hat. Den ganzen Schmutz Europas werden wir fortspülen.‹ Für meinen Beitrag zu diesem epochemachenden Werk wurde mir im Jahr 1949 eine Baronie verliehen. Und die wirst du erben, Axel. In Kürze wird dein Titel lauten: Freiherr Bauer, Vernichter einer ganzen Menschenrasse. Möge Gott mir vergeben, mein Sohn. Möge Gott uns allen vergeben. Möge Jesus Christus Gnade mit mir haben.«

Zehn Minuten später drückte Axel auf den roten Knopf an der rechten Armstütze des Rollstuhls und durchschritt ruhig die Lücke in der Hecke. Er sah eine weißgekleidete Gestalt, die ihm über den Rasen entgegenlief.

»Stimmt etwas nicht, Herr Bauer?«

»Mein Vater... ich kann keinen Puls mehr feststellen. Ich glaube, er ist tot.«

Offizielle Geschichte

Im Schlaf sprechen

»Bauer starb im Juli 1989 in einem Berliner Altenheim«, sagte Brown. »Kremer, sein Vorgesetzter in ihrem kleinen Produktionsbetrieb, hatte schon fünfzehn Jahre vor ihm den Löffel abgegeben, aber wo, ist nicht ganz klar. Nun interessiert Sie natürlich brennend, woher wir das alles wissen. ›Junge, Junge, die Typen müssen ein paar echt gewiefte Spürnasen haben‹, denken Sie jetzt. Schön wär's. Wir haben das alles von Professor Bauers Sohn Axel, der sich auf unsere Seite geschlagen hat. Ohne ihn würden wir ziemlich auf dem Schlauch stehen.«

Ich stippte den letzten Schokoladenkeks in den kalten Kaffee. Mein Vater betrachtete seine Hände, die er säuberlich auf der Tischplatte gefaltet hatte. Hubbard hatte die Augen geschlossen. Niemand beachtete mich, trotzdem versuchte ich, mir den in mir tobenden Gefühlssturm nicht anmerken zu lassen.

»Damit sind wir auch schon am Ende unserer Geschichte«, sagte Brown, trat ans Fenster und sah durch die dicken Samtvorhänge in die erste Morgenröte. »Vor zwei Jahren klopfte Axel beim amerikanischen Konsulat in Venedig an. Er nahm am Europäischen Physikkongreß teil und vertrat Cam... vertrat die Institution, an der er damals arbeitete, welche, spielt im Moment keine Rolle... Er bat bei uns um Asyl. Er arbeitete an einem Problem, auf dessen Lösung zufälligerweise auch unsere Wissenschaftler ganz versessen waren, deswegen hätten wir uns unabhängig von seiner Familiengeschichte alle Finger nach ihm geleckt. Aber im Grunde wollte er nur wegen seiner Schuldgefühle überlaufen. Er verkraftete es einfach nicht, der Sohn des Mannes zu sein, der die Juden vom Antlitz Europas gefegt hatte. Nachdem wir ihn aus Italien herausgeschmuggelt und auf sicheren amerikanischen Boden gebracht hatten, spuckte er, unterbrochen von Weinkrämpfen und Haßtiraden gegen das Reich, die ganze Geschichte aus. Zeigte uns das Tagebuchoriginal des österreichischen Arztes und die ganzen Dokumente, die sein Vater aufbewahrt hatte. Es reichte, um uns davon zu überzeugen, daß alles wahr war, die ganze gräßliche Geschichte mit allem Drum und Dran.«

Mein Vater drückte das Kreuz durch und sah an die Decke. »Warum wurde diese Angelegenheit nie publik gemacht? Warum hat man die Weltöffentlichkeit nicht unverzüglich unterrichtet? Meines Erachtens wäre allein der Propagandawert...«

»Wäre was, Oberst Young? Das ist Geschichte. Das ist doch alles längst verjährt. Was geschehen ist, ist geschehen. Das klingt hart, ist aber die bittere Wahrheit. Soweit wir wissen, sind alle Verantwortlichen tot. Europa hat sich verändert. Unser Verhältnis zu Europa hat sich verändert. Was hätte die Welt davon, wenn wir diese Information an die große Glocke hängen würden? Sämtliche Juden in Amerika und Kanada würden natürlich Zeter und Mordio schreien. Die Liberalen und Intellektuellen würden ihr Mäntelchen nach dem moralischen Wind hängen und Vergeltung fordern. Und dann? Entweder Armageddon oder ein hochnotpeinlicher Rückzieher. Was wäre damit gewonnen? Das ist Geschichte. Über das Ganze ist längst Gras gewachsen. Genausogut können Sie wegen des schwarzen Lochs von Kalkutta Stunk machen oder wegen der Hexenprozesse von Salem.«

Mein Vater nickte kurz. Er wollte sich nichts anmerken lassen, aber ich sah, daß er die Schultern hängen ließ und daß seine Augen etwas Müdes bekamen. Sein Stolz erlaubte es ihm wahrscheinlich nicht, sich über das Hickhack des politischen Alltags aufzuregen, und so beschränkte er sich auf erschöpftes Resignieren. ›Meinetwegen, es ist eure Welt, ich überlasse sie euch und eurer Generation.‹

»So«, sagte Brown, »jetzt kommen wir zum netten Teil der Geschichte zurück. Ich habe das Tagebuch von Horst Schenck, dem österreichischen Arzt gelesen. Aber Mr. Hubbard hier hat es nicht gelesen, oder, Tom?«

Hubbard schüttelte den Kopf.

»Der Direktor meines Dienstes hat es gelesen. Axel Bauer, der jetzt unter neuem Namen für uns arbeitet und auf Rache an allem Europäischen sinnt, hat es uns mitgebracht, und Sie können wetten, daß wir es gelesen haben. Der Präsident der Vereinigten Staaten durfte einen Blick auf eine sauber getippte Zusammenfassung werfen… das gehört sich nun einmal so. Aber schon der Vizepräsident ist ahnungslos, was dieses Höllenteil angeht. Dasselbe gilt für den Außenminister. Soweit ich weiß, haben im ganzen Land überhaupt nur zwölf Leute von Horst Schencks Tagebuch gehört. Also sollten Sie, Mikey, uns endlich erzählen, wie es kommt, daß Sie gestern nachmittag im Gespräch mit Ihrem Freund Mr. Steve Burns demselben Provinzkaff Braunau am Inn, wo die ganze Geschichte ins Rollen kam, soviel Bedeutung beigemessen haben. Wie kommt es, daß Sie die Namen Pölzl und Hitler kannten, ausgerechnet die Namen des ersten Paars, das damals im Jahre 1889 Doktor Schenck aufsuchte. Und Auschwitz, wo Bauer und Kremer 1942 eintrafen. Woher wissen Sie das alles? Ich finde, wir haben ein Recht, das zu erfahren. Oder sehen Sie das anders?«

Jetzt sahen mich alle an.

Was konnten sie mir schon anhängen? In ihren Augen beschränkte sich mein Verbrechen auf die Lappalie, über vertrauliche Informationen gestolpert zu sein. Sie hielten mich nicht ernsthaft für einen präparierten Clon von Michael Young, den man nach Princeton eingeschleust hatte, um die Regierung der Vereinigten Staaten auszuspionieren. Das war ja auch kaum zu glauben. Geradezu undenkbar. Auf die eigentliche Wahrheit, die noch viel undenkbarer war, wären sie in Millionen Jahren nicht gekommen. Jene entsetzliche Wahrheit, deren Monstergestalt sich gerade erst in meinem Gefühlstohuwabohu abzeichnete. Jene entsetzliche Wahrheit, daß ich, Michael Young, die Wasser von Braunau vergiftet hatte. Daß ich, Michael Young, für den Genozid verantwortlich war. Eher hätten sie mir geglaubt, daß ich ein Android aus einer anderen Galaxis oder ein Schamane mit paranormalen Kräften war, dem Horst Schencks Tagebuch im Traum erschienen war. Alles hätten sie mir eher abgekauft als die Wahrheit.

Mich beschäftigte auch gar nicht, was ich Hubbard oder Brown erzählen sollte. Mich beschäftigte vielmehr, was sie mir gerade erzählt hatten. Was sie mir über Leo erzählt hatten, oder Axel, oder wie er hier auch heißen mochte.

Unsere Tat – und jetzt erkannte ich, daß wir sie begangen hatten, um Leo von seinen gräßlichen Schuldgefühlen zu befreien, nicht etwa aus Altruismus oder sonstwelchen humanitären Motiven –, unsere Tat hatte keineswegs die Fangarme der Geschichte gelokkert, die ihn in unserer alten Geschichte so gnadenlos umklammert hatten. Im Gegenteil, da diese Fangarme ein ganzes Volk aus der Welt stranguliert hatten, drückten sie ihm jetzt mehr denn je die Kehle zu.

Und ich? Für Keanu Young, Dr. Trendy, war es ein blutroter Tag im Kalender. Der Geschichtssurfer, der durch die Brandung der Vergangenheit rauschte, die Zehen um den Brettrand gekrümmt, stets auf den Brechern von Zeit und Gezeiten. Warum hatte ich Leo überhaupt meine Mithilfe angeboten? Aus Arroganz? Anmaßung? Nein, es gab eine weit naheliegendere Erklärung. Dummheit. Es war schlicht Dummheit gewesen. Bestenfalls noch der süße kleine Bruder der Dummheit, Naivität. Oder aber Feigheit. Ich hatte zuviel Angst vor der Welt, in der ich lebte, warum also nicht eine andere erschaffen?

»Wir warten, Mikey«, Hubbard klopfte leise mit einem Bleistift auf den Tisch.

Ich holte tief Luft.

Es war ein Hasardspiel, aber ich hatte mich inzwischen an die Tricks der Geschichte gewöhnt und konnte mit ihnen bluffen.

Instinktiv wußte ich, wie der Hase lief.

»Ja, wissen Sie«, sagte ich. »Je länger ich darüber nachdenke, desto sicherer bin ich, daß ich ihn mal getroffen haben muß.«

Brown sah mich freundlich an. »Wen getroffen, Cowboy?«

»Den Typ, von dem Sie die ganze Zeit reden. Oder nicht getroffen. Gesehen.«

Mein Vater schlug ungeduldig mit der flachen Hand auf den Tisch. »Welchen ›Typ‹, Michael? Drück dich bitte etwas klarer aus.«

»Diesen Axel Baum, oder wie der heißt.«

»Bauer? Axel Bauer? Sie wollen Axel Bauer getroffen haben?« Hubbards Stimme verriet plötzliche Erregung.

»Also, er muß es nicht gewesen sein«, sagte ich vorsichtig. »Aber anders kann ich mir das nicht erklären.«

»Wann haben Sie ihn getroffen?«

»Wo?«

Hubbard und Brown stellten ihre Fragen gleichzeitig. Ich schluckte. Jetzt standen meine Chancen fifty-fifty. Ich entschied mich für Hubbard, weil ich ihm am ehesten in die Augen sehen konnte.

»Wann? Weiß ich nicht mehr genau. Vor ein paar Wochen. Im Zug, New Jersey Transit. Ich war nach New York City unterwegs. Da saß mir ein Typ gegenüber. Wie gesagt, er muß es nicht gewesen sein. Was weiß ich, Ihr Typ hockt vielleicht an der Westküste...«

Die Geste hat etwas Abstoßendes, aber ich hätte fast wie Macauley Culkin die geballte Faust gereckt und *Ja!* geschrien. Denn dem Ausdruck oder besser der Ausdruckslosigkeit von Hubbards Miene war zu entnehmen, daß ich den Nagel auf den Kopf getroffen hatte. Man hatte Leo in Princeton eine neue Existenz aufgebaut. Ich konnte ihm also ohne weiteres in einem Zug der New Jersey Transit Company begegnet sein. Es war keineswegs ausgeschlossen.

»Verstehe ich Sie richtig? Sie haben sich im Zug von Princeton nach New York City mit Axel Bauer unterhalten?«

»In keinster Weise. Wir haben kein einziges Wort gewechselt, soweit ich mich erinnern kann. Er hat die ganze Fahrt über geschlafen. Aber er hat... na ja, er hat eben gesprochen.«

Brown zog die Augenbrauen hoch.

»Ich weiß, es klingt verrückt«, sagte ich. »Ich war selber hin und weg. Ich habe noch nie gehört, wie jemand im Schlaf spricht. Ich meine, in richtigen Sätzen. Wir waren allein, niemand saß in unserer Nähe, und da hab ich angefangen mitzuschreiben, wissen Sie? Ich fand das einfach cool.«

»Kühl? Wie meinen Sie das?«

»Bitte? Ach ’tschuldigung, das ist so ein neuer Slangausdruck. Ich fand das echt nett und hab gedacht, vielleicht läßt sich was draus machen. Schließlich studier ich Philosophie, ne? Also hab ich einige Begriffe mitgeschrieben.«

Ich spürte, daß Hubbard Brown ansehen wollte und daß Brown nicht wollte, daß er sich zu ihm drehte und sich Schwächen oder Zweifel anmerken ließ.

»Und als ich abends wieder auf dem Campus war, hab ich im Wohnheim angefangen, mit diesen Wörtern rumzuspielen. Ich hatte ja genug davon. Marter war eins davon, vielleicht auch ein Frauenname, Marthe oder so. Münster hat er erwähnt, wie der Käse, wissen Sie? Nazi, Hitler. Aber ich bin ziemlich sicher, daß er Adolf gesagt hat, nicht Alois, oder was Sie vorhin meinten. Ich erinnere mich jedenfalls an Adolf, aber das ist sowieso schwer zu sagen, der Typ schlief schließlich. Und wir saßen ja auch noch im fahrenden Zug. Dann hat er Perltsl erwähnt. So klang es jedenfalls. Braunau am Inn, das kam immer wieder. ›Was geschah in Braunau am Inn in Oberösterreich?‹ Wahrscheinlich hab ich's deswegen von Anfang an für einen Ortsnamen gehalten. Das hat er immerzu wiederholt. Dann hat er noch was gesagt, was wie Schicklgruber klang, aber das sagt Ihnen offensichtlich nichts, also hab ich mich wohl verhört. Und der andere Name, den Sie eben erwähnt haben, tauchte auch auf. Kremer? Aber bei ihm war's der volle Name. Johann Paul Kremer, da bin ich ziemlich sicher. Und Auschwitz. Und noch etwas, das klang wie Dachau, aber das sagt Ihnen anscheinend auch nichts. Jedenfalls, ich hab also diese Wörter mitgeschrieben und angefangen, daraus eine Geschichte zu basteln. Der Typ war eindeutig ein Deutscher, und er war ein alter Mann. Aber er nannte auch ein paar englische Ausdrücke. Britische, mein ich. Cambridge University. St. Matthew's College. Hawthorn Tree Court. King's Parade. All so'n Zeugs. Ich konnte natürlich nichts damit anfangen, aber ich wollte mir eine Geschichte für ihn ausdenken und stellte mir vor, daß er ein Flüchtling aus der alten Nazizeit wäre. Da hab ich mich richtig reingekniet, tagelang bin ich rumgelaufen, und der alte Mann ist mir nicht mehr aus dem Kopf gegangen. Seine Augen hatten etwas... Gespenstisches. Hab ich richtig Schiß vor bekommen. Ich hab mir vorgestellt, eine Kurzgeschichte oder sogar ein Drehbuch über ihn zu schreiben. Das kennen Sie bestimmt, daß man manchmal so fixe Ideen hat. Für mich war er ein deutscher Nazi, der nach England gegangen war, aber heimlich unter irgendeiner Schuld litt. Dann hab ich ein bißchen recherchiert, wo er leben und was er so treiben könnte. Wissen Sie, hab in der Bibliothek alles mögliche über das Cambridge in England gelesen. Und gestern abend hab ich mich mit ein paar Kumpels vollaufen lassen. Ich bin mit dem Kopf gegen die Wand geknallt, und seitdem ist mein Gedächtnis voll schräg. Ich bin den ganzen Vormittag rumgelaufen und steckte immer noch halb in dieser Phantasiewelt. Ich vergeß die einfachsten Sachen, die Ansprache von Gettysburg, ich meine, wo gibt's denn so was? Aber an das schräge Zeug kann ich mich voll gut erinnern, als wäre das wirklicher als die Wirklichkeit, und meine normale Sprache ist auch den Bach runter.«

Ich schüttelte den Kopf vor Verwunderung, als wäre ich noch immer nicht ganz aufgewacht.

Mein Vater beugte sich vor und packte meinen Arm. »Um Himmels willen, Michael. Wie oft soll ich dir denn noch sagen, daß du dich anständig ausdrücken sollst? Warum mußt du immerzu Ausdrücke wie ›Zeugs‹ und ›schräg‹ und ›voll gut‹ und ›Typen‹ benutzen? Du studierst in Princeton, und du bringst kaum einen einzigen anständigen Satz heraus.«

»Meiner ist genauso«, sagte Hubbard, »und der ist in Harvard.«

»Ihr Sohn ist in Harvard und kann schon *sprechen?*« fragte ich ungläubig. »Da müssen Sie ja unheimlich stolz auf ihn sein, Sir.«

Die angespannte Atmosphäre lockerte sich spürbar.

Leo war von St. Matthew's, Cambridge, nach Venedig geflohen. Dann von Venedig nach Washington. Und jetzt war er hier in Princeton. Dafür hätte ich meine Hand ins Feuer gelegt.

Dann war es auch gut möglich, daß er vorigen Monat im Zug nach New York City gesessen hatte. Etwaige Lücken konnte ich ja auf meinen Gedächtnisverlust schieben. Hubbard und Brown mußten sich ganz schön ins Zeug legen, wenn sie mir nachweisen wollten, daß ich Ihnen die Hucke vollog. Ihren Verdacht hatte ich vielleicht nicht ausräumen können, aber für wen oder was stellte ich schon eine Gefahr dar?

»Was wollten Sie in New York, Mikey?« fragte Hubbard.

Ich zuckte die Schultern. »Na, was wohl? Zu den Yankees.«

»Sie sind Yankees-Fan?«

»Sie sollten mal sein Schlafzimmer sehen«, sagte mein Vater. »Er hat schwarzweiß gestreifte Bettwäsche.«

»Ach ja? Ich für mein Teil bin Fan der Brooklyn Dodgers.«

»Irren ist menschlich«, sagte ich.

Brown meldete sich erstmals zu Wort. »Nochmal zu dem Mann im Zug. Sie sagten, seine Augen wären Ihnen aufgefallen.«

»Die haben mir richtig Angst eingejagt.«

»Merkwürdig, daß die Augen eines Schlafenden solche Wirkung haben können«, sagte Brown.

»In New York ist er aufgewacht«, sagte ich und suchte fieberhaft nach dem Namen des Bahnhofs, den Steve erwähnt hatte. Eben *nicht* Grand Central Station, das wußte ich noch. Zum *Geier*, wie hieß der bloß? Ha! Heureka! »Als wir in Penn Station eingefahren sind, ist er aufgewacht, und ich konnte seine Augen sehen. Und wissen Sie, außer diesem ... wie soll ich sagen ... Monolog hatte er ...«

»Hatte er denn keine Brille auf?« Brown klang überrascht.

»Nein«, sagte ich im Brustton der Überzeugung. »Obwohl ... jetzt, wo Sie's sagen ...« Ich kniff die Augen zusammen, als müßte ich mir die Szene erst wieder vergegenwärtigen. »Ich glaube, er hatte eine Brille in der Westentasche stecken. Doch, da bin ich sogar ziemlich sicher.«

»Und welche Farbe hatten diese eindrucksvollen Augen?«

»Das strahlendste Blau, das Sie je gesehen haben. Gewissermaßen jünger als sein Teint, wenn Sie sich darunter etwas vorstellen können. Ein eisiges Kobaltblau.«

»Und sein Bart? War der weiß oder grau?«

Bart! Zum Geier ...

Das konnte brenzlig werden. Als ich ihn in Cambridge kennengelernt hatte, trug er einen Vollbart, aber das war ja ein ganzes Leben her. Damals war er noch Leo Zuckermann und lebte mit der Identität, die ihm sein Vater aufgebürdet hatte. Es war eine jüdische Identität gewesen, und Leo hatte sie bis aufs i-Tüpfelchen gespielt. Aber ob er auch hier einen Bart hatte? In Princeton hatte ich kaum ältere Männer mit Vollbärten gesehen. Er durfte natürlich nicht auffallen. Wenn er andererseits in Deutschland glattrasiert gewesen war, hatte er sich in den Staaten vielleicht gerade für seine neue Identität einen Bart stehen lassen. Das war eine ganz schön harte Nuß.

»Eine einfache Frage, junger Mann«, sagte Brown. »War sein Bart weiß oder grau?«

»Das mag eine einfache Frage sein«, sagte ich und runzelte verwirrt die Stirn. »Aber wissen Sie, ich muß erst mal rausfinden, ob das eine Fangfrage ist, weil Sie mich für einen Lügner halten, oder ob der Mann, den Sie kennengelernt haben, einen Bart hatte, dann muß der Typ im Zug nämlich doch jemand anders gewesen sein. Der war jedenfalls glattrasiert. Sein Haar war silbergrau, Salz und Pfeffer nennen Sie das, glaub ich. Sein Haaransatz war ungefähr hier.«

»Und wenn wir Ihnen eine Reihe von Fotos vorlegten, würden Sie ihn wiedererkennen.«

»Aber hundert pro«, sagte ich wieder selbstbewußt. »Das Gesicht vergeß ich garantiert nie wieder.«

Brown setzte sich zum erstenmal an den Tisch. »Also, Sohnemann«, sagte er, »ich muß gestehen, als ich Sie fragte, woher Sie von Braunau wüßten, hatte ich keine Ahnung, was Sie sich aus den Fingern saugen würden. Sie können sich denken, daß Professor Taylor uns von Ihnen erzählt hat. Er meinte, an der Geschichte wäre etwas faul, und wir sollten Sie mal ins Gebet nehmen. Wir haben uns erlaubt, vorbeizukommen und sind Ihnen gestern nachmittag durch die Stadt gefolgt. Als Sie anfingen, auf offener Straße von den Hitlers und Braunau am Inn und so zu erzählen, da ging mir echt die Düse, das kann ich Ihnen flüstern. Ich fand es unglaublich, daß ein Student diese Namen kennen und trotzdem noch bei klarem Verstand sein sollte. Aber Ihre Erklärung ist wohl die einzig stichhaltige. Sie haben einem alten Mann zugehört, der im Schlaf geredet hat. Darauf hätte ich eigentlich selber kommen müssen. Wie hat Sherlock Holmes immer gesagt? Wenn man das Unmögliche erst einmal eliminiert hat, muß das, was übrigbleibt, die Wahrheit sein, selbst wenn sie noch so unwahrscheinlich klingt.«

Jetzt stand Hubbard auf. Er zog die Vorhänge zurück, die Morgensonne schien direkt herein und stach mir in die Augen. Auch mein Vater erhob sich unsicher.

»Dann können wir unseren Sohn jetzt mit nach Hause nehmen?«

»Sie können tun und lassen, was Sie wollen, Oberst Young. Es tut mir leid, daß wir Ihnen solche Scherereien gemacht haben. Aber Sie haben die Geschichte ja gehört und werden mir zustimmen, daß wir der Sache nachgehen mußten.«

»Ja, verstehe.«

»Und *Sie* verstehen hoffentlich, was für einen Eid Sie abgelegt haben, Mikey.«

Ich nickte, stand ebenfalls auf und streckte mich. In der kühlen Morgenluft bekam ich eine Gänsehaut an den Beinen. Ich konnte es kaum fassen, daß ich immer noch in denselben Chino-Shorts steckte, die ich vor fast vierundzwanzig Stunden angezogen hatte.

Plötzlich kam mir ein Gedanke. »Was ist eigentlich aus Steve geworden?« fragte ich. »Was haben Sie ihm angetan?«

»Angetan? Gar nichts haben wir ihm angetan, Mikey. Er ist längst wieder in seinem Wohnheim auf dem Campus.«

»Übrigens irren Sie sich, wissen Sie«, sagte ich. »Mit Ihrem Verdacht auf Homosexualität, meine ich. Ich verstehe überhaupt nicht, wie Sie darauf kommen konnten, aber es stimmt nicht. Es ist einfach nicht wahr.«

Brown sah mich aufmerksam an. »Nein? Nun, vielen Dank für diese Information, Mikey.« Er nickte mir nachdenklich zu, und mir lief ein Schauer über den Rücken, als er sich an meinen Vater wandte. »Wollen Sie direkt nach Hause, Oberst Young? Wir haben im Peacock Inn in Bayard Lane Zimmer für Sie reserviert, prima Laden, angenehme Atmosphäre, falls Ihnen das recht ist.«

Ich drehte mich rasch zu meinem Vater. »Das ist eine tolle Idee, Dad, Sir…« Scheiße, wie redete ich ihn eigentlich an? »… Ich finde, da sollten wir frühstücken. Ist doch viel besser, als erst die ganze Strecke nach Connecticut zu fahren.«

O nein, keine zehn Pferde würden mich aus Princeton wegbringen. Nicht bevor ich Bauer gefunden hatte. Zuckermann. Egal, wie er jetzt hieß. Egal, wo er jetzt war.

Geheimgeschichte

Ein einsames Leben

»Ja, so lasse ich es mir gefallen«, sagte meine Mutter, als wir im engen Foyer des Peacock Inn standen und die Dielen unter ihren Schuhen knarrten.

»Wie in einem englischen Hotel«, stimmte mein Vater zu und nickte anerkennend.

Ein englisches Hotel, dachte ich. Von wegen.

Weißgestrichene Stufen führten uns zu einer Außenveranda empor, auf der immer die Großmütter im Schaukelstuhl sitzen und stricken, während in dem flachen Gang darunter die Enkelkinder ihre Baseball-Sammelkarten verstecken. Drinnen gab es keinen Kunststoff, kein Rauchglas, keine Nylonteppiche, keine imitierten Rattanmöbel, keine grauen Treppenläufer, keine billigen Reproduktionen an den Wänden, keinen blaßgrünen Pseudochintz, keine Sammlungen zweitklassiger Drucke in aschgrauen Rahmen, keinen fiependen Computerdrucker hinter der Rezeption, kein cremefarbenes Plastikfallgitter über einer prompt geschlossenen Bar, kein Erdnußklappern in Staubsaugern, die am Ende der Flure in Wäschekammern aufheulten, kein Geruch nach der »Kubanischen Nacht« des Vorabends, kein Gefühl von Personalmangel und armen Würstchen in Polyesterhosen – statt dessen war es angenehm halbdunkel, heimelig und auf ungezwungene, schmucklose Grandma-Moses-Weise elegant und stilvoll.

»Wann warst du das letzte Mal in einem englischen Hotel?« fragte ich meinen Vater. Er gab ein unverbindliches Schnauben von sich, und wir gingen in den Speisesaal. Vielleicht waren die Hotels unter der Nazi-Hegemonie noch Agatha-Christie-Paläste oder fröhliche Margaret-Lockwood-Pensionen. Wer's glaubt, wird selig.

Das Frühstück war klasse. Kein Ahornsirup, den man auf Schinkenstreifen und ›berühmten Pfannkuchen‹ verteilen mußte, aber dafür große, weiche Milchbrötchen, Plundergebäck mit Zuckerguß, Krüge voller Saft, Kaffee in riesigen Porzellanbechern und ein großer Obstteller. In einem englischen Hotel hätte man das wahrscheinlich eine »Schale mit frischen Früchten« genannt, aber hier stellte die Bedienung, die auch nach der Eigentümerin aussah, einfach alles auf den Tisch und sagte: »... und dann hab ich noch einen Teller Obst für Sie.« Das gefiel mir.

Ich biß in ein Brötchen, und eine saftige Blaubeere, von deren Versteck ich nichts geahnt hatte, platzte mir im Mund.

»Mm«, sagte ich, »ich hab gar nicht gemerkt, daß ich solchen Hunger hatte.«

»So ist's richtig, Bübchen. Lang nur kräftig zu«, sagte meine Mutter, schnitt eine Weintraube entzwei und führte die eine Hälfte mit spitzen Fingern zum Munde.

Mein Vater nahm ein Kuchenstück in Angriff, auf dem eine halbe Aprikose thronte und wie Eigelb aussah, und sagte: »Der junge Mann, der uns hergefahren hat, kommt erst in sechs Stunden wieder her. Wir können also alle noch eine Mütze Schlaf nehmen, bevor wir nach Hause fahren.«

»Apropos«, meinte ich, »ich glaube, ich bleib gleich hier.«

Meine Mutter ließ klirrend ihr Messer auf den Teller fallen und sah mich ängstlich an. »Aber Schatz!«

»Nein, ehrlich«, sagte ich. »Mein Gedächtnis wird schon wieder, das merk ich doch. Ich muß... wißt ihr, ich hab zu tun. Ich muß einiges nachholen.«

»Aber du bist noch nicht wieder auf dem Damm. Du mußt dich doch erst einmal erholen. Dein Gedächtnis kannst du genausogut zu Hause aufpäppeln. Wenn nicht besser. Und stell dir vor, wie sich Bella freuen würde. Ihr könntet wieder wie früher durch die Gegend ziehen.«

Bella? Wer war denn das nun wieder?

»Ich schreib ihr«, sagte ich und tätschelte meiner Mutter die Hand. »Das wird sie schon verstehen.«

Meine Mutter ließ meine Hand los, als hätte sie etwas gestochen, und schrie auf. »Bübchen! Siehst du, du phantasierst ja richtig.«

»Nein, Mom. Mir geht's prima. Ehrlich.«

»Aber dein Gehirn funktioniert noch nicht richtig. Einem Hund zu schreiben, ist einfach nicht normal, und das weißt du auch ganz genau.«

Künstlerpech.

»Ich wollte einen Witz machen, Mom, mehr nicht. Ich wollte dich verkohlen.«

»Aha.« Meine Mutter war etwas besänftigt und gewann ihre Fassung zurück. »Du bist und bleibst ein Kasper.«

Wir sprachen so leise wie alle Familien in Restaurants, als wäre jedes zweite Wort »Krebs«. Das wurde mir zu anstrengend.

»Hört mal«, sagte ich normal laut, was nach dem Vorangegangenen wie Gebrüll klang. »Ich muß hierbleiben. Das Semester ist erst in ein paar Wochen vorbei.«

Mein Vater sah von seiner Zeitung hoch. »Wo er recht hat, hat er recht, Mary.«

»Ich hab doch schließlich kein Fieber oder so. Wenn ich was vergesse, kann Steve mich doch dran erinnern.«

Mein Vater runzelte die Stirn. »Wer ist dieser Steve Burns eigentlich?« fragte er. »Den hast du früher nie erwähnt.«

»Na ja, wenn nicht Steve, dann eben Scott oder Ronnie oder Todd ... irgendeiner von den Jungs wird mir schon Bescheid stoßen.«

»Todd Williams ist ein sehr sympathischer junger Mann«, sagte meine Mutter. »Erinnerst du dich noch an seine Schwester Emily? Mit der bist du immer tanzen gegangen, als die Williamses noch in Bridgeport gewohnt haben.«

»Genau. Eben. Nette Leute. Oder Scott paßt auf mich auf.«

»Gut, es ist natürlich deine freie Entscheidung«, sagte mein Vater. Er beugte sich vor und sagte leiser: »So wie ich diese Regierungsfritzen kenne, lassen die dich auf absehbare Zeit nicht aus den Augen.«

»Meinst du, die glauben mir nicht?«

»Blödsinn. Ich will bloß sagen, die gehen solchen Sachen nach. Jeder Einzelheit. Die sind gründlich. Wenn die erst einmal eine Akte angelegt haben, wird die nicht sobald geschlossen. Also behalt die ganze Angelegenheit für dich. Bleib sauber.«

Ich nickte. »Es will doch keiner mehr das letzte Brötchen, oder?«

Ich lief über den Campus zurück und fühlte mich in Princeton erstmals mutterseelenallein. Ich wußte nicht, wo Steve wohnte, wo sein Wohnheim lag, wo er seine Freizeit verbrachte und wie ich das alles herausfinden sollte. Die Ereignisse der letzten Nacht hatten ihn wahrscheinlich dermaßen ins Bockshorn gejagt, daß er in Zukunft einen großen Bogen um mich machen würde. Es sah ganz danach aus, als wäre ich ab sofort auf mich allein gestellt.

Ich hatte mich am Peacock Inn mit einem fröhlichen Winken von meinen Eltern verabschiedet. In meiner Hosentasche knisterten fünfhundert Dollar in nagelneuen Scheinen.

»Weißt du, ich kann mich im Moment nicht an die Nummer erinnern, die ich eingeben muß, um Geld aus der Wand zu holen«, hatte ich meinem Vater erklärt. »Die ist wie weggeblasen.«

Er hatte die Kohle rausgerückt, ohne mit der Wimper zu zucken. Vielleicht lebten wir in Saus und Braus... vielleicht war das Leben in diesem Amerika der Peacock Inns, der steinreichen Väter und der Hunde namens Bella gar nicht so schlimm.

Aber irgend etwas... irgend etwas lag in der Luft, das mir partout nicht schmecken wollte. Teilweise lag es daran, wie alle über Steve redeten, teilweise hatte ich von Anfang an das Gefühl gehabt, daß hier etwas fehlte. Nicht nur der Rock'n'Roll hatte in dieser Welt allem Anschein nach keinerlei Spuren hinterlassen. Die Dinge waren »nett« und »spitze«, aber nichts war »trendy« oder »cool«. Statt dessen hörte ich ständig »Mensch!« und »Mann!« und »Verflixt«, was nicht zu den Staaten paßte, die ich aus dem Kino kannte. Aber vielleicht sprach man auch nur an den Ivy-League-Unis so. Princeton war vermutlich alles andere als repräsentativ. Aber da war noch etwas anderes, das... irgendwie nicht stimmte.

Ich hörte einen Motor hinter mir, trat zur Seite und ließ einen kleinen Rasentrecker vorbei. Der ältliche Fahrer dankte mir mit einem Nicken, stieg aus, legte einen Schlauch zusammen und packte ihn auf den Anhänger.

»Hi, Mike.« Eine Hand legte sich auf meine Schulter.

»Äh, hi«, sagte ich. Es war Scott. Vielleicht auch Todd. Konnte auch Ronnie sein. Einer der drei.

»Wie geht's unserm Tommy?«

»Hey, mir geht's prima«, meinte ich. »Echt prima. Ich glaub', ich bin übern Berg. Bin wieder ganz der alte Ami.«

»Was du nicht sagst! Du klingst immer noch wie der König von England.«

»Ja, ich weiß«, seufzte ich. »Aber so langsam fällt mir alles wieder ein. Doc Ballinger hat gesagt, das könnte ein paar Tage dauern.«

»Dann kriegen wir dich am Wurfmal also erst mal nicht zu sehen?«

»Wo? Ach, am *Wurfmal.* Nein, ich fürchte, Baseball kann ich mir erst mal abschminken.« Mir graute schon, wenn ich nur daran dachte. »Echt blöd, ich weiß, aber was will man machen?«

»Verflixt noch eins, Mikey. Einen schlechteren Zeitpunkt hättest du dir kaum aussuchen können... hey, paß doch auf!« Scott oder Todd oder wer auch immer sprang aus dem Weg, als der kleine Traktor an uns vorbeijuckelte. Ich hatte nicht den Eindruck, um Haaresbreite einem Unfall entgangen zu sein, aber er war stocksauer. »He, *du da!*« brüllte er.

Der Fahrer hielt den Trecker an und sah sich ängstlich nach Todd/Scott/Ronnie um. »Meinen Sie mich, Sir?«

»Wen denn sonst, Bursche? Was fällt dir ein, uns hier fast über den Haufen zu fahren?«

»Es tut mir leid, Sir. Ich dachte, es wäre genug Platz.«

»Das nächste Mal machst du gefälligst deine Negeraugen auf, Bursche, haben wir uns verstanden?«

»Jawohl, Sir. Bitte entschuldigen Sie, Sir.«

Ich war vor Schreck wie gelähmt. Jetzt wußte ich plötzlich, was hier die ganze Zeit gefehlt hatte. Ich kam mir blöd vor und schämte mich, weil es mir nicht früher aufgefallen war.

Ich hatte nur weiße Studenten gesehen. Durch die Bank. Jeder einzelne war blütenweiß.

Der Traktor fuhr weiter.

»Bimbos!« Scott/Ronnie/Todd spuckte aus. »Die haben einfach keinen Respekt.«

»Während du voll davon bist«, sagte ich.

»Bitte?«

»Respekt«, sagte ich. »Du weißt noch, was Respekt ist.«

»Ja, sicher«, er nickte. »Das versteht sich doch von selbst. Sag an, Mikey, was hast du heute so vor?«

»Ach, ich muß einiges aufarbeiten«, sagte ich mit trockenem Mund. »Vielleicht sehen wir uns später noch.«

»Na logo. Bis dann, Bud.«

»Äh, wart mal«, rief ich ihm nach, weil ich merkte, daß ich Steve jetzt erst recht sehen mußte, ob er wollte oder nicht. »Ich hab völlig vergessen, wo Steve wohnt.«

»Burns? In Dickinson.«

»Dickinson, klar. Danke.«

»Aber sieh dich bei ihm vor, Mikey. Du kennst seinen Ruf.« Scott/Todd/Ronnie warf sich in die Pose der schmachtenden Schwuchtel.

»Dummes Zeug, da ist gar nichts dran«, sagte ich. »Der steht auf Jo-Beth. Weißt du, die Kellnerin bei PJ?«

»Echt wahr? Ei verpucht, dieser süße Pfirsich. Ja, ist es denn die Möglichkeit, altes Haus?«

Es dauerte lange, bis jemand bei mir unten durch war. Aber Ronnie/Todd/Scott, wurde mir klar, war ein formidables Arschloch.

Aber vielleicht, dachte ich, während ich drei verschiedenen Wegbeschreibungen nach Dickinson Hall zu folgen versuchte, vielleicht war ich auch das Arschloch. Hätte Amerika nicht seit Jahrzehnten mit Europa im Clinch gelegen, dann wäre Todd/Ronnie/Scott vielleicht ein ganz anderer Mensch geworden. Ich hatte ihm das angetan.

Ach i wo, das war alles genetisch bedingt. Gene, Gene, nichts als Gene. Man brauchte sich doch bloß Dietrich Bauer anzusehen, Leos Vater. In der einen Welt ein Hurensohn, der nach Auschwitz ging und Juden ausrottete, und in einer anderen Welt ein Hurensohn, der nach Auschwitz ging und Juden ausrottete. Und sein Sohn war in beiden Welten ein guter Mensch geworden, wenn auch mit einem etwas übertriebenen Schuldkomplex.

Aber es war immer vorherbestimmt, egal von welcher Seite man es betrachtete. Der Wille der Geschichte oder der Wille der DNS. Was war aus unserem freien Willen geworden? Vielleicht stieß ich in meinem Zimmer in Henry Hall ja auf philosophische Unterlagen, die mir in diesem Wirrwarr weiterhalfen. Aber jetzt war erst einmal Dickinson Hall angesagt.

Ein rothaariger Student mit einem Bücherstapel auf den Armen lief mir über den Weg.

»Burns? Gleich den Flur da runter. 105. Vorne dann links.«

»Wow, muchas gracias, Alter.«

»Häh?«

»Ach, nichts«, sagte ich, »eine Dankesformel aus längst vergangnen Zeiten.«

»Ach so. Gern geschehen.«

Steve öffnete die Tür und rieb sich den Schlaf aus den Augen.

»Was ist?« fragte ich. »Willst du mich nicht reinbitten?«

»Mist«, sagte er und ließ mich vorbei. »Ich hatte gehofft, ich hätte alles bloß geträumt.«

Steves Wände waren über und über mit Postern bedeckt. Ein Porträt von Duke Ellington – so, *der* hatte die Kontamination der Geschichte also unbeschadet überstanden, freute ich mich, das war doch wenigstens etwas – und haufenweise Mädchenbilder. Große, vollbusige, blonde Pamela-Anderson-Typen mit kalten, halb geschlossenen Augen und genug Rouge, um das Weiße Haus ziegelrot zu streichen.

»Hm«, sagte ich, als ich sie mir näher ansah. »Die Dame, wie mich dünkt, gelobt zuviel.«

»Jetzt paß mal auf, Mike«, sagte Steve und knotete den Gürtel seines Morgenmantels zusammen, »eins möcht ich von vornherein klarstellen: Spar dir diese dummen Bemerkungen, ja? Mir steht das Wasser auch so schon bis zum Hals.«

»Wie bitte? Was soll das heißen?«

Er schüttelte nur den Kopf.

»Was haben sie dir letzte Nacht erzählt?«

»Nichts.« Er schlurfte zu einer Kaffeemaschine. »Sie haben gar nichts erzählt. Bloß so Andeutungen gemacht. Ich hätte ›psychologische Probleme‹ und ›seltsame Freunde‹. Wahrscheinlich hatten die das Gefühl, sie würden mir damit einen Gefallen tun.«

»Es tut mir leid«, sagte ich. »Ehrlich. Ich wollte nicht, daß du in mein Schlamassel reingezogen wirst. Ich hatte keine Ahnung, daß… daß sich Amerika so entwickelt hat.«

»Hat es aber. Die ganze Welt hat sich so entwickelt. Möchtest du ’n Kaffee?«

»Gern. Weißt du«, sagte ich, »wo ich herkomme, gibt es etwas namens politische Korrektheit.«

»Kenn ich. Haben wir auch.«

»Nur heißt es bei uns, daß man Ärger bekommt, wenn man bestimmten Gruppen die Gleichberechtigung verweigert. Dazu gehören Frauen, Behinderte, Menschen mit allen möglichen ethnischen Ursprüngen, Schwarze, Asiaten, Hispanoamerikaner, die amerikanische Urbevölkerung und was weiß ich noch alles. Und Homosexuelle eben auch. Sobald jemand aus einer dieser Gruppen den leisesten Verdacht schöpft, du wolltest ihn diskriminieren, ihm was vorheucheln oder auch nur eine Spur von oben herab behandeln, kannst du gefeuert werden, wenn du nicht sogar vor dem Kadi landest... jedenfalls bist du geliefert.«

»Du willst mir einen Bären aufbinden, oder?«

»Nein, überhaupt nicht. Bei uns haben die Schwulen ihre eigenen Paraden und Gay-Pride-Märsche und Karnevalsfeste, und ganze Straßenzüge und Stadtviertel bestehen nur aus Schwulenläden, Schwulenkneipen, Schwulenrestaurants, Schwulenbanken und schwulen Versicherungsmaklern. Alles ist da schwul. Nur findet man sich inzwischen nicht mehr so leicht zurecht, weil sich die Schwulen neuerdings wieder »Queers« nennen, genauso wie sich die Schwarzen wieder »Nigger« nennen... das heißt ›Umwertung der Begriffe‹ oder so ähnlich. Auf Hawaii können Schwule sogar heiraten. Natürlich gibt es Gegenkampagnen von rechts. Die Liberalen vertreten die These, es gäbe noch viel zu viel Diskriminierung, und die Bibelschwenker finden, das alles wäre schon längst viel zu weit gegangen. Für die ist die politische Korrektheit eine unamerikanische Verfallserscheinung.«

»Du bist ein Engel, der geradewegs vom Himmel gestiegen ist, stimmt's? Du beschreibst gerade das Paradies auf Erden.«

»Das Paradies nicht gerade.« Ich dachte an die Verbrechensrate, Aids, Rassenhaß, Terrorismus, Amokläufer im Straßenverkehr, Drive-by Shootings, rechte Milizen, Fundamentalisten, Ölpesten, minderjährige Crack-Junkies und all die anderen Problembereiche moderner Gesellschaften. »Ich beschreibe nur meine Welt. Und die ist keineswegs ein Paradies, das kannst du mir glauben.«

»Hör mal, Mikey. Ich koch dir jetzt einen Kaffee, und wenn du den ausgetrunken hast, verschwindest du besser. Ich muß arbeiten. Ich lebe nämlich in diesem Amerika. In der Wirklichkeit. Sobald ich meinen Uni-Abschluß in der Tasche habe, such ich mir eine Frau und einen Job und bau mir hier eine Existenz auf, klar? So ist das Leben nun mal.«

»Und von so einem Leben hast du immer geträumt?«

»Es geht nicht darum, wovon ich träume, Mikey. Es geht darum, was ich kriegen kann.«

»Und hier leben alle so? In stinknormalen Kleinfamilien?«

»Nein, natürlich gibt es noch die Chaoten, Spinner, Liberalen, Kommunisten und Perversen, aber die hausen in den Ghettos. Glaubst du vielleicht, ich will bei denen enden?«

»Steve. Glaubst du, daß du mir vertrauen kannst?«

Er sah mich an und kämpfte mit den Tränen. »Woher soll ich das wissen? Mist, Mann, ich kenn dich doch gar nicht.«

»Mag sein, aber du kanntest mich mal. Als ich noch ein Amerikaner und wir beide befreundet waren. Ich bin immer noch derselbe wie damals.«

»Aber ich kannte dich damals nicht, Mikey. Ich kannte dich so gut wie gar nicht. Besser gesagt, du kanntest mich so gut wie gar nicht.«

»Was soll denn das auf einmal heißen? Wir waren Freunde.«

Steve schüttelte den Kopf. »Das war gelogen. Wir waren noch nie Freunde. Vorgestern abend im A & B hab ich zum erstenmal mit dir an einem Tisch gesessen. Ich hatte dich oft gesehen. Ich habe dich über den ganzen Campus verfolgt, ohne daß du was gemerkt hast. Ich hasse Baseball, aber wenn du der Pitcher warst, hab ich mir das ganze Spiel angeschaut. Vorgestern hab ich zufällig mitbekommen, wie du jemandem erzählt hast, du würdest dir abends bei der Clio die Diskussion anhören, deswegen bin ich auch hingegangen. Hab hinter dir gesessen. Dann habt ihr, also du, Todd, Scott und deine Sportkameraden, euch gelangweilt und seid ins A & B gezogen, und ich bin wieder hinterher. Ich saß ganz in der Nähe, als ihr euch betrunken habt, und gehörte plötzlich zur Gruppe.«

Die Kaffeemaschine zischte und spuckte. Ich ging rüber und goß uns zwei Becher voll. Die Maschine war von Krups, fiel mir auf. Manches ändert sich eben nie.

»Dann warst du plötzlich weggetreten«, sagte Steve. »Deine feinen Freunde hatten die Hosen voll, und ich durfte dich nach Hause bringen und dafür sorgen, daß dir nichts passiert. Als ich dich dann gestern morgen gesehen habe, hast du schon anders gewirkt. Es lag an deinen Augen. Die hatten sich irgendwie verändert.«

Er trat an seinen Schreibtisch, zog eine Schublade auf und holte ein Photoalbum heraus. Er reichte es mir und setzte sich mit seinem Kaffee in einen Sessel.

»Ich kenne dein Gesicht ziemlich gut«, sagte er, während ich die Photos durchsah. »Wenn dir irgend jemand eine Veränderung anmerkt, dann bin ich es.«

Es waren Hunderte. Ich allein beim Spaziergang über den Campus. Ich bei irgendwelchen Faxen mit Todd, Scott und Ronnie. Ich in Baseballklamotten beim Pitchen, Batten, Triumphieren und Wüten mit in die Hüften gestemmten Händen vor einem Batter. Ich im Wintermantel und vor Kälte hochgezogenen Schultern. Ich beim Rudern auf einem Teich. Ich beim Sonnenbaden. Ich beim Lesen auf dem Rasen. Ich mit einem Mädchen im Arm. Ich beim Küssen. Ich auf einer Teleobjektivaufnahme, wo ich haarscharf an der Kamera vorbeisah, als ahnte ich, daß ich beobachtet werde. Ich schloß das Album.

»Wow«, sagte ich.

»Jetzt weißt du Bescheid.«

»Steve, es tut mir ja so leid.«

»Leid? Wieso soll dir das leid tun?«

»Du mußt so unglücklich gewesen sein. So einsam.«

Er sah in seinen Kaffee. »Na ja, ich werde mich an meine Gesellschaft gewöhnen müssen, oder? Bin schließlich für den Rest meines Lebens darauf angewiesen. Also warum groß lamentieren?«

»Ich weiß nicht, ob es ein Trost ist«, sagte ich, »aber nach dem wenigen, was ich von Scott, Todd und Ronnie mitbekommen habe, sind das drei absolute Arschlöcher.«

Steve grinste. »Ach nein, sag bloß?«

»Und so, wie ich mich kenne, kann ich mir nicht vorstellen, daß ich hier besonders glücklich gewesen sein soll.«

»Nein? Das hab ich auch manchmal gedacht. Ich hab mir dann gedacht, daß dir irgendwas fehlte. Und natürlich hatte ich gehofft...« Er verstummte.

Ich schlürfte meinen Kaffee, empfand sowohl Mitleid als auch Eitelkeit, aber eigentlich war ich schon wieder beim Pläneschmieden.

»Wie war das in England?« fragte Steve. »Warst du in deiner Welt so richtig rundrum glücklich?«

»Das weiß ich nicht genau. Ich glaube schon. Ich nehme an... also wahrscheinlich hat mich genau wie dich die Aussicht angekotzt, einen Beruf zu ergreifen, zu heiraten, eine Familie zu gründen, ein Haus zu bauen, die ganze Spießerkacke. Das Wichtigste hatte ich aus den Augen verloren.«

»Und jetzt hast du's wieder im Blick?«

»Das Wichtigste ist, daß es nichts Wichtiges gibt. Das ist das Wichtigste.«

»Sonst noch Lebensweisheiten auf Lager? Da merkt man doch gleich, daß du Philosophie studierst.«

Ich setzte mich auf den Schreibtisch. »Was hast du denn erwartet? Ich habe dir diese Suppe eingebrockt, aber glaubst du vielleicht, ich könnte jetzt die Patentlösung aus dem Hut zaubern?«

»Das Leben geht also einfach so weiter, ja? Und was wird aus deiner Welt der Karnevalsfeste, der Gleichberechtigung und der Hochzeiten auf Hawaii? Muß ich nur wie im *Wizard of Oz* zweimal die Hacken meiner roten Pantoffeln zusammenschlagen, es mir ganz doll wünschen, und schwupps bin ich drüben? Muß ich einen mysteriösen Ort finden, wo ich einfach die Hand durch die Wand stecke und in dein Paralleluniversum rüberdackel'? Oder willst du mir vielleicht weismachen, meine Bestimmung sei es, für eine schöne neue Welt der brüderlichen Liebe zu kämpfen, und ich würde ein Rebellenführer werden, der Begründer eines neuen Amerika, der seine Kinder ins Gelobte Land führt? Und danach verschwindest du in einem Rauchwölkchen? Ist das der Deal?«

»Nein, Steve«, sagte ich, »das ist nicht der Deal. Spitz die Ohren, und ich erzähl dir meinen Deal.«

Ich erzählte. Er spitzte die Ohren. Der Deal war perfekt.

Filmgeschichte

Der Stachel

AUFBLENDE:

AUSSEN DICKINSON HALL, PRINCETON CAMPUS – NACHMITTAG

Die Kamera schwenkt vom Boden hoch, zeigt Dickinson Hall in der TOTALE und zoomt auf ein Fenster im Erdgeschoß.

SCHNITT AUF:

INNEN STEVES ZIMMER, DICKINSON HALL – NACHMITTAG

STEVE hält eine eingeschweißte Karte in der Hand und erteilt MICHAEL, der konzentriert zuhört, detaillierte Anweisungen.

STEVE

Das ist dein Bibliotheksausweis. Du weißt doch noch, wie wir das letzte Mal Bücher ausgeliehen haben, oder? Das funktioniert nach demselben Prinzip. Hier steht deine Matrikelnummer. Die mußt du auswendig lernen. Jeder Student kann sie im Schlaf runterrasseln, du würdest also ziemlich auffallen, wenn du immer erst auf dem Ausweis nachsehen müßtest.

MICHAEL nickt. STEVE reicht ihm eine Einkaufstasche.

STEVE

(fortgesetzt)

Weißt du auch garantiert, wie die Kassen funktionieren? Ich hab's dir ja gezeigt. Im Grunde ist es kinderleicht.

MICHAEL

Ich mach alles so, wie du es mir gezeigt hast.

STEVE

Das hier ist ein Plan vom Campus. Die Orientierungspunkte kennst du ja schon. Mein Zimmer. Dein Zimmer in Henry. Das wäre also geritzt...

(wird ernst)

Ich weiß, es klingt paranoid, aber ab sofort reden wir nur noch bei PJ oder im A & B darüber. Diese Typen von gestern abend...

MICHAEL

(schockiert)

Die verwanzen doch nicht etwa unsere Zimmer?

STEVE

(noch schockierter)

Hey, das ist hier vielleicht nicht die beste aller Welten, aber Nazi-Europa ist es auch nicht. Bei uns ist chemische Kriegsführung verboten.

MICHAEL

Nein, solche Wanzen mein ich nicht! Du weißt schon: Minispione, Abhörgeräte.

STEVE

Ach so. Verstehe. Es ist jedenfalls nicht auszuschließen, mehr will ich nicht gesagt haben.

MICHAEL

Big Brother ist gesund und munter.

STEVE

Was heißt denn das nun wieder?

MICHAEL

Big Brother. Wie in »Big Brother is watching you«. Das

stammt aus einem Roman von George Orwell, der hier nie geschrieben worden ist.

STEVE

Von *dem* George Orwell?

STEVE ist an seinen Schreibtisch getreten und packt Unterlagen und eine Kamera zusammen.

MICHAEL

Wieso? Kennst du den etwa?

STEVE

Willst du mich auf den Arm nehmen? Jeder Amerikaner muß sich in der Schule durch *Einbruch der Nacht* durchbeißen.

MICHAEL

Einbruch der Nacht? Wann hat er denn das geschrieben?

STEVE

(packt die Kamera in eine blaue Nylontasche)

Irgendwann Ende der Dreißiger. Das gilt als das Hohelied auf die Freie Welt. Orwell ist im Lauf des Britischen Aufstands von '39 erschossen worden. Ich hab das irgendwo; kann's dir ja mal ausleihen.

MICHAEL

Das wär nett. Ich erzähl dir dann von *1984* und der *Farm der Tiere*. Das zieht dir die Schuhe aus.

STEVE

(lächelt über die Wendung)

Also, manchmal benutzt du Formulierungen...

STEVE zieht ein Kabel aus der Nylontasche und fädelt es durch sein Hemd und den Ärmel. Es mündet in einen kleinen Apparat in seiner linken Hand. Man erkennt daran kleine Bedienungstasten und eine Reihe roter Lämpchen.

MICHAEL verfolgt die Vorbereitung überrascht und begriffsstutzig. STEVE nickt in Richtung Tasche.

STEVE

Wirf mal 'n Blick rein.

MICHAEL bückt sich.

EINSTELLUNGSWECHSEL: Aus der Subjektive der Kamera in der Tasche zeichnet sich in NAHAUFNAHME MICHAELs Gesicht ab, das neugierig herabspäht.

GEGENSCHUSS: STEVEs Hand, die flink den kleinen Apparat bedient: ein rotes Lämpchen glüht auf.

GEGENSCHUSS: NAHAUFNAHME von MICHAELs gespanntem Gesicht, das jetzt in HALBTOTALE zurückzoomt. Die Kontraste ändern sich, und dann...

Plötzlich ein STANDBILD.

GEGENSCHUSS: STEVE, der triumphierend grinst.

STEVE

Und wieder ein Prachtstück für meine Michael-Young-Sammlung.

MICHAEL ist von der Ausrüstung schwer beeindruckt.

MICHAEL

Alter Geilspecht...

STEVE

Tja, das ist einer der Vorzüge im Leben einer traurigen, einsamen Tunte. Man lernt das Spionieren.

Er zwinkert fröhlich, greift nach der Tasche, öffnet die Tür und läßt MICHAEL den Vortritt.

Die Kamera verweilt auf STEVEs lächelndem Gesicht, als MICHAEL an ihm vorbeigeht. STEVE sieht ihm nach, und sein Lächeln verschwindet.

Jetzt wirkt er nur noch einsam und verlassen.

SCHNITT AUF:

AUSSEN FIRESTONE-BIBLIOTHEK, PRINCETON – NACHMITTAG

MUSIK

EINFÜHRUNGSTOTALE auf die Firestone-Bibliothek, KRAN vom Turm herab.

SCHNITT AUF:

INNEN FIRESTONE-BIBLIOTHEK, PRINCETON – NACHMITTAG

MICHAEL schleppt einen Stapel Bücher durch einen Bibliothekskorridor. Er erreicht eine Tür mit der Aufschrift:

BLITZPAUSENRAUM

MICHAEL tritt ein. Außer ihm ist nur ein Mensch anwesend, ein ÄLTLICHER DOZENT, der sich über ein Gerät bückt, von denen ein ganzes Dutzend im Raum verteilt steht.

MICHAEL

(liebenswürdig)

Hi!

Der DOZENT wirft ihm nur einen bösen Blick zu und konzentriert sich wieder auf seine Arbeit.

MICHAEL zuckt die Schultern und geht zu dem Gerät, das am weitesten von dem Miesepeter entfernt steht.

SCHNITT AUF:

AUSSEN INSTITUT FÜR QUANTENMECHANIK, PRINCETON – GLEICHZEITIG

Die MUSIK spielt weiter.

STEVE sitzt auf dem Boden, an eine große Kastanie gelehnt. Die blaue Nylontasche steht neben ihm.

Die Kamera zoomt auf einen Skizzenblock in STEVEs Schoß. Eine gut getroffene Zeichnung der Bronzestatue »Scientia triumphans« vor dem Portal des Instituts für Quantenmechanik.

STEVE scheint zu zeichnen und sieht zwischen der Statue und seinem Block hin und her.

MONTAGESEQUENZ verschiedener Einstellungen:

STEVEs Gesicht, scheinbar die Statue betrachtend...

STEVEs Subjektive: Ständiges Kommen und Gehen von DOZENTEN und STUDENTEN...

STEVEs linker Daumen an dem kleinen Bedienungsgerät...

DIE BLAUE NYLONTASCHE mit dem kleinen Loch an der Seite, durch das man gerade noch eine spiegelnde Linse erkennen kann.

SCHNITT AUF:

INNEN FIRESTONE-BIBLIOTHEK, BLITZPAUSENRAUM – GLEICHZEITIG

Die MUSIK spielt weiter: MICHAEL steht vor dem Pausgerät und betrachtet es kleinlaut. Es ähnelt einem Scanner, aber mit Styling und Design der Bedienungskonsole kann er nichts anfangen.

Er nimmt das oberste Buch vom Stapel. Man kann den Titel erkennen: *Gloders Jugendzeit* von Charles B. Flood. Auf einem orangeleuchtenden Aufkleber in der rechten oberen Ecke des Schutzumschlags steht: »PAUSBARER TEXT«.

MICHAEL schlägt das Buch auf, blättert zur Mitte und liest ganze Abschnitte diagonal. Er schlägt es zu, dreht es um, untersucht den Buchrücken und tastet ihn mit dem Daumen ab. Er ist verwirrt, als er nichts Besonderes spürt.

Er legt das Buch mit dem RÜCKEN NACH UNTEN in einen Spalt am Gerät, wo es einrastet. Als das Gerät den Schlitz angepaßt hat, ertönt ein leises Piepsen.

Auf der Meldungsanzeige erscheint: »Bitte Matrikelnummer eingeben«.

MICHAEL kommt dem nach.

Auf der Anzeige erscheint: »Willkommen, Michael D. Young«. MICHAEL lächelt.

Die Anzeige ändert sich: »Umfang der Seiten? 1=ALLE 2=BEREICH«.

MICHAEL gibt »2« ein.

Auf der Anzeige erscheint: »Bereich?«

MICHAEL gibt »1–140« ein.

Auf der Anzeige erscheint: »Bitte Kass einlegen«.

MICHAEL holt eine kleine schwarze Kass aus seiner Tasche und schiebt sie in einen Port unter der Bedienungskonsole.

Das Gerät beginnt zu summen, und auf der Anzeige erscheint: »Pausvorgang läuft, bitte warten«.

MICHAEL sieht den Rest seines Stapels durch; zu sehen sind *Gloder der Aristokrat* von A. L. Parlange, *Prinz Rudolf?* von Mouton und Grover und *Gloders »Kampfparolen«: Eine annotierte Neuübersetzung* von A. C. Spearman. Alle tragen denselben orangeleuchtenden Aufkleber »PAUSBARER TEXT«.

Das Gerät gibt einen Piepston von sich, und die Kass wird ausgeworfen. MICHAEL wirft einen Blick auf die Anzeige, wo jetzt erscheint: »Pausvorgang abgeschlossen: Kass entnehmen«. MICHAEL tut wie geheißen.

Eine neue Anzeige leuchtet auf: »Pausdaten werden am 29. 6. 1996 gelöscht«. MICHAEL schreibt *Gloders Jugendzeit* auf das Kassenschild und bereitet das nächste Buch zum Pausen vor.

SCHNITT AUF:

AUSSEN INSTITUT FÜR QUANTENMECHANIK – GLEICHZEITIG

Die MUSIK spielt weiter: STEVE sitzt weiterhin friedlich unter der Kastanie und zeichnet anscheinend immer noch.

Man sieht die Nylontasche.

Man sieht STEVEs linke Hand.

ZOOM auf die Linse in der Tasche.

Die MUSIK erreicht einen Höhepunkt.

Der FILM weicht einer MONTAGESEQUENZ von STANDBILDERN mit Menschen, die das Gebäude betreten und verlassen:
ZWEI LACHENDE FRAUEN ARM IN ARM.
EIN STREBERSTUDENT, DER SEINE BRILLE ZURECHTRÜCKT.
EIN COOLER ÄLTERER MANN MIT SONNENBRILLE.
EIN EXZENTRISCHER ALTER PROFESSOR MIT STRUWWELPETERFRISUR.
VIER STUDENTEN BEIM EISESSEN.
EIN ÄLTERER MANN IM PROFIL IM GESPRÄCH MIT EINER FRAU.

NOCH EIN STREBER, DER SICH WIE EIN ÄNGSTLICHES KANINCHEN UMSIEHT.
PLÖTZLICH –

erscheint ein riesiger MÄNNERDAUMEN und nimmt das letzte Photo wieder weg, so daß das vorige wieder zu sehen ist: der ÄLTERE MANN IM PROFIL IM GESPRÄCH MIT EINER FRAU.

MICHAEL (OFF)
(flüstert erregt)
Das ist er!

SCHNITT AUF:

<u>INNEN PJS PFANNKUCHENHAUS, NASSAU STREET – ABEND</u>

MICHAEL und STEVE sitzen an ihrem Tisch am Fenster. MICHAEL hat den Photostapel vor sich liegen und zieht eins heraus.

MICHAEL
(fortgesetzt)
Der Bart ist Gott sei Dank ab – aber das ist er hundertprozentig.

STEVE nimmt ihm die Fotos ab und schiebt sie wieder in einen Umschlag. Er sieht sich um.

Das Restaurant ist schlecht besucht. In Hörweite sitzt nur ein händchenhaltendes Studentenpärchen, für das sie Luft sind. Also keine Gefahr.

STEVE
Prima. Morgen find ich raus, wo er wohnt. Wie kommst du in der Bibliothek voran?

MICHAEL
Schon fertig. Das ist echt pillepalle.

STEVE

Was im Klartext heißt?

MICHAEL

Ein Pappenstiel. Es war kinderleicht.

STEVE

Sowieso. Aber ich muß dir noch zeigen, wie man mit den PADs umgeht. Wir gehen am besten zu dir, und ich geb dir einen Schnellkurs. Aber denk dran... kein Wort von dem Ganzen.

JO-BETH, die Kellnerin, tritt an den Tisch.

STEVE

Hi, Jo-Beth.

JO-BETH

Dein »Hi, Jo-Beth« kannst du dir an den Hut stecken, du Kotzbrocken.

STEVE

(verwirrt)

Hey, was ist denn mit dir los?

JO-BETH

So, wir sind also zusammen, ja? Bloß komisch, daß ich nichts davon wußte. Ein ziemlich beschissener Scherz, wenn du mich fragst.

MICHAEL

(schluckt)

Oh-oh...

STEVE

Wovon redest du eigentlich?

JO-BETH

Zum Kuckuck, Steve Burns, was fällt dir eigentlich ein, Ronnie Cain weiszumachen, daß wir zusammenwären?

STEVE

Was?

MICHAEL

Moment mal... das ist meine Schuld... hört mal...

JO-BETH und STEVE sehen ihn überrascht an.

MICHAEL
(fortgesetzt)
(in einiger Verlegenheit)

Weißt du, Jo-Beth, ich hab Ronnie nur erzählt, daß Steve dich *bewundert*. Daß er sich endlich einen Ruck geben und dich fragen sollte, ob du mit ihm ausgehst. Ich fürchte, das hat er in den falschen Hals bekommen.

JO-BETH
(lächelt und errötet)

Ach so. Warum hast du das nicht gleich gesagt, Steve?
(versetzt ihm einen Klaps mit der Speisekarte)
Ehrlich, Jungs... da tut ihr nun immer so oberschlau, aber von Frauen versteht ihr nicht die Bohne.

STEVE versucht krampfhaft zu lächeln und läuft rot an, was seine angebliche Verknalltheit nur bestätigt.

JO-BETH

Klar geh ich mit dir aus, Steve. Ich find dich süß.

MICHAEL
(knufft STEVE in die Rippen)

Siehst du, Mann? Hab ich doch gleich gesagt!

JO-BETH

Also...

STEVE

Ähm...

JO-BETH

Im Prytania läuft ein Film...

NAHAUFNAHME von STEVEs verwirrter Miene.

SCHNITT AUF:

AUSSEN CAMPUS PRINCETON – ABEND

MICHAEL und STEVE sind zu HENRY HALL unterwegs.

STEVE

Herrgott noch mal, Mikey...

MICHAEL

Tut mir leid, Mann. Dieser Typ, dieser Ronnie hat sich einfach widerlich aufgeführt, weißt du. So richtig saublöde Machoanspielungen gemacht... und deswegen... na ja, deswegen...

STEVE

Deswegen mußtest du ihm erzählen, ich wäre mit Jo-Beth zusammen.

MICHAEL

Also immerhin hat's dem Arschloch das Maul gestopft...

STEVE

Kannst du mir vielleicht verraten, was ich jetzt machen soll? Ich kann doch unmöglich am Freitagabend mit ihr ins Kino gehen!

MICHAEL

Ach komm, stell dich nicht so an. Du kannst dir doch wohl einen Film anschauen.

STEVE

Klar, und was mach ich, wenn sie plötzlich den Arm um mich legt? Was ist, wenn sie von mir erwartet, daß wir irgendwo hingehen...

MICHAEL

Du wirst doch noch einen Frauenarm ertragen, ohne daß dir schlecht wird, oder? Jetzt hab dich nicht so! Sie ist doch ein nettes Mädchen.

STEVE

Du willst das einfach nicht verstehen. Das paßt einfach nicht in deinen Dickschädel. Es wäre ihr gegenüber nicht fair. So was gehört sich einfach nicht.

MICHAEL

Schon gut, schon gut. Weißt du was? Ich geh hin. Ich erzähl ihr, du wärst krank geworden. Ich geb ihr einen Brief von dir und geh mit ihr ins Kino.

STEVE

(düster)

Klar, und hinterher geht ihr zu dir, und du schläfst mit ihr. So läuft das doch.

MICHAEL

Keine Ahnung. Vielleicht. Meine Güte, es tut mir leid. Ich wollte dir doch bloß einen Gefallen tun.

STEVE

Na toll! Wenn du mir das nächste Mal einen Gefallen tun willst, sagst du vorher Bescheid, klar?

MICHAEL

Ist doch nur für eine Woche. Oder ein paar Tage, falls Leo an dem arbeitet, was ich annehme. Da wären wir.

Er schaut an der efeuüberwucherten pseudogotischen Architektur von Henry Hall hoch.

SCHNITT AUF:

INNEN MICHAELS ZIMMER, HENRY HALL – NACHT

MICHAEL und STEVE sitzen vor einem Computer. STEVE tippt gelegentlich auf den Bildschirm.

Weil sie Abhörgeräte im Zimmer vermuten, sprechen die beiden, als würden sie ein Rollenspiel aufführen.

STEVE

Meine Güte, Mikey. Es ist wirklich komisch, daß du dich noch immer nicht daran erinnern kannst, wie dieses System funktioniert.

MICHAEL

Glaubst du vielleicht, mir macht das Spaß? Ich hab gedacht, so langsam würde mir alles wieder einfallen, aber ohne deine Hilfe wäre ich echt aufgeschmissen. Vielen Dank.

Sie grinsen sich an wie freche Schüler, als sie merken, wie dämlich und gestelzt sie sich anhören.

STEVE

Keine Ursache. Dann wollen wir uns mal deine Seminarunterlagen ansehen.

Am Bildschirmrand befinden sich einige fest installierte Icons, die restliche Fläche besteht aus Seiten. STEVE berührt ein Icon, und eine Anzahl gelbbrauner Ordner mit Titeln auf den Etiketten erscheint.

MICHAEL

Das funktioniert ja genauso wie das Internet.

STEVE

Wie was?

MICHAEL

Ich meine, dieser Computer ist über ein Netzwerk mit anderen Computern verbunden.

STEVE

Genau. Nur daß das kein Computer ist, Mikey. Das hier ist ein Pad.

MICHAEL

Ein Pad?

STEVE

Ein *Personal Access Device.* Die Computer stehen auf der anderen Seite vom Campus. Mit Hilfe eines Pads greifst du auf deine Dateien zu.

MICHAEL

Okay, verstehe. Ein Pad. Natürlich. Aber wie tipp ich da jetzt was ein?

STEVE

Warum solltest du?

MICHAEL

Na, ich denk, ich arbeite damit. Weißt du, mach meine Textverarbeitung, schreibe Briefe und Seminararbeiten, der ganze Krempel.

STEVE

Du diktierst einfach.

MICHAEL

So einfach ist das? Ich diktiere ihm? Und das Ding erkennt meine Stimme?

STEVE

Na logisch.

MICHAEL

Und warum erscheint da nicht als Text, was wir jetzt gerade sagen?

STEVE lacht und klopft MICHAEL gönnerhaft auf die Schulter.

STEVE

Weil du erst auf die Sprechglyphe drücken mußt, du Blödmann.

Man sieht den Bildschirm. Oben links ist das Sprachicon alias Sprechglyphe zu sehen.

STEVE

(fortgesetzt)

Also: Wenn du auf die Sprechglyphe drückst, leuchtet sie auf, siehst du? Alles, was du dann sagst, ist entweder ein Befehl oder ein Diktat. Dann drückst du wieder drauf, sie geht aus, und du kannst reden, ohne daß mitgeschrieben wird. So, wie ich sehe, liegen hier Unterlagen von dir. Das sind deine Hegelexzerpte, nehm ich mal an. Du drückst also auf die Sprechglyphe und sagst »hol Hegelexzerpte« oder »hol meine Exzerpte zu Hegel«, der genaue Wortlaut ist nicht vorgeschrieben. Wenn du mehr als eine Datei hast, listet das Pad die Wahlmöglichkeiten auf, und du tippst auf die, die du brauchst. Das ist doch narrensicher.

MICHAEL
(beunruhigt)
Aber was ist mit meinem komischen Akzent? Nimmt der auch britisches Englisch?

STEVE
Probier's doch mal.

MICHAEL beugt sich vor und aktiviert die Sprechglyphe, die daraufhin aufleuchtet.

MICHAEL
(spricht den Bildschirm laut und deutlich an)
Hol meine Hegelexzerpte.

Keine Reaktion. STEVE deaktiviert die Sprechglyphe wieder.

STEVE
Immer sachte mit den jungen Pferden. Du brauchst nicht zu schreien. Zimmerlautstärke genügt vollkommen.

MICHAEL tippt erneut auf die Sprechglyphe. Sie leuchtet wieder auf.

MICHAEL
(beiläufig)
Hol meine Hegelexzerpte.

Eine Art Fenster klappt auf, und das hochaufgelöste Bild eines Ordners erscheint, auf dessen Cover »HEGELEXZERPTE« steht, daneben eine Liste verschiedener Titel: »Biographie«, »Dialektik«, »Hegel und Nietzsche« usw.

MICHAEL
Mensch, das ist ja total cool!

STEVE
Okay, jetzt tipp mal hier drauf...

MICHAEL berührt das Feld »Dialektik«. Eine hochaufgelöste, deutlich lesbare, kantengeglättete Textseite erscheint. Es sind Exzerpte über Hegels Begriff der Dialektik.

STEVE

Wenn du einen Satz umformulieren willst, tippst du ihn einfach an. Dann drückst du die Sprechglyphe und diktierst den neuen Satz. Da kannst du gar nichts falsch machen.

MICHAEL liest den Text:

TEXT

Hegel entwickelt aus einem einzigen Anfangspunkt heraus die gesamte Logik. Der allgemeinste und zugleich leerste Begriff ist der des *Seins.* Ein Sein aber, das jeder Bestimmung entkleidet ist, ist eigentlich *Nichts.* So kommen wir vom Sein auf dessen anscheinenden Widerspruch, das Nichts. Hegel löst nicht nur den Widerspruch zwischen Sein und Nichts im Begriff des *Werdens,* in dem diese Gegensätze ineinander umschlagen, er schreitet weiter und entfaltet aus diesem einen Anfang heraus die ganze Kette der Begriffe bis zum höchsten, dem absoluten Geist.

MICHAEL

Das sollen meine Exzerpte sein?

STEVE

Wessen sonst?

MICHAEL

Wow! Ich muß ja ein Genie sein.

MICHAEL beugt sich vor und berührt den ersten Satz: »Hegel entwickelt aus einem einzigen Anfangspunkt heraus die gesamte Logik.« Dann aktiviert er die Sprechglyphe und sagt:

MICHAEL

Das ist absolut das Obercoolste, was ich je gesehen habe.

Sofort lautet der Text: »Das ist absolut das Obercoolste, was ich je gesehen habe.«

MICHAEL

Wow! Stark. Affenstark.

Der neue Text lautet: »Das ist absolut das Coolste, was ich je gesehen habe. Wow! Stark, affenstark.« STEVE lacht und tippt den Bildschirm an.

STEVE

Du hast vergessen, die Sprechglyphe abzuschalten.

MICHAEL

Woher weiß das Ding, wo ein Satzzeichen hingehört?

STEVE

Es gibt eine gewisse Fehlerquote. Aber mit Flexionsformen und Gedankenstrichen und all so'm Zeugs kennt es sich aus.

(ihm fällt ein, daß sie abgehört werden könnten)

Und du kannst dich echt an nichts davon erinnern?

MICHAEL

Na ja, doch, klar. Es fällt mir wieder ein. So nach und nach. Aber ich hatte vergessen, daß das so cool ist. So nett. Weißt du, echt nett. Aber was heißt das hier?

Er deutet auf ein Kontrollfeld mit dem Text »Doppelter Superlativ?«

STEVE

Der Pad kritisiert das Wort »Obercoolste«, weil er das für einen doppelten Superlativ hält.

MICHAEL

(schüttelt fassungslos den Kopf)

Wow!

STEVE

Ganz meine Meinung.

MICHAEL

Okay. Jetzt mal angenommen, ich hab mir ein Buch aus der Bibliothek geliehen und runtergeladen auf eine von diesen...

STEVE

Du meinst, du hast es auf eine Kass gepaust.

MICHAEL

Genau. Ich hab es auf eine Kass gepaust.

STEVE greift stumm nach den Kassen aus MICHAELs Tasche. Sie tragen verschiedene Titel in MICHAELs Handschrift, *Gloders Jugendzeit* usw.

STEVE

Du schiebst die Kass hier rein...

Er legt die Kass in den Kassport unter dem Bildschirm ein.

STEVE

(fortgesetzt)

Dann taucht eine Glyphe auf dem Bildschirm auf.

Genau das geschieht: ein Icon in Form einer Kass.

STEVE

(fortgesetzt)

...du tippst die Glyphe an wie immer und... simsalabim!

Die Glyphe zoomt auf, und auf dem Bildschirm erscheinen perfekt reproduzierte Seiten des Buchs *Gloders Jugendzeit.*

STEVE

Wenn du im Text blättern willst, tippst du auf diese Pfeile, klar? Du kannst aber genauso über die Sprechglyphe zu jeder beliebigen Seite gehen.

MICHAEL

Und diesen Text kann ich jetzt bearbeiten, verschieben und in meinen eigenen Text einfügen?

STEVE

Ja. Die Daten auf der Kass werden nach zwei Wochen automatisch gelöscht. Und alle Daten, die du in eine Seminararbeit übernimmst, werden automatisch mit Fußnoten versehen, bekommen einen Copyright-Vermerk und wandern in ein Literaturverzeichnis am Ende. Das dient dem Schutz vor Plagiat und Verstößen gegen das Urheberrecht, weißt du.

MICHAEL

Und wo ist meine ganze Arbeit? Ich meine, wo existiert sie physisch konkret?

STEVE

Keine Ahnung, Mann. Wahrscheinlich irgendwo im Rechenzentrum.

MICHAEL

Aber angenommen, ich will meinen Eltern einen Brief schreiben oder Tagebuch führen, was mach ich dann?

STEVE

Ganz einfach: Dann brauchst du bloß diese Privatglyphe anzutippen, und niemand außer dir kann es lesen.

MICHAEL

Klasse. Dann kann ich mich ja an die Arbeit machen. Ich kann Aufsätze und Seminararbeiten schreiben... halt stop: Wie drucke ich aus?

STEVE

Du paust alles auf eine Kass und gehst damit in einen Druckerraum. Die hat jedes Fakultätsgebäude und jedes Wohnheim. Keine Hürde.

MICHAEL

Mensch, das ist ja so cool. Ich hab von Anfang an gesagt, daß Windows 95 unter aller Kanone ist, aber das hier...

STEVE

Wie bitte?

MICHAEL

Ach nichts. Wie lange gibt es dieses System schon? Das hab ich anscheinend auch vergessen...

STEVE

Das hier? Das stammt aus der Steinzeit. Die Kopie eines europäischen Systems aus den Siebzigern. Aber du solltest mal sehen, was in nächster Zeit auf den Markt kommt. Es gibt einen deutschen Überläufer namens Krause, Kai Krause, und bei dem Zeug, was der entwickelt hat, da wird dir ganz schwindlig von. Ich hab im Rechenzentrum mal eine Demoversion gesehen.

(sieht auf den Bildschirm)

Wenn du mal eine Nachricht verschicken willst, stellst du das folgendermaßen an.

STEVE tippt die Nachrichtenglyphe am Bildschirmrand an. Die Textseiten schrumpfen säuberlich zusammen, und dahinter baut sich ein neuer Bildschirm auf. Ein Feld wunderschön designter Glyphen.

STEVE

Tipp mal auf die Sprechglyphe und sag deinen Namen.

MICHAEL

(aktiviert die Sprechglyphe)

Michael Young.

Auf dem Bildschirm erscheinen zwei Michael Youngs. STEVE deaktiviert die Sprechglyphe.

STEVE

Sieh mal an, du hast einen Doppelgänger. Du bist der hier, »Young, Michael D.«. Der andere heißt nur »Young, Michael«, ohne zweiten Vornamen. Außerdem ist er im ersten Semester. Siehst du? Das hier neben dem Namen ist sein Abschlußjahr.

STEVE tippt den Namen YOUNG, MICHAEL D. an. Ein kleines Feld erscheint.

MICHAEL

Das bin ich! 303, Henry Hall! Wofür stehen die ganzen Icons?

STEVE

Glyphen, Mikey, die heißen Glyphen. Die hier öffnet ein Infofeld, mit der hier kannst du eine Stimmübertragung machen, mit der hier jemanden anpiepen, und mit der hier kannst du anderen Padnutzern eine Nachricht schicken.

MICHAEL

Wie bei e-mail? Elektronische Post, geht das in die Richtung?

STEVE

Pauspost. Du kannst entweder eine Stimmaufnahme oder eine Textnachricht pausen. Und mit dieser Glyphe kannst du telefonieren.

MICHAEL beugt sich vor und aktiviert die Sprechglyphe. Sofort klingelt ein Telefon auf dem Schreibtisch.

MICHAEL

Ich glaub', mein Schwein pfeift.

STEVE

Herzlichen Glückwunsch, du hast dich gerade selber angerufen. Auf diese Weise kannst du mich oder sonstwen auf dem Campus anrufen. Entweder als Live-Gespräch, oder du schickst mit dieser Glyphe einen Kurzbrief.

MICHAEL untersucht das Telefon. Einen solchen Fernsprecher hat er noch nie gesehen. Er ist schnurlos, hat aber keine Ähnlichkeit mit einem Handy. Eher eine Kreuzung aus Telefon und Pager.

STEVE deaktiviert die Sprechglyphe, und das Klingeln verstummt.

STEVE

Das ist dein mobiles Compad. Jetzt zeig ich dir noch, wie man Pauspost abschickt.

STEVE berührt die Pauspostglyphe, und am Bildschirm klappt ein Fenster auf.

STEVE

Schick dir doch mal was.

STEVE legt den Compad weg und aktiviert die Sprechglyphe. Er sieht MICHAEL an und bedeutet ihm zu sprechen.

MICHAEL

(spricht das Terminal an)

Hi, Mikey, was ist Tango? War 'n verschärfter Abend neulich. Kommste nächste Woche zu'n Yankees mit? Man sieht sich, tschüssikowsky, Mikey.

STEVE deaktiviert die Sprechglyphe wieder. Dann tippt er die Pauspostglyphe an, und das Fenster verschwindet.

Der Computer gibt ein sattes, tiefes Summen von sich, und am Bildschirm blinkt ein Fenster. »Sie haben neue Pauspost«. MICHAEL tippt die Pauspostglyphe an, und ein Fenster klappt auf: »NEUE PAUSPOST FÜR MICHAEL D. YOUNG VON MICHAEL D. YOUNG«. Michaels eigene Stimme dringt klar und deutlich aus den Lautsprechern am Bildschirm.

LAUTSPRECHER

Hi, Mikey, was ist Tango? War 'n verschärfter Abend neulich. Kommste nächste Woche zu'n Yankees mit? Man sieht sich, tschüssikowsky, Mikey.

MICHAEL

(ergriffen)

Bo, ey, ist ja echt 'ne Wucht!

STEVE

(zuckt die Schultern)

Jetzt weißt du's. Ende des Unterrichts.

Wegen der eventuell verborgenen Abhörgeräte tauschen sie noch ein paar Belanglosigkeiten aus.

MICHAEL

(steht auf und reckt und streckt sich)

Meine Fresse, Steve. Ich weiß gar nicht, wie ich dir danken soll.

STEVE

(steht ebenfalls auf)

Hey, gern geschehen. Jetzt hast du wenigstens keine Entschuldigung mehr für dein Faulenzen.

Sie stehen sich gegenüber. STEVE sieht MICHAEL in die Augen.

MICHAEL
(befangen)
Ja dann...

STEVE
(ebenfalls unsicher)
Ja. also, ich glaub', ich werd dann mal...

MICHAEL überrascht sich selbst, als er STEVE ohne ein Wort an sich zieht und ihm die Wange streichelt.

STEVE starrt ihn an, unfähig, sich zu rühren. Das Gefühl von MICHAELs Hand an der Wange gleicht einem elektrischen Schlag.

MICHAEL
(flüstert kaum vernehmlich)
Ich bin dir wirklich dankbar.

Er küßt STEVE auf die Lippen.

STEVE legt MICHAEL die Arme um den Hals und hält ihn fest.

MICHAEL beendet den Kuß abrupt und macht sich los. Er geht zur Tür, öffnet sie und sagt laut:

MICHAEL
Also dann, gute Nacht, Steve.

STEVE
(enttäuscht und verletzt)
Klar... sicher. Gute Nacht.

Bevor STEVE gehen kann, wirft MICHAEL vernehmlich die Tür ins Schloß und legt einen Finger an die Lippen.

Bei STEVE fällt der Groschen. Er lächelt erleichtert, und seine Augen strahlen vor Liebe und Glückseligkeit.

Sie umarmen sich.

SCHNITT AUF:

AUSSEN INSTITUT FÜR QUANTENMECHANIK – SPÄTNACHMITTAG

STEVE sitzt wieder unter der Kastanie. Sein Fahrrad lehnt am Baum. Er liest, schaut dann und wann auf und beobachtet den Eingang. Nichts. Er gähnt und sieht verträumt und unbeschwert in den Himmel.

Er greift in seine Nylontasche und holt ein Compad heraus, wie man es schon in MICHAELs Zimmer gesehen hat: eine Mischung aus Telefon und Pager.

STEVE lächelt in sich hinein, als er die Tastatur bedient.

SCHNITT AUF:

INNEN MICHAELS ZIMMER – GLEICHZEITIG

MICHAEL sitzt vor dem Pad und bedient schnell und routiniert die Glyphen am Bildschirm.

Felder erscheinen und verschwinden, zoomen auf und zu, überlagern sich und werden ineinander kopiert. Man sieht, wie lange Textpassagen markiert und verschoben werden. Immer wieder ist der Name »Gloder« zu erkennen.

Plötzlich ertönt ein SUMMEN, und ein Feld erscheint: »Sie haben neue Pauspost...«

Überrascht tippt MICHAEL das Feld an.

Ein Fenster klappt auf: »Pauspost von S. Burns, Dickinson Hall 105«.

MICHAEL liest den Text.

NACHRICHT

Du bist so cool... XXX

MICHAEL lächelt, läßt das Fenster zuklappen und tippt andere Bildschirmfenster an.

SCHNITT AUF:

AUSSEN INSTITUT FÜR QUANTENMECHANIK – GLEICHZEITIG

STEVE erhebt sich plötzlich und sieht gespannt zum Eingang des Instituts für Quantenmechanik hinüber.

Man sieht aus seiner Subjektive LEO – er sei weiterhin so genannt – mit einem Aktenkoffer in der Hand das Institut verlassen.

STEVE stolpert zum Fahrrad, wirft das Buch in die Nylontasche und hängt sich die Tasche über die Schulter.

EINSTELLUNGSWECHSEL: LEO geht zum Parkplatz. Hinter ihm sieht man STEVE auf dem Fahrrad unauffällig Kreise ziehen.

LEO geht zu seinem Auto, einem kleinen, dunkelblauen Kabrio, und wirft den Aktenkoffer auf den Beifahrersitz.

SCHNITT AUF:

LEO verläßt den Parkplatz. Hinter ihm tritt STEVE wie verrückt in die Pedale.

SCHNITT AUF:

STEVE beugt sich tief über den Lenker und konzentriert sich auf den Wagen vor ihm.

Plötzlich hört man aus der Nylontasche über seiner Schulter ein PIEP-PIEP-PIEP.

SCHNITT AUF:

AUSSEN NASSAU STREET, PRINCETON – GLEICHZEITIG

LEO fährt Richtung Westen, hält vor einer Ampel und trommelt aufs Lenkrad. Zwei Wagen hinter ihm lehnt STEVE lässig an einer Parkuhr.

Ohne LEOs Kabrio aus den Augen zu lassen, holt STEVE sein Compad heraus und drückt eine Taste. Man sieht die Anzeige.

ANZEIGE

Und du bist verschärft ätzend, voll abgespacet und trendy ... XXX

STEVEs Grinsen könnte einem Breitmaulfrosch Konkurrenz machen. Dann sieht er ruckartig hoch. Die Ampel ist auf grün gesprungen, und der Verkehr setzt sich in Bewegung.

Ohne erst den Compad zu verstauen, saust STEVE der Wagenkolonne hinterher.

Glücklicherweise herrscht in Princeton Feierabendverkehr. Es geht so zähflüssig voran, daß STEVE LEO ohne weiteres im Auge behalten kann.

LEO fährt die Nassau weiter nach Westen und schert schließlich nach links aus. STEVE folgt ihm.

SCHNITT AUF:

INNEN MICHAELS ZIMMER, HENRY HALL – GLEICHZEITIG

MICHAEL ist immer noch emsig bei der Arbeit. Ein Infofeld erscheint: »Kass voll!«

MICHAEL läßt die Kass herausschnellen und legt die nächste ein. Während er die volle Kass beschriftet, dringt wieder ein PIEPEN aus den Lautsprechern des Terminals. »Sie haben neue Pauspost!« MICHAEL tippt eine Glyphe an und liest:

NACHRICHT

Bingo – Ziel erfaßt... XXX

PS: Ist »ätzend« gut?

MICHAEL lächelt und berührt den Bildschirm.

SCHNITT AUF:

AUSSEN MERCER STREET, PRINCETON – GLEICHZEITIG

STEVE hat sein Fahrrad gegen einen Baum gelehnt und betrachtet ein Haus auf der anderen Straßenseite.

Man sieht das parkende blaue Kabrio und die Hausnummer »22«.

Wieder erklingt das PIEPEN.

STEVE holt seinen Compad heraus.

ANZEIGE

Gute Arbeit! Ich geh drucken. A & B, 19.00?

PS: »Ätzend« könnte nicht besser sein. XXX

STEVE drückt eine Taste und schwingt sich fröhlich wieder aufs Fahrrad.

SCHNITT AUF:

INNEN HENRY HALL, PRINCETON – KURZ DARAUF

MICHAEL kommt mit einer Tasche in der Hand aus seinem Zimmer. Er schließt ab und geht den Korridor entlang.

Er springt die Treppe hinab, nimmt fünf Stufen auf einmal, bis er im Foyer ist. Er geht auf eine Tür mit der Aufschrift »Druckraum« zu und verschwindet darin.

SCHNITT AUF:

INNEN DRUCKRAUM, HENRY HALL – GLEICHZEITIG

MICHAEL ist allein im Raum, geht auf einen großen Drucker zu und drückt auf eine Taste der Bedienungskonsole.

Eine Anzeige erscheint: »Matrikelnummer?«

MICHAEL gibt seine Nummer ein. Die Anzeige sagt: »Willkommen, Michael D. Young. Bitte Kass einlegen...«

MICHAEL holt einige Kassen aus seiner Tasche, geht sie durch und legt die erste ein. Die Anzeige wechselt: »Anzahl Kopien?«

MICHAEL gibt »1« ein. Eine neue Anzeige: »Ausgabemodus? 1=Loseblatt 2=gelocht 3=Klebebindung«.

MICHAEL überlegt einen Augenblick. Er sieht sich um und erblickt in einem Regal über dem Drucker eine Schale mit grünen Heftstreifen. Er drückt die »2« auf dem Kontrollfeld.

Die Anzeige lautet jetzt: »Druckvorgang läuft. Bitte warten.« Ein Summen ertönt, und man hört, wie die Maschine Papier erfaßt, einzieht und über Walzen transportiert.

MICHAEL setzt sich auf einen Stuhl und zieht ein Buch aus der Tasche. Man kann den Titel erkennen: *Einbruch der Nacht* von George Orwell. Er fängt an zu lesen.

MUSIK.

ÜBERBLENDUNG:

INNEN HENRY HALL, DRUCKRAUM – ZEITRAFFERSEQUENZ

MONTAGESEQUENZ:

Am Kontrollfeld des Druckers wird eine Kass ausgestoßen, und die Anzeige erscheint: »Nächste Kass«.

MICHAEL unterbricht seine Lektüre, springt auf, greift nach der nächsten Kass und legt sie ein.

Er setzt sich wieder hin.

Unter dem Kontrollfeld gleitet die nächste Kass aus dem Port.

MICHAEL wechselt erneut die Kassen: Das Bild ÜBERBLENDET mit dem nächsten Kassenauswurf. Doppel- und Dreifachbelichtungen: MICHAEL, der aufsteht, sich hinsetzt, Kassen wechselt, herausgleitende Kassen.

Die Maschine summt.

NAHAUFNAHME der Bedienungskonsole.

MUSIKFINALE:

Auf der Konsole ist zu lesen: »224 Seiten. Ihnen werden $25,00 in Rechnung gestellt. Vielen Dank, Michael D. Young.«

MICHAEL steht vor dem Drucker, wie bestellt und nicht abgeholt. Wo ist denn der Ausdruck?

Er geht um die Maschine herum. Auf der anderen Seite des Druckers ist ein Plastikgriff angebracht.

MICHAEL zieht behutsam den Griff hoch.

Hinter dem Schieber liegt säuberlich aufgeschichtet ein dicker, links oben gelochter Papierstoß.

Auf der Titelseite steht:

Von Bayreuth nach München:
Die Wurzeln der Macht
von
Michael D. Young

Darunter prangt ein Sepiaportrait des jungen Rudolf Gloder aus der Zeit der Jahrhundertwende.

MICHAEL betrachtet das Manuskript liebevoll und wispert:

MICHAEL

Das Meisterwerk!

SCHNITT AUF:

<u>AUSSEN ALCHEMIST & BARRISTER, PRINCETON – SPÄTER</u>

In der Ecke des Biergartens trinken MICHAEL und STEVE Bier an dem Tisch, der der Straße am nächsten ist. Die Nachbartische sind frei. MICHAEL untersucht sie trotzdem.

STEVE

Meine Güte, bist du paranoid. Damit machst du dich erst recht verdächtig.

MICHAEL

Mercer Street 22. Bist du sicher?

STEVE

Natürlich bin ich das. Ich zeig's dir auf dem Stadtplan. War mit links zu finden. Wie lief's beim Ausdrucken?

MICHAEL greift nach seiner Tasche auf dem Fußboden und hält sie auf. STEVE wirft einen Blick hinein.

STEVE

(fortgesetzt)

Ich glaub, ich werd nicht mehr. Wie lang ist die denn geworden?

MICHAEL

Sind fast nur Wiederholungen. Er bekommt nur die ersten paar Dutzend Seiten zu sehen, dafür sorg ich schon.

STEVE

Du bist der Boss.

Eine Zeitlang trinken sie schweigend. Plötzlich schreckt MICHAEL hoch.

MICHAEL

Hey! Heute ist ja Freitag! Jo-Beth!

STEVE nickt düster.

STEVE

Ich weiß. Ich hab's mir überlegt und find nichts dabei.

MICHAEL

»Du hast es dir überlegt und findest nichts dabei«? Was soll denn das plötzlich heißen?

STEVE

Ich geh hin. Das kost mich 'n Lächeln.

MICHAEL

Du gehst zum Knutschtermin?

STEVE

Mhm. Genau.

MICHAEL

Aber was ist... na ja... wenn sie dir nun auf die Pelle rückt und plötzlich intim wird?

STEVE

Dann werd ich das Kind schon schaukeln.

MICHAEL muß das erst einmal verarbeiten.

MICHAEL

Dann muß ich ja zur Abwechslung eifersüchtig werden.

STEVE ist gerührt.

STEVE

Ach komm. Das sagst du bloß aus Nettigkeit.

MICHAEL

Ach ja?

STEVE traut ihm nicht recht über den Weg.

STEVE

Ich brauch noch 'n Bier. Muß mir Mut antrinken.

MICHAEL

Hey, sie wird schon nicht beißen. Vielleicht gefällt sie dir sogar. Jo-Beth ist eine Sahneschnitte. Da gibt's wirklich Schlimmeres.

STEVE

(steht auf)

Na dann.

SCHNITT AUF:

AUSSEN NASSAU STREET - ABEND

STEVE geht langsam den Gehsteig entlang. Er hat sich umgezogen und trägt Jackett und Fliege. Er erreicht PJs Pfannkuchenhaus, schaut durchs Fenster, kann aber nicht viel erkennen. Er schluckt zweimal, rückt die Krawatte zurecht und geht hinein.

SCHNITT AUF:

INNEN PJS PFANNKUCHENHAUS – ABEND

JO-BETH hängt ihr Kellnerinnenkostüm auf einen Bügel. Als sie die Tür zuschlagen hört, dreht sie sich um.

STEVE

(schüchtern)

Hi, Jo-Beth.

JO-BETH

(verlegen)

Oh. Steve. Hi! Sag mal, ähm... ich hab versucht, dich zu erreichen... aber...

STEVE

Ist dir was dazwischengekommen?

An einem Tisch steht EIN MANN auf und dreht sich um. Es ist RONNIE.

RONNIE

Ich bin dazwischengekommen...

STEVE

(starrt ihn überrascht an)

Ronnie?

RONNIE

(breitet großspurig die Arme aus)

Tut mir leid, Sportsfreund. Aber wie heißt es so schön? Die Liebe und der Krieg kennen kein Pardon, wenn du verstehst, was ich meine.

STEVE

Ach... das heißt, du und...? Aha, verstehe.

JO-BETH

Steve, es tut mir leid. Ehrlich. Aber Ronnie und ich haben... also, wir...

STEVE

(mit einer beschwichtigenden Geste)

Hey! Schon gut. Ehrlich. Kein Problem. Ich versteh das. Echt. Freut mich für dich. Ehrlich. Glaub mir.

RONNIE kommt mit einem breiten Grinsen auf ihn zu.

RONNIE

Hey, das nenn ich mannhaft gesprochen. Du hast Charakter, Burns.

STEVE schüttelt RONNIE die Hand. Indianer kennen keinen Liebeskummer.

STEVE

Will ich meinen. Kein Problem. Also... man sieht sich, was? Ich wünsch euch 'n schönen Abend. Viel Spaß im Kino... na ja... oder was ihr halt...

STEVE zieht sich zurück, verzweifelt bemüht, zugleich nach bitterer Enttäuschung und ritterlich weggesteckter Niederlage auszusehen, während er innerlich vor Erleichterung im Dreieck springen könnte.

SCHNITT AUF:

INNEN MICHAELS SCHLAFZIMMER, HENRY HALL – NACHT

MICHAEL liegt im Bett und liest *Einbruch der Nacht*. Plötzlich hört er, wie sich nebenan die Tür zum Flur öffnet und fährt erschrocken hoch.

Die Schlafzimmertür geht auf, und STEVE steht auf der Schwelle.

MICHAEL ist überrascht, ihn zu sehen, und sieht auf die Uhr. Es ist erst zehn.

Er formt mit den Lippen die Frage »Wie war der Film?«

STEVE schüttelt den Kopf und streift die Schuhe ab.

Seine Lippen formen den Namen »Ronnie«.

MICHAEL macht das Radio am Bett an und dreht die Lautstärke hoch. Country-Musik erfüllt das Zimmer.

MICHAEL

(von der Musik übertönt)

Hast du »Ronnie« gesagt?

STEVE

Er hat blitzschnell reagiert, das muß man ihm lassen.

MICHAEL

Du hast eine Abfuhr bekommen? 'ne Freifahrt aufs Abstellgleis? Schuster bleib von ihren Leisten? So schlechten Geschmack hätte ich Jo-Beth gar nicht zugetraut.

STEVE ist für das Kompliment dankbar, setzt sich aufs Bett und durchwuschelt MICHAELs Haar.

STEVE

(kann sich an dem Wort nicht satt hören)

Du bist so cool...

Er greift an MICHAEL vorbei und macht das Radio aus.

SCHNITT AUF:

AUSSEN MERCER STREET, PRINCETON – FRÜHER MORGEN

Die Kamera zieht von Nummer 22 zurück. LEOs blaues Kabrio parkt immer noch vor dem Haus.

Im herrlichen Morgenlicht sieht man von oben auf die Straße. Vögel zwitschern, die Sonne tüpfelt die Trottoirs, ein idyllischer Sommertag bricht an.

MICHAEL sitzt auf dem Fahrrad und stützt sich an einem Baum ab. Er hat seine Tasche in der Hand und prüft darin die Seiten seines Manuskripts.

Die ersten gut zwanzig Seiten sind lose, der Rest ist fest zusammengeheftet.

Er hört ein Geräusch und sieht die Straße hinauf zu Nummer 22.

Dort geht die Tür auf. LEO erscheint mit seinem Aktenkoffer unter dem Arm.

MICHAEL richtet sich auf, hängt die Tasche über die Schulter und beugt sich startbereit über den Lenker.

LEO startet den Wagen und macht das Radio an.

MUSIK erfüllt die Morgenluft. Beethovens *Eroica.*

LEO summt mit, wirft einen flüchtigen Blick in den Rückspiegel und setzt langsam aus der Auffahrt zurück.

SCHNITT AUF:

EINSTELLUNGSWECHSEL: Über den Lenker gekauert, hält sich MICHAEL so nah wie möglich an die Bäume am Straßenrand und rast auf den Betrachter zu.

EINSTELLUNGSWECHSEL: Der Kofferraum des Kabrios kommt langsam aus der Auffahrt heraus.

EINSTELLUNGSWECHSEL: LEO summt Beethoven kräftig mit.

EINSTELLUNGSWECHSEL: Aus WEITWINKELPERSPEKTIVE von oben rast MICHAEL mit dem Fahrrad auf das größer werdende Autoheck zu.

EINSTELLUNGSWECHSEL: LEO singt lauthals mit; er beschleunigt im Rückwärtsgang und...

RUMS! SCHEPPER!

MICHAEL KRACHT mit dem Vorderrad ins blaue Metall von LEOs Wagen.

PAPIER fliegt durch die Luft.

LEO tritt entsetzt auf die Bremse. Blätter wehen um ihn herum und flattern in den offenen Fond.

LEO stellt den Motor ab, die MUSIK endet abrupt.

LEO

(springt aus dem Wagen)

O mein Gott! Mein Gott!

MICHAEL liegt kunstvoll drapiert auf der Straße, der Großteil seines Skripts ist wohlverwahrt in der Tasche geblieben.

LEO kommt ums Auto herum und beugt sich angsterfüllt über ihn. Er spricht mit starkem deutschen Akzent, ohne jede amerikanische Einfärbung.

LEO

Sind Sie gesund? Lieber Gott, bitte sagen Sie, daß Sie gesund sind! Ich habe Sie nicht gesehen. Ich habe Sie völlig übersehen. Vergeben Sie mir, bitte vergeben Sie mir.

MICHAEL

(rappelt sich auf)

Puh – schon okay, Sir. Bin mit heilen Knochen davongekommen. Mannomann!

Er wischt sich den Straßendreck ab.

LEO

Sind Sie sicher? Sind Sie nicht verletzt?

MICHAEL

Hätte besser aufpassen sollen, wo ich hinfahr. Alles meine Schuld. Ich war auf der falschen Straßenseite... ach du Scheiße, meine Seminararbeit!

Wie vor den Kopf geschlagen, sieht MICHAEL auf die bis in den Wagen verstreuten Seiten.

LEO

Ich sammle sie ein. Das bereitet mir keine Mühe, ich sammle sie für Sie ein. Bitte bewegen Sie sich so wenig wie möglich.

MICHAEL schaut in seine Tasche.

MICHAEL

Das meiste ist noch da. Mensch, ich dachte schon, ich wär echt am Arsch.

LEO läuft herum und sammelt aus dem Wagen und dem Rinnstein die einzelnen Blätter wieder ein.

LEO

Hier. Sie sind unversehrt. Sie sind nur...

Er verstummt, als er das Titelblatt sieht. MICHAEL sieht ihn an, als könne er kein Wässerchen trüben.

MICHAEL

Sind sie alle da, Sir? Ich glaube, mir fehlen...

(er schaut in der Tasche nach)

...die Seiten 1 bis 24.

LEO blättert die Seiten durch und zählt sie. MICHAEL mustert ihn unverhohlen.

LEO

(neugierig, aber wachsam)

Alles da. Sie sind ein Student der Geschichte?

MICHAEL

Ich? Gott behüte, Sir. Nein, Philosophie.

LEO

Philosophie? Aber der Titel Ihrer Arbeit läßt vermuten...

MICHAEL

Ach so, deswegen! Nein, schauen Sie, ich schreibe eine Hausarbeit über das Böse.

LEO

Das Böse? Eine Hausarbeit über das Böse?

MICHAEL

M-hm, genau. Für ein Ethikseminar. Ich habe mich in die Jugend von Rudolf Gloder eingearbeitet. Jede Einzelheit seiner Kindheit. Die ist noch so gut wie unerforscht. Sie wären erstaunt, was ich alles herausgefunden habe. Sachen über seine Mutter und seine Geburt. Alles mögliche. Ich habe die These aufgestellt, daß... oh, entschuldigen Sie bitte, Sir. Das muß Sie schrecklich langweilen.

LEO

Nein, nein. Beileibe nicht. Mich langweilen? Nein.

MICHAEL streckt die Hand aus.

MICHAEL
Darf ich dann, Sir?

LEO
(geistesabwesend)
Wie bitte?

MICHAEL
Meine Seiten haben.

LEO
Gewiß. Natürlich. Hier. Entschuldigen Sie.
(reicht ihm die Blätter, die MICHAEL wieder in der Tasche verstaut)
Es kommt mir jedoch nicht recht vor. Ein junger Mann in Ihrem Alter... in diesem Land. In Amerika.

MICHAEL
Sir?

LEO
Daß Sie Ihren Kopf mit einem solchen Thema belasten. Was wissen Sie denn schon von dem Bösen?

MICHAEL
Na, ich denke, ein bißchen wissen wir doch alle darüber, Sir. Man braucht doch heutzutage bloß die Zeitung aufzuschlagen, finden Sie nicht? Gewaltverbrechen. Kindesmißbrauch. Korruption. Und dann erst in der Geschichte. Die Bomben auf Moskau und Leningrad. Der JFS. Die...

LEO
Wie bitte? Jott Effeß? Was soll der Jotteffeß sein?

MICHAEL
Der J – F – S, Sir. Der Jüdische Freistaat.

LEO

Ach so, gewiß. JFS. Ich verstehe. Was wissen Sie denn über diesen JFS?

MICHAEL

(zuckt die Schultern)

Na ja, nur, was alle wissen. Es gibt ja allerhand Gerüchte. Aber wissen Sie...

LEO

(nickt)

Ja. Gerüchte gibt es immer.

MICHAEL

Also, tut mir leid wegen dem Unfall, Sir... ich glaub, ich werd dann mal wieder.

MICHAEL betrachtet hilflos sein Fahrrad, dessen Vorderrad eine Acht, einen Platten und verbogene Speichen aufweist.

LEO

Sie wollen wieder los? Um Himmels willen, wie können Sie so reden? Sie müssen hereinkommen und sich säubern. Ich werde Ihr Fahrrad reparieren lassen.

MICHAEL

Ach, das ist nicht nötig, Sir...

LEO

Nein, wirklich, ich bestehe darauf. Bitte. Und später kann ich Sie mit dem Wagen... wie heißt das? Wo Sie hinmüssen?

MICHAEL

Mitnehmen.

LEO

(überrascht)

Mitnehmen? Aber so sagt man doch in England, oder?

Hoppala...

MICHAEL

(hastig)

Wir sagen manchmal »mitnehmen« und manchmal »absetzen«.

LEO

Genau, »absetzen«. Das hatte ich sagen wollen. Viel amerikanischer. Ich kann Sie in der Stadt absetzen, Pardner. Aber zunächst säubern Sie sich bitte.

MICHAEL hebt sein Fahrrad auf und lehnt es an die Hecke. Er humpelt tapfer, als sie zusammen den Gartenpfad zur Haustür hochgehen.

EINSTELLUNGSWECHSEL: In einer leicht verwackelten WEITWINKELAUFNAHME sieht man LEO und MICHAEL ins Haus gehen. Die Tür schließt sich hinter ihnen.

EINSTELLUNGSWECHSEL: STEVE hat sich in einer Baumkrone eingenistet und linst durch seine Kamera, die jetzt ein langes Teleobjektiv aufweist.

Er läßt die Kamera sinken, sitzt auf seinem Ast und läßt ein Bein baumeln. Alles läuft wie geschmiert.

Plötzlich fällt ihm etwas auf. Er richtet sich wieder auf und hebt die Kamera.

EINSTELLUNGSWECHSEL: Aus der SUBJEKTIVE von STEVES KAMERA sieht man die in der Mercer Street geparkte Wagenreihe.

Die Kamera gleitet über sie hinweg, hält plötzlich an und fährt zurück auf einen rotbraunen Sedan in Fahrtrichtung zur Kamera. Das Fahrerfenster ist offen, und man sieht einen Ellbogen hervorragen. Der Arm streckt sich und schnippt Zigarettenasche auf die Straße.

In der Windschutzscheibe spiegelt sich das Sonnenlicht, so daß man das Gesicht des Fahrers nicht erkennen kann.

EINSTELLUNGSWECHSEL: STEVE wühlt in seiner Nylontasche und fällt vor Hektik fast aus dem Baum.

Er hält sich fest, fischt eine kleine silberne Schachtel aus der Tasche und öffnet sie. Er nimmt eine runde Glasscheibe heraus, hält sie gegen das Licht und sieht hindurch.

Er putzt den Ring mit einem seidenen Poliertuch aus der Schachtel, klappt diese zu, legt sie wieder in die Tasche, hält sich mit einem Arm am Baum fest und schraubt mit der freien Hand den Ring vor das Teleobjektiv. Dann schaut er wieder durch die Kamera.

EINSTELLUNGSWECHSEL: Aus der SUBJEKTIVE von STEVEs KAMERA gleitet der Blick erneut die Wagenreihe entlang. Dank des Polarisationsfilters wird man diesmal nicht vom Licht geblendet, das sich in der Windschutzscheibe spiegelt. Die Kamera verharrt bei dem rotbraunen Sedan.

STEVE (OFF)
(verhalten)
Verflixt und zugenäht...

STEVE kennt den Mann am Steuer. Es ist HUBBARD.

GEGENSCHUSS: STEVE läßt die Kamera sinken, die am Riemen vor seiner Brust baumelt. Er greift wieder nach der Nylontasche und wühlt fieberhaft nach seinem Compad.

SCHNITT AUF:

INNEN LEOS HAUS, MERCER STREET – GLEICHZEITIG

MICHAEL ist in der Küche und hat ein Bein auf den Tisch gelegt. LEO kommt mit einem feuchten Mulltupfer von der Spüle zurück und tupft MICHAELs aufgeschürftes Knie ab.

MICHAEL zuckt zusammen.

LEO

(besorgt)

Sie haben Schmerzen?

MICHAEL

Nein, nein. Nicht der Rede wert. Brennt ein bißchen, mehr nicht. Ich fühle mich wie der Junge in *Der Zoll des Glücks*.

LEO

Wie meinen?

MICHAEL

Das ist ein Film. Da rutscht ein Kind einen Heuhaufen hinunter und schneidet sich am Knie, und Alan Bates tupft es ab, genau wie Sie jetzt.

LEO

Diesen Film habe ich nicht gesehen.

MICHAEL

Nein, das hätt ich mir denken können. Entschuldigen Sie, ich sollte mich endlich vorstellen. Ich heiße Michael Young.

LEO

Sehr erfreut, Michael Young. Mein Name ist Franklin. Chester Franklin.

MICHAEL
(unterdrückt ein Lachen)
Tatsächlich? Na dann, sehr erfreut, Mr. Franklin.

Er hält ihm die Hand hin.

LEO
(schüttelt ihm die Hand)
Sie finden diesen Namen vergnüglich?

MICHAEL
(hastig)
Nein, nein! Bitte entschuldigen Sie. Es ist bloß... na ja, wissen Sie...

LEO geht zum Mülleimer und wirft den Mulltupfer weg.

LEO
Sie haben ganz recht. Es ist natürlich nicht mein richtiger Name.

MICHAEL
Sie brauchen sich nicht zu rechtfertigen. Das geht mich schließlich nichts an, Mr. Franklin. Oder sollte ich sagen Dr. Franklin?

LEO
Professor Franklin. Aber nennen Sie mich bitte Chester.

MICHAEL
Mit Vergnügen, Chester. Ich werde Mikey genannt.

LEO
Darf ich Sie einmal etwas fragen... ähm... Mikey. Ich finde die Thesen Ihrer Arbeit äußerst...

LEO wird von einem durchdringenden PIEP-PIEP-PIEP im Satz unterbrochen.

MICHAEL

Oh-oh, mein Compad. Darf ich eben...?

LEO

Nur zu...

MICHAELs Tasche liegt neben ihm auf dem Küchentisch. MICHAEL kehrt LEO den Rücken zu, zieht seinen Compad heraus und liest die Anzeige. Er schließt kurz die Augen und sucht krampfhaft nach einem Ausweg.

Er wendet sich zu LEO.

MICHAEL

(laut)

Mensch, das find ich aber echt riesig von Ihnen, mich so zu versorgen, Chester.

Beim Sprechen geht er zu einem gelben Notizblock, greift nach dem Stift daneben und fängt in fliegender Hast an zu schreiben.

MICHAEL (fortgesetzt)

(laut; beim Schreiben)

Ich bin echt ein Tolpatsch, wissen Sie? Das ist schon das dritte Mal, daß ich diese Woche vom Rad fall.

LEO

Es war bestimmt nicht Ihre Schuld...

MICHAEL

(redet einfach weiter)

Von meinen Freunden muß ich mir schon anhören, ich sollte mir ein Dreirad besorgen. Wissen Sie? So eins mit Stützrädern. Vielleicht wäre das wirklich besser. Eine hübsche Wohnung haben Sie, Chester. Und die Straße ist so schön ruhig. Ich habe ein Zimmer in einem Wohnheim. Mögen Sie Baseball, Chester?

LEO

(von all dem ziemlich verwirrt)

Also, ich...

MICHAEL

Baseball ist mein Leben. Beim Essen denk ich an Baseball, in der Kneipe red ich von Baseball, und nachts träum ich von Baseball. Sie sollten sich mal ein Spiel anschauen. Das müssen die Engel im Himmel spielen. Sie bevorzugen wahrscheinlich Fußball, was? Wir spielen hier ja nicht viel Fußball. Eher schon American Football. Haben Sie sich das mal angesehen? Oder Basketball. Für Basketball bin ich leider zu klein. Nur ein langer Lulatsch kommt ja an den Korb ran, nicht wahr? Ich bin bloß normal groß, wollte schon immer größer sein. Aber man kann eben nicht alles haben, stimmt's?

Gegen Ende dieses Geblubbers hat MICHAEL den obersten Zettel vom Block gerissen und LEO hingehalten. Er hält ihn ihm mit flehendem Gesichtsausdruck vors Gesicht. LEO sucht verdattert nach seiner Lesebrille, setzt sie auf und liest.

Man liest die Notiz in großen Blockbuchstaben aus LEOs SUBJEKTIVE.

NOTIZ

Vertrauen Sie mir. Wir werden beobachtet. Ich weiß, daß Sie Axel Bauer sind. Ich bin ein Freund. Ich kann Ihnen helfen. Ich weiß von Ihrem Vater und von Kremer, Braunau und Auschwitz. Sie müssen mir vertrauen. Ich kann Ihnen helfen.

LEOs reißt entsetzt die Augen auf. Er starrt MICHAEL sprachlos an.

MICHAEL hält einen Finger an die Lippen.

MICHAEL

(laut)

Hey, ist es schon so spät? Puh, jetzt muß ich mich aber echt ranhalten. Hatten Sie vorhin gesagt, Sie könnten mich in der Stadt absetzen?

LEO steht einfach nur da und zittert leicht.

MICHAEL nickt kräftig mit dem Kopf. LEO reißt sich aus seiner Trance.

LEO

Bitte? Absetzen? Klar. Natürlich.

MICHAEL

(mit beiläufiger, lauter Stimme)

Wir müßten meine Klapperscheese hinten reinkriegen, wenn Ihnen das bißchen Dreck auf den Polstern nichts ausmacht.

LEO schüttelt den Kopf, aber dann wird ihm klar, daß er wegen der vermuteten Wanzen antworten muß.

LEO

(noch lauter)

NEIN! KEIN PROBLEM! DAS BISSCHEN DRECK MACHT NICHTS!

MICHAEL zuckt zusammen und schüttelt grinsend den Kopf. Er schiebt den völlig verwirrten und fahrigen LEO an der Schulter in den Flur hinaus. Plötzlich kommt ihm ein Gedanke.

Er läuft zum gelben Notizblock in der Küche zurück und reißt einen Zettel ab, dann noch einen. Was soll der Geiz, denkt er sich, reißt dreißig auf einmal ab und steckt alle ein.

MICHAEL

(gesellt sich wieder zu LEO im Flur)

Dann wollen wir mal hinaus ins feindliche Straßenleben, wenn Sie verstehen, was ich meine.

LEO

(immer noch zu laut)

JA. ICH WEISS, WAS SIE MEINEN. DAS FEINDLICHE STRASSENLEBEN. HA-HA! KÖSTLICH.

Sie gehen zur Haustür.

SCHNITT AUF:

AUSSEN MERCER STREET – GLEICHZEITIG

WEITWINKELAUFNAHME von LEO und MICHAEL, die das Fahrrad auf den Rücksitz des Cabrios verstauen und dann vorne einsteigen.

EINSTELLUNGSWECHSEL: STEVE beobachtet sie aus seinem Baum.

Das Auto setzt aus der Einfahrt zurück. LEO muß erneut scharf bremsen, weil schon wieder ein Fahrradfahrer vorbeischießt.

SCHNITT AUF:

INNENRAUM DES WAGENS

LEO

O mein Gott. Nicht schon wieder.

MICHAEL

(sieht sich um)

Sie können. Jetzt ist alles frei.

SCHNITT AUF:

SUBJEKTIVE von STEVEs KAMERA: LEOs blaues Kabrio setzt zurück, lenkt ein und fährt davon.

ZOOM auf den rotbrauen Sedan; ein Zigarettenstummel wird aus dem Fenster geworfen, der Wagen schert aus der Parklücke aus und folgt LEOs Kabrio.

SCHNITT AUF:

STEVE läßt die Kamera sinken und sieht den beiden Autos besorgt nach.

SCHNITT AUF:

AUSSEN STRASSEN VON PRINCETON – VORMITTAG

LEOs Wagen biegt auf die Nassau ein.

SCHNITT AUF:

INNEN LEOS WAGEN – GLEICHZEITIG

LEO schwitzt Blut und Wasser und fährt entsprechend schlecht.

MICHAEL

Wenn Sie mich am University Place absetzen könnten, wäre das echt prima.

LEO

Bitte sagen Sie mir endlich...

MICHAEL fällt ihm ins Wort, indem er ihm die Hand auf den Arm legt. LEO sieht ihn an. MICHAEL deutet erst aufs Armaturenbrett und zeigt dann auf seine Ohren. LEO versteht. Selbst der Wagen könnte verwanzt sein.

MICHAEL hat eine Idee. Er macht das Radio an und dreht die Lautstärke voll auf.
MUSIK: Das Vorspiel zum 3. Akt des *Lohengrin* dröhnt mit seinen Fanfarenstößen heraus.

MICHAEL

(überschreit die Musik)

Es tut mir leid, Axel. Aber man kann nie wissen.

LEO

Wer sind Sie? Woher kennen Sie meinen Namen? Mein Gott! Jetzt weiß ich es! Sie sind es! Sie müssen es sein!

MICHAEL runzelt erstaunt die Stirn.

MICHAEL

Wen meinen Sie?

LEO

(fortgesetzt)

Sie sind der Student aus dem Zug, habe ich recht? Man hat mir gesagt, ich hätte im Schlaf gesprochen. Man hat mir Arzneien gegeben, damit es nicht wieder vorkommt. Sie sind der Student, der mich im Zug belauscht hat.

MICHAEL

Ach so. Verstehe. Schauen Sie, Axel, es tut mir leid. Das war frei erfunden. Es ist nicht wahr. Ich habe nie mit Ihnen in einem Zug gesessen. Ich bin sicher, daß Sie nicht im Schlaf sprechen. Ich mußte mir eine Geschichte aus den Fingern saugen, wie es dazu gekommen war, daß ich soviel über Sie wußte, verstehen Sie? Und etwas Besseres ist mir auf die Schnelle nicht eingefallen.

LEO

(entsetzt)

Sie sind *Engländer!* Sie haben einen englischen Akzent! Für wen arbeiten Sie? Ich halte auf der Stelle an.

Der Wagen gerät ins Schleudern. Die Bremsen quietschen, hinter ihnen hupt jemand.

MICHAEL

(hält verzweifelt das Lenkrad fest)

Nein! Fahren Sie um Gottes willen weiter! Wir werden garantiert verfolgt.

LEO

Verfolgt? Von wem sollten wir denn verfolgt werden?

MICHAEL

Kennen Sie Hubbard und Brown?

LEO

Ich kenne sie, ja.

MICHAEL

Hubbard hat Ihr Haus observiert.

LEO

Aber Hubbard ist mein Freund! Sie! Sie sind es doch, der für die Europäer arbeitet. Sie sind ein Nazi!

MICHAEL

(hat Mühe, sich trotz der Musik verständlich zu machen)

Nein! Sie müssen mir einfach glauben. Ich bin kein Nazi. Hören Sie, ich weiß so manches. Dinge, die Sie einfach erfahren müssen. Wenn ich mich nicht irre, werden Sie versuchen, ein Gerät zu entwickeln.

LEO

Gerät? Was für ein Gerät?

MICHAEL

Um eine künstliche Quantensingularität zu erzeugen. Um ein Fenster in die Vergangenheit zu öffnen. Sie haben Schuldgefühle wegen der Verbrechen Ihres Vaters. Wegen der Fabrik in Auschwitz, die er für die Massenproduktion von Braunauwasser gebaut hatte. Vielleicht möchten Sie etwas in der Zeit zurückschicken. Beispielsweise, um die

Produktionsanlagen zu zerstören. Oder etwas, um die Geburt Rudolf Gloders zu verhindern. Aber ich weiß, was Sie in Wirklichkeit tun müssen. Ich kenne die Antwort.

(er sieht sich um)

Fahren Sie hier doch bitte ran, vor dem Geschäft.

Das Auto ist auf den University Place eingebogen.

Das Vorspiel zum 3. Akt des *Lohengrin* ist in den nachfolgenden Brautmarsch übergegangen.

LEO bringt den Wagen mit quietschenden Bremsen vor dem Wawa Minimart zum Stehen. Daneben befindet sich ein Fahrradladen namens CYCLORAMA.

MICHAEL

(fortgesetzt)

Ich kenne das Geheimnis des Braunauwassers. Ich weiß, wie es überhaupt dorthin gekommen ist. Ich weiß, wer das Mittel vor über hundert Jahren in die Zisterne von Braunau gekippt hat. Glauben Sie mir. Ich weiß es.

LEO starrt ihn an.

STIMME

Hey!

LEO erschrickt fast zu Tode. EIN PASSANT sieht zu ihnen in den Wagen herab und überschreit die Musik.

PASSANT

Gratuliere zur Hochzeit, Jungs. Aber wie wär's, wenn ihr das 'n bißchen leiser stellt, hä?

MICHAEL scheucht ihn mit einer Hand weg.

MICHAEL

(schreit LEO ins Ohr)

Am See. West Windsor. Heute abend. Acht Uhr. Bitte! Ich bin ein Freund. Glauben Sie mir. Und egal wie Sie es anstellen, sorgen Sie dafür, daß Sie nicht verfolgt werden. Ein Freund von mir wird Ihnen den Rücken decken. Er wird Rot tragen.

Der PASSANT greift einfach ins Auto und dreht das Radio leiser.

PASSANT

Arschlöcher!

Er richtet sich auf und geht weiter.

MICHAEL

(ruft ihm nach)

Entschuldigung, Mann.

(zu LEO; geheuchelt normal)

Also vielen Dank, daß Sie mich mitgenommen haben, Chester. War echt nett, mit Ihnen zu plaudern. Ich hoffe, alles läuft prima. Sie sollten sich wirklich mal ein Ballspiel ansehen.

MICHAEL steigt aus, hebt sein Fahrrad vom Rücksitz und wendet sich zum Cyclorama.

LEO sitzt reglos da und starrt ins Leere.

MICHAEL

(ruft zu ihm zurück)

Bis die Tage, Chester. Ich glaube, Sie müssen dann auch weiter, was?

LEO wirft MICHAEL einen letzten Blick voller Zweifel und Angst zu.

MICHAEL formt die Lippen zu einem »GLAUBEN SIE MIR«, winkt ihm zum Abschied zu und betritt den Fahrradladen.

Im Hintergrund sieht man die Kühlerhaube des ROTBRAUNEN SEDAN, der um die Ecke geparkt steht. Er folgt nicht LEOs Kabrio, sondern bleibt stehen, als MICHAEL im Laden verschwindet.

AUSBLENDE

Geschichte machen

Ratten

Wenn doch bloß Winter wäre. Im Winter wurde es in Princeton bitter kalt, hatte Steve gesagt. Bis zu zwanzig Grad unter Null. Die Landschaft läge im Tiefschnee, die Straßen wären vereist, und die Fahrt nach Windsor hinaus wäre schwierig, unangenehm und gefährlich. Aber dafür wäre es dunkel. Genau die hilfreiche Dunkelheit, die mir so fehlte. Beim Radfahren hätte ich hinter mir die Scheinwerfer gesehen, und dieser Luxus hätte alles körperliche Unbehagen wettgemacht.

Andererseits, dachte ich, als ich zum viertenmal die Straße verließ und mich mit dem Fahrrad hinter einem Baum versteckte, andererseits hatten Hubbard und Brown vielleicht ein ganzes Arsenal von Nachtsichtgeräten, dann war es gleichgültig, ob es hell oder dunkel war.

Ich wartete eine Viertelstunde hinter dem Baum, bevor ich das Fahrrad auf die Landstraße zurückschob und meine Fahrt nach Süden fortsetzte.

West Windsor lag nicht einmal zwei Kilometer von Princeton entfernt, aber Steve und ich hatten vereinbart, daß ich mir für die Fahrt vier Stunden Zeit lassen sollte. Um auf Nummer Sicher zu gehen.

Als ich eine unübersichtliche Kurve genommen hatte, sah ich endlich, worauf ich gewartet hatte, eine Abzweigung, die links zum See hinabführte.

Ich hoffte inständig, daß Leo dieselbe umsichtige Fahrt auf irgendeiner anderen Straße unternahm, mit Steve im Sicherheitsabstand hinter ihm.

Vielleicht saß Leo aber auch an dem polierten Tisch aus Ahornholz unter der gerahmten Ansprache von Gettysburg und unterhielt sich mit Hubbard und Brown über seine merkwürdige Begegnung mit dem geheimnisvollen Engländer, der die Fingerabdrücke von Michael D. Young hatte, aber Dinge wußte, die ein Michael D. Young nicht zu wissen hatte.

Wenn dem so war, dann mußten sie auch Steve erwischt haben, denn seit drei Stunden hatte mein Compad keinen Laut mehr von sich gegeben. Keine Alarmsignale, keine Planänderungen.

Viel zu spät wurde mir klar, daß wir einen Fehler gemacht hatten. Wir hätten lieber vereinbaren sollen, daß er mich zu jeder vollen Stunde anpiepte, einfach damit ich wußte, daß alles in Butter war. Ich machte mir Vorwürfe, daß ich nicht früher darauf gekommen war. Das Schweigen des Compads half mir keinen Deut weiter. Ich überlegte kurz, ob ich Steve anrufen sollte, einfach um Gewißheit zu bekommen, hielt es aber nicht für ratsam. Wenn man einen Plan ausarbeitet, sollte man sich daran halten. Vielleicht steckte er mitten in einer Situation, wo ein plötzliches Piepen ein Fiasko hervorrufen konnte. Ich verstand zuwenig von der Technologie dieser Compads, um zu wissen, ob man das Piepen abschalten oder die Anrufe zurückverfolgen konnte. Dann dämmerte mir, daß Steve vielleicht genau deswegen keinen regelmäßigen Kontakt vorgeschlagen hatte, weil etwaige Mithörer uns sonst auf die Schliche gekommen wären. Womöglich konnten Hubbard und Brown uns mit Richtantennen aufspüren, sobald wir die Compads einschalteten.

Ich fragte mich, ob Leo sich wohl auf solche Taktiken verstand. Immerhin hatte er sich in Venedig von der Konferenz in die amerikanische Vertretung abgesetzt. Das sprach für gesunden Menschenverstand.

Ich hatte daran gedacht, ihn auf Steve vorzubereiten. »Ein Freund von mir wird Ihnen den Rücken decken. Er wird Rot tragen.« Sobald Leo den See erreichte, würde Steve sich zeigen und ihn zu mir bringen. Wenn alles nach Plan lief.

Aber angenommen, Hubbard oder einer seiner Leute trug durch einen dummen Zufall ebenfalls Rot?

Angenommen, angenommen, angenommen. Grundsätzlich konnte alles mögliche schiefgehen. Es war idiotisch, mir deswegen Sorgen zu machen. Letzlich konnte ich nur meine eigene Rolle im Plan spielen und hoffen, daß alles glimpflich ablief.

Ich schwitzte und zog damit die Mücken und Moskitos an, deren

Schwärme wie Wegelagerer die Seeufer bevölkerten. Ich war abgestiegen und schob das Fahrrad einen überwucherten Pfad entlang, der auf der Nordseite um den See herumführte. Der Verkehrslärm vom Highway One, der anderthalb Kilometer weiter südlich lag, drang über das Wasser, auf dem See glitt mit erstaunlichem Tempo ein Ruderachter vorbei, und die gebellten Kommandos des Steuermanns waren über die unbewegte Wasserfläche hinweg klar und deutlich zu hören.

Bei einer plötzlichen Bewegung im Gebüsch zu meiner Linken erstarrte ich. Mein Herz tobte in der Brust wie ein in die Falle gegangener Vogel.

Plötzlich sprang eine ottergroße Ratte mit feuchten Striemen im Pelz vor mir auf den Weg und stieß fast mit meinem nagelneuen Vorderrad von Cyclorama zusammen. Ich schrie vor Entsetzen unwillkürlich auf, und die schockierte Ratte schlitterte und rutschte wie ein außer Kontrolle geratener Rennwagen. Sie hatte offensichtlich weit mehr Angst als ich, überschlug sich zweimal, kam wieder auf die Pfoten und schoß ins Unterholz zurück, wobei ihr Blätter, Zweige und Kieselsteine am Rücken klebten wie Totems an einem mexikanischen Brautkleid.

»Ratten«, sagte ich mit meiner besten Indiana-Jones-Stimme. »Ich hasse Ratten.«

Ich sah und hörte noch mehr von ihnen, während ich zum vereinbarten Treffpunkt weitereilte.

Vielleicht waren es gar keine Ratten. Vielleicht waren es Murmeltiere oder Ziesel. Nicht, daß ich mir darunter etwas vorstellen konnte. Ich kannte so was nur aus den Bill-Murray-Filmen *Und täglich grüßt das Murmeltier* oder *Caddyshack*. War ein Murmeltier dasselbe wie ein Ziesel? Und gab es da nicht noch ein anderes amerikanisches Nagetier? Wie hieß das noch gleich? Sumpfbiber, genau. Vielleicht hatte ich Sumpfbiber gesehen. Oder sogar Opossums.

Egal, wie sie hießen, ich haßte sie wie die Pest und schlug beim Weitergehen soviel Krach wie möglich, um sie zu verscheuchen.

Nach weiteren zwanzig Minuten erreichte ich endlich die Stelle, wo sich der Weg teilte. Rechts schlängelte er sich weiterhin am Seerand entlang, links führte er in das Reich der Ratten, Ziesel, Sumpfbiber, Beutelratten und Murmeltiere. Wie ein echter Dschungelforscher schlug ich im Nacken eine Mücke tot und wandte mich nach links.

Nachdem ich mich zweihundert Meter durch tiefhängende Äste gekämpft hatte, erreichte ich eine Lichtung. Ich erblickte eine hohe Weißbirke und daneben den riesigen flechtenüberzogenen Baumstumpf, den Steve mir beschrieben hatte. Ich setzte mich auf den Stumpf und rauchte wie ein Schlot, um mir Rinderbremsen und Schmeißfliegen vom Leib zu halten.

Auf der Lichtung herrschte ekelhafter Gestank, weit schlimmer als der Sumpfmief, der einem in Ufernähe sonst immer in die Nase steigt. Ich merkte, wie mir die Galle hochkam. Für Galle lies Mittagessen. Auch das Rauchen war zwecklos, weder schreckte es die Insekten ab noch überdeckte es den Gestank. Ich stand auf und bekam kaum noch Luft. Nach ein paar Schritten wurde es besser. Anscheinend hatte der Mief einen eng umgrenzten Ursprung.

Ich holte mein Taschentuch heraus, hielt es vor Mund und Nase und schlich langsam zum Baumstumpf zurück, über dem nach wie vor ein Mückenschwarm auf und abtanzte. Ich spähte vorsichtig über den Stumpf und mußte mich sofort übergeben.

Im hohen Gras lagen zwei tote Ratten, die sich wie schlafende Kinder mit festgeschlossenen Augen umklammerten, ihr Fell wimmelte vor kleinen, weißen, kaum kommagroßen Maden. Ich wischte mir den Mund ab und dachte, daß die Kotzelache neben ihnen für das tückische Gewürm, das diese Wälder bevölkerte, noch eine schmackhafte Delikatesse darstellen mußte.

Ich lehnte mich gegen einen Baum, möglichst weit weg von dem Stumpf, und dachte über Werden und Vergehen in der Natur nach.

Am Hals und an den Händen breiteten sich brennende rote Quaddeln aus. Keine Insektenbisse, sondern eher eine allergische Reaktion. Als Kind habe ich unter leichtem Heuschnupfen gelitten. Ich dachte zwar, den hätte ich längst hinter mir, aber die üppige Flora und Fauna dieser Seelandschaft, all die Pollen und Flechten, Ratten und Käfer, Gräser, Samen und Sporen schienen eine Wolke toxischer Allergene zu verströmen, die meine Haut und meine Lunge meutern ließen. Ich spürte, daß sich meine Brust asthmatisch zusammenzog, und meine Augen schwollen an wie Marshmallows.

Ich zündete mir noch eine Zigarette an. Wegen des Asthmaanfalls konnte ich nicht inhalieren, trotzdem hatte die künstliche Sterilität des wohlvertrauten Stadtgifts etwas Beruhigendes. Hätte ich bloß eine Decke mitgenommen. Nichts aus Wolle, Baumwolle oder sonst etwas Natürlichem, sondern eine schäbige, billige Nylon- oder Polyesterdecke. Das wäre gleichsam ein Floß der Zivilisation auf dieser krabbelnden Sargassosee gewesen.

Nervös, ich war eindeutig nervös. Ich sah auf die Uhr.

Nicht mehr lange, gleich war es soweit. In fünf Minuten wüßte ich, ob Leo mir traute. Dann wußte ich, ob –

HERRGOTT, MEINE BEINE BRANNTEN!

Was hatte ich angestellt? Mit der beschissenen Zigarette den beschissenen Baum in Brand gesteckt?

Ich klatschte mir auf die Beine und schrie vor Schmerz.

Ich sah weder Flammen noch Rauchwolken. Als ich mir die Tränen aus den Augen gewischt hatte, konnte ich deutlich sehen, daß mir kein Feuer die Beine versengte.

Bloß Ameisen.

Hunderte von den Scheißdingern. Tausende. Vom Knie abwärts sah ich aus, als trüge ich lange, extradicht gewobene Ameisenstrümpfe.

Verzweifelt versuchte ich, sie abzuwischen, und schrie, trat und bockte wie ein wildgewordener Stier.

Als sich bei diesem Veitstanz auch noch eine Hand auf meine Schulter legte, verlor ich fast den Verstand.

Ich stieß einen Entsetzensschrei aus und boxte blindwütig mit der Hand über die Schulter. Ich stieß ins Leere, und das war ein Glück, wie ich sofort merkte.

»Mikey, was ist denn los?«

Schon der Klang von Steves weicher, leiser Stimme beruhigte mich etwas.

»Ameisen«, kreischte ich und fiel ihm um den Hals. »Ameisen, Ratten, Moskitos. Alles. Herrgott, Steve, wie konntest du bloß diesen Treffpunkt vorschlagen?«

Er stieß mich sanft von sich. Über seine Schulter sah ich Leos Gesicht, das mich erschrocken ansah.

»Feuerameisen«, sagte Steve und mußte sich zusammenreißen, um nicht laut loszulachen. »Es tut mir leid, ich hätte dich vor ihnen warnen müssen.«

»Feuerameisen?« fragte ich. »Sind die giftig?«

»Die brennen bloß ein bißchen. Komm her, setz dich hin. Ich mach dir den Rest ab.«

»*Ein bißchen*? Die brennen *ein bißchen*?«

Steve streifte mir die restlichen Ameisen von den Waden. »Im Grunde sind das sehr schlaue kleine Geschöpfe. Weißt du, sie krabbeln dir an den Beinen hoch, lassen dich aber erst einmal in Ruhe. Sie warten ein Signal des Anführers ab, und dann beißen sie in einem Sturmangriff alle auf einmal zu. Wenn dich nämlich gleich die erste beißen würde, sobald sie die Gelegenheit hätte, dann würdest du das merken und die anderen abwischen, bevor sie sich ebenfalls über den Schmaus hermachen könnten. Wirklich schlau, das mußt du der Evolution lassen. Ich hab Gegenmittel mitgebracht. Außerdem hast du dich anscheinend im Giftsumach gewälzt.«

»Giftsumach?«

»Genau«, sagte er und rieb mir Beine, Arme und Hals mit einem kühlenden Gel ein. »Unangenehm, was?«

»Entschuldigen Sie bitte«, meinte ich zu Leo, der näher getreten war und wie eine Eule im Licht mit den Augen plinkerte. »Sie müssen mich für einen waschechten Hysteriker halten. Aber ich bin bloß das amerikanische Landleben nicht gewöhnt. Ich hatte mir etwas wie *Ferien auf dem Bauernhof* vorgestellt. Ich hatte keine Ahnung, daß es hier zugeht wie im tropischen Regenwald. Die Dummen sterben eben nicht aus.«

Leo sah sich beklommen um, als befürchte auch er namenlose Schrecken in diesem Wald. Steves nächste Bemerkung goß noch zusätzlich Öl ins Feuer.

»Hoffen wir bloß, daß es hier keine Lederzecken gibt.«

»Lederzecken?« fragte ich und machte mich auf weitere Monster gefaßt. »Was zum Teufel sind Lederzecken?«

»Frag lieber nicht, Kumpel. Vertrau mir einfach.«

»Herr im Himmel!« jammerte ich.

Steve schraubte die Salbentube zu und schlug mir wie eine sachliche Krankenschwester auf den Schenkel. »Das wär's. Geht's jetzt?«

Das Gel linderte den Schmerz etwas, aber ich hatte immer noch das Gefühl, in Flammen zu stehen.

»Besser, danke«, sagte ich. Jammern hatte keinen Sinn. Wir hatten noch zuviel vor uns. Ich erhob mich mühsam. »Hauptsache, ihr seid da.«

»Aber klar doch«, sagte Steve.

»Und ihr seid nicht verfolgt worden?«

Leo schüttelte nachdrücklich den Kopf. »Nicht verfolgt«, sagte er.

»Wir hatten überhaupt keine Probleme«, flötete Steve, der in seinen knallroten Shorts und T-Shirt aussah wie Mephistopheles' Lehrling im Strandurlaub.

»Vielleicht wären Sie endlich so gütig, mir zu verraten, was dies alles zu bedeuten hat«, sagte Leo. »Wer sind Sie? Warum veranstalten Sie diese Begegnung? Wie kommt es, daß Sie so viel über mich wissen?«

»Ich werde Ihnen alles erklären, Sir«, sagte ich. »Das verspreche ich Ihnen. Aber vorher muß ich Sie noch um eine Auskunft bitten. Sie betrifft Ihre Arbeit. Ich muß Sie bitten, eine Vermutung zu bestätigen.«

Ein Detail meines Plans hatte ich bislang nicht ausarbeiten können. Vielleicht hatte ich gehofft, Leo hätte irgendeine Idee. Sie wäre ihm garantiert auch gekommen. Als die Abenddämmerung anbrach und wir uns gerade trennen wollten, um uns auf verschiedenen Wegen nach Princeton zurückzukämpfen, stieß ich einen Freudenschrei aus, als mir eine glänzende Idee kam.

»Ach du Scheiße, schon wieder Feuerameisen?« fragte Steve.

»Nein«, sagte ich. »Keine Ameisen. Ich habe eine Idee. Hat einer von euch zufällig einen Behälter dabei?«

»So was hier?« Steve hielt seine blaue Nylontasche hoch.

»Nee, die wäre danach hinüber. Was Kleineres würde reichen. Eher eine Einkaufstasche. Oder 'ne Plastiktüte. Noch besser wäre eine Schachtel.«

»Ich habe zu Hause viele Taschen und Schachteln«, sagte Leo.

»Das hilft mir leider nicht. Ich brauche jetzt sofort etwas.«

»Warum?«

»Hey!« sagte Steve, der in seiner Nylontasche gewühlt hatte. »Kannst du damit was anfangen?«

Er hielt einen silbrig glänzenden Behälter hoch, der halb so groß wie ein Schuhkarton war.

»Das ist ideal«, sagte ich, »was zum Teufel ist das?«

»Da drin bewahre ich meine Filter und die kleinen Objektive auf.«

Er machte den Deckel ab und zeigte mir den Inhalt.

»Hm«, machte ich zögernd. »Das ist ja alles unterteilt.«

»Die Trennwände lassen sich rausnehmen«, sagte Steve. »Siehst du?«

Er nahm die Linsen und Filter heraus und entfernte die Unterteilungen.

»Klasse. Einfach klasse. Viel besser als jede Tüte. Wenn wir Glück haben, ist das sogar luftdicht. Eine Frage, Steve«, sagte ich und legte ihm eine Hand auf die Schulter. »Hast du einen guten Magen?«

Er zog erstaunt die Brauen zusammen. »Ich glaube schon«, sagte er. »Der verträgt so einiges. Warum?«

»Na ja«, sagte ich. »Hinter dem Baumstumpf da drüben liegen zwei tote Ratten. Aber ich warne dich, sie wimmeln schon von Würmern und stinken zum Himmel.«

Fünf Stunden später trafen Steve und ich uns an der Statue der Scientia triumphans und warteten auf Leo.

»Er kommt doch, oder?« fragte ich. »Ich meine, er wird uns doch nicht in letzter Sekunde im Stich lassen?«

»Er hat gesagt, er würde kommen. Dann kommt er auch«.

»Warum bist du eigentlich so ruhig? Wie kommt es bloß, daß du die Ruhe in Person bist? Ich bin nicht ruhig. In meinem Adrenalinspiegel könnte Christophorus ersaufen. Aber du ... du hast dich schon den ganzen Tag völlig unter Kontrolle. Wie kommt das? Warum bist du so ruhig? Ich bin nicht ruhig. Ich bin keine Spur ruhig.«

»Fast hätt ich's nicht gemerkt«, grinste er.

»Es kann schließlich eine Katastrophe geben. Vielleicht geht die ganze Chose von vorne los. Vielleicht wache ich im Irak in einer Folterzelle auf oder in einem sibirischen Gulag. Mein Gott, vielleicht muß ich das von nun an mein Leben lang machen wie der Typ im *Fliegenden Holländer* oder wie Scott Bakula in *Zurück in die Vergangenheit.* Und zwar ohne die zweifelhafte Unterstützung durch Dean Stockwell.«

»Ich habe zwar keinen blassen Schimmer, wovon du da wieder redest«, sagte Steve, »aber du mußt einfach glauben, daß es klappt, Kumpel. Die Welt, in der du aufwachst, kann nicht schlimmer sein als diese.«

»Ach nein?« sagte ich. »Ich weiß nicht, ob deine Welt wirklich so viel schlimmer ist als meine.«

»Nach allem, was du erzählt hast, ist es hier viel schlimmer.«

»Mag sein, aber ich hab dir auch noch nicht von Microsoft und Rupert Murdoch und Fundamentalisten und minderjährigen Crack-Junkies mit Uzis erzählt. Ich hab dir nichts von Lotto-Rubbelkarten und BSE und *Larry King Live* erzählt. Vielleicht sollten wir die ganze Geschichte einfach begraben.«

»Du hast doch bloß Schiß, das ist alles. Du hast von politischer Korrektheit erzählt, von schwulen Stadtvierteln, Rock and Roll, Clinton-Eastwood-Filmen und daß Kinder ihre Väter nicht mit ›Sir‹ anreden müssen, sondern mit ›Motherfucker‹ und ›schwirr ab, Alter‹, und daß sie zum Chill-off in Ecstasy-Clubs gehen. Davon will ich was abhaben. Ich will cool sein.«

»Es heißt, nebenbei bemerkt, ›Chill-*out*‹, nicht ›Chill-*off*‹.«

»Mir doch egal. Ich will schräge Klamotten tragen und lange Haare haben, ohne daß ich mir einen Verweis vom College einhandle oder Krach mit meinen Eltern kriege. Wenn du das hier machst, landest du im Ghetto, und die Polizei veranstaltet eine Rabatzia nach der anderen.«

»Und es heißt ›Razzia‹. Du machst Rabatz – die machen eine Razzia. Außerdem hab ich langsam das Gefühl, daß ich dir einen falschen Eindruck von meiner Welt vermittelt habe. Weißt du, das ist auch keine ewige Party. Ecstasy ist verboten, und in Gegenwart seiner Eltern spricht man nicht von Motherfuckern. Jedenfalls nicht in der weißen Mittelschicht.«

»Na und? Darf ich das alles vielleicht selber rausfinden? Ich will diese Ausdrücke wenigstens ausprobieren und dieses Leben in vollen Zügen genießen, okay? Schließlich hast du es mir überhaupt erst weggenommen.«

»Mag sein«, sagte ich zweifelnd. »Ich frage mich bloß, ob …«

»Außerdem geht es bei der ganzen Sache nicht nur um die Gegenwart«, unterbrach er mich. »Du vergißt die Geschichte. Glaubst du vielleicht, du kannst die einfach lassen, wie sie ist?«

»Schon gut, schon gut«, lenkte ich ein. »Hast gewonnen. Ich bin einfach hysterisch. Aber was ist, wenn nun etwas schiefgeht?«

»Es ist längst schiefgegangen, kapierst du das denn nicht? Wir wollen es wieder geradebiegen.«

»Aber wenn ich nun aufwache und mich diesmal nicht wieder erinnern kann?«

»Was macht das schon? Du kriegst es ja nicht mit.«

»Und was wird aus dir? Stell dir vor, du landest plötzlich mit deinem alten Ich und einem verkehrten Akzent in einem wildfremden Land und hast so wie ich hier am Anfang keine Ahnung, wie du da hingeraten bist. Man wird dich für verrückt erklären. Mensch, stell dir vor, du sprichst nicht mal die Landessprache.«

»Das Risiko muß ich eben eingehen.«

»Nein«, sagte ich und packte ihn am Arm. »Puh, ein Glück, daß ich daran gedacht habe. Du darfst einfach nicht dabei sein. Wenn wir die Maschine einschalten, mußt du weit weg sein. Dann kann dir nicht passieren, was mir passiert ist.«

»Verdammt, Mikey. Sag so was nicht! Wir ziehen das zusammen durch.«

»Kommt gar nicht in die Tüte, Steve. Du mußt –«

»Warum machen Sie solchen Lärm?« Leo trat aus dem Dunkel und fauchte uns an. »Wollen Sie vielleicht, daß ganz Princeton von uns erfährt?«

»Mikey hat gesagt, ich darf nicht mitkommen«, quengelte Steve wie ein Kind, dem man eine Süßigkeit verbietet. »Sagen Sie ihm, daß ich sehr wohl mitkann.«

Ich erklärte Leo meine Gründe.

Er überlegte sich seine Antwort sehr genau. »Ich fürchte, Mikey hat recht«, sagte er schließlich. »Falls Sie vom Ereignishorizont erfaßt werden und Ihre jetzige Identität beibehalten, könnte das für Ihr Leben hinterher schwerwiegende Folgen haben. Das Risiko ist zu groß.«

»Aber –«

»Nein. Ich glaube, Sie helfen uns am meisten, wenn Sie uns allein lassen«, sagte Leo mit Nachdruck. »Sie haben uns bereits große Dienste geleistet.«

Wir brauchten zehn Minuten, um Steve mit gutem Zureden und Schmeicheleien zu überzeugen.

»Es tut mir ehrlich leid«, sagte ich, als er mir eingeschnappt den silbernen Objektivkasten gab. »Aber du mußt doch einsehen...«

»Ja ja«, sagte er. »Ich muß immer alles einsehen.«

Ich hielt ihm die Hand hin. »Kopf hoch«, sagte ich. »Vielleicht geht alles in den Teich. Vielleicht finden wir in zwei Stunden heraus, daß es in dieser Welt gar nicht klappen kann. Vielleicht sitz ich bis in alle Ewigkeit hier fest.«

Er nahm die dargebotene Hand. »Vielleicht«, sagte er. »Aber höchstwahrscheinlich sehe ich dich nie wieder, und...«

»Und was?«

»Du warst freundlich zu mir, Mikey. Ich weiß, daß sonst nichts dahintersteckte. Es war reine Freundlichkeit. Aber damit hast du mich in den letzten Tagen glücklich gemacht. Glücklicher, als ich es je gewesen bin. Vielleicht glücklicher, als ich es in irgendeiner Welt sein könnte.«

»Was willst du damit sagen, daß sonst nichts dahintersteckte? Es war keine *Freundlichkeit.* Ich mag dich, Steve. Das mußt du doch gemerkt haben.«

»Klar magst du mich. Aber in deinem England wirst du eine Freundin haben.«

»Das möcht ich bezweifeln. Ich habe in meinem ganzen Leben nur eine einzige Freundin gehabt, und die ist mir weggelaufen. Aber wenn hier erst wieder alles in Ordnung ist, wirst du einen Freund haben. Ach was, Dutzende. Hunderte. Sie werden dir die Bude einrennen. Du kannst die serielle Monogamie neu erfinden. So ein süßer Junge wie du. Du wirst sie schon in den Griff kriegen... irgendwie.«

»Aber sie werden nicht *du* sein, oder?«

»Bitte, meine Herren«, sagte Leo, der diesen Wortwechsel mit wachsender Ungeduld verfolgt hatte. »Es wird bald hell. Wir könnten gesehen werden.«

Steve umarmte mich und verschwand in den Schatten.

»Er mag mich sehr, wissen Sie«, erklärte ich Leo.

»Ich brauche meine Brille nur zum Lesen«, erwiderte er elliptisch. »Haben Sie die Ratten?«

»Ja«, sagte ich und zeigte ihm die Schachtel.

Als er auf dem Kontrollfeld am Eingang den Sicherheitscode eingab, wanderten meine Gedanken zu jenem Abend vor dem New-

Cavendish-Labor zurück, als ich mit dem Fahrrad und den kleinen orangefarbenen Pillen in der Hosentasche durch die Gegend gerast war, um mich unter den Sternen von Cambridge mit ihm zu treffen.

Schweigend ging Leo zum Aufzug vor, dessen keuchendes Summen mir in der Totenstille ohrenbetäubend laut vorkam. Im zweiten Stock folgte ich ihm durch ein Labyrinth von Korridoren, bis wir schließlich vor einer Tür stehenblieben.

»Wie zum Teufel sind Sie bloß auf den Namen Chester Franklin gekommen?« flüsterte ich und zeigte auf das Namensschild an der Tür.

»Das war Hubbards Vorschlag«, antwortete er, und die Tür öffnete sich klackend.

Drinnen sah man die Hand nicht vor Augen. Ich wagte in der Dunkelheit keinen Schritt und hörte, wie Leo die Jalousien herabließ. Endlich schaltete er das Licht an, ich blinzelte und sah mich um.

Wie ein Seelöwendompteur deutete er auf einen Hocker. »Setzen Sie sich«, sagte er. »Bitte verhalten Sie sich still, sonst kann ich mich nicht konzentrieren.«

Ich setzte mich brav und sah ihm schweigend zu.

Es gab einen Tim oder zumindest eine Maschine, die gewisse Ähnlichkeiten mit Tim aufwies. Hier war das Gehäuse weiß mit einem zarten Blaustich. Vielleicht war das auch eine optische Täuschung, denn die Deckenbeleuchtung schien alles in leichtes Blau zu tauchen.

Die Maschine hatte keine Maus, statt dessen ragte an der Seite ein Joystick hoch wie ein Lutscher. Der Bildschirm war größer, und eine Tastatur war nirgends zu sehen. Statt des Kabelsalats liefen hinten Plastikschläuche in das Gerät wie bei einem intravenösen Tropf.

Plötzlich schoß mir ein schrecklicher Gedanke durch den Kopf, und ich bekam eine trockene Kehle.

Angenommen, die Nazis hatten den Nullmeridian von Greenwich abgeschafft?

Als wir draußen im Wald über Braunau gesprochen hatten, hatte mich Leo nicht nach den Koordinaten gefragt.

Genau wie ich es von meinem Leo kannte, hatte auch dieser Leo damals vor sechs Jahren zunächst die Fabrikationsanlagen seines Vaters in Auschwitz vernichten wollen. Aber dann hatte er befürchtet, daß das nicht reichen würde, und ein Attentat auf Rudolf Gloder ins Auge gefaßt. Er hatte nicht gewußt, wie er das bewerkstelligen sollte, aber obwohl er aus prinzipiellen Erwägungen gegen Mord war, hatte er mit der Idee gespielt, eine Bombe zu einem frühen Parteitag der Nazis zu schicken. Auch dieses Projekt hatte jedoch noch zuviele Unwägbarkeiten. Als nächstes überlegte er, Braunauwasser nach Bayreuth zu schicken, um Gloders Geburt zu verhindern. Das wäre eine hübsche Ironie gewesen, fand er. Sein Problem war nur, daß kein Braunauwasser mehr existierte. Und falls es doch noch irgendwo welches gab, dann wußte er nicht wo, und fragen konnte er ja schlecht. Dann erfuhr er von einem Kollegen in Cambridge, daß man im amerikanischen Princeton an einem Präparat für Empfängnisverhütung arbeitete. In Europa war alle Forschung auf diesem Gebiet aus »ethischen« Gründen verboten, eine scheinheilige Ironie, aber das Makabre daran hatte Leo niemandem je demonstrieren können. Daraufhin hatte er – logisch und unbeirrbar wie eh und je – beschlossen, sich in die Vereinigten Staaten abzusetzen. Er war wirklich in jeder Hinsicht mein guter alter Leo. Dieselbe erdrückende Last ererbter Schuld und dieselbe fanatische Überzeugung, er könne und müsse die Schuld seines Vaters sühnen.

Nachdem er sich in Princeton eingelebt hatte, stellte er jedoch fest, daß er seine privaten Nachforschungen nur unter erschwerten Bedingungen fortsetzen konnte. Die hiesigen Regierungsbehörden erwarteten von ihm die Entwicklung einer Quantenwaffe, mit der Amerika endlich einen endgültigen Rüstungsvorsprung vor Europa bekäme. Unter diesen Umständen hätte er niemandem sein Interesse an empfängnisverhütenden Mitteln begründen können. Er hatte sich von den Vereinigten Staaten Forschungsfreiheit erhofft, eine Freiheit, die europäischen Wissenschaftlern versagt war. Diese Hoffnung war bitter enttäuscht worden. Im Gegenteil, Sicherheit und Geheimhaltung wurden hier noch strenger gehandhabt als in Cambridge.

Dann war ich plötzlich des Weges gekommen. Und jetzt wollten wir gemeinsam die Welt verbessern, indem wir dafür sorgten, daß Adolf Hitler wuchs, blühte und gedieh.

Über die Idee mit den Ratten hatte er zuerst gelacht. Genau wie Steve. Sie war so absurd.

»Aber es muß einfach hinhauen!« hatte ich protestiert. »Was würdet ihr denn machen, wenn ihr eines Morgens an der Pumpe steht, und das Wasser ist voller Maden und Aasstücke und stinkt wie 'ne Klärgrube? Trinken würdet ihr das nicht, das steht mal fest. Ihr würdet die gesamte Zisterne auspumpen und desinfizieren. Ist doch bloß logisch.«

Sie hatten auch keine bessere Idee, also waren die Ratten in Steves Objektivschachtel gewandert. Ihre schwärenden Kadaver zerfielen fast, als Steve mit zwei Pappstreifen an ihnen herumhantierte.

Leo hatte Steve die Pappen abgenommen und die Sache zu Ende geführt. Er hatte den robustesten Magen.

Jetzt beobachtete ich seine Arbeit: Er verschlang sein Werk mit den kobaltblauen Augen, die langen Finger flogen über die Apparaturen, und der hektische Körper erzitterte fast unter seiner ungeheuren Konzentration.

Er mußte gespürt haben, daß ich ihn ansah, denn er hob den Kopf.

»Es müßte klappen«, flüsterte er.

»Sie brauchen noch die Koordinaten von Braunau«, sagte ich. »Ich fürchte...«

»Glauben Sie, ich wüßte die nicht?«

»Siebenundvierzig Grad, dreizehn Minuten, achtundzwanzig Sekunden Nord, zehn Grad, zweiundfünfzig Minuten, einunddreißig Sekunden Ost.«

Er nickte. »Sie haben ein gutes Gedächtnis. Sehen Sie hin: Sie haben es vor sich.«

»Ich erinnere mich an noch etwas«, sagte ich. »Sie haben mir einmal erklärt, man wäre im Leben entweder eine Ratte oder eine Maus. Ratten täten Gutes oder Böses, indem sie den Lauf der Welt verändern. Mäuse täten Gutes oder Böses durch Nichtstun.«

Er warf einen Blick auf den versilberten Objektivkasten. »Sehr treffend«, sagte er. »Sind Sie dann soweit? Es wird Zeit.«

Die Plastikschläuche hinten an der Maschine pulsierten leuchtend rot. Über den Bildschirm waberten die Farben.

»Das ist Braunau?« fragte ich.

»Am 1. Juni. Vier Uhr früh.«

»Die Farben sind anders als beim letztenmal.«

»Das ist unwichtig«, antwortete er in dem leicht verächtlichen Ton, den Naturwissenschaftler unbedarften Laien vorbehalten. »Sie können den Elementen jede beliebige Farbe zuweisen.«

»Was ist das da in den Schläuchen, was so rot leuchtet?«

»Daten«, sagte er überrascht und etwas besorgt. »Das sind Daten. Ist das etwa anders als beim letzten Mal?«

»Im wesentlichen genauso«, versicherte ich ihm. »Bloß die Drähte, die hinten rauskamen, waren anders.«

»Wie sahen sie aus?«

»Na ja, sie waren nicht durchsichtig, das ist alles. Die Daten wurden per Kupferdraht übertragen.«

»Kupferdraht?« fragte er baß erstaunt. »Wie bei alten Telefonen? Aber das ist ja vorsintflutlich.«

»Es hat funktioniert, oder?« sagte ich aus dem unlogischen Wunsch heraus, meine Welt zu verteidigen.

Er sah auf den Schirm zurück. »Sollte es wirklich so einfach sein?« fragte er. »Ein Knopfdruck, und die Fabrik meines Vaters hat es nie gegeben?« Er strich über einen kleinen schwarzen Schalter unter dem Bildschirm.

Ich hatte Leo verschwiegen, daß sein Vater in meiner alten Welt ebenfalls in Auschwitz gewesen war. Ich hatte Angst vor einem Nervenzusammenbruch, wenn er entdeckte, daß seine Eingriffe in die Geschichte die Verwicklung seines Vaters in die Judenvernichtung allem Anschein nach nicht verhindern konnten.

Er wandte die Augen vom Schirm ab und zog zwei weiße Atemschutzmasken aus der Tasche. Er hielt sich die eine vor das Gesicht, streifte das Kopfband über und reichte mir die andere. Ich legte sie an, das Menthol stieg mir beißend in Nase und Lungen, und Tränen schossen mir in die Augen. Auch Leo mußte weinen. Er zwinkerte die Tränen fort und zeigte auf den Objektivkasten.

Ich öffnete den Deckel, schluckte und sah hinein.

Ein riesiges Insekt mit angezogenen Beinen flatterte heraus und flog mir ins Auge.

Ich schrie entsetzt auf und klappte den Deckel wieder zu.

»Ruhe!« zischte Leo. »Das ist doch kein Wolf.«

Stirnrunzelnd reichte er mir zwei Pappstreifen.

Ich öffnete die Schachtel wieder, linste aber nur von fern hinein, stets auf der Hut, weiteren Geschöpfen der Luft auszuweichen.

Anscheinend enthielt sie keine geflügelten Insekten mehr. Vielleicht ein paar Flöhe, aber nichts annähernd so Großes wie diesen ersten Käfer des Grauens. Nein, die restlichen Geschöpfe in dieser Büchse der Pandora gehörten der schleimigen Sorte an. Sie waren in den letzten Stunden fleißig gewesen, fleißig und vermehrungsfreudig. Der ganze Schachtelinhalt wogte und zitterte vor Leben. Die Matsche war schon viel zu sehr zersetzt, als daß ich die Schachtel mit zwei Pappstreifen hätte leeren können.

»Ich glaube...«, sagte ich mit einer durch die Maske dunklen und gedämpften Stimme, »ich glaube, ich kipp sie am besten direkt rein, meinen Sie nicht auch?«

Leo sah in die Schachtel, nickte stumm und deutete auf eine Art Weihwasserbecken. Dessen oberer Teil, die Schale oder Schüssel, sollte die beiden Rattenkadaver aufnehmen. Vom unteren Teil führten pulsierende Datenschläuche zur Maschine.

Leo machte eine Geste, ich solle es endlich hinter mich bringen, also hielt ich die Luft an und leerte die Schachtel in die Schale aus.

Selbst die mentholgetränkte Maske konnte den entsetzlichen Gestank nicht ganz überdecken. Ohne hinzusehen, schlug ich die Schachtel gegen den Schalenrand und hörte, wie der glibberige Brei aus verwesendem Fleisch auf das Plastik des Beckens klatschte wie Haferschleim, den die Matrone im Armenhaus auf den Tellern verteilt. Ich riskierte einen kurzen Blick in die Schachtel und sah, daß in den Ecken noch Reste klebten.

»Haben Sie irgendwas, womit ich den Rest rauskriege?« fragte ich Leo.

Er stand auf, sah sich um und holte einen Kaffeebecher von einem Tisch in der Ecke.

Er gab ihn mir und sah zu, wie ich die Schachtel auskratzte.

»Sieh mal einer an. Was ist denn hier los, tausend heulende Höllenhunde noch mal?«

Ich sah entgeistert hoch und ließ Becher und Schachtel klirrend auf den Boden fallen.

Brown und Hubbard standen auf der Schwelle. Beide mit Pistolen im Anschlag.

»Keiner rührt sich vom Fleck«, sagte Brown und kam in den Raum. »Ich will wissen – *verfluchte Scheiße!*«

Er schlug die Hand vor den Mund und wich würgend zurück. Ich sah, wie ihm Erbrochenes durch die Finger tropfte.

Auch Hubbard hatte den Gestank bemerkt und zog ein Taschentuch aus der Tasche. Ich schaute Leo an und sah, daß er den schwarzen Schalter unter dem Bildschirm in zehn Metern Entfernung ansah. Die Farbwolken rotierten immer noch über den Schirm. Alles war einsatzbereit.

Ich machte einen kleinen Schritt auf die Maschine zu.

»O nein, Bürschchen, das läßt du schön bleiben«, sagte Hubbard und reichte Brown das Taschentuch. »Keinen Schritt weiter.« Er hob die Hand mit der Pistole in Schulterhöhe und zielte auf meinen Kopf.

Brown wischte sich den Mund ab und funkelte uns dabei wütend und mißtrauisch an. Ich hatte das Gefühl, daß er sich über seine unbeherrschten Verwünschungen mehr ärgerte als darüber, daß ihm schlecht geworden war. Schon bei unserer ersten Begegnung hatte ich gespürt, daß er auf das Image des leisen Cowboys großen Wert legte. Seinen Untergebenen war er garantiert sympathisch, weil er so ein wunderbar exzentrischer Gary-Cooper-Exzentriker war. Und Gary Cooper hat *niemals* »verfluchte Scheiße« gesagt. Oder jedenfalls in keinem Film, den ich je gesehen habe.

»Ich weiß nicht«, sagte er durchs Taschentuch, »über was für Perversionen wir hier gestolpert sind, aber ich will verdammt sein, wenn ich das nicht rauskriege. Ihr bleibt, wo ihr seid, verstanden? Keiner sagt einen Ton. Ihr nickt oder schüttelt den Kopf, klar?«

Leo und ich nickten im Gleichtakt.

»Brave Jungs. Also. Haben Sie noch ein paar Atemschutzmasken?«

Leo nickte.

»Wo?«

Leo zeigte auf seine Hosentasche.

»Gut. Sie greifen jetzt ganz langsam in die Tasche und werfen sie mir zu, okay?«

Leo schüttelte den Kopf und hielt einen Finger hoch.

»Was soll das heißen? Sie haben nur eins von den Scheißdingern?«

Leo nickte. Mir wurde klar, daß er auch Steve eine Maske mitgebracht hatte, damit der an der Stunde unseres Triumphs teilnehmen konnte.

»Scheibenkleister. Na, macht nichts. Dann werfen Sie mir die eine rüber.«

Leo kam der Aufforderung nach. Hubbard fing die Maske geschickt auf und gab sie an Brown weiter, der ihm dafür das vollgekotzte Taschentuch in die Hand drückte.

Hubbard starrte die Gabe einen Augenblick an und warf sie dann hinter sich in den Korridor.

Brown legte die Maske an und kam mit der Pistole in Hüfthöhe wieder ins Zimmer.

»Sie halten die Jungs in Schach«, sagte er über die Schulter zu Hubbard. Der nickte schwach und lehnte sich an den Türrahmen. So langsam machte ihm der Gestank zu schaffen, und ein Taschentuch hatte er nicht mehr.

Als er zur Seite glitt, sah ich Steve, der sich im Schatten der gegenüberliegenden Tür zusammenkauerte.

Ich mußte schlucken, wagte aber nicht, Leo anzusehen, um herauszufinden, ob der ihn auch gesehen hatte. Brown kam langsam auf uns zu, seine Augen schossen argwöhnisch durch den Raum.

Jetzt war er nah genug, um die Schale voller Ratten, Maden, Läuse und dem restlichen grauenerregenden Gekrabbel zu erkennen.

»Verflixt und zugenäht«, sagte er. »Was in Dreiteufelsnamen geht hier bloß vor?«

Ich warf Hubbard einen verstohlenen Blick zu. Er sah Brown an und atmete so flach wie möglich. Ich ließ meine Augen langsam zu Steve weiterwandern, der mich mit kreidebleichem, verängstigtem Gesicht ansah. Ich schluckte noch einmal und sagte so laut und deutlich, wie ich mit der Maske konnte: »Ein ganz normales Experiment.«

»Wie bitte?« sagte Brown. »Ein Experiment? Was soll denn das für ein ekelerregendes, gottverfluchtes Heidenexperiment sein, hä, Junge? Kannst du mir das mal sagen?«

»Sie brauchen bloß auf den schwarzen Schalter zu drücken, den da drüben unter dem Bildschirm. Den schwarzen Schalter. Dann werden Sie's ja sehen.«

»O nein, Sohnemann. Hier drückt keiner auf irgendwelche Schalter, bevor ihr mir nicht einiges erklärt habt.«

Ich sah wieder kurz zu Steve hinüber, der sich aufrichtete. Er brauchte bloß ein Ablenkungsmanöver.

»Erklären?« blaffte ich. »Sie wollen Erklärungen? Da haben Sie Ihre Erklärung… *da!*« Ich zeigte dramatisch in die andere Zimmerecke.

Jämmerlich, das geb ich zu. Der Trick liegt ganz unten in der Mottenkiste. Aber die Kiste mußte nie ausgemistet werden, weil er immer noch funktioniert.

Das heißt, er funktionierte nicht ganz. Brown sah flüchtig in die angegebene Richtung, und das war's dann. Aber genau in diesem Sekundenbruchteil stürzte Steve, Gott segne ihn, durch die Tür, boxte Hubbard beiseite und warf sich der Länge nach auf den Bildschirm.

Im selben Augenblick drehte sich Brown um und schoß.

Ich hörte Leo aufschreien und Hubbard mit einem Bücherregal zusammenkrachen, als er nach Steves Angriff Halt suchte. Ich sah, wie Blut und Gewebe aus Steves Hals schossen und an die Wand spritzten. Ich sah ein blasses Rauchwölkchen aus Browns Pistole aufsteigen. Und ich sah, wie Brown, möge er ewig in der Hölle schmoren, die Pistolenmündung an die Lippen hielt und nach Wildwestmanier das Wölkchen fortblies. Natürlich war die Maske im Weg, so daß man das triumphierende »Puh!« nicht hörte, das die Geste sonst immer begleitet.

Leser, ich sah noch mehr. Ich sah, wie Steves zuckende Hand nach dem kleinen schwarzen Schalter unter dem Bildschirm tastete und ihn mit der Kraft von zehn Männern niederdrückte. Ich schwöre und werde mein Lebtag schwören, daß ein Lächeln – ein strahlendes Lächeln, das mir und nur mir allein galt – sein Gesicht überzog, als ich vorsprang, um seinen stürzenden Körper aufzufangen. Er fiel zurück und starb in meinen Armen.

Epilog

Der Ereignishorizont

»Doof bleibt doof, da helfen keine Pillen.«

»Genau dasselbe wie vorige Woche.«

»Nächstesmal bekommt er nur noch Brause.«

»So, halt ihn mal fest, Jamie.«

»Ih! Den soll ich festhalten? Dann muß ich auch spucken.«

»Sag nicht ›spucken‹, Schatz, das klingt so putzig.«

»Wo ist die Quarktasche, die er letzte Woche im Schlepptau hatte? Kann die nicht anpacken?«

»Ach, das weißt du noch gar nicht?«

»Was?«

»Die hat ihm den Laufpaß gegeben.«

»Was ist denn los?«

»Höret!«

»Sie rührt sich, gleitet, hat ein Ziel: den Lebensodem unterm Kiel.«

»Wieder am Reimeleimen, Eddie?«

»Warum denn nicht?«

»Und was machen wir jetzt mit ihm?«

»Gute Frage. So wie der aussieht, nimmt uns kein Taxi mit, was?«

»Wo bin ich?«

»Du bist in Kairo, Puppy.«

»Am Hofe der Kleopatra.«

»Du bist mein Leibsklave.«

»Das darf doch nicht wahr sein. Nicht Kairo.«

»Dann eben Paris. Im Boudoir der Madame de Pompadour.«

»Double Eddie?«

»Ja, Pup, was gibt's denn, mein Süßer?«

»Bist du das?«

»Von Kopf bis Fuß.«

»Kann ich dich mal was fragen?«

»Was du willst, Schnuffelchen. Jederzeit.«

»Bist du schwul?«

»Ach du liebe Zeit, diesmal ist er aber wirklich hinüber.«

»Halt die Klappe, Jamie. Ja, Puppy. Schwul bis auf die Knochen, danke der Nachfrage.«

»Gott sei Dank.«

»Eddie, ich schwör's dir: Wenn du jetzt seinen Zustand ausnutzt...«

»Pst. Guck mal, er ist weggepennt. Absolut weggetreten, das arme Hascherl.«

»Herrjemineh. Na, dann versuch ich wohl besser, ihn nach Hause zu bringen.«

»Wir *beide* bringen ihn. Danke, daß du mich so lieb um Hilfe bittest.«

»Willst du damit sagen, du traust mir nicht?«

»Das hab ich nicht gesagt, aber ich kann's gerne nachholen.«

»Morgen, Bill.«

»Morgen, Mr. Young, Sir.«

»Da liegt ein Brief in meinem Postfach, der an Professor Zuckermann adressiert ist.«

»Ach, den können Sie mir geben, Sir. Ich sorge schon dafür, daß er ihn bekommt.«

»Nein, schon gut. Ich muß sowieso bei ihm vorbei. Dann nehm ich seine restliche Post gleich mit.«

»Das ist nett von Ihnen, Sir.«

»Ja, nicht wahr? Richtig nett.«

Ich lief quer über den Rasen, weil es mir Sakko wie Beinkleid war, ob ich dazu nun befugt war oder nicht.

Im ersten Stock flog ein Fensterflügel auf, und zwei Stimmen zwitscherten auf mich herab.

»Sieh mal einer guck.«

»Da ist aber einer fröhlich.«

»Sollte man nach der letzten Nacht gar nicht erwarten.«

»Hi, Jungs«, sagte ich und winkte hinauf. »Klasse Fete gestern abend.«

»Als könnte er sich an das kleinste Fitzelchen erinnern.«

»Hat einer von euch mich nach Hause und ins Bett gebracht?«

»Wir *beide.*«

»Die Firma dankt. Tut mir leid, daß ich mir dermaßen die Birne zugelötet habe. Man sieht sich.«

Ich sprang die Treppe zu Leos Wohnung hoch und klopfte stürmisch an die Tür.

»Herein!«

Er stand über sein Schachbrett gebeugt, starrte die Aufstellung an und strich sich den Bart. Die blauen Augen sahen leicht überrascht hoch, als ich hereinkam.

»Professor Zuckermann?«

»Ja.«

»Ähm, mein Name ist Young, Michael Young. Wir sind Nachbarn.«

»Ist Doktor Barmby ausgezogen?«

»Nein nein, Postfachnachbarn. Young, Zuckermann. Ein alphabetisches Nebeneinander.«

»Ach so. Verstehe. Natürlich.«

»Wenn Ihres überläuft, landet die restliche Post bei mir, deswegen dachte ich...«

»Mein guter Mann, das ist sehr freundlich von Ihnen. Ich fürchte, ich lasse mein Postfach sträflich verwahrlosen.«

»Hey, halb so schlimm. Das macht doch nichts.«

Er nahm den Briefstapel entgegen. Ich sah mich kurz im Zimmer um, registrierte den Laptop, die Holocaust-Literatur und den Schokoladenbecher neben dem Schachbrett.

»Ich schätze, Sie sind ein Kaffeemensch«, sagte er. »Möchten Sie eine Tasse?«

»Liebend gern«, sagte ich, »aber ich bin leider etwas in Eile. Hm.« Ich betrachtete das Schachspiel. »Spielen Sie weiß oder schwarz?«

»Schwarz«, sagte er.

»Dann verlieren Sie«, sagte ich.

»Ich spiele fürchterlich schlecht. Von meinen Freunden werde ich längst nicht mehr ernstgenommen.«

»Hey, man kann nicht alles wissen. Ich bin dafür schrecklich schlecht in Physik.«

»Sie kennen mein Arbeitsgebiet?« fragte er überrascht.

»Ins Blaue geraten.«

»Und was hören Sie?«

Ich lächelte. »Ich weiß, daß ich blutjung aussehe, aber ich schließe gerade meine Dissertation ab. In Geschichte.«

»Geschichte? Tatsächlich? Welche Epoche?«

»Och, keine bestimmte.«

Er warf mir einen Blick zu, als befürchte er, ich wolle ihn veralbern.

»Sie werden mich für unverschämt halten«, sagte ich, »aber darf ich Ihnen einen Rat geben? Es gibt da etwas, wovon Sie die Finger lassen sollten.«

»Wie bitte?« Leo zog überrascht die Augenbrauen hoch. »Wovon soll ich die Finger lassen?«

Ich sah ihm in die leuchtend blauen Augen… nein, dachte ich. Nicht von Angesicht zu Angesicht. Nicht noch einmal. Vielleicht eines Tages per Brief. Genau, ich würde ihm einen anonymen Brief schicken.

»Schlagen Sie den Bauern«, sagte ich und zeigte auf das Schachbrett. »Sonst werden Sie gleichzeitig vom Springer angegriffen und verlieren beim Tausch. Und entschuldigen Sie bitte die Störung. Vielleicht sehen wir uns ja mal wieder.«

Ich schob das Fahrrad durch das Pißgäßchen zur King's Parade. Mir war morgens aufgefallen, daß ich praktisch keine Lebensmittel mehr im Haus hatte.

»Ach, eins hab ich noch vergessen«, meinte ich zu dem Verkäufer in dem kleinen Lebensmittelladen gegenüber vom Corpus. »Sie haben nicht zufällig Ahornsirup, oder?«

»Doch, im zweiten Regal, Sir. Gleich über dem Branston.«

»Wunderbar«, sagte ich. »Der schmeckt nämlich prima auf gebratenem Speck, wissen Sie.«

Plötzlich hatte ich Lust, in einem Plattenladen vorbeizuschauen. Das neue Album von Oily-Moily mußte in diesen Tagen rauskommen.

»Oily-Moily? Nie gehört.«

»Von dir laß ich mir doch nicht auf die Stulle furzen«, sagte ich. »Ich hab all ihre Alben bei euch gekauft. Oily-Moily. Weißt du, Pete Braun, Jeff Webb. Mensch, das ist eine der besten Bands der Welt.«

»Pete Brown, hast du gesagt? James Brown kann ich dir anbieten.«

»Nicht O-W... A-U! Braun. Wie die Rasierapparate.«

»Nie von gehört.«

Ich zog beleidigt ab. Die würden mich erst wiedersehen, wenn sie Personal mit Hirnpartikeln im Schädel eingestellt hatten.

Aber als ich über die Straße lief, fiel mir etwas ein. Irgendwann hatte ich ein Porträt im *Q Magazine* gelesen.

Peter Brauns Vater stammte aus Österreich, dem Lande Mozarts und Schuberts. Vielleicht waren deswegen auch Kritiker klassischer Musik Feuer und Flamme für sein Werk und machten sich zum Affen, indem sie einzelne Stücke auf *Open Wide* mit Schuberts *Winterreise* verglichen.

Doktor Schenck hatte eine Patientin namens Braun gehabt.

Nein, das durfte einfach nicht wahr sein: Ich sollte Oily-Moily verhindert haben? Das wäre einfach zu grausam.

Aber es paßte auch nicht zusammen. Es hatte *geklappt.* Alles hatte geklappt. Ich war an unseren Ausgangspunkt zurückgekehrt. Das Wasser war nicht getrunken, und Hitler war geboren worden. Ich hatte die Bücher bei Leo im Regal gesehen. Double Eddie war wieder schwul, wie es sich gehörte.

Ein trendy wirkender Student mit Ziegenbärtchen, wie ich auch mal eins in Angriff genommen hatte, kam mir entgegen.

»Entschuldigung«, sagte ich.

»Ja?«

»Was hältst du von Oily-Moily?«

»Oily-Moily?«

»Ja. Schon mal was von gehört?«

»Nee, tut mir leid, Mann...« Er schüttelte den Kopf und ging weiter.

Ich fragte noch weitere Passanten, hatte die Hoffnung aber schon aufgegeben.

Oily-Moily waren nicht mehr. Ausgelöscht.

Ich schleppte mich nach St. Matthew's zurück, aber der federnde Gang war fort.

Am Portal lief ich Doktor Fraser-Stuart über den Weg.

»Aha!« rief er. »Der junge Young. Schau mal einer an. Kommen Sie mit der Dissertation voran?«

»Der Dissertation?«

»Vermaledeit sei mein Hut, verdammt seien meine Socken, und meine Hose mögen Sie der Narrheit zeihen, aber spielen Sie nicht das Unschuldslamm. Sie hatten mir für heute Ihre Überarbeitung versprochen.«

»Ach so«, sagte ich. »Natürlich. Ganz recht. Die liegt bei mir in Newnham. Ich wollte gerade los und sie ausdrucken.«

»Los und sie ausdrucken? Ja, sind wir denn hier in Amerika? Also bitte *gehen* Sie los und drucken Sie sie aus. Ich erwarte Ihre Arbeit heute nachmittag. *Ohne* blödsinnige Sensationshascherei, möchte ich mir ausbedungen haben.«

Nach einer fruchtlosen Suche nach CDs und Kassetten von Oily-Moily setzte ich mich in Newnham in die Küche und gönnte mir ein Frühstück aus gebratenem Speck, nicht sehr berühmten schottischen Pfannkuchen und glibberig gebliebenem Rührei. Am Ende ertränkte ich alles mit einem Viertelpint Ahornsirup.

Dank dieser herrlichen Geschmackskombination zufrieden rülpsend, ging ich danach ins Arbeitszimmer und schaltete den Computer ein.

Das Meisterwerk war da. Mit eingearbeiteten Korrekturen. Säuberlich ausgeführt. Ich fing an zu lesen und gab es nach zwei Abschnitten angeödet wieder auf. Dann kam mir ein Gedanke, und ich lud den Web-Browser.

Als die PPP-Verbindung stand, gab ich »http://www.princeton.edu« ein und suchte im Menü der Homepage nach einem Studentenverzeichnis. Ich klickte ein obskures Etwas an, das sich »spigot« nannte, und fand mich auf einer neuen Seite namens »http://www.princeton.edu/~spigot/pguide/students.html«.

Ich suchte nach »Burns«, fand aber nur eine ellenlange Liste todlangweiliger Bibliothekstitel über den schottischen Lyriker.

Jane war auch nicht zu finden, aber sie lebte sich ja auch gerade erst ein. Ich ging wieder aus dem Internet raus und dachte eine Weile nach. Plötzlich fühlte ich mich einsam und verlassen.

Über dem Computer stand die Bücherreihe, die ich für die Dissertation gebraucht hatte. Endlose Studien über den Nationalsozialismus, Fachzeitschriften über Österreich-Ungarn im 19. Jahrhundert, eine dicke, mit Post-its gespickte Ausgabe von *Mein Kampf*. Adolf Hitlers Foto auf dem Umschlag von Alan Bullocks Biographie starrte mich an.

Ich starrte zurück.

»Aus unerfindlichen Gründen habe ich dir das Leben geschenkt, mein Führer«, sagte ich. »Bin ich jetzt ein schlechter Mensch? Und aus irgendwelchen Gründen hat sich Rudolf Gloder deinetwegen nie einen Namen gemacht. Was hast du ihm angetan? Ist er in der Nacht der langen Messer umgekommen? Ist er mit dir zusammen zum Treffen dieser mickrigen Deutschen Arbeiterpartei im Hotelzimmer der Münchner Brauerei gekommen? Wollte er gerade was sagen, als du aufgestanden bist und ihm die Schau gestohlen hast? Ist er mit eingekniffenem Schwanz und frustriertem Ehrgeiz davongedackelt? Vielleicht bist du ihm auch nie begegnet. Ach doch, ihr wart im Ersten Weltkrieg ja im selben Regiment, stimmt's? Vielleicht hast du ihn irgendwie beseitigt. Das wird's gewesen sein. Aber wenn du wüßtest, wenn du nur einen blassen Schimmer davon hättest, mit welchem Abscheu dein Name heute weltweit genannt wird, was würde das für dich ändern? Würdest du lachen? Dagegen protestieren? Zeigen sie dir in der Hölle Fernsehsendungen und demonstrieren dir den Sieg der Geschichte über deine Pläne? Mußt du die Filme sehen und die Bücher lesen, in denen deine Phantasien und dein Pomp als vulgärer, abstoßender Tinnef entlarvt werden? Oder wartest du nur darauf, daß deinesgleichen wieder hochkommt wie Galle? Ich hab dich satt. Ich hab Gloder satt, den es nie gegeben hat. Ich hab euch alle so satt. Die ganze Geschichte hab ich satt. Geschichte nervt. Sie nervt einfach.«

Ich knallte das Buch mit der Titelseite auf den Tisch und griff nach dem Telefon.

»Können Sir mir bitte die Nummer der internationalen Auskunft geben?«

Jane war, offen gestanden, nicht gerade begeistert, als sie meine Stimme hörte. Andererseits klang sie auch nicht völlig unwirsch. Nur wie immer leicht gelangweilt und leicht amüsiert.

»Dir ist nicht zufällig aufgegangen, daß es hier erst sechs ist?«

»Ach du Schiet. Tut mir leid, Schatz. Total vergessen. Soll ich später noch mal anrufen?«

»Nein, wenn ich schon mal wach bin, kann ich auch mit dir reden. Ich nehme an, du hast Donald ausgequetscht, dir meine Nummer zu geben, was?«

»Donald hat geschwiegen wie ein Grab. Der hätte sein Leben gegeben, um dich zu schützen, das weißt du doch. Nein, ich hab sie ganz allein rausbekommen.«

»Oh, bist du aber ein schlauer kleiner Puppy.«

»Und? Gefällt's dir in Princeton?«

»Weckst du mich in dieser Herrgottsfrühe, nur um das zu erfahren?«

»Du fehlst mir einfach. Ich bin einsam.«

»O Pup, versuch nicht, mich rumzukriegen. Bitte nicht am Telefon.«

»'tschuldigung. Nein, ich hab dich auch angerufen, weil ich dich um einen Gefallen bitten wollte.«

»Brauchst du Geld?«

»Geld? Wie kommst du denn darauf? Wann hätte ich dich je um Geld gebeten?«

»In chronologischer Reihenfolge oder nach Höhe der Summe?«

»Schon gut, verarschen kann ich mich alleine. Nein, ich möchte, daß du mir einen Studenten im Junior Year raussuchst.«

»Du möchtest *was?*«

»Er heißt Steve Burns. Ich glaube, er wohnt in Dickinson Hall, aber auf eurer Homepage kann ich ihn nicht finden. Er frühstückt einigermaßen regelmäßig in PJs Pfannkuchenhaus auf der Nassau und gönnt sich ab und zu ein Glas Sam Adams im A & B.«

»Pup, du willst mir doch nicht etwa weismachen, daß du dich in Princeton *auskennst?* Ich dachte, dein Österreichaufenthalt im letzten Jahr wäre das erste Mal gewesen, daß du was Spannenderes als Inverness gesehen hast.«

»Ich hab voll den Durchblick«, sagte ich lässig. »Du wärst erstaunt, was ich alles weiß. Ach, und wenn du selbst mal bei PJ bist, dann richte Jo-Beth doch bitte etwas aus. Sie kellnert da. Sag ihr bitte, daß Ronnie Cain total auf sie abfährt, aber sie soll sich vorsehen. Er hat Filzläuse, und sein Pillermann ist 'ne Bonsaipflanze. Aber vergiß das nicht.«

»Pup, bist du betrunken?«

»Betrunken? *Ich?*«

»Gestern war Selbstmordsonntag, stimmt's? Sag nicht, du warst auf der Seraphenparty.«

»Ich hab kurz mal vorbeigeschaut, aber...«

»...und hast ein einziges Glas Wodkapunsch getrunken, und dann hast du genau wie vorige Woche den ganzen Rasen vollgereihert. Du gehst jetzt sofort wieder ins Bett, Pup. Ach übrigens, hast du deine Diss fertig?«

»Fix und fertig«, sagte ich, griff nach der Maus neben der Tastatur und zog die Datei mit dem Meisterwerk auf den Papierkorb. »Alles unter Dach und Fach. Klappe zu – Affe tot.« Ich öffnete das SPEZIAL-Menü und klickte »PAPIERKORB ENTLEEREN...« an.

Der Papierkorb enthält 1 Objekt, das 956 K auf dem Volume belegt.
Wollen Sie es wirklich löschen?
Abbrechen OK

»O ja«, sagte ich und klickte »OK« an. »Alles unter Dach und Fach. Keine Frage.«

»Du bist wirklich betrunken. Ich ruf dich die Tage mal an. Aber denk dran, Puppy: Laß die Finger vom Wodka.«

Ich legte auf und betrachtete den Bildschirm.

So. Das war's dann. Falls ich es mir anders überlegen sollte, hatte ich ja immer noch die Diskette.

Aber ich hatte nicht den Eindruck, daß ich es mir anders überlegen würde.

Ich griff wieder nach dem Hörer und wählte.

»Angus Fraser-Stuart.«

»O hallo, Doktor Fraser-Stuart. Hier ist Michael Young.«

»Was steht zu Diensten?«

»Also, was meine Doktorarbeit angeht...«

»Ist Ihre Überarbeitung fertig?«

»Mir ist inzwischen klargeworden, daß Sie sie nicht richtig zu würdigen wußten.«

»Wie darf ich das verstehen, Sir?«

»Haben Sie sie noch?«

»Das Original? Ich glaube schon. In irgendeiner Schublade. Zu welchem Behufe fragen Sie?«

»Nun, wenn Sie fünf Minuten erübrigen können, würden Sie wohl eben einen Blick hineinwerfen?«

Er schnalzte mit der Zunge, legte den Hörer weg, und ich hörte Schubladen, die sich öffneten und schlossen. Im Hintergrund erklang das Schlagen, Klöppeln und Schlegeln exotischer Gamelanmusik.

»Hier ist sie. Welche neue Qualität soll ich jetzt entdecken? Haben Sie mit unsichtbarer Tinte historische Erleuchtungen an den Rand geschrieben, die jetzt erst sichtbar geworden sind? Oder was?«

»Es tut mir leid, ich hätte Sie schon vor Wochen darum bitten sollen…«

»Worum denn, junger Young? Meine Zeit entbehrt nicht zur Gänze des Wertes.«

»Könnten Sie wohl die ersten vierundzwanzig Seiten nehmen…«

»Die ersten vierundzwanzig Seiten… sehr wohl. Erledigt. Und nun? Soll ich sie vielleicht vertonen?«

»Nein. Ich möchte, daß Sie diese Seiten sehr eng zusammenrollen, bis sie ein Rohr bilden. Und dieses Rohr schieben Sie sich sodann bitte in Ihren fetten, arroganten, selbstgefälligen Arsch und lassen es dort eine Woche lang stecken. Auf diese Weise werden Sie mein Werk mit ganz anderen Augen sehen. Auf Wiederhören.«

Ich legte auf und gackerte eine Weile.

Das Telefon klingelte. Ich ließ es klingeln. Ich hatte zu tun. Schrieb den Text eines Stücks von Oily-Moily in den Computer.

Vielleicht konnte ich mir im Rock'n'Roll eine goldene Nase verdienen. Möglich war's. Alles war möglich.

Nach einer Viertelstunde oder so stand ich auf und lief durch die Wohnung.

Ich hatte dieses Häuschen immer gemocht. Man war im Nu auf den saftigen Wiesen von Grantchester Meadows, hatte es aber auch nicht weit in die Stadt, und das hatte mir immer gefallen. Aber jetzt schien es von allem Wichtigen plötzlich meilenweit entfernt.

Vielleicht hatte *ich* mich auch meilenweit entfernt. Was war bloß mit mir los? Als hätte ich ein Loch in mir. Was fehlte mir?

Ich hörte den Briefkastendeckel klappern und etwas auf den Fußabtreter fallen. Ich ging zur Tür, um nachzusehen.

Es war nur die ›Cambridge Evening News‹. Die mußte ich noch abbestellen, sagte ich mir. Sinnlose Geldverschwendung.

Ich stand am Küchentisch und räumte das Frühstück ab. Sah so meine Zukunft aus? Sollte ich mein Leben lang das eigene Frühstücksgeschirr abräumen? Den Tisch für eine Person decken? Bei der Spülmaschine den Ökogang einstellen, Verschlüsse für Weinflaschen besorgen und in der Bettmitte schlafen?

Plötzlich sprang mir ein kleiner Kobold in den Kopf und fing an zu tanzen.

Nein... das war unmöglich. Ich schüttelte den Kopf.

Der Kobold setzte seinen Tanz unbekümmert fort.

Paß mal auf, sagte ich mir. Ich werde diesem dämonischen kleinen Wicht nicht einmal die Freude machen, rüberzugehen und nachzusehen. Es ist unmöglich, und es bleibt unmöglich. Basta.

Die Nagelschuhe des Kobolds schmerzten allmählich.

Bitte, wenn du das brauchst, verdammt noch mal. Ich werd's dir schon zeigen. Es kann nicht sein.

Ich lief durch die Diele, wütend, weil ich nachgegeben hatte. Ich bückte mich, las die Zeitung auf und ging in die Küche zurück.

Es kann nicht sein, sagte ich mir. Es geht einfach nicht.

Ich legte die Zeitung auf den Tisch und traute mich noch immer nicht nachzusehen. Aber ich mußte diesen verdammten, hartnäckigen Kobold einfach irgendwie zur Ruhe bringen.

AMNESIEOPFER INS ADDENBROOKE'S EINGELIEFERT

Ich weiß wirklich nicht, warum ich mich überhaupt damit abgebe, sagte ich mir. Es ist doch einfach lächerlich. Das kann nur ein armer alter Penner sein, der mal ein Dach über dem Kopf haben wollte. Warum ich überhaupt...

> Gestern abend wurde ein Student des St. John's College ins Addenbrooke's Hospital eingeliefert, nachdem Polizisten den desorientierten jungen Mann am frühen Morgen auf dem Marktplatz aufgegriffen hatten. Einer vorläufigen Untersuchung zufolge war er stocknüchtern, wußte aber nicht, wer er war. Drogentests fielen negativ aus. Das Auffällige an dem Fall ist, daß der am St. John's recht bekannte Student (dessen Name ungenannt bleiben soll, solange seine Angehörigen nicht benachrichtigt worden sind) aus Yorkshire stammt, plötzlich jedoch mit »absolut makellos amerikanischem Akzent« spricht, wie ein Zeuge zu Protokoll gab. Ein Sprecher des Addenbrooke's sagte heute morgen...

Mit fliegender Hast blätterte ich im Telefonbuch.

»Addenbrooke's Hospital?«

»Der Student«, sagte ich atemlos. »Der Student, der gestern abend eingeliefert wurde. Der Amnesiepatient. Ich muß ihn sprechen.«

»Sind Sie mit ihm befreundet?«

»Ja«, sagte ich. »Sehr gut sogar.«

»Einen Moment bitte, ich verbinde...«

»Butterworth-Station.«

»Kann ich bitte den Studenten sprechen?« bat ich. »Den Amnesiepatienten?«

»Sind Sie mit ihm befreundet?«

»Ja!« Ich schrie fast. »Ich bin sein bester Freund.«

»Und wie heißen Sie bitte?«

»Young. Kann ich ihn sprechen?«

»Ich fürchte nein. Er hat das Krankenhaus vor einigen Stunden auf eigene Verantwortung verlassen.«

»Wie bitte?«

»Wenn Sie wirklich sein bester Freund sind, dann überreden Sie ihn doch bitte zurückzukommen, falls er sich bei Ihnen meldet. Er braucht dringend ärztliche Behandlung. Unsere Durchwahl lautet...«

Den Rest sparte ich mir, schnappte meine Schlüssel und rannte in die Diele.

Es war so einfach. Das war es, wonach ich die ganze Zeit gesucht hatte.

So einfach. Der ganze wirbelnde Tornado der Geschichte verdichtete sich auf einen einzigen Punkt, der wie ein unendlich fein angespitzter Bleistift über der Seite der Gegenwart schwebte. Und dieser Punkt bedeutete etwas so Einfaches.

Er bedeutete Liebe. Es gab einfach nichts anderes. Der ganze Zorn, die ganze Wut, Gewalt und Wucht des Strudels, der soviel Hoffnung verschlang und soviele Menschen in alle Winde zerstreute, all das verdichtete sich jetzt zur Liebe.

Mir fiel eine Geschichte ein, die Leo mir vor langer Zeit erzählt hatte. Eine Geschichte von Vater und Sohn, die beide kurz vor dem Ende Gefangene in Auschwitz waren. Sie waren übereingekommen, von ihren winzigen Essensportionen immer nur die Hälfte zu essen. Den Rest wollten sie verstecken und für den unausweichlich näherrückenden Tag aufsparen, an dem man sie auf den Todesmarsch nach Deutschland schicken würde.

Eines Abends kehrte der Sohn vom Arbeitsdienst zurück, und der Vater nahm ihn beiseite.

»Mein Sohn«, sagte er. »Ich habe etwas Schlimmes getan. Wir haben doch das ganze Essen gespart...«

»Und? Was ist damit?« sagte der Sohn, dem nichts Gutes schwante.

»Gestern ist ein Ehepaar angekommen. Sie haben es irgendwie geschafft, ein Gebetbuch einzuschmuggeln. Im Tausch für dieses Gebetbuch habe ich ihnen unsere Vorräte gegeben.«

Und was machte der Sohn daraufhin? Er umarmte seinen Vater, und beide weinten vor Liebe. Und an jenem Abend, dem Vorabend des Passahfests, lasen Vater und Sohn aus dem Gebetbuch vor, und die ganze Baracke zelebrierte eine Sederfeier.

Ich weiß nicht, warum mir diese Geschichte einfiel, während ich in die Diele stürzte. Ich hätte mich ebensogut an Geschichten erinnern können, wo Söhne ihre Väter für ein Glas Wasser umgebracht hatten. Nicht jede wichtige Geschichte ist eine kitschige Gutenachtgeschichte, die von Güte erzählt, die in der Finsternis erstrahlt.

Aber sie erinnerte mich an den Sinn des Ganzen. An das einfache Telos der Geschichte, aller Gewalt – und aller Geschichte – zum Trotz.

Heute. Liebe. Das war alles.

Früher wollte ich bloß meinen Spaß haben, aber das war vorbei. Das war Geschichte. Vielleicht würde es nicht klappen. Vielleicht würde es schiefgehen. Aber das war die Zukunft.

Heute. Liebe.

Ich hatte gerade die Tür geöffnet und wollte aus dem Haus preschen, als das Telefon klingelte.

Zehn Sekunden lang konnte ich mich nicht entscheiden.

Es konnte das Krankenhaus sein. Wahrscheinlich hatten sie meinen Anruf zurückverfolgt. Sollte ich rangehen?

Aber wenn er sich nun meine Nummer verschafft hatte? Das war schließlich das Einfachste von der Welt. Er konnte dran sein ... möglich war's.

Ich rannte ins Arbeitszimmer zurück und riß den Hörer hoch.

»Ja?« keuchte ich. »Bist du's?«

»Und ob ich es bin«, sagte Fraser-Stuart.

»Mensch, fick dich doch ins Knie!« brüllte ich und knallte angewidert den Hörer auf die Gabel.

»Ins *Knie?*« sagte eine Stimme hinter mir. »Also wirklich, deine Sprüche, Mikey...«

Ich schnellte herum. Er war blaß und sah müde aus. Seine Haare waren natürlich länger, und am Kinn erkannte ich den Ansatz eines Ziegenbärtchens.

»Die Tür stand offen«, sagte er zur Entschuldigung.

Ich starrte ihn an.

»Was ist, Mikey? Willst du mich nicht begrüßen?«

Ich ging vorsichtig auf ihn zu, weil ich Angst hatte, er würde sich plötzlich wieder in Luft auflösen, und die Gezeiten der Zeit, die ihn an meinen Gestaden angespült hatten, würden ihn mir wieder entführen.

»Wo ist jetzt der Karneval?« fragte er. »Wo sind die Buchläden? Worauf warten wir eigentlich? Gib mir etwas Ecstasy, und dann gehen wir tanzen.«

DER ANFANG

DANKSAGUNG

Jeder echte Historiker weiß, daß Hans Mend, Ernst Schmitt, Ignaz Westenkirchner, Hugo Gutmann u. a. allesamt im Ersten Weltkrieg an der Seite des Gefreiten Adolf Hitler an der Westfront gekämpft haben. Rudolf Gloder ist die einzige Erfindung. Oberst Baligand und die anderen haben existiert. Die Einzelheiten aus der Biographie und der Berufstätigkeit von Sturmarzt Bauer beruhen auf denen seines Mentors, des historischen Dr. Johann Paul Kremer, der tatsächlich von den Briten gefangengenommen wurde und der tatsächlich ein Tagebuch über seine drei Monate in Auschwitz führte. Erschreckende Auszüge dieses Tagebuchs finden sich in dem Band *»Schöne Zeiten«. Judenmord aus der Sicht der Täter und Gaffer,* dessen Dokumente Hannah Arendts These der »Banalität des Bösen« auf das entsetzlichste illustrieren.

Gloders Rede vor der Deutschen Arbeiterpartei entspricht bis ins Detail Adolf Hitlers verhängnisvollem Besuch des Münchner Sterneckerbräus am 12. September 1919. Dort hörte er dieselben Sprecher wie Gloder im Roman, erhob sich im selben Moment und wandte sich an die winzige Versammlung, aus der die spätere NSDAP hervorgehen sollte.

Eine Bibliographie wäre hier fehl am Platz, aber ich empfehle jedem Leser Alan Bullocks Biographie *Hitler. Eine Studie über Tyrannei,* Daniel Goldhagens meisterhafte Untersuchung *Hitlers willige Vollstrecker* sowie die erwähnte Textsammlung *»Schöne Zeiten«.*

Für etwaige geographische oder technische Fehler in der Beschreibung Princetons, wo ich vor zwei Jahren ein glückliches Vierteljahr verlebte, habe ich nur die etwas windige Ausrede, daß das Princeton in *Geschichte machen* in einem Paralleluniversum angesiedelt ist.

Meine Dankbarkeit gilt meinen Freunden und Verlegern, Sue Freestone bei Hutchinson, Anthony Goff, Lorraine Hamilton und – wie stets – zwei Jos und einem Kollegen.

S. J. F.

Für Unterstützung und fachliche Beratung bei geschichts- und naturwissenschaftlichen Fragen danke ich Ilse Blumenbach, Reinhard Hiß, Dirk Vanderbeke und ganz besonders Professor Wolfgang Wippermann von der Freien Universität Berlin, der mir beim Aufspüren nationalsozialistischer Quellentexte behilflich war.

U. B.

Autor und Verlag danken den Folgenden für die Genehmigung zum Abdruck von Songtexten in diesem Buch: